梅毅 **作品**

冯小怜

南北英雄志

天地出版社 | TIANDI PRESS

图书在版编目（CIP）数据

南北英雄志. 冯小怜 / 梅毅著. -- 2版. -- 成都：
天地出版社, 2025. 6. -- ISBN 978-7-5455-3596-9

Ⅰ. I247.5

中国国家版本馆CIP数据核字第2025141EK2号

NAN–BEI YINGXIONG ZHI · FENG XIAOLIAN

南北英雄志 · 冯小怜

出品人	杨　政
作　者	梅　毅
责任编辑	燕啸波
责任校对	梁续红
封面设计	今亮后声·郭维维
内文排版	四川最近文化传播有限公司
责任印制	王学锋

出版发行　天地出版社
　　　　　　（成都市锦江区三色路238号　邮政编码：610023）
　　　　　　（北京市方庄芳群园3区3号　邮政编码：100078）
网　　址　http://www.tiandiph.com
电子邮箱　ttianditg@163.com
经　　销　新华文轩出版传媒股份有限公司

印　　刷　北京文昌阁彩色印刷有限责任公司
版　　次　2025年6月第2版
印　　次　2025年6月第1次印刷
开　　本　710mm×1000mm　1/16
印　　张　23.75
字　　数　439千字
定　　价　98.00元
书　　号　ISBN 978-7-5455-3596-9

目录

第一章　建德六年的刑场 / 001

第二章　回忆的眼睛 / 005

第三章　我身上滴下的鲜血 / 009

第四章　活下去，并要活得更好 / 019

第五章　骨肉相煎 / 025

第六章　让我羞愧的美貌 / 035

第七章　丈夫一生不负身 / 045

第八章　如蜜君臣情 / 051

第九章　大齐君王，舍我其谁！ / 061

第十章　梦幻般的欢乐 / 067

第十一章　乐极生悲 / 072

第十二章　刺痛我生命的夜晚 / 079

第十三章　朕，英雄天子！ / 086

第十四章　假如明天来临 / 092

第十五章　从龙朔风扫柔然 / 103

第十六章　披荆斩棘 / 112

第十七章　佳人难再得 / 119

第十八章　华年流水尽血腥／127

第十九章　醉龙狂杀／138

第二十章　金枝玉叶总凋零／147

第二十一章　沉重的肉身／156

第二十二章　罪孽与沉沦／164

第二十三章　空色色空何所有／172

第二十四章　欲焰如炽／177

第二十五章　麻雀成凤凰／184

第二十六章　陷阵！陷阵！／191

第二十七章　只差一步就成功／200

第二十八章　长夜沉沉／211

第二十九章　狡兔未死狗先烹／217

第三十章　螳螂捕蝉，黄雀在后／227

第三十一章　帝王真滋味／234

第三十二章　不许名将见白头／241

第三十三章　人生如寄且行乐／253

第三十四章　小　怜／261

第三十五章　美妙人生那一天／269

第三十六章　国事累卵／278

第三十七章　独楼幽梦凄／286

第三十八章　江山倾斜风雨／292

第三十九章　欢乐一日敌千年／300

第四十章　惊涛舟已漏／308

第四十一章　今天，永不褪色／316

第四十二章　誓将黄旗换黑帜／324

第四十三章·血光照晋阳／337

第四十四章　颤抖的大地／349

第四十五章　玉　碎／359

第四十六章　有家有国皆是梦／366

［附录一］　北齐高氏皇族男性谱系／371

［附录二］　北齐世系／373

第一章　建德六年①的刑场

长安的秋天，感觉上比晋阳②的来得更早。

灰蒙蒙的天空，凛冽的寒风，枯飞的树叶，让北朝周国③宫廷御苑深处的临时刑场显得更加阴郁逼人。

薄暮时分。天空，西方的云层中，闪出一道微弱的太阳光线。渐渐地，这云层从一道切口一样的地方开裂，垂死的斜阳落下来，阴风中摇曳的哗哗作响的杨树顶端，顿时反射出耀人眼目的强光。无数叶子如同燃烧起来了一样，阴郁的天幕似乎一下子改变了质地。

忽然之间，北方的秋日天空变得柔和起来，那是一种诡异的柔和。

夕阳最后挣扎的照耀，让人觉得秋天那种狰狞的美丽，短暂而且无常。长安的秋天里蛰伏着的勃勃的生命力，更加反衬出即将被处决的肉身的脆弱。

折射在树叶和树干上的金黄颜色，刺破了沉闷阴郁的空气，也使得整个刑场空地，顿时充满了一种突如其来的、难以言表的生气。

高纬被带来了。这位二十二岁的年轻人，是从前的齐国皇帝。他现在的身份是周国临刑的俘囚。

令这位帝王奇怪的是，当他被带到刑场后，几个周国的宫内宦者围上来，有条不紊地给他穿起从前他在齐国当皇帝时穿的礼服。

这套仿效南朝的礼服非常烦琐。通天冠上的黑色平冕广七寸，长一尺二寸，前垂四寸，后垂三寸，顶子前圆后方，冕上有十二旒荡晃，悬垂着白玉珠，其长齐肩。北齐皇帝的衣裳，上皂色，下绛色，前三幅，后四幅。衣上绣有日、月、星辰、山、龙、华虫、火等，还绣有藻、粉米、黼、黻等一些饰物。一条宽四寸

---

① 北周武帝的年号，公元577年。这一年，如果按照亡国的北齐年号，是幼主承光元年。

② 在今山西太原。

③ 指南北朝时期由宇文氏建立的北周。

的长长素带，红色为里衬，朱边绲绣为装饰。脚上，是绛色的裤袜，赤舄。

赤舄，是帝王在重大仪式上穿在脚上的一种鞋。高纬想：在我们大齐，舄是木底的，底很厚，其中装有木楦，木楦当中有凹槽，槽内有类似丝絮一样的填充物。

懵懵懂懂中，他察觉到，他现在穿的赤舄，不是木底，是皮底，踏上去有些滑。"这种赤舄，肯定是周国人所制吧。感觉上，要比齐国的舄更重一些。"高纬想着，使劲在地上试了试脚上赤舄的蹬力。

亡国的皇帝，任人摆布着。他心不在焉的同时，又满心疑惑。木偶人一样，他被几个周国宦者"服侍"着。

这些人不厌其烦，一套一套地往这位即将被处决的齐国皇帝身上挂佩白玉饰件，为他披上顶端有朱色绣边的黄色大绶带，还系上皮革制成的缀满珠宝的腰带，最后，给他带上玉柄的佩剑。

身穿皇帝盛装的二十二岁的齐国皇帝高纬，虽然被"安放"在富丽堂皇的玉辂里面坐着，外面的人，仍然可以看出他颀长的身材和健美的轮廓。他那鲜卑男人特有的白皙肤色和俊秀如女人般的面容，被这一整套华美的帝王礼服衬托得更加高雅尊贵。

皇帝玉辂，大盖飞檐，缀金铃，镶珠珰，车身缀满玉蚌制成的配饰。那四角腾空欲飞的金龙，口衔五彩，飘飘然欲冲天而去。

端坐于玉辂中，恍惚间，高纬似乎回到了在晋阳的皇宫。

不过，这里不是晋阳，他面对的也不是匍匐的大臣。在尘土中遍地跪伏辗转、惊惶呼叫的，是近百名他高家的皇族近亲。

这些人，全是齐国皇族的男性近亲，但有近一半人，高纬本人并不很熟悉。所有这些人，无论长幼，都身穿皂色的周国囚服，双手反剪，被捆缚着跪在尘土中等待被杀。

一声令下，周国的刽子手兵士口中呐喊，齐举大刀，对高家皇族的成年男性进行斩首。由于受刑者的嘴都被套上了一种避免他们喊叫用的衔木嚼子，这些高家爷们儿呜咽着，而后黑发的、白发的，或大或小的，束辫或不束辫的脑袋[①]，纷纷滚落在地。

刹那间，近百个人颈血狂喷，空气中弥漫着一股浓烈的血腥味。

十八岁的周国太子宇文赟[②]，倚靠在一匹"龙马"身上。他身穿一身玄色衣

---

① 北齐实行大鲜卑主义，许多男人保持鲜卑风俗，流行辫发。

② 指长着"龙翼骨"的马，突厥马的一种，马脊椎两侧长有两条肉脊，骑乘时，人会感觉非常舒适。但这种马通常只做仪仗使用，很少用于实际战争中。

甲，手托他俊美的下颚，饶有兴趣地在距离高纬四五米远的近处，仔细观察这位齐国皇帝的反应。

让他感到吃惊的是，他发现，高纬脸色漠然，没有任何的惊惶和恐惧。目睹近在咫尺的杀戮，他连眼睛都没有眨，只是把脸稍稍往一边转了一些。显然，高纬根本没有任何哀伤的意思，甚至他的表情中，还带着一种近乎厌恶的不耐烦。

"父皇，父皇……"两声孩子的惨叫在刑场上响起。高纬顺着声音望去，原来是自己年方八岁的儿子高恒。这个仅仅当了几天皇帝的孩子，忽然一蹿，挣脱刽子手的抓缚，朝他奔跑而来。

没跑几步，一个面庞和身材都非常巨大的武士，拦腰抓住了高恒。武士力大，仅用一只手，就把孩子倒拎起来。他非常熟练地把这位北齐幼帝的双脚抓于手中。

魁梧的武士吸了一口气，猛地抡起手中的"猎物"，不假思索地砸向他身旁一个执盾武士的黑铁盾牌。

一声声响，孩子的头部已经血肉模糊。

高纬一直不动声色的脸，终于微微抽搐了一下。

宇文赟站起身，走到这位比自己年长四岁、长着一张俊美而纤弱面孔的齐国皇帝面前，用鲜卑语说：

"是我啊，我是周国皇太子，宇文赟。听说，你们高家人善于卜测吉凶，你猜猜看，我能活多久？"

在问话的同时，宇文赟上下打量着高纬一身华丽的帝王行头，啧啧生叹：华丽的簪饰，华丽的衣裳，华丽的容貌。

"你和我，死期相同。"高纬轻轻瞥了宇文赟一眼，不假思索地说。

接着，高纬注视着宇文赟轮廓鲜明而肤色黝黑的脸，若有所思，又用鲜卑语说了一句："没想到，你们匈奴人的鲜卑语也说得这么好啊。"

听到"匈奴"二字，十八岁的宇文赟脸色突变。他突然抽出利剑，以出人意料的飞快速度，猛地插入高纬的腹中。接着，他近距离地微笑着（近乎狞笑），又用鲜卑语问高纬：

"陛下，现在，你在想什么呢？对了，我要告诉你，你的生母胡太后，就在长安市坊卖淫。我们周国人，无论贩夫走卒，只要出得起一匹绢帛，就可以睡她一次！"

高纬的脸色突然变得熠熠发光，他白皙的面颊涌上一股临死之人特有的绯红。

由于玉辂坚硬的靠背紧紧抵住了他，这位皇帝依旧端坐着。突如其来的插刺，并没有即刻给他带来疼痛。但是，他能感觉到自己体内有一股衰弱在刹那间袭来，支离破碎的过往回忆，忽然变得鲜明多彩；而他面前的一切景物，却在瞬间变成了黑白色。

"你，可以直刺我心！"高纬对宇文赟说。

接着，高纬渐趋黯淡的目光望向远方，嗫嚅着什么。最后，他无比清晰地叹息一声，用华言半是自言自语，半是询问宇文赟道：

"小怜，我的小怜呢？"

宇文赟抽出剑，再一次重重地朝高纬胸部捅去。这次由于用力过猛，宝剑的刃尖竟然穿透齐国皇帝的身体，插在了玉辂的挡板上，一时不能拔出。

高纬的瞳孔顿时散大。在那一刻，他恍然明悟：死亡，原来是这样美好而轻松的事情。

刹那间，高纬似乎回到了从前幸福的岁月里。

冯小怜那张清美绝伦的脸一下子浮现在他的眼前：面色红润的她，咯咯笑着，牵着他的手。那双玉手是那么温润、细软，那双眼睛是那般波光荡漾，那甜腻腻的呼吸是那么惑人心魄……两人跨上两匹轻盈如云的骏马，飞一般在晋阳郊外翠绿的原野上狂奔。

濒死的高纬还看见，远方漫山遍野都是黄红色叶子，让秋天的色彩变得那么丰富，它们燃烧着，跳动着，遥远的天际，似乎一下子被拉近到面前。

一种超凡的幸福感升腾在高纬的内心之中，他再次感受到四年前初次遇到小怜的那个秋天，那个晋阳的秋天……

第二章　回忆的眼睛

河清四年（公元565年），我九岁。

我，高纬，字仁纲，大齐皇帝高湛的嫡长子。太宁二年（公元562年），我父皇高湛当上皇帝的第二年，我才五岁，就被立为齐国的皇太子。

河清四年四月丙子日，清晨，我被宫内的侍女早早唤起。

梳洗冠服后，我乘坐皇太子銮辂，行往晋阳宫。

三马前驾的銮辂，每次都让我感觉非常好玩。朱斑巨轮，伏鹿车轼。车的内壁画着从上而下飞降的祥龙。特别是那六条祥龙的眼睛，又大又圆，似乎凸出于车壁。几年前，我更小的时候，第一次乘坐銮辂，祥龙的眼睛瞪着我，几乎把我吓哭，最后，还是车厢里面黄色的织锦图案让我定下了心。当时，我仔细数着织锦上面的云朵和花卉，心情慢慢平静下来。

銮辂上的青盖左右，密排画幡，风吹过来，哗啦啦地响。高大的车轮外面，都以黄金细粉涂抹。太阳照耀下，车轮反光，晃得那些骑马执戟护卫的卫士不停地眨眼。

这次出行，要去距离东宫不远的晋阳宫游玩，这让我感到兴奋。这么近的路，还要坐銮辂，真是好玩极了。只是，我身上的冠服太显累赘。稍不小心，头上的皇太子必须戴的平冕就会碰到车杆。黑介帻边沿下垂的白珠九旒，晃晃荡荡，总是遮蔽我的视线。还有我身上的九章衮服，满佩瑜玉、玉具剑、火珠标首等东西，不时碰撞在车壁上，叮叮当当，让人好烦。

东张西望的同时，我心里忽然有些发慌。这几天，东宫的礼仪官，天天教我烦琐的礼仪，还向我拜贺说我要当皇帝了。

我不明白，我的父皇是皇帝，我怎么还能当皇帝呢？

怀着满腔疑惑，我进入晋阳宫。在宫侧的一间小屋中，东宫的从人与皇宫的内官们手忙脚乱，给我换了另外一套冠服。

比起有旒的让人非常不舒服的皇太子平冕，我更喜欢这种远游三梁冠。远游三梁冠很好看，上面有纯金制成的蝉。冠梁上缀满珠翠，戴在我的头上后，显得我高了许多。

升阶之后，我看见我的父皇头戴通天冠，服白袷单衣，微笑着与母后一起坐在御座上。我母后头戴最尊贵的博鬓十二树首，身穿深青色的皇后袆衣和青纱内单衣。她身上的大带很鲜艳，上半段饰以朱红色织锦，下半段饰以绿锦。她的腰间，挂着金饰白玉凤凰佩件。母后，真的好漂亮。

他们旁边，大臣和士开站立着，朝我展开和蔼的笑颜。我真心喜欢和士开大人，他对我无比慈爱，总是给我新奇好玩的东西，简直比我父皇还要疼爱我。特别是他手把手教我弹奏胡琵琶，从来没有一点不耐烦。

殿阶上头戴赤帻的侍臣排成长长两排，见到我，皆跪下行礼。

行至父皇、母后御座前，我下跪行礼。

在我旁边，出现了一个使者。他捧册朗读了半天，内容我几乎都听不懂，只有他不断加重语气讲的"禅位"两个字回绕在我耳边。

按照礼仪官事前的教导，我从使者手中跪受那本大册，然后，我转身把它交给中庶子。接着，尚书官行前，把皇帝玺绶递给我。我跪受后，再转交中庶子。

最后，我向父皇和母后稽首拜谢。

礼官引导我在父皇和母后近旁的一个小御座坐下，有人给我穿戴上了皇帝的衮冕。由于当时我年纪不到，未加元服，我的头上仍然梳着双童髻。所以，我当时头上所戴还不是正式的皇帝冕，而是一种空顶黑介帻，上面加有双玉导和金翠宝饰。

在宦者给我换衣服的时候，我的父皇和母后都饶有兴趣地微笑着打量我。

冠冕穿戴已毕，殿下群臣山呼万岁。

就这样，我稀里糊涂地成了齐国的皇帝。而我的父皇，现在成了"太上皇"。

虽然心中惶恐，我依然很高兴。因为，我，终于能和父皇、母后同坐在殿中的御座上。而我那一母所生的弟弟东平王高俨，以及我其余十二个弟弟，都跪伏在殿下，向我行拜礼。

那些兄弟当中，个子较高的南阳王高绰，名义上排行老二，是我的弟弟，实际上他却是我的哥哥。他在天保七年（公元556年）五月五日辰时出生，而我也是五月五日出生，但晚于他，生于午时。听我母后讲，高绰的生母李夫人，不是我父皇的正嫡皇后，所以高绰被贬为老二。我是皇后所生，虽然晚出生几个时辰，倒成了老大。

父皇当长广王爷的时候，我是王世子。父皇做皇帝后，我就成了皇太子。

我仔细看下去，高绰哥哥的脸上，没有什么特殊的表情。倒是比我小一岁的同母弟弟东平王高俨，愤怒不平现于表面。他一脸怒气，噘着嘴在那里左摇右晃。他的眼里和脸上，一丝笑意都没有。

看到下面这个长有车轴一样结实胳膊和大腿的死胖子鼓腮生气，我心里非常非常高兴。我恨他，他是我母后和父皇的心头肉。在今天之前，我只有"皇太子"的封号，而他，却拜开府、侍中、中书监、京畿大都督、领军大将军、领御史中丞等一大堆的官衔和封号。就在前天，他还迁官尚书令、大司马。当时，令旨发出后，知道他能统领军队与父皇一起出去游玩打猎，我十分不开心，几乎一天没有吃下饭去。

现在，与父皇和母后高坐于上，我忽然觉察到，他那一大堆衔号，都不如我一个"皇太子"封号。

皇太子的身份，使我能成为皇帝，能和父皇、母后同坐于殿上。而他，这个死胖子，却只能跪在殿下朝我礼拜。

在众多跪拜的大臣和宗室亲戚中，我还看见了我的堂兄、兰陵王高长恭。这位堂兄，高大威武，风采出群，真是人们所称的美男子呀。即使跪在那里，他也比别人高出一头的样子。

我的父皇相貌也很俊美，但如果和这位兰陵王堂兄在一起，似乎他的容貌一下子就显得要衰老皱巴很多。可能是父皇喝酒太多的缘故，他脸上的皮肤越来越黯淡。

而兰陵王的脸，是那么鲜亮。每次，我在晋阳宫或者邺城宫见到他，似乎全部的殿堂，都因为他的到来而明亮了好多。

当皇帝的感觉真好，排场盛大，仅仅左右羽林郎就各有十二队。除羽林队外，又有持鈒队、铤槊队、长刀队、细仗队，楯铩队、雄戟队、格兽队、赤氅队、角抵队、步游荡队、马游荡队，另外，还有左右武贲各十队，左右翊各四队。

做了皇帝，以后每次我出行，按照规格，护行的值勤禁卫武贲左右各六队，在左者是前驱队，在右者是后拒队。行在最后的强弩队两队，由左卫将军和右卫将军两个大将统领。

禁卫将军的装束很威武好看，他们身着两当片甲，金镶银缀。有的手执桎木杖，有的手执檀木杖，恭立于大殿外面和玉陛之上。我的贴身侍从，名目繁多，有千牛备身、左右备身、刀剑备身等，还有武威、熊渠、鹰扬备身三队。这些人，每日都会宿卫于我的宫中；出行时，他们骑着高头大马，戎服执杖夹卫左右。他们手里面武器多多，斧、钺、弓、箭、刀、槊，都是真家伙。最贴近我的二十四人，他们手中的武器是木制的。

我出行时候的仪仗最威风。五色节文的旌旗飘飘，队前的旆旗都是赭黄色，漫天盖地，一片耀眼，可与太阳争辉。

从今天开始，国家改元。河清四年，就变成了天统元年（公元565年）。

我九岁，我的皇太子妃——不，她马上要成为皇后了，我的斛律皇后——也九岁，仅仅比我大三个月。

我喜欢她，也害怕她。害怕超过喜欢。她们斛律家，是我们大齐的功勋世家。

钟磬齐鸣，乐师开始演奏《皇雅》三曲。随着节拍，黄门鼓吹，歌者齐唱五言颂。内容一直是老一套，我都能背下来。但其实我根本不知道这些颂言到底在讲什么：

> 帝德实广运，车书靡不宾。
> 执瑁朝群后，垂旒御百神。
> 八荒重译至，万国婉来亲。

> 华盖拂紫微，勾陈绕太一。
> 容裔被缇组，参差罗罕毕。
> 星回昭以烂，天行徐且谧。

> 清晔朝万宇，端冕临正阳。
> 青絢黄金缫，衮衣文绣裳。
> 既散华虫采，复流日月光。

"我儿，你现在是皇帝了！"我的父皇高湛对我说。

他的手好凉啊。

第三章　我身上滴下的鲜血

太史进奏说，有彗星现于天际。

朕，大齐皇帝高湛，深知彗星出现，乃大不吉之事。彗星扫天，除旧布新之象。说白了，是帝主当移之兆。

去年六月，也就是河清三年夏天，我刚刚杀掉了我的侄子高百年。静思之下，宗室之内，再无与帝位亲切的人可杀以应天象。这，真真让人烦恼。

好在大臣祖珽深知朕意，他恰当其时地上奏：

"陛下虽为天子，未为极贵。应该借天象宣示之际，传位于太子。陛下为太上皇帝，上应天道，下安民意！"

览此奏疏，朕心甚慰。皇太子高纬已经九岁，俨若成人，朕就先把帝位禅让给他，自作太上皇帝可也。

蠕蠕①进贡的酥酪很美味，还有手中的葡萄酒，让我胃口大开。红宝石颜色的液体顺喉咙而下，一种愉悦的战栗，让我回忆起八岁时候父亲给我娶的蠕蠕公主。其实，蠕蠕公主当时真正的名号是"邻和公主"，乃当时蠕蠕太子庵罗辰的女儿。

她的相貌多么奇特而美丽啊。即使当时我还是个孩子，她也还是个孩子，那个时候我都能感到她不可替代的绝伦美丽。八岁的我和七岁的她，两个人，坐在堂上，当新郎，当新娘。那么多进贡的外国使臣，那么多奇异的礼品！王府几十间大屋，都被那些礼物堆满。

新婚夜里，蠕蠕公主偷偷塞给我一袋宝石，它们在黑暗中熠熠发光，奇妙的、神奇的绿光。这些东西，我把玩了好久、好久。直到后来，待我慢慢长大，我把这些宝石都进献给了我的二哥、文宣皇帝高洋。

---

① 又称柔然、茹茹，是一个与拓跋鲜卑同源的民族。

我要一直巴结他，谄媚他。因为，在我们大齐，任何人，在任何时间，都可能被我的二哥，文宣皇帝，轻易地杀掉……

记忆总是不完整的。但是，两个孩子躺在被子里面，是一件多么新奇的事情啊。

那样的夜晚，那样的甜蜜，蠕蠕公主的鲜卑语和我们所讲的鲜卑语非常不同。她的舌颤音，真的让我十分着迷。

可惜，蠕蠕公主十二岁就死了，死于难产。我没能和蠕蠕公主一起给大齐留下一点骨血。她就像一颗流星，在晋阳的天空中倏忽划过，在我的内心，留下一道深深的伤痕。死后，她被葬在我父亲的义平陵的群落中。我多么希望她能看到我穿戴皇帝衮服的样子啊。

回忆她的时候，我的身体没有任何欲念，只有一种无法言表的温馨。这种感觉，有时候，能暂时克制我杀人的冲动。可这种冲动和欲望，总会蠢蠢欲动。

但是，回忆越久，她的面庞就越模糊。岁月，有时候把人的记忆修改得面目全非。

不过，我也庆幸，蠕蠕公主早死，未必不是一件好事情。否则，我癫狂的皇帝二哥高洋，很可能会当着我的面奸污她。这种事情，二哥干过不止一次。我大哥文襄帝高澄的妻子和我数位兄弟的妻子，都被他奸污过。令人发指的是，我们高家几十个近亲妇女被他奸污后，还被他下令赏给卫士们轮奸。

如果高洋哥哥对我的蠕蠕公主下手，我又能怎样呢？

如果她那修长的身体和亮晶晶的脸庞，在我皇帝哥哥高洋粗暴的蹂躏下颤抖和哭泣，我会冲上前去保护她吗？我会杀掉我的哥哥吗？不，不，我不会的，我也不敢。当时，谁敢和我们大齐的开国皇帝作对呢？

那个时候，我在文宣帝高洋哥哥面前，连正眼看他都不敢。每次他召见我，我都跪在地上不由自主地浑身战栗。只有当着母亲娄太后的面，我才能稍感心安。毕竟，高洋哥哥不会当着母亲的面，杀掉他的亲弟弟。

我的这个淫暴的二哥，高洋，"显祖文宣皇帝"。这个谥号，我一直想改掉。他那么淫暴凶残，戕害同宗，怎么配称"祖"！

蠕蠕公主临死时的脸，那么美丽，即使她的嘴唇当时已经没有一丝血色，她能说话的眼睛，却仍然能向我传递无数哀怨的话语。

她的手好凉啊，就像现在我手中的盛满葡萄酒的金杯这样凉。

对了，蠕蠕公主死后，我再没有闻到过她所使用的那种西域奇特衣用香料的味道。

时光过去了近二十年，我回忆里蠕蠕公主的脸已经渐趋黯淡。可是，她身上那种幽幽的香气，至今还在我的鼻孔深处缭绕。

我的六哥高演，齐国的孝昭皇帝，其实对我挺好。他除了杀掉我二哥的儿子高殷，从来没有乱杀过人。我确实感到有些对不住六哥。他把皇位传给了我，我却杀掉了他的儿子、他的皇太子高百年。

我知道，现在的朝臣之中，还有不少人怀念六哥孝昭皇帝。可惜他当了一年多皇帝就死了。

我的六哥高演，身长八尺，腰带十围，仪望风表，迥然独秀。在我二哥文宣帝时代，他就以深沉果断、聪敏有识度而著称，是我们兄弟中的佼佼者。也正因为如此，他差点被二哥文宣帝杀掉。

我们兄弟中，只有六哥孝昭帝高演，对我们的母亲娄太后是真的孝顺。

皇建二年（公元561年）的春天，我们的母亲娄太后生大病出居南宫。我的六哥容色憔悴，衣不解带。他以帝王之尊，亲自服侍母亲近四旬。皇帝寝殿距离母后养病的南宫相距五百余步，我六哥每天都鸡鸣而去，辰时方还。为了向上天给母后祈福和表达孝诚之意，他来去往返，都是徒步而行，不乘舆辇。

据宫人讲，每次太后病发，辗转床上之时，我六哥都会立侍帷前，以指甲使劲掐他自己的手心，往往血流出袖。他希望以自己的疼痛，来减轻母后的病痛。

和六哥相比，我自己真的不孝。母后崩逝，作为皇帝的我，几天酣醉酣睡，连发丧都忘记了。

我母后共生六男二女，事前皆感梦：怀大哥文襄帝高澄时，梦一断龙；怀二哥文宣帝高洋时，则梦大龙，首尾扩于天地，张口动目，势状惊人；怀六哥孝昭帝高演时，梦见蠕龙于地；怀我的时候，梦到龙浴于海；怀我的八哥襄城王高淯和我十二弟博陵王高济的时候，她梦见鼠入衣下。

母后未崩前，邺城有童谣："九龙母死不作孝。"

太宁二年春天，在母后崩逝前，我正沉迷于一种鹤觞酒的美味中不能自拔，一饮十坛，大醉七天。丧讯传来，我正服绯袍，在三台与诸臣欢聚痛饮，置酒作乐。

昏昏然间，我记得，我的女儿清平公主送孝袍让我穿，当时就惹起我的大怒。我把孝袍扔于台下，还顺手掴了她一掌。

一向善解人意的侍中和士开也不识时务，跪在我面前请求停止奏乐并发丧，即刻被我一脚端到台阶下面。

酒醒之后，我有些怅然和后悔。我排行第九，母后死而不发丧，似乎正应了那句童谣："九龙母死不作孝。"

六哥孝昭帝崩前，虽然是他本人愿意传位于我，却仍然是以母后的名义下诏立我为帝。所以，没有我母后的支持，我也当不了皇帝。听宫人讲，母后弥留之际，怪异频生。有一天晚上，寝殿中的衣服忽然飘浮空中，呼呼作响。巫媪被急召入宫，母后在病床上与来人密语久之，而后宣称自己要改姓石氏。至于为什么巫媪要母后改姓石氏，外人不知，就连我——她的亲儿子，也不知所以然。可惜，她改姓也没有用。隔了两天，四月辛丑日，我的母亲娄太后崩于北宫，时年六十二。

至于我的六哥，大齐孝昭皇帝，死因也很特别。他不是忽然得病而死，而是死于纯粹的事故。

皇建二年冬十月，他率队出晋阳城打猎，纵马驰骋，短短两个时辰内射毙三虎六狼。兴高采烈之中，忽然一只白兔从草丛中蹿出，马惊昂立，把六哥孝昭皇帝摔下马背。

滚落颠簸过程中，他的肋部重重磕在一块大石头的尖角之上，当时就口吐鲜血。

他被抬回晋阳的宫殿后，母后当时小病已痊愈，前往探视六哥。她听说二哥文宣帝高洋的儿子、我的侄子废帝高殷已经被从邺城送回晋阳，就在病床边问六哥，高殷到底住在哪里。

六哥不答，也不能答。

六哥有六哥的苦衷。他天性至孝，不敢欺骗母后，又怕告诉真相后让母后伤心。我们的侄子高殷，其实，在一个月前，已经被当时留守邺城的我，派几百精骑送回了晋阳。

当时，有望气的巫师说，邺城天空弥漫雾气，有"天子气"。同为宗室的平秦王高归彦，也力劝我六哥除掉我们的侄子废帝高殷。据说，六哥孝昭帝派人送毒酒给我们的侄子高殷喝，高殷不喝，最终被活活掐死。

望气的人所说，确实很灵验啊。不过，邺城的天子气，其实应该是应在我身上吧。所以，我继位之后，我马上派人逮捕了望气的巫师，把他杀了。

母后探视六哥孝昭皇帝时，问及我们的侄子高殷。六哥默然不回答。母后追问再三，六哥依旧无语。母后大怒：

"你肯定把高殷那孩子杀掉了吧？他是你的亲侄子啊！你不听我的话，你也去死吧！"

言毕，母后拂袖不顾而去。后来，她连六哥的葬礼也没有出席。

六哥在病床上苟延残喘一个月，十一月甲辰日早上，他派同宗室的赵郡王高睿前来邺城下诏，让我继承皇帝宝位。同时，他还写亲笔信给我：

"我儿高百年无罪，希望九弟你仁慈，能选择一佳郡，把他们母子赡养起来，不要学我所为！"

六哥，你真有心，你谆谆规劝我不要学你所为，就是告诫我不要仿效你杀侄子。六哥，你真荒唐啊！你对我们的侄子、二哥高洋的儿子高殷下得去手，而我，又怎么能保证对我的侄子、你的儿子高百年下不去手呢？

回想孝昭帝在位的那一年多我在邺城留守的日子，真是难熬。

还好，在邺城，有我的族侄、时任散骑常侍的高元海陪我解闷。高元海的父亲，是上洛王高思宗，我的父皇神武皇帝高欢的从子，因此他也可算是我的侄子。

高元海是个聪明人，在二哥文宣帝高洋在位时期，他怕身处朝廷惹来杀身之祸，就上表自称愿意深入山林，修行释典，为国家祈福。二哥文宣帝大喜，立刻答应他入山学佛的请求。高元海乃入林履山，整整在深山中待了两年，不御妻妾，不食酒肉，埋头苦读佛典。其实，他内心是怕被我残暴的二哥杀掉的。文宣帝死后，高元海在深山中再也待不住，上启于六哥孝昭帝求归。他被征复本任后，纵酒肆情，广纳姬侍，颇遭当时物议。

但我很喜欢高元海这个人，他是人中才子，很能忖度我的心思。

六哥孝昭帝常在晋阳，留我据守邺城。不久，他派高元海帮助我参与军国大事。其实，我知道，六哥的初衷，是派高元海到邺城监视我。

二哥文宣帝高洋驾崩后，他的儿子皇太子高殷继位，本来我六哥没有机会当皇帝。正是在我的支持下，他才有机会诛杀忠于高殷的汉族大臣杨愔等人。当时，六哥亲口对我说："事成后，我一定以你为皇太弟。"但是，等他真的践祚做了皇帝，却只给了我右丞相的官职，立他自己的儿子高百年为皇太子。这种做法，让我心中甚感不平。从那时候起，报复就在我心中深藏生根。

当时，在邺城，特别让我忐忑不安的还有一件事情：六哥孝昭帝把我们二哥文宣帝的儿子、废帝高殷（当时被封为济南王）留在城里。不久，六哥下旨，授领军库库狄伏连为幽州刺史，以斛律丰乐为领军，这样做的目的，显然是想分我的军权，对我进行牵制。

邺城那时候有童谣唱道："中兴寺内白凫翁，四方侧听声雍雍，道人闻之夜打钟。"

据高元海私下里给我解释，其中第一句就是应验于我。因为我的丞相府在邺城北城，原址就是从前的中兴寺。"凫翁"，就是俗语中的"雄鸡"，而我的小名，就是"步落稽"。"鸡"与"稽"谐音，所以，"白凫翁"就是暗喻我本人。"道人"，乃是我的侄子高殷的小名。"打钟"，暗喻他将遭到杀害。

六哥孝昭帝听巫师说邺城有天子气，犹豫久之，就派宗室平秦王高归彦来迎济南王高殷回晋阳处置。

知道侄子高殷肯定是一去不回，当时的我心中也惶恐，曾向高元海询问自安之计。

事关性命，我焦心如焚。

高元海聪明异常，回答说："皇太后万福，皇帝至尊孝顺非常，殿下无须别虑。"

我不放心，逼问他："你这样敷衍我，辜负我对你一番推诚相待！"

高元海沉吟，推说要回家想一夜再告诉我结果。我不放心，把他软禁在丞相府的后堂。

高元海达旦不眠，绕床而走。

夜漏未曙之时，我亲自携带酒食步入后堂，笑问他："元海贤侄，神算如何啊？"

高元海脸色凝重，答："我夜中百思千想，想出三策，恐不堪用。"

我笑了笑，安慰他说："直言无妨。"

高元海说三策：

上策，为避免遭到六哥孝昭帝的进一步猜忌，让我只带随从数骑驰入晋阳，先见太后求哀，后见六哥，请去兵权，自求不干朝政。

中策，让我具表上疏，表示自己威权太盛，恐取谤于众口，请求外出做青、齐二州刺史，远离朝廷政治中心。

我脸上的微笑虽然慢慢凝固，但我仍然点头，追问他所说的"下策"。

高元海跪地叩首，故做战战兢兢状，说：

"这下策嘛，我怕一说出来，就会给我带来族诛之祸！"

我逼迫他，让他一定要说。"上有天，下有地，中间只有你我二人。我不说，谁也不会知道你今天讲的是什么。"

思忖许久，高元海终于说道：

"济南王，乃文宣帝世嫡太子，天经地义继承他父亲的遗业坐上帝位。当今皇上，在文宣帝死后半年，竟然以太后的名义夺取侄子高殷的宝位，天下人皆知其得位不正。如果殿下您在邺城齐集文武百官，出示当今皇上要你执送济南王的敕令，斥其阴险，擒斩他派来逮捕济南王的使者平秦王高归彦，重新拥戴济南王复辟帝位。而后，挟天子以令诸侯，号令天下，以顺讨逆，或可以立万世大功！"

此言既出，不仅高元海满脸是汗，我本人也紧张得遍体战栗流汗。

虽如此，高元海毕竟说出了我的心里话，我暗地里满心畅悦。

然而，行造反大事，不能不让人狐疑百端。

我找到邺城擅长卜卦的郑道谦，让他替我占卜。他劝告说："不利举事，静待则吉。"

听说在邺城办事的林虑县一个姓潘的县令知晓占候卜筮之道，我急忙找到他，让他为我占卜。

潘县令也讲："当今皇帝，即将晏驾，殿下您当为天下之主。"

害怕他们泄露消息，我把郑道谦和潘县令都拘押在邺城丞相府内，以待消息。

最多的时候，我府内关押了十二个男女巫师，让他们给我演卦占卜。奇怪的是，他们都讲："不须举兵，自有大好事！"

心定之下，我才放心奉诏，遵照六哥孝昭帝的旨令，派数百精骑与平秦王高归彦一起，把济南王执送晋阳。

临行前，我特意到软禁之所，和我的这个侄子告别。

高殷已经十七岁了，他身材瘦高，形容枯槁，脸色苍白。由于他自小在汉儒教育下长大，他竟然不怎么会讲鲜卑话。

见到我，他连忙起身，口称"叔父"，朝我施礼。

顿时间，我心里涌起一种非常复杂的感情。他的父亲，我的二哥，大北齐的文宣帝高洋，是那样一个残暴淫毒之人。而这个孩子，秉性却和他父亲完全不一样。甚至，他们父子的长相也完全不同。二哥文宣帝的样子丑陋，皮肤粗黑，和我们几个同母兄弟相异甚巨。而他的儿子高殷，承继了我们高家白皙的肤色，面容酷似他的母亲文宣皇后李祖娥。赵郡李家的妇女，在世间以容德双美著称。

两年多前，二哥高洋死后，这个孩子曾经一度继位为帝，年号"乾明"。在他为帝短短的半年时间内，我作为叔父和臣子，曾在殿中向他跪拜称臣。

"当今皇上，就是你的六叔，派平秦王来接你回返晋阳，可能是要再让你当皇太子吧。"出于不忍之心，我哄骗高殷说。

高殷低头静默，无言良久。最后，他站起身来，向我深施一礼：

"深谢叔父照看这许久时日，小侄向叔父诀别！"

惶然，恍然，那一刻，我的心都要碎了。

后来的某些时刻，坐在皇帝的御座上，我常常想，晋阳郊外草丛里那只蹿出的白兔，是不是我们的侄子、二哥文宣帝的儿子高殷的魂灵变幻而成的呢？六哥孝昭帝临崩的眼睛中，一定充满了恐惧和痛悔。据说，死前数日，夜间森然昏黑时刻，六哥孝昭帝常常跪于床枕之上，向空中叩头乞哀。

六哥孝昭帝死时的年龄，只有二十七岁。我们高家爷们儿，活过四十岁的，很少。

六哥的儿子，我的侄子，高百年，是个非常乖非常文静的孩子，性格像极了被杀的文宣帝的太子高殷。我继位后，当然他就不能再当皇太子。于是，我把他封为乐陵王，转而立我的儿子高纬为皇太子。

改元"太宁"后一年多，青州刺史上书奏言黄河水清，朕大喜，下旨改元"河清"。就这样，太宁二年，就成了河清元年。

河清三年六月，我终于杀掉了六哥孝昭帝高演的皇太子、我的侄子、乐陵王高百年。

在此之前，我已经杀掉了另外两个成年的侄子，即我大哥文襄帝高澄的两个儿子——河南王高孝瑜与河间王高孝琬。

杀那两个人，我没有什么犹豫。留着他们，对于我的儿子是极大的后患。但是，对于这个还是个孩子的侄子高百年，我下手前很是犹豫。

天象示警。太史奏称，白虹围日两重，又横贯而不达。同时，赤星见于天。凡此种种，皆为大凶之兆。

惶恐之余，我曾经亲自夜晚在宫中空地，以一盆盛满的水，耀接星影于内，覆而盖之。

转天清晨，我发现，其盆自破。

看来，为了破解这些天降凶兆，只能牺牲我那还不到十岁的侄子高百年了。

杀人以罪，自然会有借口。

沉吟之间，有人送"证据"上门。博陵人贾德胄在乐陵王府教书，他发现，高百年曾经无聊的时候练字，写了许多个"敕"字。或许，我这个侄子从前看他父亲孝昭帝下旨时常书此字，随意乱写而已。

贾德胄是有心人，为了富贵，密封高百年写的这些"敕"字，递送官府告变。

"敕"字，只有皇帝可为，我的侄子很可能不知道这个字能给他带来杀身之祸。

痛饮几坛桑落酒后，趁着酒劲，我派人把侄子高百年召入宫中的玄都苑凉风堂。

据使者讲，这个孩子被召之时，已经自知不能免祸，割下腰间系带的玉玦留给他的妃子斛律氏。

斛律姑娘很漂亮，年方十四。她的妹妹，是我的皇太子高纬的太子妃。而斛律姐妹的父亲，乃我大齐重臣斛律光。

在凉风堂，我高坐于胡床之上。未等侄子高百年跪拜完毕，我就大声呵斥他有造反之心。

我可怜的侄子战战兢兢。

根据吩咐，他趴在地上，哆嗦着书写了几个"敕"字。

侍御史九人验看，皆报称：

"高百年所书，与贾德胄所封奏的'敕'字完全相类！"

我的侄子高百年叩头如捣蒜，哀求说自己有罪，请我这个皇帝赦免他。

我和二哥文宣皇帝高洋不一样。他杀人时往往是真醉，我往往是装醉。

只有杀了你，我的国家和我的嫡系子孙才能平安无恙。我在心里对自己说。

于是，我猛喝一口酒，叱令卫士用大棒在殿上捶击高百年。

乱棒交下，我的这个侄子惨号声声，不绝于耳。很快，他的双腿均被大棒打折。

卫士们拖曳着他，绕堂而走，且走且打，所过之处，血迹遍地。

鲜血，总是能让我感到莫名的兴奋，即使地上流淌的，是我们高氏家族的鲜血。

气息将尽之时，高百年拼命哀求我说：

"饶我一命吧，九叔，我愿意给你做奴仆，天天伺候你……"

一股怜悯之情隐隐在我的心中浮现。

为了消除这股不合时宜的妇人之仁，我站起身，亲自操剑于手。

我快步走上前去，一剑捅入侄子高百年的咽喉。然后，我飞起一脚，把他的尸体踢入凉风堂的水池中。

顿时，池水尽赤。

看着沉入池水中的侄子尸体，看着那汩汩涌动的血水，我忽然想，这个孩子，确实是我的亲侄子啊，是与我血脉相连的高家子弟啊。

想起我的二哥文宣帝高洋骇人听闻的凶残，一股黑色意念萦绕我的胸膛。比起他，我的所作所为差得很远。

几朵浅粉色的莲花，溅上了高百年的血滴。这种景象，看上去让人感觉十分不快。很快凝固的血液呈现深褐色，伤害了品种如此稀缺的莲花的美感。

我派人立刻把侄子的尸体从池子里面打捞上来，送到平时观花饮酒的后花园，埋于一棵牡丹花下。

看着一锹又一锹的泥土扬撒在侄子的身上，看着他身上所穿戴的绯袍金带，我忽然想起，这种式样的衣服，我六哥孝昭帝继位不久后，命人缝制了两套。一套给他的皇太子高百年，一套给我的儿子高纬。

看着侄子血肉模糊的脸和就要被泥土掩埋的发髻，似乎有液体刺痛我的眼帘。

但是，我很快止住了这种莫名的感伤。我想起了被六哥孝昭帝派人杀害的、我的另外一个侄子——我二哥文宣帝的儿子高殷。

六哥孝昭帝为什么这么傻呢？他临死传位于我，又希望我能恩养他的儿子。对于一个帝王来讲，这是多么艰难的事情啊！

高百年被杀后，他十四岁的王妃斛律氏天天手握玉玦哀哭，不肯进食，哀痛而死。死时，玉玦犹紧握在手，拳不可开。最后，还是她父亲斛律光亲自去舒展她的握拳，才把玉玦取出。

听到这个消息，我的心里很不舒服。我侄子高百年的斛律妃之死，希望不会给她的妹妹、我儿子高纬的皇太子妃带来心理阴影。

郁闷间，侍中和士开入见。

见到他，我顿时心怀全开，所有不快，尽皆消散。

第四章　活下去，并要活得更好

"和侍中，你让朕挂念啊。一日不见，如隔三秋。"

皇上真挚的笑，让我内心一阵激动。同时，我又稍感歉疚。昨日云雨过后，胡皇后赏赐我的她用青丝编织成的相思套，正揣在我贴肉的内衣中。

皇帝对我这么好，一下子让我的皮肤瘙痒敏感起来，我头脸一阵燥热。

我，和士开，大齐国内，还有能和我比肩的重臣吗？当然没有！

不仅皇上拿我当贴心人，皇后也拿我当贴肉人！龙凤呈祥，齐施恩泽。

皇上每次见我，不是叫我的官名，就是称呼我的字，"彦通、彦通"，亲热得不行。

虽然我们和家号称清都临漳人，其实，我的祖父原本是西域胡商，本姓素和氏。到我父亲那辈，改用单字的"和"氏汉姓。

我们和家，有着适应一切的天性。所以，我们能很快融入汉人、鲜卑人的社会。我的父亲和安，恭敏聪明，在魏朝时，他官至中书舍人。神武帝高欢掌权的时候，他非常欣赏我父亲的淳直，委任其为仪州刺史。

可惜，父亲福薄，死得早。我年方九岁，父亲便撒手西归。

在我记忆中，我小的时候，人人夸我聪慧。稍长，我进入国子监学习，在同学中为佼佼者。才学加父荫，日后我的仕途算是一帆风顺。

尤其是文宣帝时候，我有幸加入长广王高湛的幕府，得授开府行参军一职。

这个官职虽小，我的宝押得却很正。当时没有人能料到，在同辈兄弟中排名第九的长广王，日后会坐上皇帝的御座。

当时，当今皇帝，也就是昔日的长广王高湛，最喜欢玩握槊①游戏。而棋类，

---

① 古代的一种博戏，大概从今天的印度地区传入，盛行于南北朝和隋唐。其格局同棋盘一样，左右各有六路，黑白各十五子，两人即可玩，骰子投彩即可行马。有人说握槊就是双陆，但有人又研究说不是。具体区别待考。

正是我精通擅长的游戏项目。每次博弈，我都能恰到好处地输赢，巧妙地与王爷周旋，总能让他欢天喜地。

虽然我年纪比长广王大十六岁，我们之间的关系，可以说是不分彼此，知无不言，言无不尽。一日复一日的陪同，最终使得长广王对我须臾不能离开。

我本人，因西域胡人出身，自小时候起，我就喜欢弹奏胡琵琶。我高精的技艺，完全是从我父亲的一个买于西域的爱妾处学来。

想当初，在长广王王府灯火通明的大殿里，往往我信手一挥，万壑松声，琵琶悠扬，嘈嘈切切。红烛摇曳，绿鬓轻摇。

出自我手的乐声，总能让长广王沉浸其间，不能自拔。

记得一次夜深人静，演奏完琵琶后，我和长广王二人单独于王府饮酒。

酒酣耳热之际，我大声地奉承长广王说："殿下非天人也，是天帝也！"

长广王大笑，趁醉回答我："卿非世人也，是世神也！"

如此僭越之语，能从我们二人口中相对而出，可以想见我们之间的亲密程度。

不知何时，长广王的二哥、文宣帝高洋知道了我和长广王的亲密关系。出于嫉妒，有小人诬告我"为人轻薄"，说我诱引长广王"戏狎过度"。残暴的文宣帝高洋闻讯后，竟然不分青红皂白，派人把我逮捕，发配到边地修长城做苦力。

幸亏没过几天，长广王趁他二哥文宣帝一次心情好的机会，在娄太后面前大说特说我的好话，我复被召回，授予京畿士曹参军的职位。如果再在长城多待几天，很有可能我就会因为受不了劳役的苦楚而自尽。仅仅在那里待了十几天，我善弹琵琶的双手已经在搬砖的时候磨出了许多水泡。

好在老天保佑，我回到晋阳。天佑福人。我战战兢兢的日子没过多少天，残暴淫毒的文宣帝崩逝。再后，其子高殷被长广王高湛和他六哥高演推下皇位，高演继位，是为孝昭帝。又过了一年多，孝昭帝因为打猎伤肋而死。这样一来，我长久以来押宝的长广王高湛，终于坐上了帝位。

我多年辛苦，终于得到报偿，侍中、左仆射等官职，陆续而来。

一朝权在手，就把令来行。皇上即位后，我帮助他除掉了平秦王高归彦，挤走了兼衔侍中、开府仪同三司、太子詹事的高元海。最后，为了确保皇上嫡系子孙的传承，我还帮助皇帝除掉了文襄帝高澄的长子河南王高孝瑜和嫡子河间王高孝琬。

平秦王高归彦，字仁英，是神武帝高欢的族弟，在宗室中辈分极高。他的父亲高徽，魏末乱世之时因为犯法被判流刑押往凉州。行至河州时，地方贼人叛乱，高徽滞留当地多年，学得满口的胡语。

后来，神武帝高欢在魏朝秉政，就委任高徽为西域大使。高徽很能干，不停从西域押送狮子贡往朝廷。此人没福享受富贵，过了不久，便死于当地官任之上。而他儿子高归彦，是高徽与长安一个王姓寡妇私通而生。高徽死时，高归彦年仅九岁，就为神武帝高欢所养。他被接回晋阳，神武帝悉心抚育，恩同诸子。

文宣帝篡魏，建立齐国。文宣帝天保元年，高归彦以其宗室身份，得封平秦王。文宣帝末年，他得拜司徒，统率禁卫军。

文宣帝的太子高殷继位后，高归彦积极参与孝昭帝高演与当今皇帝高湛兄弟的合谋，诛杀汉人大臣杨愔和燕子献等人，拥立孝昭帝践祚。因推举之功，他得封司空，兼尚书令。后来，他自告奋勇，去邺城执取文宣帝的儿子废帝高殷，把他押至晋阳害死，算是替孝昭帝除去了一大隐忧。

齐之制度下，宫内只有天子可以戴白纱帽，群臣只能戴戎帽。为了酬谢拥戴之功，孝昭帝高演特赐高归彦一个人能在宫内戴白纱帽，以示尊宠。

孝昭帝崩后，高归彦从晋阳率领大军出发，往迎当今皇帝于邺城。由此，他进位太傅，领司徒。

为了答谢对自己的拥戴之功，当今皇帝下诏：每次出入宫廷，平秦王高归彦都能带三个带刀侍从。此举，可谓是宠冠当时。

地居将相，位极人臣，平秦王高归彦不知韬晦，志意盈满，贪污受贿，无所不为。而且，大庭广众朝参之间，他常常对众朝臣发言凌侮，旁若无人。

千人怨，万人恨，如此王爷，福祸只是转瞬间的事情。

冷眼旁观，我早知道他威权震主，必遭横死。于是，我与大臣高元海等人联合，数次在皇帝面前揭发他的不臣之举。

皇上开始的时候并不信，但最终心动：文宣帝待平秦王高归彦不薄，然而他叛其子而拥立孝昭帝；孝昭帝待平秦王高归彦也很厚，他却亲迎当今皇帝于邺城，置孝昭帝太子高百年于不顾。依此推想，平秦王高归彦，又能对谁真正忠贞不贰呢！

屡屡的反复，让当今皇帝不得不对高归彦产生怀疑。于是，皇帝有一天忽然下诏，给他一个太宰的虚衔，外放他为冀州刺史。

次日大早，酒醉中醒来的高归彦得诏，大惊失色。他还想亲自入宫陈说，被卫士阻于宫门之前，敕令他即刻上路。

当时，我已经早有准备，坐待宫门之后，指挥卫士严禁他入见皇帝。

当然，忆念旧情，皇上待平秦王高归彦不薄，除了加封他太宰的虚职，另外还赏赐他钱帛、鼓吹、医药等物，可谓事事周备，给足面子。

朝中从前归平秦王高归彦掌管的武职督将们，遵照敕令，全体到青阳宫送别，但没有一个人敢和他交谈，皆一拜而退。

此情此举，使得这位王爷尤其惴惴不安。

到达冀州后，高归彦心不自安。思前想后，他准备趁皇帝去晋阳之时，起兵造反，乘虚直入邺城。

但是，其属下郎中令吕思礼、冀州长史宇文仲鸾等人，联名密启，向皇上上告他谋反的消息。

高归彦气急败坏，逮捕这几个人，全部杀掉，然后公然造反。

身在邺城的皇帝和我们这些大臣对他早有防备，立刻下诏平原王段韶率领大军前往冀州平叛。

眼见无数大军逼城，平秦王高归彦绝望，他登城大叫：

"孝昭皇帝初崩，六军百万，全部由我掌握。当时，我没有任何犹豫，率众前往邺城，迎立陛下去晋阳继位。我当时不反，今日岂有异心！无他，我正恨高元海、毕义云等人诳惑圣上，嫉忌忠良。如果皇帝能杀掉他们，我当即临城自刭！"

段韶不为所动，指挥大军攻城。名不正，言不顺，平秦王高归彦众叛亲离，其实已经陷入绝境。

不久，城破，高归彦单骑北走。跑到交津时，他迷路被擒，被地方官锁送邺城。

听负责审讯他的宗室赵郡王高睿说，平秦王高归彦被捕后，哭诉他自己实无反心，只是不忿高元海等人背后诬蔑他，恨他们害自己被外放于冀州。可笑的是，他至死不知道，我也参与其中。

皇帝下旨，令大臣们齐议高归彦之罪。

大家异口同声表示，平秦王作为宗室贵臣，敢于谋逆，大逆不道，罪大恶极，不可饶恕。

于是，皇帝下诏，公开处决高归彦。

昔日万人之上的堂堂平秦王，被载以露车，衔枚面缚，押入闹市，当众问斩。

这个人，追根寻底，也确实该死。他九岁丧父，受神武帝所托，宗室清河王高岳把他抚育成人。后来，他竟然恩将仇报，在文宣帝高洋面前进谗言，害得高岳被赐鸩酒毒杀。这件事情，足以让一般人对他愤愤不平。

皇上的亲随都督刘桃枝站于露车之上，手执双刀，交叉于高归彦脖子两旁。军士们一路击鼓，一遍又一遍齐声大叫："反贼受诛！"

刑场上，高归彦及其十五个儿女，被依次杀头。

作为"老朋友"，我一直骑马跟随高归彦到刑场。

临刑，这位垂头丧气的平秦王忽然来了精神，他神秘而小声地对我说："和大人，我有一事相告。"

我急忙侧耳细听。

高归彦："魏朝时，山崩地震，曾震出两个锐形的黑色石角，极其坚硬，可以用之做矛头。它们作为珍稀之物，一直藏在国家武库之中。一次，我随文宣帝高洋入武库参观把玩，他从中任意选取好东西赏赐从臣。奇怪的是，他选了那两个石角，递给我，对我说：'你帮常山做事时不会造反，帮长广做事的时候一定造反。造反的时候，可拿此角吓唬人！'当时，我不解其意。现在，我终于明白了，'常山'是指从前的常山王高演，就是孝昭帝；至于'长广'，是指当今圣上，昔日的长广王啊。"

闻此言，我并不感到吃惊。齐国大臣都知道，文宣帝高洋虽然淫毒酗酒，但他具有一种特别灵验的先天预言的能力。

刽子手开始杀人。他们齐挥大刀，先砍掉高归彦六个儿子的头。

族诛，一般都有固定的顺序，真正的犯罪正主儿往往放在最后处决，目的是让他亲眼看到他家族人头落地的下场，从心理上给予犯人最大的折磨。

还好，由于高归彦毕竟属于宗室，他的家人和他本人没有被剐刑处置，只是被痛快地砍头而已。

两个兵士把十五个鲜血淋漓的头颅抬到高归彦的面前，有他六个儿子、九个女儿。

我朝刽子手示意。

一个兵士猛然拉住高归彦的头发往后拽，刽子手熟练地举起大刀，一下子就切下高归彦的首级。

沥了一会儿血，刽子手亲自端着高归彦的脑袋给我看。

死人头上，一只眼睁着，一只眼闭着，嘴微微张开。

我不是对死人的表情有兴趣，而是想仔细观看平秦王高归彦的脑门。果然，他的额骨有三道隆起，这就是人们所说的脑前"反骨"。

听说，文宣帝高洋在世时，一次喝酒后纵马在御苑狂奔。忽然，他拉住缰绳急停，身下所骑高头大马差点把跟在后面的高归彦撞死。文宣帝在马上用马鞭击打高归彦的前额，打得他血流满面，高声斥责说："你以后造反，这种反骨也可以吓人啊！"

我一直听说高归彦的额骨隆起，但朝见之时，大家均戴着冠帻，没能看清楚。这一次，他的脑袋被我拿在手中，让我看得清清楚楚……

平秦王高归彦被杀后，我抓住侍中高元海收取贿赂为人安排官职的把柄，又把他排挤出朝。

这样一来，朝中大权，基本握于我手。

当今皇帝似乎对先前高元海对他的撺掇感到很后怕，也很生气。他在朝堂上，亲自用马鞭捶击高元海数十下，边打边骂：

"你在邺城的时候，劝我以弟反兄，多么不义！又劝我以邺城兵马拒抗晋阳大军，多么无智！不义无智，真是该杀！"

对高元海来说，他还是应该暗自庆幸。那天，皇帝并没有真想杀他，只是愤恨而已。由此，留他一命，下诏把他外贬为兖州刺史。

奇怪而又让人不寒而栗的是，在邺城劝皇帝按兵不动的十多个巫师，他们的预言极其准确，讲对了当今皇帝会兵不血刃即位。

没过多久，这些人全被皇帝下诏杀掉。

龙子行事，自是不同凡人啊！

为了皇上，为了我自己，任何有威胁的人，不管他是谁，一定要死！一定要死！

我和高家宗室的人，能搞好关系的，都很融洽。文襄帝高澄的第二子、广宁王高孝珩，画得一手好人物，品相妙绝。据我手下从人讲，他正在我的府第等候我回去，要赠送我一幅苍鹰图。

不过，广宁王的大哥河南王高孝瑜已经得罪我，我正在想尽一切法子除掉他。但是广宁王高孝珩本人，不停送礼物给我，还算是很识相的一位年轻王爷。

这些个王爷，给当今皇帝做侄子，真不容易啊。不知道哪一天，他们脖子上的脑袋就要搬家。

第五章　骨肉相煎

我是大齐文襄帝高澄的第二个儿子广宁王高孝珩。

我父亲有六个儿子，元皇后生河间王高孝琬（他排行第三，是嫡子），除他以外，依次排序，宋氏生河南王高孝瑜；王氏生我；兰陵王高长恭（他又名高孝瓘）的母亲很早死亡，不知道是谁；陈氏生安德王高延宗；燕氏生渔阳王高绍信。

我们的父亲文襄帝，其实，他活着的时候并没有当过皇帝，"文襄帝"乃我二叔文宣帝高洋建立大齐后对他的追封。但他确确实实是当时魏朝真正的统治者。魏朝孝静帝时代，他是大丞相、都督中外诸军事、录尚书事、大行台、渤海王。他当时的官衔还有许多，我只记得住这几个最显赫的。

魏朝孝静帝武定八年（公元550年），据说，我父亲被手下的厨奴刺杀，时年才二十九。

一年多后，我二叔，我们大齐的创建者文宣帝高洋，代魏自立为帝，追谥他的哥哥、我的父亲高澄为"文襄皇帝"，庙号"世宗"。

自我二叔文宣帝高洋开始，皇帝就开始残害兄弟手足。我的母亲王氏一直警告我要小心行事，低调做人。

我们高家的籍贯，自祖父神武帝高欢（他的"神武帝"谥号也是我二叔追封）起，就自称祖辈是渤海蓨地人，六世祖高隐，曾为晋朝太守。其实，我怀疑这个说法是编造的。我祖父往上推，都是几辈子居于怀朔镇的贫苦汉人，在魏朝鲜卑贵族统领下当兵守边。所以，我祖父的父祖辈，其实属于完全鲜卑化的汉人。

沿袭魏朝的传统，我祖父神武帝高欢、我父亲文襄帝高澄、二叔文宣帝高洋、六叔孝昭帝高演以及现在的九叔皇帝高湛，他们都以鲜卑人自居。

我身上，确实真真切切流淌着鲜卑的血液。我祖父神武帝高欢的祖母是叔孙氏，母亲原为步大汗氏，都是鲜卑族。我的祖母娄太后，也是鲜卑族。

但我内心深处，非常讨厌我的鲜卑身份。我自小受汉儒老师的教诲，遍读儒家典籍。我深知，鲜卑是蛮族。从魏朝皇帝算起，他们不过是暂时占据中原的、没有文化的、狼子野心的异族。

就连达官贵人所讲的鲜卑语言，我都非常鄙弃。与纯正的洛阳音相比，鲜卑话是多么愚蠢啊！那种脑子里共鸣的鼻音，尤其浊混。魏朝的孝文帝改新，强迫鲜卑贵族穿汉服讲华言，大概和我的想法是一样的吧。

在我自己的王府内，我从来不讲鲜卑话。与我真正有真挚友谊的，都是汉人士大夫。我钦慕他们的才学和德行，和他们在一起，我觉得自己才是和文明人相处。

每每看见我们高家子弟与鲜卑贵官子弟在校场上狼奔豕突，我内心便充满了鄙夷和不屑。这些草原上的群狼粗狗，这些原先为魏朝守边的大兵后代，虽然他们现在都是人上人，但在骨子里，他们仍然是野蛮的下等人。

我喜欢丹青。画画真是一种超乎寻常的绝妙享受。因此，比我年岁大好多的直阁将军、员外散骑常侍杨子华，成为我的至交。我们两个人，全然是忘年之交，毫无势利俗情。

在我的书房，最珍贵的东西，就是他最得意的作品《校书图》。在这幅图卷中，杨子华以他高超绝伦的画技，仔细描画了我二叔文宣帝在天保七年命樊逊和文士高乾和等十一人刊定《五经》诸史的情景。

每天早晨，我都会焚香净手，把这幅画的摹本拿出来，展卷细看：

多么奇妙的水墨着色啊，多么让人玩味不已的情景。横卷图画中，卷首画一少年侧立，捧经书阅读，神态逼真；接下去，一个学者坐在椅上执笔书写，有侍从二人托纸砚伺候；一人执书卷，身后女侍二人，聚精会神。再往下看，榻上的二人正在书写，一个学者转身与一个抚琴人对话，似乎他们在赏鉴、谈论书写者的隶书水平。这几个画卷主人公的神情都非常生动，而杨子华在细节方面的描摹具尽精微，让人慨叹不已。榻后，有女侍二人，面容恭谨。从她们侍立的姿势，能看出她们是刚刚入宫的新宫人。榻侧，还有三个女侍各手持几、琴、壶站立，看似无序啮立，实则有条不紊，似乎她们刚刚轮换了位置，裙裾还在摇曳晃动，顾盼生姿。卷尾处，画有二马，一灰一黑。此外，卷尾所画照看马匹的奚官三人，一人拱手执鞭，二人牵马。他们的相貌，古怪硬朗，明显与汉人有别。

如此细致流动、简易标美的风格，世间只有我们大齐杨子华能为。作为丹青妙手，他曾画马于皇宫内壁。据传，壁马常常在夜间啮蹄长鸣，伴有阵阵饮水食草之声。他还曾在纸上画龙，龙飞腾舞爪，气势通天。卷舒画卷时，宫人都说有云萦绕，画龙掉尾将出……每次，我询问杨大人这些传说是不是真的，他均笑而不答。

我的九叔皇帝高湛非常喜欢他的画，一直命令他在禁中作画。没有诏令，杨大人不得为外人作画。我能和他学习绘画，还是沾了我宗室身份的光。常人也好，贵官也好，皇帝有禁令，对他的画皆不得有所索求。一般人和他切磋画艺，更是痴心妄想。

我本人最喜欢杨子华笔下的人物画。相比前人，他所画的人物形神秀润，衣带飘飘，妍质相渗，总给人以要从画中步出的幻觉。他的勾勒，堪比顾恺之的"高古游丝描"，如春蚕吐丝，紧劲连绵，循环入扣。而且，他所画人物，设色浓厚，晕染神妙。展卷观之，高雅飘忽之感扑面而来，绝对是千古逸品。

此外，常常到我王府中做客的，还有一个叫王子冲的棋艺大师。他的围棋行子，超然不群，如有神助。王子冲与杨子华一道，在齐国被人称为"二绝"。

世间流传的书画真迹，越来越稀少。南朝的梁武帝末期，大概是太清二年（公元548年），南朝遭侯景之乱，精贵书画被焚毁数百函之多。后来，西贼[1]攻破江陵时（时为南朝梁元帝承圣三年，公元554年），梁元帝萧绎亲自点火，焚毁了书画和典籍二十四万卷。西贼大将军于谨的兵士从煨灰中拾取，仅得四千余件书画。我们大齐的藏画，其实相比南朝要少得多，绝大多数还是魏朝孝文帝时代所积攒的一部分遗留物。

"二绝"高人，一时间都能在我府邸出现。乐曲声中，我们弈棋、吹笛，谈论画技，切磋棋艺。可以想象，我的生活是多么高雅不俗。

但是，对于和士开和大人，我还是要巴结的。无他，我就活不了。

和大人，乃当今皇上、我九叔的王府旧人，一直受宠非常。前日，其母刘氏去世，从来不哭的九叔皇帝闻而悲恸，泪下沾襟，派遣武卫将军吕芬亲率禁卫军去护丧。吕将军本人受命昼夜服侍和大人，待其成服后方返还皇宫。和大人入宫之日，皇上亲遣人以辇车迎入禁内。相见之时，皇帝亲握其手，怆恻下泣，劝谕良久。我九叔皇帝当然不会允许和大人归家丁忧守丧，他马上下令并其诸弟四人，一同进宫。如此亲重的表示，谁都能见出和大人在皇帝心中的分量。

和大人自有和大人的过人之处。我九叔皇帝患有气疾[2]，只要饮酒过度，就会大发作一次。和大人为此常常谏劝，皇帝不以为意。一次，皇帝与群臣宴饮，气疾大发，仍然举杯狂饮。见此状，和大人跪伏于地，潸然泪下，嘘唏不能自胜。其情其景，谁也不能怀疑他对皇帝的忠心和虔诚。

皇帝感动，声音颤抖地说道："爱卿此举，乃不言之谏！"此后，为报和大人忠诚，皇帝好久都没有饮酒。

---

① 指西魏。

② 即哮喘。

当然，和大人不能算真正的忠臣。他的言辞容止，极其鄙亵。而且，长久以来，他夜以继日逗留在皇宫内院，与皇上玩乐不休，无复君臣之礼。

一次，为皇帝奏琵琶后，我亲耳听到他对皇上慨然说："自古帝王，尽为灰烬，尧、舜、桀、纣，又有何异！陛下应该珍惜少壮之年，恣意作乐，纵横行之！能得真快乐、大快乐，哪怕就是一日，也快活敌千年！至于国事，交付大臣去办，陛下不要自己操心，伏案勤苦，非帝王所为。"

皇帝闻言大悦，连称："和大人爱惜我！"他下诏，一次就赏和士开千匹锦帛。

自此之后，皇帝大小事务均委任外臣，他自己三四天才上一次朝。每次上朝，只签画几个字而已，根本不和大臣商讨国是。须臾之间，我九叔就罢朝退归后宫玩耍。

还有，我们大齐有一个众人皆知的秘密，那就是，和大人与胡皇后关系密切，超出一般的密切！

胡皇后喜欢握槊的游戏，皇帝就让和士开教胡皇后学习握槊这种棋艺。和士开和大人风流倜傥，相貌堂堂，胡皇后一见倾心。

二人之事，举朝皆知。至于我的九叔皇帝知道不知道，天才知道。

如此天地君臣一家春，别人从来不敢置喙。可我倒霉的大哥、河南王高孝瑜，自恃宗室尊亲，大庭广众之下，劝谏我的九叔皇帝：

"皇后至尊，母仪天下，岂可与臣下握槊接手！"

当时，我就发现和士开和我的九叔皇帝皆一时变色。

朝中众臣，皆俯首不言。

大哥那天不知为什么，上谏之后，还当众表示：

"赵郡王高睿，其父死于非命，陛下不可与之亲近！"

如此宗室秘事，我大哥竟然在稠人广众之中脱口而出，真不知道他那天吃错了什么药！

我发现，赵郡王高睿的脸，一下子色如死灰。

赵郡王高睿的父亲高琛，字永宝，是我祖父神武帝的亲弟弟。高琛年轻时弓马娴熟，胸有大志，帮助神武帝扫清天下，在魏朝获任镇西将军、金紫光禄大夫，负责禁卫事宜。由于恭勤缜密，军功卓著，加上他与祖父神武帝的亲兄弟血缘关系，高琛很快就被任命为并、肆、汾大行台仆射，领六州九酋长大都督，成为神武帝的左右手。可惜的是，血气方刚之年，留守晋阳的高琛一次酒后乱性，不仅和神武帝的尔朱妃通奸，还奸污了神武帝的另外三名姬妾。其中一人，竟下体流血不止，被奸污而死。事发，我祖父神武帝大怒，在后庭亲自对高琛行大杖责罚，收手不住，竟然把他杖打而死，他时年才二十三。

未几，神武帝非常后悔，追赠这位亲弟弟为骠骑大将军、太尉、尚书令。我二叔文宣帝高洋化家为国后，追赠高琛为左丞相、太师，并晋爵为王，配飨高祖庙庭，并下诏让他的儿子高睿嗣位。

这样谁也不愿意提的伤疤，竟然被我的大哥当众揭开，我真为他捏了一把汗。毕竟，二十三岁即被哥哥活活打死的高琛，是我们的亲叔祖啊。

和士开和赵郡王高睿本来不和，但他们此后却站在一条线上，日日在九叔皇帝面前讲我大哥的坏话，其中最重的一句话是：

"山东一带，军士只知道有河南王，不知道有陛下！"

猜忌之下，大哥高孝瑜又犯了一大忌讳：他和宫内的御女尔朱氏私通，被九叔皇帝侦知。当然，大哥还没有胆子大到入宫与御女私通。那位貌美如花的尔朱氏，从前是我祖母娄太后的侍女。三年前，大哥在探访祖母时与尔朱氏堕入私情。尔朱氏入宫为御女后，他们本来断绝了来往。

六月庚申日，我们的堂弟、当今太子高纬结婚庆贺。禁宫中，所有的朝廷大臣、宗室皇族，皆受命参加聚会。

依据宗室宴礼，这一天，皇帝身穿常服，于别殿西厢东向而坐。高氏七庙子孙皆穿公服入宴。无官者，单衣介帻，会集在神武门，依照在宗室中的尊卑顺序，鱼贯列于殿庭之中。年纪上七十的宗室，旁边都有宫内两个宦者扶拜。年过八十者，扶而不拜。升殿就位后，皇帝起立，宗室伏拜。皇帝坐下，宗室兴拜而坐。尊者南面，卑者北面，皆以西为上。对于那几个年纪过八十岁的人，会单独给他们安排座席，以示尊崇。

大家坐定后，丝竹奏乐。顿饮三爵毕，宗室避席，得皇帝口诏后，方能复座原位。这套礼仪完成后，大家可以尽兴畅饮。

婚礼隆重异常。当日，九叔皇帝临轩，命太尉为使，司徒为副使，持节捧诏，行至大将军斛律光的小女儿面前，立于东向，奉玺绶册。女孩子年纪虽然小，非常懂规矩，她跪受玺册，拜舞如仪。然后，使者与众大臣公卿皆向新的皇太子妃跪拜。

陆陆续续，有无数以绸彩扎束的礼物大陈于庭院，琳琅满目。

皇太子妃穿着大严绣衣，带绶佩，戴上称为"幪"的面纱。宫内女长御导引她徐行，登坐画轮四望车。然后，女侍中捧玺陪乘，由门至殿，在辽阔的皇宫大院内徐行。

皇太子妃的卤簿，几乎如皇后一样的规格。

这时候，我的堂弟皇太子高纬身穿大红的吉林服，随着他穿戴皇帝衮冕的父皇和身穿金凤绣衣的母后出现在昭阳殿，一起升入御座。

皇太子妃入大殿门，大卤簿停在门外。斛律氏小姑娘换乘小卤簿入内。

到东上阁的时候，宫人展施步障。皇太子妃从车上下来，踏着地毯，小步走入昭阳殿。

行至她自己的席位前，女侍从为她掀起面纱。相望之时，皇太子与皇太子妃对拜。

皇太子妃先拜后起，皇太子后拜先起。

然后，皇太子妃升上西阶，与皇太子同坐一个小型的御座。

根据仪式，这两个孩子各自吃三口饭，然后，还要象征性地饮尽头二爵一卺美酒。等到仪式官喊"礼毕"，皇太子妃立刻起立，南向而站。

皇太子亲御太极殿，坐在单为他设立的一个小型御座上。王公贵臣皆跪拜称贺。然后，皇太子起立。仪式最终完成。

如此烦琐的仪式，两个小孩子中规中矩，竟然没有丝毫差错。

我的九叔皇帝和胡皇后一直兴高采烈，注视着他们的太子与太子妃在婚礼上的一举一动。他们两个人十分恩爱的样子，互相劝酒。

整个皇宫内院，一派喜气洋洋。

乐曲声中，礼官朗诵歌诗：

> 雾夕莲出水，霞朝日照梁。何如花烛夜，轻扇掩红妆。
> 良人复灼灼，席上自生光。所悲高驾动，环佩出长廊。[①]

这个时候，我那倒霉的大哥河南王高孝瑜，竟然鬼催一样，以为别人看不见他，偷偷与在宫中为女官的尔朱氏交谈。

她上酒时，我大哥微微侧头，与她窃窃私语。大概是旧情难忘吧，他们两个人叨叨许久，尔朱氏边听边笑。

站在御座后面的和士开眼尖，立刻指示给皇帝看。

九叔高坐于御座上，把我大哥的一举一动瞧得一清二楚。见此，新恨旧怒，肯定顿涌心头。

---

① 南朝梁何逊《看伏郎新婚诗》。

脸色陡变下，他唤我大哥河南王高孝瑜近御座，亲自斟酒，赐金杯酒与饮。那种金杯，是波斯人贡的海量大杯，杯量大得吓人。

我大哥不敢不喝。尽一杯，九叔复赐一杯。

最后，我大哥总共喝了三十七大杯。

纵然我大哥河南王高孝瑜腰带十围，身坯肥大，也禁不住这么灌酒。

宫宴还没结束，他就摇摇晃晃，挣扎了几次都不能起身，烂醉如泥。

皇帝的侍卫娄子彦得旨，与几个卫士一起把我大哥高孝瑜抬上车。然后，他们把他在车中按住，硬往他嘴里灌了整整一壶毒酒。

车子行至西华门，我大哥腹中毒发。烦躁疼痛之下，他声若牛吼，从车中扑出，跳入玉带河中，毒发呛水身亡。

想当初，儿童时代，我大哥高孝瑜和我九叔皇帝高湛，均在我爷爷神武帝宫中长大。二人辈分不同，年龄一样，天天一起玩耍，所以，他们原本非常友爱。我们的二叔文宣帝高洋死后，我大哥又与九叔、六叔一起诛杀了汉臣杨愔等人，备受信任。

九叔继位后，刚开始，他对我大哥礼遇甚隆。一次，九叔在晋阳宫饮好酒，品赞酒味的同时，马上派人骑马飞递几坛美酒给大哥，并写亲笔信："我在晋阳饮汾清美酒二杯，也劝你在邺城共饮两杯！"可见，当时他们的关系亲密无间。

我大哥高孝瑜容貌魁伟，精明雄毅。其为人，有名的谦慎宽厚，爱惜士人。他读书敏速，十行俱下，爱好文学。在他的王府内，常常聚集汉人大儒。此外，大哥棋艺精敏，终局不失一道，言德言行，他在宗室之中令名卓著。

我父亲文襄帝在世的时候，曾在邺城东大起园林池塘。时俗眩之，争相效仿。我大哥高孝瑜本性豪奢，酷似我们的父亲文襄帝。他成年后，在王府大修水堂，制造龙舟，置高幡于龙舟上，多次召集我宴饮击射为乐。九叔当皇帝后，也曾数次临幸大哥的王府，欢饮高歌。

也可能是自恃与九叔自幼感情深厚，大哥才敢于直言。由此，他终遭杀身大祸。

卫士进入大殿禀报大哥的死讯时，宗室全部在场。

九叔皇帝举杯不辍，眉头稍稍一扬，摆摆手。一个内臣趋上，宣读早已经准备好的诏书：

"河南王高孝瑜，追赠太尉、录尚书事，谥'康献'。"

众人匍匐听旨，没有一个人敢哭，也可能他们根本就不会悲痛。

死一般的寂静中，忽然间，我的三弟、河间王高孝琬贸然站起，放声大哭，号啕着冲出宫门。

九叔皇帝双目炯炯，寒光照人。

皇太子大喜的日子，我大哥闹酒，三弟又号丧，这样搅扰，想必不会有好下场。

我心内一揪，一种更加不祥的预感涌上心头：三弟，命不久矣！

大哥高孝瑜被毒死的当天晚上，九叔皇帝又派人杀掉了他的生母宋太妃。宋太妃出身魏朝名家，她的祖父宋弁，曾为魏朝吏部尚书。宋太妃原本是魏朝颍川王元斌的妃子，当时我父亲文襄帝高澄见而悦之，纳之为妻，而后生下我大哥高孝瑜。

宋太妃临死可能都不明白，平时对自己那么尊敬的小叔子，当今的皇帝，为什么忽然派人闯到宅邸勒死自己。

皇家相残，不分亲疏。

我大哥死后不久，相同的命运，很快就降落到我的三弟高孝琬身上。

三弟高孝琬，是我父亲文襄帝的嫡子，平素非常骄矜自负。

和士开对我这位三弟非常忌讳，生怕日后对他不利，就对我九叔皇帝讲：

"河间王天天在家里用箭射草人，草人胸前写着皇上您的名字。此外，前阵子突厥犯边，高孝琬将兜鍪扔在地上，面对三军兵士高声叫喊：'我又不是胆小的老太婆，穿戴这些做什么！'这句话，完全是讥讽皇帝您啊！"

大臣祖珽也不是省油的灯，他也进谗言陷害我三弟：

"魏朝的时候，民间就流传有歌谣：'河南种谷河北生，白杨树头金鸡鸣。'河南、河北，正是河间王的封地啊。金鸡鸣，暗喻高孝琬可能会夺帝位。"

九叔大起疑窦。

这时候，我三弟高孝琬从一个西域和尚那里得到了一颗佛牙舍利，供在王府内，天天顶礼膜拜。

夜间，这颗放置于金龛内的佛牙烁烁发光，金光四射，惊动四周。

和大人耳目众多，探知此情，即刻报告九叔皇帝。

惊怒之下，九叔立刻派遣禁卫军包围了我三弟的王府。

三弟的王府被翻个底朝天，但除了佛牙舍利，僭越和违禁之物一无所得。最后，皇宫禁卫军只搜得数百根镇库的槊幡。

经和士开一番添油加醋，九叔认定我三弟私藏武器，要谋逆造反。于是，他下令严刑审讯三弟的家人。

诸姬之中，三弟府中有位陈氏妇人久不得宠，就诬称三弟说：

"高孝琬悬挂陛下画像，夜夜对之而哭，是诅咒陛下早死！"

其实，我三弟所悬画像乃我亲笔所画。那是我们的父亲文襄帝高澄的画像。大哥被杀后，三弟心中痛苦，常常悬挂父亲的画像哭诉祈祷。

震怒之下，九叔皇帝召集宗人，集体审讯我三弟高孝琬。

禁苑的大树上，我三弟被高高吊起。

九叔皇帝的武卫赫连辅玄膀大腰圆，他光着上身，正唰唰抡鞭，死命抽打我的三弟。

九叔皇帝一身红螺袍，斜倚榻上，斜目观视。

我三弟高孝琬嘴硬。他不求饶，只是不停地喊："九叔！九叔！"

九叔皇帝高湛勃然大怒。他猛地站起身来，冲到被吊起的我三弟高孝琬近前，大声斥责：

"谁是你九叔？你是何人，敢唤朕作叔！"

我三弟高孝琬被鞭打得遍体鳞伤，依旧不减昂然之气，他高声回答：

"我，高孝琬，乃神武皇帝嫡孙，文襄皇帝嫡子，魏朝孝静皇帝的外甥，如此血胤，难道叫不得陛下您一声叔吗？"

闻言，九叔皇帝愈怒。他抢过卫士手中的大锤，猛力击打我三弟的两条大腿，手中力道，一下狠过一下。

大叫数声，我三弟的身体忽然软垂下来。

不顾我三弟还在抽搐的身体，九叔皇帝下令：

"把这个贼子弄去西山，挖坑埋掉！"

然后，九叔在人群中发现了瑟瑟发抖的我。他慢慢踱步至我的身边，冷冷地问：

"听说你三弟高孝琬有个儿子叫高正礼，聪颖异常，三岁就能背诵《左氏春秋》？"

惶然之间，我叩头出血，为三弟的儿子哀乞求生。我知道，天威震怒之下，不仅仅是我的侄子，我本人随时也可能被九叔杀掉。

只要他示意一下，我头上的脑袋就会落地。

关键时刻，九叔所宠信的大臣祖珽挺身站出，充当老好人。

他禀告九叔说："河间王高孝琬谋逆，证据昭彰。然宗室血胤，陛下可恕其子嗣。况且，内有广宁王高孝珩忠诚体国，外有兰陵王高长恭勇敢御敌，高孝琬虽然不道，其兄弟仍然是国家干将！"

我屏息伏地，心中暗暗祈祷。

还好，我为人谦恭，平日不断向皇帝身边的这些红人馈送财物，要紧关头，终于有人出来说话。

"陛下，兰陵王高长恭等待觐见。"卫士上殿报称。

第六章　让我羞愧的美貌

兰陵王！仅凭这个名号，就确实能让我们大齐的敌国周国人闻风丧胆。

可是，我，兰陵王高长恭，内心却有深深的苦恼。

我的脸，以一般人的目光看，可能太美貌了。齿如编贝，唇似激朱，眼波似水，还有，皮肤异常白皙。如果不是我身高九尺的身躯，只看我的容貌，肯定不少人会错认我为一个美貌的妇人。

在兄弟之中，我排行第四。我父亲文襄帝高澄，就以貌美白皙著称。我的生母荀翠容，原本是我祖父神武帝高欢的侍女。她由于天生貌美，被祖父当时宠爱的尔朱氏盯上。尔朱氏害怕神武帝对自己的宠爱转移，几次下毒，险些杀掉我的母亲。最后，还是我的祖母娄太后心善，把我母亲（当时她只有十四岁）接到自己宫中养护。

祖母听道士讲，我母亲这种目秀神清的女孩子能生贵子，就把她赏赐给我父亲文襄帝为姜。

当时，我的祖父高欢和我的父亲高澄，名义上还都是魏朝的臣子。

我在祖母身边长到十二岁，就外出到兰陵封地做王。虽然远离京城，但我感觉很快乐。

多年来，我躲过了我二叔文宣帝高洋对宗室的猜忌、杀戮；尔后一年多，六叔孝昭帝品性不错，一直重用我为国家守边；现在的皇帝，我的九叔，对我还算不错。毕竟我有不凡的战功。而且，我的母亲出身低微，这反而帮了我的大忙。

一般来讲，我们高家皇族宗室内部的屠刀，应该不会落到我的头上。

百余年来，无论是南方还是北方，战争一直没有停止过。

战争的时代，英雄的时代。

男人大丈夫，能死于疆场，马革裹尸，是我毕生的志愿和梦想。

自魏朝孝明帝正光四年（公元523年）起，北部边防六镇的兵士因为待遇不公开始暴动。而后，关陇、河北和山东等地乱起。魏朝的胡太后鬼迷心窍，因淫荡不能自持，鸩杀了碍她情事的、年方十九岁的亲儿子孝明帝，最终导致了羯胡头领尔朱荣的崛起。

汹汹而起的尔朱荣，在武泰元年（公元528年）发动河阴之变，淹死胡太后和幼主后，杀掉魏朝宗室、重臣三千多人，控制了魏朝国政。

三年后，被尔朱荣拥立的魏朝孝庄帝，在殿中手刃尔朱荣。尔朱荣的侄子尔朱兆再起兵，杀掉孝庄帝，另立节闵帝元恭为傀儡皇帝。

趁着魏朝末期的大乱，我祖父神武帝高欢狂龙出世。

普泰二年（公元532年），韩陵之战，我的祖父神武帝高欢大胜尔朱氏，奠定了日后我们大齐的家业。当时，他名义上还只是由尔朱氏委任的魏朝晋州刺史。审时度势之后，他联合六镇鲜卑以及河北大族武装，先拥立魏朝安定王元朗为帝，打起兴复魏朝的旗号，步步击败尔朱家族军队，最终铲除了尔朱家族的势力。

自那以后，我祖父高欢身居晋阳，遥控洛阳的魏朝朝政。他手握大权后，嫌先前拥立的安定王元朗地望不尊，就派人杀掉那位二十岁的皇帝，另立孝文帝的孙子元脩为帝，即统一的魏朝的最后一任皇帝孝武帝。

仅仅过了两年，我祖父拥立的孝武帝元脩不甘心自己受控制，率人逃往长安，投奔当时的关西大都督宇文泰。当年十月，我祖父高欢拥立另外一个魏朝宗室元善见为帝，并把都城从洛阳迁至邺城。

转年正月，宇文泰毒死了投奔他的魏朝孝武帝。挑来拣去，宇文泰在长安拥立魏朝另外一个宗室元宝炬为帝。

这样一来，魏朝分成了东西两个部分。我祖父控制东魏，宇文泰控制西魏。

号角长鸣。从此以后，二十多年间，东西两边皆以魏朝正统自居，一直大战不止。

潼关之战和沙苑之战后，西贼乘胜东进，攻下蒲坂①和金墉②，与我们争夺洛阳。武定元年，我祖父高欢与西贼先后在河桥③南城、邙山④交战。可惜，我祖父的军队先胜后败，不得不放弃洛阳。西贼占据洛阳后，战线太长，他们无力长期占领，而后不得不撤兵，退以黄河为界设防。

---

① 在今山西永济西南。
② 在今河南洛阳东。
③ 在今河南孟州西南黄河上。
④ 在今河南洛阳北。

武定四年，我祖父为报仇，亲率大军大举进攻西贼的军事重镇玉壁①。

玉壁之战，双方相持苦战五十余日。由于西贼守将韦孝宽拼命坚守，我军攻不能下。攻城作战，肉身攻坚墙，我祖父的东魏军队，在城下损失了七万人，被迫退兵。

回军不久，我祖父高欢就愤懑而卒。而后，我的父亲高澄嗣其王位，整顿吏治，锐意进取，击败叛乱的侯景，进击南朝，大有作为。后来，由于防护不慎，他被家奴刺杀，年仅二十九岁。

没过多久，我二叔高洋取代魏朝。孝静帝退位。我二叔称帝，改国号为"齐"。

喧扰之间，南朝的梁国一直想乘我们东西两魏相互争斗之机，攻取中原。我祖父死后，叛将侯景暗中联系梁武帝，许以所据河南之地投降，请求梁国出兵援救。梁武帝不顾群臣反对，出兵支援侯景，反被我父亲高澄指挥大军击败。

侯景南逃后，他占据梁国的寿阳②以为根据地。转年，侯景反对梁国与我父亲议和，暗中联结梁国内部有篡位野心的宗室临贺王萧正德，趁机反梁，一路杀伐，最终渡江攻取了梁国的都城建康。侯景这个贼子把八十多岁的梁武帝囚禁在台城，活活饿死。再后，梁国的湘中王萧绎遣王僧辩、陈霸先等人征讨侯景，攻破建康。侯景败走途中，被其亲信部属所杀。萧绎在江陵③自立为帝，是为梁元帝。

乘侯景乱梁之机，西贼和我们齐国各自派兵争相南下略地，西贼取益州，我们取淮南等地。

西贼宇文泰很有开国才能，他的"府兵制"施行后，大大扩充了兵源，提升了战斗力。西贼连战连胜，攻破梁国的江陵，擒杀梁元帝。

梁国大将陈霸先，在建康拥立萧方智为帝。我们齐国派军想争利，却被陈霸先击败于江南，不得不撤回长江北岸。

西贼所立的傀儡魏恭帝没在皇位上待多久。天保八年（公元557年），宇文泰死后，他的儿子宇文觉被宇文泰的侄子宇文护等人拥立为帝，建立周国，取代了西魏。同年十月，梁朝的大将陈霸先代梁称帝，国号为"陈"。这样一来，我们齐国，西有周国为敌，东有陈国为敌。

周国的权臣宇文护是宇文泰的侄子。他拥立堂弟宇文觉后，发现宇文觉不好控制，仅仅六个月，就把宇文觉毒死，再立宇文泰的庶长子宇文毓为帝。过了四

---

① 在今山西运城稷山县西南。
② 在今安徽淮南寿县。
③ 在今湖北荆州。

年，宇文护觉得这个堂弟也不听话，派人下毒，害死了宇文毓。最终，宇文护把宇文泰的第四个儿子、年方十七岁的宇文邕推上帝位，但宇文护本人，牢牢把持着周国的军政大权。

东西两边，朝代更迭，死人不停。

滚滚黄河，奔腾流去。滔滔河水，皆是流不尽的英雄血！

西贼在宇文泰时代，就一直送公主和金银珠宝孝敬，北结蠕蠕。后来，蠕蠕被突厥打败。他们见风使舵，马上联合突厥，又送女人又送财宝，时刻想让对方出兵，一起灭掉我们大齐。

我九叔高湛继位后不久，突厥的木杆可汗由于收受了周国进献的美女和财宝，就派出十万铁骑，与周国大将杨忠一道，一直打到我们齐国的晋阳城下。

幸亏我们齐国大将军斛律光、段韶、赵郡王高睿等人指挥有方，齐军大败周国、突厥联军。

突厥人临撤退，抱怨周人："你们对我们可汗讲齐国内乱，人心不稳，所以我们才千里远来帮忙攻打。对阵之时，我们发觉，齐国军人的眼中，光芒灼灼，似有精铁发光，如此劲军，何能与他们为敌！"

突厥撤退出塞，七百里间，沿途杀戮一空，人畜无遗。

虽然此战大胜，我九叔皇帝高湛内心生惧，一直想和周国议和。

在和士开的建议下，九叔把宇文护先前遗留在晋阳的老母阎氏送回周国。

宇文护心怀感激，很想立刻与我们齐国议和。可是，贪图我们齐国女人、玉帛的突厥木杆可汗派人到周国，气势汹汹，与周国相约，想再次攻伐我们大齐。

慑于突厥军威，宇文护只能在国内再征集二十多万军人，于河清三年十月，重新挑起战争。

宇文护本人率军至潼关①。他派大将尉迟迥率精兵十万为前锋，直指洛阳而来；派大将军权景宣率荆襄之兵前往悬瓠②；派少师杨檦进攻我们齐国的轵关③。

十一月，宇文护本人率军进驻弘农④。这时候，尉迟迥所率周军已经包围了我们大齐的洛阳。同时，周国的雍州牧宇文宪与同州刺史达奚武、泾州总管王雄等人，统领劲旅，屯军邙山。

周将杨檦自恃以往与我们大齐作战未曾失利，出轵关后轻敌深入。结果，他

---

① 在今陕西渭南潼关县东北。
② 在今河南驻马店汝南县。
③ 在今河南济源西北。
④ 在今河南灵宝西北。

正中埋伏，被我们大齐太尉娄睿袭破，不得不放兵投降。可是，周将权景宣部围攻悬瓠的时候，我们齐国的豫、永二州刺史是尿包，很快举州投降。就这样，二州被周军占领。

十二月，周军乘胜进攻洛阳，发起攻城战。

洛阳城坚，周军攻打三旬，久攻未克。

宇文护势在必得。他分兵切断河阳①道路，以阻遏我们大齐的援兵。

时势发展至此，周军诸将轻敌，以为我们齐军必不敢出。由此，他们越来越麻痹，戒备不严，仅派少量侦察人员四处做例行侦察。

我接受九叔皇帝的命令，与大将军斛律光一起率领军队前往洛阳救援。

到达洛阳后，放目四望，敌军营帐遍野，蔽塞天地。

面对周国如此人多势众的大军，我和斛律光两个人到达洛阳附近后，都不敢贸然轻进，只能逗留观望，寻找时机。

九叔高湛不放心，急忙遣派我们大齐的并州②都督段韶，让他自晋阳南下，亲督诸军解救洛阳。

段韶是我祖母娄太后的外甥，字孝先，小名铁伐。多年以来，从我祖父高欢时代起，他就一直征战疆场，屡立功勋。

先前的晋阳之战，周军与突厥联军合众逼城，我皇帝九叔已经自邺城日夜兼行赴救。他进入晋阳城后不久，敌军日益增多。

突厥从北结阵而前，东据汾河，西背风谷，与周军掎角相呼，把晋阳围得铁桶一般。

事发仓促，我军兵马未整。身为皇帝，我九叔在城上见敌军如此势大，当场吓得大哭，极想放弃晋阳，躲避周国、突厥联军，东遁而去。

关键时刻，还是赵郡王高睿、我哥哥河间王高孝琬与段韶一起，竭力加以劝阻。

时值大雪之后，周军以步卒为前锋，从西山结阵，高举黑旗，击鼓而下。

当敌人接近城池二里开外的时候，晋阳城内诸将大都建议我们齐军大开城门，举军而出，迎头逆击。

还是段韶有勇有谋，表示说：

"步兵气势，本自有限。今城外积雪深厚，我们出军逆战，不一定有必胜的把握。不如结阵待之，彼劳我逸，破之必矣！"

---

① 在今河南孟州。
② 在今山西太原。

果然，开城结阵，双方对垒。

经过短暂的互相试探后，双方交战。我们大齐军队以逸待劳，呐喊冲杀，尽歼周军前锋军，杀得这些充当前锋的敌人劲旅大败溃亡，无复孑遗。

当时，我身先士卒，斩杀敌兵敌将几十名。鞍后首级，悬挂累累。

我清楚地记得，当我下马准备斩落一个肚肠被长槊捅出的周军将领的脑袋时，那个人正半躺在地上，吃力地用双手盘导他掉落出来的肠子。

敌将喘着粗气，看着我执刀越走越近。大概我的相貌让他大吃了一惊，他张大眼睛，定定地看了我半天。然后，他用一只沾满他肚腹鲜血的手往上推了推头上鱼鳞状的额护，往地上啐了一口唾沫，用鲜卑语说道：

"真他妈的倒霉！我怎么死在一个美妇人的刀下！"

这一言激怒了我。我快步上前，用战靴踢乱这个周将刚刚缠好的肠子。

我俯下身去，一只手揪住他的头发，用刀慢慢切下他的脑袋。

临死，他甚至还朝我笑了笑，轻蔑地"哼"了一声："瞧你的样子，呵呵，你长得真像一个小娘们儿啊……"

本来配合作战的突厥军队，望见周军大败，根本没有胆量加入战斗。这些剽悍的胡人，通宵奔遁而去。

段韶率骑兵一路蹑踪，出塞不及而还。

九叔皇帝嘉赏段韶大功，庆功宴上，加封他为怀州武德郡公，进位太师。

见到我当时一身血迹上前报功，九叔皇帝当众笑言：

"兰陵王貌美如妇人，竟然能如此英勇，真不愧我高家千里驹！"

众将哄然大笑。

听此夸奖，我脸上一热。被夸说"貌美"，我心中怏怏不乐。

从那时起，每次作战，我都戴一个狰狞的面具。这是我让匠人仿效傩舞的头面，精心打造的铁制面具。面具上面，除了为露出双眼和嘴巴而凿开了三个洞，我还让匠人镶嵌了许多彩色怪石。

刚刚戴上面具照镜，我被自己吓了一跳。

从那时起，我再也不怕被敌人或者自己人称作"美妇人"了。

如今，有了段韶这样的大齐名将来洛阳助战，我和斛律光等人非常振奋。

段韶来得真快。他督精骑一千从晋阳出发，一路兼行，五天五夜，就已经渡过黄河，与我们这些齐国大将相会。

会兵之后，段韶未及休息。凌晨时分，他自将帐下二百亲兵与我等援救洛阳的诸军军将，共登邙阪①，观察周军形势。

我们一行人，刚刚行至太和谷②，恰与周军主力中军遭遇。

段韶即刻传令，派人驰告诸营，准备大战。

他本人丝毫不惧，与我等诸将排兵布阵，严阵以待。

段韶自为左军，我兰陵王部为中军，斛律光部为右军。

遥相对阵之时，段韶对周军喝道：

"你们周国宇文护的老母，不久前刚刚被我大齐礼送回国。我们如此仁德，你们周人真是忘恩负义。你们不能怀恩报德也就算了，今日兴兵入略，究竟想干什么？"

周军遥呼："上天遣我大周来击灭你们齐国，有何可问！"

段韶冷笑，大声喊道："天道赏善罚恶，你们此来，送死无疑！"

周军率先派遣步兵在前，上山逆战。

仔细分析战场形势后，段韶下令："敌人是步军，我们是骑兵。我们且退且引，引诱他们上钩。等他们跑累了，立刻下马迎击！"

周军黑甲，黑兜鍪，旗帜也是清一色的黑色，望之森然。这些兵士，以陇地汉人为主。他们先是排成方阵，击鼓步进。走到半山，周军挥舞旗帜，呐喊冲锋。

我们不慌不忙，先是有秩序地后撤。我们的骑兵慢慢拨转马头，小跑向后，同时，都扭头观望周军的进攻。

周国兵士、中级军将，不少人都穿着几十斤重的铠甲，他们挥舞长槊长刀，呼喝而来。开始的时候，他们气势很盛。跑了一会儿，周军步兵开始显露出疲态，脚步渐缓。

所幸的是，我们这次出兵，本来的目的是追随将军段韶观察形势。所以，我们北齐的骑兵，事先根本没有想到会如此仓促与周兵相遇，也就没有立刻交战的准备，多数兵将都是轻装上阵。如果我们有备而来应战，肯定会穿上那种铁制的重具装，那样的话，仅仅身上的铠甲就重达一百多斤，根本不可能下马与周军战斗。

平时正式作战的时候，我们齐军和周军，一般都是身穿遮护全身的铁制具装铠甲，而胯下战马也都装备有护甲。身为大将和王爷，我的那套具装铠甲，重达一百八十斤。那种护甲，在平地正面冲锋的时候，非常管用。可以想象，整个骑兵方阵披挂整齐，如同铜墙铁壁一样，朝着敌人迎面缓缓冲逼而去，势不可当。但是，在这样的山坡地形，如果穿着那种具装铠甲，跑上几千步，估计就会把马

---

① 在今河南洛阳东北。

② 在今河南洛阳东。

也累趴下①。

自从晋阳与突厥人交战以来，我已经发觉，那些突厥兵士和将领所穿，与周国和我们齐国的重甲具装都不同。他们大多数人，都只是身上披挂简单的铠甲，而他们所骑的战马，只以很轻薄的皮革甲罩住关键部位。所以，突厥人冲击的速度快得惊人。

参加过数次征战后，我深知，战争之中，速度和时间是最最关键的决胜因素。冲击力和打击力，其实倒是次要的东西。我们齐国、周国的具装铠甲骑兵，相比突厥的轻骑兵，机动性更差，其实只适于简单的正面突击，根本不适用于机动的战术，更不宜于穿插、迂回。

如果要出奇制胜，特别是在现在这样的山地作战中，一定要脱下沉重的具装铠甲，否则，必败无疑。

可怪的是，周国与突厥关系如此亲密，他们却没有学会装备突厥式样的轻骑。

也巧，我们这一次，歪打正着。段韶将军、斛律光将军以及我，都没有想到会在侦察地形的时候遇到周军主力。所以，我们手下所率骑兵，恰恰皆是基本没有穿着具装重铠的轻骑兵。

周国步兵一直沿着山势，步履沉重地往上追赶我们齐国的骑兵，很快，这些人就陷入疲倦之中。

他们奔跑了一会儿就累得几乎挪不动脚步，各自气喘吁吁，干看着我们的背影。

将军段韶认为时机已到，立刻挥旗发令：

"下马战！"

短兵始交。已经疲惫至极的周国步兵，忽然看见我们齐国的骑兵掉头反击，根本就抵挡不住。

甫一交手，周军最多只有招架之功，并无还手之力。

我们轻装上阵的骑兵，个个飞身从马上跳到地面。刚刚落地，没有经过累人的奔跑，我们的兵士体力充沛。他们跳跃躲闪，非常灵活。

我军兵士中，那些使用丈八长槊的，顺着下落的坡势急趋迎前，可以轻易刺穿身穿铠甲的周兵。而使用刀剑等短兵器的人，居高临下地奔跑到敌兵面前，腾跃几下，就能够闪躲开周兵笨拙的捅刺，然后，敏捷地挥刀砍击周兵没有甲胄防备的部位，或者更干脆，用剑直刺他们的喉咙。

---

① 自汉朝以来，中国的王朝都从西北方大量引进"外国"的高头大马。五代以后，西方骏马的种类逐渐罕见。元、明时代，随着蒙古矮种马的大量使用，西方大马的种系基本绝迹。

互相击捅刺没多久，周军步兵就顶不住我们齐国下马骑兵的气势，崩然大溃。

我的铁面具，特别是在战场上的赫然显现，确实能给予敌人极大的心理威慑。在我斩杀的近百周军中，他们临死的一刻，往往眼中充满恐惧，惶然盯着我脸上的狰狞面具。

我身高九尺多，头戴如此骇人的大头铁面，确实在战场上取得了意想不到的结果。

周军惶惶然，一时瓦解。不少周兵为了跑得快些，边跑边脱身上的甲胄。我们应召而至的后备军趁机立定，组成弩箭方阵，朝奔逃中的周军发箭。

由于没有甲胄防身，敌兵被钉死在地上的又有不少人。

慌乱逃跑之中，周军自投溪谷坠死者，也为数多多，溪水为之不流。

眼看大局既定，我纵上战马，率领五百精骑，一路追杀逃跑的周军，朝洛阳方向奔去。

踏着周人的尸体，我一直冲到了被重重围困的洛阳金墉城下。

洛阳被周军围困多日，城上我们齐国的守军也不清楚我到底是什么人，任凭我手下人高叫，就是闭门不纳。

坚城之下，我只得摘下铁面具，仰面高呼：

"我，兰陵王高长恭是也！"

城上有人识我面相，大喜过望，立刻派弓弩手熟人出城迎护。

入城后，我与守城军马合军一处，大开城门，乘势而出。在城外的段韶等人，率领三路大军，与我里外夹击，勇追穷寇，把慌乱奔逃的周军杀得尸横遍野，流血满地。

围城周军很快就土崩瓦解。他们仓皇丢弃营帐，没头苍蝇一样四下逃遁。

自邙山至谷水三十里中，周军丢弃的军资器械，遍布山泽。

如果不是周国宗室、齐王宇文宪以及大将达奚武、王雄等人拼死争杀殿后，周军几乎被我们全歼。

周将权景宣听说洛阳兵败后，也急忙放弃他所占领的豫州退还。

周军此次败退后，又在汾北等地连遭败绩。我们大齐的大将军斛律光等人，连连克捷，拓地五百余里，攻取周国数座城池，捕获数千周国牲口。

周国的权臣宇文护失败回国后，不久即被其堂弟、周国当时的傀儡皇帝宇文邕亲手杀掉。

此后，周帝宇文邕得以亲政。

大捷之后，我们齐国武士连臂歌舞。从此，世间就有了《兰陵王入阵曲》。

战后，我的九叔皇帝亲幸洛阳，赏劳将士。他在河阴①置酒高会，封段韶为太宰，封斛律光为太尉，封我为尚书令。

也就是在庆功宴过后不久，进京面帝，我得知了我两个同父异母的兄长河南王高孝瑜和河间王高孝琬被杀的消息。

天家情薄，人各有命。

我和河南王、河间王这两个兄长，自小相见甚稀。一直以来，他们也因为我是婢女所生，看不起我。我们之间，相互往来并不多。

所以，得知他们的死讯，我心中没有太多的悲痛感觉，只是默然而已。

我的这种反应，其实也使我逃过一劫。如果我当时反应激烈，如果我愤怒痛哭，或许，一直派人刺探我反应的九叔皇帝，肯定会因疑对我生出杀心。

大齐社稷，都应该是我九叔为主。他是皇帝，至尊无上。他做一切事情，都肯定有他的道理。

宗室皇族事务，我不想参与太多。

"兰陵王别来无恙！"大臣祖珽从殿中迎出，对我笑着说。

---

① 在今河南洛阳孟津区。

第七章　丈夫一生不负身

"丈夫一生不负身！"这句话，是我祖珽的座右铭，也是我的人生信条。

我的父亲祖莹，是魏朝护军将军。虽出身军将世家，但我自幼酷爱读书，作文行笔，辞藻遒逸，文采飞扬。

我的文章，在魏朝早为世人所推重，大名鼎鼎。魏朝在全国范围内招纳士人，我对策高第，得为朝廷秘书郎。后来，我任尚书仪曹郎中，掌管魏国的朝廷礼仪。

我之所以能得到当朝大丞相高欢注意，起因是我受冀州刺史万俟洛所托，为他捉刀撰写《清德颂》呈递朝廷。这篇文章，典丽华雅，广为传诵。大丞相高欢当时览之欢喜，每每对随员叹美。而后，大丞相的世子，也就是日后追谥为大齐"文襄帝"的高澄，对我也欣赏有加。他做并州刺史时，就委任我在他手下当官，为开府仓曹参军。

一次，霸府议事。大丞相高欢在行帐中当面嘱咐我三十六件军国大事。我站立聆听，凭记忆印在脑中。出帐后，我濡墨展纸，把刚才所记一一书写，竟然没有一条漏失。

这次表现，是我才能的一次大显露。从此，朝中同僚全都对我另眼看待。

而后，大丞相做主，远嫁魏朝的兰陵公主与蠕蠕组成联盟。京城朝臣大会，集体为兰陵公主送别。大文豪魏收[①]作《出塞》《公主远嫁诗》，格调悠远，情思幽怨。在场的官员，只有摇头晃脑的份儿，只有我一个人，能够捷思弄笔，作诗相和。当时诗词，感动众人，广为传咏。

文采风流，干吏能才，我确实出足了风头。

我这个人，天性聪明。天下事，对我来讲，就没有什么可为难的。除了能写

---

① 南北朝时期著名文学家、史学家。字伯起，小字佛助，巨鹿下曲阳（在今河北晋州）人。谥号"文贞"。与河间邢邵文章并著，世称"大邢小魏"。著有《后魏书》一百三十卷，诗文集七十卷。

一手文章、赋得一手好诗词，我还善解音律，精通四夷语言。至于阴阳占卦，易经卜筮，我更是无所不通。而医药之术，我尤其擅长。

文宣帝高洋、孝昭帝高演在位时期，我已经能够觉察出，当今皇帝即昔日的长广王高湛，英明果决，不同凡响。对我来说，他这个人，肯定是奇货可居！

只要心中认定一个人，我肯定会深相结纳。我和他定交的初始，源于一次我到长广王府第，呈献给他一幅以西域所产胡桃油为涂料所作的佛画。

献画的同时，我低声对长广王高湛说："殿下有超出常人的富贵骨法。昨晚，我梦见殿下您乘巨龙飞升！"

长广王心领神会，即时大喜。他低声对我说："如果老兄的梦境得实，我一定让您得到荣华富贵！"

我确实佩服我自己的眼力。果然，长广王高湛在孝昭帝崩后，正大光明遵遗命，得为大齐皇帝。

投桃报李，新皇帝登基后，马上擢拜我为中书侍郎。

可惜的是，我得意忘形，不知韬晦。新帝即位第九天，我与皇帝、和士开三人，在皇宫后园宴乐。我弹琵琶的时候，竟然让和士开和大人为我和皇帝跳胡舞。别说，和大人飞旋的胡舞和我精妙的琵琶，让皇帝看得手舞足蹈，他当时就赏给我和大人每人锦绮百匹。

但是，我走后，不知道和士开又跟皇帝说了些什么，转天，我就被外放为安德太守。

幸亏天佑我，不久，皇帝回心转意，我又得返归京城。大概我的文采不可或缺，皇帝把我召回朝，委任我为太常少卿、散骑常侍，专管诏诰的起草与发布。

吃了这次阴亏，我不得不提防和士开这个小人。

听与我相善的宫中宦者讲，皇帝昨晚食滞，不思饮食。为此，我特意用辽东赤粱做了粥糜，入宫进献。

我本人酷爱美食，曾经悉心研读过晋朝何曾的《食疏》、魏朝崔浩的《食经》以及南朝虞悰的《食珍录》等等。特别是崔浩的九卷《食经》，博采众长。而且，他所记载的食物皆是北地所产，大为我所擅长。我百般研读，仔细验证，最终能集其大成，制造出独特的祖氏食馔风味。而虞悰所记，多为南朝食物。我最爱做的一道菜，是他首创的"浑羊设"。制法是，用五味禽肉放置于肥鹅肚中蒸熟，然后，再把肥鹅放置于一只全羊内烤熟。此道菜肴，汁流味溢，鲜美异常。

除此以外，我还拥有虞悰独门的"醒酒鲭鲊方"。据说这个秘菜，南朝的齐武帝最为喜欢，他多次向虞悰索要制造秘方，均被拒绝。而我，竟然能从一个南朝俘虏口中得到这个秘方，悉心加以改进。这样一来，我每天就能向喜好饮酒的皇上提供"醒酒鲭鲊方"。

和士开数次找我索要秘方，均被我拒绝。金银财宝可以随便要，秘方当然不能给别人。否则，别人也能轻易使皇帝口腹舒服，我还怎么显示出与众不同呢？

莫道君行早，更有早行人。

我还以为我一大早前来是第一个见皇帝的人，殊不料，和士开已经捷足先登。

今天，皇帝面色不是很好。他随便穿着件黄罗内衣，赤脚坐于榻上。令人感到特别恐怖的是，他膝头横有一把长柄大刀。

和士开站立在皇帝身后，低着头，让人看不清他的表情。而距离皇帝咫尺之遥，文宣帝高洋的皇后李氏，正惶惑无依地站在那里。

文宣帝皇后名叫李祖娥，是赵郡世族李希宗之女。美丽出奇，我只能想出这四个字来形容她。

李祖娥是文宣帝高洋的结发妻子。文宣帝代魏为帝后，贵臣高隆之、高德正等人为了巴结娄太后，屡屡上言说汉族妇人不能做天下国母，建议皇后应该从鲜卑贵臣的女儿中择取。文宣帝高洋不从，坚持立李祖娥为皇后。文宣帝晚年，动辄捶挞嫔妃女御，几年内在宫中杀宫女嫔妃无数，唯独这位李皇后备受礼敬，并在天保十年被加封为可贺敦皇后。

孝昭帝高演继位，杀掉了李皇后的大儿子废帝高殷。此后，李皇后降居昭信宫，时称昭信皇后。

当今皇帝践祚没几天，就借酒劲闯入昭信宫，要强奸李皇后。

据说，当时李皇后坚拒不从，皇帝威胁道：

"如果你敢不从，我会杀掉你唯一剩下的儿子太原王高绍德！"

李皇后恐惧，不得不从。

皇帝得手后，笑对李皇后说：

"嫂嫂你也不必在我面前装正经人。大哥文襄帝高澄曾经睡过你，你当时还不是默默忍受？我二哥文宣帝称帝后，马上去静安宫奸淫了大哥的正妻元皇后为你'报仇'。二哥为帝十年，不断淫我妻妾，我现在所为，就是为我被二哥奸淫的胡皇后'报仇'啊。天道好还，都是业报！"

作为臣子，我们真不知道当今皇帝为什么对这个嫂子这么有兴趣。宫中漂亮、年轻的女人无数，大多数都是新入选的处女。皇帝置此不顾，三天两头来昭信宫奸污李皇后，最后还把她的肚子搞大了。

每次行淫时，皇帝总是大喊大叫：

"我二哥干了我的女人，现在，我就要干他的女人！干他的皇后！"

日久事出。当今皇帝的侄子、文宣帝高洋的儿子、十多岁的太原王高绍德数次到昭信宫见母亲。

李皇后怕儿子发现自己怀孕的大肚子，推托自己有病不见。

这孩子口无遮拦，在宫门外高声叫嚷：

"儿子知道母亲为什么不见我。你肚子被九叔搞大了，所以不能见我！"

当时，李皇后被当今皇帝奸污日久，已经怀胎七个月。听儿子这样在宫门外嚷嚷，她惭愧异常。惧愧交加下，她竟然腹痛流产，生出一个死女婴。

此次，皇帝召他的嫂子李皇后前来，估计是为了报复这件事情。

刚刚流产的李皇后非常虚弱，兀自站在那里摇摇晃晃，随时有摔倒的可能。

特别令人触目惊心的是，大概李皇后没有得到及时有效的产后照护，她的白绫裙裾沾满了鲜血，肯定是体虚血漏所致。

我正思忖的时候，果不其然，文宣帝的二儿子、太原王高绍德被卫士连推带搡，带了进来。

这个孩子已经吓傻了，入门后即跪倒，浑身颤抖不停。

皇帝举杯，一顿痛饮，也不顾我与和士开在场，破口大骂李皇后：

"怀我的贵种，竟敢不加爱惜！你不让我的女儿活，我就让你的儿子死！"

说着话，皇帝忽然跃起，冲到太原王高绍德面前，用刀柄猛击这个少年的头部，边打边说：

"从前你当皇帝的爹打我，几次你都在场，为什么不上前救劝！"

他越说越怒，击打加快加重。西域刀的刀柄非常沉，打在太原王高绍德的头颅上，发出噗噗的闷响。

少年人来不及喊痛，已经被打昏在地上。

皇帝仍然不住手。刀柄重击下，很快，他就把他自己的侄子的脑浆打了出来。

一股恐怖的血腥气味弥漫在殿内。

鲜血满地，太原王高绍德在地上抽搐了不一会儿，很快就蹬腿死掉了。

李皇后蒙面跪地号哭，但她也只能号哭，根本不敢，也没有能力上去救护她世上唯剩的儿子。

杀掉高绍德后，见李皇后号哭不已，皇帝更加愤怒。他上去揪住李皇后的头发，亲自把她上下的衣服剥个精光。然后，他放下手中刀，抄起一柄石制的如意，往她身上猛击个不停。

李皇后的哀号，震天动地。估计她并非为身体疼痛而号哭，而是哀痛于死在她眼前的儿子高绍德。

见此惨状，我与和士开屏息伏地，不敢观看。毕竟眼前遭受毒打的，是文宣帝皇后。她，曾经母仪天下啊。现在，眼见她遭受如此淫毒，真让人心感不忍。

当然，相较文宣帝高洋时代，当今皇帝所作所为，确实还不能随意加上"淫虐"二字。

皇帝打累了，气疾发作，坐在榻上喘息不停。

气喘吁吁之余，他命令卫士把已经被打晕的李皇后装在一个大绢囊中，扔入宫内的水渠。

还好，渠内水浅，李皇后没有被淹死。后来她苏醒，被宫人用犊车载送妙胜寺，剃发为尼。

喘定后，皇帝恢复了常态。他没事人一样，笑着问我：

"给朕带来什么好吃的？"

我赶忙献上辽东赤粱粥。盖子揭开后，热气蒸腾，香气扑鼻。

皇帝非常高兴。他坐在那里，端着钵，津津有味把我所带的粥糜全部吃光。

我发现，他的袖子上溅满了鲜血和脑浆。但这些，一点也不影响他的好胃口。

皇帝用衣袖抹抹嘴，怔忡片刻。然后，他命令卫士抬起他的侄子太原王高绍德的尸体，让我与和士开随从，我们一起走到游豫园的花圃处。

土坑已经挖好，不大不小。

皇帝似乎心中怒气又起，他一脚把放在坑边的少年高绍德的尸体踢落坑内。

用脚乱踢了一阵土，皇帝抢过一把锹，卖力而又认真地亲自以锹填土，埋掉了半个时辰前还活蹦乱跳的侄子。

最后，他把锹扔在土中，指着地对卫士们下令："搬几块巨石压在上面，让他永远不得超生！"

看得出，皇帝杀这个侄子，主要是憎恨自己死去的二哥文宣帝高洋。

脑筋飞转了几轮，我上前建议：

"文宣皇帝，庙号称'高祖'，非常不妥，可改为'威宗景烈皇帝'……至于太祖献武皇帝嘛，他是那么英明神武，应该改'献武'为'神武'。"

皇帝马上回答："就依爱卿所奏！"

静默喘息了一会儿，皇帝拍拍手上的土，对一直站在近处的和士开和我说：

"食毕不宜久坐，应该多活动，这样有利于气血筋络。"

和士开唯唯。

和士开真是个绣花草包。前阵子，胡皇后想以幼子、东平王高俨替代皇太子高纬，朝臣议论纷纷。身为皇帝宠臣的和士开，竟然对如此大事没有任何表示。

当时，我为了示好于他，劝他说："君之宠幸，振古无二，倘若皇帝晏驾，和大人怎样能保全自己呢？"

一句话，说得和士开豁然而醒，连忙问我："是啊，我怎么办呢？愿孝征（祖珽字）教我！"

我给他出主意："和大人应该去和皇帝讲，他三个兄长文襄帝、文宣帝、孝昭帝的儿子，均不能继位登基，就是因为没有对皇太子的安排早做打算。皇帝应该趁现在，争取让太子早践祚大位，定下君臣之义。如果事成，皇上更会信任您，皇太子也会感激您，和大人自然不用担心皇帝死后的事情。您可以先在皇帝身边吹风，让他对此事上心，至于'大道理'方面，我本人会上奏表，与和大人您里外相呼应，详细论述皇帝禅位于皇太子的合理性。"

正好，天上彗星出现，"除旧布新"之征顿显。《春秋》有云："乙酉之岁，除旧革政。"我趁机上奏，劝说皇帝一定要上应天道，在这个乙酉年自己做"太上皇"，传位给皇太子高纬。为了隆重其事，我还上献魏朝献文帝禅位于其子的详细程序。

最近，皇宫中灾异频现。第一件，是黑夜之中，忽然天上有物坠于殿庭。其物殷红色，如赤漆鼓一般大，边沿上隐约鼓起，类似小铃铛的形状；第二件，含光殿上，所铺大石忽然翘起，两两相对，诡异骇人；第三件，皇宫后园万寿堂前山洞中，曾经半夜出现一个"神"，身体壮大，高达丈二。当时，值宿的卫士和皇帝嫔妃七百多人都亲眼看见。不过，那个"神"的面目看不清楚，依稀可见其两齿绝白，长出于唇，对人龇牙咧嘴，啸呼无声。当夜，皇帝在沉睡中也梦见此物，与卫士、嫔妃所讲的样子一模一样。

经过如此数件怪异之事，我的奏章上达后，皇帝览后大悦。一方面，禅位可以祛除灾异，上应天象；另一方面，皇帝可以大摆"天子之父"的威风，自做"太上皇帝"。

禅位的仪式，很快得以隆重举行。群臣陪侍下，皇帝隆重其事，把大齐的帝位禅于太子高纬。

事成后，已经成为"太上皇帝"的皇帝高兴之余，拜我为秘书监，加仪同三司，对我特加宠信。

一时之间，我在风头上，暂时超过了皇帝眼前的红人和士开。

第八章　如蜜君臣情

祖珽这个人，是一个忘恩负义的小人！

当然，他很会作态，每次见到我，他都恭恭敬敬，一口一个"和大人"，一口一个"和侍中"。在皇帝把帝位禅让给皇太子的事情中，如果不是我居中先劝皇帝，他祖珽一个疏远外臣，根本不能参与。所以说，他能够升官发财，首先要感谢我"和大人"才对。

谁想到，他过河拆桥，背后想陷害我，这不能不让人气恼非常。

皇帝禅位成为太上皇以后，祖珽居功自傲，觉得这件事情的成功得益于他一人之力。痴心妄想顿生，他竟然觊觎宰相的位子。好了，想当宰相，也罢！他竟然拉拢黄门侍郎刘逖，准备先下手，撰写奏章，要上疏弹劾我、尚书令赵彦深以及左仆射元文遥三个贵臣。

幸亏刘逖胆小，未敢把弹章送入皇帝手中。

祖珽此人，不过是小有才学的无品文人而已。其人品之劣，人尽知之。早年，他在文襄帝高澄手下当仓曹官的时候，大收贿赂，与当时臭名昭著的陈元康、穆子容等人日日歌舞为娱，夜夜宿于娼家。

声色之外，祖珽还以豪赌著称，曾向娼妓家中搬去稀罕的山东大纹绫和连珠孔雀罗等百余匹，让娼女们掷樗蒲为乐，一日输个精光。

还有一件大丑事。当时，魏朝参军元景献的老婆司马氏貌美。这个美人的母亲，是魏孝静帝的姑姑博陵长公主。祖珽知道元景献贪财，竟然敢以数粒大珠博取对方欢心，然后把元景献的老婆、公主的女儿司马氏唤至家中，与陈元康等人轮流宣淫，依次递寝。这件大丑事，风传一时。

在仓曹任上，祖珽接连贪污仓粟数十车，都偷运出去变卖换钱。他倒不是缺钱，弄钱其实全是为了赌博，往往一朝输尽。神武帝高欢几次想把他问罪，皆惜其才而纵之。

祖珽本性放纵不羁，贼性不改，是一个典型的披着士人外衣的鸡鸣狗盗之徒。有一次，他在胶州刺史司马世云家饮酒，见到人家里珍藏的两面古代铜镜好看值钱，竟然无所顾忌，偷揣在怀里准备带走。宴席散后，司马世云派厨人搜查来客，果然在祖珽怀中搜得失物。见者皆以为深耻，他自己却扬扬自得；在秘书丞任上，祖珽从宫中偷出数本珍稀秘书，质押于铺头，换钱樗蒲赌博。此事被文襄帝高澄发现，当时下令杖责他四十大棒。更过分的，祖珽在神武帝高欢①手下担任中外府功曹时，群官宴会中，他故态复萌，趁乱偷盗金叵罗，气得监酒的武将窦泰命令参与酒宴的官员全部脱帽检查，最终，在祖珽发髻里面发现了丢失的金器。神武帝大怒，决鞭二百后，把他颈上加重枷发配于甲坊做苦力。对此责罚，贼人祖珽依旧安之若素，怡然自若。

也别说，这个贼人，文才确实有一手，他精通华文、鲜卑文及多种夷语。不久，并州定国寺新成，祖珽的好友陈元康向神武帝推荐他去书写碑文。

笔札送至祖珽处，这个贼子文思如涌，仅仅两天就完成碑文的撰写。文采飞扬，词美意佳。神武帝高欢叹美之余，恕其前罪。如此一来，这个甲坊囚奴，重新成为衣冠士大夫。

文襄帝高澄②遇刺身亡之时，陪同的陈元康也受重伤。将死之际，陈元康请祖珽替他写遗书给家人。在信中，陈元康嘱咐两个弟弟去下属祖喜那里取回自己存放的二十五铤黄金。结果，祖珽直接找到祖喜，私吞了黄金。然后，他私入陈元康室中，盗走老友秘藏的古书数千卷。后来，陈元康两个弟弟得知真相，追究此事。幸亏当时朝廷主事的杨愔当老好人，按下此事不究。

祖珽，不仅德行卑鄙，还是个当时笑料。其所乘老马，常自夸为骊驹千里马。他与一个年老寡妇王氏奸通，恬不知耻，总不避人，大庭广众下亲热往来，每每称之为"娘子"。这两件事情，留下话柄。有一次，其老友裴让之就当众嘲讽他说："祖生做事，总出人意料，老马十岁，犹号'骊驹'；一妻耳顺，尚称娘子！"时人闻之，皆哈哈大笑，内心鄙之。

文宣帝高洋建立齐国当皇帝不久，祖珽贼性不改，盗取宫中的《官略》一部。接着，他收受十多个人的贿赂，答应给人家谋取官职。事发，依据刑法，本来祖珽应该被处以绞刑。但这个贼子就是命大，文宣帝下旨赦免，他逃过一劫。其实，祖珽一而再、再而三地免于刑罚，都是因为他的才名太大，文章太好。否则，以神武帝高欢的严烈、文宣帝高洋的残暴，有三个祖珽也早死掉了。

---

① 高欢当时任东魏的大丞相。
② 高澄当时是东魏的大丞相和渤海王。

即使三番五次获赦免，祖珽贼性始终不移。日后，他在文宣帝高洋宫中担任尚药丞的时候，暗中不停从官库盗取、截留胡桃油，偷回家中后，拿到市坊中贩卖。文宣帝知道后，竟然气得大笑起来，却一直对祖珽的"贼癖"无可奈何。

此后，只要见面，特别是大庭广众，文宣帝高洋都会高声呼祖珽为"偷油贼"。祖珽安然受之，面无丝毫不安之色。

如此无耻之徒，就连我这样见多识广的人，也深感诧异。

孝昭帝即位，祖珽当时的官职是著书郎。他赖在家里不上朝，总想获得擢升，整天写密启直接送达宫内。

孝昭帝对他的人品非常反感，发敕给中书门下二省：只要是祖珽的密启，一概驳回。

如此一个贼性不改的文人无赖，熬过我大齐四任皇帝，竟然一直没遭到真正的处理责罚。今天，他竟敢打我和士开的主意，真是胆大妄为，活得发腻。

如果祖珽真的心想事成，当了宰相，哪里还有我和士开的地位？

当然，为了激起太上皇的怒气，我尽可能先装可怜，在太上皇面前哭诉自己的冤屈，声称祖珽准备四下联合大臣陷害我。

太上皇果然勃然大怒，即刻让卫士把祖珽逮入宫内，当着我的面，亲自审问他。

刚刚犯过气疾，太上皇心情非常不好。他手执大木棒，走到殿中，诘问祖珽：

"鼠辈，你为什么敢诋毁和士开和大人？"

祖珽嘴还挺硬，高声抗言：

"臣之得进，升官晋爵，本由和士开，我内心并无诋毁他的意思。今天，陛下既然问我关于他的事情，臣不敢不以实对。和士开、元文遥、赵彦深等人，专弄威权，控制朝廷，他们与吏部尚书尉瑾等人内外交通，共为表里，卖官鬻爵。我大齐之政，政以贿成。这些奸臣，强取豪夺，天下知之。陛下如不警查，臣恐大齐早晚必定陷入危局！"

太上皇蹙眉，想了一想，又道：

"你诋毁和士开也罢，怎么还敢在背后诽谤我！"

祖珽："臣不敢诽谤。不过，陛下强取民女入宫，世人皆知。"

太上皇辩解："我是怜惜民间女孩在家中贫困受穷，把她们带入宫内，目的是收留、抚养她们。"

祖珽声音挺大："民间穷困，陛下大可以开仓赈济，为什么要买取民女入宫呢？"

太上皇脸上终于挂不住，勃然大怒。他猛地用刀柄击捣祖珽的臭嘴，打得这个贼人满嘴满脸都是血。

旁边的卫士们见状，鞭杖乱下，拳脚交击。有一个力大卫士打人心切，把祖珽高高举起，眼看就要把他摔死在地。

孰料，祖珽这个贼人急中生智，在空中大呼道：

"如果不杀臣，陛下能得容才的美名；杀臣，正好让臣得到死谏的美名。陛下留我一命，不仅能得千古美名，我还可以为陛下合药，制作长寿金丹！"

最后一句话管用，太上皇示意卫士停止殴击，把他放回地面。

祖珽逃得一命，犹自嘴硬，叨叨说：

"陛下有我这个范增一样的贤才而不能用，真是可惜！"

这句话，重新激起太上皇的无名火，他怒斥道：

"你自比范增，难道以我为项羽吗？！"

祖珽箕坐于地，满脸是血，依然一脸倔强之色，回嘴道：

"项羽岂是常人能及！他失败自刎，只是因为天命不助罢了。项羽为人，起自布衣，率乌合之众，五年而成霸王大业。而陛下您呢，凭借父兄之资，才得为帝王。所以，臣以为，陛下不要看不起项羽！至于微臣我，不仅能比范增，还能超过张良。张良身为太子师傅，还要凭借'商山四皓'出面，才能在汉高祖面前为国家定下皇太子之位。而微臣我，位非辅弼重臣，只凭一颗忠心，就能劝得陛下禅位，使陛下尊为太上皇，皇太子为帝，永保皇脉。这种功劳，难道是张良之辈可以比拟的吗？"

太上皇闻言，更加愤恚，他一边冲上去拳打脚踢，一边令卫士以土往祖珽臭嘴里面猛塞。

见状，我不敢怠慢，冲上前，也抓起沙石，死命往祖珽的嘴中塞。

此时此刻，我真想把这个贼人活活弄死。

不料，贼子祖珽不屈不挠，他边往外吐土，边高声浪言，没有一点服软的意思。

可惜的是，当日，太上皇杀心不重。殿内踱步四顾，最后，他只下令对祖珽重鞭击打二百，发配去甲坊为奴囚。

恐怕太上皇哪天忽然想起祖珽什么好处来，又起用他，我一不做，二不休，就暗中布置，把祖珽远徙光州安置。

光州刺史李祖勋不是我这条线上的人，他敬佩祖珽的才名，常常把这个贼子请到府署中宴饮。幸亏光州别驾张奉礼是我的眼线，马上上疏奏称：

"祖珽身为流囚，却常常在州与刺史对坐欢饮。"

为此，怒气未消的太上皇亲自手写敕书："把祖珽牢内严禁！"

张奉礼接敕后，对我的意思心领神会，就对从人说："太上皇所讲的牢内，肯定是地牢！"

光州刺史李祖勋不敢辩言。于是，张奉礼让人挖了一个又大又深的地窖，把祖珽关入其中，苦加防禁，终日桎梏不离其身，并禁止他的家人、亲戚探视。

黑暗中，张奉礼以照明为由，派牢役用烧燃的芜菁子，天天烛熏这个贼子的双眼。很快，祖珽的双眼就被熏瞎。

得知消息后，我深感快慰。祖珽，这个瞎贼，再不能对我产生威胁了吧……

每次从胡皇后所居乾凤宫出来，我的心都会怦怦乱跳好大一阵子。青天白日，皇宫内殿，在太上皇午睡之时，胡皇后把我唤去，非要颠倒云雨，如此大胆，想想真是后怕。

可胡皇后真真是床上尤物。汉族妇人，鲜有如此欲望旺盛者。我本西域胡人后代，饶是如此，也不能抵挡胡皇后的勃勃欲望。从前，我总是不明白吕不韦为什么顶不住秦始皇母后的淫欲而派嫪毐入宫伺候，如今终于恍然大悟。

妇人欲壑，何可易填！

白日与当国皇后宣淫，忧惧之余，我男根难免乏力。幸亏胡皇后没有恼怒，只是嗔怪我心思不在她那里。

哪里是心思不在，我确实是胆小。太上皇待我不薄，情同骨肉，我却做出如此灭族大事，骇惧之心，不能自抑。

胡皇后似乎看出我心中所想，她总会劝慰我："和大人，我知道你心里面怕什么。但做无妨，不要害怕皇帝怪罪。"

我稽首叩别。

临出宫门的时候，我看见三个俊美的年轻胡僧，被宦者带入宫内。

这三个人身材高大，体格健壮，但均躬身低头，不敢仰视。估计这几个胡僧，是与我关系相善的碧云寺主持昙献所派，顶替我为胡皇后消火之用。

太上皇午睡醒来，急召我入宫。其实，非有军国大事，他只是找我陪他玩弹棋而已。

我趋入宫中，太上皇正在内室更衣吃药。于是，我坐在榻上，等候太上皇的到来。

到了这里，我心里一下子就踏实多了。

殿内寂静无声。案几之上，放着两个大概是突厥贡品的琉璃①酒杯。绿色带蓝，半透明，阳光照射在上面，熠熠生辉。好奇之余，我往琉璃杯里面倾入一些葡萄酒。杯子的颜色一下子改变了，变为深紫，如同水晶一样。

我晃动着杯子，观察着葡萄酒倒入后发生的幻彩变化，感觉确实非常神奇。

我注意到，琉璃杯上面刻有铭文，估计是进贡后，宫内的工匠所刻：

> 济流沙之绝险，越葱岭之峻危，於是游西极，望大蒙，历钟山，窥烛龙，觐王母，访仙童。取琉璃之攸华，诏旷世之良工。纂玄仪以取象，准三辰以定容。光映日曜，圆盛月盈。纤瑕罔丽，飞尘靡停。灼爚旁烛，表里相形。凝霜不足方其洁，澄水不能喻其清。刚过金石，劲励琼玉。磨之不磷，涅之不浊。②

每次陪同太上皇下棋或者握槊后，他总会赏赐我一些珍奇之物。今天的赐物，估计就是这两个精妙绝世的琉璃杯吧。

这些宝物，对我来讲，就是真正的"诗情画意"，能变成黄金的"诗情画意"。

当我正在啃咬报德寺出产的含消梨时，太上皇飘然入殿。他神采奕奕，精神焕发，显然午睡得很安逸。

我立刻避席，向太上皇施礼。

太上皇哈哈一笑："和大人，你我何必多礼！"

他坐下后，击掌两声，高声说："弹棋！"

宦者和宫女鱼贯而入，捧着昆山美玉制作的棋盘和象牙、乌木制成的棋子，摆放在我和太上皇面前的桌案上。

坐定后，一个小宦者先高声朗诵魏文帝曹丕的《弹棋赋》：

> 惟弹棋之嘉巧，邈超绝其无俦。苞上智之弘略，允贯微而洞幽。局则荆山妙璞，发藻扬晖，丰腹高隆，庳根四颓，平如砥砺，滑若柔荑。棋则玄木北干，素树西枝，洪纤若一，修短无差，象筹列植，一据双螭。滑石雾散，云布四垂，然后直叩先纵，二八次举，缘边间造，长邪迭取。尔乃详观夫变

---

① 在唐代之前，琉璃就是指今天我们所讲的人工玻璃。而唐代前后所讲的玻璃（有时写成"颇黎"），反而指天然宝石。

② 晋朝潘尼《琉璃碗赋》。

化之理，屈伸之形，联翩霍绎，展转盘萦。或眠豫安存，或穷困侧倾，或接党连兴，或孤据偏停。于时观者，莫不虚心竦踊，咸侧息而延行。或雷抃以大嚎，或战悸而不能语。

诵毕，另外一个小宦者拱手立正，朗诵南朝梁国简文帝的《弹棋论序》：

> 观夫模穹苍而挺质，写博厚而成形。峙五岳而摽奇，停四海而为量。协日月之数，应律吕之期。总玄黄之武略，校孙吴之应变。语其用心，壮哉之戏也。尔乃观壮士之出师，望兵棋之式道，上升则抟翼穹天，赴下则建瓴高屋，乘危则栈山航海，历险则束马悬车。完五忆霸国之勋，全六想陈平之智，反八均高阳之数，四角思汉后之歌，飞几同晋侯之琴，徘徊异邺中之辇，牵牛觉乘槎之来，织女拟云軿之去。故古人或言之礼乐，或比之仁让，或喻以修身，或齐诸道德，良有旨也。

我和太上皇凝神听之，很快进入了弹棋的意境之中。

玉石制作的方形棋盘，磨制得十分光滑，纹理玄妙。棋盘中间凸起部位，隐隐有一块太阳纹。棋盘的两端，是两个蛟龙装饰的孔洞。

我和太上皇摩拳擦掌，各自灵活地移动属于自己的六枚棋子，弹射棋子，千方百计想使属于自己的棋子通过棋盘中间的隆起部位直落对方的圆孔中。

弹棋，看似简单，其实非常复杂。作为游戏的一方，我不仅要眼手并用，中间不能有丝毫的松懈与疏忽。弹、拨、捶、撤、捻，招招虚实，步步阴阳。在阻止太上皇棋子入洞的同时，我还要突然袭击他的棋子，使之不能动弹。最后，看谁能使自己的六枚棋子全部攻入对方的孔洞，就算胜利。

射、书、画、围棋、弹棋、樗蒲、投壶、藏钩、四维、象戏等巧艺游戏，都是我所擅长的。所以，我很快就占了上风。

太上皇的棋子被我所阻，眼看我最后一枚乌木棋子即将入洞，他忽然顺手用手指点蘸了一些滑石粉，朝我面上弹来。

我扭头躲闪之时，太上皇飞快地把他的两枚棋子弹入我的洞中。

我们二人哈哈大笑。

太上皇高兴，他推枰而起，呼宫人上酒。

我们君臣欢笑畅饮间，卫士禀告，大将军斛律光来见。

这让人很纳闷。如果没有什么军国大事，大臣们不敢轻易打搅太上皇的雅兴。

太上皇和我正蹙眉，斛律光趋近入殿，跪下叩头行礼，呜咽着说：

"陛下，臣父斛律金病卒，特来禀明。"

言毕，斛律光悲不自胜。

听此噩耗，太上皇与我皆悚然动容。

斛律金，字阿六敦，乃我大齐鼎鼎名臣良将。他是朔州①敕勒部人，早年为魏朝边地的卫所军主，后随尔朱荣大破葛荣、元颢，颇有战功，被魏朝加封为镇南大将军。尔朱荣被杀后，斛律金站在神武帝高欢一边，大破尔朱兆，并跟随神武帝东征西讨。与西贼韦孝宽作战，玉壁之败，神武帝得重病，令斛律金统领大军，同归晋阳。文襄帝高澄嗣位后，侯景叛乱，斛律金自率大军御敌，征讨有功。

文宣帝高洋建立齐国后，封斛律金为咸阳郡王。老头子尽职尽责，一直忠心耿耿地为大齐捍边。

斛律金本性敦厚率直，精于骑射。据说，他行兵布阵的时候喜用匈奴军法，望尘即可以辨识敌军数目，嗅地可鉴别敌人距离远近，敌人闻名丧胆，是我们齐国不可多得的良将。

文宣帝高洋在位的时候，特别看重斛律金家族。老头子从肆州②任上退休归返晋阳的时候，文宣帝亲自驾幸府第，六宫及诸王尽从，置酒作乐，极夜方罢。当夜，文宣帝对斛律金说："公为大齐佐命元勋，父子忠诚，朕当与公家族结以婚姻！"

一时之间，斛律家族宠荣莫比。

而后，文宣帝出征开边，斛律金古稀之年，仍然披甲执槊，随帝征讨。蠕蠕被突厥打败后，其部落分散，不少人蜂拥到边境地区侵扰大齐。朝廷特命斛律金率精骑二万屯兵白道，据险筑城，四出搜击，多有斩获。因功，斛律金获迁左丞相。

孝昭皇帝高演践祚，纳斛律金长子斛律光的长女为皇太子妃，嫁与皇太子高百年。当今太上皇登极，对斛律金礼遇弥重，又纳斛律光的次女为太子妃。虽然前阵子斛律光的大女婿高百年被杀，长女不食而死，但斛律家族对大齐的耿耿忠心，丝毫未改。

斛律金的长子斛律光，现官为大将军，次子斛律羡和长孙斛律武都，皆官居开府仪同三司，各为封疆大吏，开镇一方。至于斛律金其余子孙，皆封侯贵达。这一大家子，在大齐，可称是风光无限。

我，和士开，虽然现在号称大齐第一贵臣，但真要和斛律家族比门阀，比功

① 在今内蒙古呼和浩特和林格尔县。
② 在今山西忻州。

勋，还差得太远太远。

总斛律一门，共一皇后，二太子妃，三公主。斛律光的儿子斛律武都、斛律世雄、斛律恒伽都娶公主为妻，所以说，他们家是"一门三公主"。

听旁人讲，即使尊宠如此，斛律金常对他的长子斛律光叹言：

"我虽不读书，也知道自古以来气焰威赫的外戚，比如汉朝梁冀等人，家族无不倾覆。你的女儿如果在宫中得宠，诸贵妒人；你的女儿如果在宫中无宠，天子嫌人。这样一来，里外都不是好事。我们斛律家族其实是以忠心和武功获得富贵，根本用不着往皇帝家里嫁女啊。"

如此有智有谋有勇有识见的老将军，经历大齐五代帝位，宠遇不替，最后还能善终于家，也算是大齐的一个奇迹。

斛律金卒年，整整八十岁。

闻此噩耗，太上皇帝也敛容而起，为之泪下。他马上下达指令，亲自在西堂举哀，并颁布敕书，赠过世的解律金假黄钺、使持节、都督朔定冀并瀛青齐沧幽肆晋汾十二州诸军事、太尉公、录尚书、朔州刺史，酋长、咸阳王，赠钱百万营葬，谥曰"武"。

由此，斛律金长子斛律光便承继了咸阳王的王位。

静默良久，太上皇问斛律光：

"大将军，咸阳王临终，有何遗言吗？"

斛律光跪地，回禀：

"臣父临终，唤我跪于其床前，用针刺我舌出血，诚告微臣，要我日后小心言语，不要自招祸端。"

太上皇闻此语，面露怏怏不快之色：

"斛律家族，与国同休。为国为家，大将军你，都应该知无不言，言无不尽。我高家后人，再不知晓事理，任谁也不能、不会对你们斛律家做出无情之事！"

斛律光无言以对，伏地叩首。

我赶忙把斛律光扶了起来。这位大将军，比太上皇大二十多岁，又是当今皇帝的岳父，功臣世胄，不能不对他表示尊重。

"东平王到！"

宦者高声报称。

声音未落，太上皇的爱子、东平王高俨在一大群侍从跟随下，匆匆走入西堂。这胖孩子年方十岁，神情却十分老成。

　　我赶忙上前参拜。平时，高俨的哥哥，即当今皇帝高纬，对我都非常礼貌。唯独这位东平王，倚恃太上皇对他的爱宠，对谁都不屑一顾。特别是对我，他似乎总是持对待奴仆的态度，不正眼看我。

　　每次见面，无论我如何谦恭，东平王高俨这个胖孩子总是对我居高临下，一脸倨傲之色。我向他行礼，他也从未象征性地走近搀扶一下，哪怕是一次。

第九章　大齐君王，舍我其谁！

入殿看到和士开，我一下子怒从心头起。不过，我的父皇、现在的太上皇，很宠信他；王公大臣们，都怕他。我不能过分显露对这个奴才的恶感。总之，不搭理他就是了。

"东平王殿下，微臣向您请安。"和士开趋前，向我殷勤施礼。

我懒得搭理他。作为太上皇的爱子，我不给他好脸，他也不敢对我怎么样。

昨天夜里，我做了一个梦，梦见了和士开。在梦中，这个我父皇的宠臣，却和我的母后同坐在御榻上。

梦中，明光殿上，好大的风，好强的光。我哥哥，"皇帝"高纬，他身上穿着一整套帝王衮冕，正指挥宦者在一个青铜的鼎里面煮乳酪。酸臭的味道，充满了大殿的每一个角落。乳酪的热气，顺势飘升空中，翻滚向上，慢慢结成了一个巨大的冰冷的月亮，高悬在大殿的上空。一股巨大的水流，悄悄从殿中的窗口涌入，没有任何声音。忽然间，大殿垮塌掉，一只长有巨大翅膀的野兽飞了进来。这只野兽，从样子上看，似乎不是龙。它脑袋圆圆的，青白的身子遍布粗黑的长毛。在它脑袋顶上，只有一只眼睛。他巨大丑陋的脑袋摇晃着，往外喷吐乳白色的毒液。我有点害怕，站在那里没有动。我的哥哥，"皇帝"高纬，看见这个怪物，急忙往放置御座的地方跑。我的母后大惊，站起来，把他抱在怀里。和士开张着大袖扑上前，掩护我的哥哥和我的母后，高声喝斥，挥臂阻止那个舞动翅膀的巨兽。同时，他指着我，对巨兽大声说："去吃东平王吧，他的肉好吃！"巨兽掉头，挥翅朝我飞来……

可怪的是，梦中，我的父皇并没有在场。

我父皇、母后都宠爱我，特别是我的父皇，尤其宠爱我。可惜，我比哥哥高纬晚生了一年。如果不是次子，我才是当皇帝的材料啊。

我的"皇帝"哥哥高纬，又瘦又白，弱不禁风。我刚刚学了一个词——孱弱，这个词，安在我哥哥身上正好。

瞧瞧我，身体健壮，能挥剑抢刀，力大超于常人。前几天，当着我父皇的面，御医为我治疗喉疾。长长的金针刺入我脖子上的穴位，吓得我父皇都不敢睁眼看。我坐在那里，任由御医往复刺入，自己连眼睛都不眨一下。也就是在接受治疗的时候，我对父皇说："我哥哥胆子那么小，干吗让他当皇帝？他怎么能治理国家！"父皇没有立刻接话，只是笑笑，过了好一会儿，他才说："这件事情，朕要好好想想。"

虽然父皇没有答应让我来坐我哥哥皇帝的位子，但是，每逢我上朝，京畿步骑，数万相随，那真是威风凛凛，威仪赫赫。旌旗飘扬下，我的气派，可以说是万众瞩目。

如此威仪，我就差天子卤簿了。

很奇怪，我的母后虽然爱我，但每当我说哥哥懦弱的时候，她都不吭声。看来，真要取代我哥哥高纬当上大齐的皇帝，对我来说，还不是一件很容易的事情。

父皇呢，对我太喜爱了。特别是我哥哥高纬做了"皇帝"之后，父皇对我更加好，估计他心里觉得有些愧对我吧。

同为父皇、母后的亲生儿子，我，为什么不能做皇帝呢？

就在一个多月前，父皇与母后在华林园东门外大张熟锦流苏大幕，与群臣欢饮。当时，我大摆仪仗，从北宫行至门前。这时候，有中使骤马迎前，口中称敕，催我速往。我威武赫赫的仪仗队立即高举赤色大棒，拦住中使的骏马。中使大怒，尖嗓高言："奉敕来催！"看见这个死宦官嚣张的样子，我只是稍稍举了举手，手下的仪卫见状，马上挥舞赤棒，力碎中使坐骑的马鞍。

马惊人坠，摔得那个宣敕的宦者鼻青脸肿。

如果换了旁人，借他十个大胆，也不敢拒阻太上皇的敕使。

结果，父皇闻报，仰天大笑。他不仅没有生气，见面时还直夸我有主见，有威仪，有出息。

那一天，当着满园的贵臣，父皇与我把臂交谈，笑语寒暄，一座皆倾。

大家都知道，我的器服玩饰，我的仪卫人数，我的宫殿形制，都和我的哥哥高纬一模一样。我与他唯一不同的，可能是我更加英明神武吧。

平日里，我端坐于含光殿处理军国大事，大臣们屏息敬畏，毕恭毕敬，连我那些叔辈王爷都全向我下拜。那种感觉，应该就是当皇帝的感觉吧。

我哥哥高纬虽然是"皇帝"，不过是个摆设罢了。我父皇是太上皇，最重要的军国大事，他说了算；其余的，就全由我负责处理。当然，我身边的郎官负责文牍，手下人办事得力，全仰仗我的威名和父皇对我的宠爱。

哥哥高纬，这个总爱在宫中骑果下马①的懦夫，他怎么能当一个国家的皇帝！

不久前，我的堂兄兰陵王高长恭从他的封地派人送来礼物献给我。这个堂兄，是我们高家的大英雄。他的容貌特别好看，武艺绝伦，打仗的时候，他喜欢在脸上戴一个巨大、丑恶的面具。西贼军队，上上下下，全都害怕他。

兰陵王给我的这些礼物中，除了二十坛美酒，我最喜欢的，是他给我的弹弓和一匹名唤"苍龙"的骏马。

弹弓制作特别精美，握在手中不大不小，柄上面还有金丝镶嵌的字：

> 散带蹑良驷，挥弹出长林。归翾赴旧栖，乔木转翔禽。
> 轻丸承条源，纤缴截云寻。落羽寻绝响，屡中转应心。②

那匹骏马太高，我只能由卫士抱着才能骑上去。它毛色为骝毛，全身结实紧凑，外貌俊美，胸廓深长。它的腿部，肌肉特别发达，背腰平直，四肢强健，关节极其灵敏结实。

听我手下一个懂马的随臣讲，时下的战争中，武将和骑兵多穿重甲铁浮屠，这种细腰长腿的骏马，在战场上已经不多见。确实，我平日在京城禁卫军中见到最多的，是那种粗壮的河曲马。如此漂亮、高贵而又高大的马种，在京城中还是第一次见到。

刚才，我有事去南宫见哥哥高纬。这个该死的"皇帝"，让我久等多时，最后竟然推说他不舒服，让一个宦者出来通知我下次再来，他本人没有出来见我。

愤恨之余，我忽然在其殿内见到一盘放在冰块上的新鲜李子。我拿起一个，咬了一口，甜美略酸，非常好吃。

好吃归好吃，我怒气更盛。

一怒之下，我就把那一盘李子全部砸烂，责问我手下属官：

"我皇帝哥哥这里有这样的好东西，我那里为什么没有？"

属官叩头，被我用马鞭猛击。乱打一阵，我略消怒气。

憋了一肚子气，我来找父皇。本来想到这里"告状"，却迎头遇到和士开。更倒霉的是，恰恰遇到斛律光的父亲斛律金刚死，朝廷正在西堂为死人举哀，真是晦气。

---

① 指朝鲜半岛进贡给北齐的一种矮种马，本来用作观玩或者在宫内为嫔妃拉辇用。
② 晋朝桓玄的《南林弹诗》。

斛律光，我"皇帝"哥哥的丈人。每次见到他，我心里总有些怕他。我叔父辈的王爷们，无论是谁，在我面前都战战兢兢的。可我见到大将军斛律光，反而有畏怕的感觉。这个人，满脸严肃，对谁都没有笑模样。每次他向我行礼，我都情不自禁地去扶他，中了魔一样。

举哀礼毕。斛律光告辞，回家忙着操办丧事。

于是，我陪同父皇到光明殿。

刚刚坐定，和士开在我父亲耳边低声说了些什么。

父皇顿时大怒，大声喝道："把安德王高延宗擒拿来！"

安德王是我的堂兄，他与先前被杀的河南王高孝瑜、河间王高孝琬，都是我大伯父文襄帝高澄的儿子。安德王在他们兄弟中，排行第五。据说，他的母亲出身不好，是个下贱的歌伎。

自小，安德王高延宗就养于我二叔文宣帝高洋家里，非常受文宣帝疼爱。他十二岁的时候，也就是说，他比我现在还大的时候，还总被我二叔文宣帝抱着放在肚皮上玩耍，连撒尿都尿在二叔的肚子上。每次撒尿，二叔不仅不怪，还笑着说："如此好孩子，只有这一个！"当时，二叔皇帝问他要做什么王，他脱口就说要做"冲天王"。正好汉臣杨愔在旁边，劝我二叔皇帝说："天下没有'冲天'这个郡名，希望这孩子能安于德行，就封他为'安德王'吧。"

我还听说，我这个安德王哥哥出奇淘气。他十几岁的时候，以宗室王爷的身份，外出做定州刺史。他天天在楼上拉屎，让他的仆从在楼下张嘴接着吃掉。平时，他的另外一大乐事，就是把蒸猪肉与人粪掺在一起，逼迫他府内的从官吃掉，然后看那些人呕吐为乐。

我六叔孝昭帝高演在位的时候，曾经派使者去惩罚我这个堂兄，打了他一百棍。我父皇继位后，听人说他在定州无法无天：他没事就自己去州里面的牢房里面提人，拿死囚试刀。父皇大怒，遣人到定州，结结实实打了他一百军棍，并杀掉他宠爱的侍从九人。听说，从那以后，安德王稀奇古怪的脾气收敛许多。

我对大伯父高澄的这几个儿子，即我的这一房堂兄们，都非常有好感。可以说，我在内心很喜欢他们。送我礼物的兰陵王高长恭自然不必讲，早前被杀的河间王、河南王两个哥哥，他们都曾经陪我玩耍过。广宁王高孝珩常常教我写字作画，我特别喜欢他画的画，尤其是他画的苍鹰，和真的苍鹰一模一样。而安德王，也和我玩过，他教过我相扑的技法。

正想着他，安德王被押到。我的这位堂兄和我有些相似，胖胖壮壮的。如今被禁卫军押着入皇宫，他走路依旧昂首挺胸，一点没有害怕的样子。

父皇震怒。他把手中的杯盏摔碎于地，喝问道：

"你的家奴告你，说你大逆不道！你在家里扎制草人，每天晚上都鞭打那个草人，边打边说：'你为什么杀我两个哥哥！'这件事情，你是否做过？那个草人，是否就是朕啊？"

安德王默然无语。他不否认，也不承认。

这种态度，最能激起我父皇的怒气。他跳上前去，从卫士手中抢过一根蟒皮马鞭，死命抽打安德王。

鞭鞭响亮，估计有二百多鞭，直打得我这个堂兄遍体流血，奄奄一息。

最后，还是我上前护住安德王，劝父皇息怒。

恰好赶上我父皇气疾发作，喘不能立，安德王总算捡得一条性命。

我父皇被医官搀扶，送入后宫诊治。

濒死的安德王高延宗睁开一只眼睛，向我点头示意表示感谢。

这时候，他的二哥广宁王高孝珩匆匆忙忙赶到，派左右扶起这个五弟，并跪在我面前，叩首致谢。

我刚要和他说些安慰的话，和士开重新出现。

他看见广宁王高孝珩，数落道："你们兄弟，没有一个让人省心。看看，安德王刚才差点把太上皇气坏！"他转过头，对我谄媚一笑，"如果没有东平王殿下出面，安德王今天肯定要去阎罗殿了。"

我扭过头去，没有接和士开的话茬。

像一只被冷落的狗一样，和士开有些垂头丧气。他高高的鼻子，白白的闪着光，鼻尖上冒着汗，很滑稽的样子。

看着肃立一旁大气不敢喘的广宁王高孝珩，和士开忽然说：

"太上皇山陵的工程，不要拖沓。你负责监工，内部涂饰一定要小心、快速。杨子华一直在画陵墓内的壁画，一定别让他闲着，进度不能拖沓。听人讲，你常常到那里去，和杨子华两个人饮酒品茶，延搁时日，墓室内有好几块大的墙壁还是空白。倘若太上皇不讳，工程未完成，一定拿你是问！"

这个奴才，真是大胆！"不讳"这个词，我还懂，就是"死亡"的代称。现在，我父皇只是气疾常常发作，哪里到了"不讳"的地步。和士开竟然催促广宁王加速修建我父皇的山陵，真是居心险恶。

接着，和士开踱到屏息肃立的广宁王身边，阴阴地说：

"杨子华，太上皇对他的画特别特别喜欢。我跟你交个底，太上皇万一不讳，是要杨子华殉葬的，他可以在地下永远侍奉太上皇！他画得再好，也应该把技艺奉献帝室。这不是我的意思，太上皇亲自交代过我！"

广宁王如遭雷击，身子一抖。好久，他才躬身高揖，口中称是。

和士开这个贼人，让人讨厌到了极点。

第十章　梦幻般的欢乐

天统三年，小皇帝高纬十二岁，要举行元服礼。大齐朝中，里里外外最忙碌的，肯定非我和士开莫属。

如果是作为皇太子加元服，礼仪还能简略些。作为皇帝，即使是小皇帝，举行象征成年仪式的元服礼，前前后后的程序，比起皇太子元服礼，要繁杂得多。

太上皇对此非常重视，叮嘱我一定要把仪式办得隆重体面。

为了让太上皇、皇帝父子二人开心，我不能不竭尽心力。

从正月开始，我在崇正殿内忙了两旬有余，总算把一切安排停当。

吉日前，我本人亲为使者，浩浩荡荡地大陈仪仗，以玉帛告圜丘方泽，以币告庙，做足了元服礼的预备式。

二月壬寅朔，皇帝元服礼。钟鼓齐鸣，仪式开始。群官定位排列，每个人都穿上最庄重的礼服。

万众瞩目下，小皇帝头戴空顶介帻走出。太尉娄睿先行盥洗仪式，抹净双手后，趋前升阶，亲手为小皇帝脱去空顶介帻。侍臣以朱漆案跪呈黑介帻，太尉拿起，为小皇帝戴在头上。奉加礼讫，太尉娄睿趋进，站立于太保、任城王高湝的右边。

太上皇的同父异母弟、任城王高湝手捧祝福书，北面宣读。

读讫，任城王为小皇帝加冕。作为侍中，我负责为小皇帝脱去绛纱袍，系上玄绂，然后为他穿上正式的衮服。

所有这些仪式完成后，任城王率宗室上寿。

群官三呼万岁，进献礼酒十二钟，米十二囊，牛十二头。

大礼毕。开始奏献乐舞。

繁缛的正式仪式结束后，乐舞开始，这些节目，都是太上皇和小皇帝平日非常欣赏的。

　　我安排了全部七套部乐：第一部是《国伎》，第二部是《清商伎》，第三部是《高丽伎》，第四部是《天竺伎》，第五部是《安国伎》，第六部是《龟兹伎》，第七部是《文康伎》。

　　每部乐舞间歇期间，为了不至于冷场，还杂有疏勒、扶南、康国、百济、突厥、新罗、倭国等四夷伎乐。一切的一切，就是为了使仪式显得更加热闹、好看。

　　欣赏部乐过程中，我不厌其烦，为小皇帝高纬一一讲解这些部乐的来历：

　　《国伎》，原来的名字是《西凉》。苻坚末年，秦国①大将吕光、沮渠蒙逊等人率军占据凉州，改编龟兹声乐而制成此曲，当时号为《秦汉伎》。魏朝的太武帝平定河西后，就把俘获的整个歌舞班子带回魏国朝廷，把这部部乐称为《西凉乐》。后来，改称《国伎》。这一部乐中，乐师所使用的曲项琵琶、竖头箜篌等乐器，都出自西域，非华夏旧器。其中的《杨泽新声》《神白马》之类歌谣，皆出自胡戎地区，也非汉魏遗曲。所以，《国伎》的乐器声调，非常奇异，曼声动人。

　　除此以外，这一部乐中的歌曲《永世乐》，解曲中的《万世丰》舞，曲中的《于阗佛曲》，都是源于西域诸国。奏此部乐，乐器有钟、磬、弹筝、搊筝、卧箜篌、竖箜篌、琵琶、五弦、笙、箫、大筚篥、长笛、小筚篥、横笛、腰鼓、齐鼓、担鼓、铜钹、贝十九种，需要乐工二十七人来演奏。

　　《高丽伎》部乐，源于高丽。歌曲有《芝栖》，舞曲有《歌芝栖》。乐器有弹筝、卧箜篌、竖箜篌、琵琶、五弦、笛、笙、箫、小筚篥、桃皮筚篥、腰鼓、齐鼓、担鼓、贝十四种，共需乐工十八人。

　　《天竺伎》部乐，据说是晋末凉州的张重华所创。歌曲有《沙石疆》，舞曲有《天曲》。乐器有凤首箜篌、琵琶、五弦、笛、铜鼓、毛员鼓、都昙鼓、铜钹、贝九种，演奏时需要乐工十二人。

　　《安国伎》乃魏朝冯太后时代从西域引进。歌曲有《附萨单时》，舞曲有《末奚》，解曲有《居和祇》。乐器有箜篌、琵琶、五弦、笛、箫、筚篥、双筚篥、正鼓、和鼓、铜钹十种，需要乐工十二人。

　　《龟兹伎》，原为秦国大将吕光灭龟兹时所得，后流传四方。魏朝占领中原后，重新得到了《龟兹伎》部乐乐团，流传至今。

　　《文康伎》，又称《礼毕乐》。这一部部乐，倒是中华正音，本出自晋朝太尉庾亮②家。庾亮死后，他家中的歌伎追悼他，制作面具，像其容而舞之，并取庾亮的谥号为部乐命名。当时，每奏九部乐，最后都要演奏此曲，所以又称为《礼

----

① 指苻氏建立的前秦。
② 东晋政治家、文学家，字元规，颍川鄢陵（在今河南许昌鄢陵县）人。谥号"文康"。

毕乐》。其行曲有《单交路》，舞曲有《散花》。乐器有笛、笙、箫、篪、铃槃、鞞、腰鼓七种，三悬为一部，共需要乐工二十二人。

随着一部又一部部乐的演出，我在一旁细细解说，小皇帝高纬听得津津有味。他完全忘记了身上累赘的礼服，托颐沉思，两只眼睛熠熠发光；太上皇饮酒颔首，摇头晃脑，沉浸其中；皇太后胡氏意味深长，朝我投来脉脉含情的、赞许的一瞟。

演奏完上述正式的部曲，我们齐国的音乐大家曹妙达出现在殿庭中。这个白面少须、长相妖冶的家伙，自从太上皇即位以来，大受宠用，创制了不少新曲目，曲调婉转，辞极艳丽。他最有名的短曲有《万岁乐》《藏钩乐》《七夕相逢乐》《投壶乐》《舞席同心髻》《玉女行觞》《神仙留客》《掷砖续命》《斗鸡子》《斗百草》《泛龙舟》《还旧宫》《长乐花》及《十二时》等。

曹妙达创制的所有曲目，风格皆掩抑摧藏，哀音渺渺。勾魂引魄之际，让人黯然神伤，流连不能自已。乐极生悲之境，油然而生。

夕阳西下，深紫色的天空那么忧伤，那么迷人。整个皇家庭院，在艳曲音声中，弥漫着一种莫名的哀怨气氛。

空气渐渐地更加冰凉，参加集会的人们身感越来越凉。当当几声锣声过后，卫士们在各处燃起了庭燎的巨大火堆。冷冷的夜色很快被暖融融的红色融化。欢声笑语再次响彻皇宫的殿堂和庭院。

如梦幻般，安排在宫墙四周的焰火忽然点燃，整个天空完全充满了神奇的、绚丽的、无法用语言描述的明亮色彩。飞跃于夜空中的烟花砰砰地爆闪着，从一个图案幻化出另外新的图案。而本来还沉浸在暗影中的庭院地面，全部亮如白昼。

乐声响起，太上皇最喜欢的鱼龙百戏开始表演。在摇曳高舞的鱼龙队伍引导下，各种各样的新奇杂耍，俳优、侏儒、山车、巨象、拔井、种瓜、杀马、剥驴等，千奇百怪，炫人眼目，陆续杂沓而来。

如潮的、鱼贯的队伍中，除了上述杂耍，还有神鳌负山、幻人吐火，千变万化，旷古莫俦。

殿庭内，所有的人都站立起来。有些外地入觐的官员和夷蛮土著使者，从来没有见过、想象过这样的东西。他们瞠目结舌，伸脖呆立，甚至忘记了拍巴掌。

杂耍百戏队伍跳跃欢舞，须臾之间，消失在庭院后面，完全给人如梦似幻的感觉。

还未等观者喘息过来，忽然，殿庭内集水满衢。鼋鼍龟鳖，水人虫鱼，在冬天的夜晚，非常骇异地出现在陆地上。

那些戏子们的服装上都绑有内部安置蜡烛的微细灯笼，活灵活现，怪模怪样。

未等人们赞叹出声，一条硕大的鲸鱼凭空出现，从鱼嘴内喷出数丈高的水柱，在天上焰火的映衬下，怪异无比。不少胆小的人，惊呼后退。

倏忽之间，鲸鱼化成黄龙，长七八丈，耸踊徜徉，昂首摆尾，口吐火舌。

焰火不停地放。皇宫的庭院比白昼更亮。

不知什么时候，在庭院中竖起了两根大柱，红绳系于两柱间，相去十丈。两个绝色美女以让人眼晕的速度攀爬上柱子顶部，在距离地面十多丈高度的绳子上面对舞盘旋，打着筋斗，互相从对方头顶跃过。而后，她们时而后退，时而向前，相逢切肩而过，腾挪换易，歌舞不辍。

所有参加舞乐的伎人都衣锦绣彩。灯光照耀下，他们的服装千奇百怪，五光十色，让人眼花缭乱。

海内奇伎，无不总萃。金石匏革之声，声闻数十里外。庭燎炬火，光耀天地。百戏之盛，亘古无比。

在我监制下的全套宴飨鼓吹，制度超越前人。仅仅用于摆放乐器的条案，就横列整整十二条。案下，不是简单的木柱支撑，而是雕木为形，熊罴虎豹，腾倚承之，以像百兽之舞。

所有的大件乐器，上面皆用朱漆作画。每案的小鼓加金镯装饰，而羽葆鼓、铙鼓、节鼓，都饰以五彩花纹。长鸣、中鸣、大小横吹，都装饰有五彩小幡。金钲、枹鼓等乐器，也都加八角紫伞以为饰物。

那些演奏大鼓、长鸣、大横吹、节鼓及横吹后笛、箫、笙箫、笳、桃皮筚篥等乐器的伎人，个个打扮得漂漂亮亮。每个人，都是统一装束，身穿绯地苣纹的袍裤，头上戴金丝合欢绣帽。

乐工、伎人、百戏等参加表演的人，加起来，数目高达一万二千。

至于此次皇帝元服仪式加焰火、百戏的表演费用，何止巨亿！

观此胜景，微醺中的太上皇两眼发光，啧啧生叹。他举杯畅饮，兴奋得头上的白纱帽都晃歪了。

"如此快活，一日可敌千年！"他赞赏地对我说。

太上皇略微有些气喘。饮酒加上微寒，他有气疾发作的迹象。

我赶忙过去，给他披上黑貂皮的披风。

在这灯火辉煌的夜里，品咂人生的欢乐，让人顿起凄凉之感。

幸福的津液充溢在黑暗中，弥漫在灯光跳跃的空气里，就连新宰杀动物的血腥味，也充满一种诱人、甜腻的味道。所有的芳香，静静喷发着无形的微粒。

　　渐渐地，庭燎熄灭。天空像朦胧的蓝宝石一样呈现半透明的颜色。皇宫慢慢安静下来，群臣逐渐散去。北国冬日的雾气笼罩着天空，一股彻骨的寒冷从脚下升起。

　　少年皇帝已经被宫人送回南宫安寝。而我、太上皇以及太后胡氏三个人，还都静静地坐在原处，边饮热酒，边聆听北国早晨的天籁。

　　忽然，邺宫昭阳殿方向闪烁火光，隐隐约约，先是有青烟升起。慢慢地，红光迸现，是失火的迹象。而后，便是宫人、卫士救火的呼喊声和杂沓的脚步声。

　　未及半个时辰，宣光、瑶华等殿也火焰蔓延，噼噼啪啪的殿梁爆燃的声音清晰可闻。

　　显然，一定是昨夜百戏的戏子或者是宫人、卫士遗失火种，造成清晨的火灾。

　　太上皇笑了："好大一棚焰火，可惜现在是黎明，不如夜晚好看！"

　　太后胡氏也笑："旧的不去，新的不来。太上皇正想重新改建殿宇呢。"

　　我连忙附和："是啊，太上皇心想事成，真是上应天意，下和人心！"

　　望着越烧越旺的大火，太上皇一下子站立起来，两臂一扬，甩掉身上的貂皮披风，兴致十足地对我和太后胡氏说：

　　"好，正好我要离开这里去晋阳。邺城宫殿，烧得真是时候！"

第十一章　乐极生悲

旅途，旅途。旅途中的风景，乃我平生最爱。

作为大齐的太上皇，迄今为止，我的人生非常完满。如果不是气疾时常困扰我，或许我的生命会更美好。

经过洛阳之战，我大齐军队大胜。西贼，不，周国，开始和我们大齐讲和了。南朝的陈国，也常常派遣使臣来。大家彼此交换礼物，互通消息。北方的突厥，只要不时送他们金银珠宝和女人，那些野蛮人也会见好就收。所以，我大齐的现状，非常安全。

即使是暂时的安全，也是安全。短暂的人生，身为帝王，操心万代之事，太愚蠢了。

欲望这种东西，越难得以满足的时候，它就越强烈。如果非常容易地得到满足，一定会削弱欲望带来的快感。比如，我现在临幸女人的快感，还不如排尿的快感强烈。饮酒后憋尿，撒掉，多么惬意。撒尿，比起喷射的那一刻，不仅不逊色，感觉反而更舒适，快感更久长。

酒，旅行，风景，肆意地放纵，这些，让生命充满了实实在在的不朽意义。

邺城，晋阳；晋阳，邺城。这条路，我是多么熟悉啊！自我父亲神武帝高欢时代起，我就无数次往返于这条路上。我的少年时代，是多么快乐啊！那个时候，我真的无忧无虑，没有任何事情需要我来操心。我们父子、兄弟之间的情感，又是那么真挚。甚至在当时，我与魏朝的皇帝，即我大哥文襄帝高澄的小舅子，我的二姐夫，那位风神俊美的孝静帝[①]，关系也非常不错。孝静帝只是我父兄的傀儡，但他身上那种魏朝皇族潇洒风流的气派，举手投足间的皇家风范，任何人无法模拟。可惜，他一直被我父亲和大哥圈于邺城，从来没有走出过皇宫范

[①]　即元善见，他是被杀后被谥为"孝静帝"。

围，更不用说踏上去往晋阳的路途了。如果我二哥文宣帝高洋做皇帝后不把他毒死，或许，我现在能和那位孝静帝一起打猎、跑马。

晋阳，待了几个月，我又厌倦了。人生的厌倦情绪，自从做帝王以来，潮水般地多次侵袭我。

旅途，是抵抗厌倦的最好的方式。

无论春夏秋冬，旅途中的景色总能打动我的心。荡漾的水潭，杂草丛生的小径，崇山峻岭，低矮的山丘，即使是晃入我眼帘的一只不知名的小花蝴蝶，都会让我在纵深的风景中感到迷人的魅力。

禁卫军的人数很多，我从来不让他们在距离我很近的地方晃悠。前队在三十里以外，后队也在三十里以外。这些粗鲁的军人，千篇一律的杀人头脑，纯粹是用来吓人的鹰犬而已。

在我身边，除了皇后、和士开，只有十几个侍候的宦者和宫女。所以，我保证我能看到的，是一个广袤的、非悉心安排的、无人打搅的世界。

如果不是最近气疾一再发作，我一直以来喜欢自己骑马行进。当风扑面而来的时候，春天的柔风，冬日的罡风，甚至秋天夹杂冷雨的飒飒阴风，都感觉那么亲切。所有的一切，让我回忆起昔日我的父亲神武帝在世的时候，我在这条路上度过的那些美好的、充满热切盼望的日子。

现在，我不得不坐在特制的车轿里面。骑马会使得我突犯气疾。这种毛病，如今越来越频繁发作。每一轮新的发作，都要比上一轮时间延续得更长。上个月的一次发作，几乎要了我的性命。我的整个喉咙、气管，似乎全部堵住了，噎得我完全喘不过气来。如果不是大臣徐之才为我调制了一剂新药，可能我就会憋死过去。

不知道到底什么原因，最近我的身体每况愈下。只要是喝酒过多，或者赶上天气忽然转凉，我就会发病，症状是喘息、气促、胸闷、咳嗽。我的气疾发作，尤数夜间和清晨更甚。

每次发病前，我的鼻子、眼睑都会发痒，然后就是打喷嚏、流涕、流泪，继而就是无尽的干咳。咳嗽过久，我就会呼吸困难，胸闷至极。有时候，我的胸部似被千斤重石所压。辗转反侧中，即使是深更半夜，我也只能被迫端坐，根本不能平卧。我要把头向前俯，两肩耸起，两手撑膝，在宫女的帮助下用力喘气。令人烦躁的是，这种姿势，我要一直保持好久，煎熬久之，一拨发作完才会自行缓解。

最近的一次，我胸部疼痛异常，呕吐不止，甚至一度大小便失禁。

从前，我的病每十天左右发作一次。立夏以来，几乎是每两天就发作，不间断的头痛、头昏、发烧，加上不断添加的药剂，往往使得我神志模糊、嗜睡不止。

昏迷中，我恍然见到天上飘过一朵巨大的白云，从中有五色斑斓之物闪现，冉冉而下。稍稍近前，五色物幻化成一位美艳妇人，伫立于离地数丈之遥，亭亭玉立。半梦半醒间，再仔细看，美妇人的眉目相貌愈来愈清晰，最终变为观世音的模样。

恍恍惚惚中，和士开为我找来神医徐之才疗疾。

徐之才为我诊脉后，马上声称："陛下所见是幻觉，乃平素色欲过多，大虚所致。"言毕，他立刻开立处方。

宫人马上把药剂煎来，端至床前。

仅服一剂，我的幻视就有改观，发病时眼前幻象的美妇人，便觉稍远。再服一剂，美妇人还变为五色斑斓之物。两天内，六剂汤药过后，我气息平定，神清气爽，似乎从来没有得过病一般。

徐之才，真是医术高妙之人。他，本来是南朝丹阳人。他的父亲徐雄，在南朝的齐国，曾官至兰陵太守，当时就已经以其精湛的医术名闻江南。徐之才幼而俊发，据说他五岁时候就能背诵《孝经》，有神童之称。甫年十三，他已经被召为太学生，精习《礼经》《易经》。到了南朝梁国宗室豫章王萧综出镇江都的时候，徐之才被召为镇北主簿。

那位梁国的豫章王萧综嘛，本来是南朝梁国武帝萧衍之子。萧综的母亲吴淑媛，原来是南朝齐的废帝，也就是东昏侯萧宝卷的妃子。萧衍自立为帝后，因吴淑媛貌美有才学，纳为己妃。入宫后七月，即生下萧综。当时宫中，都怀疑萧综非武帝亲生，而是齐国的东昏侯萧宝卷的骨血。萧综长大以后，得知此事，就去盗掘东昏侯的坟墓。他刨出尸骨，用自己的血液滴在尸骨上，滴血认亲。果然，萧综看见他的血液能渗入萧宝卷的枯骨中。半信半疑间，萧综回府，杀掉一个自己的亲生儿子。他用自己的血与被杀儿子的尸骨进行试验，发觉血液仍能渗入骨中。于是，萧综深信不疑，他本人肯定是被萧衍推翻的齐废帝东昏侯萧宝卷的血胤。后来，他寻找机会投奔魏朝，改名萧缵。

当时的魏朝视之为奇货，任萧缵为司空，封之为齐王。萧缵叛逃的时候，其属下奔散四走。作为主簿的徐之才跑到彭泗，为魏军抓获。

萧缵听说后，急忙向魏朝皇帝报告说徐之才有神医之术，堪当大用。

魏朝孝明帝孝昌二年（公元526年），徐之才来到洛阳。由于精通医术，长于经史，他得到王公大臣的礼遇，被封为昌安县侯。

我父亲神武帝高欢任魏朝大丞相的时候，特意把徐之才召至晋阳，对他的口才和医术留下深深的印象，礼遇颇厚。

我大哥高澄被刺，二哥高洋掌权。其后不久，二哥就想代魏称帝。当时，包括我母亲和众多的勋臣在内，多数人对此持异议，唯独徐之才上表赞同禅代，并对我二哥说："千人逐兔之时，如果一人得之，诸人之念咸息。所以，大王一定要早定大业，不要犹豫不决！"同时，他凭依他本人在天文、数算方面的知识，多次呈递图谶，极力劝二哥高洋取代魏朝自立。

我二哥文宣帝高洋践祚后，为了报答拥举之恩，自然重用徐之才。加之徐之才为人戏谑滑稽，大得我二哥欢心，被封为侍中。

日后，我六哥孝昭帝继位，徐之才凭借他高超的医术，多次治好我母亲娄太后的病，得赐银帛无数。与其说徐之才是凭恃文才和吏才得用，不如说是他的高超医术使他获得高官厚禄。

我每次发病，均离不开徐之才。尤其是上一次，假如没有他投以奇药，我真不知能否熬过那一关。

入秋之后，我连服徐之才开的药剂，感觉非常不错。从上次发病到如今，已经有两旬，我气疾一次未犯。

我高兴，和士开也高兴。在和士开的建议和竭力劝说下，为了酬功，我下诏大大奖励徐之才，以左仆射的官衔，实授他兖州刺史。

临行前，徐之才预先开出数剂药方，以待我日后可能发病之用。所谓未雨绸缪，提前准备好药剂，本来应该没有什么问题。

下雪了。

河流开始结冰。冷风一吹，彻骨生寒。虚无缥缈的天空，飘下那么多纯白色的雪花，风呼啸着，北方的大地似乎一下子就黯淡了。

邺城很快就要到了。被烧毁的宫殿，听说已经完全修葺一新。此时此刻，我是多么希望快些到达邺城啊。

貂裘和轿中的暖炉，似乎都不能抵挡外面凛冽的寒风。雾霭，烟尘，雪花，所有的风景都失去了意义。世界模糊不清，让人思及混沌初开的刹那。

我的背部开始隐隐作痛，我的胸部感到巨大的压力，一种不祥的预感氤氲在我的心头。

天，越来越黑。我急忙呼唤和士开到我的御帐，让他马上催唤徐之才回来。我现在很后悔，不该外派他到兖州去做官。他所留下的药剂，我两剂当作一剂吃，忽然就不管用了。

官驿急催，不知道是否能够使徐之才尽快赶到我的身边。我身边其余御医束手无策，只有徐之才开的药方才能有效治疗我的气疾。

随行的御医有几十个人，可是他们均表示徐之才的药方是秘方，其中的几味药是西域特有，一般人很难得到。即使有，他们也不敢轻易在治疗中使用。

记得徐之才在我身边的时候，他说我的气疾属于肺虚症。给我治疗的时候，他着重补肺益气，下药以健脾化痰为主。在我印象中，他常常使用参苓、白术这两种药物。由于我肾气虚弱，他治疗的时候一直强调补肾纳气。

而我身边的御医，大多数认为我的病是寒哮所致，病因在于天寒气冷。确实，这些御医所讲的不无道理。我怕冷，舌苔白薄，脉弦浮紧，这些都是寒哮的症状。但是，有时候，我喝酒过后，气粗息涌，喉中痰鸣如吼。特别是我饮过烈酒之后，往往胸高肋涨，阵发呛咳，吐出的黏痰，黏浊稠厚。由于排吐不利，我往往烦闷不安，口苦舌僵。这种症状，又特别像热哮。

其实，我太过大意。先前天气热，我的病好转大半，我便产生麻痹，以为日后再不会复发。

没想到的是，今年的秋天来得格外早。寒冷，可能是我旧病复发的源头。

天色更黑了。我熟悉的那种窒息的感觉，慢慢袭来。

看得出，和士开忧心忡忡。我的胡皇后，急得脸色铁青。她已经派人前往邺城立刻把我们的儿子、皇帝高纬找来。这种安排，给我一种很不好的暗示。难道，我要死了不成？

四年前，我二十八岁，成为大齐的太上皇。看着我自己的儿子登上了帝位，那是多么愉快的事情啊！如果，万一，如果万一我要死了，我也不会像二哥文宣帝和六哥孝昭帝死前那样。他们死前，都放不下心。他们死的时候，都不能合眼。因为，他们没能看到他们自己的儿子登上帝位。

三十二岁，这是一个坎吗？作为太上皇，我现在也只有三十二岁。我大哥文襄帝高澄被杀的时候，二十九岁；我二哥文宣帝高洋死的时候，三十四岁；我六哥孝昭帝高演死的时候，仅仅二十七岁。我们高家爷们儿，似乎，四十岁就是一道难以逾越的高坎！

沙漏在滴。我听得见。每一粒沙子落下的声音，都清晰入耳。我的意识有些模糊了。胸口上面的巨石，越来越重，越来越沉。似乎有一只手，在卡我的脖子。

我不怕！我杀了好几个侄子，我不怕死去的大哥、六哥报复我。如果他们换成是我，他们也会这样做。我敕建了那么多的寺庙，供养了那么多的僧人，所有这些，足能赎取一切罪孽吧……

但是，死亡，来得如此出其不意，出乎我的意料。我还没享受尽帝王精彩的人生。如此盛宴，我才刚刚喝了几口酒而已。这种留恋，常人无法想象。我沉重的、多病的肉身，竭力想飞跃生命的轮回。

事情真的越变越坏。我闭着眼，却能听到和士开的哭声。我紧紧握住他的手。他的哭声更大了。

"别辜负我啊！"我拼尽最后的力气说。我自己都听不见自己的声音了。

当我的喉咙被无形的手死死卡住，有那么一刻，非常痛苦。我最后睁开眼睛，首先看见的，是我的胡皇后那张焦虑的脸。她并没有慌张，只显得焦虑而已。

用来做解除①用的傩舞，乐声嘈杂，徒增烦恼。一个巫祝喃喃而念，我听得清清楚楚："谨奉黄金万两，用祀上天，消除地下死籍，急急如律令！"

"陛下，再等一下，我们的儿子来了。"胡皇后说。

一张脸立刻靠近了我。是我的儿子，大齐皇帝高纬的脸。他的脸上，虽然已经长出了类似胡须的绒毛，但他依旧显得那么稚气。他太柔弱了。我忽然感到有些后悔。我太想见我的二儿子高俨了。东平王高俨，年纪虽然比高纬小一岁，但他的威严气质，多么类似我威武赫赫的二哥文宣帝高洋啊……如果他做皇帝，我大齐的江山可能会更久长……但是，我已经说不出话来。

痛苦，漫长的窒息的痛苦。周围的一切完全模糊了。

血液都涌到我的眼睛里面，浓痰，或者其他别的什么东西，堵塞着我的喉咙。我完全不能呼吸。

可能是几个时辰，也可能仅仅是一瞬间。我感到豁然开朗，周围的一切都焕然一新。大概是没药②强烈的气味，让我最后产生了一丝幻觉吧。

我慢慢地升起，俯视着一切。自上而下，我看见我自己合眼躺在巨大的床上，礼官在给我换上白色的丧服。

和士开哭得几乎昏死过去。我的胡皇后，我的儿子高纬，都愣愣地伫立着，他们的脸上似乎没有多少痛苦的神情。

侍者很快把我儿子高纬扶走，床前只剩下和士开和我的胡皇后。

"都怪我不好，嫉妒徐之才，怕他受宠于太上皇，是我建议把他升官外放。如果他在这里，有他的奇药，太上皇不会这么快离去啊……"和士开哽咽不止。他的那张俊美的、已经不年轻的脸被痛苦的泪水浸泡得有些变形。

---

① 古代的"解除"是避除祸殃的方术。所谓解除，就是祛凶。解除之术，起源于古代的傩。解除的主持者，一般是巫祝。

② 产于非洲和阿拉伯地区的一种树脂药物，是古代埃及人用来涂抹尸体防止腐烂的香料。暗红色，南北朝和唐代用来作镇痛剂。

胡皇后向上望着，似乎在和我对视。良久，她说：

"没有什么，一切该来的，都会来，一切该去的，都会去……毕竟，现在我们大齐有皇帝。你，我，皇帝，我们三个人一心，还怕什么！"

胡皇后说这话的时候，我看到了她脸上焕发的一种奇怪的光彩。她脸上没有任何戚容，反而出现一种掩饰不住的欢快。

我已经死了。所以，我对这一切，忽然感到完全不重要了。在我灵魂出窍的关头，我的意识中，只有对人生无尽的悲悯。

第十二章　刺痛我生命的夜晚

太上皇死了。我的夫君死了。我应该感觉非常悲痛才对。

出乎我自己的意料，此时此刻，我心中反而有一种如释重负的感觉。

作为未亡人，大齐的皇太后，心情平静如此，我自己也没有意料到。

我的夫君，挣扎了许久。死去的瞬间，他的脸色憋得发紫。如今，他的双颊塌陷下去，脸色变成了一种灰白色，轮廓清晰，表情平静，似乎现出一种非常罕见的柔情的样子。

如果在烛光下盯久了看，他好像在熟睡一样。他的脸，和十八年前我嫁给他的那个时候相比，其实没有太大的变化，只是多了胡须而已。当年，他十四岁，我十二岁。我们年纪虽轻，却伉俪情深。

他的一生，应该很疲惫吧。死亡，对于他来讲，可能是一种甜蜜的解脱。

我当年为长广王妃的时候，从来没有想到过，自己有一天会成为大齐的皇后，更想不到，我还会成为皇太后。当然，作为安定临泾的大族，我们胡家，在魏朝的时候就是显贵。我的父亲胡延之，做过魏朝的中书令。我的外祖父卢道约，也是魏朝大臣，出身范阳世家大族。

出嫁的那天晚上，复杂的礼仪过后，我们双双拜见皇帝。虽然匍匐低头，我依旧能感到夫君的哥哥、当时的皇帝高洋那灼热的目光。他那种有热度的目光，在我的脸上停留了好一阵子。

高家的男人，大多数肤色白皙、相貌英俊。几代鲜卑、汉人血脉相混，使得他们家族的男人都是这种风神俊秀的样子。奇怪的是，唯独夫君的这个二哥皇帝高洋，长相完全不同。他有一张黑胖的脸，高鼓的鼻梁，有些凹陷的三角眼，腮边的粗肉耷拉下来。还有，他那粗拙高大的身材，样子真像个乡下做田间苦力的羯胡。难道真的是那句话：龙生九子，各有不同？

结婚的时候，我十二岁，却已然熟谙风情。由于所嫁之人让我欣喜，我们鱼水情浓，互相愉悦。新婚宴尔，万般缠绵。夫君多才情、言语有趣味，我们年貌相当，况且，他又是与皇帝同父同母的亲王。

作为女人，夫君如此，夫复何求！

我记得非常清楚，婚后仅一旬，宫中就有宦者上门，传懿旨，说夫君二哥文宣帝的皇后李氏要我入宫相见。

当时，是一个非常晴朗的早晨，非常晴朗。

敕使来的时候，我正和身为长广王的夫君饮酒下棋。当时的情景，宛如昨日。我记得，夫君闻听宣敕的宦者让我入宫之言，顿时面如死灰。他低头静默良久，不发一言。

我很诧异。皇后召我入宫，妯娌相见，人之常情。虽为天家，情理应该和常人一样。况且，我早听说二哥皇帝的皇后李氏为人温婉，深受皇帝信重，如果能和她结交成姐妹，一定对我们夫妇大有好处。

皇帝以狂躁知名，我那位身为长广王的夫君，即使是皇帝的亲弟弟，也常常不免当众遭受捶辱。倘若有皇后在宫内为援，日后夫君再有得罪之时，我也好入宫到皇后处为他求情。

我能入宫见皇后，这是多么好的一件事情啊。对此，夫君如此奇怪的反应，出乎意料。

"长广王，请速速安排王妃入见！"

前来传旨的宦者有些不耐烦，催促说。宣敕的宦者年纪不大，阴白脸面，尖细的嗓音非常刺耳。

我的夫君浑身一抖，忙抬起头来。令我大为不解的是，他的脸色更加惨白了，眼睛里面竟然有泪花在闪烁。

嘴唇哆嗦着，他低声对我说了一句：

"有劳爱妃你了！"

然后，他向我深施一揖。

我不过是入宫见皇后罢了。夫君如此举动，倒好似生离死别一般。

由于有敕使在旁，我也不好多问。

心怀忐忑，我上了宫内派来的车子。

我和夫君纯粹的结发情感，在我登上宫车那一刹那消逝。在车窗中，我看到了夫君的背影，黯然消隐于王府大门的阴影之中。

我那时，只是少女罢了。与夫君新婚后度过的、没有瑕疵的快乐生活，仅仅十天。这十天，是我人生中最纯粹、最纯洁的十天。尔后的日子，多如树叶，无数面庞和事件，偶然地、必然地遇见过、发生过，都被北风吹走，消失，黯淡。平静而清晰的温情日子，永远不复返了。

长广王府距离皇宫并不很远。人，特别是怀有复杂的心情的时候，感觉会很奇怪，会发现，有的时候，时间既短又长。

进入皇宫禁苑后，宫车并没有在李皇后居住的坤宁宫停留。奇怪的是，它一直朝静德宫驶去。

作为长广王妃，我婚前要熟悉皇族礼仪和宫廷常识。我知道，静德宫应该是我夫君的大哥、被刺杀身亡的文襄帝高澄的皇后元氏所居。文襄帝高澄死的时候，身份依然是魏朝的大丞相。文宣帝高洋，我夫君的二哥，代魏建立大齐后，追赠大哥高澄为帝。而大哥高澄的正妻元氏，容美德贤，乃魏朝孝静帝的亲姐姐。听说，当年文襄帝高澄做渤海王世子的时候，作为世子妃，她为高家这一辈生下一个男孩，即日后的河间王高孝琬。那时，我的公公神武帝高欢还在世。世子生嫡孙，举朝皆贺。魏朝的孝静帝亲临其家，赠锦彩及布帛万匹。当时的大臣和魏朝宗室，纷纷有赠。仅仅一天之内，奇珍异宝，遍满十屋，盛况空前。

在我和夫君结婚的婚礼上，我见过这位文襄皇后一面。她不仅美貌非常，而且举手投足间那种皇族的气质，尤其让人心生敬意。那种纯粹鲜卑皇族女人的白皙，呈现一种光芒四射的、让人屏息的美丽。她的表情沉静，但顾盼流眸之间，艳光四射。即使皇后礼服那么累赘烦冗，依然掩盖不住她美丽的身段。无论是侧面还是正面，她都是一个美艳绝伦的女人。作为一个少女，乍看到这位文襄皇后的面容，我都惊讶得有喘不上气来的感觉。

车子停下，进入静德宫外堂。很快，有宫内女官过来，打开箱笼，给我换上薄薄的睡衣。几个女官的动作很迅速，手脚麻利，她们脱去我身上的王妃礼服，仅仅给我穿上单层的睡衣，连里面作为亵衣的抱腹都被脱去。

这，太出人意料了。见皇后，无论是文宣帝的皇后李氏，还是文襄帝的皇后元氏，都用不着赤裸裸穿单层睡衣去见啊。我从来不知道宫内会存在这种礼仪。而且，这种薄如蝉翼的衣料，几乎透明。南朝的梁国，出产这种特殊的衣料。从前，我只是听说过有这种质地的衣料，但从来没有见过，更没有穿过。我在闺中做姑娘的时候，也没听说过哪位女性亲戚穿过这种质地的衣服。

在两个年纪幼小的宫女的扶掖下，我被半推着往内殿走。

殿门敞开着，浓浓的酒气飘散在空气中。同时，有许多男人的叫喊声，夹杂着女人的啜泣、哀号以及呻吟的声音。

进入殿内，情景顿时让我窒息。我内心的惊骇，即使在十八年后的今天，睡梦之中，仍然让我战栗不已。

在静德宫的大殿里面，我看到了我人生中永远难以忘怀的、骇人的景象：

整个大殿，有男男女女近百人，全部赤裸。大多数人在交媾。

我呆立在当地，觉得自己马上要昏死过去。在最恐怖的梦中，也不会出现这样的情景。

文宣帝高洋远远看了我一眼，没有马上过来。

他踱到一个长发掩面跪伏在地上一直不动的女人身边，用马鞭狠狠地抽打她，呼喝她抬头。天啊！那个人竟然是皇帝的嫂子，文襄帝高澄的皇后元氏！

鞭子落下，脆声响亮，她痛得差点跳起来。颤抖一阵过后，她依旧跪在那里，也不敢哭出声来。

那样美若天仙的高贵皇后，竟然像一个下贱的婢女匍匐在殿中的地上，浑身赤裸。她绝白的身体，完全暴露在众人的目光中。

我不由自主地揪紧了身上的睡衣。我喘不过气，几乎要立时昏过去。

皇帝往四周寻找着什么。他揪住一个女人的头发，把她拖到元氏身边，命令那个女人骑上去，命令她骑到元氏的背上去！

待那个女人转头的时候，我认出来，她是魏朝孝静帝的女儿，安德公主①。从外表看，她当时似乎也只有二十岁不到。先前在我的婚礼上，她也出现过。

两个完全赤裸的女人，一个是大齐文襄帝的皇后，一个是魏朝的安德公主。这两个人的辈分是姑侄，她们被迫，在大庭广众下互相骑压，饱受天大的羞辱。

安德公主无声地哭泣着，很不情愿地骑在了她的姑姑文襄皇后元氏身上。天可怜见，她把两脚支撑在地上，以减轻自己的重量。

文宣帝高洋哈哈大笑着，狠狠抽打着他的嫂子文襄皇后，迫使她像狗一样匍匐移动。两个身材高大的胡人兵士得命，以畜生一样的交媾跪姿跟从，轮流把他们硕大的阳物捅进艰难地在地上爬动的文襄皇后的身体中。他们肆行奸淫的同时，用力拍打着她雪白的臀部，苦辱这位尊贵的女人——魏朝公主、魏朝孝静帝的亲姐姐、大齐的文襄帝皇后。

在皇帝的安排下，又有一个兵士用葛条做的绳子勒住文襄皇后的脖子，牵狗一样牵引着她。兵士拖她，时而向前，时而向后，不停折磨她。

哭泣不已的安德公主被皇帝从文襄皇后背上揪了下来，扔在地上。很快就有三个禁卫军兵士上来，就地粗暴地开始对这位金枝玉叶进行轮奸。

---

① 从辈分上讲，安德公主还是高洋的外甥女。

整个大殿，就是一个男女交媾的阎罗殿，哭号声、喘息声以及兴奋的叫声响彻殿宇。

这对姑侄的哭泣和哀号，使得醉醺醺的皇帝更加兴奋，他嗷嗷狂叫：

"我大哥从前奸污过我的妻子，现在该我报还了！"

跪伏在地上的文襄皇后将头深深垂下，她的蝉鬓散乱，全失形状。而她当日用乌膏点染的"嘿唇"妆饰，被泪水完全弄乱，蹭到脸颊上面，如同泥浆迸溅一般。

我完全吓傻了，瘫坐在地上。

冰冷的殿石激得我陡然清醒。我赶忙跪在当地，屏息匍匐，不敢再看殿中的场景。

过了一会儿，我最害怕的时刻来临了。两个胡人兵士冲到我面前，撕扯掉我身上的睡衣，把我按到地上，准备奸污我。

我尖锐地哭号，声音完全不似我本人所能发出的。

这个时候，文宣帝手提一把长长的大刀，大踏步近前。两个胡人兵士未及站起，已经身上着刀。一个人被从肩膀斜劈成两半，另外一个人的脑袋被砍下，骨碌碌在地上滚了很远，鲜血从颈腔中狂喷出来。

宦者和卫士们迅速上前拖走尸体，地面在非常短的时间内被清洗干净。

噩梦，噩梦。我吓呆了。第一次，平生第一次看到鲜血和杀人。

"何等鼠辈！这是我九弟的王妃，没有我的令旨，谁敢动她！"文宣帝呼喝道。

他山一样站在我的面前，自上而下看着我。

"抬头！"他命令道。

不知过了多久。我被放倒在冰凉的石板地上。皇帝肥壮的身体山一般扑上来，他开始粗暴地奸淫我。

我不敢反抗，不敢叫出声，也从来没有做出任何反抗的姿势。他是大齐的皇帝啊！

我昏厥了……

等我醒来的时候，我已经身在长广王府。

我的夫君长广王坐在我身边，忧虑地看着我。

仅仅半天的时间，我仿佛从地狱中转了一圈回来。再见，差点成为永别。

夫君紧紧抓住我的手，用力握着。

我扭转过头去。我心如死灰。我头脑中想到的，只有如何去死，如何了结自己被污辱的身体。

夫君哽咽着，说："爱妃，我知道你在想什么。你知道吗，我的一个堂姐参加宫宴后，受不了那种事情，回家自杀了。我的二哥皇帝，听说后暴怒，马上下旨杀了她的丈夫和三个儿子……为了我，为了我们，你要忍受啊……"

我年轻的夫君，说着话，滴下数滴热泪。

我的心一紧，内心的痛苦随着泪水全部喷涌而出。

本来美好的生活，美好的王妃生活，仅仅一天之间，就变成了生存的挣扎。宫殿，锦衣玉食，侍从如云，所有这一切，都是实在的假象，它们可能瞬间全部灰飞烟灭。

我先前所有膨胀的幸福感全部消失了，代之以无尽的对未来的恐惧。我深知，刚刚经历过的噩梦般的恐怖，仅仅是个开始。我所承受的，不单单是我一个人的痛苦，还有我夫君的痛苦。

我才十二岁，忽然间，我觉得自己完全在一天之内变成了一个成熟的妇人。我曾经飘忽不定的、感觉不敏的身体，忽然变得实实在在起来。我下半身的疼痛异常尖锐，异常清晰。但是，让人奇怪的是，一种陌生的悸动，从我的肚腹深处苏醒了。它似乎是一种隐隐的焦虑，又像一种完全陌生的躁动，在我的身体最深的地方萌动。我被蹂躏的身体，忽然产生了一种隐隐约约的索求。

"好吧，你别担心，只要习惯，就好了……"我忽然说出话来，安慰着我的夫君。从我自己口中说出的话，我自己听着全然陌生。

我的夫君长广王，相比他的兄长皇帝来说，身体要差很多。他床第之间的能力，与他的兄长也有天壤之别。

自从我入宫后，爱屋及乌，文宣帝对我的夫君非常满意，时常会赏赐夫君大把珍宝和他临幸过的美女。但是，所有这些，都不重要。最重要的，是我夫君再不必为他自己的性命担忧。

文宣帝杀起兄弟来毫不手软，上党王高涣、永安王高浚一起被虐杀，连皇帝同父同母的六弟常山王高演，因遭猜忌，都多次差点被杀掉。所以，我的夫君，作为皇帝同父同母的九弟，因为有我，他的王妃，能在皇帝宫中得宠，他脖颈上的头颅，一直安稳无危……

我的夫君日后能成为大齐的皇帝，我的功劳太大了。他深深知道，他能熬过他二哥文宣帝高洋的时代，最大的功臣就是我。所以，在我们的大儿子高纬出生的第二年，我们之间就有个秘密的约定——只要夫君日后能为皇帝，他会容许我做一切能给自己带来快乐的事情。这种许诺，是为了酬答我在他二哥文宣帝时代对家庭的保护和付出的血汗辛苦。我的夫君，说话算话，日后完全兑现了承诺。

大齐的太上皇，我的夫君，现在安静地躺在巨大的棺椁之中。我没有悲痛的感觉，而是忽然感到了一种巨大的成就感。

我，身为皇太后，自己的亲儿子是皇帝，当然可以为所欲为。所有从前的付出，我要得到加倍的补偿。

死亡，原来还可以点燃欲望。

我的肚腹发热，我的下身潮湿。

我走近棺椁，揽住正在棺前哭泣的和士开，示意他和我行欢。

于是，棺椁旁边的交媾，也成为通向极乐永恒的严肃仪式……

我夫君的二哥、文宣帝高洋黑胖的身躯和癫狂纵欲的样子，浮现在我的脑海中。

第十三章 朕，英雄天子！

（齐）王神祇协德，舟梁一世，体文昭武，追变穷微。自举迹藩旆，颂歌总集，入统机衡，风猷弘远。及大承世业，扶国昌家，相德日跻，霸风愈遐，威灵斯畅，则荒远奔驰，声略所播，而邻敌顺款。以富有之资，运英特之气，顾眄之间，无思不服。图谋潜蕴，千祀彰明，嘉祯幽秘，一朝纷委，以表代德之期，用启兴邦之迹，苍苍在上，照临不远。朕以虚昧，犹未逡巡，静言愧之，坐而待旦。且时来运往，妫舜不暇以当阳，世革命改，伯禹不容于北面。况于寡薄，而可踟蹰。是以仰协穹昊，俯从百姓，敬以帝位式授予（齐）王。天禄永终，大命格矣。于戏！其祇承历数，允执其中，对扬天休，斯年千万，岂不盛欤！

魏朝的太尉、彭城王元韶，我的大姐夫，一脸认真地宣读魏朝最后一个皇帝的禅位册文。

魏朝下诏的这个皇帝，不是别人，正是我大哥高澄的内弟。日后他被弄死，得谥为"孝静帝"。

本来，依据宫廷礼制，我应该当众跪听。不过，现在，既然"礼制"可由我而设，自然我就不必拘泥于"礼制"。

我踞坐饮酒，静观魏朝的彭城王元韶装模作样地站在那里宣读由我手下起草的册文。这个家伙，白白的脸蛋，窈窕的腰身，红红的嘴唇，倒像个娘们儿。

从这一刻起，魏朝的武定八年，就成了我大齐的天保元年。

一年前，我大哥高澄遇刺身亡。是啊，我对外正式公布的兄长死因是"遇刺"身亡。

大哥"遇刺"身亡后，我把他几乎所有的官爵都继承下来：使持节、丞相、都督中外诸军事、录尚书事、大行台。两个月以后，我被魏朝皇帝进封齐王，食冀州之渤海、长乐、安德、武邑以及瀛州之河间五郡，邑十万户。我的父亲高欢在魏朝曾被封为渤海王，因为他自称祖籍是渤海。渤海乃昔日齐地，所以，我就选择了"齐"的称号。再过两个月，我晋位相国，总百揆，封邑增加五郡，达二十万户。最主要的，是得加九锡①殊礼。

当时，所有的明眼人都能看出，距离皇帝的宝座，我只差半步了。这一年，我才二十三岁。

我特别喜欢大臣魏收替魏帝所撰的诏书中赐我九锡的内容。其实，"九锡"，除了做仪仗队的三百武士可用，那些怪模怪样的礼器服履，被人们赋予了那么多特殊的意义，想来真是可笑。

虽然滑稽，作为接受者，我听着十分受用：

> 人谋鬼谋，两仪协契，锡命之行，义申公道。以（齐）王践律蹈礼，轨物苍生，圆首安志，率心归道，是以锡王大路、戎路各一，玄牡二驷。王深重民天，唯本是务，衣食之用，荣辱所由，是用锡王衮冕之服，赤舄副焉。王深广惠和，易调风化，神祇且格，功德可象，是用锡王轩悬之乐，六佾之舞。王风声振赫，九域咸绥，远人率俾，奔走委照，是用锡王朱户以居。王求贤选众，草莱以尽，陈力就列，冈非其人，是用锡王纳陛以登。王英图猛概，抑扬千品，毅然之节，肃是非违，是用锡王武贲之士三百人。王兴亡所系，制极幽显，纠行天讨，罪人咸得，是用锡王铁钺各一。王鹰扬豹变，实扶下土，狼顾鸱张，冈不弹射，是用锡王彤弓一、彤矢百、卢弓十、卢矢千。王孝悌之至，通于神明，率民兴行，感达区宇，是用锡王秬鬯一卣，珪瓒副焉。往钦哉。其祗顺往册，保弼皇家，用终尔休德，对扬我太祖之显命！

南郊继位后，我成了大齐的皇帝。

我自己当了皇帝，当然不会忘记奠定基业的父兄。即日下诏，追尊皇考献武王高欢为"献武皇帝"，追尊皇兄文襄王高澄为"文襄皇帝"。至于我的母亲娄

---

① "锡"同"赐"。九锡是古代帝王赐予诸侯大臣的最高礼遇，属嘉礼。九锡，指衣服、朱户、纳陛、舆马、乐则、虎贲、铁钺、弓矢、秬鬯九种器物及待遇，一般授予那些对国家有大功的权臣。每加九锡，帝王必颁九锡文，叙述和肯定受礼者的事迹与勋劳。中国的历朝禅代都同九锡制联系在一起。为了效仿上古时期的尧舜禹禅让故事，使改朝换代能符合当时的法理观念，权臣在夺取帝位之前，必先晋爵建国，封公或者封王，赐九锡，然后登上九五之位。曹操加九锡，封公建国，曹丕因之而终于完成汉魏禅代，从此，九锡成了权臣易代鼎革的工具。从这个意义上说，九锡是汉魏晋之际权臣夺取政权的一种制度。魏晋南北朝时期，对皇权构成最大威胁的是宰相、大将军。一旦一个帝国出现昏君庸主，失去对兵权的控制，抑或天下动乱，名教式微，宰相或大将军就极有可能成为权臣，他们的加九锡、夺神器，就成为顺理成章之事。

氏，自然从王太后升为皇太后。

即使我高姓家族和我父兄功臣中先前那么多人反对我代魏称帝，我还是下诏，对他们封王封公，几乎每个人都得以加官晋爵。

高姓宗室方面，高岳为清河王，高隆之为平原王，高归彦为平秦王，高思宗为上洛王。

功臣方面，我诏封鲜卑人厍狄干为章武王，敕勒人斛律金为咸阳王，贺拔仁为安定王，韩轨为安德王，可朱浑道元为扶风王，彭乐为陈留王，潘相乐为河东王……这些人，都是帮助我父亲浴血冲杀打江山的人。

血亲近戚当然不能忘记，我下诏大封诸弟为王。高浚为永安王，高淹为平阳王，高浟为彭城王，高演为常山王，高涣为上党王，高淯为襄城王，高湛为长广王，高湝为任城王，高湜为高阳王，高济为博陵王，高凝为华山王，高润为冯翊王，高洽为汉阳王。其中，六弟高演、九弟高湛，乃我一母同胞兄弟。

如果不是我当皇帝，这些乳臭小子，焉得封王！

兄弟之中，只有我长相最丑。从小时候起，我的母亲就不喜欢我，甚至讨厌我。亲人中，唯独我父亲高欢喜欢我。记得十岁那年，有一次，父亲给我们兄弟每人面前放一堆乱丝，要我们一一理顺，大概想考察我们处理事情的能力。其他兄弟都手忙脚乱埋头在那里导理，唯独我抽刀剁斩乱丝，高叫："乱者须斩！"大家都惊诧于我的鲁莽，我父亲却叹息说："此儿识见，在我之上。"这句话，我一直记在心里，深刻铭感父亲对我的信重。也就是从那时候起，我不再那么自卑。

我大哥高澄从小到大一直欺负我，戏侮我。父亲死后，他当上了魏朝的大丞相，曾经当着满堂的大臣，指着我嗤笑说："这样的人也能大富大贵。估计那些靠相法吃饭的术士都要丢饭碗了！"不仅如此，当时我的三弟高浚也趁机取笑我。他看见我低头之时鼻涕下垂的样子很开心，大声招呼从人说："来人哪，给我二哥揩鼻涕！"一时间的哄堂大笑，更让我暗中怒火满腹。

不过，我这个人善于伪装。装傻，不是一件很难的事情。我的全部少年时代，大鼻涕一直晃荡在我的鼻子下面，成为我装傻充愣的幌子。父兄在世的时候，虽然我身上已经有魏朝的尚书令、中书监、京畿大都督等官爵，但我知道，那都是靠我父兄的威名换取的虚衔。

我一直在等机会，只要有机会，我绝对不会放过。邪火燃胸，我的报复心很强，任何得罪过我的人，我一定要他们知道我的厉害！

至今，我还记得我的大哥高澄死掉的那个夜晚，恐惧和兴奋同时充满我的内心……

　　我追逐权力，又厌恶权力。流血的台阶，上去就不能再下来。看着我大哥血糊糊的尸体，我当时只感觉到深刻的悲哀。同胞兄弟的血亲感情，在刹那间曾照亮我阴暗的灵魂。特别是我的母亲娄氏，当她满脸狐疑出现在我面前的时候，我差点情不自禁挥刀把她砍翻在地。当时，我记得非常清楚，她梳着高高的盘发，发色棕红，上面缀着一些钗饰，耀眼地闪烁着，刺痛我的眼睛。在她发际底端，隐隐约约已经有了白发。她淡黑色的眉毛下面，是那双锐利的眼睛，很像猫头鹰。她已经出现斑点的面部，因为发怒和惊疑，泛起了片片的红晕。特别是她唇上的细髭，男人般，这是她近来才有的特征。我的大块头母亲，娄氏，当时的齐王太妃，就是这样一动不动地盯着我看了好久，好久。

　　我站在我大哥的尸体旁边，我母亲坐在榻上，两个活人，一个死人，就那样对峙着。

　　我的记忆碎裂了。我的童年泡沫，消失在母亲的严厉目光之中。记得我两三岁时的一个除夕，当时我的父亲刚刚归顺尔朱荣，一直没有回家，音讯全无，家人都以为他死在了战场上。我母亲不得不向她娘家亲戚借钱过节，唉声叹气之时，我忽然说话："能活！"那是我平生第一次说话。从来厌恶我的母亲，忽然把我搂在怀中。日后，她多次提起此事，仿佛我只是因为这两个字才获得她的暂时青睐和宠爱的。

　　我大哥死后，在晋阳，金紫光禄大夫徐之才、我王府中的记室参军高德政等人，献上图谶，认为太岁在午，当有革命，劝我"应天顺人"。我把他们的话转给母亲听，不料，她当时就反对说：

　　"你父如龙，你兄如虎，却都认为皇位不可妄据，终身北面事人。你看看你自己，你能与父兄相比吗？"

　　羞恼有余，我对徐之才大发脾气。老徐说："因为殿下您不如父兄，更要早升尊位，否则就会被人算计！"

　　可巧，我效仿魏朝王公，办大事前铸造自己的金像占卜。果然，一铸而成，促成我下定决心行大事。

　　不过，我父兄从前的助手们，如肆州刺史斛律金、太保高隆之等人，纷纷表示不可。外有武人，内有文臣，都不赞同我现在改家为国，真让人心急如焚。而且，我父亲的另外一个老友司马子如，甚至半路逆迎我于辽阳，苦劝我不要急于代魏称帝。他这一来，真的让我顿失信心，掉转马头返回晋阳。

　　但是，事已至此，退路无多。徐之才、宋景业，还有另一个名叫李密的术士，皆卜筮有成，劝我五月受禅为帝。当然，我手下也有人提出疑问，认为阴阳家之书有记载："五月不可入官，违犯者，终于其位！"高德政马上驳斥："齐王为天子，不可能再求别的什么官职，不终于这个帝位，还要什么别的更高的位子？"

正是高德政这句话，让我心中大喜，我最终带领大部兵士直扑邺城，夺取帝位。

我父兄的心腹、魏朝侍中杨愔得到通知后，马上召太常卿商议制作新帝仪注之事，并暗中嘱托担任秘书监的魏收为孝静帝草拟给我的加九锡文和禅让诏书。

我到达邺城后，高隆之仍然倚老卖老，假装不晓我要化家为国之事，责问我为什么派遣役夫在邺城南郊做圜丘①。

对此，我终于不耐烦，当众斥责他："我派人做事，自有用处！你是现在活得不耐烦，要自取灭族之祸！"

一句话，吓得高隆之道歉而退。这个老贼，还算我父亲手下老臣，他一度与司马子如、高岳、孙腾共称"四贵"，气焰嚣张。他本来姓徐，自小丧亲，由姑夫高氏养大，所以改姓高。我父亲任魏朝大丞相的时候，以高隆之为心腹，认他为本家族弟。现在，时局微妙如此，他竟然如此不识变通，妄图保留魏朝皇脉，真是该杀之人。

还好，人世间，势力相随。到了我登上皇位的那一天，身为魏朝尚书令的高隆之，主动率百僚劝进，满朝大臣中，再没有任何人有异议。

于是，我即皇帝位于南郊，升坛服衮，柴燎告天。

望着跪伏的群臣和祭天的大火，我心中充满自豪。此次，我不得不称"朕"了。

当皇帝之后，朕马上向各地派遣使节，观察风俗，问民疾苦，严勒长吏，厉以廉平。所有的一切，目的都在于向天下宣示，新朝要兴利除害，安静地方。文治先修，朕下令在鲁郡重修孔子庙宇，封其子孙为崇圣侯，加邑一百户，对孔子大加褒崇。而后，朕下诏，分遣使人致祭于五岳四海，尧祠舜庙。凡是先贤旧尊，只要是祀典上有记载的，一个不漏，全都派人加以祭祀。

锦上添花的是，朕即位刚刚过了一个月，六月己卯，高丽国就遣使前来邺城朝贡，开了一个万国来朝的好头。

至于逊位的魏帝，朕当时封他为中山王，食邑万户。对这位姐夫（我姐姐太原公主是他的正妻；他的姐姐元氏又是我大哥高澄的正妻），朕确实优待多多：

① 古代帝王祭天之所，亦作旧皇帝禅位新皇帝之用。

"上书不称臣，答不称诏，载天子旌旗，行魏正朔，乘五时副车；封中山王诸子为县公，邑一千户；奉绢万匹，钱千万，粟二万石，奴婢二百人，水碾一具，田百顷，园林一所。"

待到国内大局稳定后，朕对这位前魏皇帝、现在的中山王，真的开始大不放心起来。

第十四章　假如明天来临

大地，经过太阳的暴晒，渴了。暴雨倾盆，短暂。很快，空气中充满了青草的味道。

朕的鲜卑祖先，崛起于草原大漠，对这种雨后青草的奇异清新味道，可能感到非常亲切。而朕，居于深宫多年，鼻嗅反而对此不适应，这味道呛得朕连连咳嗽，呼吸有些困难。

做皇帝，太寂寞了。在高家人手中当皇帝，总有度日如年之感。尤其是大丞相、渤海王高欢死后的几年，他的两个儿子接连登台，使得朕的帝王生涯，一天不如一天，窘迫异常。

日光照在昭阳殿的血红色柱子上，恍然成为朕生命的反光。朕挥挥手，抚摸着如此光洁、平滑的柱面，心中忽然充满了悲伤。十七年的帝位生涯，如梦如幻，如电光泡影，瞬间即逝去。氤氲在殿宇间的香气，在朕的鼻息中都变成了闪亮的无色粉尘。

朕，魏朝的皇帝，元善见，乃大魏国宗室清河王元亶的世子。想当年，渤海王高欢与当时的孝武帝不睦，孝武帝西奔入关，投奔宇文泰。从那时起，大魏分裂为东西两部。渤海王高欢在宗室中挑来挑去，选中我以祀大魏明帝之后，拥我在洛阳城为帝，改元"天平"。当时，我才十一岁。从那时候开始，我就自称"朕"了。

洛阳城的皇宫多么辉煌壮丽啊，那是我大魏孝文帝倾力修建的都城。可是，没过几天，渤海王高欢就下令迁都，几乎所有的宫室都被拆毁，无数大木顺流而下，漂向新都邺城。朕当时不是很懂事，坐在皇帝的大车中，随着浩浩荡荡的军队北向邺城，到达一个完全陌生的地方。

后来朕逐渐长大，才明白了当时的情势：孝武帝西奔后，渤海王高欢以晋阳为老巢，他觉得洛阳西边无险可守，易受威胁；北边隔河，不容易控制燕赵地区；而南边又接近梁境，与晋阳形势不能相接。所以，他最终决定迁都邺城。当时，高欢是以朕的名义下诏迁都的，行事非常匆忙。诏下三日，车驾便发，洛阳城内四十万户近两百多万人狼狈就道。事毕，渤海王高欢自还晋阳总领朝政。军国政务，皆归入在晋阳的渤海王高欢的大丞相相府。

据左右讲，当时洛阳城内有童谣传唱："可怜青雀子，飞去邺城里。羽翮垂欲成，化作鹦鹉子。"百姓中有好事者对此解析说，"青雀子"，就是讲朕乃清河王之子；"鹦鹉"，就是讲渤海王高欢①。

而后，渤海王高欢和西边的宇文泰一直打仗，总是以朕的名义下达各种诏令。朕端拱城内深宫，像极了庙宇中的木偶。

兴和元年（公元539年）五月，渤海王高欢把他的次女嫁给朕做皇后。高皇后很漂亮，她比朕大一岁。内心之中，朕对她非常敬畏。其实，朕是害怕她的父兄。朕自己同父兄弟有三个，皇兄宜阳王元景，皇弟清河王元威、颍川王元谦。但是，朕几乎和他们见不到面。说穿了，我们元氏皇族的所有人，都不过是高家锦衣玉食的囚徒而已。

武定四年八月癸巳，渤海王高欢又要西去与宇文泰作战，并且亲自到邺城来召集队伍。君臣见面之时，殿中将军曹魏祖当着朕的面劝阻渤海王说：

"大丞相不宜出兵。从阴阳上讲，今年八月西方王气正旺盛，如果兴兵，正是以死气逆生气，对客军不利。如果坚持出兵，必伤大将军！"

渤海王高欢不从。

说来也怪，自东、西两边构兵以来，邺都皇城下，总是有黄黑两色蚂蚁打架。由于我们东魏军穿黄衣，西边的宇文泰魏军穿黑衣，占卜者就把黄色蚂蚁当成我们东魏之兵，黑色蚂蚁当作西魏之兵。特别精准的是，黄黑两种颜色的蚂蚁，每次总是能在双方交战前分出胜负。占卜者仔细观察，发现蚂蚁大战事后，东、西双方的战争结果，完全与蚂蚁交战结果一模一样。这一次，大丞相渤海王高欢出兵前，黄黑色两部蚂蚁大战，黄蚁尽被咬死。为此，占卜之人告称出军不祥。该劝的都劝了，该说的都说了，也没人能阻止高欢出兵。

果然，西魏大将韦孝宽坚守玉壁，屯军五旬，壁垒森严，使得我们东魏兵士战死了七万人，依然不能攻克小小的玉壁城，前进不得半步。

忧急之下，渤海王高欢得疾，不得已于十一月庚子兵败班师。

武定五年春正月己亥朔，朕记得清清楚楚，那一天出现日食。丙午，刚刚经

---

① 高欢死后被为"献武"，"鹉""武"谐音。

历玉壁大战失败的渤海王高欢薨逝，时年五十二。

我东魏大丞相薨逝，确实是天大的事情。朕本人为他举哀于东堂，身服缌缞以表达哀思。同时，朕下诏，依据汉大将军霍光的仪典，赠死去的高欢假黄钺、使持节、相国、都督中外诸军事、齐王玺绂，并在丧葬礼上给予他辒辌车、黄屋、左纛、前后羽葆、鼓吹、轻车、介士等等殊荣，兼备九锡殊礼，谥其为"献武王"。

八月甲申，大丞相高欢被葬于邺西北漳水之西，朕亲自临送于紫陌。

望着无尽的白衣队伍，朕潸然泪下。无论如何，在朕年仅十一岁的时候，正是这位渤海王把朕拥上帝座的啊。

时人总爱以曹操比拟渤海王高欢。但是，从朕本人的角度，觉得渤海王高欢一直待朕还算不错。十三年间，在朕面前，他从来没有让人无法忍受的骄横跋扈之举，当着朝臣，他对朕毕恭毕敬，臣礼未失。

从天平元年（公元534年）到武定五年这十来年，渤海王高欢一直在晋阳遥控朝政。每次他到邺城，我们君臣会面，他都竭尽臣礼，未曾有丝毫失礼。有可能，他追悔自己先前逼跑孝武帝之举，所以才对朕如此谦卑。唯一令朕稍感不快的事情，就是他每次来觐见朕的时候，在朝中和亲信大臣说话，均用鲜卑语，似乎是故意不让朕听懂他们谈论的内容。我大魏帝室族本来就是鲜卑，可是自从孝文帝华化以来，宗室贵族中能懂鲜卑语言的人已经不多。渤海王高欢六镇军将出身，从前一直在边陲，成日与鲜卑镇将和鲜卑兵士打交道。所以，他这个汉人，反而能讲一口流利的鲜卑语。多年以来，他正是仗恃鲜卑、敕勒以及那些鲜卑化的汉族军将为他效力。

父是英豪，儿郎虎豹。高欢薨逝时，其长子高澄秘不发丧，率人急奔晋阳以固军权。不久，高欢手下、时为魏朝司徒高官的侯景据河南地造反。高澄随机应变，派兵遣将，讨伐侯景。一切安排就绪后，高澄于夏四月才回邺城"朝见"朕，真正公开为其父渤海王高欢发丧，告谕文武，讲述其父的遗志。朕的这位舅子（也是我妹夫），年纪仅比朕长三岁。

渤海王死后，本来是朕重振大魏帝室的最佳机会。可惜，高澄文才武略如此，看来朕只能继续当幌子皇帝。不得已，七月戊戌，朕下诏以高澄为使持节、大丞相、都督中外诸军事、录尚书事、大行台、渤海王。也就是说，子承父志，高澄完全承继了其父高欢的一切职位。

诏令下达后，高澄还做样子，假装固辞丞相之位。朕当然不能借机就势，反而要发诏安慰他："丞相您乃朝野攸凭重臣，社稷安危所系，不得令遂本怀。"

转年年初，高氏家族的大都督高岳等人在涡阳大破侯景，俘斩五万余人，其余叛兵叛将溺死于涡水，水为之不流。侯景穷蹙，亡走淮南，投奔南朝的梁国。侯景是羯人，一直是渤海王高欢手下爱将，文韬武略非常。这样一位宿将，最终竟然败于其子侄辈的高澄之手。至此，高澄的威权日盛，完全凌驾于其他朝臣之上。

这位新渤海王高澄，论亲论伦，与朕关系匪浅。他的二姐，是朕的皇后。朕的亲妹冯翊长公主，是他的正妻。

高澄嗣位渤海王后，一改其父高欢对朕的仪礼敬重，根本不拿朕当皇帝对待，失礼放肆。如同其父高欢时代一样，他本人拥重兵坐镇晋阳，派其手下、大将军中兵参军崔季舒入邺城，授其为黄门侍郎。这个崔季舒，唯一的任务就是监察朕的动静。事无巨细，崔季舒每天派人把朕在宫内的举动报告给高澄。据有人讲，高澄在与崔季舒的书信中，每次称呼朕，总是以"痴人"名之。

武定六年秋，高澄来邺城入见。为了表示相互间的亲热无猜，朕和他一起在邺城东郊行猎。

二人并辔之时，朕拍马挥鞭，驰逐如飞，很想给他显示一下朕的马上功夫。岂料，当时被高澄所派监视朕行动的羯族领将、禁卫都督、匈奴人乌那罗受工伐随后赶上，抓住朕的缰绳喊道：

"皇帝不要跑得比大将军快！您比大将军马快，会使大将军发怒！"

朕回首一望，高澄正立马注目于朕，悠然而笑。

羞恼交加，朕只得援辔慢行。

猎后回宫，朕与高澄宴饮。酒才两巡，他竟然手举大觞，直抵朕的下巴，强灌朕酒喝："臣高澄劝陛下满饮此酒！"

如此无礼，让朕愤然大怒："自古无不亡之国，朕受辱如此，不活也罢！"

不料想，高澄忽然起立，高声怒骂："朕，朕，狗脚朕！"

更离奇的是，他竟然派侍立一旁的崔季舒猛击朕三大拳，然后奋衣而出。

朕为帝十余载，从未受过如此凌辱。惶惑、惊惧下，朕百感交集，自咏谢灵运诗泄愤：

> 韩亡子房奋，秦帝鲁连耻。
> 本自江海人，忠义感君子。

当时，朕身边的侍讲、汉儒荀济侦知朕的心意，就和宗室元谨等人在宫中密谋，在皇宫后苑以堆立假山为名，暗中挖地道以向北城，准备趁机把朕救出邺城，然后外出，会合忠于我大魏的兵将，夺回属于我元氏皇族的权力。此举如果成功，朕可能会像十多年前的孝武帝逃离高欢那样再逃出去，脱离高氏家族的掌控。

不料，地道挖至千秋门的时候，密谋者急于求成，地下响动太大，惊动了看守兵士。

高澄闻报后，即刻勒兵入宫，立而怒问朕："陛下为什么要造反啊？臣父子功存社稷，做过什么对不起陛下的事吗？"

斥责过后，他就下令，要杀尽朕的左右从人和妃嫔。

悲愤之余，朕也豁出去，振衣而起，怒斥他说：

"渤海王，你怎能说朕造反？大概是你要造反吧！世上只有臣反君，哪里有君反臣之说！自古至今，要造反的皇帝，朕大概是第一个吧！朕本人尚不惜身，何况妃嫔！"

高澄顿时无语。

此后，他倒是未杀朕的嫔妃，但下令把荀济、元谨等参与密谋之人尽数烹杀于市，完全清除了朕在朝中的亲信。

自此，他对朕的看管日严，派人把朕关在含章堂内，类同囚犯。

朕，真正成了孤家寡人。

高澄手黑。他对群臣的控制力，比起其父，只强不弱。他不仅烹杀了元谨等人，还杀掉了朝中的中军大将军温子昇（当时，温子昇还任高澄大将军府的谘议参军）。

温子昇[①]，乃晋朝大名士温峤的后裔。我大魏孝明帝初年，在全国范围内选拔儒士补充御史之职，温子昇在八千名应考人中名列榜首，一举成名，时年仅二十二。我们北朝文人，只有他一个人享誉南朝，时人称赞他的才能可类比南朝的谢灵运和沈约两位大家。南朝梁国老皇帝萧衍看过他的诗文，曾赞叹说："温子昇，可谓曹植、陆机复生于北土。"

---

① 北魏著名文学家。字鹏举，济阴宛句（在今山东菏泽曹县）人，他的诗文与当时北魏的文学家邢邵齐名，其二人与魏收并称"北地三才"。有《文笔》三十五卷及《永安记》三卷传于世。明人辑有《温侍读集》。

朕最早知道温子昇，是有一次偶然读韩陵山定国寺的碑文①。碑文文采清丽，气势磅礴，使朕一下子就喜欢上了这位大才子。

而后，朕对温子昇的诗歌非常着迷。朕最欣赏的，是他的《春日临池诗》：

> 光风动春树，丹霞起暮阴。嵯峨映连壁，飘飖下散金。
> 徒自临濠渚，空复抚鸣琴。莫知流水曲，谁辩游鱼心。

读其诗，舌颊生香。刚柔华实之间，一意贯穿，新颖动人。此外，他的《凉州乐歌》，莽莽苍苍，北国山川，凉州风物，如在眼前，让人遐思无限：

> 远游武都郡，遥望姑臧城。车马相交错，歌吹日纵横。
> 路出玉门关，城接龙城坂。但事弦歌乐，谁道山川远。

如此优秀的大魏朝诗人，不过在高欢死后，和朕有偶然的诗词唱和，就为高澄所疑，一直派人对他深加监视。元谨等人救朕出宫事件败露后，高澄怀疑温子昇也参与其中，无凭无据，就把他关入晋阳监狱。据说，温子昇被饿六日，最后自吞衣中棉絮，悲惨而死。

幽辱之中，总有令人气闷的坏消息。还好，否极泰来，终于有好消息传来。武定七年八月，高澄在晋阳被人暗杀。此人死时，年仅二十九岁。

闻知此讯，朕长出一口大气。大魏王朝，看来终于迎来了重振的契机。高氏父子，两年内相继身死，朕终于有机会大显身手了。魏朝帝室，中兴有日！

事发前，邺城有童谣曰："百尺高竿摧折，水底燃灯灯灭。"看来，高澄之死，正应谣谶。

从十七岁开始，朕每天都不忘锻炼体魄，常常在宫内双臂各夹一对石狮子，来回逾墙奔走，陶冶气力。闲暇之余，朕还喜爱射箭发弩，且射无不中，时人号为"神射"。日后想来，朕多年以来的举止，太过于直露，失于不知韬光养晦，以至于当时群臣，暗中多以为朕有孝文帝风采。内心忠于我大魏朝的臣子心中高兴，但朕所有这些举动，均深为高氏及其心腹臣僚所忌。

---

① 韩陵山位于今河南安阳东北，三国时是邺城通黎阳的大道。山下战场，高欢在此曾经大败尔朱兆，以少胜多，霸业终成。韩陵战后，高欢在韩陵山上建定国寺，由温子昇撰《韩陵山碑》。南朝陈国的尚书徐陵曾经奉使过韩陵，读其碑文，大加叹赏，下马录之南归。归国后，有人问：北朝人物如何？徐陵答："唯韩陵一片石耳。"所以，日后"韩陵片石"成为安阳八大景之一。此碑不仅有文学和书法艺术价值，还具有很高的历史价值。

岂料，高澄刚死，平地一声雷，其弟高洋忽然出现。此人平素被人们讥笑为"大憨痴"，根本不显山露水。当时，他年仅二十三岁，却能在其兄高澄死后摇身变脸，成为我大魏朝最危险的敌人。

在邺城，高家的心腹遍布朝内：太尉、太保高隆之，开府司马子如，侍中杨愔；其余勋贵，尽被高洋召于晋阳。

京城士民惶惑间，高洋忽然率领八千精骑现身于邺城，冲入昭阳殿来"觐见"朕。

高洋言为觐见，实则示威。他手下二百多铁甲兵士，皆随他登上殿阶，扣刀攘袂，如临大敌。臣子面君，入朝的时候如此"礼数"，千古罕有。

未等朕发话，高洋自己也不行礼，令礼官传言说："臣有家事要办，马上回晋阳，特来辞行。"言毕，他径自离开，扬长而去。

望着此人背影，朕心里一个劲发凉，不得不对嫔妃哀叹：

"此人举止行为，勃勃凶悍，比其兄高澄更甚，朕日后肯定凶多吉少！"

果不其然，仅仅过了九个月，已经被加封为齐王的高洋就迫不及待地逼宫，派司徒潘相乐直入昭阳殿，直截了当对朕说：

"五行递运，有始有终。齐王高洋，圣德钦明，万姓归仰。臣等昧死闻奏，愿陛下效仿尧帝禅舜之举。"

未及朕细思，高氏心腹杨愔手快，已经把逊位表递给朕。

事已至此，不得已，朕只得签字用玺。

大魏王朝，在朕的手中，终于寿终正寝。

怆然良久，朕忽然问这些大臣："诸位将置朕于何所？怎样离开宫殿？"

杨愔回答："我们已经在邺城北城司马子如府邸为陛下准备了馆宇，法驾如常，鼓吹仪卫离开。"

走下御座，步就东廊。我脑海中想起南朝范晔所著《后汉书·赞》中对汉献帝的论定，口咏道："献生不辰，身播国屯。终我四百，永作虞宾。"[①]

亡国之痛，无甚于此！

怔忡未几，所司奏请我立刻离宫。

怅然之际，我问周围人等：

"古人忆念遗簪敝屣，我想与六宫嫔妃道别，可乎？"

---

① "献"指被逼禅让的汉献帝，"不辰"，是指他生不逢时；"身播国屯"，指他身既播迁，国又屯难。"虞宾"指尧帝的儿子丹朱。尧帝死前把天下禅让给了女婿姚重华，姚重华就是舜帝，国号"有虞"。魏晋南朝的文献中，每以"虞宾"指禅位之君及其后裔。由此也可见南朝范晔所撰《后汉书》在北朝受欢迎的程度。

余人无言，倒是高氏心腹、太尉高隆之卖给我一个人情。他深施一礼，说：

"今日之天下，依旧是陛下之天下！"

获得准许后，宫内嫔妃齐集，最后一次向我拜舞行礼。在场之人，莫不唏嘘掩涕。

生死诀别之际，我一个平日宠爱的嫔妃李氏，向我口诵陈思王曹植之诗："王其爱玉体，俱享黄发期。"①

闻此语，我心如刀割，泪下如雨。一时间，哭声遍殿宇。

当日，值班的禁卫小官赵德是高氏走狗。他牵来一辆牛犊拉的敝旧破车，在东上阁等候，准备以此载我离开皇宫。

泪眼迷离，我登上牛车。

未及站稳，赵德一跃蹿上，在我身后紧紧抓住我的两臂。

怒从心起，恶向胆生。我回肘捣之，怒喝道："朕畏天顺人，授帝位于相国，你何种奴才，敢如此逼人！"

赵德低声说："你现在已经不是皇帝，我们高王才是皇帝！"他坚持不下，死死抓住我的手臂。

最后，还是高隆之叱喝他，让他从车上下来，步行从之。

车出云龙门，大魏朝的王公百僚早已经等在那里，衣冠拜辞。

望着这些多年来我大魏朝名义上的臣子，我不禁百感交集，苦笑说："今日之事，不减常道乡公②、汉献帝！"

群臣悲怆，连高隆之也为之泣下。我之遭遇，还不如西魏宇文泰掌控下的元姓皇室宗人。最起码，他们还能保住皇帝的位子。

重兵护视下，我被带到司马子如的邺城南宅。从大魏皇帝变成了大齐的中山王，我开始了真真正正锦衣囚徒的生涯。

我的皇后高氏，自然随我而降，变成了中山王妃。不过，大齐新立，她的皇帝弟弟还给了她一个新的位号：太原公主。我这个大魏朝前皇帝，现在的中山王，又变成了大齐的太原公主驸马。

---

① 这首诗是曹植在黄初四年（公元223年）所作，题目是《赠白马王彪》。当时，诗人同白马王曹彪、任城王曹彰一起进京朝见已经当上皇帝的哥哥魏文帝曹丕。不久，任城王曹彰在京城被毒死。曹植和曹彪在返藩的路上，一直受到监国使者的限制，不许同住同宿，被迫分道而行。在极度的悲愤中，曾植写了这首诗送给曹彪。全诗共分七章。最后四句是："王其爱玉体，俱享黄发期。收泪即长路，援笔从此辞。"黄发，指长寿老人。语出《诗经》"黄发台背"。即指老人头发由白转黄。

② 指曹魏的末帝曹奂。北魏孝庄帝在诛杀权臣尔朱荣前，即对左右心腹说："死犹须为，况不必死！吾宁为高贵乡公死，不为常道乡公生！"高贵乡公，指被司马氏谋杀的曹魏皇帝曹髦，他死后被贬为"高贵乡公"。此后，另外一个曹魏宗室、常道乡公曹奂被司马氏拥立为傀儡皇帝。后来，司马炎代魏称帝，曹奂被废为陈留王，得以善终。

从变成中山王的那一刻起，我时常思忖这样一个问题：假如明天来临，会是怎样的情形？

是啊，我的生命，不知道能否有明天。今天，是一种纯粹的煎熬；明天，是无休无止的恐惧的深渊！

我这位大齐的帝王级别的囚徒，并不能安稳地待在邺城城南的宅邸里面。大齐皇帝高洋每次出外临巡，都要带上我，对我的车驾严兵看管。

不过，我不再有幸得见大魏朝从前的臣子、现在的皇帝高洋。倒是有几次，我隔着车帘看到过我的本家宗室、彭城王元韶。这位高家的女婿，须眉皆剃，一身妇人打扮，看上去愁眉苦脸。后来听人说，大齐皇帝高洋非常轻视这位宣布帝王禅让的魏朝宗室皇亲，认为他雌懦如妇人，就剃其须眉，成日让他杂于嫔妃之中，还常常在酒醉后对他进行鸡奸。

还好，新朝皇帝的姐姐、我的正妻太原公主对我十分有夫妻情分。她一直不离我左右。每次从人进食，她皆先为代尝，精心护视，怕我遭遇毒害。

虽如此，但内心深处，我知道，那一天，早晚会来。

逊位之期，是我大魏朝的武定八年，也是新朝大齐的天保元年。可值得庆幸的是，我竟然活到了这一年的最后一天。

除夕夜，我忽然有一种不祥的预感。这种感觉奇怪得很，让我丧失了时间的概念和食欲。

高氏为我生了三个孩子，都是男孩，他们最大的十岁，中间的老二七岁，最小的三岁。从前我做皇帝的时候，几个孩子均养于别宫，由专人抚育。逊位之后，我们一家五口才有机会这么齐整地相聚，能在一起过个年，真是不幸中的大幸。

皇后，我从前的皇后，现在的中山王妃，高氏，我的妻子。显然，她的心情不是很差。毕竟，现在的大齐，是她的母家人做皇帝。在指使宫人做年夜饭的空暇，她和三个孩子坐在床榻上，对着一架床屏，给他们讲述上面所画的故事。

床屏上所画，是杨子华临摹晋人顾恺之的《女史箴图》。见他们母子四人一起欢笑言语，我心中感到稍许欣慰。当今大齐皇帝高洋再狠毒，应该不会对他的亲外甥下手吧。

在这样一个冬天的夜晚，一种虚假的舒适、安全、慵懒的感觉温暖了我的身心。我看着我的妻儿在那里笑语盈盈，忽然觉得生命如此美好。如果这样的生活能继续下去，不当皇帝，也没有什么不好！

忽然之间，堂外传来脚步声。我吓了一跳。仔细看时，发现来人是大臣杨愔，我心中这才稍稍平静了一些。这个胖胖的、看似非常厚道的汉人大臣，身后仅跟了两个从人。

他向我和高氏躬身施礼，禀报说娄太后请高氏去参加除夕家宴。

高氏狐疑了片刻。如果是她的弟弟、大齐皇帝高洋来请，她肯定不会离开我。如今，除夕之夜，母亲娄太后请她回娘家饮酒，她无法找借口推辞。

她让三个儿子换衣，准备带他们一起去。

"公主殿下，太后只让我传您本人去，没有令旨说让您带王子们一起赴宴。"杨愔不差礼数，鞠躬禀言。

我一言不发，坐在堂上的阴影中。

高氏迟疑半晌，终觉不能推辞。她行至我的身边，握住我的手，悄声对我说："母亲请我，我不能不去。你好好和孩子们在这里待着，哪里都不要去。外人送吃的东西，千万不要吃！一切等我回来再说。我去去就回！"

三个孩子根本不知情。他们揽住母亲的衣服撒娇，让她带回西域酪酥给他们吃。

在孩子们的娇声娇气的纠缠下，高氏显然变得更加安心。她匆匆而去，临别嘱咐孩子们要听话，说她自己很快就带好吃的东西回来。

高氏的身影消失不久，几乎是才出门，我就听见堂下踢踏靴声忽起。幽灵一般，从前我离开皇宫时对我无礼的禁卫小官赵德，不知从哪里冒了出来。从他的服色看，他似乎已经升官。在他身后，跟从两个兵士模样的人，皆身材高大。在两个兵士的背后，还有一个壮汉。这个人，我认识，是从前我皇宫中的禁卫将军，刘桃枝。

这四个人，并不多说话。两个兵士直接冲上来，把我按伏在榻上。

我的三个儿子吓呆了，未及哭闹，均被赵德轰赶入堂侧小屋中。

赵德随后进入屋中。

几声哀号过后，小屋中没有了任何声响。

赵德出来的时候，手中扬晃着一把沾满鲜血的匕首。他狞笑着，对我说：

"陛下，我把你的三个儿子都送上路了。真可惜，王子龙孙啊。小鸡一样，一刀一个！"

我奋力一挣，两个兵士被我甩在一边。

赵德拍掌，庭院中忽然又冲出几十个全副武装的兵士。

禁卫将军刘桃枝一直静静地站在一旁，冷眼观看。显然，他是这次斩草除根行动的直接指挥者。

深知一切都不可避免，我站起身，反而平静下来。

我对赵德说："来，杀我吧！"

赵德丑陋的脸上浮现出非常诡秘的笑容。他从腰间解下一个绿色的瓷瓶，一步一步走到我的面前，双手呈上：

"陛下是帝王，从前是，在阴间应该也是。帝王自有帝王的死法，怎能割头去首。奉大齐皇帝诏旨，请陛下满饮此酒！"

接过鸩酒，我发觉自己的手有些哆嗦。抬眼望去，堂侧的小屋，涌出了大量的鲜血。

淌啊淌，殷红的鲜血，顺着堂上的石头扩散开来。那是我三个儿子的血，也是赐我死的大齐皇帝高洋亲外甥的血。

我长叹一口气，仰头喝下了满瓶的毒酒。

"陛下可惜，连今年都没有过去……"

在我临死的耳中，听到的最后一句话，是禁卫将军刘桃枝的声音……

第十五章　从龙朔风扫柔然

即使在魏朝做了十七年的皇帝，元善见，他死的时候，样子也非常丑陋。

这位平时身高九尺、风神俊秀的美男子，喝下鸩酒后，立刻喘着粗气，捂住迅速膨胀的肚子，摔在地上抽搐。

由于疼痛剧烈，他的双腿已痉挛至腹部下，大口呕吐着，难受得指甲要抠进地里面。很快，他就在头撞地面四五次后，死了。

死人，特别是横死之人，样子没有好看的。

我们大齐皇帝，早已经给元善见准备了一个谥号：孝静帝。

魏朝的孝静帝，这么一个美男子，如此肮脏难看的死法，真有些可惜。

作为高家父子安插在宫中的眼线，七八年来，我刘桃枝，一直是邺城皇宫的禁卫军将，可以说是这位魏朝皇帝的老熟人。很多个节日中，我接受了不少他赏赐的礼物。

按照常人的标准，孝静帝确实是个温和、善良的好皇帝。

正因为他是个好人，错生在这个乱世，他肯定得死。

孝静帝对我再好，我也不能真心效忠于他。我，刘桃枝，和我哥哥刘桃棒一样，都算是神武帝高欢的手下旧人。我的哥哥刘桃棒，从前是神武帝爱将高昂的手下。

高敖曹（高昂字），真正大英雄。他从年轻时起，就以胆力过人著称，可惜后来在与西贼的争战中被杀。这位爷，渤海蓨地人，龙眉豹颈，姿体雄异，在魏朝末期天下大乱之时，与其兄高乾招聚剑客，四处劫掠。我的兄长刘桃棒，原本就是四处游食的侠客。他瞅准机会，投奔高敖曹，很快就因英勇善战，成为高敖曹的心腹羽翼。除了我哥哥，当时高敖曹手下的游侠部曲，特别有名的，还有东方老、呼延族、刘贵珍、刘长狄、韩愿生等人。

由于神武帝高欢的祖籍也是渤海蓨地，高敖曹死后，我们刘家兄弟深受高氏照顾。我哥哥刘桃棒比我大十八岁，他先于高敖曹战死。

我从十四岁起，就效力于高氏。虽然从苍头仆从起家，高氏父子，从未亏待过我。

这年头，乱世，一定要跟定主子，否则，稍有差池，脑袋就会搬家。

毒死了孝静帝，眼见咧嘴大笑、蹦蹦跳跳的赵德走近，未等他向我表功，我就把他一刀砍翻。

望着在地上微微抖动的赵德尸体，我拔出腰间小刀，麻利地把他的脑袋切下，装进事先准备好的、由赵德自己带来的木匣中。

这个奴才的脑袋，是皇帝命令取下用来敷衍娄太后和太原公主的。杀了人家的女婿和丈夫，自然得要一个顶祸的人。

赵德，他不过是个低等奴才罢了。他又不是高家旧人，如此热心弑前朝帝王，不死才怪。

孝静帝被鸩杀后，我们大齐皇帝还在邺城西边的漳水北岸给他修了座陵墓。

没过多久，一次打猎，皇帝路过孝静帝陵墓。望着威赫的帝陵，皇帝忽然发怒，马鞭一扬，就开始指挥手下兵士掘墓。

说来也怪，坚实的陵墓轰然垮塌，有六十多人被滚落的墓石和砖瓦压死。

看着尘土四起的坟陵和死伤狼藉的掘陵兵士，醉醺醺的皇帝更怒。他不顾仍然在坍塌的石块和砖瓦，亲自上前用大刀劈开孝静帝的棺椁，砍下已经埋了近一年的孝静帝尸首的首级。然后，他令人把孝静帝的尸体斩成数段，焚烧成灰，弃于漳水。

皇帝的心理，据我揣测，可能是心中深恨从前魏朝孝静帝在位时候的排场吧。想从前，老将军高欢在世，对孝静帝这个魏朝的幌子皇帝，一直竭尽礼貌。每次入宫，他都带其数子入觐。那个时候，现在的大齐皇帝高洋，多次在朝堂上毕恭毕敬地向孝静帝下跪拜舞，战战兢兢。

十多年来，当今皇帝从少年到成人，他向皇宫中的孝静帝跪叩无数次。这种阴毒的怨恨，终于一朝发泄。

不过，皇帝展现的这种手腕和手段，让我们这些高家旧人都感到十分放心。皇帝的兄长高澄被刺身死后，我们特别担心的，就是高家没有人能挑起重担。多年以来，高澄的这位弟弟高洋，从来就没有被任何人看好过，甚至不少人认为他有些呆傻。如果高家无人掌握霸府势力，魏朝皇族元姓势力抬头，高家肯定会失势，那样一来，接下去倒霉的，肯定是我们这些父兄两辈追随高氏的人。

谁料想，高澄被刺遇害，事出仓促，内外震骇，而身在晋阳的当今皇帝一反常态，表现出色。他神色不变，指挥若定，上下内外，莫不惊异。

而后，他还力排众议，迫使魏朝皇帝禅位，显示出非常的魄力。

皇帝如此有力，绝对能做大事。跟定他，我们也会保定高家坐稳皇位。高家人坐江山，我们这些父兄辈就开始从龙的人，也一定会享荣华富贵。

不过，当今皇帝，坐上了帝位，群臣内心深处，对他还是很有怀疑。因为，他太年轻，才二十三岁。最重要的是，他本人没有任何功业可言。皇帝的父亲，神武帝高欢，自然不必讲。他在尔朱氏手下立功，而后趁机族灭尔朱氏，立孝武帝，拥孝静帝，有大功于魏朝。皇帝的哥哥，文襄帝高澄，当然也不赖。他力控霸府，接替父位后安排得当，用人用兵，都非常有一套。特别是他大败侯景后，稳握国柄。

与父兄相比，当今皇帝，只有开创让人信服的霸业，才能真正坐稳天下。

恰巧，柔然衰微，诸部离散，其中有数个群落不知厉害，敢来犯我大齐边陲。这，正好被皇帝抓住机会，拿柔然余部那些失巢的群狼来立威。

柔然这个国家，其实最早与魏朝同源，原来他们也属于拓跋部鲜卑的一个部落。"柔然"这个词语的鲜卑语原意，据朝臣中的文士讲，是"贤明""聪明"。魏朝太武帝拓跋焘讨厌柔然部落，认为他们恶心如虫，就改其名为"蠕蠕"。所以，自那时候起，我们北人一直称柔然为"蠕蠕"。柔然人知道"蠕蠕"不是一个好称呼，他们自称"茹茹"。

十六国时代，柔然在阴山以北等地区游荡，趁机兴风作浪，不断扩大地盘。当时，魏朝和慕容燕国①与秦国②争霸中原，柔然借机在大漠以北拓展势力，先后击败当地的敕勒族首领倍侯利③等，占领了颓根河④流域，接着击败匈奴部落头领拔也稽，拥有了从前的匈奴王庭地区，尽占大漠以北，一跃而成为魏朝北方最大的敌人。当时的柔然可汗，自称"丘豆伐可汗"⑤，统领六十余姓部落，声威大震。

魏朝把首都从盛乐迁到平城⑥后，柔然得寸进尺，继续北进。双方大打出手。一百八十多年间，柔然入侵魏朝多达二十七次，而魏朝主动向柔然发动进攻也有二十次。

---

① 即后燕。
② 指姚氏后秦。
③ 倍侯利是斛律金的先祖。
④ 今蒙古国鄂尔浑河。
⑤ 即"皇帝""官家"的意思。
⑥ 在今山西大同。

柔然最盛之时，当属他们大檀可汗当政的时代①。多年以来，柔然给予魏朝很大的打击，一直消耗魏朝的国力。

魏朝的太武帝拓跋焘为了防御柔然进犯，听从汉人谋士崔浩的建议，下定决心，主动率领大军进攻柔然。最终，他一直追击柔然主力达至菟园水②、张掖水③，北渡燕然山④。魏军在东西五千余里、南北三千余里的范围内，尽力追剿柔然。此次战争，魏军杀柔然兵士几十万，降三十多万。最远时，太武帝马不停蹄追袭大檀可汗，一直追到弱洛水⑤，可称是大获全胜。

后来，魏国灭掉冯氏燕国⑥后，在邻近柔然的边境上设立六镇，即沃野镇、怀朔镇、武川镇、抚冥镇、柔玄镇、怀荒镇。

柔然在大漠地区后退后，不甘心失败，又与魏国在西域展开争杀，长年不止。

后来，高车国⑦兴起，对柔然打击很大。高车与魏朝联合，击杀柔然可汗伏图于蒲类海⑧。不久，伏图的儿子丑奴可汗报仇，击杀高车王弥娥突，尽复旧土。没过几年，刚愎自用的丑奴被其母亲和大臣们所杀，其弟阿那瓌被立为可汗。仅仅十多天，阿那瓌的族兄示发拥众发难，杀掉阿那瓌的母亲和两个弟弟，迫使阿那瓌北投魏国。阿那瓌逃走后，示发又被阿那瓌的族侄婆罗门杀掉。

当时，魏国是孝明帝元诩当朝，他很优待穷困来投的这位柔然王子，封他为朔方郡公、蠕蠕王，待以亲王之礼，安置在洛阳的燕然馆。

听我手下的书办讲，魏朝给予阿那瓌的羽仪、禄从、衣冕等，都十分显赫。当时洛阳民间有歌词专门唱他："闻有匈奴主，杂骑起尘埃。列观长平坂，驱马渭桥来。"每次出现于洛阳，阿那瓌从人众多，排场赫赫。

阿那瓌在洛阳待了没有多久，思乡日切，就向孝明帝请求回老家。当时的魏朝大臣，许多都反对让这个怀狼子野心的柔然王子回去，怕他趁机复国，再对魏国产生威胁。

阿那瓌非常狡猾，他看准时机，用百斤黄金贿赂当时的权臣元义，终于得到魏国孝明帝的批准。最后，阿那瓌携带魏朝赐予的各种武器、铁器、丝绸、衣物

---

① 大檀可汗在位时间是公元414—429年。

② 今蒙古国图音河。

③ 今河西走廊西北部黑河。

④ 今蒙古国杭爱山。

⑤ 今内蒙古西拉木伦河。

⑥ 指十六国时期的北燕。由汉人冯跋所建，建都龙城（在今辽宁朝阳）。

⑦ 指敕勒副伏罗部所建立的国家。

⑧ 今新疆巴里坤湖。

以及牛马羊驼和无数粮食，浩浩荡荡返乡。

恰巧，柔然当时的头领婆罗门本人被高车击败，自顾不暇。这样，阿那瓌正好就能顺利无阻地返回边境地区，重登可汗宝座。

魏朝当时还有很强的军事能力，为了均衡北方的各族势力，就把阿那瓌安置于怀朔镇北边，把婆罗门安置于西海郡，保存柔然部落，把它们一分为二，同时，也想凭借柔然以防止日渐强大的高车国来犯。

不料，没过多久，阿那瓌和婆罗门相继叛逃。他们日后裹胁大批人众，日常入塞抢劫，给魏朝又造成极大的困扰。

魏朝正要准备对他们动武，恰逢六镇军士起事。由于匈奴人破六韩拔陵等人连连造反，魏朝根本顾不上对付柔然，反而请阿那瓌帮助镇压造反的六镇。

阿那瓌乘乱取利，他从武川出兵，西扫沃野等镇，势力迅速增强。很快，他就自称"敕连头兵豆伐可汗"，大有重振柔然雄风的意思。

六镇叛乱，朝内动荡。淫荡的胡太后毒死她年仅十九岁的亲儿子孝明帝，尔朱荣趁乱入朝，淹死胡太后和三岁的少帝后，在河阴尽杀数千朝臣。而后，魏朝乱起，几个皇帝被不同的人推上帝座……

我们神武帝高欢推举孝武帝，很快君臣反目，孝武帝逃到长安的宇文泰处，魏朝分为东西两个部分。而后，我们所在的东魏和宇文泰所在的西魏，都争相拉拢阿那瓌。西魏的文帝元宝炬把宗室公主嫁与阿那瓌的兄弟塔寒，他本人还迎娶阿那瓌的大女儿为皇后。为此，西魏文帝还特意废掉从前的结发皇后、吐谷浑的公主乙弗氏。为了更得柔然欢心，西魏文帝狠心杀掉乙弗氏，以讨好阿那瓌的大女儿。同时，西魏每年都赠送无数金银财宝和物资给柔然。

当时，我们东魏的大丞相高欢也竭力与柔然结好。我们不断向柔然送重礼，并把我们在东魏的宗室乐安公主嫁与阿那瓌为妃。为隆重其事，在加封乐安公主为"兰陵长公主"徽号后，大丞相高欢亲自送亲至楼烦①。

阿那瓌很得意，在把他的女儿嫁给我们大丞相第九子高湛之后，非要把他自己的大女儿嫁与大丞相高欢本人。当时的大丞相正妻娄氏，乃深明大义的妇人，自己主动降为侧室，让大丞相为了国家利益，迎娶柔然阿那瓌可汗的女儿为正妻。柔然的这位蠕蠕公主，性情严毅。她在我们东魏待了那么久，从来没有笑过。每次大丞相见她，都自称"下官"，如对严宾。

那个时候，柔然主阿那瓌简直就是我们东魏和西魏的太上皇。我们两边都要

① 在今山西忻州宁武县。

巴结他，日日驮送金银物资与柔然。

还好，我们大齐立国后不久，从前为柔然当锻奴的突厥部落在土门可汗带领下突然兴起。

突厥的土门可汗兼并了敕勒部之后，自恃其强，派出使臣向柔然主阿那瓌求亲。阿那瓌大怒，斥责来使说："你们突厥部落，世为我柔然锻奴，怎么敢提出娶我们尊贵的柔然公主！"

突厥土门可汗闻之大怒，双方正式翻脸。

在怀荒镇，突厥的土门可汗勇武绝伦，临阵大败阿那瓌，最终逼得这位柔然雄主自杀。

军败如山倒，柔然阿那瓌可汗的太子庵罗辰不得不逃往我们大齐边境。

突厥兵盛，得寸进尺，以追杀柔然为名，直接攻入我们国境，把柔然各部打得大败。然后，他们在当地大肆抢掠，掠杀不少兵民。

消息上报，我们大齐皇帝这才亲自出马，迎击突厥。同时，面对四处奔逃的柔然各部，皇帝也下令加以安置。

北伐过程中，皇帝北巡冀、定、幽、安，顺便讨伐那些不服我们大齐的契丹、山胡[1]诸部。身为皇帝之尊，他亲逾山岭，身先士卒，指麾奋击，每次都大获全胜。

出兵几次，我们大齐军队共虏获俘虏十万余口、杂畜数十万头。

行军途中，皇帝露头袒膊，昼夜不息。千余里骑行，这位从前从来没有亲自打过仗的皇帝，一路上食肉饮水，壮气弥厉，深为我们这些军将兵士钦服。

柔然来奔后，我们皇帝自作主张，废掉其部众新立的可汗库提，立阿那瓌的太子庵罗辰为主，把他安置于马邑川一带。皇帝目的很明确，就是要让这些人居于我们大齐军队的控制之下。

然后，皇帝亲自率大军，追击突厥于朔州。

多次交手后，把柔然击垮的突厥人竟然不敌我们齐国大军，主动向我们大齐服软请降。

强敌匍匐，军心大振！

突厥可汗非常敬畏我们皇帝，对我们大齐使者尊称我们的皇帝为"英雄天子"。而后，他不停遣使，贡献相继。

天保五年春正月，春寒未尽，皇帝再次亲自讨伐山胡，大军穿越离石道[2]。此

---

① 匈奴别支部落，南北朝时居今山西、陕西北部山谷间。

② 在今山西吕梁离石区。

次行军，皇帝派遣太师、咸阳王斛律金从显州道①，常山王高演从晋州道②，掎角夹攻，合围大破山胡部落，斩首数万，虏获杂畜十余万，遂平石楼③。

石楼之地，路径绝险，胡人一直负隅顽抗。自魏朝以来，政府军队就从来没能攻克过此地。

石楼既破，周围其他的山胡部落，全都震恐屈服于大齐号令之下。

由于石楼地险，进攻中，我们齐国兵士死伤众多，达数万人。为此，皇帝震怒，他下旨，石楼地区的山胡部落，被俘的十二岁以上男子，一律斩首。女子和十二岁以下的男子，全部当作战利品，赏赐给军人做奴隶。

此次战役中，我们大齐皇帝亲临前线指挥。在进攻一个石堡的时候，皇帝督战。他发现，有一鲜卑都督负伤，其手下什长、汉人路晖礼临阵脱逃，没有跑上前去背负救援。待这个姓路的什长撤退回阵后，皇帝立马发令，命禁卫百保鲜卑军把他逮住。

被绑在树上后，路晖礼这个倒霉的懦夫，被开膛剖腹。皇帝命令禁卫军兵士生剐其五脏，最后，让兵士九人把他活活吃掉。其中一个兵士，乃先前弑孝静帝的赵德之兄赵行。这个人干活很是卖力，他不仅大口吃掉路晖礼的肚肠，为了讨皇帝欢喜，连倒毒的路什长肠内的大便，他都嚼食得一干二净。

看着赵行满嘴滴答鲜黄的样子，真让人恶心。

皇帝很欣赏他的忠勇，立刻下令升他为百人长，进入百保鲜卑军禁卫部队。

同年三月，柔然可汗庵罗辰不甘心居于马邑④受监视，率众五万多叛逃。

皇帝勃然大怒，自率大军征讨。半路上，我们大齐军队追击柔然部落，一顿狂杀，大破敌众，庵罗辰父子一路狂逃。

进入初夏四月，柔然重新聚集部落，大肆寇犯肆州。皇帝当时正在晋阳，闻讯即刻率兵讨之。他一路前驱，很快进抵恒州黄瓜堆⑤一带。

当时，我们都以为柔然主力已经撤退，所以大军没有及时赶上，皇帝手下只有一千多禁卫骑兵跟从，准备在当地宿营。

忽然间，四周胡笳乱鸣，出现柔然游骑数万人，四面围逼，把我们大齐皇帝一行团团包围。

---

① 在今山西原平。
② 在今山西临汾。
③ 在今山西吕梁石楼县。
④ 在今山西朔州。
⑤ 在今山西朔州山阴县北。

形势如此危急之下，我们的皇帝神色自若，镇静如常。那天夜里，我值宿，亲耳听他躺在帐中安睡，一夜鼾息如雷。

天明起身，皇帝神情平静。纵马高岗后，根据当时柔然部落分布情况，他指挥将领，出兵奋勇直击，打得柔然军数万人顿时溃败。

在如此众寡不均的情况下，我军仍然顺利突围而出。

待我们与主力会合后，趁柔然军撤退之际，皇帝挥兵猛进，沿路追击这些丧家之犬，杀得柔然人伏尸二十余里，狼狈窜逃。

此次战役，我们大齐军生擒柔然可汗庵罗辰的妻儿及部落游民三万余人。

庵罗辰单马奔逃，皇帝亲自纵马追赶。我率领手下五十人，紧紧跟随在皇帝马后，不敢有半点闪失。

庵罗辰这个柔然人，虽然号称是与魏朝同源的鲜卑种，但他的样子却完全不像元姓皇族。元姓皇族统治中原多年，与汉人混血时间很久，长相与我们基本类同。庵罗辰的相貌就不一样，大概他们这些柔然人长期居于漠北，与杂胡等人交处，他的肤色非常白，和西域杂胡的长相很类似，脸上的轮廓又似羯人，高鼻深目，怪模怪样。

一路上，庵罗辰身边近百名随从纷纷被射死，沿路栽于马下。我们这些皇帝的禁卫军，用不着下马割取首级报功，所以追击速度更快。

山路崎岖，庵罗辰拼命打马狂奔，我们皇帝很有耐心，打兔子一样，紧追慢赶，一直影子一样跟着这倒霉的柔然可汗。

转至一处悬崖绝壁，小路狭窄。绝望的庵罗辰把他所骑乘的白马杀死在当地，堵在路径上。然后，他自己独自一人拼命往山上爬。他一边逃命，一边回首往后望。

其实，当时，他就是我们齐军的箭靶。

皇帝望着他的狼狈样子，笑了。"让他跑吧，不要射箭。呵呵，你们要知道，这个虏奴，是我九弟的丈人啊。"

有皇帝这句话，庵罗辰才有命逃走。此后，这位可汗消息全无，很可能在途中被其部落兵士或者羯胡部落的人杀掉了。十多年以前，当时柔然的阿那瓌可汗正是最风光的时候，时为可汗太子的庵罗辰曾嫁女给当今皇帝的九弟高湛。不过，那个漂亮的蠕蠕公主命短，生孩子的时候难产早死。

回兵途中，路过大战的战场。战场上的柔然军人死尸真多，不少尸体都只穿袍子，连护甲都没有穿，可能都是些被庵罗辰匆忙召集的、没有什么作战经验的部民。

话说回来，这些柔然人也真该死，谁让他们冒犯我们大齐皇帝呢。

转年，皇帝又亲自率领五千精骑，在怀朔和沃野等镇大破柔然余众，俘获牲口两万多，牛羊数十万头，满载而归。

从那时候起，东部柔然完全败落。至于西部柔然，皆被土门可汗的儿子木杆可汗全部消灭掉。剩下的两千多西部柔然贵族，最后狼狈地逃到西贼那里。宇文氏害怕得罪突厥，把他们全部捆起来押送给住在长安的突厥使者。弱鸡一样，两千多柔然贵族，全部被突厥使者手下的十几个兵士宰杀。而漠北的柔然残余，不久也全被我大齐大将军斛律金截杀得一干二净。

风光近二百年的柔然国，烟消云散。

我们大齐皇帝的声名，至此也达到顶峰。

我，刘桃枝，誓死做皇帝的鹰犬。做狗，最大的保证就是忠诚。只要高家皇帝一声令下，无论做什么事情，我都会立刻照办。日后，死在我手中的王公名臣，太多太多。往往，他们上午还和我笑语寒暄，下午就被我亲手勒死或者砍掉脑袋。

不能怪我狠心，皇上让我做，我一定要做得漂亮干净。

"刘都督辛苦了。"皇帝信任的汉人大臣杨愔走近，亲切地与我打招呼。

见到他，我赶忙施礼。

活着的人，只要比我官大的，我都对他们毕恭毕敬。况且，杨愔现在还娶了皇帝的姐姐、魏朝被鸩杀的孝静帝的皇后呢。

第十六章　披荆斩棘

我杨愔这一生，遭逢多艰。否则，凭借我们杨家弘农华阴大族的门第，如果赶上盛世，我随便就能做个三公一类的高官。我父亲杨津，做过魏朝的司空侍中。我六岁学史书，十一岁开始学习《诗经》《易经》。少年时代，除了学习正统的儒家经史书籍，对《左氏春秋》，尤其喜好钻研。永安元年（公元528年），我十八岁的时候，已经在魏朝做通直散骑侍郎。后来，尔朱荣乱政，我几乎被杀。幸亏我情急智生，关键时刻投奔高敖曹兄弟，得免于难。我们弘农杨氏宗族数百人，在魏朝末年的乱世中，为尔朱家族所忌，死亡殆尽，最后，我本人和二弟一妹幸存。

得知当时的大丞相高欢在信都[①]，我赶忙前去投靠。相谈之下，大丞相对我大加叹赏，立授我行台郎中之职。而后，我跟随大丞相四处征战，从来都是身先士卒，让周围同僚刮目相看。

特别是韩陵一战，我深知尔朱氏与高氏对决在此一举，虽然是大丞相手下文士，每次我都临阵先登，身冒矢石，不惧危险。因此，我得到同僚的一致赞誉："杨愔本为儒生，战场上却如此勇武，所谓仁者必勇，定非虚论！"

士为知己者死！乱世遇明主，我暗中发誓要忠于高氏。无论高氏父子对我怎么样，我都要尽忠于他们。

当今皇帝，二十三岁就受禅继位，把魏朝变成了齐朝。我们这些高氏家族的旧人，出力匪浅。皇帝本人也真能干，几年来征伐四方，真是一代大有作为之君。

为了酬谢我多年勤力，皇帝把他的亲姐姐、被鸩杀的魏朝孝静帝的皇后赐我为妻。当然了，人世间总是有灼人的大秘密。皇帝待我如此好，我们之间还有不可告人的秘密。

---

① 在今河北衡水冀州区。

君不密，则失臣；臣不密，则失身。我们君臣之间的这个秘密，即使我死，也不会和任何人讲！

我年至中年，官高势盛，又成为高家皇族的女婿，看似皇恩浩荡，其实，这是一件真正的苦事啊！从前的孝静帝皇后，现在的太原公主，恨我入骨。正是我，在除夕的晚上骗她出去见娄太后。她前脚出门，孝静帝和她的三个儿子就均被杀。如今，她成为我的妻子，完全是皇帝自己硬做的主。成亲几年来，我们连见面的机会都罕有。

高家女子性情暴烈，我真怕哪天不留神，太原公主就会在与我会面时给我一刀。

可笑复可悲的是，作为帝婿，我不得不身穿显示身份的紫罗袍，戴金缕大带，像极了戏子。每次上朝，我的几个老友都对我大加讥笑。

除此以外，别的事情都还顺利。齐国境内清晏，只是皇帝的脾气越来越大，诛杀日众。对他的举动，我非常能够理解。匹夫尚有发威之时，况帝王乎！

我的手中现在有一封奏疏，附件是前魏的太原王元昶手下奴仆告发其主与大臣高隆之私下交通的密信。为此，皇帝已经派人去高隆之家里带他入宫。

这个人，看来活不过今天了。

高隆之，不仅仅是魏朝，也是我们现在齐国的重臣。我们大齐的神武帝当魏朝大丞相的时候，对他深加信任。因为高隆之姓高，大丞相高欢就把他认为高姓本家。其实，高隆之本来姓徐，祖籍是高平金乡。他自幼丧父，为姓高的姑夫所养，所以就改姓高。最早，他在前魏的汝南王元悦手下当户曹从事起家。由于有识人之能，他很早就加入神武帝高欢幕府，曾追随神武帝攻下邺城，也参加过消灭尔朱氏的韩陵之战。胜后叙功，他被当时的神武帝委任为骠骑大将军、仪同三司，得入高氏族属，成为神武帝的"族弟"。

神武帝营造邺城，高隆之被委任为营构大将军，负责新都的一切营建制造，深受信任。他对邺城规模的扩展贡献尤大，特别是他派人增筑南城，使得邺城往南扩展达二十五里之远。为了防止漳水泛滥，他还派人大修长堤，并且凿渠引漳水周流城郭，造治水碾。对邺城的拓展，高隆之可谓竭尽心力。

高隆之这个人，确实有干吏之才。眼见魏朝孝昌以后各地刺史太守手下多私兵，高隆之上表，请求神武帝高欢以魏朝皇帝的名义解散各地刺史太守的私人武装，大大降低了地方官吏恃兵造反的可能性，又为国家节省了不少花费。后来，他还上疏奏请检括冒名窃官，在三个月内就在国内查获五万多滥食俸禄之人。为此，他得罪了不少人。

神武帝崩后，高隆之被文襄帝高澄进位司徒公。后来，他又得拜太子太师，兼尚书左仆射、吏部尚书，迁太保。

身居高位后，高隆之一反常态，开始卖官鬻爵，成日于宅邸之内收受贿赂。我本人的屋舍和他相邻，天天能看到几十个西域商胡去他家里"拜访"。由于贪赃，高隆之受到当时的大丞相、文襄帝高澄的多次谴责。自恃是高家老人，辈分又高，他没有丝毫悔改。

当今皇帝建立大齐，高隆之本无功劳。鉴于他是神武帝的族弟，在朝中官职又高，地位显赫，他在新朝开国之初，被晋爵为王。

想当初，当今皇帝想要魏朝的孝静帝给自己禅位，不少大臣都反对。作为高家旧人功臣的高隆之，反应尤其剧烈。另外，当今皇帝年少的时候，高隆之一直以长者自居。皇帝当时在高家子弟中排列第二，似呆似痴，所以，高隆之一直注力于皇帝的哥哥高澄，从来没有把当今的皇帝看在眼里，多年来讥笑冒犯，多有得罪。

秋后算账，帝王不免。不过，这位高隆之也是死催。他在新帝登基后，自恃有录尚书事的威权，对新帝的心腹右仆射崔暹和黄门郎崔季舒大加贬抑，曾经劝皇帝杀掉他们。这些举动，引起二人强烈不满。特别是崔季舒，总是在新帝面前讲："高隆之常常在被贬斥的官员面前买好，把贬罚的因由推给陛下！"皇帝数次因之大怒。

不过，皇帝在建立大齐的初年，忙于四处征讨，一直对高隆之隐忍不发。

高隆之不知谦抑，依旧我行我素。前日，他与前魏的太原王宴饮。酒酣之时，抚摸着对方送给自己的大把珍宝，他竟然对那个王爷讲："实话告诉王爷您，我本人世受大魏恩惠，这一辈子，我绝对不会辜负王爷您！"

这句酒话，最终要了他的老命。

高隆之身长八尺，美须髯，虽然已经是花甲之年，由于保养有道，看上去依旧形神硬朗。入殿之后，他发现平时作为他属下的我、崔季舒以及崔暹都端坐于皇帝左右，老头子的脸上开始显现惶恐之色。

魏朝的皇帝孝静帝在位的时候，依据魏朝旧典，在朝上排场盛大。他和南朝的皇帝一样，每次冕服上朝，熏香剃面，而且会在脸上敷粉，正襟端坐，冠冕堂皇。朝殿之上，总是摆满各种礼器，器玩布列，以显帝室尊贵。现在，我们大齐皇帝不喜好那一套。他每次上朝议事，只身穿便装而已。有时候，他自己站着说话，我们这些臣下反而坐着。

一朝天子一朝臣，行事各异，我们也不觉得有什么不妥。

高隆之上殿后只能站着，战战兢兢立于殿角。

皇帝与我们几个心腹朝臣正在议事，他没有立刻搭理高隆之。今天第一件要处理的事情，是佛道二教的问题。皇帝信佛，对天下佛道二教并存的情况深感麻烦。于是，他就想出一个方法，让佛道双方各出四个辩士，在朝上公开辩论。佛道，谁在辩论中得胜，谁就可以被尊为国教。失败的一方，无论是人员还是财产，自然要归于得胜一方。

其实辩论之前，胜负已判。不仅仅皇帝，前魏和齐国的大臣当中，信奉佛教的人众多，而皇帝的母亲娄太后，也笃信佛教。所以，双方辩论，道教的辩士底气不足，又没有充足的心理准备，仅几个回合，就被佛教辩士批驳得语无伦次。

喝着酒，听着辩论。没多久，不耐烦的皇帝就下令，把参加辩论的那四个道士推出斩首。

然后，他高声宣布："道教荒谬无据，费财耗力，国内道士，七天内全部剃发为沙门，违令者，斩！"

诏令一下，肯定令行禁止。可以想见，三天之内，我们齐境内再无道士。

处理了道教，在座的朝臣们和皇帝自己，都把目光转向殿角站立的高隆之。

老头子强自支撑。他赶忙向皇帝施礼，低声问："陛下，唤老臣前来，何事相嘱？道教荒诞，老臣早已经察觉……"

"你和元昶喝酒，说你这一辈子都不会辜负他。元昶是魏朝的王爷，你不辜负他，肯定要辜负朕吧？"皇帝开门见山，冷冷地问。

高隆之面如死灰。"老臣不敢……老臣不是这个意思……"

皇帝下殿，怒气冲冲，走到高隆之面前站定，对着他的胸腹猛击数拳。长久积怨，终于全泻而出。

两个卫士赶忙上前，架住高老头子，不让他倒下，以便皇帝更好下手。

拳头很重，高隆之被打得口吐鲜血。躬身哀号之际，他没忍住，一口鲜血直喷在皇帝的面上。

皇帝更怒，唤身边卫士："打！"

一名胡人卫士得命，趋身上前行罚。他一拳狠过一拳，不停猛击高隆之。

别说是高隆之这样的老头子，就是年轻壮汉也禁不住这样猛重的大拳。

胡人卫士总共击打了百余下，咚咚作响，朝堂内清晰可闻。

最后，高隆之奄奄一息，瘫倒在地。

皇帝挥袖，一声"散朝"，转身回内宫。

毕竟高隆之的录尚书事职位并没有被撤销，依理，他还是我们这些朝臣的上级。

皇帝回宫后，大臣们纷纷上前，表示慰问。

老头子已经不行了，过了好久，他睁开眼睛，向我们索水喝。

对他恨之入骨的崔季舒蹲在他身边，装出一副关怀备至的样子，说："高大人，你不能喝水啊！你脏腑受重伤，如果马上喝水，立刻会死啊！"

右仆射崔暹在一旁站着，乜斜着高隆之，幸灾乐祸地说："死，就死吧！皇帝不会对你显诛，你瞧，对你的追赠都拟好了，赠你都督冀定瀛沧幽五州诸军事、大将军、太尉、太保、冀州刺史、阳夏王……还是好好上路，不要拖延，省得拖累家人受族诛！"说着话，崔暹从袖中拿出一纸敕令。

高隆之大口大口地饮了一瓢水，剧烈地喘息一阵，阴冷地望了崔暹一眼，喃喃自语道："死了好，死了好啊……"

言毕，他头一歪，真的死了。

高隆之死了，事情未完。三天之后，皇帝追愤。在漳水边上，打猎小憩之余，他命令禁卫军把邺城内的高隆之儿孙二十人，全部带到岸边。

本来，高隆之已经下葬，至此，他的尸体被刨出来，砍截成数段，堆放在漳水岸边。

已经变成堆堆血块的尸体，由于衣服抛落当地，高隆之的大儿子高德枢认出那是刚刚下葬的父亲尸体。他跪于岸边泥泞之中，叩首不停，为其父亲请罪。

皇帝良久不言，骑在马上大口饮酒，冷眼俯观。

"陛下息怒，臣等惶恐，希望陛下开恩！"

"你父亲黄泉之下，殊为寂寞。尔等儿孙，还是前去孝敬他吧！"

皇帝扔掉手中的酒杯，以马鞭叩击马鞍。

卫士们得令，举刀齐落，高隆之二十个儿孙，全部被斩首，尸体被抛入漳水。然后，高隆之的尸块，也被丢弃在漳水之中。

皇帝一声呼啸，飞马扬长而去。

望着漳水之中翻滚的尸块，我陡然发现，人的生命真是脆弱至极。前几天，高隆之还是当朝一品大员，宰相级别的高官，一人之下，万人之上。如今，他，还有他全家的男性子嗣，全部都成了无头尸体，随波沉落。

群臣们面面相觑，各自上马，离开了漳水岸边的杀戮场。

"皇帝最近喝酒太多了。高大人，您有空去劝说一下。"

与我说话的，是皇帝的堂叔，清河王高岳。他身下骑着高头骏马，马全身雪白，却有一道天生的紫红色毛贯穿脊背，乃西域珍贵的"一道红"良骥。

未及我答话，另外一个宗室、平秦王高归彦策马近前。这位高归彦是皇帝的族叔，辈分和高岳相同，岁数却相差好多。高归彦的父亲早死，他九岁起就被神武帝下令寄养在高岳家中，和高岳的几个儿子一起长大。

皇帝登基后，起初很亲近自家高姓宗室，后来猜忌渐生。但他对于高归彦这样的疏宗，根本不加猜忌，任用其为领军。所以，就现在来讲，在皇帝面前，高归彦比高岳更受皇帝宠信。

看见高归彦进前，我没有回答高岳的话。

清河王高岳可能不知道，平秦王高归彦虽然自幼由他抚养，心中却对这个族兄怀有大不满。曾经有好几次，我听见他在皇帝面前说清河王高岳的坏话。

人心隔肚皮，咫尺不相知。

清河王高岳胆敢背后臧否皇帝，估计他没有多长时间可活。

没错，他是功臣，而且是身经百战的大功臣。

高岳姿貌岿然，相貌堂堂。神武帝高欢信都起兵时，高岳时年二十不到就前往相从，共图大事。韩陵之战，神武帝率军与尔朱氏的四胡军队血战，神武帝本人将中军，高敖曹将左军，高岳将右军。接战不久，神武帝所领中军败绩，敌人乘势而逼，情势危急。正是这位清河王高岳，他举旗大呼，横冲贼阵，使得神武帝有机会趁乱缓过神来，与高敖曹等人表里奋击，最终取得韩陵大战胜利。此战后，高岳因功得封卫将军、右光禄大夫。太昌元年（公元532年），除车骑将军、左光禄大夫，领左右卫，封清河郡公，食邑两千户。当时，他不过二十出头。神武帝率军去并州平灭尔朱兆，独留高岳镇守京师，事后升他为骠骑大将军。不久，他升任京畿大都督。当年，神武帝高欢自己常驻晋阳，只留下高岳与侍中孙腾二人在京师辅政，以为策应。

神武帝死后，文襄帝高澄入总朝政，高岳被委以使持节、都督、冀州刺史，在外为高家援翼。侯景叛乱，文襄帝派高岳总领大军南讨。师出成功，高岳在涡阳大破侯景，逼得那个智勇双全的跛贼单骑逃窜。而后，长社之战，高岳又大败南朝梁国劲兵，生擒梁国大将王思政。

文襄帝被人刺杀后，当今皇帝出抚晋阳，仍然留高岳以本官兼尚书左仆射，镇守邺城。

魏朝被齐朝取代后，以宗室之尊，高岳被晋封为清河郡王。天保五年，加太保。

而后，梁国的萧绎为周军所逼，遣使告急，高岳被委任为西南道大行台，统司徒潘相乐等大将数人去救江陵。天保六年正月，高岳南破郢州，陷城获地，大功不少。

所以说，这位高姓宗室王爷，非常人可比。他功绩卓著，威名弥重，播于宇内。但是，此人本性喜欢华侈，尤悦酒色，其家中歌姬舞女数百人，日日陈鼎击钟。其他高氏诸王，没有一个能赶上他那么奢侈。

不过，身为高氏王爷，好色好酒好财，都不是什么大忌。要命的是，这位王爷总以为辈分尊贵，自恃有大功于朝，非常喜欢不合时宜地瞎说话。

更要命的是，自小由他抚养大的平秦王高归彦，在皇帝面前总爱惦记他，说他的坏话。

如此，高岳的性命，就肯定不会太久长。

第十七章　佳人难再得

我九岁时，父亲高徽就去世了。可怜，他长年在西域谋生，仅仅糊口而已。好不容易家族中出了大丞相高欢这样的人物，他才能有机会担任魏朝的河东太守。

上任没有一年，他就死掉。他这一生，真是苦命。不过，幸亏我有一个比我大几十岁的族兄高欢，幸亏我姓高。族人之中，能出神武帝高欢这样一个大贵人，所以，我少年时代的黑暗之外，还有许多富贵荣华的灿烂和温暖。

我，大齐的平秦王高归彦，身世只能以"坎坷"二字形容。

在记忆中，我的童年，总是呆呆地看着太阳下沉。孤独之余，我喜欢那芬芳的日光在茂盛的灌木中慢慢消失的景色。无数个黄昏中，我坐在高岳宅邸后花园中的阴影里，只能看着空气中的小虫飞动。高岳那几个和我年纪差不多大的儿子，没有一个人和我玩耍。论辈分，我是他们的叔辈。而高岳的老婆，一个脸色阴郁的鲜卑婆娘，常常派一个仆人监视我的举动。那个长着大鼻子的敕勒奴，总是侧身坐在距离我不远的地方，双腿交叉，晃着身体，斜眼看着我。

高岳，对我确有养育之恩。可是，这种恩德，太浅了。他不过是遵照后来的神武帝、当时的大丞相高欢的命令，收养我而已。

童年，毁灭性的春季。父亲的死亡，加上我奇怪的相貌，注定了我少年时代偏执的性格。在对往事的追溯中，我发现，我这个人的报复心非常非常强烈。其实这也是一种天赋，如果善于报复，生命就充满了希望和盼望。别人，有可能因为无常的命运，反过来被我巨大的魔法控制。

当今皇帝高洋，是我的子侄辈。他的年纪，和我相仿。他建立大齐后，封我为平秦王。虽然是二字郡王，但我很满足。毕竟，现在我和清河王高岳，我实际的养父，已经可以分庭抗礼。

皇帝高洋，和我有天然的情分。他，总喜欢和我一起打猎、饮酒。暗怀阴暗的想法，我觉得，大概他和我的样子一样丑，所以，看见我这个在高氏家族中稀有的丑人，他内心会感到亲切、舒服。

我现在仍然住在城南，和清河王高岳比邻而居。我的宅邸，就是从他的后花园中分出一块来扩建的。他的那几个儿子没有想到，有一天，童年时代他们一直不爱搭理的丑陋伙伴，现在能开府称王。而他们，只能与他们的父亲清河王居住于一个王府之中。

怨恨，应该不能轻易表露。当着外人，我总是对清河王高岳毕恭毕敬，以养育恩人待之。否则，别人会认为我忘恩负义。

我的王府，开了一个很大的后门，直通高岳的宅邸。每次得到什么稀罕之物，我都会送一部分给高岳。这位清河王，性格大大咧咧，一直以我的养育恩公自居，心安理得地接受我的馈赠。他可能从来没有意识到，在我急需疼爱的少年时代，他对我是那样地轻视和疏忽。我心中的怨恨，到现在也没有褪色。

最近，我去清河王高岳的宅邸更勤。他府中新来的琵琶伎女薛氏，让我深深着迷。

穿过花园的矮墙，暗夜温柔，我就能看到薛氏居所窗棂上的烛光。那种佳人弹琵琶的美丽图景，使得我的感觉一下子变得鲜艳起来，黑夜，仿佛都被她的亮光照亮。

门，总是吱呀一声开启，她颤抖的身体就会扑到我怀里。我们痉挛的身体，在幽昧的夜光照耀下纠缠在一起。事后，我们会一起躺着，看着头上的群星，说着喃喃不尽的情话。当然，每次我都不会忘记，要带首饰或者很稀罕的金宝给她。出身娼家，爱财是她的天性。金银财宝，如果能这么容易换取美人的欢心，有什么理由舍不得呢？

我相信，薛氏内心肯定也很喜欢我。当星星闪耀在我们的头顶，我抚摸着她轻软薄纱裙下光滑的皮肤，闭上眼睛，感觉自己的身子如在天国。猛然睁开眼睛，我看见，星光闪耀下，她的脸异常美丽，仿佛她的脸本身有一种让人着迷的光焰。

会弹琵琶的、娼家出身的女孩真是不同凡响。她的哀怨，她裸露的双腿，她温柔的嘴唇，她身上独特的芳香，是我王府中的女人身上完全没有的。对她，我总像受了一种神秘催眠般的吸引，不能自拔。

欢会后，她常常把头幽幽地靠近我，吸吮我的嘴唇。我的心，就这样，被她吸走了。她身上那种西域脂粉的奇异的芳香，更让我久久沉迷其间。那是一种甘甜的、清淡的香味，类似麝香。这种香味，与她唇上的膏脂香味混合在一起，会一直冲到我的脑子里面，每次都让我欲仙欲死。此外，连她的呻吟声，都那样不同凡响，那种高昂的音声，像彩色的音符一样，不断起伏，越升越高……最后，星光、烛光、吱呀的小心开门的声响、亲吻勾起的情焰，还有那秋夜草中的露水……一切的一切，在我心头萦绕不去，让我深深沉迷。

与这个有着柔软四肢和滚烫舌头的薛氏相比，我王府中的女人，那些呆板的、驯顺的、木头一样的女人，简直让我出奇地厌恶。她们只是我日常生活中使用的女性，只是早晨或者酒醉后缓解我性欲冲动的工具。谐调和畅快，我只能在薛氏身上得到。特别是在花园中偷情时，天上的星星都比往常要璀璨万倍。

进入薛氏的身体后，我的体内会感觉到一种快乐的分裂。她赤裸的玉体，成为我脑海中的终极念想所在。我特别喜爱她悠然端坐的神态，她那白皙无瑕的、柔软的身体，在她星眸闪烁的时分，尤其让人沉醉。

多么美妙的时光，清河王高岳的后花园，那株株古树的影辉，遮挡了我们隐蔽的偷情。

我看着月亮制造出的叶影在她娇媚的肢体上摇曳晃动，她幽深的眼波，飘浮在她无比可爱的脸颊上，一切的一切，使得我觉得人间就是甜蜜的天堂。

这样的天堂，我能随便让别人占据吗？

清河王高岳，一直以为有恩于我，最近他见到皇帝对我非常恩宠，更是自鸣得意。他总是在我面前感慨，我九岁时到他家里，他对我是多么多么照顾。善要人知，定非真善！如果真对我好，干吗不把薛氏让给我。我，皇帝面前的红人，主动提出让薛氏到我王府中去教我家中的歌伎学琵琶。如此直截了当的要求，高岳竟然不领情，说要给我物色别的"更好的"歌伎。

高岳，这么不知人情世故的老东西，活着，肯定是一种障碍。

把柄，人人都有，只要用心，就能抓到。高岳在南城的宅邸，又开始往外扩建。造宅扩屋，没什么大不了。关键在于，他的王府内部留出一条长长的过道，形制很像皇宫内的永巷。为此，我曾经密奏皇帝，说高岳建屋有僭拟帝宫之嫌疑。

当时，皇帝没有说话。我观察到，他腮边的咬肌不停滚动，显然是内中大怒。

皇帝并不偏听偏信。他很快派人去高岳的王府察看。回来得报：高岳的王府中，确实有一条过道，长度和皇宫的永巷差不多。区别嘛，只是过道的两端墙壁上面没有城阙罢了。

皇帝知此后，大赞我的忠实无欺，开始疏远提防清河王高岳。作为宗室，如果被皇帝怀疑，就离死亡不是很远了。但是，疏远归疏远，还不至于要他的命。

我耐心等待着，我知道，高岳这样粗疏的人，早晚会有大把柄被我抓住。

果然，一天在宫中侍宴，我发现皇帝身边坐着一个人，一个女人。当时，我的呼吸几乎停止了。这个人，正是薛氏的亲妹妹啊。在体形方面，她和她的姐姐几乎一模一样，只是她的胸部比其姐稍丰满些。这种天生尤物，谁都会过目不忘。她眼波似水，肌肤柔软，发如乌云。特别是她的眼睛，和她姐姐一样，充满夜的美丽，夜的神秘。我甚至觉得，她们姐妹的灵魂都具有勾人心魄的火焰的颜色，会点燃男人心中最深处的欲望，会让人灵魂里升起金色的火花，会跳入男人张大的瞳孔，令人不能视而不见。这种美，让人颤抖。她们脖颈那娇柔的弯曲，那种毫不做作的优雅，那种令人心醉神迷的娇态，美丽绝伦，会使无数人产生亲吻的欲念。

到底是什么样的父母，能生出这样一对姐妹花呢？

她似乎意识到自己的美丽吸引了我，扭头朝我望了一眼。我真的很大胆，竟敢偷窥皇帝的女人。这个女人，薛氏的妹妹，既不是妃嫔，也不是歌伎，肯定是皇帝微服私访的时候在坊间找到的。难道，她是高岳贡献给皇帝的？这个念头只是转了一刹那，就被我在心中暗暗否定了。有一次，在高岳的家宴上，我见过薛氏的妹妹。她当时也斜抱琵琶，为她姐姐伴奏。我听薛氏说起过，高岳曾经乘酒醉，奸污过她妹妹一次。我记得，当时怀抱着琵琶的那个小姑娘，显得非常羞涩忸怩，不像现在的她，如此成熟老到。

薛氏妹妹的美丽，和她姐姐近似，难得的是具有一种幽暗的光彩。这姐妹两个，好像总能把内心的悲伤，故意郁积成热情的外表。穿上贵妃的礼服，这个歌伎薛氏的同胞妹妹，真像那么回事。似乎连她的额头，都透出皇家的阴森和尊贵，没有丝毫的矫揉造作。

忽然，一种阴暗的快乐涌上我的心头。高岳，由于这个薛氏妹妹，由于她的存在，她在皇宫中的出现，你肯定要死！

我趋身上前，在皇帝耳边轻声说："陛下，这个女人，姓薛吧？她的姐姐，是清河王高岳的家伎。"

皇帝举到嘴边的酒杯，忽然停顿了。

"真的吗？朕的新贵妃，确实姓薛。……你没有弄错吧？"

"微臣不敢妄语！"一股邪恶的冲动使我血脉偾张，"这位薛贵妃，陛下，她曾经被高岳睡过！"

皇帝闻言，瞪目大叫："畜生！"说着话，他把手中的酒杯砸向我的脑袋。

我不敢躲避，伏地屏息，心惊胆战。看来，此事我做错了。我没有想到皇帝会对我动怒。

醉醺醺的皇帝振衣而起，狂躁地四处走动。薛贵妃吓得脸色发白，跪伏在当地，不敢仰视。

"你先退下！"皇帝对薛贵妃喝道。

然后，他走近我，说："平秦王，你起来，朕不是对你作怒……你说，你讲，朕的薛贵妃，真的被清河王奸污过吗？"

"臣万死不敢欺昧陛下！"

良久，皇帝忽然笑了。"看来，朕今晚有事做了。来人，传清河王带其家伎薛氏入见！"

听皇帝这样喊，我的心咚咚跳个不停。我只想把清河王高岳裹进来。如今，皇帝把薛氏也唤入宫中，真不知道会发生什么事情。

没过多久，清河王高岳一脸茫然地带着薛氏入宫。跟随他入宫的薛氏，根本不知道发生了什么事情。先前她从来没有见过皇宫的大场面，入殿之后，她根本不知道害怕，左顾右盼。

我坐在暗影中，心怀忐忑，唯恐薛氏看见我的存在。

皇帝根本不理会清河王高岳。他径直走到薛氏面前，定定看了她一会儿。忽然，皇帝迎面一掌，把她打倒在地，用脚乱踢。

忽然的变故，把薛氏吓傻了，她胡乱在地上滚，低声哭号。

高岳连忙跪下，问："陛下，此女乃我府中乐伎，不知她犯有何罪，惹陛下发雷霆之怒？"

皇帝手脚勤快，亲自动手，把薛氏头朝下吊在一个铁环上。他边系绳索，边回答高岳说：

"据说她把她亲妹妹引入你府中？知道吗，她妹妹，朕刚刚封之为贵妃……朕还以为她是好人家的女儿呢。"

高岳闻言大悟，一脸惶恐，不知如何回话，呆呆地跪在当地。

卫士递过一些刀锯。皇帝熟练地动手翻看，从中选了一把合手的短锯。他并不多言，剥去薛氏衣衫，认真地动手杀人。

事出仓促，我惊呆了。皇帝近来醉酒为常，杀人已经成为乐事。但是，凭我一句话，他根本不细问，就把薛氏逮入宫中，马上动锯，大出我的意料。我的本意，是想让清河王高岳得罪皇帝，最后我好把薛氏弄到手。谁料想，薛氏先遭不测。

惨号阵阵，薛氏那如花的娇躯，现在满是鲜血，把她那俏丽的脸污染得一塌糊涂。

锯到胸腹处，皇帝住手。他从殿中卫士手中抢过一把长柄大刀，高高举起，从锯口处狠劲劈下。

如花美女，顿成两半。

自己心爱的美人，在如此短暂的时间内变得血肉模糊，惶骇之余，我几乎尿水失禁。

皇帝全身都是血。他似乎非常欢快，脸上带着神秘的笑意。卫士递上酒杯，他狂饮数口，异常兴奋。

他踱到清河王高岳面前，忽然变脸，责问道："清河王，你为何奸污民女！你知罪吗？"

清河王自恃宗室老人，眼见自己的爱伎当场被杀，也有些气息勃勃。"薛氏是臣家奏乐女伎，臣收纳她，不算奸污。"

"朕不是指这个死人，我是指她的妹妹，朕的薛贵妃！"

高岳理屈，犹自辩驳："臣不知陛下日后会纳她为妃，不能算是强奸民女。"

皇帝鼻子里面"哼"了一声，冷眼看了高岳好一阵子。然后，他转身，走到我面前。"平秦王，帮朕赐清河王酒，让他压压惊……"

马上有宦者趋上，递给我一杯深绿色玉杯装盛的酒。我知道，那是鸩酒。

这个时候，我强迫自己暂时忘掉不远处成为尸块的薛氏。我定了一下心神，向皇帝施礼，表示遵命。

清河王平时总是满面红光，现在，他的脸，变成了一张白纸。这位王爷，在战场上刀枪箭雨不惧，但是，面对突如其来的死亡，他还是心怯了。

"平秦王，能否向皇帝求情，容我回家同家人告别……"高岳哀乞说。

我怒气满胸。如果这个老匹夫早把薛氏送给我，哪里有今天的事情。

"清河王，还是把酒喝了吧，天命难违！你如果磨磨蹭蹭，惹起皇帝震怒，可能全家都会被杀啊。况且，你都四十四了，我们高家男人，活到这个年纪的不多，你就知足吧！"

一个宦者从内宫中走出，手中拿着一张敕令，高声念道："皇帝有诏，清河王之丧，大鸿胪监护丧事，赠使持节、都督冀定沧瀛赵幽济七州诸军事、太宰、太傅、定州刺史，假黄钺，给辒辌车，赏赐其家绢两千段，谥曰'昭武'。"

我把鸩酒递给高岳。"王爷，事已至此，你还犹豫什么呢！"

高岳叹息一声，望了地上的薛氏尸体一眼，又看了我一眼，只能双手接过杯子，满饮鸩酒……

清河王高岳的尸体刚刚被拖走，我们这些在宫内的陪臣，就接到皇帝传令：

群臣集合，马上到东山宴饮。

心怀忐忑，我坐车与众臣到达东山。

皇帝夜宴，虽然是常事，但时近午夜，群臣多感乏意。大家不敢打哈欠，强自振作，打起精神，依据宫廷礼仪，准备随时起立敬酒。

酒才一巡，已经大醉的皇帝摇摇晃晃地站起身。他拍拍手，卫士们抬上一个长长的木案。上面堆满鲜花，蒙着一块红色的丝绸。

众臣翘首，以为有什么烤全驼、烤全马之类的新菜式。

红绸揭起，薛贵妃赫然平躺在上面。让人惊骇的是，薛贵妃全身赤裸，雪白的身子，耀人眼目。

皇帝用手一提，薛贵妃的脑袋便拎在他的手中。原来，女人早已经被斩首，擦干洗净。不仔细看，还以为是活人躺在上面。其实，只是美人的尸体摆在案上而已。

众人大惊。满座大臣，鸦雀无声。

皇帝瞋目，咬牙切齿。他拿起案上摆放的一套厨房刀具，大刀切斩数块，接着慢条斯理，开始肢解薛贵妃的尸体。

案子上有许多棉花。薛贵妃被杀有时，所以，没有多少血溢出。

刀割錾剔，皇帝把薛贵妃的大腿骨完整地弄了下来。他仔仔细细剔去肉筋，擦干洗净，钻取几个小洞后，在骨头上绑上丝弦，做成一个琵琶。

群臣悄然无声，凛凛在座。

我的全身都凉了。薛氏姐妹，就因为我一句话，短短几个时辰内，均遭横死。

皇帝怀抱美人髀琵琶，低首合目，弹拨数声。良久，他忽然泪如雨下，叹息道：

"佳人难再得！"

座下，皇家乐师们，皆怆然涕出。

有人弹弦，幽幽咽咽，乐队齐吟汉朝李延年的歌诗：

> 北方有佳人，绝世而独立。
>
> 一顾倾人城，再顾倾人国。
>
> 宁不知倾城与倾国，佳人难再得！

御座上，忽然之间，皇帝唏嘘不自胜，掩面呜呜大哭。

号啕过后，他命人收取薛贵妃尸体，以皇后之礼下葬。

皇帝起立，群臣随着起立。

皇帝大哭，步行，披发白服，跟随着薛贵妃被肢解的尸体，走向墓地。

群臣默然，悄然跟随。

我悲从中来，不能自抑。泪水，从我的胸腔中，从我的灵魂中，倾泻而出。

泪眼迷蒙中，我听见大臣杨愔在我身边说话："皇帝最近饮酒太多，让人忧心忡忡啊。平秦王，作为帝室之亲，希望你能找机会劝劝皇帝。"

"我哪里敢劝皇帝……"我嗫嚅着，"大齐国中，只有娄太后一个人能劝皇帝吧。"

"是啊，也只有娄太后了。"杨愔低声说。

第十八章　华年流水尽血腥

我的儿，躺在皇宫中醉醺醺、鼾声如雷大睡的儿，这个自小顽劣不羁的儿啊。我总不能抹去那重压在我心头的回忆。怀朔镇的那一夜，怀着刀绞似的心中剧痛和入魔般的身体极乐，那一夜，我的儿，你就是在那一夜，被粪奴石野猪种到了我的身体里面。

现在，我，娄氏，大齐的皇太后。我老了。从前，我年轻过。

想起石野猪，我的心突然跳得非常厉害，记忆的闸门打开，重现了那张被时间模糊了的、恶心的而又陌生的大脸。即使是北地军镇的鲜卑女人，我绝对不想在我的夫君高欢出征的时候与别人有男女之欢。只是，军镇中淘粪的粪奴石野猪，在那几个我渴念夫君的月圆的晚上，让我情欲勃发，超出我自己的想象。

仅仅三次偷欢，我就怀上你了，我的儿，我的高洋。你的样子太像那个粪奴了。尤其你这种标志一样羯族的巨大肉脸、高鼻巨目，太特别了。每次看到你这张两颊带凸的膨胀的脸，我都怕别人会想到你不是你父亲高欢的儿子。特别是我们怀朔镇上的老人，你的这张脸，如果在成年的时候被他们见到，肯定会让他们回忆起那个淘粪的粪奴石野猪。

作为一个有主见的妇人，情欲释放过后，我还是能了结大事的。所以，一个月过去，我从情欲中清醒过来，看见夜间石野猪拎着粪筐出现在空地的时候，我就知道该怎么做了。我望着他那张头歪嘴斜的带着得意笑容的脸，心中一下子就有了杀机。于是，我和他来到军镇边山盛粪肥的池子边，我最后一次让他进入我的体内。然后，趁他流涎喘息的间隙，我拿起巨大的铁尖粪叉死命击打他的脑袋……我永远忘不了石野猪那张痛得扭歪了的脸，他濒死的眼睛，火焰般闪着绝望的黑光。他在粪池中最后挣扎的片刻，还嗷嗷大叫着，挑衅般地从下往上死命瞪了我一眼。然后，他那两片贪婪的、厚厚的嘴唇没到粪水里面，咕咚了几声。最后映入我眼帘的，是他黝黑的脖子上挂着的一个狼牙饰物。

这个羯奴，自小父母双亡，时而痴呆，时而癫狂。如果他乱讲话，我还怎么在当地军镇做人。所以，把他除掉，是我唯一的选择。

我，娄氏昭君，一个鲜卑妇人，也是一个性情刚烈、非常有主见的妇人。即使我做过这一件错事，我也绝对对得起他们高家。想当初，我的夫君高欢，只是一个怀朔镇上城头值勤的普通汉兵。我一个姑娘家，回绝多家军镇鲜卑队主人家的聘礼，自己拿出私房钱给他花。不为别的，我就爱高欢。小伙子确实一表人才，我爱的就是他白白的皮肤、高挑的个头。父母拗我不过，只能把我嫁给当时家里穷得一文不名的兵卒高欢。我用娘家的钱给他买马。正因为有了一匹马，他才有机会当上军镇的驿卒。从那时候起，他终于能借往返洛阳的机会，开阔眼界，结交朋友。

如果讲我娄氏是高家的大恩人，一点都不过分。

苦熬几十年，我终于熬成渤海王妃。作为魏朝从前军镇的鲜卑女人，能在晋阳白马寺原址所盖的壮丽王宫居住，我已经心满意足。我的夫君高欢，性欲旺盛，极其好色。男人嘛，有这种嗜好不是坏事，只要他不忘糟糠之妻，我任他遍采群花。还好，夫君对我一直礼重有加。渤海王府中，我居正府，其中的九间殿阁、七间雕楼、二十四廊宇，皆属于我。其余的柏林堂、凤仪院、偃月堂、清凝阁、楼鸾院，皆我夫君的侧妃所居。宫娥六百、侧室数十，皆在我掌领之下。

这些年来，我为夫君生男女各三。三双儿女，除了粪奴之子二儿高洋是我心中一块隐病，跟夫君所生这几个孩子都让我牵肠挂肚。贵为王妃，身居雄宅，想起怀朔军镇往事，有时候俨如旧梦。

我与夫君高欢关系融洽，唯一差点破绝的一次，还是因为大儿高澄。此子酷似其父，好色如狂。年甫十四，即勾引其父妾郑大车。那个小妖精，原本是魏朝广平王元悌的王妃。在邺城，我夫君听闻其美貌之名，纳之入宫，一时间宠冠后庭，还生下一子①。后来，我夫君外出与稽胡作战，郑大车这个小妖精勾引我大儿高澄，二人整日在我眼皮底下通奸。我对此心知肚明，数次警告高澄，但他色胆包天，放肆如狂。

夫君高欢得胜回府，宫娥穆容娥告发其事，并有二婢做证。夫君大怒，痛杖大儿高澄一百军棍，押入府中监牢看管，准备废掉他世子的名分。当时，夫君不仅宠爱郑大车，尔朱氏也得宠，并刚刚生下一个男孩②。这个尔朱氏，乃魏朝大权臣尔朱荣之女，原来当过魏朝孝庄帝的皇后。他父亲尔朱荣被孝庄帝杀掉后，

---

① 即日后北齐的冯翊王高润。
② 即日后北齐的彭城王高浟。

尔朱氏起兵，其叔父尔朱兆又杀掉孝庄帝。我的夫君清除掉尔朱家族后，迷恋这个尔朱氏的美貌，竟然敢把魏朝的这位前皇后纳为侧妃。

我夫君高欢本来就是尔朱家族的旧将，尔朱氏又曾为皇后，所以他在那时起意，想废掉我大儿高澄的世子名分，转立尔朱氏所生的男孩为渤海王世子。

郑大车这个淫妇，确实有让男人为之着迷的奇媚面容。她那种嬉笑自若的神态，大概最让男人着迷吧。每次在后宫宴会上，只有她打扮得像个小女孩，常常在斟酒的时候露出大半条光滑的粉臂，有意无意地在我儿高澄面前晃动她的大腿。看着她噘起嘴，故意在双颊弄出浅浅的酒窝，装模作样，我总是忍住怒气，疼爱女儿一样，对她报以慈爱的笑容。毕竟，我是渤海王正妃，不能有一点失态。内心中，我恨死她，诅咒她的长发会褪色变秃，诅咒她唇上细软的汗毛变成尖刺一样的胡须，诅咒她会忽然得病暴死。但是，即使我儿高澄被杖责，郑大车受宠如常。

如果没有司马子如，我母子肯定就完了。我大儿高澄的世子名分如果被废，我的王妃身份肯定也要失去。

一荣俱荣，一损俱损，这就是我们女人的命运。

司马子如得知我儿高澄密报求救，佯装一切不知。作为夫君多年生死患难之交，他从邺城来晋阳，与夫君饮酒欢会。

畅饮数巡过后，司马子如提出要拜见我。我夫君高欢屏退旁人，告诉他我大儿高澄奸通郑大车的事情，表示说，他要废掉我们母子。

司马子如俯首，良久不言。最后，他的一席话，打动了夫君：

“这样的事情，也能如此惹大王您生气吗？我儿子司马消难，也曾念动性起，奸污我的侍妾。儿辈长成，情欲发动，不是什么大恶。如此闺门秘事，也不宜为外人所知。渤海王，您的娄王妃，可是大王您的结发之妻啊！如果当初没有她以母家资财接济大王，大王您哪里有今天！不知道大王您是否记得，您在怀朔当驿卒时，多次被鲜卑镇将无事寻衅凌辱杖打，常常背无完肤。每次受责，都是娄王妃昼夜看护，疗疮涂药。而后，六镇大乱，您从葛荣军中逃走，携王妃同奔并州。一路之上，马粪做柴，挤奶为饭，娄王妃成日为您修靴补衣，不离不弃。如此恩义，何可相忘！况如今，大王与王妃夫妇齐贵，女配至尊[①]，男承大业，外面又有王妃的弟弟娄昭[②]在军中效力。娄氏一门，为国屏藩，根脉深厚，何宜摇动？大王，侍妾侧妃，一女子耳，正如草芥，大王何必因此动怒。何况，宫娥侍

① 指嫁给魏朝孝静帝元善见的高欢次女。

② 娄氏亲弟，字菩萨，很早跟随高欢起兵，当时官为魏朝的大司马、司徒。

婢之言，怎可轻信！"

夫君高欢闻此言，也忆念旧情。他叹息良久，便让司马子如重新审理宫娥告发的案子。

果然，司马子如一见我儿高澄，即大声斥责："男子汉大丈夫，怎么能轻易屈打成招！"

一句话点醒我儿高澄，他马上翻供。接着，司马子如迫使两个做证的婢女翻供，逼使宫娥穆容娥自杀。

没多久，他向我夫君呈上案卷，表明我儿高澄完全是被宫娥诬陷。

事后，我与大儿高澄同往堂上，拜见夫君。我一步一叩头，我儿高澄边跪拜边膝行。母子同拜，感谢夫君的不废之恩。

夫君高欢见状感念，下堂与我们母子抱拥而泣。至此，夫妻父子，欢好如初。

置酒欢饮之时，夫君亲自向司马子如劝酒，谢言："保全我父子者，正是司马子如啊！"当下，夫君就赏赐司马子如黄金三十斤。而后，我本人暗中赏赐他金宝无数。

躲过这一劫，我的人生，也走过了大半。

日后，我更是以贤惠之态让国人敬佩。当时，为了瓦解西贼与蠕蠕的联盟，夫君不得不迎娶蠕蠕可汗阿那瓌的大女儿为妻。蠕蠕强盛，当然不会让他们的公主屈为侧妃。为此，我自己主动对夫君说："为国家大计，我愿意屈身为侧室，可让蠕蠕公主为正妃。妾身知道，蠕蠕地大兵强，一直是我们的强敌。如果它靠向西边，则西贼强；如果靠向我们，则我们东魏强。所以，蠕蠕情之向背，关系国家安危。为求家国安定，妾身何惜屈身。"

夫君听我如此说，又惭又愧，此后对我礼敬弥重。

不久，夫君高欢携其侧妃尔朱氏前往木井北迎接蠕蠕公主。迎亲欢会，两国大事，所以声势浩大，宾客众多。蠕蠕嫁妆丰厚，陪送珍珠十斛，良马千匹，骆驼两千，坚车八百乘。此外，还有绝色美貌舞女五十名，以为陪嫁。

宴席间，蠕蠕公主蛮夷性发，自引角弓，仰射飞鸟，力道劲准，飞鸟应弦声而落。一旁的尔朱氏乘兴而动，她乃秀容川尔朱将家女，见状，也拉引长弓，斜射猛禽，一发而中。听人讲，当时我夫君兴高采烈，当众喝彩：

"我有此二妇，巾帼英雄，都能上马击贼，保国安家！"

新人虽笑，旧人不哭。我一直默默忍受着寂寞。

为了避免蠕蠕公主嫉妒，我将近两年没有与夫君高欢见面。可叹，这位蠕蠕公主命不好，没能为夫君生下一儿半女。待我夫君薨逝后，倒是我大儿高澄蒸之[①]，她这才产下一女，不久，即得产后风亡故。由此一来，这位蠕蠕公主最后倒成了我的儿媳。

蠕蠕公主，性情严毅，终世不肯讲华言。想当初她初嫁之时，夫君得重病待在府内调养，她便认为自己受到怠慢，愤恚大哭。听得蠕蠕公主使性子，夫君强撑病躯，抱病前往，才让她破涕为笑。不过，夫君薨逝后，我儿高澄蒸之，她倒没做什么强烈反抗，真大出我意料。稍后，听朝中老臣讲，蠕蠕等蛮族风俗，父死，儿子收取其诸母，乃是平常之事。知此，我恍然大悟。

在听闻蠕蠕公主死亡后，有一瞬间，我鼻孔中似乎又闻到了她身上发出的那种奇特的醉人香气，那是一种我们中原所无的淡淡的西域香，是一种轻飘下来的春天落花一般撩人的香气。在这种香气氤氲之间，蠕蠕公主白皙的瓜子脸忽然清晰地展现在我的面前，然后，又忽然变得暗淡、模糊起来，最终飘散开去。

恍然间，我似乎看见，蠕蠕公主的灵魂，变成了一只美丽的蓝蝴蝶，在北国的雪原上振翅翩翩。曾经对我颇具威胁的女人，随着我夫君的薨逝，随着蠕蠕国家的衰落，也变成了过去的烟尘。所有关于她的不连贯的、零碎的记忆，最终都黯淡了。不过。蠕蠕公主身上那种勃勃的高傲气质，让我长久无法忘怀。

高家子嗣，几乎个个都是色欲狂。我的儿子，包括日后化家为国的二儿子高洋，这个羯族粪奴的血脉，也是好色如狂。日后，我夫君高欢薨逝，大儿高澄继承渤海王王位，马上把郑大车纳入宫中，重温旧梦。不仅如此，他还曾经逼奸功臣高敖曹的弟弟高季式之妻李氏，差点酿成大祸。雄才大略如其父，荒淫好色也如其父。对于大儿高澄，我真不知道拿他怎么办才好。要知道，高敖曹、高季式的妹妹高冯娘，也是我夫君的侧室，她曾是魏朝的任城王妃，后来改嫁尔朱世隆。消灭尔朱家族后，我夫君把她也纳入室中，生下一个女孩[②]。我儿高澄逼奸的李氏，依礼算是他的舅母。日后，他被人刺杀，肯定与好色难脱干系。

我心中一直最怀疑的，就是大儿高澄被刺，乃我二儿高洋所为。不为别的，单单高澄曾经数次让高洋的正妻李氏入宫"陪嫂子"，就足以让他们兄弟之间大动杀机。高家爷们儿这种掩人耳目的事情，我还不心知肚明吗？知子莫如母。他们兄弟之间发生如此事，难免成仇。

不过，二儿高洋，我这块心病，在大儿高澄死后，出人意料地能干。数旬之内，他大定朝廷，着实让我惊讶不已。待他说要篡魏立国，我还是大吃一惊。当时，我还说他："汝父如龙，汝兄如虎，还自屈为人臣。汝有何能，敢自立为

---

① 古人把奸污长辈叫"蒸"，奸污晚辈叫"报"。

② 即日后北齐的浮阳公主。

帝？"二儿高洋丝毫不为我所动，与手下密谋，终于化家为国，建立大齐。

我能从王太妃变成皇太后，没有什么不好的。只是，二儿高洋，他并非高家血脉。粪奴石野猪，那个被我溺死在粪池里面的羯奴，冥冥之中竟然有福气成为"太上皇"。

人世间的事情，真是难以预料啊！

我的儿，大齐皇帝高洋，比我的夫君和大儿高澄更能干。北方强大的蠕蠕、突厥，竟然都被他打得俯首称臣。无论是前魏、西魏，还是我夫君在世时的东魏，都没有哪个帝王取得如此辉煌的功业。仅仅六七年间，我儿的功业，比前朝几百年帝王所创下的功业还盛大。不过，别忘了，南边有南朝，西边有取代西魏的周国，强邻虎视，怎能掉以轻心！

我的儿，嗜酒如狂，太可怕了。他的勇敢，他在同蠕蠕、突厥作战时候疯狂的冒险和取得的巨大功业，看上去都要被嗜酒所毁掉。酒，令他大失常态，误入万劫不复的歧途。

闲来无事，他征工匠三十多万人，在邺城大修三台宫殿。三台大殿，最早乃汉魏时代曹操父子所营，台基广大。后来，羯族的石氏又在此地大兴土木。三台重修后，巍然壮观。直立构木，高达二十七丈。大殿之间的距离，二百多尺。营修之时，工匠危怯，做活的时候都在身上系绳自防。而我天天酒醉的皇帝儿子，每每登上殿梁，疾走如飞，没有丝毫怖畏。一次，我亲眼看到他在殿脊最高处，随着地面上都督刘桃枝的胡鼓鼓点，扬手踢腿，跳胡族舞蹈。当时，我几乎被吓死。没等我派人唤他，皇帝已经一溜飞跑，直接出溜到另外的殿脊之上。回宫途中，他在道上遇见邺城内一名鲜卑妇人，问人家："天子何如？"那个鲜卑妇人知道我儿就是皇帝本人，回答说："癫癫痴痴，成何天子！"如此直言妇人，话音未落，就被我儿一刀劈杀。真可怜见！

听我宫内的从人讲，我儿酒醉之后，肆行狂暴。他常常披发狂舞，尽日通宵不停；有时候他身穿胡服，斜披锦彩，由崔季舒或者刘桃枝背负着，在闹市中游荡；有时候，他浑身赤裸，在自己脸上涂满白粉，搽朱施黛，骑在没有鞍子的橐驼或者白象身上，在街道上狂奔。无论盛夏、隆冬，我儿只要饮酒过后，往往脱衣拍马飞驰，从高坂之上急奔，直接跳入漳水中。

至于勋戚之第，我儿更是朝夕临幸。遇见漂亮女人，无论是大臣妻女还是婢女下人，我儿都会马上奸污，人皆苦之。到了后来，高氏皇族的妇女，不问亲疏辈分，我儿均肆意奸淫，还常常让他周围的卫士对宗室妇女进行轮奸，多方苦辱。

忍受如此凌辱，大家到我这里来诉苦，我这个做太后的，确实大感为难。

我儿高洋皇帝本人的正妻李氏，她的姐姐嫁给了前魏的乐安王元昂。为了霸占妻姐，我儿竟然把元昂召至宫中后当箭靶，以鸣镝射之百余，箭集如猬，元昂流血遍地而死。元昂丧礼之上，我儿竟然以皇帝的身份前去"吊唁"。众目睽睽下，他把他的妻姐推倒在棺木上，当众奸污。然后，我儿把他那倒霉的妻姐纳入后宫，封为昭仪。癫狂过后，他又去李皇后家见丈母崔氏。刚刚见面，我儿忽然大骂："朕酒醉，连太后都不认识，如此老婢，敢做帝王丈母！"劈头盖脸，用马鞭对着崔氏乱击一百多下。

既然我儿能把他姐夫魏朝的孝静帝及其三个儿子都弄死，他日后杀掉魏朝的乐安王而娶其妻，其实也没有让我多惊讶。

男人心不狠，绝对不能成就大事。不过，我儿已取天下，行事如此癫狂，让我心中忧虑不已。

我夫君的侧妃尔朱氏，在我夫君薨逝后已经入寺为尼。因其有子，她还被封为彭城王太妃。她是前魏孝庄帝的皇后，又是我儿的庶母，但我儿依旧想强奸她。尔朱氏这个妇人刚烈，挣扎不从，竟被我儿手刃，开膛破腹，惨不忍言。

说起尔朱家族的男子，他们个个长相俊美，十足的"人样子"，也个个人面兽心。我的夫君高欢击灭尔朱兆后，纳昔日魏孝庄帝的皇后大尔朱氏为侧妃。爱屋及乌，当时他待尔朱家族残存子弟甚厚。那个尔朱文畅，乃尔朱荣第四子。由于其姊得宠，尔朱文畅得拜肆州刺史。此人既然广富于财，终日四致宾客，穷极豪奢。相待如此，尔朱文畅依然想谋逆，企图趁一年正月十五日夜打竹簇之戏的时候刺杀我的夫君。事发，我的夫君念大尔朱氏之情，只杀尔朱文畅一房。

而尔朱文畅的弟弟尔朱文略，依旧做他的梁郡王。这位尔朱小爷，聪明俊爽，多所通习。我儿高澄主持国政的时候，曾经让一个乐官在马上弹胡琵琶，演奏十余曲，然后，让尔朱文略试默写曲谱。他不假思索，立刻下笔，竟然能默记其中八首。当时，我儿高澄开玩笑说："聪明人多不老寿，梁郡王你要小心啊！"尔朱文略聪明特达，拱手回答说："我命之长短，皆在明公您一句话！"如此答言，竟使得我儿高澄为之泪下。

想我夫君临死时，念尔朱氏之宠，遗令赐予铁券，恕尔朱文略十死。得恃于此，他日益骄横，多所凌忽。我儿高洋建立大齐后，宗室平秦王高归彦家中有日行七百里的骏马，为尔朱文略看中，他便携家中一个绝色美姬上门相赌。一掷，尔朱文略得胜，驱马而去。转天，平秦王高归彦想讨回骏马。不料，尔朱文略闭门不见，并亲自举刀，杀掉骏马和美姬。然后，他把马头和美姬头放在两个大银盘上，送归平秦王高归彦。

平秦王诉之于我儿、皇帝高洋，激使我儿大怒，下令把尔朱文略关押于京畿大狱。在狱中，尔朱文略自弹琵琶，吹横笛，歌唱谣咏，倦极之后，卧唱挽歌，若无其事。

被关押数月后，他忽然夺取监狱看守手中的弓矢，射杀数人，大喊道："不干出这样的事情，皇上就不会理我！"

有司奏之，我儿皇帝大怒，亲自率人去监狱，手执硬弓，把尔朱文略当靶子，射成刺猬。然后下旨，尽诛残余的尔朱氏族人。

从此，尔朱家族，无遗类矣！

我儿醉狂，一天甚似一天。他在皇宫内院放置大锅、长锯、捣碓、刀锉等等东西，每次酒醉，必以杀人为戏乐。杀人后，他还往往把被杀者的尸体肢解剁碎，投入火中焚烧，然后，再把骨灰抛入水中，观之嬉笑。

为了防止我儿胡乱杀人，大臣杨愔从邺城监狱中拣选死囚犯人，预先关在宫内特制的笼子里面，名之为"供御囚"。每逢我儿酒醉欲杀，杨愔就从笼子里面提出这些死刑犯让他杀。这些死囚如果熬过三月不被杀，就会被赦免放归。

杨愔，我们高家女婿，做我儿手下大臣，殊为不易。他身为宰相，常常在内宫中跪地向我儿递送厕筹，穷遭苦辱。我儿酒醉，总会以马鞭抽打他，每见他流血浃袍。最危险的一次，我儿醉后，用小刀想剖开杨愔的肚子，幸亏崔季舒手快，掣刀去之。还有一次，我儿又把杨愔放在一个巨大的棺材里面，准备活埋。还好，他酒醉后，忘记下达填土的命令，杨愔躲过一劫。

齐国大事，均委政杨愔。幸亏有杨愔在，他总摄机务，发旨修敕，所以我大齐虽然皇帝醉狂，政治却算清明。

即使如此，我儿还是杀了不少大臣。最过分的，他常持槊走马，让左丞相斛律金站立在校场正中间，三次举槊欲刺其胸。难得老英雄挺立不动，也不讨饶。我儿狂中有细，最终没对这位老臣下手。酒醒后，他赐斛律金锦帛千段。斛律金不仅是我大齐的功臣宿将，还与我们高家是亲家。他的两个女儿，分别与我的六儿和九儿的儿子定下娃娃亲。

斛律金好运，别人就没有这么好运气了。汉人大臣、典御丞李集是个性格执拗的人。面对我儿如此凶暴的皇帝，他当面直谏，把我儿说成是桀、纣之君。我儿当时清醒，虽然发怒，却没有立刻对李集加以杀害。

他命令卫士把李集绑起来，投入漳水，浸灌许久，复令引出，再问："我和桀、纣相比，到底如何？"李集回答："有过之而无不及！"如此四次，李集根本不改口。最后，我儿仰天大笑："天下有如此痴人，方知龙逢、比干未是俊物！"马上命令释放他。结果，李集换了一身干衣服，重新入宫，刚要有所谏劝，恰逢我儿大醉发怒，让卫士在当地把他腰斩。

如此下去，国将不国。老身作为国母皇太后，不能不对我儿加以劝告。

入得皇宫，我看见我儿正昏昏睡着。

大齐的皇帝，我的儿，光着膀子，塞垫一件胡服在他的腰下，正在呼呼酣睡。他左肘撑着地，斜躺在宫殿冰凉的石头地面上。他睡得真香啊，不知道在他邪恶的梦中，是否还能回忆起他遥远的童年时代我们母子温情的某个场景。长久以来，几个儿女中，我对他最薄。只要看到他，我就想起自己的罪孽，我就回忆起那个粪奴石野猪。

宫内，乐工们演奏的轻柔的乐声随风飘荡。我看着睡在地上的我儿，恍然回到了二十多年前怀朔军镇的粪坑边上。那个时候，天上的星星都被粪奴弄得乱散了，似乎它们更高了，黑暗也更浓重了。怀朔军镇的寒夜，地上所升起的寒雾吞没了粪奴石野猪亢奋的、扭曲的大肉脸。变啊变，变成我这儿高洋。当今的大齐皇帝，与他的生父一个姿势，斜躺在天子皇宫的石板地上。

我的儿，他的眼睛鼓努着，半闭半睁，粗肥的脸蛋真的难看，比起我大儿高澄、六儿高演和七儿高湛，他太丑陋，太像他的生父粪奴石野猪。对于这个孩子，我内心难以做到问心无愧。我当时那么激烈地反对他做皇帝，就是因为，他不是高家的骨血啊。

我的儿，你睡梦中，是否也会梦见怀朔镇上你小的时候路过无数次的粪坑呢？那是你的生父葬身之地啊！这个天大的秘密，有谁知道呢？是的，我一定会把这个秘密带入坟墓。看着你酒醉昏昏欲睡，我有些心痛了。你这么不舒服地躺在这里，我怕你梦到怀朔军镇那渺无边际的草原上冻结的粪坑，我怕你再问我你的长相为什么这样稀奇古怪。你十二岁的时候，胸脯间生出羯族人惯有的毛茸茸胸毛，我忽然没有缘由地一巴掌打在你脸上，不知道你是否还记得……空旷的皇宫，安静得吓人。我的儿，你在梦中被什么惊醒了，你抬起脑袋，哑巴着嘴，看着我，叫了一声："母亲！"

其实，我的儿，他并没有张口叫我，是我的幻觉而已。

他眼光迷离地看着我，转过身去，拿起一个波斯酒瓶，开始往嘴里狂灌酒。

怒从心起，我举起手中拄杖，对着他的屁股敲击，恨恨地讲："我怎么生出你这样的儿子！"

我儿，我的皇帝儿子高洋，可能他当皇帝以来第一次挨打。他喉咙中发出一种野兽般的号叫，忽悠一下，双手撑地而起，从靴中拔出一把刀子。

"难道你要杀你老母不成？"见他拔刀，我怒气中发。

"再打我，我就把老母你送给胡人，让他们糟蹋！"喷着酒气，我的儿对我说。

如此悖逆之言，竟然由我儿亲口说出。一口气憋住，我顿坐于榻上。

大概知道自己说错话，过了片刻，皇帝起立作揖，连声说：

"儿臣有罪，母后饶恕儿臣妄言！"

我直视面前的皇帝，一言不发。我的儿子，你多么有出息啊，竟然能说出把我送给胡人去糟蹋这样的话。

见我不言不笑，我的皇帝儿子似乎有些惶恐。他在我面前盘旋跳舞，口唱鲜卑歌谣，想逗我发笑。

我依旧坐立不动。

皇帝摇摇晃晃，快步走过来，未等我反应，他已经双手高举，把我连同坐榻一起，高高举了起来。

"母后笑，母后笑……"

老身年近六旬，哪里经得起如此事。顿时，我感到头晕目眩，周遭抓捉未及，便从高处头朝下掉落坠地。

陪侍皇帝的宗室平秦王高归彦见状惊惶，他赶忙过来把我扶坐好，唤御医诊治。然后，他用面巾沾冷水，把醉倒于地的我的皇帝儿子弄醒。

我儿睁眼，醉眼迷离。久之，他发现我脸上满是擦伤，忽然醒悟，大哭出声。

他跪行至我的面前，伏地请罪，叩头不止。

浑身骨痛，恼怒未消，我依旧不言。

"来人，往庭院的燎火中加柴，朕要烧死自己，以解母后之恨！"

听我儿如此说，我知道他说话向来当真。见他惭悔如此，我不得不忍住全身的疼痛，亲自下榻扶挽。

"儿啊，你刚才大醉，不省人事，我不怪你！"

话音未毕，我一个趔趄，几乎再次摔倒。

皇帝悲泣不止。虽然醉狂，我这个老母他还是认识。他拎起一勺冷水，往自己头上浇泼。然后，他从卫士手中取过一根大杖，交给平秦王高归彦，说：

"来，打我脊杖三百，如果每杖不见血，我必杀了你！"

高归彦伏地叩首："为臣不敢杖至尊。"

我的皇帝儿子闻言，提刀欲剁。

见此状，我赶忙上前抱扶住我的儿子，大齐皇帝，一个劲哄他。

我儿满脸是泪，自己高扬大掌，狂扇自己的嘴巴。

最终，还是我让手下女官象征性地用杖击打了我儿屁股五十下，以此来安慰他。

我的皇帝儿子做出洗心革面的样子，重新整理衣冠，跪地向我行礼道歉，表示他今后一定戒酒。

如果他真能戒酒，我这个当老母的，别说摔一次，就是摔十次，也值得。

叹息之间，我另外两个儿子，六儿常山王高演、九儿长广王高湛，匆忙而至。

看着这两个神采奕奕的儿子，我心稍稍感到了安慰。

第十九章　醉龙狂杀

我的身体，在兄弟中，应该不算是非常健壮的。由于我在同母兄弟中排最后，自幼，我就非常受母亲娄太后宠爱。大哥高澄被刺杀后，二哥高洋做皇帝。同母兄弟中，只有六哥高演与我特别亲近。

从长广公变成了长广王，我高湛在大齐的地位，自然很特别。

我的二哥皇帝，随着他功业的开拓，酒喝得越来越多，日益凶淫暴虐。即使我是他的亲兄弟，我也时刻提心吊胆。天家寡情，杀人的屠刀，不知什么时候就会落到我的脖子上。

做王孙或者做乞丐，这种人生的命运，根本无法选择。高家能从魏朝六镇的普通兵士变成皇族贵胄，确实是我父亲高欢的功劳。时至今日，我仍然记得他那尊贵的、不凡的高贵容貌，记得他做魏朝大丞相的时候那种人生巅峰状态下的耀眼光芒。对于家乡怀朔的记忆，我几乎没有。依稀，我记得那些帐篷和古怪的窗棂，那种兵士群落的土灰色色调，以及苍蝇在马粪上面发出的嗡嗡的声响——怀朔是多么没有诗意的地方啊。那里草原上到处散布的，只有无穷无尽的青草和防止柔然人来袭的石砌碉堡。不过，在某个清晨时分，在我家土楼上，我记得有一只大鹰停落在那里，它有着白色的羽毛和红色的鸟喙，似乎在它身上还有某些绿色的水藻沾着。顺着它所在的方向望去，我看到了草原上那些溪流的闪光。

小的时候，我就发现，那些草原上的鹰，它们的幼雏成长的方式非常特别。一对鹰会下几个蛋。开始的时候，几个幼鹰都会孵出。而最先出世的小鹰，会把它的兄弟姐妹挨个儿挤出巢穴摔死。或者，它在巢中，就会依次把幼者咄啄而死。看来，为了自己更好地生存而谋杀自己的兄弟姐妹的，不仅仅是人，禽兽也是如此。

为了转移二哥皇帝的注意力，我只能尽我所能，让他"关注"别的什么人。我们兄弟中，同父异母的，三哥永安王高浚和七哥上党王高涣，文武全才，最能让我的二哥皇帝大动杀心。

我的七哥，上党王高涣，天姿雄杰，倜傥不群。他年仅七八岁时，与我们众兄弟一起玩打仗，总是争着做大将军。我记得，我的父亲高欢当年非常喜欢他，每每抚着他的脑袋夸奖说："这个儿子最像我，有出息！"在他十五六岁的时候，他已经力能扛鼎，勇力超人，天天弯弓习射，骑马飞奔。读书方面，虽然非常敷衍，但他也知晓大义，聪明善解。如果我父亲活着时能做皇帝，说不定会把我的这位七哥立作太子。

我二哥建立大齐后，七哥被封为上党王，在朝中还兼任尚书左仆射。此后，他与我的六哥常山王高演等人一起率领大军攻打过周国。天保六年，他率众攻击南朝梁国的残余军队，斩杀梁国大将裴之横等，在军中威名甚盛。战胜回国后，天保八年，他又获升迁，录尚书事。我这个七哥，人才出众，可称文武兼备。恰恰如此，不能不受到我二哥皇帝的猜忌。毕竟，七哥高涣不像我，他和我们是异母兄弟。

早在我父亲高欢执政的年代，就曾经有术士预言说："高姓亡于黑衣！"[1]所以，我父亲领军出征或者在晋阳的时候，一直竭力避免与穿黑衣的僧侣见面。我二哥高洋建立大齐后，对这个谶言一直耿耿于怀。

在晋阳宫，有一次，闲来无事，他忽然在饮酒的时候，问我和六哥高演："高姓亡于黑衣！什么东西最黑呢？"

我六哥高演没说话，我及时答言："漆，漆最黑！"

其实，我说这话的时候，没有仔细思虑，只是接口答言而已。

皇帝二哥沉吟半晌，说："漆，七，漆七同音，看来要把老七先弄起来！"

听他这么一说，旁人均不敢辩言。

"来人，唤上党王入京！"皇帝二哥下令，派匈奴人血统的都督破六韩伯升率领一个小队即刻去邺城，把我的七哥高涣带到晋阳。

七哥高涣本来乖乖跟从破六韩伯升等人往晋阳赶路，大概途中听到了什么风声，他越想越不对，走到紫陌桥的时候，凭借自己高强的武艺，他忽然跃马抽刀，杀掉了破六韩伯升，夺路而逃。

快马加鞭，七哥一路南奔，准备凫河南渡。从他逃行的方向看，他大概是想逃往南朝的陈国。可惜，路途太远，他跑到济州[2]就被当地兵士抓获，送回邺城。

我皇帝二哥大怒，立刻把他关入邺城近郊的地牢里面。

①　北齐高氏被周国灭亡，而周国兵士的军服是黑色的。
②　在今山东聊城茌平区。

七哥，上党王高涣，在地牢里面不会寂寞。没有几天，我的皇帝二哥下诏，把我的三哥、永安王高浚，也弄进了地牢。

三哥永安王高浚，自小就以聪明见称。我父亲死后，大哥高澄当政，对二哥时常耻笑，但特别欣赏三哥，常常拉他坐在一起，共同处理朝政。

二哥当时韬光养晦，他每次见大哥，都耷拉着两条大鼻涕。当着霸府上下数十位高官，我三哥总是半开玩笑半认真地斥责左右从人："还不快给我二哥把鼻子擦干净！"当时，众人以之为笑乐。

二哥当时装傻，故作懵然不知，其实心中恨死了三哥。

待到我二哥建立大齐即位当了皇帝，封宗室诸王，但把三哥外放到青州。三哥确实有治世之才，在州管理清明，吏民喜悦。如果他安心在州，不问朝事，估计可能保全身家。人，太聪明，太明白，总不是什么好事。

三哥在青州，听说二哥日益沉湎酒色，就对左右亲信讲："我二哥小的时候，脑子好像很不好使，傻傻呆呆的。他当皇帝之后，很有长进，又能建功立业，颇为可称。但现在，大敌未灭，他因酒败德，朝臣中无人敢谏，真让人忧虑。我想亲自去邺城当面劝谏他，不知他能否听我的话。"这些话，自然为人所告，传到我二哥耳朵里面，由此他对三哥恨之更甚。

不久，三哥入朝觐见，我二哥对他爱答不理。二哥东山游幸之时，跟随了大量贵戚朝臣。在东山行宫，三哥亲眼看到我们这位大齐皇帝醉酒后浑身赤裸地奸污高氏宗族妇女。特别让三哥感到震惊的是，二哥皇帝自己行淫之后，又命令卫士当着群臣的面轮奸我们高家宗族那些女人。这种淫暴景象，远远超乎一直在外州当官的三哥的想象。他痛心疾首，当着众人的面，大声劝谏二哥皇帝："陛下这种行为，哪里是天下君王能有的啊！"

当时，二哥昏昏沉沉，迷于美酒之乡，没有理会，也没即时发作。

三哥死催，他把杨愔叫到一边，竭力痛斥他没有尽到大臣的责任。我二哥做皇帝期间，最忌讳大臣与亲王之间私下交通。杨愔怕得罪，待我二哥皇帝酒醒，便一五一十地把三哥对他说的话报告给我二哥。

二哥听罢，大起杀心，大叫："小人多事，真是让人无法忍受！"

怒极之下，他罢酒归宫。

三哥高浚回到青州后，还不放心，自己马上亲笔写了一封书信，苦口婆心劝说我二哥要当个好皇帝。

二哥见信冷笑，几年间，可能他还没有见过三哥这样不识好歹、胆大敢谏的人。于是，他马上下诏命令三哥回邺城。

这时候，在青州的三哥心中疑惧，深深后悔自己莽撞，但已经来不及。他的手下劝他不要自投罗网，让他称病不入朝。

二哥皇帝不会忍耐，更不会等待，立刻派军队大张旗鼓去正式逮捕三哥。

这样一来，我的三哥永安王高浚，也被抓来邺城，正好与七哥上党王高涣在城郊地牢中做伴。

昔日锦衣玉食的两个王爷，我的两个异母哥哥，一下子都变成了阶下囚。

肮脏的地牢，二人吃喝拉撒都在其中，后悔莫及。

说句实话，我的二哥皇帝，酗酒成狂，行事太过残忍。对外，北筑长城，南攻陈国，兵士死者数十万，民怨沸腾。对内，他大修三台，赏赐无节，基本把皇帝府藏花光用净。

最让朝中大臣和我们这些亲属胆寒的，是他那种醉前醉后的虐杀嗜好。有司审讯囚犯，我二哥常常亲自当堂。除了亲手宰割犯人，二哥还喜欢把铁犁和车轮架子烧红，烫烙犯人，听他们的惨号为乐。所以，在皇宫内廷和尚书省，最常闻到的味道，就是烧煳的人肉味。

醉狂杀戮之下，人人自危。我父亲时代的老臣、大司农穆子容上朝，根本没有说什么话，二哥皇帝忽然发怒："从前你在我父亲手下当官，我找你要一匹马骑，你当时竟敢不答应，现在我就送你上西天！"于是，二哥命令穆大叔脱衣趴在庭院中，把他当作箭靶，自己弯弓而射。酒醉手抖，多发不中。二哥怒狂，冲上前去，亲手用一根粗大的拴马橛捅入老头子的肛门，活活把人捅死了（穆大叔，多么憨厚温和的人，我小的时候，他常常抱着我骑马）。仆射崔暹，也是我父亲时代的旧臣。他病死后，我二哥以皇帝之尊到他家吊唁。崔暹的老婆迎拜，一身孝服悲哭。二哥问："你想念崔仆射吗？"女人再拜哭言："结发情深，心中追念！"二哥狂笑，高声喊叫："既然如此感情深厚，我成全你，你自己去地府和崔仆射团聚吧！"未等妇人明白过来，二哥手起刀落，砍掉妇人的脑袋，随手抛掷于高墙之外（崔仆射，我高家旧人。我少年时代，在父亲书房见到最多的，就是这位崔大人）。在三台太光殿上，都督穆嵩奉命献酒。我二哥忽然暴怒，没有任何理由，绑上穆嵩，垫上草荐，自己用大锯横锯，把这位倒霉的穆都督锯成数段（穆嵩乃我大哥高澄的心腹随从，二哥恨和尚憎及袈裟，杀心由此而起）。一夜，二哥忽然闯至我五哥彭城王高浟的王府，把他的生母大尔朱氏唤出，怒斥道："当初你在我父亲身边得宠，常常说我们母子坏话。现在，是该我报仇的时候了！"大尔朱氏未及辩解，脑袋已经落地（大尔朱氏风华绝代，让人见之屏息，受我父亲宠爱。如今美人迟暮，风采依然，盛装而出，不料我二哥忽然一刀）。

耗费无数人力物力，邺城三台终于完工。我的二哥皇帝下令，改铜雀台为金凤台，金虎台为圣应台，冰井台为崇光台。

游三台第一天，二哥高兴。当时他还没喝醉，开玩笑，手拿着一支长槊刺向都督尉子辉。对方慑于我二哥的淫威，根本不敢躲避，眼看着那尖锐的槊尖刺入自己的胸膛，应声毙命。

二哥呵呵笑，对左右讲："明知我刺他，他为什么不躲！"

众人唯唯。

死了一个人，丝毫不会改变二哥的好心情和喝酒的好兴致。他手捧大杯，大口饮酒。

作为同胞兄弟，我六哥常山王高演忠心可嘉，总是忧愤形于颜色。此次，三台游乐，看见二哥皇帝又杀人为乐，忧心之余，他泣下沾襟。

二哥半醉半醒中，知道我六哥真心为他好，就说："只要有兄弟你在，二哥我就不用担心天下的事情，自得其乐啊！"

我六哥高演也不答言，涕泣拜伏，长跪不起。

见此状，二哥大悲，把手中杯子摔扔在地上，高声说："六弟，我知道你的心思。此次以后，敢有人向我敬酒的，定杀不饶！"言毕，他抽出随身佩刀，把周围平时喜爱的金银玉制造的精美酒器，全部砍毁，以示戒酒的决心。

但是，几个时辰未过，二哥酒瘾发作，沉湎如初。

为了劝说二哥戒酒，我六哥不断上疏或者当面进谏。二哥皇帝开始以同胞之亲，颇能忍耐。日久以往，我的这个皇帝哥哥荒暴之性开始发作，好几次当众杖罚我六哥。一次，六哥面谏，二哥饮酒已经九分醉，大怒，命令卫士把六哥的胳膊抓住，他自己以佩刀刀刃搭在六哥的脖子上，责问："你这小子，没事总败我兴致，说，是谁叫你这样做的？"六哥悲泣，回答说："天下人皆噤口不敢言，我是陛下亲弟弟，才敢劝您啊！"

我二哥抡起大杖，亲自击打六哥数十下。如果当时二哥不是因为醉酒而手中无力，六哥肯定会被当场打死。

经过那次打击，六哥心起怯意，不敢再当众直谏二哥。

依我想象所及，我认为，我的二哥皇帝完全陷入了一种迷狂的状态。他的世界，已经不是真实的世界。他多年积攒的隐秘的、狂躁的、压抑的杀人梦想，终于在帝王的宝座上实现了。

我们所有帝胄贵种的内心，是否都存在这样的迷狂呢？大千世界，包罗万象。有些事情，超乎我们的想象。每个人，都在暗中渴望一种自己从未经历过的生活，都想最大限度实现自己心中最黑暗的欲念。纯净无瑕的生活，"正常"的生活，其实可能反而没有任何真实的乐趣，没有让人悠然神往的魅力。

当然，在恐惧中，我发现，生活有时候如此甘美，每一天，都是那么值得珍惜。脆弱的人，脆弱的生命，恰如风中的芦苇。

在我二哥皇帝身边战战兢兢的日子，或多或少，让我变成了一个有点神经质的人。我的恐惧无休无止，阴暗的快乐，有时候也无休无止。

观察到帝王的为所欲为，我心中其实大为所动。君临天下的感觉，确实太美妙了。所有我们黑暗人心能够点燃的欲望，都能得到充分的燃烧。所以，在恐怖和畏惧之中，身为皇帝的弟弟，我有时候真的感到庆幸。只要第二天醒来发现自己活得好好的，那种欣慰和幸福的快感，是任何感觉都无法比拟的。

刀锋上的生活，那样独一无二。等到这样的日子消失了，知道它们不会再回来，我甚至会产生怅然若失的感觉。向死而生的第二天，早晨呼吸到的空气，是无法形容的特殊的空气。像一个大醉初醒的人一样，我能够在瞬间领略到什么是灵魂出窍。危险的生命在这崭新的早晨，又打开了一道美妙的小门。今天，又将神秘地开始。于是，占据我们整个心灵的那些狂暴，会从四面八方呼啸而来，汹涌升腾，使得生活充满企盼的巨大魅力。

在寒霜凝地的北方早晨，生命中的阳光、花香、色彩，变得那么具有价值，那样让人流连忘返。

怀有某种阴暗的幸灾乐祸的心理，在我狂躁的二哥皇帝在位的每一天晚上，我都会思考：除了我，明天，下个倒霉蛋会是谁？

很快就有了答案。下一个，就是大臣高德政。

高德政，是个风神秀整的美男子。他和我们高家人籍贯一样，同为渤海蓨地人。在魏朝的时候，长久以来，他一直在我二哥手下做参军，是二哥的心腹谋主。我大哥被刺杀后，二哥做魏朝的大丞相，由于他年纪轻，功业微，群情不服。正是高德政出主意，力劝我二哥化家为国，取代魏国自立。当时，不仅我母亲不同意，我父亲从前的手下大臣和亲戚都不同意我二哥如此匆忙行禅代之事。为此，我二哥高洋非常犹豫，回遑不决。关键时刻，高德政日日进献天文图谶，最终使得我二哥下定决心。

我二哥当时的手下长史杜弼疑惑，密劝道："西贼宇文氏，国家劲敌，大王您如果接受魏禅为帝，恐怕宇文氏会以此为借口，自称义兵，挟元氏天子东向攻击我们。如此，我们道义有亏，于作战不利，大王将何以待之？"

高德政大不以为然："宇文氏，一直与大王高家争天下。仔细观察，他们未尝不想推开元氏天子自立为帝。正如市中逐兔，一人得之，众心皆定。大王如果现在先受魏禅，宇文氏自应息心。如果他们宇文氏有什么动静，不过就是效仿大王您，在长安把元氏天子弄下御座，推立宇文氏子弟当皇上。大丈夫做事，当知机先觉，不能后来效仿别人做事！"

高德政一席话，说得杜弼哑口无言，说得我二哥满心欢喜。

而后，又是高德政，力劝我二哥一定要在五月即位，以"应天顺人"。同时，他还预先布置，诱使魏朝宗室咸阳王元坦等数十个王爷在邺城北宫集合，把他们全部软禁在东斋，并密令魏收事先撰写禅让诏册、九锡建台及劝进文表。

我二哥自晋阳向邺城进发，所乘白马半路忽然倒毙。如此变故，吓得我二哥意中惶恐，大费踌躇。到了平城都，他就不肯再前行。高德政苦劝："箭在弦上，不得不发！"最终，二哥率大军入邺城，剑拔弩张，显示决心。

众大臣见事势已决，再无人敢于异言，大齐终于得以顺利建立。

为答谢高德政之功劳，二哥受禅之日，立刻封高德政为侍中、蓝田公。天保七年，高德政已经官任尚书右仆射，兼侍中，与杨愔同为宰相。

所以，高德政这个人，可称为我们大齐的功臣之首。

眼见我二哥皇帝酗酒日甚，高德政自恃高家老人，数次当面强谏，逐渐惹起二哥的不快。为此，二哥常对杨愔讲："高德政总在我面前叨叨，盛气凌人！"

知道二哥皇帝真的动了怒，高德政大惧，赶忙称病，不再上朝。

一日，二哥想起高德政的旧好，对杨愔说："高德政有病，朕深忧之！"

由于与自己同位，加上拥戴之时高德政占第一功，杨愔内心暗忌之，立刻表示说：

"高德政是装病。陛下如果不信，可以试探他一下。您下诏外放他为冀州刺史，他肯定闻诏即起，病立刻就会好！"

果然，诏旨一下，高德政马上到皇宫内拜辞我二哥皇帝。

赶上高德政倒霉。当时，我二哥恰恰半醉，这种状态下的他，杀心正炽。

看见高德政袍服整齐、精神抖擞地上朝拜辞，二哥大怒。他大喝：

"你不是得重病了吗？来，来，我替你针灸一下，给你放放血吧！"

未等高德政反应过来，二哥光脚下殿，手中拿着一把割肉的小刀，朝着高德政浑身乱捅乱刺。

高德政嗷嗷乱叫，满地打滚，血流遍地。

气喘吁吁之余，我二哥皇帝下令，让刘桃枝把高德政拖下堂去，砍下他的双脚。

刘桃枝有些犹豫。确实，别的人，说砍就砍。可这位高相爷乃朝廷宿臣，位尊望隆。万一转天皇帝酒醒，弄不好自己会因此掉脑袋。

我二哥皇帝在殿上望见刘桃枝不动手，斥责道："你不砍，我先下来把你这个奴才的脑袋砍下来！"说着话，二哥手执大刀，奔下殿来。

刘桃枝心慌，即刻下刀，砍去高德政三个脚趾。

望着抱脚狂号的高德政，二哥依旧大怒不解，下令把他囚禁在门下省的议事厅内。

直到半夜，二哥才让人把浑身是血的高德政送回家去。

转天一大早，二哥酒醒，有些后悔，就率领卫士前往高德政家，想亲自问候探病，顺便向这个老臣道个歉。

谁料到，我二哥一行刚刚走到高家府门，正赶上高德政的老婆往外转移珍宝。

满满四大柜奇珍异宝，耀人眼目。这个短视妇人，以为高德政得罪了皇帝，非常害怕被抄家，就想先行一步，准备把这些值钱的东西先寄存在亲戚家。

孰料，被我二哥皇帝撞个正着。

二哥驻马，派人检看，勃然大怒："我皇宫内府，都没有这么好的东西！鼠辈何胆，敢藏此物！"

他直入高德政宅内，把刚刚包扎完伤口将息的倒霉蛋拖出房间，审问珍宝的来历。

高德政不敢隐瞒，报称，大多数珍宝，皆是先前魏朝宗室那些元姓王爷所送。

二哥冷笑："你不是一直劝我诛尽杀绝魏朝元姓宗室吗？怎么，你自己倒在家里收受他们的珍宝贿赂！拖下去，杀！"

令下刀落。高德政脑袋刚刚落地，正在地上打转，他老婆和儿子高伯坚惶然入内，匍匐叩头，跪请饶命。

他们的出现，反而提醒了我二哥。他立刻提刀在手，走上前，咔嚓两下，二人的人头也落了地……

我们兄弟中，二哥最喜欢带着四处游玩的，除了我，还有十一弟高阳王高湜。他这个人滑稽逗乐，深为二哥所喜。二哥有时候杖打诸王，总是让十一弟下手。

高德政被杀的时候，我和十一弟均在场。虽然这些年见惯了二哥杀人，但看到如此功臣被诛，十一弟高湜和我均色变心慌，互相交换了一下眼色。

二哥边喝酒，边在庭院内脚踢高德政和他老婆、儿子的脑袋玩。忽然，他走到面无人色的魏朝宗室、同时又是我们姐夫的前魏彭城王元韶面前，说：

"高德政该杀！你们元氏皇族宗室暗地送财送物与他，不是想造反吧？高德政建议我诛除你们元氏皇族，应该没有不对吧？"

元韶俯首不言。他这个人，非常懦弱，每被二哥讥为妇人。自我们高氏取代魏国后，二哥出行，身边总喜欢带着这个美男子姐夫，剃其须鬓，饰其粉黛，时时鸡奸他。

想当初，拓跋元氏①，是多么雄豪的马上豪族啊，如今竟然没落如斯，让人感慨。

见元韶不回答，二哥意味深长地追问：

"彭城王，你给我讲讲，王莽篡夺西汉，无道被灭，东汉的光武帝，为什么能中兴汉朝呢？"

嗫嚅半晌，低头看着二哥沾满鲜血的靴子，元韶低声回禀：

"光武帝之所以能中兴汉朝，正因为刘氏皇族没有被杀尽……"

---

① 元氏最初姓拓跋，孝文帝的时候改为元姓。

第二十章　金枝玉叶总凋零

松树上，喜鹊站在顶端，喳喳欢快地叫唤。在我的耳中，那声音却感觉那么凄厉。

王府花园的美丽景色，让我更加留恋人生。

我，元韶，大魏帝国真正的凤子龙孙。我祖父、父亲，均封爵彭城王。祖父元勰，乃魏朝的当时贤王，为奸臣高肇所害；父亲元劭，死于尔朱荣发起的河阴之变。我的三叔，正是手杀权臣尔朱荣的魏朝孝庄皇帝。他的下场，也是横死，被尔朱兆缢死于佛寺之中。

河阴之变发生，我父亲和二叔均被尔朱荣手下杀掉。在那之前，我父亲可能已经预感到尔朱氏会生变，把年少的我送至与他关系密切的荥阳太守郑仲明处。命兮运兮，当时魏朝国内四处乱起，河阴之变发生后，郑太守本人也被乱兵所杀。喊杀声中，我与郑太守的侄子郑僧副一起骑马逃出。半路，屋漏遭雨，又遇贼人劫掠。幸亏郑僧副下马扬刀，拼死护卫，我才免于被劫杀。惊惶之余，我隐藏在一程姓老妇人家中十多天。

不久，传来消息，尔朱荣自铸金像不成，仍然拥我三叔为皇帝。这样一来，我终于被官府之人召回了洛阳，承袭彭城王的封爵。

至今我还记得，那些亡命的严寒的日子，还有我在河边拼命奔跑的狼狈。自小到大生长于王宫之中，忽然身陷困境，我和郑僧副只能在河中寻找吃食。波涛滚滚的黄河，翻着浓稠的黄色浪涛。在黑石崖下黄土滩上，我们两个人吃力地钓取遍身黏液的鲤鱼，然后架火烘烤，吞咽下肚。没有任何调料的鱼肉，那样香甜可口。筋疲力尽的时候，躺在光秃的黑土地上的杂草垛上睡去，鼻子里面满是草木的腐烂、香甜的气息。

我人生之中那次落难，是我第一次看到宫廷以外的事物和风景，看到黄河水面上那些汹涌的浪涛，感受到白杨树的叶子的振响。还有，黎明时分的地平线，在残月照耀下，所呈现的那种暗色的温柔的阴影，是那么神秘迷人。每一天睁开眼睛，看到不远处河滩上那一片片荡漾着微波的水洼以及被虫子蛀蚀过的残木，我都能非常深刻地感受到人生的虚幻和无常。

逃亡的经历惊醒了我，大魏朝的凤子龙孙。我就像一条睡梦中的鱼儿，在黄浊的河水和波涛中漫无目的地漂泊。每当夜幕降临，我多么害怕河水或者远处的群山会咆哮起马蹄追击的声音，特别是树上叼着人肠子啄食的乌鸦，让人心惊肉跳。

虽然只有十多天的凄惶，但当时我的内心深处，蓄积了无限的惊恐和悲愁。

日后，我三叔孝庄帝亲手诛杀尔朱荣。不料，尔朱家族人多势众，反扑成功，三叔本人反而被尔朱兆缢死于晋阳三级佛寺。再后，原本是尔朱氏家臣的渤海王、大丞相高欢执政，击灭尔朱氏，拥立广平王元怀的第三子元脩为帝。

过了一年多，这一对君臣也反目成仇，孝武帝元脩西奔宇文泰，魏朝分裂为东西两部。

于元脩为祸，于我为福。大丞相高欢把原本嫁给元脩的大女儿，嫁给了我。所以，我的妻子高氏，原本是孝武帝元脩的皇后。

魏朝被齐朝取代后，我的同宗、魏朝最后一个皇帝孝静帝很快就被毒死。当今皇帝，大齐皇帝高洋，看在他大姐的面子上，没有对我下手。他封我为彭城公，让我继续活着。

我们元氏的大魏朝灭亡了，而我这个宗室王爷能活着，就是一切不幸中的万幸。

在禅位仪式上，正是我，代表魏朝宗室，把象征皇帝权力的玺绶交给我的小舅子、大齐皇帝高洋。此举，引起当时的元姓宗室不少人暗中对我多有不满。特别是美阳王元晖业，对我特别怨恨。

元晖业这个人，乃我大魏王朝景穆帝玄孙。他年轻的时候，多与山中群盗交通，好侠使气。成年以后，忽然发奋读书，性格大变，慷慨有志节，常以报国忠君自诩。孝静帝时期，以元氏宗室之贵，元晖业历位司空、太尉，加特进，领中书监，录尚书事。渤海王高欢死后，高澄掌权，知道元晖业好读书，曾经问他："太尉近来，所读何书？"元晖业答言："只读伊尹、霍光这些辅佐帝王的忠臣传记，从来不看篡人国家的曹操、司马懿的史传！"勃勃抗然之意，溢于言表。还好，当时的渤海王高澄没有即时杀掉他，任其优游。

高澄任大丞相的时期，名义上还是大魏朝，对元魏宗室人员来说也是相对安全的时期。那段时间内，元晖业完成了四十卷的《辨宗录》，内容都是有关魏朝藩王家世的源流和传承的。后来，魏收撰写《魏书》，不少内容都摘抄自元晖业的《辨宗录》。

眼看高氏势力不断壮大，魏朝时运渐谢，元晖业本人越来越绝望。他知道来日无多，天天在王府大嚼海饮。据说，他一天能吃一只羊羔，三天能吃一头牛犊。整日纵酒狂乐，过一天算一天。酒醉之余，他还曾题诗于壁："昔居王道泰，济济富群英。今逢世路阻，狐兔郁纵横。"

由此，元晖业大为高氏所忌。

大齐建立后，皇帝高洋没有立刻杀他，只把他的王爵削去，降封为美阳县公。

天保二年，大齐皇帝驾临晋阳，百官接驾。

人群济济，元晖业在宫城大墙下见到我，当众叱骂：

"你这个小人，连老太婆都不如。你身为大魏宗室，却把大魏朝的皇帝玺绶亲手交付给别人。如果我是你，即使把玉玺砸碎，也不会给篡国贼！我知道，我说这些话，必然被杀。可悲的是你，你又能活多久呢？你命在朝夕，终日惶恐，不如死去！"

我俯首无言。如同我们元氏皇族大多数子弟一样，元晖业是一个英健刚毅的男子，他身材高大，皮肤白皙，一头粗硬的黑发，有一种抑郁但格外引人注目的潇洒风神。如此翩翩美男子，马上就要成为一具没有呼吸的尸体。想到此，我心中真的为他难受。

元晖业的这番话刚刚讲完，立刻就有人报告给皇帝。大怒之下，皇帝下旨，斩杀元晖业。当时，另外一个宗室临淮王元孝友正好去宫中朝见皇帝。这个人真是运气坏到头，皇帝迁怒，命卫士把元孝友也绑上，与元晖业一起杀头。

元孝友临刑，惊惶失措；元晖业神色自若，对元孝友说："你我同源一脉，都是大魏宗室，早晚难免横死。与其晚死，不如早死！"

皇帝闻言更怒，命人凿开河冰，把元晖业的尸体砍成数段，抛入河中。然后，下旨诛杀他全家，王府财产全部查抄。

元晖业被杀后，我凭借高氏女婿的身份，又活了八年。这八年，战战兢兢。

但最起码，我还活着。

人世间，有什么比活着更要紧的事情呢？

林泉山野，我之最爱。我把每一天都当作生命的最后一天来活。每天晚上临睡前，我都要欣赏乐曲。听着时而纤细时而充实时而高昂的袅袅琴弦声，我的心化为高峻的群山和激荡的流水，化为绚丽多彩的春天万物，化为浑然一体的秋天旷野，化为我祖先驰骋过的平展坦荡、一直为太阳抚慰的万里草原。我的心绪，随音声荡漾，这样的乐趣，终于超出了对生命轮回的恐惧。

我努力沉浸在回忆中，努力把自己消融在乐声带给我的人生无常的幻想里。在无数个夜晚弥漫着奇花香气的潮湿的空气中，我的心扉在某个瞬间完全向天地敞开。于是，记忆中无限的甘美，似乎都变成了这种能立刻唤起我奇妙快感的音乐流。这种别人难以理解的哀伤、轻柔的节奏和音符，把我领向一种崇高的、神圣的幸福。

婉转低回间，彩色的音符却会猛然变换方向，它们更加细碎，更加凄然，更加温柔，把我带向一种佛陀的明空之境。

能生活在这无形的、柔暖的音乐氤氲中，是多么幸福的一件事情啊！每当美人扬指拨弹，万壑松声，急流清波，仿佛在一瞬间，我美好童年的一切景色全都奔来眼底。

还有美色，肉体的沉迷。高氏，有着女人无限的温柔。每一个清晨，当我发现自己仍然活着，我就会兴奋于疯狂的边缘。

皇帝，大齐的皇帝高洋，我的小舅子，每次出游，都把我带在身边。侮辱我，嘲笑我们被灭亡的元氏皇族，成为他生活中的一种乐趣。

近十年间，特别是近四五年，我从来没有看到过这位皇帝有真正清醒的时刻。酒，各种各样的美酒，基本成为他的食物。但是，他沉浸在酒中，并非昏醉和迷狂。奇怪而骇人的是，他醉酒的时候，似乎比不喝酒的时候更加清醒。

皇帝车驾，在艳阳高照的下午，忽然出动，直抵邺城郊外地牢。囚禁在地牢中的犯人，是皇帝同父异母的两个弟弟：

永安王高浚和上党王高涣。

看着这两个人在地牢中被折磨得不成人形，我心中产生出一种阴暗的快慰：毕竟，我这个前朝王爷，还能骑马立在外面，好好地活着。

看到皇帝来临，地牢中他的两个弟弟，紧紧抓住栏木，无限惶恐、无限伤悲地仰头往外凝视。他们的眼神，像极了要被淹死的动物。

皇帝下马，众卫士和我们这些从人，都站在皇帝身边，环立在地牢的上方。

皇帝喝了一口酒，沉默一会儿，开始唱歌谣：

"可怜咸阳王，奈何作事误。金床玉几不能眠，夜踏霜与露。洛水湛湛弥岸长，行人那得渡！"

众人随声和之，哀声感人。

这首歌谣，描述的是我们魏朝宣武帝时代咸阳王元禧的故事。他在景明年间（公元500-504年）谋反未成，想渡洛水逃亡。结果，他在岸边被擒，被宣武帝赐死。其王府宫人作此歌，传唱江南。当时，北人在江南者，闻此哀歌，莫不洒泪。

一唱三叹毕。地牢周围寂静无声。

皇帝静立半晌，对地牢内他两个已经因冻饿而不成人形的弟弟说："尔等歌之，为朕和之。"

永安王高浚和上党王高涣惶怖悲伤，在地牢中颤声咏唱歌谣，不时吞泣。

皇帝怆然神伤，泣下沾襟。"尔等还记得我们少年时，在晋阳宫中与父亲射宴之乐吗？……念同胞之情，朕，饶尔等性命……"

卫士闻此言，上前抽斧，准备砸开地牢的铁锁，放两个高氏王爷出来。

"慢！"这个时候，皇帝的同父同母亲弟、长广王高湛忽然走到地牢旁，说，"陛下，如此猛兽，安可出穴！如果纵之，日后定为国家心腹之患！"

听此言，皇帝醉眼圆睁，霍然抽刀。

地牢中的永安王高浚愤怒大呼："步落稽（高湛的鲜卑小名），悠悠苍天在上，我们兄弟骨肉，你奈何狠心害我们！"呼喊声中，永安王泪下如雨。

见兄弟相残如此，皇帝的从人中也有不少感伤悲泣。

上党王高涣使劲摇动地牢的木栏，大叫呼冤。

正是高涣的大叫和奋力之举，激起了皇帝的杀心。他从卫士手中夺过一把长槊，使劲往地牢中奋跃向上的高涣身上捅去。同时，他命令都督刘桃枝率禁卫军兵士举槊，捅杀二王。

高浚、高涣虽然被困于地牢有时，皆勇壮之躯，不失气力。他们号哭喊叫之余，跳跃闪躲，拉折好几根槊杆，试图躲过杀戮。

禁卫军长槊如林，纷纷捅下。没多久，二王皆被槊尖钉在地牢的地面上。

看见高涣、高浚还在地上哀叫爬动，皇帝自投火把入内。卫士跟随，抛入柴草，把痛苦挣扎辗转的两个高氏王爷，活活烧死。

临行，皇帝命令往地牢中填以土石。

"如此处置，猛兽不可能再有出笼之日。"一改刚才的怆然表情，皇帝笑着对他的九弟长广王高湛讲。

皇帝骑在马上，摇摇摆摆。大概看见我面无人色，他忽然想起了什么："对了，彭城王，你说得对，汉朝光武帝之所以能使汉朝中兴，就是因刘氏皇族没有被杀尽。你提醒得好，为了避免你们元姓皇族死灰复燃，朕即刻就把此事了结！"

于是，他问随官："元氏皇族，还有多少家留存在邺城和晋阳？"

随官捧上书册，说："还有元世哲、元景武等三十四家，共男性七百二十一人。"

皇帝仰头大笑，指着我问："不包括我们这位高家的女婿吧？"

随官禀报："元韶乃帝家贵婿，没有计算在内。不过，太史观天象，上奏说，今年一定要除旧布新，否则，对帝星不利。"

皇帝沉吟。一捻须髯，他下令："传朕旨意，尽诛元氏皇族！彭城王嘛，你可作为监刑官！"

万般无奈，为了保命，我只得跟随皇帝派出的禁卫军，在漳水之滨，监斩我们大魏朝的元氏宗亲。

七百余人，不论老少，全部被捆绑，押到河边处死。

金枝玉叶，顿为待宰羔羊。大刀砍落，人头坠地。而后，皇帝下令，他们的尸体，全都被抛入河中。

滚滚漳河河水，一时间全成赤红色。

最后被杀的，是数十个元姓宗室的小孩子，他们看见父兄被惨杀，哭闹不已。与我一起监刑的皇帝亲弟、长广王高湛喝多了酒，一直欢呼雀跃。

这个长相俊秀的高氏王爷，为了寻开心，命令行刑兵士一队二百人排成方队，齐举长槊，组成槊阵。然后，他派另外的几十个兵士，一个人拎着一个小孩，使劲把这些孩子抛向槊尖如林的空中。

一阵哭叫过后，顿时沉寂。

槊尖累累，鲜血淋漓。元氏皇族的孩童们，皆成亡魂。

噩梦至此，还不算完。

"皇帝在金凤台张宴，你我同去，那里多有乐事。"长广王高湛对我说。

在他马前，我忽然发现还有一个人被捆双手，满脸惶怖。

我仔细看，原来是刚刚被杀的元世哲的堂弟元黄头。他是一个美貌高挑的元氏宗姓王爷，有十八九岁，正可怜巴巴地望着我。

大概，他希望我这个高氏女婿救他一命。

我狠狠心，对长广王高湛说："皇帝说诛尽元氏皇族，这个人，也杀了吧。"

长广王笑笑，摇头，说："皇帝说要留一个元氏宗室，饮酒的时候需要他要乐。"

一路忐忑，我随着长广王高湛和禁卫军来到了金碧辉煌的金凤台。

金凤台，台榭壮丽，高逾数百尺。舞台环列，山亭高峙。嘉花名木，遍植其间，宛如天上胜境。

大殿下，跪着五六十个"供御囚"，都是平时宰相杨愔供给皇帝取乐杀着玩的犯人。这些人都换了新的锦衣，如果不是反手被绑跪在那里，看他们的服色，或许会以为他们是富家子弟。

很奇怪，这些供御囚每人身边，都摆放着一个巨大的纸鸥①。这些纸鸥真是太大了，横纵有九尺多。

皇帝站着，不停往嘴里灌酒。

长广王高湛上前复命："元氏皇族，都被结果。依照陛下命令，留下一个身体魁梧的，叫元黄头。"

"皇弟劳苦了。看朕放纸鸥给你看！"

皇帝一挥手，卫士们依次架起供御囚，逼迫他们排着队，走到金凤台的最高处。然后，卫士们两个人一组，配合着把犯人绑在纸鸥上，捆定后，把他们一个一个地推落下去。

高台上，风很大。饶是如此，纸鸥依旧不能受重力，犯人们惊叫着，随着纸鸥的放飞，皆摔落在台下，或近或远，血肉模糊，纷纷毙命。

半个时辰的工夫，五六十个犯人，一个不剩，均摔死在金凤台周围。

狂风大起。

最后，皇帝命令把元黄头绑在纸鸥上，说："如果你命好，摔不死，朕就饶你一命！"

姿容甚美的元黄头面无人色。他的脚下，已经有一摊尿水。

一阵狂风，绑着人的纸鸥被推落台下。这一次，纸鸥竟然没有即时栽落，带着元黄头，忽忽悠悠，一直飞到紫陌，才缓缓而落。

"朕不食言，毕御史，元黄头交给你，给我好好押在监牢里面。"皇帝对站在不远处的御史大夫、著名的酷吏毕义云说。

然后，皇帝转向我，目光灼灼地说：

"彭城王，元氏皇族中，血脉最浓的，就剩下你了。朕不杀你，将你交由毕御史看管。"

战战兢兢中，我等待了十年。终于，富贵荣华的生活，就要结束了。

在高氏二王的地牢旁边，还有十数个地牢。我和侥幸未死的宗室元黄头，就被囚禁在其中的一个地牢中。

人肉烧焦的味道，待我们被关入的时候，还在那地方的空气中弥漫不散……

已经五天了，我没吃过任何东西。深入肺腑的饥寒，最终化成了难以抵抗的

---

① 即风筝。魏晋时期，中国已经有风筝。

困倦。没有炉火，没有羊肉，没有暖汤，只有呼啸的北风和地牢上方摇晃的一盏风灯。

在睡梦中，时光似乎还好过一些。但是，这段时光，与平素截然不同。有时候特别快，有时候特别慢。我在类似昏迷的睡梦中似乎越陷越深，最后，连记忆都模糊了。

我多么渴望那些平常生活的嘈杂声，渴望我能脱胎换骨，焕然一新，变成不是元氏皇族的另外任何一种人。在我灵魂穿越了肉体搅动的黑色风暴之后，希望我能在深睡中涅槃。

五天五夜，我开始还记得时间。后来，一切都模糊了。我不知道自己是否睡过，不知道自己睡了多久。我害怕白天的光从地牢上方照射进来。清醒中，尤其不堪的是饥寒的困扰。肉身是那么顽强，生命如此坚强和敏锐。只有在睡梦中，人生的欢愉才能迎风怒放。金枝玉叶的生活，恍惚之间，似乎有万里之遥，那是我全然陌生的另一种人的另一种生活。

现在，冻僵的双手和干瘪的肚子提醒我，我只是一个即将死去的行尸走肉。

这个时候，如果能给我一口饭食，我愿意把我王府中所有的宝物献出。想当初，孝武帝的皇后高氏下嫁给我为王妃后，魏室奇宝，多被高氏带入我的王府。先前几日，长广王高湛还向我索要号称"西域鬼作"的双层玉盒。我为什么不马上就给他呢？说不定，当时把东西送给他，他就会在皇帝面前为我求情，免我一死。

如果能在酣睡的夜晚无声地死去，那是多么美好的事情。我甚至羡慕起那些在漳水边被杀的同宗皇族们。他们死得多么爽快啊，一刀下去，身首分离，根本没有长久的折磨人的冻饿。

现在，在我或者是元黄头的无力的呼唤呻吟中，桩桩往事，那些诱人的食物和美好的居所，在被北风冻僵的黑色记忆里面，重新泛起颜色。

我想起王府花园中的那些梨树。不知道为什么我会想起这些。满眼雪白的梨花，多么像这虚无缥缈的生命，白驹过隙，一纵即逝。痛苦如此长久，让人无法忍受……

突然，阳光倾泻，我听到一阵马蹄嘚嘚、锣鼓喧天、莫名其妙的声响。

鼓起最后一丝气息，我抬眼上望，热泪盈眶。

北方冬阳，那么耀眼，熠熠生辉的天空中，终于显现了一张人的脸。不，许多人的脸。他们正在往下窥视。

"陛下，我饿！"我不知羞耻地哭了，哀求说。

吱呀声音过后，地牢的木栏被砍折了。

孔武有力的大齐皇帝飞身跃下，忽然站在我的面前。

皇帝高洋，他的容貌模糊不清，像神佛一样。阳光洒满他的全身。他就是佛陀，就是人间至高无上的君王。

皇帝手举一个火把，他把歪斜在我身边已经差不多没气的元黄头的手臂举起，放在火焰上燎烤着。

很快，阵阵肉香传来。

"你饿是吧？可以吃这个。"皇帝把元黄头的手臂，烧烤焦香的手臂，递到我的嘴边。

香味确实太诱人了。我张大嘴，死命咬了一口。

我吞咽之间，一块致命的烤肉堵塞了我的喉咙。

我窒息了。

"拓跋氏的后代，真是没有出息！"这是我最后听见大齐皇帝高洋说的话语。

第二十一章　沉重的肉身

"大哥，你出来吧。不是别人，是我，你的弟弟高洋啊，我不杀你！"我一边掀起床榻，一边哄骗着说。

大哥高澄的脸露了出来。他的一条腿先前已经被我用长槊刺穿，膝盖以下几乎断掉。

高澄，我的大哥，东魏的大丞相、渤海王，继承了我父亲几乎一切职衔的魏朝的第一号人物，此时，他的脸色如此苍白，表情如此惊骇，几乎像个做错事的孩子。

"大哥，这不是我们小时候捉迷藏的游戏啊，你躲，又能躲到哪里呢？"说着话，我用尽全力，把手中长槊捅进大哥高澄的胸腔。

他试图用手来抵挡，两只手掌皆被刺穿，被我牢牢地钉在了墙上。

血，大量的鲜血，立刻从他的嘴里涌了出来。

他头一歪，死了，应该死了。

受到如此重创，他应该死了。但是，他没有。忽然，他自己抽出插入自己胸腔中的槊尖，站起身，神采奕奕，浑身似乎没有受到一丝伤害。

让人骇异的是，他变得十分高大，越来越高大！他俯视着我，鄙视着我，微笑说："你想取代我？你这个痴呆的物事，怎能担魏国的大任！"说着话，他抢过我手中的长槊，朝着我的眼睛扎过来……

同样的噩梦，我做了近十年。

大哥，一直欺压我的大哥。作为家中一直被忽略的次子，我忍受了你二十年。你嘲笑我，讥讽我，当众贬斥我，奸污我的妻子，抢去别人送给我的礼物。终于，在你即将推翻魏国的影子皇帝想自己做皇帝的时候，我把你送到了地府。

你好色，最终也死于好色。为了宠爱魏朝宗室婢女出身的琅邪公主，为了便于私下出入，你住在了北城偏僻的东柏堂。如果你住在晋阳的大丞相府邸，我又怎么会有机会杀你。当然，你的手下陈元康、崔季舒提前被我收买，但事前他们以为我只是把你软禁，不会杀掉你。大丈夫做事，能做一半吗？恰恰在杀你的前一天，崔季舒差点透露消息。晚间的宴会散后，他在北宫门外，当着朝中诸位大臣的面，忽然泪下如雨，朗诵鲍明远的诗："将军既下世，部曲亦罕存。"声甚凄凉，反复再三。酒，让他几乎口吐真言，差点坏了我的大事。陈元康运气也差，我部下趁乱杀人，他混乱中被砍倒，跌在一旁闭了气。

大哥，真没想到杀你这么容易，像杀一只兔子一样容易。我手下只有区区十五个人，就能把你，这个统率魏朝千军万马的大丞相杀掉，真超出我事先的想象。而且，能如此安静地把你解决掉，也出乎我的意料。

待我杀你后喘息之时，你的厨子兰京捧羹汤走了进来。这位厨子，是南朝的梁国大将兰钦的儿子，先前在交战中被俘虏。他父亲曾经多次提出要以巨金赎取他，均被大哥你拒绝。

兰京的菜，做得很好吃吗？

看到躺在地上的你的尸体，看到恶狠狠的我，兰京惊呆了。

陆陆续续，又有六个厨房的苍头捧着菜食进入房间。无一例外，他们都惊呆在当场。

我的卫士迅速把这七个人绑了起来。

灵机一动，我坐在那里，命令卫士们割掉这七个人的舌头。未等他们哀求叫嚷，七块血淋淋的肉块已经掉在了地上。

好了，终于抓住杀害我大哥的"凶手"了。我立刻宣布大哥被人刺杀的消息，召集晋阳霸府诸将、大臣前来东柏堂。

我当着众人的面，高喊要为大哥报仇。为了做戏逼真，我把已经被割掉舌头的兰京细刀脔斩，边割边哭，血泪横流，感动旁人。

几乎所有人，除了我们的母亲娄太后，都没有怀疑过你的死因。

大哥，你死后，我对得起你。我建立大齐后，追尊你为"文襄皇帝"，庙号"世宗"，你的坟墓也变成了陵墓，名曰峻成陵。你该安息了，你也该满足了。死后能当皇帝，你还不满足吗？如果当时你推翻魏朝来做皇帝，不一定比我干得好。

在梦中，你折磨了我十年。我的容颜，一天一天变化。但是你，在梦中，你永远是二十九岁的样子，没有任何变化。唯一变化的，是你的脸，越来越阴沉，越来越凶恶，你扑过来的力量，越来越大。

十年了，快十年了。我心中充满了新的恐惧。当年我取代魏帝，改元"天保"，就有术士讲过："'天保'之字，拆字后，为'一大人只十'，喻示皇帝只有十年运。"对了，邺城当时还有童谣："马子入石室，三千六百日。"我正是午年生人，所以"马子"是指我啊。现在的三台宫，是羯族天王石虎旧居，所谓"石室"，难道是指三台宫殿吗？三千六百日，正是十年啊。还有，即位之初我登临泰山的时候，曾经问过一个老道士我能当几年天子。他回答："三十。"这些天，我恍然大悟，十年十月十日，不也是三十吗？这个期限，就快到了。如果我能熬过这个大限，可能会活更久吧。

生命，可能就是一种会突然消散的时间概念。我感觉到灵魂从我肉身上静静地剥离。死亡的脚步声，尖厉、清脆，连绵不绝，总是在梦中萦绕在我的耳畔。它一点也不遥远。我能时刻听到死亡的脚步声。想起这十年间，一桩桩一件件，我所做过的骇人听闻的事情，在黑暗的宫殿的夜晚，我确实感到过惊恐不安。那些死去的、被残害的灵魂，在风中叮咚作响，化为尖锐的呼号，使得我不得不深入反省我的一切作为。可又能怎样呢？这就是我全部时光的存在意义。我的全部往昔，没有一刻消停过。杀戮、鲜血、消耗，那些鲜活的肉身蕴含着过去美好的时刻。看到别人的肉体上面那么多的痛苦，我自己黑色的欢乐和欲念，更加渴望去消灭他们。

从少年时代起，我心中便充满了怨恨。所有的人都不喜欢我。我在兄弟中的样子最丑陋，没有人愿意和我在一起。特别是我们高家的妇女，无论是嫁进来的媳妇还是高氏宗族妇女，很多人，看着我时，都带有一种特别的眼光。我深深感觉到，她们在我身后总是指指点点，似乎有什么不可告人的秘密存在我的身上。所以，在我成为君王之后，我让这些女人得到了应有的惩罚。看到她们在军人身下屈辱地被轮奸，我童年时代黑暗的怨恨，都如同青烟一样，化为了乌有。我从前所有的仇恨，也在她们的哭泣声中完全得到了消解。

童年的回忆，是那么残酷。那种对温暖的渴望，真是一种能够毁灭一切的力量。童年，多么黯然无光的回忆啊。在我十岁左右，我自己一个人，常常想，一旦我死去，我的灵魂就会退出这具肉体。肉体多么沉重啊，它需要那么多的欲念来供养。

还好，在忍耐中，在等待中，在窥伺中，我走过来了。我长大了。我把本来不是我的东西，全部掌握在我的手中。那是多么巨大的冒险啊。人，到了绝顶危险的时候，反而能化险为夷。生命，我的生命，是如此突如其来地甜美，忽然之间，我就站在了让世人头晕目眩的顶峰。我俯视着众生，感到他们的困乏和恐惧，感到他们的战栗和颤抖。我大哥高澄最后的惨叫声，那么遥远，却又那么清晰，响彻我的耳际。多少个夜晚，在天旋地转的梦里，我玩味着那种绝望的惨叫。当我堕入地狱之中的时候，我是否也会发出类似的惨叫声呢？

我才过三十岁，可能喝酒太多，已经感到生命的衰弱。现在，每一次，我站起身来，想要站住的时候，我的膝盖颤颤巍巍，两腿不停地哆嗦，像个老迈的、多病的人。我的手，也颤抖得十分厉害，每次拿起酒杯，都哆嗦不停。不过，每当我喝到一定量的时候，我全身的颤抖反而会停止。

我的时代要结束了吗？我睡梦中那些阴暗的迷宫要走到尽头了吗？我五颜六色的欢乐就要了结了吗？与生俱来的缺陷或疾病要把我带向不可知的地方吗？

我有一种不祥的预感。

可惜，一切都还没有准备好。我的儿子，大齐的太子高殷，自幼温良开朗，礼士好学，性格温和。这个孩子，太不似我了，长相也白皙文静，像极了他母家人。他的举止音声，完全就是个文质彬彬的汉人儒生。这样的孩子，如果我死了，他又怎么能够掌控我大齐军队中那些鲜卑、敕勒军将？我还有不少兄弟活着，他们难道对皇位会不觊觎吗？

前几天，在金凤台上，我当众试验过太子的勇气。正如我父亲在我们小的时候让我们杀狗一样，我让他当众杀死囚。我亲手递给他一把西域快刀，让他斩掉一个身材高大的男囚的首级。

这种活计，在我，或者是我任何一个兄弟，都是很简单的事情。抽刀往下，人头就会落地。唯一担心的，就是别让死囚颈腔里面喷出的血溅到自己身上。

我的儿子，大齐未来的国君，太子爷高殷，竟然连这么简单的事情都干不好。他站在死囚旁，脸上恻然不忍，连嘴唇都吓得苍白，没有一丝血色。

在我怒声呵斥下，他闭眼砍下。可是，连砍四次，死囚的脑袋也没有被砍落。

听见那个死囚呜呜鬼号，我心下大怒，走上前去，用马鞭死命抽打我的这个不争气的儿子。

估计惊骇过度，他竟然气悸语吃，跌倒在地，从此精神昏扰，连续十多天发烧昏迷。

当晚酣宴间，我当着满朝文武，又一次讲："太子本性懦弱，大齐社稷，不能轻易安排。我死后，会把帝位传给我六弟常山王高演。"

醉眼观瞧，我的六弟惶恐无比，马上倒身下拜，口称"不敢"！

大臣杨愔急忙附在我耳边劝说："太子，乃国之根本，不可动摇。陛下三爵之后，多次讲您要传位给常山王，不仅会令臣下猜疑，也会让常山王心中不安。如果陛下果真有此意，就当众决断。如果并非真心把帝位传给常山王，以后陛下就不要再当众发此言以为儿戏。长久以往，会造成国家不安。"

逆我者，总逃脱不了一个"死"字。不过，杨愔是我高家心腹臣子。即使我半醉半昏，仍然知道他所说完全是为我大齐社稷着想。

循环往复的噩梦中，除了总是见到我大哥，最近，我还梦到了几个猕猴。事出蹊跷，猕猴暗喻着什么呢……啊，我想起来了，猴、侯同音，肯定是侯景了。这个跛贼，我的父亲当时那么信任他，让他握兵十万，专制河南。谁料到，我父亲刚死，他就起兵造反。还好，我大哥高澄用兵如神，把他打得逃往南朝的梁国。昏庸的梁武帝收留了侯景，最终亡掉国家。

侯景造反后不久，我大哥高澄就把他留在邺城的五个儿子都抓了起来。他的大儿子，被当众剥去面皮，活活疼死。他的四个小儿子，全部被阉割，如今都还关在晋阳的监狱中。那个贼侯景，后来真一度风光。他恩将仇报，率兵杀入梁国的国都，把梁武帝饿死在台城，最后他自己当了"皇帝"。结果，他也好不到哪里去，兵败后，被他人用长槊捅死在船底。梁人报功，把他的一双手剁下，腌在粗盐里面，曾经送到我们这里做"礼物"。侯景，本人已经死掉，他不可能威胁到我。他的四个儿子，如果没有做这个猕猴的梦，我几乎都忘掉他们了。好吧，按照我的惯常方式，把他们处理掉吧。

四口大锅，巨大的油锅，架设在庭院中。哦，有十多年没有见到侯景的几个儿子了。他们都长大了。即使被生生阉割，即使被关押在污浊的监狱中，人，总是要长大。这四个小伙子，惨白的面孔，茫然的表情，没有胡子的脸，真像幽灵一样。十多年前，当他们还是少年的时候，当他们的父亲和我父亲称兄道弟的时候，他们看上去都多么可爱啊！在晋阳的渤海王府，每到节日，他们的母亲都会带着他们到那里与我父母欢会。那个被我大哥剥去面皮死去的老大，和那个长着一双招风耳的老二，都曾和我一起玩过射箭呢。侯家老大，还曾经送给我一个黄金包嵌的弩机。

好了，该结束了。这几个行尸走肉，活着也是煎熬。既然梦中示警，猕猴出现，我还是把他们了结了吧。

那么多热油，在巨大的铁锅中发出炽热的烟气。好香啊！侯景的四个刚刚成年的儿子，被铁索绑着，悬吊在四口大铁锅上方。木制吊架的辘轳搅动，他们被慢慢放落到油锅里面。

我的卫士们的手艺都不错，他们从我这里学了很多东西。为了取悦我，他们折磨人的手段，似乎越来越精细。

凄惨的号叫声，非常刺激。我的酒瘾，被喊叫声勾起。人肉在热油中煎烹的香味，几乎和猪肉一个味道。但是，任何一种浓香的食物气味，都再也勾不起我的食欲。

醉乡路稳，我一直沉迷其间，享受着这人生无比的欢愉。乐极生悲，我终于感受到肉身的沉重。总是有痰堵在我胸口，我的肚腹已经被某种无名的烈焰烧灼了好久。

扭头，看着床前一脸戚容的我的结发妻子李皇后，一种深深的悲哀涌上我的心头。

她灿烂的青春年华，已然消逝。但是，她仍然那么温婉。她不仅担心我的身体，肯定还担心我们的儿子，我们的太子高殷。昏昏沉沉中，我努力睁开眼睛，仔细打量起她的面部轮廓，忽然发现她具有一种我从前没有发现的美丽风韵。她温婉、贤良的性格，在她的容貌上涂上一种光彩。似乎，这种美丽的容颜，让她在静坐中又焕发出一次我所渴望的青春。尤其是她迷人的嘴巴，那样鲜红，那样饱满，映衬得她的皮肤是那样光滑、细腻。当泪水滴落在我手臂的时候，我的心，忽然一下子变得无比柔软。可是，我再也没有力气表达我的爱恋和柔情。我会吓到她。好久，好久，我和李皇后都没有床第之欢了。那种温柔的肉体欢愉，似乎是很久很久以前的事情了。自从我当了皇帝，自从酒灌满了我的整个身体，我总是处于一种癫狂的亢奋之中。在这种状态下，我从来不碰我的皇后。至今，我很后悔。我奸污了她的姐姐，杀了她的姐夫，打了她的母亲，伤透了她的心。

十月，甲午日。往年，这个时候，在晋阳宫的这间德阳堂，我都会召集好多人一起尽情地饮酒纵乐。如今，我却喘不过气来，浑身冰冷，无力地躺在床榻上。

我觉察到，时间，对我来说，现在可能只以时辰来计了。宫中的气氛，即使我不睁开眼睛，也能感觉得清晰。人，在弥留之际，如同在大醉的时候一样，有许多的时刻，非常非常清醒。我的生命历程真的就要戛然而止了吗？人生这么短促，像弩箭发射的瞬间。我的这十年帝王生活，是否会被后人无限地歪曲？我的本来面目，我的狂暴，我的放纵，我的一切的一切，史家会怎么记载呢？在别的世界，天上的世界，地下的世界，我还能为所欲为吗？在漆黑的坟墓中，我的灵魂会飞升吗？我的肉身会不朽吗？

忽然，我能够说出话来。我睁开眼睛，首先看到了我的李皇后。趁着我自己的回光返照，我大声对她说："人生必有死，何足致惜！但怜我儿正道（高殷字）尚幼，别人会篡夺他的皇位啊！"

一转头，我看到了位居群臣之首的我的六弟常山王高演。他的脸上，满是泪水。我努力朝他笑了笑，说出连我自己也陌生的话："夺则任汝，我的儿子，你留他一条命吧！毕竟，他是你的亲侄子！"

　　常山王跪地叩头，恸哭不已。我不知道他是因为恐惧还是真的悲痛而哭。想从前，天保初年，我刚当皇帝的时候，命大臣邢邵为儿子起个正式的名字。思考数日，他呈上书奏："高殷，字正道。"当时，看到这个名字，一股不祥的预感就已经涌上我的心头。我对邢邵说："商殷帝家，兄终弟及；正字，一止也。从你呈上的名字看，我死后，我儿不得守皇位。"邢邵闻言大惧，奏请再改名字。"天意如此，想违背也难！"我没有同意，依旧让太子用高殷的名字。有些事情，冥冥之中，上天已注定。

　　现在，我无力也无法辨别别人的真伪，我也失去了控制一切的能力。但是，我也知道，在大限到来之前，在我还能说话之时，只要我用手指点一下，我六弟常山王高演的脑袋就会被砍掉。那样，我就不会再担心我儿子的皇位问题……不一定，杀了六弟，同父同母的兄弟还有九弟长广王高湛。即使杀了高湛，还有那么多的同父异母的兄弟和几十个高姓宗室，我总不能把他们都杀掉……

　　我的腹部，肿起老大。那里面，是气，还是水，我不知道。我感觉到巨大的重量压在我心肺上面，还有我的肝，疼得让我发狂。疾病和死亡，似乎打开了一扇通向深不可测的地洞的门，有一种我看不到的东西，正气势汹汹地朝我扑来。对于这种东西，我，大齐的至高无上的皇帝，也难以招架。我只能忍受。疼痛太折磨人了，深入骨髓的疼痛，我的腹痛，我的肝痛，让我不由自主地战栗。如果没有酒，如果没有西域的麻药，一年多以前我就不能忍受了。现在，酒和药都不管事，我不知道怎么能忍受这种疼，这种钻心裂肺的疼。

　　从一次突然的昏迷起，我意识到，那个我不能避免的时刻，必然会来临。人要死的时候，才忽然发现生命的可贵。形形色色、千奇百怪的过去，和各种梦混淆在一起。在感觉到自己要死的时候，即使作为皇帝，我仍然感受到了脆弱。这个世界，一直在我的掌握之中。大限到来，我却被别的东西掌握。

　　我的疼痛变得无法忍受，似乎在我的胸腔中燃起一团烈焰，烧灼得我要爆裂开来。现在，我多么希望烈酒能如往常一样安抚我的身体啊。我希望，那些神奇的伴随我十年的饮料，能够继续让我的感觉变迟钝。那样的话，我的疼痛也会迟钝。

　　不知道为什么，在早晨，我的感觉尤其灵敏。大量的酒混着药物灌入喉咙后，我依旧心神不定，那种剧烈的疼痛无法驱赶。

　　就这样，额头上大汗淋漓，身下不停地排泄屎尿秽物，不停地呻吟叫喊，我，大齐的帝王，只能听天由命了。

　　最疼痛的时候，我甚至觉得，死，都是一种美好的解脱。死亡，和睡眠没有什么不同，只是睡眠过后我还会醒来，死去，就是一种永远的睡眠。我强烈地希望，在永久的睡眠的过程中，再也不会和我大哥相遇。否则，他被我刺死的惨状，又会永久折磨我的死亡。

清醒的时候，我甚至还照了一下镜子。我三十来岁的脸，让我本人都感觉到吃惊。那么多皱纹在脸上，而且，浮肿，让我自己都辨认不出我自己。我黑紫色的嘴唇和几乎看不见的双眼，尤其丑陋。岁月要毁灭我，我的生命即将消失。好吧，也好，这样的一张怪异的脸，我希望，黄泉路上，我的大哥和那些被我弄死的亡灵，都不会认出我。在地下，我是否还能拥有人世这样帝王的威权呢？

最后睁开眼睛，我看到了尚书令、开封王杨愔，领军大将军、平秦王高归彦，侍中燕子献，他们皆跪在我的病榻前，等待我的遗诏。

我太累了，手中的玉雕虎符也掉落在地上。当我闭眼的时候，我听到了群臣的号哭声。不过，我的灵魂离开我的身体飞升的时候，我发现，群臣没有一个真正有眼泪的。四下看看，只有杨愔一个人在真哭，涕泗呜咽，哀伤不已。

好了，我的人生，就这样结束了……

最后，我看见，跪在地上的人中，我的六弟常山王高演，他第一个站起了身来。

第二十二章　罪孽与沉沦

人死如虎，虎死如猫。俗谚这样说，我觉得，没有一点道理。

我的二哥，大齐的皇帝高洋，他活着的时候，多么让人畏惧啊。现在，他死了，他躺在床榻上，死了！

大齐说一不二的皇帝，僵成了一段木杆一样的身体，在白白的麻布罩单下面，哪里还有任何让人惧怕的气势呢。

他活着的时候，我，他的六弟常山王高演，还有我们，所有的人，无论是谁，都是他的猎物。待他呼出了最后一口气，我们，大齐的国戚、朝臣，终于都能安心吸一口气了。

二哥，大齐的"始皇帝"，崩逝了。他昔日粗壮的身躯，蜷曲地斜躺在床榻上，丧失了帝王的威严，完全像一只死去的动物。

我眼看着他，喘息着，呻吟着，咳着，抽搐着，抖动着。终于死了——他的眼睛半合半闭。他左眼下方，露出了一角白眼，没有任何光泽，呆板地望着他身后的世界。

二哥，你只是一具尸体而已。

作为与他同父同母的六弟，我，常山王高演，十年以来，几次险些被我这位淫暴的二哥皇帝杀掉。特别是有一次，他亲手把刀架在我的脖子上，刀刃已经割破了我的皮肤。这么多年，如果我不是学会了韬光养晦，可能现在早已经不在人世。

二哥的脸，肿胀得完全变形，只能从眉毛的形状依稀辨认出这是大齐的皇帝。他的皮肤呈黑褐色，身上的肌肤完全松弛，散发出难闻的臭气。这具躯体，已经被烈酒完全毁坏。十年的酗酒，不仅伤害了他的脑子，也让他变得面目全非。

人，死前死后，差异真是巨大。这具尸身，就是平素让我恐惧到发抖的二哥皇帝吗？死亡虽然使他变得丑陋，但浮肿却让他的脸显得憨厚、老实，甚至是痴呆。

从前目空一切、鹰视虎步的帝王，变成了灵床上的一具摆设。这脱胎换骨的蜕变！

按照常规，我们齐国境内大赦，我的侄子高殷继位，改元"乾明"，尊皇太后娄氏为太皇太后，皇后李氏为皇太后。至于我们的二哥高洋，被谥为"显祖文宣帝"。

十一月乙卯，新帝下诏，大封功臣，以我为太傅，以右丞相、咸阳王斛律金为左丞相，以司徒、长广王高湛为太尉，以司空段韶为司徒，以平阳王高淹为司空，以河间王高孝琬为司州牧，以侍中燕子献为右仆射……这些新任命看上去体尊宗室勋臣，其实，都是表面做给人看的。

二哥皇帝死后，最先倒霉的是我十一弟高阳王高湜。二哥文宣帝活着的时候，非常喜欢他逗乐的口才和玩耍方面的异想天开，常常置于左右，让他亲自杖打高氏诸王。在诸臣眼中，高阳王高湜是个"万人恨"。我的母后娄太后憎之已极，一直想对他下手。二哥文宣帝丧礼上，他以司徒身份导引梓宫，竟然敢当众吹笛，拍击胡鼓，大声嚷嚷："皇帝哥哥，你还记得从前我们在一起的大乐事吗？"见他在丧仪中如此无礼，我的母亲娄太后立刻派人把他绑起，当庭大杖百余，把他活活打死。

本来，在晋阳丧礼期间，我母亲娄太后就与我和九弟长广王高湛密议，想立我为皇帝。但二哥文宣帝临终顾托的杨愔等汉人大臣势力十分强大，他们在很短的时间内，就拥立二哥的太子高殷登上宝座。新帝登基后，杨愔又发布敕令，让我和九弟长广王高湛搬出皇宫内院，归于王府私邸。

大臣之中，除杨愔以外，领军大将军可朱浑天和、侍中燕子献、侍中宋钦道等人，都对我和我的九弟长广王广加猜忌。特别是手中有兵的可朱浑天和，是我干妹妹东平公主的女婿。他常常公开对人讲："如果不诛二王，少帝无自安之理。"而我的另外一个妹夫燕子献（尚淮阳公主），从前也一直想把我的母亲娄太后迁于北宫，把朝政归于我二哥的皇后李氏掌握。

如果不是总管禁卫军的宗室、平秦王高归彦关键时刻倾向我和九弟，我兄弟两个，凶多吉少。

少帝高殷即将回驾邺城，当时的大臣，不少人都认为我身为常山王、皇帝亲叔，应该留在晋阳居守。杨愔不放心，怕我在晋阳生变，就改让我的九弟长广王高湛留守。岂料，最后关头，他们再次改变主意，敕令我和九弟一起，起驾回邺城。

外朝闻之，莫不骇愕。萧墙之内，祸不远矣。

杨愔从平秦王高归彦手下抽出五千精兵，分划给别人指挥，导致高归彦心中陡生怨恨，最终倒向我们一边。大内禁军，原本都归平秦王高归彦掌管。杨愔偏心，暗中剥夺平秦王高归彦的禁军权力，改由与自己一党的领军大将军可朱浑天和统管禁卫军。

怨毒在胸，平秦王高归彦倒向我与九弟长广王这一边。

当然，事关大局，我和九弟以及朝内归心的鲜卑、敕勒将领并不敢贸然行事。我们不动手，杨愔等人却一直没有闲下来，他们在少帝宫中密议，准备把我和九弟长广王高湛外放为大州刺史，然后逐渐削除我们兄弟的兵权。

可巧，新帝的母亲、皇太后李氏与宫人李昌仪关系亲密。二人闲谈的时候，她把杨愔的奏启拿给李昌仪看。李昌仪乃我母后娄太后宫中女官，她回去后，立刻把这件重大的事情汇报了。这个李昌仪，原来是我们齐国功臣高慎的老婆。当时我大哥高澄要奸污她，高慎知道后，惭怒而叛，遂据虎牢关投降西魏。李氏当时未及逃出，其儿子皆被处斩，她本人被没入宫中为宫婢。我母亲娄太后念旧情，加以照顾，把她引为自己的宫中女官。这个女人还算有心，关键时刻把李太后和杨愔之间的密议全部禀告给我母后。其实，不仅仅李昌仪来报信，杨愔的妻子，我的二姐太原公主，一直深恨杨愔十年前与我二哥等人合谋杀掉她的丈夫孝静帝和他们的三个儿子，常常暗中把杨府动静禀报给母亲。

人算不如天算，这样一来，杨愔等人想干什么，我们总会预先得知。

听到这个消息，我和九弟终下决心，不是鱼死，就是网破。与其受制于人，不如先发制人。

于是，我和九弟长广王高湛假装接受官职，发请柬给群臣，佯装会宴，准备在酒席上动手一搏。

我们成功的关键还在于，九弟高湛虽然被外放，他名下京畿大都督的官职还没有正式解除。宫内的禁卫军不在我们掌握，城内的京畿军就成为我们取胜的唯一筹码。

由于朝中鲜卑、敕勒等族的军事勋臣支持我们兄弟，我们更加安心行事。勋臣军将参与，事情就等于成功了一半。我们大齐，非是南朝文臣掌国。如果手中没有兵将听从指挥，干大事就不可能成功。

尚书省宴会前，燕子献似乎预感到不妙，他劝说杨愔等人不要参加宴席。

杨愔自恃宗亲大臣，扬扬慨然道："我等至诚体国，毫无私心。常山王高演拜职宴客，哪里有不去之理！"

如此粗疏大意之人，死也应该。

事发前，我的九弟长广王高湛，已经在当天早上派精壮家臣数十人埋伏在尚书省后房。天罗地网，只待杨愔等人上套。

不仅如此，我九弟高湛还提前与将参加宴会的勋贵贺拔仁、斛律金等数人相约："待我行酒至杨愔等人的时候，我会劝他们饮双杯酒。按照宫廷礼仪，他们一定起身辞谢。我会先高声说'执酒'，然后再说'执酒'，待我大声说第三声'何不执酒'的时候，你们就以此为号，上前把这些人统统抓住！"

一切顺利。

事起仓促，正在举杯的杨愔、可朱浑天和、宋钦道三个人，各被十多个突然冲出的壮汉按住。拳杖乱殴之下，几个人顿时头面血流。其中，只有燕子献力大，头又少发，狼狈挣脱，仓皇跑出了尚书省。但他未及跑出门，就被大将军斛律光飞身追上，拳打脚踢，擒之入内。

燕子献怒对杨愔叹言："大丈夫行事迟缓，不听我言，遂至于此！"

杨愔一只眼睛已经被打瞎，犹自不屈大言："诸王反逆，想杀我们这些忠良吗？尊天子，削诸侯，赤心奉国，何罪之有！"

本来，我还想留这几个人的命。我九弟长广王高湛坚执不可，于是就把他们皆送往尚药局砍头。

解决了这几个人，我、长广王高湛、平秦王高归彦以及贺拔仁、斛律金等突入皇宫。

平秦王高归彦久为领军，素为军士所服。见他手执长刀在前面开路，我和九弟长广王高湛跟随其后，禁卫军多持杖，不敢加以阻拦。

我本人进入昭阳殿，同时，九弟高湛和平秦王高归彦在朱华门外等待消息，以为接应。

事发之时，我的侄子少帝高殷与他的汉人母亲李太后正在我母亲娄太后处。闻信，三人并出。

我母亲坐殿上，李太后和少帝侍立一旁。

事已至此，危险依旧没有过去。当时，皇宫内庭中及两庑卫士，共有两千多人，皆披甲待诏，刀剑齐全。特别是我二哥文宣帝活着时候的贴身武卫娥永乐，武力绝伦。他一直扣刀仰视，眼睛盯着少帝。如果少帝一声令下，片刻之间，怀有一身武功的娥永乐就会飞身过来砍掉我的脑袋。不仅他，还有武卫都督刘桃枝等人，皆紧握刀柄。这些獒犬，倘若少帝一声令下，肯定都会毫不犹豫地冲上来。

然而少帝懦弱，仓促不知所言，呆立无语。

危急关头，我的母亲娄太后一拍桌案，叱令娥永乐收刀退后。

娥永乐不退。

她奋身立起，厉声高言："奴辈不退，我让你当即头落！"

少帝依旧低头无语。

无奈，娥永乐纳刀回鞘，饮泣而退。

见状，我赶忙趋前跪下，以砖叩头，血流满面，进言道：

"臣与陛下，骨肉至亲。杨愔等人欲独擅朝权，自作威福，自王公以下，皆重足屏气，不敢违犯；他们几个人阴谋勾结，共相唇齿，以成乱阶。若不早图，必为宗社之害。臣与高湛以国事为重，勋臣贺拔仁、斛律金珍惜献武皇帝之洪业，共同执杀杨愔。臣专杀之罪，该当万死。"

毕竟杨愔是自己的二女婿，我母亲娄太后闻之怆然。她问："杨郎何在？"

贺拔仁曰："一眼已经被打出，再活不得。"

太后叹息。

忽然间，我母亲勃然变色，怒声责问少帝："这些汉臣怀逆，欲杀我二子，然后就会杀我。你当皇帝，为什么放纵他们干这事！"

悲怒之余，她又指着我的二嫂李氏骂道："你一个汉家妇人，身为太后，暗中指使你儿子，难道想残害我母子三人吗？"

李太后忙下拜，道歉不已。这个汉家女人，没有任何心机。

我母亲娄太后，女中豪杰。为了暂时安抚众人，她当众宣言："常山王高演并无异志，只是被逼急了，求活而已。"

闻此言，我在殿下叩头不止。事已至此，大局已定。

我母亲、太皇太后娄氏扭头对少帝说："你为什么不说话，快去，安慰一下你六叔常山王！"

我这位根本不会说鲜卑语的侄子嗫嚅半晌，挤出几句话："大事均由太皇太后和叔父处理，但留我命，我自下殿去。"

我闻言而起。

在我的命令下，平秦王高归彦把两千多禁卫军兵士引入华林园，斛律金等人派出京畿的直属军队入守皇宫内城。

大事已定。

一切安排妥当后，平秦王高归彦和我九弟长广王高湛下令，在华林园斩杀娥永乐手下的数百禁卫军。

斩草除根。我们以少帝的名义下诏，诛除杨愔、燕子献等人的家族众人，孩幼尽死。

干大事，绝对不能手软。

一切就绪后，依旧以少帝名义发布诏令，我被委任为大丞相、都督中外诸军事、录尚书事；我的九弟长广王高湛为太傅、京畿大都督；平秦王高归彦为司徒。

军政大权，皆归于我兄弟之手。

不久，我手下谋士王晞进劝："朝廷先前疏远亲戚，殿下您仓促起事，非人臣所为。犹如芒刺在背，日久上下相疑，朝廷之事不可能这样持续下去！事已至此，无路可退。殿下您即使真心谦退，不恋皇位神器，恐怕是违背上天意志，对社稷不利！"

确实，我的面前已经没有退路。于是，我入宫面见我的母亲娄太后。当时，我父亲的老臣赵道德正在座。他对我要当皇帝的请求大不以为然地说："常山王殿下，您不效周公辅成王，而欲骨肉相夺，不怕后世之人骂您篡夺帝位吗？"

我母亲娄太后似乎也有些迟疑，就顺坡下驴，讲："赵道德所言有理。"

离开之后，我和九弟等人商议，觉得必须劝服我们的母亲娄太后。傍晚时分，我们兄弟二人密见母后，流泪表示：

"天下人心未定，少帝懦弱，须早定名位。否则，倘若有人居心叵测，兴起动乱，国事大危！"

最终，我母亲长叹一声，诫嘱我说："好吧，就让你当皇帝吧，不过，少帝高殷是你侄子，切切保全他的性命！"

于是，我母后以太皇太后的名义下令，以我为皇帝，废少帝高殷为济南王，出居别宫。

我在晋阳即位，大赦，改元"皇建"。我母亲太皇太后还称皇太后；原先的二嫂李氏称文宣皇后，出居昭信宫。

兄终弟及，不能说理不正，言不顺。

不过，内心之中，我也觉得对九弟长广王高湛有所亏欠。本来，我事前答应他做皇太弟。但父子家天下，即位之后，手下拥推，我就立了自己的儿子高百年为皇太子。见九弟面色怏怏，我希望他能理解我的苦衷。为了酬答他，我让他坐镇邺城首都，全权把持大政。同时，我把侄子、废帝高殷也安置在邺城。

比起我二哥文宣帝，我少居台阁，明习吏事。即位之后，根本不敢荒怠，犹自勤励，革除时弊。我一改文宣帝旧政，孜孜不倦，以求使我大齐蒸蒸日上。

当帝王很不容易，勤修如此，外间佩服我的明察，却也讥讽我凡事亲力亲为的苛细，认为我没有帝王弘略气度。

无论如何，坐上这个帝位，我不敢有丝毫怠慢。

今年，晋阳的秋天不是很冷。野鸟和大雁，仍然按照往常的习惯南徙。天空中时时传来的凄切惊心的悲鸣，让人心里升起一股寒意。

秋日初寒的早晨，高空飘刮着凛冽北风，所有这一切，都预示着冬天的到来。

我驻马晋阳的高岗，望着青灰色的地平线。耀眼的夕照，使得烟雾朦胧的晋阳城染上了红金的颜色。

我手下的禁卫军骑士们的骏马不断小跑，鞍座咯吱咯吱响着，马蹄铁清脆、刺耳地踏在石板路上，让人心惊。

通往邺城的大道，往南伸延开去。茂密的棕褐色树林蜿蜒，总是有野兔在草丛中跳闪。这些草丛中的动物，有些身上长着奇异的花纹，皮毛竟然有火红色的。

仰望新月，闪亮如钩，耀眼华丽地点缀在北国的天空。

难得的休闲小憩，我心中却不能平静。治理国家，大事小事，事事烦心。

我的侄子，废帝济南王高殷，如今人在邺城。据望气者讲，邺中有天子气，且气焰腾天。假如我的侄子被一些大臣重新拥立为帝，东山再起，后事难以预料。

拿他怎么办，我忐忑不安。

平秦王高归彦每天都会劝我，让我想法除掉这个被废的侄子。

思虑再三，我派高归彦率兵去邺城，把高殷带来晋阳。这个侄子已经十七岁了。年纪越长，就越是威胁。

杀心渐炽。我心不安。

听从人讲，有僧人名慧可，常在邺城酒肆、屠门晃荡，食肉饮酒，肆无忌惮。有人质问他："师父出家人，何做如此事？"慧可答言："我自调心，何关汝事？"

早听说这个独臂僧人有大道行，于是我让人到邺城，把他带到晋阳，想把他供养在内宫，对他表达我心中的忏悔。

抱着赎罪的念头，我与他相见了。

魏朝以来，佛法大盛。从道武帝开始，已经开始礼敬沙门。孝静帝的时候，魏朝分裂为东西二魏，我父亲神武帝高欢迁都邺城，洛阳诸寺僧尼，也大批随同移邺，佛寺兴旺无比。我二哥文宣帝在位时，延请高僧法常入内庭讲《涅槃经》，拜其为国师。现在，《十地》《地持》《楞伽》《涅槃》等经论，在我们大齐广为流传。由于我母亲娄太后信佛，在邺都的大寺就有四千所，僧尼近八万人。而我大齐全境的寺院，共有四万余所，僧尼人数达两百多万。

天保七年，西域乌苌沙门那连提黎耶舍来到邺都，我二哥文宣帝请他住在天平寺，任翻经三藏，还委任昭玄大统法上等二十余人监译，总共译出《大集月藏经》《月灯三昧经》《法胜阿毗昙心论经》等七部。其中，有个居士万天懿很有名，他原是鲜卑人，世居洛阳，师事婆罗门，擅长梵语，曾经自译《尊胜菩萨所问一切诸法入无量门陀罗尼经》。所有这些沙门、居士，我都见过，并给予他们大量施舍。

但是，与诸沙门相比，慧可更有名。他的师父，据说是洛阳著名的达摩禅师[①]。

想到我杀侄之举，见到慧可法师，我表示说："我有罪恶，请大和尚为我忏罪！"

慧可袒胸露腹，傲然而坐："将罪来，与汝忏。"

我惘然，又问："人生苦短，为什么如此多烦恼？大师能否为我除去烦恼呢？"

慧可："云何不生灭，世如虚空华？云何觉世间？云何说离字？离妄想者谁？云何虚空譬？如实有几种？几波罗蜜心？何因度诸地，谁至无所受？何等二无我？云何尔焰净？诸智有几种？几戒众生性？"[②]

---

① 即菩提达摩，南天竺人。他游于嵩洛，居住在邺下等地，随地以禅法教人。道育、慧可两沙门对他竭诚侍奉。四五年后，达摩为他们的精诚所感，于是诲二人以"二入""四行"之法（二入，即理入、行入；四行，即一报怨行、二随缘行、三无所求行、四称法行），并以四卷《楞伽》授予慧可作为印证。达摩于东魏孝静帝天平年间（公元534—537年）在洛滨示寂，传说时年一百五十余岁。
② 《楞伽经》内容。

第二十三章　空色色空何所有

菩提树与娑罗树，无花与有花，都是佛祖曾经抚摸过的树。

我，慧可，俗姓姬，虎牢①人。年轻的时候，我做过儒生。曾经几时，易学深深吸引我，青灯荧荧，使得我努力钻研。后来，我顿悟出家，精研三藏内典。不惑之年，在嵩洛，我有幸得遇天竺沙门菩提达摩，尊礼他为师。

跟从达摩师苦学六年，我精究一乘妙旨。

民间传说，都讲我为了向达摩师学佛法，立雪中数天，且为表求学决心，自己雪中断臂，终于感动达摩。这些，都是俗家弟子以讹传讹。我的那只胳膊，有一次夜间走夜路，中途遇贼，为贼人砍断，并非我为了求法而自行断掉。②

我师父达摩，传我四卷《楞伽经》。通读过后，我终于悟道。人生根本之处，在于重视念慧，而不在语言表象。

"妄言妄念，无得正观"，此八字，常在我心。我深信，一切众生，皆具有同一真性。如能舍妄归真，就能达到凡圣等一的境界。

众生佛陀无别，乃我师达摩正传的心法。师父常常对我解释，无始以来的习气，造成了凡世间人们的沉迷，如果能够彻悟三界唯心，万法唯识，舍离一切能取、所取的对立，就一定会达到无所分别的解脱境界。

自皇建二年到天统五年，这八九年间，我一直受齐国皇室供养。孝昭帝高演，本来是个不错的皇帝，毕竟业障不除，他竟然杀掉侄子高殷。仅过三旬，他就在打猎中惊兔伤肋。临死，他遗命其九弟高湛继位，并对他说："你不要效仿我杀侄的行为，一定要善待我儿子。"结果，业报在即，高湛有样学样，继位后

---

① 在今河南荥阳。

② 唐朝道宣《续高僧传》卷十六《慧可传》记述，慧可"遭贼斫臂，以法御心，不觉痛苦"，所以慧可"雪夜断臂"故事的真实性值得研究。后来，有关禅学的史籍，如净觉《楞伽师资记》、杜朏《传法宝记》、道原《景德传灯录》、契嵩《传法正宗记》等，多承袭法琳所书而否定道宣之说，所以慧可"断臂求法"的故事，以后就被一般禅家传诵。

不久就把孝昭帝的儿子高百年杀掉。

帝室血亲相残，齐国尤为常态。

《无量寿经》有云："善恶报应，祸福相承。身自当之，无谁代者。数之自然，应期而行。殃咎追命，无得从舍。"可见，业报是自作自受，不能由第二者代替，而且循环往复，无法停歇。

十二因缘[①]，六道轮回[②]，超脱之法，只能通过至善修行达到。佛国世界，因因果果。帝王之家，余殃无常。

今日僧寺有客来。齐国的赵郡王高睿，小名须拔。他自幼就非常向慕佛法，常入佛寺与我谈法论道。

高睿这个人，齐国帝室至亲，乃神武帝的亲弟高琛的儿子。高琛色欲盛壮，因奸污其兄神武帝侍妾，被杖打身亡，年仅二十三岁。当时，高睿出生三旬不到。神武帝杀弟之后，特为后悔，就把侄子高睿养于宫中，恩同诸子。高睿生母，乃魏朝的华阳公主。高睿至孝，十岁时丧母，三日水浆不入口，哀感左右。在居丧期间，高睿尽礼拜佛，持佛像长斋，形销骨立。神武帝高欢崩逝的时候，思念伯父养育之恩，高睿哭泣呕血。文宣帝高洋受禅建国，作为至亲宗室，高睿被封爵为赵郡王。

这位王爷，身长七尺，容仪甚伟。文宣帝天保二年，他外出为定州刺史，加抚军将军、六州大都督。年仅十七岁的他，在州期间，留心庶事，纠摘奸非，劝课农桑，接礼民俊，所部大治。天保十年，高睿得加开府仪同三司、骠骑大将军、太子太保。

孝昭帝高演临崩，高睿以宗室之重，预受顾托，奉迎武成帝高湛于邺城，以功拜尚书令，摄大宗正卿。后来，他得拜司空，摄录尚书事。武成帝末年，进拜太尉。

这位赵王高睿，宗室勋贵，久典朝政，一直清真自守，誉望日隆。所以，当权的奸佞小人，对他非常忌惮。

快快之余，高睿自撰古代忠臣义士名言成书，名为《要言》。今日，他亲自把书送到佛寺，并与我讲谈佛法。

没有过多寒暄，高睿直入主题，问：

"大师，《楞伽经》中所讲的佛凡一体、染迷净悟的'如来藏'，我思虑再

---

① 也叫"十二缘生"，包括无明、行、识、名色、六处、触、受、爱、取、有、生、老死十二部分，也称"十二支"或者"十二有支"。

② 包括地狱、饿鬼、畜生、人、天、阿修罗（非天）。

三，总不得要义，可否为我宣讲之？"

"老衲非常欣慰。有王爷如此礼佛修道，追根寻源，诚为佛门幸事。

"'如来藏'的藏，是'胎藏'的意思。'如来藏'，就是指如来在胎藏中。作为佛性的别名，'如来藏'突出了一切众生生来具有清净的如来法身，也就是说，人人皆可成佛。正如《楞伽经》卷一中讲：'如来藏自性清净……有时说空、无相、无愿、如、实际、法性、法身、涅槃、离自性、不生不灭、本来寂静、自性涅槃，如是等句，说如来藏。'

"经中卷四又说：'如来藏是善不善因。'也就是说，自性清净的'如来藏'，它也是'善不善因'。'为无始虚伪恶习所熏，名为识藏，生无明住地，与七识俱。此如来藏虽自性清净，客尘所覆故，犹见不净。'这段话的意思是，'如来藏'受到无始以来的虚伪恶习熏染，被客尘烦恼所障蔽，从而变成了'识藏'，与被染污的七识搅在一起。从此，'如来藏者，受苦乐，与因俱，若生若灭'。也就是说，人在苦乐之中生灭不息。因此，佛法修证，就必须将被熏习污染的'如来藏'继续，再转变成清净的'如来藏'。恰如《楞伽经》卷二而言：'一切自性习气，藏意识见习转变，名为涅槃。'

"应该注意的是，这个'如来藏'，并没有定相与实体。人我身心的一切现象，包括整个人生、宇宙世界，都是由五阴等相续流注不断、因缘和合、互为因果而形成的。……最终，所谓'如来藏'，其实也不是指真有一个实在的'如来藏'存在，这个词语的提出，只是如来说法时随缘开示的方法之一，原本是为了引导学人舍离不实的我见和妄想，迅速证得无上正等正觉。所以，殿下您对'如来藏'这个词语，同样也不可执着。

"自性若悟，众生是佛；自性若迷，佛是众生。"高睿似有所悟，喃喃自语。

我大加叹赏地说："菩提般若之智，世人本自有之。只缘心迷，不能自悟。……愚人智人，从佛性来讲，本无差别。只缘迷悟不同，所以有愚有智。……凡夫即佛，烦恼即菩提。前念迷，即凡夫；后念悟，即佛。而'如来藏'，本来就是澄明湛寂，因内外境风的吹荡，人本心寂然清净的本体，往往浪潮起伏，汹涌澎湃，颠狂妄生，便转生一切境界，无有止境。恰似《楞伽经》卷一所说：'犹如猛风，吹大海水。外境界飘荡心海，识浪不断。'"

高睿点头不止。

"大师，《楞伽经》卷一中讲：'所谓一切法，如幻如梦，光影水月。'弟子我思虑再三，还是不能完全弄懂其间深意。"高睿道。

"三界唯心，万法唯识。我们生存的这个世界，殿下看到的，是由无明恶习熏染藏识而变现的虚幻现象。万法都如梦幻似的生灭灭生。一切诸法，本来空无自性。如果是圣者，他就能置身其中，不失心境的澄明。一切法，生灭无常，犹如梦幻，而这一切，都是从心意识所变现出来。殿下应该舍弃执着，真正从名相分析的角度去看问题。《楞伽经》所重，乃心灵的体证，是以悟者之心对万物的体验。如果您离开了心灵的体验，就不可能真正体会经文大意。殿下，真正见道的悟者，本身就处在色尘世界之中。那样一来，看待自身和外物，您就会亲证到如梦似幻的存在。"

为了进一步引导高睿深悟佛经，我循循善诱，以庄子学说来加以旁证：

"《庄子·齐物论》中曾经讲到过：'天地与我并生，而万物与我为一。'这就是说，天地万象，从异的方面来看没有一物相同，就同的方面来看没有一物相异。所以，天地、我，都是从同一个本源生起，而万物，恰恰都是本体的显现。天地同根，万物一体。《楞伽经》认为'性归自己'，所以，天地、万物和我都是因缘所生。它们依照一定法则变化，无所谓永恒。缘起性空，性空缘起。恰恰由于其性本空，具有流转无常的可变性，在不同的境遇下，有着不同的变化，形成宇宙万有生生不息的原因。不论物质还是精神，其性皆空，因此都具有共同的属性。当一个人清净到了极点，整个身心充满了光明，寂照时涵盖整个虚空，物我两忘，就能达致心灵最彻底的觉悟。能理解这些东西，才能彻悟经文中所讲：'浮云火轮，揵闼婆城。无生。幻焰水月及梦。内外心现。'"

高睿眉头紧锁。看来，依照他当下的识见，不能完全理解我所说的道理。

"大师，如今我心内烦恼，不能深入思考佛陀经意……俗念搅心啊。太上皇崩逝，和士开秘不发丧，不知他有何居心。我质问他，他举出神武帝、文襄帝崩时均不发丧的例子。其实，大行皇帝，早先已经传位给当今皇帝。皇帝年纪虽轻，大齐当朝群臣能得到富贵，皆由皇帝父子之恩，所以，王公勋臣，必无异志。世异事殊，现在岂得与神武帝、文襄帝的霸府时代相比！我劝说多时，和士开才勉强发丧。如今，朝中事情多紊，贵为宗室亲王，我真不知如何是好……"

老衲没有接高睿的话题。

世事纷纭，钩心斗角，我佛慈悲，怜悯众生。这位亲王，心仍为妄念所缠，不能解脱。我默然片刻，开口祷念《楞伽经》：

"凡愚妄想，如蚕作茧，以妄想丝自缠缠他，有无有相续相计著。"

高睿倾耳聆听，一脸茫然。

痴迷的众生啊，包括这位高睿亲王，他们内心的欲望之茧，把自己牢牢缠缚，恍恍惚惚，就如漂坠在深不见底的生死大海，也似流浪在渺无际涯的旷野，也如汲井辘轳，轮回旋转不休。正因痴迷执着，所以妄念繁生。

"殿下，你知道渴鹿逐阳焰的妙喻吗？"我问高睿。

高睿具有一定的悟性，随口诵道："譬如群鹿，为渴所逼，见春时焰而作水想，迷乱驰趣，不知非水。如是愚夫，无始虚伪妄想所熏，三毒烧心，乐色境界，见生住灭。取内外性。……"①

我本来很想开解他，他本人的状态，恰似经文所说的"愚夫"。

"和士开非常阴险。太上皇崩逝后，他与我、左仆射元文遥密议，表示说黄门侍郎冯子琮是胡太后的妹夫，认定他日后会帮助胡太后干预朝政，下诏把冯子琮外放为郑州刺史。过后，我们才知道，如果不是冯子琮早先坚持，和士开早就矫诏把我和掌管禁卫军的领军娄定远外放于都城外。我没有先见之明，反而中和士开的奸计，把与我们一线的冯子琮从朝廷中清除出去，自悔堕奸人之计！"高睿兀自喋喋不休。

静默良久，他的念头又转回佛理，问道："幻化非真，谁是谁非？虚妄无实，何空何有？"

我送偈颂十句与他：

> 备观来意皆如实，真幽之理竟不殊。
> 本迷摩尼谓瓦砾，豁然自觉是真珠。
> 无明智慧等无异，当知万法即皆如。
> 愍此二见之徒辈，申辞措笔作斯书。
> 观身与佛不差别，何须更觅彼无余。

高睿一脸茫然。

"殿下，大师门外有人来供香火，是和士开和大人。您是否回避？"高睿的从人来禀。

看来，佛门之地，也难免是非。

---

① 《楞伽经》卷二内容。

第二十四章　欲焰如炽

人生，就是一个接一个要解决的问题。

僧家的寺院，弥漫着阿勃参[①]、阿魏[②]和鲜花的味道，让人联想到来世、因果、缘起缘灭等等。在佛寺过一天，让人难以忘怀。那种周遭的景色和与俗世了无牵挂的气氛，会让人的内心发生巨大的变化。我能够深深体会到：这样的一天，过得多么不一样啊。

在氤氲的奇异香气中，我能从尘世的欲望中挣扎脱离一会儿，思考一下。无论是谁的一生，都如一条长链，有的人，链子是金子做的，比如我；有的人，可能是铁做的，比如马上就要被我送入地狱的赵郡王高睿。恨恨之中，我真想把荆棘编成绳索，套在他的头上，送他到阴曹地府。

慧可大师，言谈幽深，佛理玄妙。他从不言及任何实际的事务。即便如此，与他一席话，总会让人感到心里轻松许多。

武成帝高湛临死把臂相托，我怎么能不竭尽全力辅佐幼主高纬呢。何况，胡太后与我情意绵绵，齐国上下，能主持全局者，非我其谁！

皇帝下旨，尊太上皇后胡氏为皇太后。同时，下诏把东平王高俨改封为琅邪王。这个琅邪王，我和小皇帝，都不喜欢他。这小孩子年纪不大，老成过度，且对我态度倨傲，让人心内发寒。

一朝天子一朝臣。太上皇崩逝后，皇帝身边，新老更迭，除我以外，大概还有以下诸人号称握权柄者，与我合称"八贵"：

临淮郡王娄定远、录尚书事赵彦深、左仆射元文遥、开府仪同三司唐邕、领军綦连猛、领军高阿那肱、度支尚书胡长粲。

其中，临淮郡王娄定远是娄太后的亲侄子，也就是当今皇帝的表叔；度支尚

① 一种阿拉伯香膏，也可能出自罗马，绿色，香味极其浓烈，南北朝有时候以此贵重的香料入药。
② 可能是西域产的一种药物香料，极其名贵，不仅可作熏香用，还有杀虫的效果。

书胡长粲，乃当今胡太后的族兄。

"八贵"中，赵彦深老谋深算，是个不轻易表态得罪人的老好人；唐邕、綦连猛、高阿那肱、胡长粲几个人，与我算是一路；娄定远、元文遥二人，和赵郡王高睿同道。他们三个人，伙同宗室冯翊王高润、安德王高延宗等人，不停地在皇帝面前讲我坏话，劝说皇帝把我放为外任，远离朝廷。

蛟龙失水，鱼虾不如。不仅我不干，胡太后也不干。

特别是赵郡王高睿，自恃宗室近亲，气势逼人。

太上皇丧事过后没过多久，胡太后在前殿宴请慰劳诸臣。

未等胡太后举杯行劝，高睿即在大庭广众之下朗言，宣示我的"罪恶"：

"和士开，乃先帝弄臣，城狐社鼠一类的小人。他受纳贿赂不说，还秽乱宫掖，丑闻广为民众大臣所知。臣等宗室亲戚，义无杜口，所以冒死揭发其罪，希望陛下和太后圣裁，立刻下旨，把和士开赶出朝廷！"

听高睿如此说，我胸中一股怒气上涌。当着这么多朝臣，不好发作，我只得跪下匍匐，高喊："太后与陛下为臣做主！"

胡太后脸色微红，不好即刻作怒。她强忍怒气，举觞劝言高睿：

"先帝在时，王爷您为何不说这些事情！难道，王爷您现在是想欺我孤儿寡母吗？且饮酒，勿多言！"

高睿不知进退，辞色愈厉。

冯翊王高润、安德王高延宗等人跪伏在高睿身后，肆无忌惮地大声嚷嚷，一定要把我外放出朝廷。

墙倒众人推。喧嚷之际，太上皇时代的宠臣、胡人安吐根也落井下石："臣本商胡，忝居诸贵行末，既受先帝厚恩，岂敢惜死！太后听臣一言，不出和士开，朝野不定！"

胡太后恼怒："改日再论，王爷们先散！"

高睿等人不依不饶，或投冠于地，或拂衣而起。

我在旁跪伏，恨得握紧双拳，直欲亲手刃杀这几个草包王爷……

转日，大清早，高睿等人重新在云龙门集结。他们派出元文遥入宫奏谏，连章署名，势必要把我贬黜于外。

来来回回数次，胡太后坚执不纳。

胶持之下，最后还是左丞相段韶出面和稀泥。他派胡太后的族兄胡长粲传太后的话：

"梓宫在殡，如果即刻贬出和士开，行事太匆，希望几位王爷稍稍稽缓片刻，容我与皇帝仔细考虑。"

高睿等人见太后如此表示，以为早晚会把我和士开驱逐出去，就暂时偃旗息鼓，各回府邸。

胡长粲入宫复命。

见族兄替她打发了难缠的诸王，胡太后一声长叹："兄长辛苦了，如果不是你，谁能保全妹妹我母子一家啊！"即时厚赐胡长粲。

高睿等人之所以能暂时不坚持即刻把我赶走，左丞相段韶的表态，也是一大原因。段韶，乃娄太后亲姐姐的儿子。其父段荣，神武帝高欢的连襟，军功卓著。段韶本人，勇武绝伦。当年东西魏邙山之战，神武帝高欢为西魏大将贺拔胜所逼，精骑百余来追，如果不是段韶驰马引弓反射毙其前驱，神武帝几乎被西魏生俘。所以，他出来说话，诸王不敢不听。但这位段爷，哪里都好，就是贪财。关键时刻，财宝总能派上用场。我派人把十床珍宝送入段郡王①府第，他不能不出来帮我说话。

暂时跨过这一道坎，我依旧不敢懈怠。如果不是太后、皇帝母子对我信任，可能我脖子上面的脑袋，早为这几个宗室王爷弄掉了。

为了麻痹高睿等人，我向太后和皇帝母子出主意：

"先帝于群臣之中，待臣最厚。陛下初登基，大臣皆有觊觎。今若把臣外放，正是剪陛下羽翼。为了稳住高睿等人，可以先和他们这样说：'元文遥与和士开两个人，俱受先帝任用，岂可一去一留！既然说外放，就把他们二人都外放为大州刺史。不过，等先帝梓宫安置完毕，再外放他们二人不迟。'如此，高睿等人一定会认为臣真的会被外放，他们就不会逼得太急。"

皇帝和太后依照计策，原原本本讲与高睿。

为郑重其事，朝廷下诏，任命我为兖州刺史，任命元文遥为西兖州刺史。

不料想，高睿等人一刻不停地算计日期。

太上皇葬礼刚刚结束，他们立即联名上奏，催逼我上路外任到州。

胡太后不好强与高睿发生争执，便退一步表示说，皇帝要再留我待百余日，处理完丧事后，一定派我出外。

高睿坚执不许。

数日之内，胡太后数以为言，几乎到了哀求的地步。

为此，我派宫中宦者当中间人，私下到高睿府邸，对他说："太后意既如

---

① 段韶在北齐获封平原郡王。

此，殿下何必苦苦相逼！"

高睿不知死，攘袂大言："吾受先帝委托，岂敢轻易放弃自己的责任！今嗣主幼冲，绝对不能让邪臣在侧！"

言毕，他竟然跟随宦者重入内宫，苦苦劝说胡太后。

胡太后为缓和气氛，派人赐酒与高睿喝。

岂料，他不识抬举，反而变脸正色说："我今天入宫，是为了国家大事，非为厄酒！"言讫，高睿拂袖遽出。

心惊肉跳之余，我苦思冥想，决定先瓦解高睿等人与王公朝臣的联盟。

娄定远好色喜财，先从他这里下手。

我亲自到娄府拜见娄定远，带去两个西域绝色美女和一具珍珠帘幕，当面奉承娄定远：

"诸贵欲杀我和士开，幸亏您出面为我解说。如此，我得保一命不说，还能做大州刺史。临别之际，为表谢意，谨呈上二女子、一珠帘。希望王爷[①]笑纳！"

娄定远喜不自胜。他仔细观瞧美女和珠帘，一张嘴笑得不能合拢地说："和大人，你还想重新入朝当官吗？"

我长揖施礼："我和士开在京城，久不自安。今得出为外官，实遂本志，不愿再入朝兴起是非。但乞王爷在京城多加保护，多进美言，让我一直能当大州刺史，心愿足矣！"

娄定远连连点头，以为我讲的是真心话。

他欢执我手，亲送至门。

临别，我假装哀痛，说："今当远出，一去就是数年，能否给我一个机会，允许我面辞太后与皇帝？"

娄定远没有多想，即刻许之。

我心中狂喜。待我入得宫来，就再由不得他们了。

面见太后与皇帝后，我恸哭失声，以头叩地：

"先帝一旦登遐，臣愧不能自死。观高睿等亲王朝贵的意思，欺陛下年幼，肯定是想把陛下当成高殷那样的废帝，废您而立别人。臣出之后，必有大变。如果高睿等人事成，臣有何面目见先帝于地下！"

闻此言，皇帝、太后皆泣下，问我："计将安出？"

高殷被其叔父孝昭帝高演扼杀的结局，胡太后、皇帝母子清楚得很，他们不

---

① 娄定远在北齐获封临淮郡王。

可能不害怕。

我站起身，表示说："臣已得入，复何所虑！现在，只需要数行诏书，就能把这些人处理掉。"

于是，我亲拟诏书，出娄定远为青州刺史，定赵郡王高睿以不臣之罪。

诏书拟定后，太后派人前往赵郡王高睿府第，对他说有事相商，诳他入宫。

估计因高睿是至亲王爷，胡太后还是不愿杀他。

见面后，胡太后仍然劝他回心转意，与我和士开共立朝堂，辅佐皇帝。

高睿不从，侃侃大言，誓不改意。

胡太后大怒。

高睿辞出。他行至永巷，即遭禁卫军逮捕。

此时，我现身，与禁卫军一起，执送高睿到了华林园的雀离佛院。

"王爷，事已至此，还有何话可说？"我笑问高睿。

"我忠心为国，恨自己不能把你这个奸臣清除出宫！社稷事重，我死不悔，恨只恨使得一妇人倾危宗庙。你和士开，何物竖子，敢如此纵横无忌。我死入地下，也不会放过你！"高睿依旧勃勃不屈。

我示意皇帝的亲卫都督刘桃枝动手。

刘桃枝甩出一根白绫，套在赵郡王高睿的脖子上，活活把他绞死。

能活三十六岁，在高家爷们儿中，高睿算得上"长寿"了。

华林园中，榆树林间刮起一阵劲风，大块的圆形积云，飘浮在树林上面的天空中，预示着暴风的来临。

我看看地上高睿仍然在抽搐的身体，最后一次环顾四周的景色，忽然感到了凭空而过的巨大风险。

倒伏在地上的高睿，刚才还是活人一个。现在，他的肤色就像风干褪色的牛骨一样，没有任何光泽。顺着他沾满泥土的太阳穴往下看，我还发现，他微合的眼睛里面，还有几滴没来得及流出来的泪水。

如果我晚一步，可能，倒在地上口流脏血抽筋的，就是我本人了。

做事，万万不可落于人后。

处理了高睿，我马上以皇帝的名义下诏，恢复我的一切职位。现在，我依旧是大齐的侍中、尚书左仆射。

至于娄定远，后悔不迭之余，倒是很聪明。他不仅仅把我先前送给他的两个西域美人和珠帘悉数还给我，另外又赠送我十床珍宝。

权势相随，人世间的事情有时候就是如此简单。

皇帝坐稳了帝位。而我，太上皇、胡皇后和当今皇帝面前的红人，自然稳如泰山。

为了平时睡觉更踏实，我不断委任心腹，升任武卫将军高阿那肱为淮阴王。同时，我又把韩凤升为领军将军，总领禁卫军。这两个鲜卑武人，头脑相对简单，易于控制。我看中他们，还在于他们特别仇视汉人文官，可以在关键时刻唆使他们去替我出头。

幽会。与大齐帝国的胡太后幽会，如今，完全没有了从前的刺激和兴奋。胡太后本人，似乎在太上皇崩逝后，平添了许多青春血气，平添了许多床笫的索求。我的身体，却从深处感到了某种奇怪的冷漠，欲望渐渐消失。曾经荡人心魄的狂念，变成了忍耐般的承受和奉迎。一度光润灵透、甜如果肉的胡皇后，变成了让我吃下发腻的油酥。

这种能招致灭族大祸的复杂关系，一般人无法理解。幸好，皇帝年轻，非常信任我。他对待我，如同对待父亲一样的依赖。

小皇帝的柔软和脆弱，也使得我产生了一种深深的责任感。我的出类拔萃，能让大齐按照它一定的轨迹顺利走下去。

太上皇崩后，宗室高睿被轻易地干掉，不听话的大臣被接连外放，胡太后很快就找到了君临天下的感觉。作为实际的女皇帝，她似乎连容貌都发生了巨变。从前羞涩的微笑，完全看不到了。如果她现在对我微笑，我反而觉得非常做作。

还好，胡太后对于年轻僧侣的兴趣日增。特别是西域的胡僧，年轻壮硕，他们替我在床笫上当值不少。这样，我就能从对胡太后的陪侍中躲避出来，有足够的时间思考别的事情。

未雨绸缪。我从来都怀有一种忧虑，即使在顺境之中，我也不能忘记危险的存在。帝国的真正统治者，从长期来讲，是现在还年轻的皇帝。这个十五岁的少年，正在成长中。很快，他就会把握一切威权。

在他成长的岁月中，谁对他影响最大，谁成功活着的可能性就越大。这个面色阴郁、时常面露愠色的少年，很快就会成为一位独立行事的君王。他的母亲胡太后，血缘亲情而已。其实，他最最依赖的，是他的保母陆令萱。

这位以前的宫婢，现在风光无限。此人的丈夫，名字叫骆超，在文宣帝高洋初年坐谋叛之罪被诛。依照齐国律令，陆令萱作为犯人家属，被配入掖庭为婢女。其子骆提婆，也被罚没为奴仆。天保七年，当今皇帝降生后，自襁褓时候起，陆令萱就当他的保母。她巧黠多智，善取媚于人，在胡太后面前非常得宠。太上皇崩逝后，胡太后掌权，宫掖之中，陆令萱独擅威福，被封为郡君。不久，皇帝下诏，又封她为女侍中，号为"太姬"。也就是说，她几乎能与胡太后在宫中比肩。

对这样的人，奉迎巴结，我自然不能落于人后。于是，我连忙拜这位比我还年轻的妇人为干娘，以取悦于皇帝。

要活得好，就要想得多，想得周全。

陆太姬活泼、强壮，她宽广的喉音常常响彻后宫。随着皇帝对她的尊崇日盛，胡太后都不敢再以宫婢身份看待她，开始与她称姐道妹。

陆令萱不年轻了。她的胸前依旧玉峰高耸，走起路来也风风火火。她总喜欢身着深红色的锦衣，上面绣着耀眼的绿叶红花。从远处望去，她就像一堆绸缎绣的衣囊。

当我入宫行礼拜见她的时候，她哈哈笑着，边扶起我，边顺着我的发鬓，往下掐捏着我的脸颊。

权力，让一个宫婢如此胆大，敢动我，胡太后的禁脔。

何乐而不为。

我用力把这位太姬放倒在床榻上。阳光把波动的树影送入殿中，她向我敞开她早已有所准备的身体，一起陷入肉欲的虚空。

有时候，我想，我和士开为什么能使得这些女人着魔呢？是因我美男子的相貌，还是因我主掌大齐的权力？可能都是，可能都不是。

陆太姬满面春风。她即使闭着眼睛，我都能感受到她的心情轻快。

她睁开眼睛，从前佯装的威严变成了温柔、神秘的娇笑。虽然年华老去，陆令萱的眼神仍然会显得单纯、闪亮，善解人意。

女人，这个廉价的女人，太容易被哄得高兴了。她的呻吟，她的死去活来，都让我沉浸在兴奋中。和这样的女人在一起，我非常轻松。这种感觉，与对胡皇后那种用尽心力去奉承的感觉，全然不同。在陆太姬身上，我得到的，是控制感、操纵感和居高临下感。

"和大人，你好可人……"陆太姬语无伦次，依然沉浸在欲望中，"百济国进贡的腽肭①，我儿送我一匣，和大人拿去，你最用得着……"

---

① 据文献记载，腽肭可能是一种海豹或者海獭，用其睾丸晒干而制成的药物，以酒和服，据说可以补精强肾。

第二十五章　麻雀成凤凰

从一个宫婢，变成能与太后同座的太姬，我陆令萱能熬到今天，太不容易。

我的死鬼丈夫骆超，在文宣帝高洋在位的时候，糊里糊涂裹挟到一桩叛乱案之中，被官府抓去砍头。当时，仅仅二十岁的我，作为犯人家眷，被罚配掖庭为婢女。我的儿子提婆，年仅四岁。按照大齐刑罚，应该被阉割。蚕室之外，如果不是我拼得身子让那七个阉工受用一遭，我儿提婆，早已成为下面没柄的阉人。虽然他依旧被罚为奴仆，毕竟保全了男人身。

现在，我熬出头了，我儿提婆自然也成为皇帝兄弟一般的显赫人。皇帝，自小由我抚养大，视我如母。我儿提婆进宫仅仅四个月，就被皇帝封为开府仪同三司、虎卫大将军。

眼看着皇帝渐渐宠爱斛律皇后的侍婢穆舍利，我赶忙认这个姑娘做养女，并让我儿提婆也冒姓穆氏。这样的话，如果穆舍利穆姑娘日后能取代斛律氏当上皇后，我与皇帝的关系，又能亲上一层。而我儿提婆，当然更能以皇帝兄长的身份多一个护身符。

皇帝很高兴我的一番安排。这不，穆舍利由一个侍婢，很快就成为"弘德夫人"，成为贵嫔。

闲暇时节，我听皇帝说过，他很想念当初给他讲过书的祖珽。

祖珽这个人，太上皇在位的时候，起先因为与和士开交恶，被罚流荒州，关入地牢不说，眼睛也被熏瞎。现在的皇帝一句话，他马上被起用为海州刺史。

这位祖大人，人在都外，对朝廷内的事情了如指掌。知悉我为太姬后，他立刻托人捎带大笔金宝去见我的弟弟陆悉达，并转告我说：

"大臣赵彦深等人心地阴险，一直想废皇帝而立新主。太姬姐弟，如想保全富贵，何不启用我祖孝征这样的智谋之士！"

私下里，我与"干儿"和士开密议，商量如何对待祖珽。

　　和士开深谋远虑，抛弃旧嫌，认为祖珽胆略过人，应该让他回朝。把祖珽引为自己人来用，推之为日后朝廷内外的谋主，事成我们可以安享；事败，当然让这个瞎子出头挨刀。

　　商量停当，和士开与我二人一起去见皇帝，力荐道：

　　"文襄帝、文宣帝、孝昭帝三帝之子，皆不得成功继位。现在，至尊您独得帝位，全赖当初祖珽的功劳。先帝当时正当年，祖珽依据天时谶言，力劝先帝禅位于陛下，使得陛下早登宝殿，无人能觊觎皇位。人有功，不可不报。祖孝征此人，心行虽失于险薄，但奇略出人，缓急可使。而且，他双眼已瞎，必无反心。请陛下下诏，呼取他来京城听用，时时可问其筹策妙算。"

　　皇帝言听计从，立刻派人把祖珽召入朝中，授官秘书监，加开府仪同三司。

　　祖珽，不负我等期望，投桃报李，很快，在他的运筹下，和士开在身兼中领军的同时，进封尚书令，赐爵淮阳王。

　　记得我初来皇宫当宫婢的时候，差点吓死。作为罪犯家属，进入掖庭当差，可以想见，稍不留意，没准就会把脑袋丢掉。待我真正进入了皇宫，才发现，无论是皇上、皇后，还是小皇子，都是人。只要能掌握他们的喜怒哀乐，只要能让他们开心，最危险的地方，反而是最安全的地方。

　　压抑了这么久，我身心俱劳。特别是身体方面，女人的好时节，马上就要从我身上溜走了。在皇宫的这十几年，我天天见面的男人，除了皇上、皇子，都是不阴不阳的宦官。这些人，身上混杂着一股暧昧的尿臭，让人恶心。男女之欢，早已经成为渺茫的遥远的回忆。

　　我们女人，宫中的女人，只有胡太后敢于肆无忌惮地暴露和宣泄她的欲望。十多年间，我几乎没有任何欲望。我的下体悸动的开始，是我接到皇帝给我"太姬"之号的时候。那一幅黄绢裱托的诏书，在一瞬间，使得本来非常遥远的、几乎已经完全消失的欲望，重新在我内心深处发芽。

　　这种感觉开始很轻微，慢慢触动着，撩拨着，当和士开和大人拜在我裙下给我当"干儿子"的时候，它就一下子浮升到我的肚腹表层。然后，它又掉转头沉下去。

　　在混沌的黑暗中，我的欲望重新漂浮起来，冲垮了懦怯，云涌而出，构成了我新的身体的烦恼，有些扰人，不失甜蜜。

　　身体苏醒后的骚乱，似乎让过去的苦难一下子烟消云散。异常的喜悦和冲动，让我那么企盼着和士开的来临。多么异样的感觉啊，三分焦急，三分期待，三分饥渴。

胡皇后的感觉，应该和我相仿吧。她年纪比我小几岁，骚入骨髓。作为皇帝亲母，如此不知掩饰，也丢皇家的脸面。不过，女人的心欲，也能理解。如果我是她，如果我是儿子为帝的皇太后，我也可能像她一样，不顾一切，人前人后，与和士开大人成日云雨癫狂。

毕竟，春光有限，流水无情。

等待。等待。轻轻推开窗户，月光如水。呆立在床前，我一动不动，似乎又回到了做姑娘的怀春时节。皇宫内院明净的月色，从来没有像现在这样美丽。天上圆圆的月亮，如同我圆满的身体，充满了期待和焦灼。

远处传来脚步声，渐渐地，化成了衣裳的摇摆声，越来越近，越来越清晰。起先微弱，然后清晰，多么熟悉的脚步声音。

有着西域血缘的男人的床笫功夫，非常独特。与和士开相比，我从前的死鬼男人，根本算不上男人。和士开有着多么完美健硕的身体啊，难怪胡太后那么沉迷于他。这个男人的体力和温柔，简直让人惊异。作为一个女人，能在呻吟的深渊中漂浮到昏眩的乐园，刹那极乐过后，睁开眼，普通的天光都会刺痛眼睛。

这种深刻的兴奋，令人大起隔世之感。

和士开擦着他自己白皙脸面上的汗水，整理衣衫，兀自一笑，说："让干娘劳累了。"

"淘气鬼！"我含嗔用扇打了他一下，扑哧笑出声来。

"祖珽祖瞎子在宫外面等了许久，该让他进来了吧。"和士开衣冠整理已毕，说。

"好啊。"

我梳理云鬟，做出太姬的姿态，等待接见祖珽。

好几年没有见这位祖大人了，他的相貌改变了许多。特别是他的胡须，已经大部分变得斑白。他双眼依然圆睁，只是眸子混浊，不再能转动。如果事先不知道他的眼睛被熏瞎，根本看不出他是个瞎子。

"拜见太姬！拜见和大人！"

祖珽入殿后，朝着我和和士开各深施一礼。他施礼的方向完全正确。有可能，盲人的嗅觉特别灵敏，他才凭着嗅觉分辨出我与和士开各自的方位。

"听说皇帝的新宠穆夫人生下皇子高恒。恭喜太姬得孙。"

我心中暗笑，同时，也对这个祖瞎子产生几分不屑。"祖大人真会说话。皇帝生子，不关老身事。"

"穆夫人，生育皇子的穆夫人，可是太姬您的养女啊。她生下孩子，您高兴，可别忘了有人会不高兴。"祖珽说。

"祖大人，别阴阳怪气的。哈哈，你有话直说嘛。"和士开凑近祖珽，亲热地拍着他的肩膀说。

"现在的皇后是斛律氏。他们斛律家，朝廷重臣勋贵，非一般人家可比。穆夫人生了儿子，斛律皇后本人却还没有孩子。太姬，和大人，你们觉得，这样下去，斛律家族能高兴吗？"

祖珽一席话，说得我与和士开面面相觑。确实，这个祖瞎子非同小可，把他从海州召回朝廷，看来是做对了。

"祖大人请继续讲。"我与和士开一起说。

祖珽面无表情，本来他想笑，但盲人的面目，显衬得他的笑是皮笑肉不笑。

"太姬可以与穆夫人商量，把皇子交与斛律皇后亲自抚养。一来，可以表示出对斛律氏的尊重；二来，可以消除斛律家族的戒心。太姬现在虽然贵盛至极，毕竟没有斛律皇后那样父兄握权掌军的后台。凡事一定要看长远，能进能退，方为妥当。"

"感谢祖大人提醒。"我真心地说，对这个瞎子，更加刮目相看。

和士开拍掌称是。他走近祖珽，握住祖珽的手，低声问："祖大人，胡皇后的兄长、陇东王胡长仁恨我至极，竟然派人刺杀我。皇天保佑，我和士开命大，刺客被我手下捉住。对于胡长仁，祖大人，他是皇太后亲兄，我该怎么办呢？"

"和大人、太姬，你们好快活啊。"祖珽没有立刻回答和士开的话。他哈哈笑了起来。

这个瞎贼，他怎么知道我与和士开刚刚快活过？哦，瞎子的味觉和嗅觉超出常人。很可能，和士开的手上，还有我身体的味道，被祖瞎子得间闻出。这个盲汉，真是聪明过人。

祖珽明知故问："和大人，胡长仁乃胡太后兄长，为何你敢于与他交恶？"

和士开一抖袍袖，愤然说："祖大人，你大概有所耳闻。太上皇崩逝，胡长仁得参朝政，辅佐幼主，还是我出的主意。没有我，他一个外戚，怎能加入顾托大臣的行列，又怎能得封为尚书令，晋爵陇东王？谁料想，得势之后，他与左丞邹孝裕和郎中陆仁惠几个人表里勾结，把持朝政。祖大人，你也知道，最近朝廷升官用人，全部把握在他们几个人手中。我看不惯，奏请皇帝下诏，把邹孝裕几个人外放。这一来，大大得罪了胡长仁。当时，邹孝裕那厮就劝胡长仁装病，妄图待我替胡太后到他宅邸探病时，乘间杀掉我。胡长仁当时没敢做，但仇怨深深结下……为了把他清除出朝，我奏请皇帝下旨，把他外放为齐州刺史。老胡恼怒，派了三个刺客来杀我，均被我拿住，证据确凿。我现在犹豫，不知怎么对太后和皇帝讲。毕竟胡长仁是皇帝亲舅，胡太后亲兄啊。"

听和士开这么一说，我顿替他心烦。"皇帝日前常常去胡府，看上了胡长仁的女儿。倘若胡氏姑娘进宫受宠，她的父亲必定更加嚣张。妹妹当太后，女儿再当皇后，他就更能为所欲为了。"

祖珽沉吟："料也无妨。现在动手，还来得及。在胡太后心目中，据在下揣测，和大人，你为最上！趁胡长仁在外州任上没有回京，你我一起参劾他，不怕他不死！如果皇帝、胡太后犹疑，可以引用汉朝汉文帝诛杀薄昭的故事①。"

汉文帝诛杀薄昭？我不懂。看来和士开明白。

他忽然站起身。"好，我这就去太后、皇帝处，等我消息。"

和士开行事果决，此次也不例外。未及祖珽说什么，他已经带着从人，走出殿去。

胡太后和皇帝都在宫内含凉殿观赏西域歌舞，反正距离不远。

我知道这位祖大人文才超群，又精通鲜卑语，就趁此闲工夫，与他闲言。

"祖大人，你知道吧，太宁二年春天，娄太后得重病。当时，太后殿内的侍者、宫女，都遵照太后命令，呼她为'石婆'，这到底是为什么啊？是鲜卑俗忌如此，还是别的什么原因呢？"我问。

祖珽将须，想了一会儿，说："那时候，徐之才的弟弟徐之范为尚药典御，专门诊治娄太后的病。我与徐之才关系不错，在其家中饮酒，徐之范前去，也说过这件事情。很奇怪，我们都一直很纳闷，不知道娄太后为什么让宫人们称呼她为'石婆'。娄太后崩前，邺城中有鲜卑、汉语相杂的童谣：'周里跋求伽，豹祠嫁石婆。斩冢作媒人，唯得紫绽靴。'……'跋求伽'，鲜卑语是'完了'的意思；'豹祠嫁石婆'，肯定不是什么好事情；'斩冢做媒人'，如果是娄太后与神武帝合葬，肯定要斩挖坟冢。'唯得紫绽靴'，就是'到四月'的意思。紫之为字，'此'下'系'；'绽'者，熟也，当在四月之中。所以谶言已经表明娄太后当在四月身故。"

我听后，头昏脑涨。好奇之余，我追问："'唯得紫绽靴'，那个'靴'字，又是什么意思呢？"

① 汉文帝刘恒的母亲有个弟弟叫薄昭，是汉文帝的亲舅舅。汉文帝初年，他被封为轵侯，一向横行霸道，依仗着自己与皇太后和文帝的关系，目无法纪。文帝十年，朝廷派一名使者去见薄昭，言谈不和，惹怒薄昭，他便下令杀了使者。按照汉代法律，杀天子使者，罪在不赦。为了江山社稷，汉文帝决心杀舅。薄昭杀人后，起初毫不在意。结果，文帝派丞相带领一帮大臣来到他家中让他自杀谢罪。薄昭不肯死，文帝大怒，果断下令让大臣们换上丧服，一起到薄昭家里去哭丧。如此一来，薄昭不能不死。

祖珽："靴者，革旁化，宁是长久物？也就是说，太后不久就要死了。"

我想了想，确实，娄太后崩于四月一日。

祖珽忽然哈哈大笑起来。"说起徐之才，这个老头子，当年黯达得很啊。头发都花白的人了，他听说魏国的广阳王的妹妹元明茹貌美如花，就向当时的文襄帝高澄开口，想方设法把元明茹娶回家。后来，武成帝高湛在位的时候，和士开大人位重得宠，得悉元明茹貌美，和大人就去徐之才家里，在老头子的卧房中与元明茹白昼通淫。结果，恰恰被徐之才撞见。老头子不仅不恼，反而笑而避之，对着两个人嚷嚷：'请恕我冒昧，妨碍青年人嬉笑玩耍！'"

我闻言长笑。

谈笑间，和士开匆匆赶回。

"果然不出祖大人所料！太后得知胡长仁派人刺杀我，非常生气，她让我全权处理此事。"和士开扬了扬手中的空白敕令，"来人，填写敕书，到齐州赐死胡长仁！"他对手下人吆喝道。

这下，倒轮到祖珽感到奇怪了。"……胡太后这么快就同意杀掉她亲兄？皇帝呢，皇帝同意吗？"

和士开扬扬得意。"是啊，出乎我的意料。胡太后只关心我是否受伤，根本没多提她的哥哥胡长仁……皇帝嘛，这辈子也没有见过他舅舅几次，根本不放在心上，当时只顾和乐师学弹胡琵琶。"

祖珽的瞎眼翕张着，看上去更加茫然。"妇人之心，难以测料啊……"

女人的心事，我自然懂。如果没有与和士开春风几度，我可能不懂胡太后为何这么容易听凭别人杀掉她的亲哥哥。现在，沉浸在鱼水之欢的我，完全能理解胡太后的心情。我们女人，就是这样容易被迷惑。亲情再浓，有时候也会被情欲遮蔽。

不过，我倒想起我年少时洛阳家乡的哥哥。特别是我当了太姬以后，夜晚的梦中，我的目光总能看见他少年时代的身影。在黄河岸边的沼泽地上，远望黄河，它是那么宽，那么黄浊。天空中下起大雨，我的哥哥，为我撑起蓑衣。透过缝隙看到的天空，怒红浓黑，暴雨倾盆。在大河边上，模模糊糊能分辨出，一只渔船在河中间漂荡不停，摇摇摆摆，马上就要沉没。仔细望，船上直挺挺地站着两个影子模糊的幽灵，他们保持着沉默，让人感觉恐怖。恍惚间，似乎那一双人就是我早死的父母……时间长久得没有尽头，雨中阴影下的每一个角落，都笼罩着浓重的黑暗。而那船上的幽灵，在缓慢地腐烂。只有我哥哥身上的体温，才让我感到一丝安慰………我嫁人之后，他消息全无，估计已经死于日后的战乱。如果我的哥哥活着，即使一个男人再让我离不开，可能，我也不会如此轻易让那个男人取走我哥哥的性命……

人，总要长大，总要离开，都已无关紧要了。如果我的哥哥还活着，他可能也已变得让我完全不认得。过去的，无可挽回。不过，有我哥哥的童年，我是多么神气，多么幸福啊。那样一个船家少年，身披金黄的日光，在尘世的灰尘中，浑身闪耀，朝我走来……只要想到童年的往事，我的心中就十分沉重。如果我哥哥现在还活着，即使是现在我太姬的身份，我一切的荣华富贵，与他的生命相比，也如羽毛一样轻。我失意的时候，我的丈夫被砍头的时候，我在宫中初为宫婢的时候，我都没有怎么想到过他。但当我富贵后，当我的儿子提婆当上大将军后，当我的弟弟陆悉达获爵仪同三司的时候，我多么希望自己的哥哥会回来啊。

我的儿子和我的弟弟，他们好好地活着，却那么粗俗、没出息。而最疼爱我的哥哥，最英俊的哥哥，却早早消失在人世之中。

人的一生，仿佛有一片无形的、厚密的帷幕，它在最隐秘的时刻从天而降，把人生的幻想和纯粹的快乐扫得荡然无存……

眼前，和士开与祖珽，这两个曾经的冤家，欢谈畅饮。

京城掌权的男人们啊，总是这样。

天色已经暗了下来，空气变得非常潮湿。

我呆呆地想，胡太后，难道她一点也不爱她的亲哥哥吗？当她安睡在和士开的怀中，她是否能意识到，那双抚摸她的手，正是刚刚签发了要她哥哥人头的敕令的手啊！

一声闷雷滚过天空。

殿外的禁卫军军官急匆匆跑进来向和士开禀报：

"周人在宜阳①进攻我们，大将军斛律光已经抵达前线！"

---

① 在今河南洛阳宜阳县。

第二十六章　陷阵！陷阵！

早晨，太阳高高地挂在晴蓝的天空中。风很大，空气非常寒冷。铁甲下，兵士们身上的汗急速凝冻，呵出的热气在胡须上凝结成霜。甲士们身下的战马大汗淋漓。它们长途跋涉，几乎一天没有吃草料。马不停蹄地急行军，兵将们的脸都沾满了尘土，嘴唇皲裂，皮肤呈黄黑色。但是，如果仔细打量他们，就会发现，无论是鞍垫、马镫，还是笼头上的绳索，军士们都结束得井井有条。

干冷的冬天，让人唇焦喉燥，寒意从脚底冲到脊背。冬风掠过，地上的干草沙沙作响，阵阵黄尘卷起，更起苍凉之感。

一层薄雾从地上浮起，逐渐往上，慢慢遮住了太阳。天空变了颜色。东北的天空涌起一团浓重的黑云，面积越来越大，下垂的云脚，垂直拖落，很似龙卷风的形状。

这种"战云"，总会在打大仗的时候出现。

几十年的征战，我已经习惯了死亡、杀戮、征服，以及拉锯式的往来冲杀。作为齐国的大将军，任何重要的战场，都少不了我斛律光。

从我父亲斛律金开始，我们斛律家就为高家效力。当年，神武帝高欢玉壁战败，身患重疾，西人造谣说他已经死亡。为鼓舞士气，他强自起身，宴请诸将。金风飒飒，正是我老父亲斛律金在酒席宴上慷慨悲歌，一曲《敕勒歌》，哀感将士，听得神武帝涕泪横流。

《敕勒歌》，我小的时候，总听我父亲、祖父哼唱。当时，他们是用敕勒语唱。在玉壁的战场上，我父亲以鲜卑语唱出。现在，汉人也喜欢哼唱这首歌谣，语句长短不一，少了很多原有的韵味：

敕勒川，阴山下。

天似穹庐，笼盖四野。

天苍苍，野茫茫，风吹草低见牛羊。

多少年过去，我依旧思恋我青年时代成长的敕勒川。

魏朝末年，我就与父亲一道，在神武帝帐下与西魏打仗。我第一次露脸，时年仅十七。百万军中，驻马高岗，我看到有一人座下骑匹高头骏马，非常惹人注目。血气上涌，我拍马荡群，直入敌阵。奔驰之间，我搭弦发箭，立射，马上人坠地。然后，拖牵疾驰，连人带马一起擒回。那个人，原来正是西贼头子宇文泰的心腹参谋、长史莫孝晖……

这些年来，东西两边魏国，一直争斗不休。后来，我们这边，东魏变成了大齐；宇文氏在西边篡位，西魏变成了周国。

东西双方，战事从未停歇过，打斗多多。

天保三年，我跟从文宣帝高洋出塞破柔然、突厥，先驱破敌，多斩首虏，得封晋州刺史；天保七年，我率步骑五千袭破周国大将王敬俊等人，获五百余人，杂畜千余头而还；天保九年，我率众取周国绛川、白马、浍交、翼城四戍，因功任朔州刺史；天保十年，我率骑一万征讨周国大将曹回公，临阵斩之，吓得柏谷城主薛禹生弃城奔遁，遂攻取周国的文侯镇，立戍置栅而还；孝昭帝皇建元年，我又晋爵巨鹿郡公。也就是在那一年，我的长女得为孝昭帝太子高百年太子妃；武成帝河清二年四月，我统率步骑二万，筑勋掌城于轵关西，筑长城二百里，置十三戍；河清三年正月，周国遣大将达奚成兴等人来寇逼我国平阳，我亲率步骑三万御之，周兵畏惧，仓皇退走。我乘胜逐北，攻入周国国境，获二千余口而还。其年三月，得迁官司徒。四月，我又率骑北讨突厥，获马千余匹；是年冬天，周国遣其大将尉迟迥、宇文宪、可叱雄等，众称十万，进寇洛阳。我率骑五万往击，双方战于邙山，大败周兵。此战之中，我亲手射杀周国大将可叱雄，斩捕首虏三千余级，因功进太尉，又封冠军县公。我的第二女，成为太子高纬的正妃；天统三年，我父亲斛律金去世，我袭爵咸阳王，并袭第一领民酋长，迁太傅；同年十二月，周国派兵包围洛阳，壅绝粮道。转年，即武平元年（公元570年）正月，我率步骑三万讨之。军次定陇后，周将宇文桀、梁士彦、梁景兴等人屯军鹿卢交道，挡住我军去路。我擐甲执锐，身先士卒，杀得周军大溃，阵斩梁景兴，斩首二千余级，获战马千匹……

这以后，我率军直奔宜阳，与周国的齐国公宇文宪等人所率大军相对十旬。

为了有效抵御周军的进攻堵截，我修置筑统关、丰化二城，以通宜阳之路。还军之时，周国的齐国公宇文宪率精骑五万，追蹑于后。行至安邺，我率骑兵奇袭周军，宇文宪军大溃，我军当场生俘周国大将宇文英、越勤世良、韩延等人，斩首三百余级。

为击退周人进逼之势，冬天来临的时候，我率步骑五万，在玉壁一带筑华谷①、龙门②二城，与周国名将韦孝宽对峙。同时，我派兵进围定阳③。

周国的齐国公宇文宪闻讯，赶忙解宜阳之围，驰救汾北，周国统帅宇文护本人也出屯同州④，与之呼应相援。

趁周军慌乱之际，我派人在汾北筑十三城，拓地五百多里。

周将韦孝宽出玉壁，向我军发动攻击，反为我所打败。想当初，神武帝高欢，正是在玉壁被韦孝宽阻败。他当时率领守军，杀伤我军七万多人，神武帝回去后即懊恼身亡。如今，大名鼎鼎的西贼大将韦孝宽，败于我斛律光手下，算是给地下的神武帝出了口恶气。

周国齐国公宇文宪自龙门渡河，攻拔我军新筑五城。由于分兵，我手下兵力不敌，只能退守华谷。

还好，关键时刻，我们齐国的太宰段韶、兰陵王高长恭率军南下策应。他们二人统军攻克柏谷城⑤，大大减缓了我的压力。

不久，周国的齐国公宇文宪攻拔宜阳等九城。闻讯，我马上率步骑五万前往营救。

周国统帅宇文护命参军郭荣等人增援宇文宪，被我们齐国太宰段韶率军击破，并包围了定阳城。段韶急攻不下之际，故意留出缺口。而兰陵王高长恭选精兵千余，埋伏定阳东南洞口，准备截击夜间突围出走的周国守将杨敷。果然，杨敷粮尽，乘夜突围，正落入兰陵王高长恭的伏击圈，被杀得七零八落。

此后，我军连捷，占领汾州⑥和姚襄城⑦。但是，宜阳等九城，仍在周军掌握中。

我统率大军，准备与周军在宜阳城下交战，拿下这个战略要地。

冷风吹来，地面上的枯草波浪似的翻滚起来，闪耀着黄色的光泽。

漆黑的乌云缓缓移动，从城头上掠过。

---

① 在今山西运城稷山县西北，为当时军事要地。
② 在今山西河津西。
③ 在今山西临汾吉县。
④ 在今陕西渭南大荔县。
⑤ 在今河南洛阳宜阳县南。
⑥ 在今山西汾阳。
⑦ 在今山西临汾吉县西北黄河东岸。

宜阳城上一片死寂。身穿黑衣的周军也同黑云一样。他们静立不动。周人喜欢静默。

我们大齐军第一批攻击部队冲上去。

周军严阵以待，箭雨蔽天而下。嗖嗖声过后，许多利箭穿透了铠甲，我们齐军的攻城部队兵士纷纷倒地，不少人在地上呻吟着，辗转着。他们嘴里吐出的鲜血和身上流出的血，染红了大片枯草。

我的坐骑惊得以后腿立起。几支巨大的弩箭射到我周围的骑兵阵中，不少马匹被射倒，兵士纷纷滚落于地。

我拼命勒紧缰绳，口中并没有大声吆喝。

作为大将军，镇定自若，是对兵士最好的鼓励。

我们的骑兵飞速奔向城池，闪光的马嘴在风中呼出白色的哈气。嘶鸣之中，上千匹战马几乎贴着地面，风驰电掣般直朝宜阳城狂奔。钉过掌的马蹄，把大地踏得轰鸣着，颤抖着。我们的骑兵边射箭，边奔驰，迅速冲向城墙。

周人的防守非常严密，我们的兵士几乎冲不到护城河边，就被箭弩射杀或者被城上抛飞的石块砸死。侥幸有数百兵士冲到城墙边，由于周人在晚上用水浇灌城墙，冰厚墙滑，他们努力拼死，也根本不能爬上去。蚁附登城之际，他们纷纷被周军用巨石砸死，或者用烧熔的铁汁烫死。

忽然，一支箭射到了我的左胳膊，很快，我就感觉这只胳膊不听使唤了。接着，疼痛尖锐地开始了，血染湿了我的战袍和铠甲。

我依旧稳稳坐在马上，脸上没有任何表情。我的卫队兵士全神贯注地看着攻城的部队，没有人注意到我受伤。

我身边一个手执长槊的家奴哼了一声，扑通一下，从马上摔到了地上。他挣扎了几下，呼呼地喘着粗气。

这个敕勒族家奴，跟从我二十多年，躲过无数次死亡。但是，他终究没有躲过这一关。这一次，他肯定活不成了。

他二十岁刚刚出头的儿子跳下马，急速扯下自己的衣服，塞在他肋骨旁的伤口上。布条浸满血，很快鼓了起来。

那是一支弩箭，巨大的三角尖头，把他的伤口撕扯得太大了。鲜血冒着泡，不停往外涌。在寒冷的空气中，流出的血液很快变成了黑色。他的脸，慢慢变成了青灰色。他张大嘴，大口喘气，嘴唇痛苦地哆嗦。他的胸腔急剧起伏，呼吸急促。

从他黯淡的眼睛里，我已经望见了死亡。

他最后抽搐了几下，轻轻呻吟了一声，头一歪，死了。

他的儿子为他堵伤口的手，还冒着热气，血液依然往外涌出。

他的儿子抬头望了我一眼。

我没有任何表情，扭过脸去，依旧望着宜阳城方向。男子汉，能死于疆场，是一种荣耀。

马蹄轰鸣，第一波攻城的骑兵败退下来。奔逃回来的不少马匹背上是空的，骑士已经死在了城下。

一匹枣红色的高头大马发疯似的往回跑，冲着我飞奔直撞而来。

我挺立不动。

就在大马马上要撞到我的时候，我的一个卫兵从他自己的马鞍上飞身腾空，骑上了那匹发疯的马，顺势骑行了一段距离，终于把它控制住。它呼哧喘着粗气，抖着鬃毛，慢慢安静下来。这是匹年轻的突厥马，头部小小的，鼻大喘疏，眼如悬镜，头如侧砖，胸部的筋肉发达，四条细长有力的腿蹬踏得力，蹄腕骨几乎完美无瑕。特别是马的臀部，粗大的尾巴迎风甩动，非常有气势。

这么好的一匹马，它的主人一定是个非常强壮的中级军官。可惜了，周人的箭弩已经夺去了他的性命。像一片秋天的落叶，他飘落在宜阳城下。

默默伫立了片刻，我果断下令撤军，决定暂时放弃对宜阳城的进攻。待到春暖花开，再做打算不迟。

冬阳如血。我们齐国两三千兵士的尸体，倒在宜阳城外。血，流出后，很快凝结，变成了黑紫色。不久，那些地上流淌的血被冷风冻结起来，闪烁着奇怪的光芒。

北风呜呜地吹，空气中充满了悲伤的气味。

周军并不呐喊，他们静静地站在城头，远远观察我们的动静。

我军步兵匆忙地跑入阵地，从死亡兵士身上扯下甲胄，胡乱捡起一些兵器，然后归队撤离。

雾气生于郊野，冬天垂死的太阳更加黯淡无光，倒是双方兵士的铠甲和头盔，闪出刺目的光芒。

我军步兵首先撤退，他们列队整齐，沿着土路离开。阳光在兵器上面闪耀着，战场上未死的兵士的哀号声和呻吟声，清晰可闻。很快，他们的声音就会衰弱下去。寒冷和出血很快就会结束他们的生命。

军队中，新入伍的兵士脸上的颜色都刷白，恐惧表现在他们微微颤抖的嘴唇和眼睛里。他们越佯装镇静，就会越紧张。

周军喊着什么。回头望，城墙上，周人开始处置被他们捉到的我军的俘虏。

他们强迫被俘的我军兵士每排十人，跪在城头上。我们的兵士虽然恐惧，但面对城下自己军队的兵士和军将，没有一个求饶，都紧紧地闭着嘴，一声不吭。

周军扬起大刀，逐个砍掉他们的头颅，然后，周军兵士把无头的尸体一具一具推下城墙。

我在心中数了数，大概有一百多兵士被斩首。

我们的步兵、骑兵在城下列阵，临走的时候，皆仰着头，默默注视着周人的举动。

周军斩决我军俘虏后，用霹雳车①把那一百多血淋淋的人头抛向我军队列。

人头和石头就是不一样，落在地上，它们并不弹跳，滚了几滚，就不动了。周军的目的，是恐吓我军。

凉飕飕的冰粒打在我的脸上。下雪了。

"立刻后撤！"我掉转马头，跟随军队撤离宜阳。

这座城市，我总会回来的。待我日后攻占它，绝对不会饶恕守城的兵将。对兵士在战场上的死亡，我能保持无动于衷。但这种卑鄙的杀人恐吓，只会激怒我。

雪花欢快地飞舞着，慢慢给寒凝的大地铺上了一层洁白的颜色。我回头望了一眼，兵士的尸体，似乎都变成了黑色的土块，没有任何生气的土块。仅仅在一个时辰之前，他们还是活生生的好人。

雪，越来越大，纷纷飘落。恰似迷离、温柔的薄暮，白色的雾气，笼罩在战场上。被马蹄践踏得稀烂的田野上和逐渐消失在身后的宜阳城，笼罩着一片朦胧的悲凉。

我控制住自己的怒气，竭力使自己保持清醒，我一定要做些什么来鼓舞士气。总不能这样离去。

兵士们慢慢地行进着，一种膨胀的无声的仇恨，即使在漆黑夜色中，我也能深刻感受到。

我率领四万多人的大军，放弃宜阳之后，并没有空手回去。在路上，我指挥兵士，顺手攻陷了周国在宜阳周围设置的建安、全阳等四个戍站，并生俘了千余周国兵士。

相比宜阳，戍站更容易攻打。攻坚，肯定有所损失，根据手下报告，我们仍然损失了近两百兵士。

望着一千多个被解除武装的周国戍站兵士，杀人的念头蒸腾起来。我知道杀

---

① 与抛石机相类的战具。

降不祥，却忽然感到有必要及时打发掉他们。首先，屠杀周兵可以鼓舞士气，消除我军兵士在宜阳城下眼看自己战友被砍头的悲痛；其次，带着这些周人在冬天往回走，不仅要消耗大量粮食，看管他们也浪费行军时间。

这些周人，除了军服与我们齐军有差别，长相其实和我们基本一模一样。特别是年纪稍长的下级军官，不少是讲鲜卑语的。几个年纪比我还大的老兵，看得出，他们都是纯粹的鲜卑人。很可能，他们有的人，曾和我父亲一道在六镇为魏朝效过力。

鸦雀无声。

我手下的兵士和军将都望着我，等待我发出命令。

又是一个早晨。太阳即将升起。

"结果他们，割左耳报功！"我轻声而又清晰地下达命令。

官兵们欢呼。他们直冲上前，开始杀戮手无寸铁的已经被解除武装的周军兵士。特别是那些骑马的老兵们，异常奋勇。他们飞快地从刀鞘里抽出马刀，砍瓜切菜一样在俘虏队伍里面来回驰骋，肆意砍掉周兵的脑袋。

不少周兵临死前还来不及解开兜鍪，他们纤细的脖子没有遮挡，沉重的头颅掉在地上，颈血狂喷。

"杀！……杀！全部杀死！"老兵们在声嘶力竭地喊。

周军兵士中，有数十个身材高大、孔武有力的，还试图反抗。他们迎着明晃晃的刀刃和槊尖，试图抓住砍刺向他们的武器。结果，我们的兵士根本没有任何怜悯之心，周军兵士流血的手掌，或是被砍下，或是被捅穿。有的周兵，手掌被钉在自己的胸前，嗷嗷喊叫着。他们再转身想跑之际，脑袋被马刀和长刀从后面无情地削去，在地上乱滚。

一千多被俘周军被杀前脸上惊恐的表情和小孩子一样的呼号，令人难忘。

即使如此，依旧有大概一百多周军跑出杀戮圈，向河边跑去。我军兵士开始架弩搭箭，射兔子一样把他们射死。

最后，有一个身材细长、长着褐红色头发的鲜卑人跑到了河边。

一阵风一样，他躲过了刀剑的砍杀，躲过了长槊的穿投，躲过了箭弩的射击，成功地跳入河中，拼命往河中央游去。

他的体力那样充沛，即使身穿厚重的军服，他仍能在水中飞快地游动。

看他即将上岸，我向护兵伸出右手。一把我专用的大弓，被递到我的手中。

搭上一支箭，我闭上一只眼，瞄了一下，嗖的一声把箭射出。

不偏不倚，那支箭正中已经爬上岸的周军兵士的后脖子。他立时重重地摔在地上，再也不动了。

我青年时代就享有的"射雕手"的美誉，不是凭空得来的。

终于，我为兵士们找回了一些自信和安慰……

虽然宜阳未克，损失数千兵马，但满满三大袋子的耳朵，足以回邺城为军士们报功。

邺城越来越近了。笔直的大道，穿过稀疏的树林，爬上岗丘起伏地带。邺城，就在眼前了。远远望去，城市的轮廓越来越清晰。

即使在冬天，风从树梢掠过，哗哗响着，流水一样。鹿角似的枝丫，发出铁锈色鱼鳞般的光泽。一只黑色的乌鸦喳喳叫着，斜扭着尾巴，胡乱地从我近旁的大树上飞起来。由于风大，它的身子被吹得几乎歪斜，亮锃锃黑森森的羽毛，射入云端。

看到乌鸦，我心中不快。

邺城皇宫派出飞骑，携带敕令，告知我即刻在城外解散军士。

我非常不高兴。皇帝年轻不懂军事，朝内那么多大臣，难道他们都不懂事吗？军士们劳累数月，父失子，兄失弟，战场血拼，多有勋劳，朝廷应该派出大臣携带赏赐物品郊迎大军，以示恩泽。

自恃劳苦功高，我没有理会敕使，继续率军往邺城进发。同时，我派人密书表奏，希望朝廷派人出来宣劳将士。

大军行至紫陌，我的一个侄子劝说我不要再往前行。"您率领军队逼临国都，很可能被朝廷猜忌！朝中正人不多，皇帝年轻，说不定有人会因此进谗言！"

此话有理，我下令军队暂时停止行进。

驻军未久，就有朝廷使者急匆匆赶到。他来的时候，携带大批金银、绸缎赏物，散与将士，然后让我入朝面君。

正布置间，吏部尚书冯子琮也亲自出城，迎接我入京受赏。

"斛律大人，祝贺您，陛下准备给您清河郡公的封爵，要拜您为左丞相！"

冯子琮笑呵呵地说。

看来，我侄子的担心，明显是多余。

我换乘上那匹在战场上差点冲奔到我身上的枣红色突厥马，骑着它在周围兜了几圈。它的脊背伸缩有力，四蹄展开，飞一般地奔驰。果然是好马！

正值融雪天气，邺城的城墙外面出现了不少冰挂。树梢上的冰凌时时掉落下来，砸在地上，发出悦耳的声音。

各种雀鸟叽叽喳喳地叫了起来。我的心情，也一下子晴朗起来。

"斛律大人，您这样的人不在朝中，让人心里面空空荡荡的。"冯子琮说。

我朝他笑了笑，没有接他的话茬。

作为掌选的贵官，又是胡太后的妹夫，冯子琮这个人，风头几乎超过现在朝中的佞人和士开。

第二十七章　只差一步就成功

我，冯子琮，祖籍信都。

我的远祖，说起来大名鼎鼎，乃十六国时代的燕国[①]天王冯跋。在魏朝，我们冯家最有名的，就是抚育孝武帝成人的冯太后。冯太后，是冯弘的孙女。那位冯弘，乃我远祖冯跋的亲弟弟。他继位后，把我远祖冯跋一百四十一个儿子，也就是他的侄子，统统杀光。所以，我的祖上，乃燕国天王冯跋身后逃出的唯一的庶子。

天潢贵胄，日趋衰微。到我父亲冯灵绍，只能做到东魏度支郎中之类的小官。幸亏，我本人生性聪敏，自幼好学，涉猎书传。孝昭帝高演时代，我得任军府法曹，掌典机密，统摄库部，深受委任。

武成帝高湛继位后，由于我的妻子是胡皇后的妹妹，凭借这层关系，我很快得任殿中郎，加东宫管记。所以，当今皇帝做太子的时候，我常在他的左右教导他读书。由此，太上皇崩后，新帝继位，我得官给事黄门侍郎。

太上皇崩逝之时，作为仆射的和士开秘丧三日不发，致使内外汹汹。关键时刻，还是我一言九鼎，劝说和士开发丧。可恨的是，与赵郡王高睿一伙的元文遥不念我维护之功，反因我是胡太后妹夫之故，猜忌我，怕我日后帮助胡太后干政，就私下劝说赵郡王与和士开，共同把我排挤出朝。没有办法，我只得出朝为官，就任郑州刺史。

幸亏皇帝对我非常关照。他不忘东宫旧情，特意下旨，赏赐我一部鼓吹，并加兵五十人做我的卫兵，以示荣宠。

我就任郑州刺史不久，和士开等人就设计杀掉了赵郡王高睿。人在外州，我反而避免了被卷入朝中的党同伐异。如果当时在朝中，说不定会牵涉到哪派当中，稀里糊涂地送命。

---

① 即北燕。

没过多久，胡太后做主，为武成帝的第四子齐安王高廓娶我的长女为妃，这样，我才能趁女儿结婚的机会，返回邺城。

蛟龙得水，一朝得意。皇帝、胡太后对我深加信任，把我留在朝中，很快授我为吏部尚书。我的妻子，乃胡太后的亲妹，这种血浓于水的关系，使得我晋升极快，不久我就又得任尚书右仆射，掌握国内的官选大权。

这样一来，我几乎与和士开，拥有同样的权势。

武成帝时代，和士开深受信任，居于要职，我不得不卑辞曲躬，事事咨禀。如今，以皇帝姨父之尊，朝廷仆射之望，我再也不必看和士开的脸色行事。

其实，我疏忽了，大大疏忽了。既恃内戚，兼带选曹，我自以为得意，却疏忽了这样一个事实：和士开乃胡太后心头肉，又被皇帝视为亲人，把他搞倒，难于登天。

我现在所处的这种境地，非常尴尬。人，一旦取得权势，品尝到权力的滋味，那么，身上的喜怒哀乐、七情六欲，似乎一下子得到十倍的增长。从回朝之日起，我就心绪不宁，寝食难安，日日饱受煎熬。权力巅峰上面的风光，太诱人了，虽然跌落下去可能是大不幸，但最激动人心的那些诱惑，肯定让人不顾一切地去攀爬。

无休无止的欲望，总会引领我们往上走。幸，或不幸，反正在生活中一定会发生。如果放弃，从前的一切都会丧失殆尽。

古代史书中，几乎所有人物的命运，都是成王败寇。这种意念，那样深入我心。身处朝堂之上，肯定神往更高的权力。我深知，人活一辈子，在航行的清流中，即使处处遇到腐烂的沉积，只要凭借野心和运气，总能看到最后目的地的姹紫嫣红。当然，姹紫嫣红，也可能是自己脑浆加上鲜血的颜色。

丧失了主上的信任，对臣下而言，最危险不过。好几次了，我把新拟的官员委任名单拿给皇帝，他皱眉头想了想，都退还给我。"爱卿再给和士开和仆射看看吧。"

这种态度，就是向我强烈表明了皇帝本人对和士开的信任。也就是说，在皇帝心中，孰轻孰重，一目了然。

我严峻地感觉到危险的真实、迫切的存在。危险的后面，在昏暝莫辨的深处，就是死亡！

这就是朝廷！这就是政治！如果不想办法，我就会陷入那种令人喘不过气来的、无法避免的绝境！

没有别的办法。皇帝的亲弟弟、琅邪王高俨，是我唯一的胜算和选择！只有借助他的手，才能除掉和士开。

除掉了和士开，或许，我能顺便把现在的皇帝的宝座转与琅邪王来坐。那样一来，我就是拥立新君的不贰功臣。

琅邪王高俨，这个老成少年，最恨和士开、穆提婆二人的专横奢纵。对此，大家都心知肚明。

有一次，朝臣大会，和、穆二人邀请王公贵臣到他们新建成的大宅游玩，唯独琅邪王恨恨推辞，冷冷言道："你们两位何必这么着急修宅建屋！或迟或早，大宅子还不都是别人的！"

那时候，和士开还以我为心腹，说话不避。他转身低声对穆提婆和我说："琅邪王眼光奕奕，数步射人。刚才和他交言仅仅一会儿，我就浑身冒汗。这样的人，让人心惊忐忑不宁。吾辈见天子奏事，也没有这样的感觉！"

从那时起，和士开、穆提婆与陆令萱日进谗言，最终劝说皇帝下旨，命令琅邪王高俨离开北宫到宫外居住，五日一朝，并禁止他随便与胡太后见面。

当然，和士开很会使手腕，他给琅邪王加太保的虚衔，明升暗降，削夺高俨对齐国军队的军权。

即便如此，作为皇帝亲弟，琅邪王高俨还剩有一个京畿大都督的职衔。也就是说，他还握有指挥京城卫军的兵权。

由于邻近琅邪王宅邸的北城有座大武库，和士开越想就越不放心。他和穆提婆等人商量，想把高俨外放到地方州郡，趁此机会夺其兵权。

消息传出，琅邪王高俨虽然是个少年人，却能深刻感受到事情的严重性。

此时，朝廷中亲近琅邪王高俨的治书侍御史王子宜、开府仪同三司高舍洛，以及中常侍刘辟强，都私下对他进行劝说：

"殿下与皇帝，至亲骨肉，却因为小人离间，久被疏远。现在，您又要被迫到外州任职。堂堂殿下，怎么能出京城而入民间！所有这一切，都是和士开从中挑拨离间所致。如此奸臣，不能不除！"

正是这三个人的大力引荐，琅邪王才找到我商议对策。

"和士开罪大恶极，我想杀掉他，希望姨父能帮我！"琅邪王高俨开门见山。

望着这位身体肥硕、少年老成的王爷，我不假思索，立即答应下来。如果是别人，十四岁的少年，乳臭未干，我不可能愚蠢到拿自己的身家性命来押宝。但是高俨，琅邪王高俨，他可不是一般的王子。武成帝如果再多活上几年，很可能会把帝位转给他。当今皇帝，性格懦弱，没有主见，只是他凭嫡长子的名位，才得以承继帝业。这位琅邪王，大略良才，从十岁起就开府处理公务，帝位，对他来说，并不遥远。数年以来，他只是缺少运气和机会而已。

事已至此，琅邪王就成为我除掉和士开的唯一机会。

即使万一事情不成，有琅邪王在上面顶着，到时候，我死不承认参与其间，凭恃我妻子与胡太后的血缘关系，想必他们也不敢拿我怎么样。

不是大福，也不一定就是大祸。福兮祸兮，奈何奈何！

于是，琅邪王高俨先让治书侍御史王子宜出面，上奏表章，列举和士开的罪名，提出指控。这样，就能先把他逮捕起来，严加审问。

王子宜的这份表章，如果没有我在朝中，根本到不了皇帝的书案上。即使到了皇帝的书案，它也极可能马上被退回。退回不说，还会引起和士开极大的警惕。

但是，倚仗我在内廷做仆射的便利，我把王子宜的奏章和别的一大堆表章混在一起，一并拿给皇帝看。

皇帝正在向宫廷乐师学弹胡琵琶，对拿给他过目的奏章非常不耐烦，马上首肯认可。

如此，使得我能当着皇帝的面，在王子宜的奏章上盖上玉玺。

如此一来，逮捕和士开，就有了最有力的敕令保证。

"冯仆射，姨父，有了这敕令，就能把和士开拿下吗？"琅邪王高俨还是有些不放心。

和士开数年把持朝政，倚恃太上皇、胡太后，以及皇帝的恩宠，让人对他产生忌惮之情。高俨的疑问，也是大多数人的疑问。

"可以把敕令交给宫中掌管禁卫军的领军大将军厍狄伏连，让他出头，率领兵士逮捕和士开。"我说。

这个厍狄伏连，是个鲜卑将领，依靠他从前跟从神武帝高欢的旧功，得封宜都郡王。其人愚憨，对高家忠心耿耿。显祖皇帝高洋时代，他勤于公事，从早到晚在宫阙值班，深受信任。和众多鲜卑将领一样，厍狄伏连鄙吝愚狠，没有任何治民政术。他在郑州刺史任上，专事聚敛，官声极差。加上他本性严酷，不识士流，常常鞭打侮辱其手下任高级参谋的开府参军，甚至派那些世家大族出身的读书人去和役夫们一起修筑长墙。

如果能借这个鲜卑愚夫之手除掉人精和士开，真会让人心花怒放。

犹豫再三，琅邪王高俨终于派人把领军大将军厍狄伏连秘密召唤前来，把皇帝的敕令给他看，命令他率领禁卫军去逮捕和士开。

厍狄伏连虽属起起武夫，对这份敕令依旧是半信半疑。

这老浑蛋从琅邪王那里出来后，换上一身戎装，穿戴整齐，小跑着进入内廷，想亲自找皇帝探察虚实。

人算不如天算，恰恰我在省内，把他迎个正着。

"冯仆射，我接到琅邪王转交的皇帝敕令，让我带兵逮捕和士开和大人……和大人，是皇帝近臣，这份敕令，是不是真的啊？能否托您转达一下，向皇上复奏一次，查验此份敕令的真假？"厍狄伏连结结巴巴，用不熟练的汉语和我说。

幸亏遇到我，如果这位厍狄伏连得以把敕令转交皇帝复奏，大势去矣！

"琅邪王给你的敕令，可能有假吗？！"我用鲜卑语厉声呵斥厍狄伏连，"立刻率兵去逮捕和士开，不得有误！"

依琅邪王帝弟之亲，加上我仆射之尊，厍狄伏连不得不信。

他赶忙连夜集合京畿军士一千多人，埋伏于神虎门外，叮嘱门卫，禁止和士开转天早朝的时候随便进入皇宫内廷。

这一宿，我和琅邪王高俨目不交睫，相对坐在北宫的庭院内，根本睡不着。

外表虽然故作平静，我心中的暴风雨，如同呼啸的海浪一样不能止息。

晷漏移滴，早晨日渐迫近，恐惧从四面八方呼啸而来，汹涌升腾。只要和士开的人头落地，我这种莫名的恐惧可能马上就烟消云散了。

如今，忧虑之下，一切的一切暂时都失去全部的魅力。七月夜晚温柔的夏梦，根本没有任何绚丽多彩的感觉，甚至，我感到一丝寒霜砭人的凉意。

人生就是赌博。在这本来金光闪闪、光耀夺目的夏夜，每一刻都变得异常揪心。月光、花香、美酒，都没有任何价值和意义，它们都可能变成我临终的景色。

稍有风吹草动，我的心就一阵狂跳。我甚至开始后悔参与杀掉和士开的行动。

我觉得，自己好像是一个迷路的旅人，忽然渴望起平静生活的甜美和安逸。谋杀的乐趣，与平安的生活相比，是多么微不足道啊。可是，我不杀人，别人就可能杀我啊。

琅邪王高俨烦躁得一直在庭院来回踱步，这个肥胖的少年，十四岁的王爷，还没有学会掩饰不安和恐惧。

看着这个野猪一样来回蹿踱的孩子，我更加感到荒唐——和他一起行事，是否太过牵强？！

一切都太晚了，只得听天由命。

琅邪王所居的北宫的庭院，郁郁葱葱。满目的绿叶哗哗地迎风摇曳，似乎隐藏着千百种秘密和不安。天上的星星开始苏醒，黎明的月亮那么冷寂。许多的庭花在昏暗的光线下舒展怒放，呈现出一种怪诞的、失真的颜色。再过几个时辰，太阳升起的时候，不知道它们是否还会保持这种颜色？……

已经有鸡鸣的声音。影影绰绰间，皇宫的建筑物的巨大影像越来越清晰。

我望着宫墙，望着残月，从前的愉快之源，现在变成了恐惧的渊薮！每天早朝的时候，皇宫的树木是一种舒适的荫庇，太阳有力的光与影，曾经无数次让我在马上产生过吟咏作诗的冲动。现在，冉冉升起的太阳，看上去那么耀眼夺目，像一团鬼火一样咄咄逼人地发光。

第一道阳光从东方斜射过来，北宫中最高的树枝，顿时染上一层金黄色，早晨的湿气闪闪发光，翠绿色的庭园间，皇宫的红色围墙兀然耸立视野之中。

阳光越来越强，树颠的叶子摇晃着，发出强光，使人不得不眯起眼睛。

我颓然坐在卧褥上，轻轻叹了口气，暗中祈求佛祖能保佑此次行动的成功。

琅邪王高俨脑袋耷拉在胸前，他坐在野葡萄藤下面的坐榻上，几乎沉睡过去。少年人熬夜，确实辛苦。阳光照射过来，似乎在他的脑袋上方催开了一大束明黄的大花朵，耀眼，夺目。这个巨大的光环，一下子让我心中兴奋起来：琅邪王多么像佛像中的帝王啊，头上闪闪的光环，不就是他成功得位的预兆吗？

"殿下，时辰到了，我们该去神虎门内等待和士开了！"我说。

来得早不如来得巧。我和琅邪王刚刚在神虎门外的台阶坐下，就见和士开扬扬得意，骑马而来。

这个得意的胡狗，早朝从来没有迟到过。

忽然看到厍狄伏连身着戎装、手握宝剑，带着一大堆兵士出现在神虎门前，和士开大吃一惊。

"王爷来得正是时候，您有天大的好事啊！"厍狄伏连大笑着，上前抓住和士开的双手。

治书侍御史王子宜也满面笑容，扬起手中的敕令，说："有敕，请淮阳王和士开到台省受封！"

和士开满面诧异。"要加封我何爵？皇上为何没有和我说过？"

厍狄伏连率领军士把和士开围在中间，拥逼着他，把他引到神虎门楼上的空地。

看到琅邪王和我们一群人，和士开顿时颜色大变。

"殿下您应该五日一朝，今天何以至此？"和士开问高俨。

"你这个西域丑胡，我在此，正是要你项上人头！"

琅邪王咬牙切齿。他一挥手，从腰中解下他的宝刀，命我的一个本家子侄、都督冯永洛去斩和士开。

厍狄伏连手下的两个兵士把和士开双臂反剪，踢倒在地。

和士开面白如纸，他仰起头，想说些什么。

冯永洛挥刀，未等和士开叫唤，一刀就把他的脑袋砍落了下来。

事发仓促，当场的库狄伏连也惊骇无比。他原先只以为皇帝对和士开起疑，派琅邪王和我们一群人来逮捕他。眼见权势熏天的和大人当即遭到斩首，颈血狂喷，这个鲜卑将领吓得目瞪口呆，愣在一边。

真切看到和士开血淋淋的脑袋拎在冯永洛的手中，琅邪王这个少年王爷的脸，还是变了颜色，由深红变成了灰黄。

死人头，并不是多么美妙的东西。

少年琅邪王的样子有些呆愣，他站在当地，半晌噤口无言。

良久，他喃喃自语道："恶贼已诛，我们该收手了吧……"

"事已至此，何可中止！"

治书侍御史王子宜、开府仪同三司高舍洛、中常侍刘辟强，还有刚刚杀掉和士开的都督冯永洛，异口同声。

事情开了头，肯定就不能随便完结。即便是完结，也要用许多人的性命来完结，包括当今皇帝的性命。

"库狄伏连手下那么多京畿军士，又有这么多人里应外合，殿下，您难道还想有退路吗？没有别的办法，只有杀入宫去！到时候，我们拥立您做皇帝！"我在琅邪王耳边低声说，"殿下不要忧虑宫中之事，我现在马上返回皇帝身边，代殿下侦知宫内消息！"

琅邪王大呼一口气。他呆愣了片刻，最后只能点头同意。

库狄伏连见和士开已经被杀，料到事情无可挽回，只得表态说会坚决站在琅邪王一边。

众人下城集合。

其间，两个高家宗室王爷，广宁王高孝珩、安德王高延宗，不知从哪里得到消息，出现在现场。

他们骑马自西款款而来。看到这么多人磨磨蹭蹭，他们狐疑地问："你们为什么不进攻？"

琅邪王道："我手下兵士太少。"

身材肥硕的安德王高延宗骑在马上，顾众叹息道："从前孝昭帝高演杀杨遵彦（杨愔字），手下仅仅有八十人。今殿下您手中有数千劲卒，怎还说兵少？"

二王相视片刻，摇摇头，并马连辔而去。

顾不得理会二王，我匆忙只身返回宫内。

琅邪王高俨率领三千多军士直逼宫城，在千秋门外屯扎，把皇宫包围得严严实实。

宫内，小皇帝从来没有见过如此凶险的阵势。他吓得脸色发白，浑身抖颤。

惶急地转悠好大一会儿，他和胡太后相拥而泣：

"此次事危，有缘的话，我得保一命；无缘的话，恐怕与母后永别了！"

胡太后虽然是妇人，表现倒显得镇静。她瞪大双眼，向宫门望了良久，对几个禁卫卫士下达命令：

"立刻出宫，传皇帝诏旨，命令大将军斛律光入宫除乱！"

然后，她率领近两百名禁卫军卫士，拥着小皇帝，前往千秋门。

太后、皇帝这边，除了我、穆提婆，还有太姬陆令萱。

相比琅邪王，皇帝这一边真是人单势孤。

从千秋门的门楼上往下看，琅邪王的数千兵士盔甲鲜明，兵精马壮，喧嚷不已。

小皇帝心虚，就先派遣护卫都督刘桃枝率领八十个禁卫军下来，招呼琅邪王，想把他骗上门楼。

杀人不眨眼的都督刘桃枝，看见楼下兵士的长槊上挑着和士开的人头，也立刻色变胆战。

他走下门楼后，即刻就向琅邪王下拜。"殿下，皇上请您面谈……"

"把这厮绑了！"琅邪王一声怒喝。

军士上前，把刘桃枝紧紧捆绑起来。其身后八十名禁卫军兵士，一下子掉头，逃回楼上。

楼上的小皇帝更加惶急，四顾无人，只得派我下去召琅邪王上楼。

我正巴不得离开危险之地，顺便下楼给琅邪王报信。

我即刻下楼。

琅邪王看到我朝他眨眼，即刻会意。他仰头大声嚷嚷道：

"和士开罪该万死！他密谋要废掉皇帝哥哥，软禁太后为尼。我知道他的阴谋后，事情危急，故而未及请命，擅自矫诏诛之！皇帝哥哥如果怪罪我，要杀我，我不敢逃罪。如果皇帝哥哥想赦免我的罪过，请您派陆太姬下楼迎我，我就马上释仗上楼！"

琅邪王很聪明，他一席话，无非是想把陆令萱骗下楼来杀掉，以诛除祸根。

我向琅邪王以目示意，表示赞许。

千秋门楼上，已经陆续有禁卫军兵士三三两两下来，加入琅邪王的队伍。

情急之下，皇帝又派领军都督、昌黎郡王韩凤下楼，招呼琅邪王上楼面谈。

韩凤甫见琅邪王，马上跪地哀求，痛哭失声："殿下千万莫忘骨肉之情，请上楼与至尊相见！兄弟误会，见面就可全部消除！"

平时，琅邪王与韩凤关系融洽，见状，他有所动心，想上楼与皇帝和太后相见。

我心惊肉跳，赶忙以目示意，劝阻琅邪王。

一直跟在琅邪王身边的中常侍刘辟强牵衣谏劝：

"若不斩陆太姬、穆提婆母子，殿下千万不要上楼！"

兵士踊跃，举杖呐喊。

这个时候，库狄伏连率领一帮军士，大概是从北城府库中取出了好几架攻城的器械，安放在千秋门外，准备攻城。

楼上一片忙乱。

皇帝和胡太后等人从门后下楼，看他们的架势，似乎要往禁中方向逃跑。

我长舒一口气。只要琅邪王手下的兵士能把千秋门攻开，大事就告成功。

出乎所有人意料的是，过了没有多久，未等库狄伏连手下的兵士架设好攻城的器械，千秋门忽然从里面被轰然打开。

惊诧之际，映入众人眼帘的是，皇帝、胡太后各骑骏马，由内廷四百名禁卫军簇拥，缓缓朝大门方向走来。而步行走在最前面的，竟然是大将军斛律光！

"至尊驾出，还不快避！"

斛律光身穿常服，声如洪钟。

忽然看到威名赫赫的大将军斛律光站在皇帝前面，加上皇帝、胡太后仪驾的出现，琅邪王手下兵士惊骇异常，即时奔散不少。

说来也怪，刚才的数千之众，仅仅一转眼的时间，就散了大半。最后，只剩下稀稀拉拉百人不到。这些人，大半是琅邪王手下王子宜、库狄伏连等人的家丁和护卫。

斛律光拊掌大笑，边走边大声对琅邪王说："殿下杀和士开这么痛快、利索！龙子所为，就是不同凡人！"

眼见琅邪王手下兵士几乎全部散走，小皇帝也来了精神，他驻马桥上，遥呼道："仁威（高俨字）阿弟，来，来，我不责怪你！"

大势已去，琅邪王傻眼。他进退不是，依旧呆立在原地，一动不动。

未等诸人缓过心神，斛律光大步迎前，一把紧紧抓住琅邪王高俨的手，大声说：

"天子弟弟杀个匹夫，能算什么大事！"

斛律光牵着琅邪王的手，连拉带拽，强引往前，终于把高俨拉到皇帝的马前，求情说：

"琅邪王年少，肠肥脑满，举措轻率。等他年纪稍长，肯定不会再犯这样的过错，希望皇帝息怒，能饶恕其罪！"

刚才还吓得哭哭啼啼的皇帝，如今顿时来了精神。只见他飞身下马，从弟弟琅邪王身上拔出佩刀，对着他梳着鲜卑辫发的脑袋使劲一顿乱敲，把琅邪王敲得鲜血淋漓，最终伏在地上呜呜大哭。

如果不是胡太后扑上去阻止，说不定小皇帝当场就会把他的亲弟琅邪王活活打死。

厍狄伏连、王子宜、刘辟强、高舍洛、冯永洛等人，很快都被禁卫军抓住，拥入皇宫后园审问。

望见被砍掉的和士开血糊糊的人头，胡太后放声大哭，悲不自禁。

未等旁人辩解，她马上下令，把被逮捕的厍狄伏连等人当场除去衣服，尽数脔割肢解，寸剐处死。

皇帝也怒不可遏，下令要尽杀琅邪王府内文武职吏。

斛律光见状，连忙解劝："琅邪王府的官吏都是国家勋贵子弟，如果不分青红皂白杀之，恐人心不安。"

皇帝咬牙半天，下令先把琅邪王府的从人全部逮捕，慢慢审问。

看到厍狄伏连等人在我面前遭脔割而死，恐惧之余，我依旧怀有一分侥幸。

这些同谋死得快，他们未来得及把我供出来。说不定，我能逃过此劫。

泪眼未干，胡太后责问琅邪王：

"你怎么如此胆大，敢杀掉和大人！你怎么敢兴兵犯上！说！到底是谁在背后指使你这样做的？"

我最恐惧的事情发生了。

脑满肠肥的琅邪王高俨，完全变成了一个手足无措的胆小如鼠的孩子，他一边抹眼泪，一边举起胖手，指着我说：

"是姨父……不，是冯子琮怂恿我这样做的……"

胡太后勃然大怒。她双眼冒火，望着我，脸色铁青。

事到如今，死不可避。想到这里，我反而平静下来。

我向冯太后深施一礼，哀乞道："是否能容许我回家，与妻子一别？"

"和士开和大人今天早朝，他也想晚上回家与妻子一聚，你们给他机会了吗？"旁边阴阴的声音传来。

循着声音望去，原来是瞎子祖珽。这个瞎贼，我和他往日无怨，近日无仇，和士开还算他的老对头。我除掉和士开，其实是帮了他的大忙。谁料，他在这个时候出现，驳回了我生命中最后的一个请求。

胡太后起身，她怒冲冲走到一个禁卫军面前，抢过他身上的弓，递给一个身材高大的胡人兵士，狠狠地指着我说：

"绞死他！慢慢绞死他！让他多受些苦楚，为和大人报仇！"

这个淫毒的妇人，竟然不念我是她的妹夫，如此急于为她的奸夫报仇。我略一沉吟，想到先前她能为了奸夫杀掉她的亲哥哥，我这个妹夫，又算得了什么！

胡人兵士面无表情，脚步沓沓而来，逼近了我。

我低下头，等待着那夺命的弓弦。

"和大人尽忠报国，你们怎么忍心把他的脑袋砍下来？"瞎子祖珽说，依旧是阴阴的、幸灾乐祸的语气。

"绞死他！绞死他！"胡太后声嘶力竭地喊叫着……

第二十八章　长夜沉沉

我，虽说是齐国的皇太后，可我是女人啊。一个女人娇柔的肩膀，怎能承担这么重的东西？一个国家，新鲜的、充满躁动活力的朝廷，在我的夫君武成帝高湛死后，几乎都压在我的肩头。

我的儿子是皇帝，大齐新的君王；另外一个儿子，琅邪王高俨，却成为囚徒。这个十四岁的胖孩子，他的脸，他的皮肤，太像文宣帝高洋，或许，高俨就是高洋的骨肉！

我的夫君在世的时候，一度那么想把这个二儿子立为帝国的继承人。我坚决反对。这是我作为女人的私心。我不想，万分不想文宣帝高洋的儿子成为日后国家的主人。他粗暴的蹂躏，激醒了我的肉体，也彻底改变了我的人生，我不能原谅他。

帝室残忍，兄弟相斗。我的皇帝儿子，虽然只有十五岁，却俨然已经成年。他身边聚集了一群人，他们，总是教导他如何去对付自己的兄弟，教会他怎样去掌握绝对的权力。

对于我的皇帝儿子，我越来越感到难以控制。我很害怕，害怕我儿高俨，会被他皇帝哥哥高纬派人毒死或者以别的方式暗害。自和士开被杀事发后，我就把高俨天天带在身边，让他与我一起住在北宫。即使软禁，也要把他软禁在我眼皮子底下。宫中厨人送给高俨的每餐饭，我都会先行尝食。

如果他的皇帝哥哥下毒，那就先毒死我这个母后好了。

某种超强的欲望，已经深深流进了我的躯体内部。望着暗淡的树篱，当夜晚降临，我的心，就会回到对和士开身体的欲求里面。

我在宫廷的走廊慢慢地踱着，夜晚更加漫长。似泣似诉的风，让人产生无限遐想。那种深刻的愉悦，那种只有和士开才能给我的肉体的亢奋，回忆它们，现在都变成了痛苦、暴躁和敏锐的焦虑。我多么希望渐渐聚拢的风暴真正来临啊。

冷风和冷雨，可能使我的欲望稍稍冷却下去，让我不再孤独地面对自己的炽热欲望的灼烤。从前，那样急不可耐的晚间等待，变成了全然的无奈。

人，就是这样古怪。女人的心，尤其难以把握。甚至我自己，有时候都会被自己内心的火热念头吓一大跳。从前少女时代的羞涩和高雅，变成了现在锐利的欲望和暴躁的饥渴。有什么喜悦能经久不衰呢？拂拭不去的忧虑，困扰着我的内心。没有了肉体的欢愉，似乎我的血肉都在凋谢。我太想念和士开了。他与我交谈时那眼神中透出的淡淡快意，那种隐秘的亲切的抚摸，那种臣子卑下的顺从的亲吻，那种发自内心的温柔，以及我狂热的欲望使他产生的短暂的困惑，都让人怀念不已。

那些日子，永远消失了！

多么热烈的激情，它隐藏在我内心，如同纯洁、猛烈的火焰，把我与和士开的肉体熔合在一起。那种不可抵御的绞缠感觉，我这辈子，只有与他在一起时才能感受到。

"母后，我能去晋阳住吗？在那里，我能跑马吗？这里太闷了……"我的二儿子琅邪王高俨，偷偷地抹去即将落下的几滴眼泪，怯生生地问。

如果这个孩子当了皇帝，看他今天的样子，也不会有什么出息。我的夫君死后，我还曾经与和士开商量过，想让高俨日后继承他哥哥的皇位。和士开当时就表示说："琅邪王聪明、英武，如果为帝，恐怕会妨碍我与太后的欢会。"现在看来，琅邪王，我的儿，毕竟也只是个无主见的孩子。昔日他父皇在世的时候他所表现出来的卓尔不群，都是受宠之下的威风炫耀罢了。如今，他孩子一样情感的袒露，让我左右为难。

"你老老实实在我身边待着，不要想别的……仁威，现在你哥哥是至尊皇帝！你在我身边，我能保你无事。出了邺城，我可管不了你！"我竭力做出一副冷冷的表情。

听了我的话，我的琅邪王儿子打了个寒噤。

他其实应该已经是成人了，虽然他只有十四岁，但他能依靠手下一些人把和士开骗出宫殿杀掉。这个孩子，也应该为他的行为负责。从前他对我的依恋，他可爱的娇憨，都成为过眼云烟。

母子情，可以用泪水滋养。但是，这个孩子带给我心灵的哀歌，又是多么大的苦痛！

帝国，偌大的帝国，孤儿寡母，正是靠和士开，才能支撑着。和士开，正是他，让我这个失夫的妇人心内那棵细弱根蘖深深嵌入温情的土壤中，由此有能力抵抗人生坚硬的卵石。这样的大树，竟然被我儿子仇恨的手斩断，让我这个寡妇脆弱的心，遭受突如其来的寒霜的侵逼。

多么不懂事的孩子啊！

琅邪王，我的儿子，高俨，他童稚的嘴唇，还有他哥哥，皇帝，他们都曾吮吸我浓浓的奶汁成长。他们孩提时代的笑脸，怎么会变成了凶神恶煞般的杀戮面孔了呢？这两个孩子带给我的苦楚，我又能向谁诉说？

我，做母亲的，不能对任何人道出我失去和士开的感受。这种心灵摧残的强度，别人无法理解。我的两个儿子，特别是高俨，他是带着罪孽出生的，他是文宣帝高洋的骨血！他出生的时候，腿部先出来，几乎要了我的性命！这么一个孩子，又干出如此让人深感意外的事情！

所有这些，真是前世的孽缘吗？

天家帝室，手足之情，夫妻之情，父子之情，一切的温情，都可能会在某个瞬间化为乌有。每一种爱，都会受到践踏。每一个笑容，都会变成叹息。那么多受压抑的感情，最终都会转化为深深的仇恨。恨，经过凝聚郁积，一旦迸发，力量惊人。

作为次子，我倒是希望琅邪王高俨能有次子该有的懦怯性格。这种懦怯，能使人的野心退化，即使变成奴性，也比变成杀心要好！

我不希望自己的儿子饱受生活的折磨，我不希望他们有毅力，不希望他们有男人大丈夫英雄般的韧性。亢奋的、争斗的精神状态，是高氏家族的野心传承。这种传承，使得他们在童年就丧失了天真烂漫。那种得意扬扬的自豪和高傲，其实都是不祥的预兆。

强梁者，不得其死！

我多么希望我的两个儿子回到孩童时代，看着他们安静地待在王宫的花园里玩弄石子，捉昆虫，钓鱼，抓青蛙……那个时候，我做母亲的内心的欣喜，是多么强烈啊。在碧蓝的苍穹下，我的这个二儿子琅邪王，曾经也孤独过，那是他的哥哥被选为太子后去了东宫，剩下他一个人的时候。当时，他是多么想念他的哥哥啊。有一个晚上，我看见，他静静地蜷曲在一棵梨树下，脸上挂满忧郁，凝望着天边的月亮。他忘记了嬉戏，忘记了吃饭，只是呆呆地想念着他去了东宫的哥哥。当夜幕降临，四周沉寂，这个胖孩子，依旧在园地呆呆发愣。那样一个可爱的孩童，是经历了怎样的变迁，才成了今日敢于杀掉朝廷重臣的魔鬼的呢？

是权力！男人的世界，成人的世界，权力，是对人性最大的销蚀。

我很感到忧伤。我的孩子，我的两个儿子，他们再不会像从前那样咿呀学语，再不会摇动孱弱的小身子在我面前撒娇，再不会忧郁地把他们美妙的心声，在秋天的夜色里向天上的星星倾吐。那种童真的、无法言传的酣美，已经消失殆尽。

在夜晚，孤独的夜晚，特别是夜色沉沉的夜晚，我往往会为自己贪得无厌、燃烧的欲望感到羞愧。

当骇人的夜幕低垂，远处的灯火若隐若现，窗外的风呼啸而过的时候，我就会想起文宣帝高洋，就会渴念和士开那温柔而又体贴的抚摸。在这个时候，我丹田内的一股热流，聚集融汇，似乎是某种热气一样的东西，尖锐地往上涌动，驱散了一切理智，甚至，让我感到口舌发干，坐立不宁。

暂时忘掉失去和士开的悲痛吧。先让我的二儿子琅邪王高俨到距离我较远的房间内歇息。夜深了，他该睡了。

这数日的混乱，让我几乎都忘记了深宫内那两个十七岁的蕃僧。想起那两个僧人，我不能不又记起和士开的好处。这些能对我身体有滋养作用的阳补，都是他的精心安排。

我毕竟是太后啊。我的欲望，应该得到立刻的满足。我迫不及待地往楼上走，脚步那样匆忙，甚至提灯的宫女都被我甩在身后。

来自西域的年轻僧人名叫乌纳，另外那个敦煌来的，其实是汉人，名字叫冯宝。我多么喜欢临幸这两个年轻人啊。特别是在内宫的寂寞的夜晚，他们两个人轮番侍候我，只有我这样的皇太后有这样的机会。

两个年轻的男人，跪在我身下，这种喜悦的感觉，把我失去和士开的悲伤冲得一无所有。

四鼓了，夜漏将尽，我能感觉到东边的天空出现的微微白色。好像下雨了，雨点开始不停地敲打着窗棂。有风开始吹，殿后的树丛发出低沉的怒号。

恍惚中，我看见了什么！

自窗栏往下望，我看到了刘桃枝！

我忽然想起，昨天晚膳的时候，我的皇帝儿子跟我说，今天早晨，他要带着他的弟弟琅邪王一起外出打猎。我当时拒绝了啊。

现在，刘桃枝出现，绝对不会有什么好事情！

刘桃枝，我的皇帝儿子的护卫都督，他为什么大清早就出现在宫中呢？

"母后！"我隐约听到我的儿子琅邪王的低呼。

我看不见他。我不顾裸身，跑到栏杆旁边，举起一个灯笼，仔细看，依然看不到我的儿子。

忽然，我发现刘桃枝背上背负着一个东西。

他背上的东西，肯定是个活物，挣扎着，晃动着，呜咽着。

我凄惨地大叫一声，把灯笼使劲扔下去。在刹那间，我看到了刘桃枝背上的人！

那是我的儿子，琅邪王高俨，他被袍袖塞堵着嘴，脖子上勒着袍带，双腿不停踢蹬，鼻血满面……

我的儿子，十四岁的儿子，终于要被他的哥哥下令杀掉了！

看见这样的惨景，我的心怦怦乱跳，脑子热涨，耳朵里呜呜作响，似乎在昏黑中有什么东西正逼近我！

我感到窒息，我要崩溃了，我发疯似的大叫，光着身子冲向楼梯，朝殿外的回廊飞奔。

在奔跑中，我头脑中甚至忽然闪过一个古怪的念头——如果我没有耽于刚才欲仙欲死的快乐，我可能会有足够的时间挽救我二儿子高俨的性命！

地狱的微光，已经严惩了欲望。

在奔跑中，我忍住哭泣。我知道，号啕大哭不能挽回时间和生命，佛陀的悲悯也救不了我的儿子。

缕缕天光映射在我的脸上，我本来灼热的脸忽然冰凉。我浑身抖动，我脑子里满是恐怖的幽灵。如果我能像光一样快，或许我能从刘桃枝手中把我的儿子救出来！

没有初升的太阳，没有微笑的天空，只有四鼓时分的昏暗天光。

没有利刃，没有斧头，却有我二儿子流血的脸！

所有的一切，多么令人痛苦！多么让人无可奈何。

太晚了。我再一次承受失去的剧痛！

琅邪王，我的儿啊，虽然你杀掉了我难以割舍的和士开，但是看见你流着乌血的脸，我的心还是感到了无法抑制的深刻刺痛。你毕竟是我身上掉下的肉啊。

胸膛中的忧伤和眼中的混沌泪水已经使我窒息。

刘桃枝的高大身影，消失在北宫的院门外。

我终于忍耐不住，号啕大哭。我发了狂地奔跑，也追不回我儿子的生命。

我的泪如雨下，绝望、痛苦，即使无尽的祈祷也不能避免这种灾祸吗？

虚弱，一种我从来没有感受过的巨大虚弱感弥漫了我整个身体，从内心扩向四肢，攫住了我。

我绝望地躺在地面上，就那样躺着。

大齐的皇太后，曾经的皇后，我赤身裸体地躺在北宫走廊的路上，流着热泪，伤悼着我的儿子……

中午时分，当我醒来的时候，我发现，大臣祖珽坐在距离我不远的地方。

这个瞎子，一副悲天悯人的表情，用痛苦的声音对我说：

"太后，龙子相残啊……琅邪王已经到西方极乐世界了……我没能阻止事情的发生，请太后原谅……"

"琅邪王还有四个儿子，他们都是连周岁都不到的孩子，他们呢……"我问。

祖珽的脸，没了表情。

"他们，应该都不在了……"

第二十九章　狡兔未死狗先烹

天家骨肉相残，结局虽在预料之中，依旧让人感到震撼、恐惧。

十四岁的琅邪王高俨，被比他大一岁的皇帝哥哥派都督刘桃枝弄死后，他身后留下的几个连周岁都不到的孩子，均被扔入坟中活埋。斩草除根。宫廷，就是这样血腥。换了谁，都会这样做，都会教诲年轻的皇帝这样做。

我，祖珽，祖孝征，虽然现在是个瞎子，内心，比任何人都眼亮。当我安慰胡太后的时候，我能感觉到，这个婆娘一定在看着我，她的眼睛里面肯定冷意森森。显然，她不相信我的话语。

胡太后算是个女中人物。她忖度得不错。她的二儿子琅邪王之死，也有我添加的一把力。皇帝从前的保母、现在的太姬陆令萱，非常害怕琅邪王高俨日后会卷土重来，不停劝说皇帝杀掉他的这位弟弟："人们都称琅邪王聪明雄勇，当今无敌。观其相表，绝非人臣。自专杀和士开以来，其被幽于北宫，与太后同住。这位小王爷，陛下亲弟，一直有篡位之念，现在，他常怀恐惧，说不定又会生出什么大祸害，陛下应该提早下手，把他除掉！"

要杀自己的亲弟弟，小皇帝一时拿不定主意。在太姬陆令萱鼓动下，我被唤入宫中问计。

"周公诛管叔[①]，季友鸩庆父[②]。古人做事磊落，大义灭亲。琅邪王不除，陛

---

① 周武王灭掉商朝后，分商王畿为三部分，设三监治理。这三监，是指纣王的儿子武庚以及周武王的弟弟管叔和蔡叔。周武王病逝后，其弟周公摄政，三监作乱。面对如此严峻的形势，周公东征，诛杀武庚，又杀掉弟弟管叔，流放另外一个弟弟蔡叔，平定了三监之乱。

② 鲁庄公姬同有三个兄弟：庆父、叔牙、季友。其中，庆父最为专横，并拉拢叔牙为党，一直蓄谋争夺君位，还与鲁庄公夫人哀姜私通。鲁庄公病死，其庶子姬斑继位。庆父不甘心，与哀姜密谋，派人暗杀了姬斑。然后，庆父立哀姜妹妹叔姜的儿子姬开为君，是为鲁闵公。此后，庆父愈加肆无忌惮。鲁闵公二年（公元前660年），庆父欲自立，就又派人杀鲁闵公。此前，季友趁乱带着鲁庄公的另一个儿子姬申逃到邾国。他发出文告声讨庆父，要求国人杀庆父，立姬申。国人响应，庆父大惧，逃到莒国，哀姜逃到邾国。姬申得立为君后，季友迫使莒国交回了庆父，将其鸩死。而哀姜呢，乃齐国公室之女，齐桓公觉得很丢脸，把她召回齐国杀掉。

下国家不安！"

有我这一席话，琅邪王才最终丧命。

作为交换和酬劳，陆令萱从中周旋，把我的政敌赵彦深外放为西兖州刺史。然后，朝中侍中的位子，就由我牢牢占据。

妇人，尤其是这个宫廷仆妇出身的妇人陆令萱，太容易取悦。

皇帝年纪小，每次陛见，我都把陆令萱赞誉为魏朝保太后①那样的人物，一向都夸赞说："陆太姬虽是妇人，实为天下雄杰。自女娲以来，就没有出现过像她这样的巾帼英雄！"

如此褒赞，皇帝高兴，陆令萱高兴，穆提婆高兴，大家都高兴。

陆令萱逢人便赞誉我是"国师""国宝"。没多久，仆射的大冠帽，又戴在我的头上。

琅邪王诛杀和士开一案，事后算账，最倒霉的要数那个领军大将军厍狄伏连。

这个鲜卑武夫，多年专事聚敛，本性极其吝啬。他一大家子人，算上仆童婢女，有上千人之多。每天每人的食钱，只有十五钱。盛夏之日，全家吃饭，只给仓粮二升，不给盐菜，以至于厍狄伏连的家人，个个常有饥色。更可笑的是，一日冬至，厍狄伏连的亲戚朋友前来祝贺，他的老婆手中无粮招待，只能供应豆饼当饭食。即使如此，厍狄伏连见状起疑，忙追问做豆饼的豆子从何而来。他老婆只得承认，豆子是从府中马料的豆食中拆出。听闻此语，厍狄伏连大怒，把典马、掌厨的仆人与他老婆一起捆上，当庭以大杖杖罚。他一边打，一边叱骂他们浪费财物。至于大齐诸天子积年所赐之物，厍狄伏连一概不舍得使用，全都藏在别库，专门派一个心腹侍婢掌锁钥。每天，他最大的乐趣，就是入库检阅、巡视家中那些堆积如山的财宝。和士开被杀一案，他稀里糊涂被牵进去，其本人当时就被胡太后下令剐杀。按照律法，死后抄家，厍狄伏连家产，全部充公。

财迷一世，这个鲜卑武夫全部没有享受到。所抄之物，除了大批财宝，许多都让人发噱：堂堂大齐领军将军的家宅，竟然有麻鞋一屋，敝衣数库，烧饼三屋……这个鲜卑奴才，真是帝国的笑话！

我，祖珽，大齐尚书左仆射，衣冠士人出身。可叹的是，每日朝堂之上，总与鲜卑、敕勒等夷蛮僚佐同群。交道归交道，我内心深深不齿。

不过，皇帝身边的陆令萱、穆提婆、刘桃枝等宵小好对付，最难打交道的，

① 北魏太武帝拓跋焘生母早死，他为帝后，就尊保母窦氏为"保太后"；而后，北魏文成帝拓跋濬也尊保母常氏为"保太后"，次年又尊为"皇太后"。魏朝一直实行"子贵母死"的制度，以防止皇帝死后皇太子的母亲纵容外戚夺权情况的发生。魏朝的王子，一旦被立为皇太子，他的生母就会被杀掉，所以这些王子多由奶妈保母带大。

是斛律光那样的敕勒勋臣。

斛律光这个人，着实让我心内担忧。特别是有一次，我乘马在宫内行走，我眼盲，不知他在朝堂中，竟然被他当场破口大骂："瞎眼的小人，敢如此大胆！"正是这句话，让我立动杀心。

就算你斛律光号称"齐国长城"，只要威胁到我祖珽，我就不得不千方百计除掉你！

此外，特别令人气愤的是，斛律光总是当堂对诸将大言："赵彦深当仆射的时候，但凡边境消息，兵马处分，都与吾辈参论商讨。盲人祖珽控掌朝事以来，全不与吾辈磋商。瞎子何能，恐败国家大事！"

别人好弄，这个斛律光却不易。他官至大将军，咸阳郡王，左丞相。斛律家二世王封，女儿做皇后，子弟皆封侯做将。这个大家族，还娶了三位公主在家。

在齐国，斛律家族可谓勋臣第一。他的弟弟斛律羡，在外专掌重权，任大都督、幽州刺史、行台尚书令。其人善治兵，士马精强，连突厥人都对他心怀畏惧，不敢犯边，谓之"南可汗"；斛律光的长子斛律武都，为开府仪同三司，梁、兖二州刺史。

如此勾控连环、势力强大的勋臣家族，想扳倒他们，确实很难。

不过，得罪我好说，得罪了陆令萱和穆提婆，斛律光就活到头了。我祖珽，说不好听的，只是"权倾朝野"而已，而陆令萱、穆提婆母子，乃皇帝最信任的人。他们两个，才能真正要了斛律光的命。

本来呢，穆提婆起先也想巴结斛律光，要娶他的一个庶女为妻。斛律光不允也罢，竟然当众大言："何物狗种，敢娶我女！"此外，皇帝一次与穆提婆相扑玩耍后高兴，把晋阳附近的数百顷良田赏赐给穆提婆。诏旨已下，却被斛律光驳回："此田，神武帝以来常种禾料，饲马数千匹，充当备战防敌之用。今赐穆提婆，大损军务。"

上述两件事情，使得穆提婆等人对斛律光怨入骨髓。

还有一个使斛律光得败的原因，就是他的女儿、皇帝的皇后斛律氏，在皇帝身边根本就不得宠。由此一来，虽然斛律光为皇帝岳父，但他想以女儿床边风影响皇帝的喜恶爱憎，就几乎没有机会。

杀人的机会，永远不缺。

周国名将韦孝宽，和斛律光争斗多年，屡处下风。情急智生，他便使用反间计。

韦孝宽编造歌谣，派人在邺城传唱："百升飞上天，明月照长安。高山不推自崩。槲木不扶自举。"

百升，为一斛，暗指斛律；明月，乃斛律光的字。照长安，暗喻斛律光有篡位野心；高山者，指高氏皇族；槲木，也是暗喻斛律家族。不久，邺中小儿多会唱此歌谣，纷纷歌之于路。

得知此歌谣，大喜之下，我祖珽又加上两句："盲老公背受大斧，饶舌老母不得语。"

然后，我找到同期为臣的妻兄郑道盖，让他以此歌谣为主要内容，上表奏于皇帝。我的这个妻兄，实乃龌龊小人。和士开当政的时候，他屡屡门前拍马。一次，和士开伤寒中风，遍体酸痛，久病在床。郑道盖探病，发现医生为和士开开具"黄龙汤"药剂。此药，乃人粪、鼠粪、马粪、狗粪以及黄蛇粪混合而成，一般人难以下咽。发现和士开面有难色，为了巴结，郑道盖躬身而言："王爷您朝廷重臣，身内寒气甚重，一定要喝下此药治病。不要为难，药不会太难喝，待我为王爷您试药！"言毕，他举勺一饮而尽。感动之下，和士开强服强饮，竟然一剂而愈。事后，郑道盖的谄媚，传为笑谈。

和士开死后，郑道盖久经蹭蹬。这种小人，我心中虽然看不起他，但利用他首先发难搞掉斛律光，肯定是步妙棋。

果不其然，为了升官，郑道盖爽快地应承。他半天即写好奏本，直递内廷。

皇帝得奏本，非常恐惧，即刻召集我到内廷，询问此事。

当时，太姬陆令萱和她的儿子穆提婆都在场，我们三个人异口同声：

"这个歌谣，邺城到处有儿童传唱，天意示警，陛下应该警惕！"

"前几句，陆太姬已经解释给我听。最后两句，'盲老公背受大斧，饶舌老母不得语'，到底是什么意思？"皇帝生气又好奇。

我连忙深施一礼，解释道："盲老公，谓臣也，我与国同忧，甘受斧钺；饶舌老母，是指陆太姬啊。斛律家族，累世大将，枝蔓遍布。斛律光本人声震关西，斛律丰乐威行突厥。这么一个大家族，女为皇后，男尚公主，谣言自动生成，天意甚可畏也！"

皇帝毕竟年轻，如此大事，不敢贸然仓促行事。

想了半天，他扭头问站在他身边的鲜卑将领、昌黎郡王韩凤："昌黎王，如何处置斛律光？"

"斛律光没有反叛的迹象，暂时还是不要动手吧。"思忖半晌，韩凤说。

同为鲜卑、敕勒军将出身，这些奴才心中肯定惺惺相惜。

事情暂时搁置。

一夜无眠。

转天，我单独见皇帝。我祖珽做事，必定要成功。

扳倒斛律光，如此大事，如果半途而废，最后掉脑袋的，肯定是我祖氏家族。

皇帝正和穆提婆一起握槊，见我来，他若有所思，说：

"昨日听闻您所言，我大疑斛律光。本来，我想即刻派人抓住他来审问，但韩凤那样表态，不好下手啊。"

"如果陛下无意杀斛律光，如果邺城没有流传这样的歌谣，斛律光应该也不会怎么样。但是，现在这么多人知道了此事，万一泄露，斛律光一族人多势众，多掌兵权，倘若他们先下手，陛下反受其害！"未等我进劝，穆提婆抢言道。

皇帝不停点头，但依旧沉吟，没有马上下诏的意思。

正在这个时候，我事先安排斛律光的一个手下、丞相府佐封士让，进宫递上密奏："斛律光先前西讨后还兵邺城，皇帝已经下敕散兵，但他引兵直逼帝城，将行不轨，事不果而止。此外，斛律光家藏弩甲，奴童数千，常常遣使与在外带兵的斛律丰乐、斛律武都阴谋往来。陛下若不早图，恐事不可测！"

封士让的密奏，成为斛律光的催命符。

皇帝勃然大怒。"邺城的歌谣，说明人心大灵，天降预兆啊。我先前一直怀疑斛律光欲反，原来是真的！"

我与穆提婆都连忙点头赞同。

"我想把斛律光召至内宫处死，但怕他不来。怎么办？"

皇帝毕竟未经大事，本性又怯懦，他问我。

我不假思索。"陛下，您派遣使臣，赐他骏马一匹，对他说：'明日将游东山，王爷可乘此同行。'如此，斛律光接受赐马后，肯定马上入宫谢恩。只要他一进宫，就把他除掉！"

未及一个时辰，斛律光果然入见。

凉风堂中，只有我和刘桃枝以及数位武士在等待。

斛律光入，我迎面而坐，感受到他急匆匆的脚步。

我能感觉到，看到我，斛律光忽然止住脚步。他肯定很疑惑，如此晚的时间，依理，我祖珽不应该在皇宫内殿的凉风堂。

扑通一声巨响，我笑了。那肯定是刘桃枝自后扑上，以大棒击打斛律光的脑袋发出的声音。

没有斛律光立即倒地的声音。

隔了一会儿，他沙哑的嗓音响起："刘桃枝，你在宫内，总是干这样的事情……我终生不负国家，杀我，天大的冤枉！"

"咸阳王，皇帝怀疑你谋反，你还能不死吗！"刘桃枝的声音十分冷静。

一阵挣扎，斛律光被刘桃枝与三力士用弓弦绕颈，活活绞死。

待挣扎、喘息声消失，我立刻唤人来，口授诏书，称斛律光谋反，并以皇帝的名义，立刻下旨，杀其子开府仪同三司斛律世雄以及仪同三司斛律恒伽。

至于斛律家族，只有两个字：族诛。

带兵的斛律武都和斛律羡，均被皇帝的使臣到州斩首。

斛律羡久镇幽州。中领军贺拔伏恩受旨，乘驿传带兵去逮捕斛律羡。令发后，我不放心，再以皇帝名义下旨，命令洛州行台仆射独孤永业与大将军鲜于桃枝发定州骑卒一千人续进作为后援。

贺拔伏恩等人行至幽州城，守门兵士感觉不对，回去禀报斛律羡："都城来的使者和从人，都身穿内甲，马皆有汗，来势汹汹，不像是好事，希望您下令，关闭城门。"

斛律羡听天由命："皇帝敕使，岂可疑拒！"他坦然出见。贺拔伏恩宣读诏旨，立刻逮捕斛律羡。

这个斛律羡，常以盛满为惧，对自己家族的极盛，极感不安，此前数次上表请求解除军职，都被朝廷退回。

临刑之时，他长叹："富贵如此，女为皇后，公主满家，常使三百兵，何得不败！"

幽州斛律羡一家，他本人，以及他五个儿子，斛律世达、斛律世迁、斛律世辨、斛律世酉、斛律伏护，皆被五花大绑。父子六人，当众斩首，同时毙命。

说句实话，杀掉斛律光，我祖珽心中不是十分好受。作为朝廷重臣，我肯定会被人毁贬为自毁国家栋梁。据实而言，斛律光的人品，无可挑剔。他贵极人臣，本性节俭，不好声色，罕接宾客。多年以来，作为大齐的大将军，他一直杜绝馈饷，不贪权势。特别是行兵打仗，斛律光效仿其父斛律金之法，营舍未定，终不入幕。无数次对外破敌，他常常竟日不坐，不脱介胄。战场冲杀，他每次都身先士卒。平素带兵，士卒有罪，斛律光也不像其他鲜卑、敕勒大将那样嗜杀，只是以大杖挝背责打，未尝妄杀。由于仁德加威望，兵士皆争为之死。

是啊，斛律光是我们大齐的一个传奇。自结发从军，他未尝败北，深为邻敌周人、南人所惮。

特别令人气恼的是，周主宇文邕听说斛律光的死讯，兴高采烈，为之大赦天下。如此消息，更是从反面证明我是为敌除了害。

我祖珽，是个有良知的人。可是，我深知，良知，有时候就是妇人之仁，最后会害了自己的家族性命。

谁让他斛律光胆敢蔑视我呢。

周国的威胁，很长久，天时人事，久未可料。斛律光于我，是即时的威胁，我不除掉他，难在朝廷立稳。

男人大丈夫，先下手为强。身后荣辱，谁曾顾念！

斛律家族被灭，皇后斛律氏当然也不能幸免。不久，她即被废为庶人，削发居冷宫为尼。

皇后的位子，一下子空了出来。

琅邪王高俨被杀后，皇帝与胡太后母子失欢。为了挽回威势，胡太后把她先前被杀的哥哥胡长仁的女儿接入宫中。皇帝见而悦之，纳为昭仪。斛律皇后被废以后，陆令萱想拥立她的干女儿穆夫人为皇后；胡太后这边，想立她的侄女胡昭仪为皇后。但是，这时候的胡太后，已经力不能遂。于是，她卑辞厚礼，低三下四，去乞求陆令萱，不惜以皇太后至尊，与先前的宫婢陆令萱结为姊妹。

审时度势，发现胡昭仪在皇帝面前宠幸方隆，陆令萱不得已，暂时打消了立其干女儿穆夫人为皇后的念头。她想做个人情，就与我祖珽一起，向皇帝陈说，表示拥立胡太后的侄女胡氏为皇后。

但是，陆令萱想到自己的干女儿穆昭仪生了儿子，却不能为皇后，她本人特别躁恼。为此，她常常对皇帝说："穆昭仪自己的儿子为皇太子，她本人却不是皇后，天下哪里有这样的事情！"

可是，当时胡皇后有宠于皇帝，不可离间。

陆令萱不得不求助于我祖珽。

如此小事，大为好办。我送给陆令萱一些暗药，告知她怎样行厌蛊之术。

陆太姬人在内宫，凡事易办。旬朔之间，暗药就被下到胡皇后的饭食中。没过多久，药性发作。胡皇后精神恍惚，言笑无恒，常常显现疯癫的迹象，甚至当众披头散发地大笑大哭。

由此，皇帝逐渐对胡皇后畏而恶之。

陆令萱见事情成功，忙不迭扩大胜果。一天，她忽以皇后御衣给穆昭仪穿上，别造宝帐，遍置枕席器玩，把她干女儿穆氏盛装打扮得美如天仙，让其端坐帐中。

然后，陆令萱找到小皇帝，对他说："有一圣女出，请陛下观赏！"

皇帝一见，目眩神迷，赞不绝口。

陆令萱趁机进言："如此天上人，不做皇后，难道还让别人做！"

皇帝大喜，立刻封穆氏为右皇后，以原来的胡氏为左皇后。

干女儿穆昭仪做了右皇后，陆令萱依然不放心。一日，她忽然在胡太后前作色说："姐姐，您的亲侄女，怎么背后那样说您！"

胡太后惊问其故。

陆令萱装腔作势："不敢对姐姐讲，怕您伤心！"

胡太后心里没有着落，紧紧追问。

"您的那个侄女，胡皇后，我亲耳听她对皇帝说：'太后行多非法，私通宫外男人，不遵妇道。'"

触及如此大忌讳，胡太后勃然大怒。她不分青红皂白，把已经被药剂蛊惑得精神恍惚的侄女叫到面前，亲手狂扇耳光。也不听侄女解释，胡太后立刻派人剃光胡皇后的头发，送还于娘家。

转天，胡太后下懿旨，废她的侄女胡皇后为庶人。其实，胡太后在宫中已经没有什么威权，唯独有权处理这样的家事。

这样，陆令萱的干女儿穆氏，直接从右皇后变为单独一尊的皇后。

穆皇后的生母名叫穆轻霄，原本是穆氏姜婢，因为其主家犯罪，她被罚没入宫，脸上一直有黥字印痕。穆皇后既以陆令萱为母，穆提婆就成为其外家，陆令萱的"太姬"称号，便变为实实在在的"皇太后"位号。穆皇后的生母穆轻霄听说女儿做了皇后，赶忙想方设法去掉脸上的黥字，登门欲求见女儿一面，皆为陆太姬所拒。反复数次，竟不得见。穆皇后本人也拒绝认亲。这个女人也知道，如果没有干娘陆太姬，皇后的服御根本穿不到她的身上。

此后，陆令萱深谢我对他们母子的相助之情，对我言听计从。

摆平了这些宫婢宵小，我祖珽终于获得空前成功。朝廷大权，生杀予夺，唯意所欲。

当然，分享权力，对谁来讲，都是很难的事情。侍中高元海，本来与我并列执政。高元海的老婆，乃陆令萱外甥女。起先，高元海与我亲密无间。时间一久，猜疑频生。

人，就是这样，恰似冬天挤在一起取暖的刺猬，不能相处融洽。

随着我权势的上升，高元海内怀妒忌。一次，皇帝答应我另外给我加官为领军将军。知道我要握军权，高元海向皇帝密言："祖孝征乃汉人，两目又盲，岂可为领军！"这个狗才落井下石，继而诬称我祖珽私下与广宁王高孝珩交结。皇帝发怒，中止了我领军将军的任命。

思前想后，我决定反击。

我入宫面见皇帝，高声自辩："臣与高元海素有嫌猜，皇帝怀疑臣，肯定是因为高元海在背后说臣坏话！"

皇帝面薄，长久以来一直对我深加委信，听我这么一说，他立刻和盘托出高元海在背后讲我的坏话之事。

争辩之后，我获得皇帝的重新信任。

得饶人处不饶人。我反戈一击，把高元海与司农卿尹子华等人在朝中结为朋党的事情添油加醋告给皇帝，激起皇帝对这些人的愤怒。

不仅如此，我入宫密见陆太姬，把高元海先前和我关系好的时候向我泄漏的一些陆太姬对他本人说的私房话，全部讲出。

听毕，陆令萱脸色顿沉。为了显摆她在内宫的威权，她立刻以皇帝名义下旨，外放高元海为郑州刺史。至于他朝中的朋党尹子华等人，也尽数被黜落贬官。

自此以后，我祖珽专主机衡，总知全国兵马政事。至于我的内外亲戚，皆得显位。

丈夫一生不负身！

皇帝、陆太姬，更是对我言听计从。每次我入宫，皇帝常令他身边的红人服侍我出入，每每直至永巷。凡有军国大事，皇帝皆与我同坐御榻，论决政事。

委任之重，群臣莫比。在大齐，我终于臻达人生的巅峰。

先前，自和士开用事以来，他横行霸道，卖官鬻爵，使得我大齐政体瘝紊。待到我祖珽执政，为了彰显我的治理才能，我非常注意收举才望，大兴治政。举贤纳才，兴利除弊，这种事情我当然要做。一时间，内外称美，政绩满堂。

士大夫为人如此，为官如此，广收清誉如此，不枉为人一场！

我是个瞎子。宅邸再大，我也看不到；珍宝再多，似乎也不会再让我动心。即使现在让我住在卑微的陋室，和住在华屋大厦，其实感觉全然没有分别。

从早到晚，我只能凭感觉去感受那温暖的太阳和明亮的月光。我总是喜欢在窗边站着，在窗口处向漆黑的远方眺望。

黑洞洞的世界，因为权力和远大前程，变得异常光明。

当然，我也会感到阵阵莫名其妙的、突如其来的伤感。我一生，死也忘不了曾经在黑暗的地牢中，我的生活从光明转向彻底黑暗的第一个夜晚。当我的眼睛再也看不见东西，我的心，感到从来没有过的绝望和孤寂。我最后见到的景象，是牢狱中那奇怪蜡烛的一缕青烟。我记得，它徐徐升起，在昏暗的半空飘浮，然后，我就什么也看不见了……

好了，我终于可以安睡在自己的床上了。多少年来，我第一次能像我青年时代醉酒后那样陷入酣睡的甜眠。

在梦中，我骑着马，从一个高岗奔向另一个高岗。在我的前方，所有黑暗的浓雾，早已经散去。我面前所展现的，是平坦的金光大道，是光亮无比的大千世界！

"韩凤、韩王爷求见。"仆人入报，搅醒我的清梦。

这个鲜卑奴才，起起武夫，从前仗恃是皇帝面前的红人，从来未曾纳金献物。如今见风使舵，也来入府拜见。势利权谋，人所不免啊。

韩凤，皇帝幸臣，由于一直得宠，其弟韩万岁，其子韩宝仁、韩宝信，都官拜开府仪同三司。韩万岁如此鲁莽无知的武夫，还兼侍中之职。韩宝仁、韩宝信皆尚公主。群臣早朝，皇帝有时候晚起，都先让韩凤替他接受奏章。赶上皇帝游玩不视朝，内省有急奏事，也皆要靠韩凤代为奏闻。所以，新帝继位以来，军国要密，这个武夫无不经手。

韩凤自称鲜卑，他的祖上实际是六镇流贼出身。由于惯游鲜卑高门，他特别讨厌汉儒，对朝中文官，动辄呵斥辱骂，以至于朝士谘事，皆唯唯诺诺，对他莫敢仰视。平日，韩凤常常挂在嘴边的几句话就是"汉狗大不可耐，唯须杀之""恨不得到汉狗饲马"以及"我手中大刀，只可刈贼汉头，不可刈草"。皇宫内廷中，此人常带刀走马，未尝安行。如此武夫蠢材，平日里就知道瞋目张拳，大有啖人之势。

武夫鲜卑奴，眼见我越来越受皇帝宠任，也不得不给我送金银来巴结……

第三十章 螳螂捕蝉，黄雀在后

我韩凤，字长鸾，鲜卑贵种。

平生行事，我最憎恶汉儿。这些人高冠大袖，高谈阔论，实无一丝有益于国，真该统统杀却。

特别让人难忍的，就是瞎子祖珽。得势以来，他增损政务，淘汰官员，不时改换官号服章，上下震动，让人着实难以忍耐。

更不可忍的是，祖瞎子掌选以来，他还身兼领军，开始清除京城军队中我所安插的心腹将领。还好，我没有即时发作。据我观察当时的形势，祖瞎子深受皇帝信任，内廷又有陆令萱、穆提婆母子为援。他的地位，一时不能摇动。

不过，最近我感觉到，情势大变。祖珽得意忘形，急于树立清名，竟然连陆太姬母子的面子也不给。他与御史中丞丽伯律等人定议，弹劾与穆提婆有姻亲关系的宫中主书王子冲收取贿赂，以此，他想攀引陆太姬母子入案。仔细思虑，这个瞎子很有对陆太姬母子一网打尽的意思。

祖珽不断派遣汉人儒士入宫，为皇帝授课。儒士讲学谈经，对皇帝身边不停怂恿他玩乐的宦者，自然构成巨大威胁。这些阉人，惹恼他们，当然也不会有好下场。

陆令萱、穆提婆母子，现在摇身一变，成为祖珽的对头。好，我就等着看祖瞎子的败落。

汉儿辈诋毁我韩凤为佞臣、武夫，让我胸中充满怨气。我，出自鲜卑高门。当然，我祖父韩贤，乃怀朔镇流民出身，但他很早就挺身从龙，跟随神武帝高欢打天下。

我祖父韩贤，字普贤，本来是朔州广宁人，年轻时即以壮健勇武著称。葛荣起兵，他以流民身份被裹胁。尔朱荣破葛荣后，我祖父降附，深为尔朱荣信任，当时与神武帝高欢同被擢为帐内都督。日后，尔朱荣被魏朝孝庄帝杀死，魏国内乱再起。尔朱家族与神武帝翻脸，我祖父远送诚款，坚定站在神武帝高欢一边。魏朝孝武帝太昌初年，我祖父韩贤累迁中军将军、光禄大夫，出任建州刺史。后来，神武帝高欢与他所拥立的魏朝孝武帝分裂，我祖父韩贤自然倾向神武帝，帮助他击溃了孝武帝的军队。孝武帝西投关中宇文泰，我祖父率军渡河追击，被神武帝任命为行荆州事，主持对洛阳以南可能来犯的宇文泰关中军队的防御。魏朝孝静帝天平初年，神武帝带着当时他新立的魏朝小皇帝孝静帝迁都于邺，我祖父被委任为洛州刺史。能被委以驻守洛阳、西御宇文泰的重任，可见我祖父韩贤在神武帝高欢心中的分量。天平四年，贼人韩木兰等率土民作逆，我祖父率军击破之。大战过后，他亲自按检，打扫战场，欲收甲杖。其中，有一贼窘迫，藏于死尸之间。见我祖父将至，他忽起斫砍，砍断我祖父大腿，致使我祖父失血过多身亡。

我祖父韩贤死时，我父亲韩裔，才二十四岁。深念我父亲是九州勋人①之后，神武帝高欢非常照顾我父亲，并把我姑姑带入家中为养女。日后，她得封阳翟公主。所以，自幼年开始，作为勋贵子弟，我韩凤见多识广，与高家皇族关系亲密。

不过，文宣帝高洋崩后，孝昭帝高演诛杀杨愔，清除朝中汉人党徒，还杀掉了与杨愔一党的当时任侍中的燕子献。而这个燕子献，正是我的姑夫，他娶了我的姑姑阳翟公主。幸亏孝昭帝为人宽厚，没有大肆株连诛杀，而我们韩家，也并未被牵扯到杨愔的案件当中。

其实，即使不是孝昭帝继位，高家别的兄弟继位，也不会忽视我韩家与高家的关系。我姑姑是神武帝高欢养女，我父亲韩裔一直得到神武帝、文襄帝、文宣帝父子照顾，而我的母亲鲜于氏，乃怀朔旧将鲜于世荣的后人，又是勋臣段荣的亲戚。段荣之妻，乃娄太后的亲姐。这么多亲属相连的背景，无论是在从前的魏朝还是现在的齐朝，我们韩家都不可能失势。

汉儿们一直在背后讥讽我是皇上的"恩幸"，他们实不知我韩家深厚的根底。怀朔勋臣们之间的婚姻联系，根深蒂固，超出那些人的想象。

不过，汉儿当朝，国家礼节渐变，我们韩家有时候也不得不顾从形势。所以，自我父亲韩裔开始，就把郡望改为"昌黎宾徒"，而不再称朔州广宁为老家。其实，我祖父乃六镇流民，在魏朝末年颠沛，根本不知道自己的老家是哪里。魏朝边地，都以鲜卑为贵，当时我们韩家自然以鲜卑人自居。随着时岁的变化，特别是文襄帝高澄任魏朝大丞相期间，为了符合人望，他指示我们六镇勋臣纷纷改变家族谱系。所以，无论是鲜卑化的汉人，还是汉化的鲜卑人，勋贵们都

---

① 指六镇军士出身的勋臣。

找儒生汉儿修改家谱，攀附华夏名声大的郡望。既然神武帝自称他们是渤海高氏谱系，勋臣段荣自称出自武威段氏，鲜于世荣把家族郡望改为出自渔阳，我们韩家当然不甘人后，就把曾经大出人才的昌黎作为郡望。

说句实话，大齐的"九州勋臣"，大多是当时的怀朔等镇戍卒，要不就是鲜卑、敕勒，要不就是失家流徙的汉儿，哪里是高门大户！不过，家世谱系，世人所尊，作为大齐的勋贵高门，我们韩家也不能免俗。我家门谱系"昌黎韩氏"的招牌，说出去也确实能让汉儿辈钦羡。

有时候，仔细想想，如今我等鲜卑贵种，其实和汉人高门，完全不搭边。

至于我韩凤，凭真本领吃饭，自少聪察，有膂力，善骑射，曾经跟随文宣帝高洋东征西讨，得迁乌贺真、大贤真①都督。当今皇帝在东宫当皇太子的时候，武成帝高湛简选都督三十人作为侍卫官，我就在其中。当天见面，皇太子置其余二十九人不顾，径直走到我面前，对我说："都督，你喜欢我吧，你和我一起玩吧。"君臣缘分，一见如故。自然，我高大孔武的身躯和过腹的美髯，可能是当时吸引年少皇太子最大的原因。日后，皇太子登基为帝，我一路顺畅，得封高密郡公。

穆提婆这厮，本仆役养，倚恃其母陆太姬，得封高官，与我并肩同列。不过，他人还厚道，只知道收受财宝，不会打害我的主意。比起祖瞎子来，他让我备感亲切。

祖珽不知死，在朝堂上日益跋扈。殊不知，皇帝身边的宦者，把他恨死，天天在皇帝耳边说他的坏话。

一日，当着我、穆提婆和陆太姬的面，皇帝忍不住，询问外间对祖瞎子的看法。

我和穆提婆默然以对。皇帝看出端倪，就再三追问太姬陆令萱。

陆令萱也悯默不对。

三问过后，陆令萱下床叩首答言：

"老婢应死！老婢开始是从和士开和大人处听闻祖孝征多才博学，就以为他是个好人，所以冒死向皇上推荐。日久见人心。最近观察他所作所为，此人真是个大奸臣！知人知面不知心，老婢有眼无珠，把坏人推荐入朝，老婢该死！"

皇帝年轻，耳根极软。他点点头。"我近来听身边众侍从人等讲，祖珽任人唯亲，党同伐异，在朝中安插他自己的亲戚和亲信，排挤大臣……我本来还不是

---

① 乌贺真、大贤真不见于其他史书，大概是鲜卑语，可能是"帐内领民""帐内都督"之类的军衔。

很相信。如果太姬不言，我几乎让这个瞎贼得逞！昌黎王、城阳王，你们二人，为何不及时告诉我祖孝征的跋扈之情呢？"

"臣等观祖珽近来深受陛下委信，不敢插言……"

我与穆提婆赶忙解释。

"好了，昌黎王，马上派人逮捕祖珽，你就负责审讯他！"

终于，祖珽祖瞎子，落入我韩凤之手。

可笑的是，当我率领禁卫军去祖珽家抓人，这个瞎贼还以为我是去给他送礼，迟迟不出，大摆当朝宰相的架子。

最后，还是我本人直入其卧房，把他拎小鸡一样拎出，摔在庭院。

祖瞎子从前受过大苦，如今忽然又从高位跌下，根本不用动刑，全部招供，承认了他以皇帝名义下敕令给自己赏赐金银宅邸的许多事情。

不过，贪财受贿，都算不上什么死罪大罪。案卷报呈皇帝后，迟迟没有批复。

当初，武成帝之世，祖珽力挺当今皇帝以皇太子身份早登帝位。估计皇帝一直念此旧情，最终只是下诏，解除祖珽侍中、仆射二职，把他外放为北徐州刺史。

诏旨下达后，祖珽祖瞎子哭哭啼啼，跪在朝门之外，要求面见皇帝辞行。

皇帝年纪轻，心又软，当然不能让祖瞎子见到他。

我立刻下令，派人把祖瞎子推出柏阁。

祖珽坐地要赖，不肯离开，大哭大闹。在我韩凤面前闹这些，根本没有任何用处。

懒得自己动手，我派出几个禁卫军卫士，连推带搡，把祖珽牵曳而出。然后，我下令派人一路随行，押着他到北徐州赴任。

清除了这个瞎眼汉贼出朝，朝廷重权，又都落于我们自己人之手。

权力，从无到有，就是这样眨眼间的事情。

如今，皇帝宠臣高阿那肱得任录尚书事，总知外兵及内省机密；我，韩凤，领军大将军、昌黎王；而城阳王穆提婆，官封侍中。我们三个人，共处衡轴，人称"三贵"。

大齐军政大权，尽归我等掌握。

高阿那肱这个人，其实也算勋贵子弟。他的父亲高市贵，很早就跟随神武帝高欢征战，以军功封常山郡公，终位晋州刺史，死后被追赠太尉公。高阿那肱，从他的名字"阿那肱"就可以看出，完全是在胡地长大的汉人。他小时候以胡音"阿那肱"为小名，长大后即以为名。年轻的时候，他跟随其父参战，担当管理军需的库直，以军功得封直城县男。文宣帝高洋建立大齐后，他官拜库直都督。

天保四年，他跟随文宣帝大破契丹及柔然，以矫捷善战见知。武成帝时代，他升任武卫将军。

高阿那肱工于骑射，很会察言观色。每次宫廷宴会，他的骑射绝技，都能让在场文武刮目相看。当然，这些不是最重要，最重要的是他与和士开关系极其密切。和士开乃武成帝最喜欢的大臣，有他日日在武成帝面前说高阿那肱的好话，高阿那肱想不升官也难。很快，高阿那肱就得加开府，除侍中、骠骑大将军、领军，别封昌国县侯。当今皇帝当皇太子的时候，高阿那肱多在东宫教习剑术和骑术。有了这层关系，武平元年，新帝登基，马上封他为淮阴郡王。现在，他又得任并省尚书令、领军大将军、并州刺史。

所以，在朝中，能影响皇上的，除了我、穆提婆，就是高阿那肱了。

高阿那肱不涉文史，和我一样，尤其憎恨汉儿文官。能有这么多相同点，我们两个自然大相亲善。

一次，我与高阿那肱饮酒，庆祝他加官晋爵。微醉之后，我笑对他说："不知淮阴王你是否记得，文宣帝天保年间（公元550-559年），有一次，皇帝从晋阳回邺城的路上，遇见一个预言非常灵验的疯和尚阿秃师。他跟随仪驾，一直叫着文宣帝的名字大喊：'高洋，阿那瓌最后一定破亡你的国家！'所以，文宣帝就认定要破亡大齐的是当时在塞北强盛一时的柔然可汗阿那瓌，从那以后，他几乎连年亲自率领大军征讨，屡破柔然……但是，后来，阿那瓌为突厥所杀，柔然也灭亡了，却没有应疯和尚那个阿那瓌破亡大齐的预言。呵呵，我觉得，你高阿那肱的名字，'肱'字与'瓌'字类音，你正是'阿那瓌（肱）'啊。大齐之亡，不是应在你身上吧？"言毕，我放声大笑。

高阿那肱脸色陡变，赶忙捂住我的嘴。虽然他脸上已经有酒意，神色却十分紧张。"嘘，昌黎王，不要瞎说，这可是掉脑袋的玩笑。斛律光大将军，不正是死在西贼韦孝宽和祖珽子等人编造出来的谶言上吗？……不过，疯和尚阿秃师喊话的时候，我就骑马跟随在文宣帝身边不远的地方，当时吓出我一身冷汗来……日子过去这么久，我几乎都忘了，你昌黎王还记得啊……千万别在皇帝面前提起此事……"

见高阿那肱如此紧张，我心中暗喜。没想到一个玩笑，让我抓住了能要他性命的一个大把柄。不过，同为勋贵世家，我不会轻易对他怎么样。联合对付朝中的汉儿，他是我的有力的左膀右臂。

无聊之余，除了陪同皇帝玩乐，我开始折腾禁卫军，没事就看他们操演，累得这些人筋疲力尽。每天，我就骑马立于皇宫御苑中，没完没了地操练禁卫军骑兵。和兵士们在一起真快乐，看着他们跳上跳下，拴马洗刷，饲喂马匹，我内心感到惬意无比。

那些汉狗腐儒，见面我就杀心顿起。看着我白腿的枣红马有滋有味地咬嚼干草，看着它用粉红色的眼睛看我，比看那些汉人文官毕恭毕敬向我奏报都要高兴。

马蹄声清脆地嗒嗒响起来。我手下的禁卫军骑兵，在我的带领下，跑上大道，向着邺城外的紫陌跑去。

巨大的森林后面，霞光万丈，光辉灿烂。如此晴朗的一个早晨，沾满露水的树叶和青草，在霞光中闪烁。我胯下的骏马打着响鼻，欢快地飞跑。

兵士的呼唤声和欢愉的马蹄声响成一片。我回头看了一眼，记忆里留下了那么多愉快的片段：飞驰的骏马，昂奋地迎风而奔，几个红色头发的胡人兵士，从我身边掠过，他们紫色的头巾，在早晨的轻雾中上下飘荡。兵士们的脸上，闪着模糊的、兴奋的光芒。一匹又一匹，骏马的轮廓接连消逝在朦胧的晨曦中。

我透过被风吹得流出泪水的双眼，高兴地欣赏着连续从我身边经过的骑兵们。

"昌黎王，你骑马的姿势真威武啊！"

皇帝的声音在我身后响了起来。他也骑着一匹马，笑呵呵地望着我。

我刚想翻身下马行礼，皇帝用手势阻止了我，并让我到他身边去。

皇帝真的长大了，他的唇上，已经开始长出细细的茸毛。十六岁的少年，确实言谈举止都具有皇家血脉的神韵。他的额头饱满丰润，肤色白皙，像极了他的父亲武成帝。而他时常紧闭的嘴唇，鲜嫩红润，与他的母亲胡太后一模一样，映衬着秀美的瓜子脸，神采奕奕，如同水中开放的鲜花。他的鼻子高挺，和他秀美的嘴唇相映，给人一种风度翩翩的美少年印象。特别是他那种鲜卑、汉人混血后的皮肤，真如同白茶花一样，两腮泛红的时候，恰似画中人。当然，他的体态，还处于未长成的少年类型，稍显纤细。从举手投足之间，可以认定，再过两年，他就会成为一个成熟十足的美男子帝王。

高家皇族的男人，大多相貌英俊，气派不同凡响。自神武帝流传下来的完美的形体，让人见而忘俗。

特别是小皇帝高纬的眼睛，会说话一样，总是闪烁着顽皮的，有时候又是十分冷静的光芒。那种鲜卑血缘，似乎在展示着这家高傲皇族那高人一头的燃烧的生命力。

只是，看着少年皇帝丝绸一样柔软光滑的皮肤，我心中有些感慨：与他的二伯父文宣帝高洋身上那种雄赳赳的英雄武夫气概相比，简直相差天地！

"昌黎王，你教我射箭吧。我学剑术都腻烦了，喜欢射箭，尤其是在马上骑射，太好玩了。"皇帝说。

　　毕竟是少年人，皇帝还不习惯自称"朕"，特别当他在宫中和我、穆提婆以及高阿那肱在一起的时候，总是自称"我"。有时候，旁边没有人，他还在我们面前自称"儿"，完全是孩子在长辈前的娇憨。

　　皇帝，爱玩的皇帝。

第三十一章　帝王真滋味

哀号声逐渐停歇，殿中充满了烧焦的气味。衣服烧焦后，掺杂鲜血等烤煳的味道，非常不好闻。

乌纳、冯宝，这两个美貌和尚，如今浑身血肉模糊，瘫在地上。

下午的时候，我去北宫探望母后，看到这两个人，以为他们是随侍的女尼。尼姑，竟然能长成这么漂亮，出人意料。当她（他）们向我飘飘下拜的时候，我就为她（他）们的美丽面庞所深深吸引。

我的弟弟琅邪王死后，母亲胡太后终日不乐。为了安慰母后悲痛的心，我刚刚下诏，追赠琅邪王高俨为楚帝。

这个死胖子，黄泉之下，也让他过过皇帝的瘾吧。

良心和内疚，有的时候，是一件可怕的事。隐约记得，我七岁入东宫做太子以前，我的弟弟琅邪王高俨，曾经是我最佳的玩伴。后来，久不相往，我们的关系越来越疏远，直到他杀了和士开和大人之后被逮捕……

我派刘桃枝杀他，其实也不是我的本意。作为皇帝，我不得不为整个国家着想。

陆太姬苦心劝我大义灭亲，当时在朝的大臣祖珽也劝我，最终，我才下定决心诛杀他。

杀掉自己的亲弟弟，毕竟是个折磨人的秘密的负担。有时候，我甚至能感受到沉沉的良心的谴责。有时候，半夜醒来，我总会想起我和弟弟高俨儿时的一些事情，我记得我们哥儿俩在花园中玩耍，也记得我们同骑一匹白马的喜悦。

在夜里，特别是弟弟琅邪王刚刚被处死的几个月的夜里，有时候，我一闭上眼，就会有阴森森的感觉，想睡，又不敢睡。我一直忍着，直到宫殿外面黑丝绒般的天幕上泛出一丝灰光……

我甚至梦到过我弟弟高俨小时候养的一只兔子，雪白的兔子，四只脚是黑色的，眯眯地伏在地上，在梦中，它忽然被倒悬起来，脖子上吊着一根绳索，摇晃着朝我眨眼……

听到我下旨把弟弟追封为楚帝，母后似乎宽慰许多。她哭泣了好一会儿。

母后的北宫，我好久没有来了。我发现，她派人把殿中的四壁，重新镶装了紫红色的细木护板，砌成几大幅佛国的图案。她在殿窗上，还悬挂了绣着红边的深紫色窗帘。精漆花盆金光耀眼，盆花茂盛。看得出来，她的心情肯定有所好转。

我弟弟琅邪王死后，母后一度非常暴躁，赌气不与我见面。即使现在，她也掩饰不住对我冷淡的态度。

我的母后，我的父皇一直把她视为珍宝。自从她年纪轻轻嫁给当时是长广王的父皇，可以说是福星高照，步步顺利，最后能做到一国母后，过着神仙般的生活。我觉得，她从小到大都无忧无虑，应该是享乐惯了的人。她非常喜欢金碧辉煌的宫殿，非常在意气派十足的车马扈从，特别喜欢宫中行乐的排场。确实，在我大齐，她如同帝王一样，处处有人曲意奉承。只是，和士开被杀，琅邪王高俨惹出了大祸，她不能像从前一样开心了。

我偷偷仔细观瞧，似乎母后的脸有些憔悴，和士开与弟弟琅邪王的相继死亡，在她脸上留下一种久经苦难的痕迹。她的眼神，也不如从前光亮，或许因为暗夜流泪过多，失去了昔日的光辉。

没讲几句话，她和我告辞，离开宫殿，说是要去邺城郊外的碧云寺斋戒祈福。

趁她离开的机会，我命令宦者，让他们以我的穆皇后的名义，召那两个美貌的女尼入宫。其实，我是想自己仔细观赏一下这两个缁衣光头的美人。

谁料想，迫不及待间，当我把其中面色白嫩的冯宝推倒，扯开衣襟，却惊奇地发觉，他竟然是个男人。

大惊之下，我下令绑起二人。经过仔仔细细的检查，我发现，那个乌纳也是个男人。

一直听人窃议母后不遵妇道，我本人也早有怀疑。如今，这两个秃驴当场败露，证实了传言的真实性。

"阉了你们这两个狗奴！"我身边最宠信的卫士、胡人将领何洪珍闻诏而至，他用脚猛踢倒在地上的两个和尚，厉声呵斥。

这句话提醒了我。

当然，我并没有启用太医院的人来为这两个秃驴做阉割。

何洪珍找来邺城内阉猪的屠户，不施麻药，准备活活生阉乌纳和冯宝。

屠户是个粗鲁的黑胖汉子，他完全用阉猪的手法对乌纳和冯宝进行阉割。脏乌乌的刀剪和粗麻布，就是他做活计的工具。

屠户割掉二人的阳物后，近旁观看的何洪珍顺手抄起放在火中的铁钳，一下子烫在两个和尚流血的私处。

惨号声，不止一次地响彻皇宫。

这一着，算是给他们做最后的去毒和止血。

焦烟的味道，充满腥臊。

我唤来太医院的太医，给乌纳和冯宝敷贴上麻药。

然后，我继续审问这两个秃贼。

为了避免丑闻外传，我让何洪珍唤来穆提婆，尽驱卫士出门，殿中只剩我们三个人对二僧进行审讯。

没怎么再用大刑，乌纳和冯宝不仅招认他们自己一直在宫中私侍太后，还供出了太后与碧云寺住持昙献的私通实情。

哦，难怪我的母后那么喜欢去郊外的碧云寺，难怪她在宫内设立道场，原来她一直掩人耳目，名为施舍饭僧，实去与秃驴昙献奸通。

何洪珍用脚踏在冯宝胸口，追问道："昙献是你们二人从前的寺主，他从宫中拿走过东西吗？"

未等冯宝招供，乌纳在旁边马上回答："碧云寺中，有来自宫内的宝物无数，都是太后让人送去的……寺中和尚均知道这事，平时开玩笑，都暗中称昙献为'太上皇'……"

闻此言，我怒不可遏，抓起一个玉柄提壶，砸在了乌纳的秃头上。

"马上派人把昙献抓入宫中审问！"

超出我预料，大和尚昙献，并不是个美貌的少年僧人。他看上去可能已经有四五十岁，圆圆的大脑袋剃得精光，只有后脑勺残留半圈头发的印记，是个真正的秃驴。这个和尚，长有牛轴一样粗的脖子，似乎就根本没有脖子。他大而肉的脸上，中间杵着一根红红的大鼻子。特别是他的脸型，上尖下宽，不成比例。可笑的是，他前额凸起，几道长短不一的抬头纹，显得悲愁苦恼，样子十分滑稽。他的颧骨很高，眼珠发暗，眼神闪烁不定，一看就是一个不安而多疑的坏人。他的嘴唇，肉很厚，耷拉着，尤显粗暴贪淫。再仔细看他的双手，被太阳晒成棕黑色，青筋暴突，倒像是个做惯农活的乡下人。

这样的一个丑陋秃驴，让我十分诧异——我的母后，怎么喜欢这样的人！

"你，这个秃驴，怎么勾引太后的？说！"穆提婆用马鞭死命抽在昙献的秃头上，顿时，就有血从和尚的脑袋瓜上流了下来。

看到自己两个徒弟血肉模糊的样子，昙献初被押送入殿时的惊惶逐渐消隐，反而慢慢平静下来。

这个秃驴，似乎早就预料到有事情败露的一天。

"能否给我些酒肉吃？……我饿了，吃些东西，一定全招！"昙献出人意料地提出要求。

我的火气一下子上来，几乎按捺不住，特别想奔过去当场杀掉这个淫荡的秃驴。

想了想，我压抑住了怒火，派人送酒食与他。

饿死鬼一样，昙献把大块的牛肉放进嘴里。他不停仰头，把酒猛灌进自己的喉咙管，大喝特喝。从前，我常常喜欢观看宫内所养的狗群吃东西。现在，我发现，昙献的吃相几乎和那些狗一模一样，只是狗不喝酒罢了。

他左一口右一口，拼命咬着牛肉，把食物一大把一大把地塞进嘴里，速度飞快。

大概知道自己的结局，他临死前最后痛快一次而已。

终于，他停止了啃嚼，开始招供：

"我在邺城碧云寺二十年，结交权贵无数，广有蓄积。文宣帝、孝昭帝、武成帝都喜欢施舍财物给碧云寺……我该死，外奉佛宗，内实贪淫。我喜欢房中之术，御女能彻夜不倦……不知太后何以知之，去年秋天，她去碧云寺礼佛，就与贫僧合成欢好……"

何洪珍不消停，兜头又给了这个秃驴一皮鞭。"说，你如何勾引太后的？"

穆提婆饶有兴趣地凑近，蹲在昙献身边。

"……太后去寺庙上香后，佯称倦怠，说自己要在碧云寺择一清静深密处歇息，命我带路……我早听说太后的声名，就直接把太后带到僧房最深处的密室。太后坐定，问我：'听说和尚这里有祈福的神咒，能否给我密诵一回啊？'贫僧会意，就跪禀道：'此咒极其神通，不能传于六耳，他人不能在旁与闻。'太后闻状，即刻挥退所有宫女出户，唯独留我一人于室内……"

"然后呢？"穆提婆喝问。

"我见太后笑语亲切，知道事成，就跪在太后面前说：'臣无秘咒，只是有些身上功力，能供太后片时之欢！'……太后降座，手挽我起身……"

"住嘴！"我在座上，听得面红耳赤。

何洪珍抽出腰刀，在秃驴昙献面前比画着，追问："从那次开始，日后你与太后都是在碧云寺内相会吗？"

"不是，太后在宫内的御花园设立护国道场，常常派人以请我讲经为名邀我入宫，有时候她也亲自外出到碧云寺内……大概一旬一次吧……贫僧其实本不敢对太后起意，和士开和大人在世的时候，与我关系亲密，他曾经从我寺中唤走二徒弟入宫侍奉太后，故而我知道太后的嗜好……"昙献手指躺在不远处的乌纳、冯宝说。

我的母后是那么一位标致的女人，她为什么喜欢一个如此丑陋淫邪的和尚呢？她喜欢和士开和大人，我能理解。和大人皮肤洁白，脸颊光滑，他双鬓的金色鬓发和俊朗的外表，望着尤其让人欢喜。还有，他那一双淡蓝色的眼眸，更加显衬他性情温和亲切。我自小时候起，就喜欢和士开和大人，他的脾气平和，总爱哄逗我，给我带入宫内无数新奇的西域玩具，在心中，我一直把他当作父辈来尊敬。

这个秃驴，竟然把和士开大人也牵涉进来。幸亏和大人死了，否则，面对他，我都不知道该如何处理这件事情。

这是一个漫天降霜的夜晚，特别潮湿。宫殿的地上，布了一层湿气。

这样的夜晚，喝酒，杀人，倒不失为一个好消遣。

自从弟弟琅邪王高俨被我下令杀掉后，我的心，越来越硬了。

"寸剐了他吧，陛下。"何洪珍建议。这个肥胖的胡人军将，平时动作和表情那么滑稽，但杀起人来，却一点也不含糊。

我点点头。一切都水落石出，该惩罚这个私下奸通我母后的贼秃了。

穆提婆拍手，让宫中的侍从端酒上来。长夜之饮，有更多事情可干了。

瞪着一双大牛眼，昙献被禁卫军卫士们绑在殿庭中的一个木案上，哀哀求饶。

在我二伯父文宣帝时代，禁卫军中就有不少的人精通剐人杀人之术。所以，一切专门的剐割削剔器械，很快就摆齐。

昙献一双圆眼死死地盯着天空，开始一声不吭，似乎，他在等待着佛祖下降来搭救他。

为了防止秃驴受刑的号叫败我酒兴，我让人用东西堵住他的嘴……

足足忙了两个时辰，禁卫军的一个专门行剐刑的兵士才在昙献的身上做完活计。

"报告陛下，已经行刑完毕，秃贼和尚全身都被剐遍，还剩一口气……"

"太后回宫后，立刻派人包围她所住的北宫，禁止她随意出入。往来人等，一概严禁！"我怒气更盛，对负责宫中门禁的侍卫官说。

"陛下，那两个小和尚，赏与我吧。我把他们两个带到禁卫军营，让兵士们拿他们快活消遣一下，再送他们去西天。"何洪珍说。

我这才想起被绑缚在殿柱上的两个美貌和尚乌纳和冯宝，他们几乎被我忘掉了。他们都垂头于胸，奄奄一息……

帝王！幽禁我的母后之后，我更感觉到我作为帝王的尊贵和无上的权威。其实，自我做皇帝以来，有时，我甚至对自己的权势感到恐惧。大齐疆域这么宽广，治下的人那么多，而我，就是这国家的唯一主宰。我甚至不愿意预测我们大齐的将来到底会怎么样。事情太复杂了，超出了我的想象力和承受力。

那么多野心家，那么多叛臣，连斛律光都不能相信，连我自己的弟弟琅邪王都不能依靠。除了我身边所熟悉的陆太姬、穆提婆、韩昌黎、高阿那肱等人，对任何人，我都不能，也不会信任。

我只认识周围的这些人，只知道他们对我的忠心。我不熟悉的人，对我来说，毫无用处。

我的母后，曾经慈爱过。在我的记忆中，似乎感觉过她对我纯洁和温柔的抚慰。那是我儿童时代的事情了。现在，如果她向我索求额外的欢乐，如果她倚恃太后的身份偷偷与男人奸通，那，就是罪过！

殿门外，火燎投射出道道跳闪的光线，闪烁之中，夜晚就变成了一个新的、奇异的国度。漆黑，让光和火复活。一切的一切，由于美酒的浸润，都活跃起来。

湿湿的雾霭，在火光下发出淡黄的亮光，形成无数微弱的闪烁的光波，把宫内鳞次栉比的屋顶，映衬得如同波浪翻舞的海洋。

我独自一人走入庭园，踏着和尚洒下的未干的血迹，仔细观察着寂寞宫廷里夜晚的颜色。白天，在炎热的太阳光下，景色有时候显得干燥而刺目。当夜晚的迷暗来临，地面、天空，以及殿堂，都反射出变幻无常的色彩。这些瞬息即逝的诗意印象，还有湿润雾霭的哀愁，忽然让我想起少年时代那些汉儒师父教授给我的诗歌。当时，我只是死记硬背它们。现在，随着月光的突然照耀，伴着黑夜的静寂和火燎的魔幻，那些诗歌的奇妙意境，犹如飘起的轻烟一样朝我扑来。

畅饮着美酒，我深深感受着这个神奇的、乐趣无穷的、唯我独尊的世界！

当皇帝差不多三年，我要自称"朕"了。相比从前我父皇在世时候的没有着落的心情，我现在太快乐了。而我弟弟琅邪王的消失，其实给我增添了一种真正实在的安全感。

当今大齐家，再没人能够对我的皇位产生威胁！

在每个夜晚的梦中，再无可怕的、混乱的莫名喧嚣。邺城，就是整个大齐的缩影。我在这里，作为帝王，我深知，快乐，只有快乐，才能超越一切。而快乐，是那么容易战胜哀愁。

作为一个皇帝，还有什么琐屑事情能烦扰我呢？

音乐声大奏。能让我高兴的人都快到齐了。康阿驮、穆叔儿、曹僧奴等人，平时陪我走马射箭；何朱弱、史丑多、沈过儿、王长通，年纪和我差不多，能歌善舞，都被我加官开府仪同三司。特别是王长通，比我还小两岁，因为他胡琵琶弹得精妙，我赏给他通州刺史的官做，赐金无数。可乐的是，他担任宫廷乐师的父亲，看到委任状和赐金，竟然大乐成悲，一下子就栽倒在地，死了。

不久，连大胡子老头安吐根，也挺着大肚子入宫了。这个老安头，年纪可做我祖父辈。他本来是安息胡人，从其曾祖起，就入魏朝为官，一家子一直在酒泉居守。魏朝末年，安吐根常常出使柔然，往来塞北不断。孝静帝天平初年，我祖父神武帝高欢在朝廷当大丞相，把握朝政。安吐根从柔然回京后，尽告柔然虚实于我祖父神武帝，使得东魏边境军队准备充分，粉碎了柔然的多次入侵。胡人如此忠诚，我祖父神武帝大悦，当时就对他厚加赏赍。其后，东魏与柔然和亲，结成婚媾，都是以安吐根为使者。我父皇武成帝时代，因为旧功，他得封率义侯。我登基后，喜欢这个长着一把金色大胡子和红鼻子的老头给我讲西域故事，封他为永昌王。

瞎子祖珽在朝的时候，不停劝我疏远这些人，常讥称我喜欢的这些人为"西域丑胡""龟兹杂伎""刑残阉宦""苍头卢儿"等等。当时看着祖瞎子痛心疾首的样子，我心中就很不痛快。

和这些人在一起，我真的十分快乐和开心。而且，他们对我是那么的忠心，从来不会让我感到失望。

不久，昌黎王韩凤也到了。这位威风凛凛、相貌堂堂的爷们儿，带着他的弟弟韩万岁和两个儿子韩宝仁、韩宝信，大踏步走进宫内后殿。

他们在此，玩乐的同时，我又能和他们商议正事，处理军国大事。

"陛下，刚才接报，南安王高思好叛乱！"韩凤未坐定，即向我报告。

"……昌黎王喝酒，不必惊惶。斛律光如此英雄，都乖乖被朕诛杀，何惧南安王！"我举觞劝酒。

"南安王高思好占据朔州，陛下不可不防！希望陛下能下旨，让一宗室亲王统领兵马，马上去平息叛乱。依臣所见，兰陵王高长恭，最为合适！"

第三十二章　不许名将见白头

揽镜自照，无节制的酒色劳损，使我看上去憔悴了许多。

现在，我，兰陵王高长恭，脸上胡须旺盛，再不会在战场上被敌人误认为是美人了。如果与西贼①交手，大概我再也用不着往脸上罩个铁面具吓唬他们了。

邙山大捷后，我声名远播。与我们大齐元帅段韶一起，多年以来，我一直在外征战，统领大军，讨柏谷，下定阳。前后因战功，我获加封巨鹿、长乐、乐平、高阳等郡公。

当今皇帝继位后，以宗室之亲尊，我得加太尉衔。

远离京城是非之地，我稍感心安。经历文宣帝、孝昭帝、武成帝，我能不死，一靠宗室之亲，二靠在外统兵打仗，三靠自己悠游事外。

身为文襄帝高澄的儿子，活到如今，我自叹不易。

遥观邺城，大事频出。先是皇帝亲弟琅邪王杀和士开，后是琅邪王被杀，继而大将军斛律光被族诛。群臣钩心斗角，各种势力殊死角逐，俨若战场。虽然置身事外，作为宗亲，我仍然忧心忡忡。

不久前，朝廷内斗加剧，重臣崔季舒、封孝琰等人相继被杀。事情起因，乃朝中的国子祭酒张雕。张雕，原本为皇帝在东宫时候的侍读，非常受皇帝敬重。他与皇帝身边得宠的胡人何洪珍相结，声气互通，来往甚密，很快就遭到穆提婆、韩凤的忌恨。何洪珍推荐张雕为侍中后，又加其开府仪同三司，奏度支事。张雕儒士入朝，大为皇帝所委信，常呼为"博士"而不名。而张雕汉儿，自以为出于微贱，致位大臣，此后就一直想立效以报恩。儒生大率如此，掌权之后，为报皇恩，他论议抑扬，无所回避，事事从国家大政考虑，数次切谏，暂停宫掖不急之费，禁约皇帝左右骄纵之臣。所有这一切，最终招致宫内权贵对他恨之入骨。

---

① 指周国。从前，东魏人口中的西贼，指西魏。北周取代西魏后，北齐取代东魏，北齐人私下依然称呼北周为西贼。这是双方多年不断的战争使然。

同时，张雕与朝中的汉臣尚书左丞封孝琰、侍中崔季舒的关系日趋密切。崔季舒乃文宣帝时代重臣，封孝琰乃我大齐重臣、河北高门豪族封隆之的侄子，二人皆是祖珽旧友。这三个人，成为皇帝身边的红人韩凤等人的眼中钉、肉中刺。

恰值南朝陈国入寇，寿阳告急。皇帝本人，却要去晋阳游幸。为此，崔季舒与张雕商议："寿阳被围，大军出拒，信使往还，皇帝应该在邺城坐镇。如果皇帝去晋阳，消息传出，难免会给人以朝廷惊恐北避的印象。我们若不启谏，恐怕人情骇动，对国家不利。"

这两个汉官，自以为忠心耿耿，与从驾文官，联名进谏。但当时贵臣，如赵彦深、唐邕、段孝言等人，都认为崔季舒、张雕是祖珽一党，坚决反对。

众人相争之时，韩凤暗中向皇帝禀奏："诸汉官联名总署，表面上看是谏阻皇帝游幸并州，其实是想趁乱造反，对这些人，应该全部加以诛戮！否则，汉儿势大，不知道日后会生出什么变端。"

皇帝轻信，连夜召朝廷内在章奏上署名的汉官于含章殿，不分青红皂白，立刻下旨，处决了崔季舒、张雕、封孝琰以及散骑常侍刘逖、黄门侍郎裴泽等人。然后，朝廷下旨重罚，把这些被杀汉官的家属，皆徙北部边境为军奴。直系亲属，妇女配奚胡为女奴，幼男下蚕室阉割，家产全部抄没。

至于与张雕关系不错的皇帝面前的红人何洪珍，见势不妙，根本没有出来施以援手，眼睁睁看着张雕等人被当庭处决。其实，他的这种薄情寡义，也出于如下情由。封孝琰曾经当着何洪珍的面，对祖珽说："君是衣冠士人，理应在朝廷执掌大权，不似走狗幸臣辈，全仗恃技艺、谄媚取宠。"何洪珍闻言，以为是嘲讽他，深以为恨。所以，当他看张雕与封孝琰等人搞在一起，顿改前意，故而朝廷拘审，他不为张雕发一言以救。

处理了这些汉官后，皇帝率领众宠臣，前往晋阳游幸。

这个节骨眼上，南安王高思好造反。而我，接到皇帝诏旨，率领军队前去平定叛乱。

高思好，乃上洛王高思宗的弟弟。高思宗这个人，是我祖父神武帝高欢的堂侄，他本性宽和，颇有武干。我二叔文宣帝高洋建立齐国后，他被封为上洛郡王，历位司空、太傅，薨于官。其子高元海，乃我九叔武成帝身边红人，后来遭疏远，被外放为官。由于他的后妻是陆太姬陆令萱的外甥女，新帝继位后，他得在朝中任职，与祖珽共执朝政。二人起初关系密切，高元海多以陆太姬密语告珽。后来，二人闹翻，祖珽就把他先前所语陆太姬的密言告诉给陆太姬。陆太姬大怒，把高元海贬为郑州刺史。

至于高思宗的弟弟、造反的南安王高思好，名虽宗室，其实，他根本与我们高家没有任何血缘关系。

高思好本姓浩，原是高思宗家人，因其武力绝伦，高思宗养以为弟。对外号称氏兄弟，高思宗其实一直遇之甚薄，只把高思好当成家中僮仆而已。我的父亲文襄帝高澄担任魏国大丞相的时候，特别欣赏高思好的勇猛，委以骑射统领重任。我二叔文宣帝继位立国后，喜欢勇武之士，也看重高思好能征善战，授其为左卫大将军。高思好原名高思孝，天保五年，他随我二叔文宣帝高洋击讨柔然，杀敌无数。文宣帝悦其骁勇，对他说："你上阵击贼，如鹘入鸦群，宜思好事，就叫高思好吧。"

一路下来，经历我们高家数帝，高思好累迁尚书令、朔州道行台、朔州刺史、开府、南安王。由于他本人尚武，善于抚御，甚得边朔人心。

至于高思好造反的情由，十分简单：皇帝身边宠臣、胡人血统的斫骨光弁奉使至朔州，高思好奉迎招待甚谨。斫骨光弁仗恃朝廷使臣的身份，待之倨傲，勒索钱财，打骂众将，并且当众调戏高思好的妻子。

衔恨在心之余，高思好逆志顿萌，遂举兵造反。

起兵之时，他手下行台郎王行思书写檄文，遍递各州以及朝中官员：

"主上少长深宫，未辨人之情伪，昵近凶狡，疏远忠良。遂使刀锯刑余，贵溢轩阶，商胡丑类，擅权帷幄，剥削生灵，劫掠朝市。暗于听受，专行忍害。幽母深宫，无复人子之礼；皇弟残戮，顿绝孔怀之义。仍纵子立夺马于东门，光弁擎鹰于西市，驳龙得仪同之号，逍遥受郡君之名，犬马班位，荣冠轩冕。人不堪役，思长乱阶。赵郡王（高）睿实曰宗英，社稷惟寄，左丞相斛律明月，世为元辅，威著邻国，无罪无辜，奄见诛殄。孤既忝预皇枝，实蒙殊奖，今便拥率义兵，指除君侧之害。幸悉此怀，无致疑惑。"

见此檄文，词语蔑上无礼，内容却事事是实。

高思好率军行至阳曲[①]，自号大丞相，置百官，直接向晋阳进发。

当时，只有武卫大将赵海在晋阳掌兵，仓促不暇禀奏，乃矫诏发兵抵拒。而晋阳城内的军士，不少人曾在高思好手下打过仗，纷纷扬言："南安王来，我辈唯须高呼万岁奉迎！"

从邺城准备出发往晋阳的皇帝闻变，急忙派出唐邕、莫多娄敬显、刘桃枝、中领军厍狄士文等人奔驰晋阳救援，又忙遣使人到定阳，下诏派我做统帅。至于

---

① 在今山西太原。

皇帝本人，他正准备从邺城出发，勒兵续进。

身为宗室，危难关头，我不得不出头。

立马高岗之上，我看见，在下面干枯的草地上，有大批穿着我们齐国军队服饰的骑兵在打马奔跑。

那些人，紧挤在一起，队形很乱，从北而来，横过大路，沿着盆地的土坡，懒散地往晋阳方向集结。这些人，大概就是高思好的叛军了。

恰值早春时节，阳光如此灿烂，四周却是大片原封未动的、经历了一个冬天都未融化的积雪。我能想象，在积雪下面，大地正在悄悄地解冻。春天的太阳也没有闲着，它在一点一点地吞噬着积雪，潮气荡漾在周围的空气中，使得早上雾气弥漫。

不远处的河上，薄冰咯吱咯吱响着，大块的冰，轰隆轰隆地塌陷下去。草原上的融水开始四处横溢，马蹄踏过，融雪四溅，散发出丰肥的土壤和腐烂的野草气味。

看着下面高思好部队大汗淋漓的战马和懒洋洋的兵士，我心里知道，他们输定了。

这些人，战斗力本来不弱，但是，他们没有预料到的是，皇帝的军队，能这么快就到达晋阳附近。

朔风劲吹，早春的雪野，蓝光反射。我居高临下，眯眼望着下面的叛军，胸中胜算无疑。

令下后，我手下军队的兵士排好队形，骑着马，呐喊着，快步冲下山岗。

我身先士卒，骑马跑在最前面。

山岗上皇帝一方归我指挥的步兵，大概还留有一千多人，他们架起弩机，开始朝平地上的高思好叛军发射弩箭。

箭雨蔽天。叛军纷纷落马。他们中箭着弩的姿势很怪，有的嗷然一声毙命，有的似乎打呵欠一样，懒洋洋地往一边歪去，忽然两手一扬，从马上栽跌下来。

那些摔在地上没有马上咽气的人呜咽着，由于受伤后疼痛难忍，不少人呜呜狂叫。

皇帝的军队，跟随着我，从高岗上一直往下冲杀。我们结成雁形的队形，纵马飞跑起来。

我的一个护兵，在马上高举起一支长槊，上面迎风飘扬着我的帅字旗：兰陵王高！

晋阳附近沟壑纵横。坡直的崖陡，摔死了我手下几十个骑兵。虽然如此，我手下的骑兵没有放慢速度，不断往前冲杀。

兵士们高扬着手中的长槊和大刀，沿路劈砍着叛军。人头纷纷落地，根本来不及取首级。

我命令兵士抓紧追杀叛军，不给他们喘息的机会。

我纵马跑下第一道沟谷，跳跃过乱蓬蓬的灌木，感觉到身上的甲服被汗水浸透。

不顾干渴，我舔了舔干硬的嘴唇，鞭打身下坐骑，晃动着长长的槊尖，左右冲杀捅刺，亲手杀掉了二十几个叛军。

忽然，我听到雹子似的马蹄声在我背后不远处响起，顿时深切地预感到一种陌生的恐惧。

我猛然拨转马头，看到一个叛军骑兵正从我的左翼斜插过来。他以惊人的速度，向我猛冲过来。同时，他弯弓搭箭，准备朝我发射。

我赶忙低头伏在鞍子上，嗖的一声，我身后一名卫兵应声落马，连吭都未吭一声，栽在地上，死了。

褐色的烟尘飘荡，射箭的叛军兵士大概就近认出了我。他死命拍马，很快地掉头，想快速跑远。

我扬鞭猛追。

毕竟我的马好，很快就追上了他。

看着距离越来越近，我瞄准目标，猛地甩手，把长槊向那个叛军兵士的后背掷了过去。

槊尖穿透了叛军兵士的两当甲，着着实实刺进他的体内。

那个叛军兵士疯狂地喊叫了一声，摇摇晃晃，没有即时栽落。

我从刀鞘里拔出刀，飞快地纵马跑到他的身边，朝他的肋部又捅了一刀。

叛军兵士的甲胄可能非常好，那一刀没能把他捅穿，他竟然能在马镫上立起身来，忽然兜转过马头。

那匹高大白马的胸部，几乎侧撞上我的马头，差点儿把我撞翻。

面对面之时，我清晰地看到了叛军兵士那张恐怖可怕的黑脸。

我挥舞着刀，又劈砍了他一次。他龇着牙，面如死灰，在马鞍上转了一下，依旧没有落马。

此时，另外一个叛军骑兵，估计是我追杀的这个叛军兵士的手下或者兄弟，忽然从我右边凌空冲杀过来。我感觉到利剑的寒光于眼前闪烁。

我赶忙举起手中刀来挡架。砍击之中，铿然有声，火星突溅。

这是一张不年轻的、激动的、惊恐的脸。这个叛军，满头大汗，兜鍪下的脸上，长满雀斑。他下垂的腭骨颤抖着，用剑朝我胡刺乱捅。

这个时候，被我追杀砍击的叛军兵士终于在马上不支，摔落于地。

趁着马上的叛军兵士一分神，我的刀已经在他的脖子上划开了一道深深的伤口。他昏头昏脑地惊呼一声，似乎被掉落在地上死去的同伴吓坏了，又好像是被我的一刀刺痛。他在马上轻轻摇晃了一下，掉转马头，准备逃跑。

转身的时候，他把后脑勺留给了我。我追击。

此时，我甚至能清晰地看见他脖子上所围缠的湿漉漉颈巾的颜色。战场上的疯狂情绪，使得人杀心顿起。

我举起了刀，稍稍从马鞍子上把身子往外探了探，趁叛军兵士回头看的时候，朝他斜劈了一刀。

一块血肉溅起。叛军兵士低声叫喊了一声，脊背朝上，伏在马鞍子上面，紧紧抱住马头，一副听天由命的样子。

他的马速度极快，我紧紧追住他。不料，半途间，他失去了控制，马头掉转，飞快地又往回跑。

失去控制的马匹，带着它受伤的主人，朝我狂奔而来。

那个受伤的叛军兵士抬起头，无奈地望着我高举着屠刀的手。他本来已经面无人色的脸更加扭曲，嘴唇变得灰白，不停地颤抖着。似乎，他想向我求饶。

叛军兵士头顶上先前已经被我削下了一块皮，那块血皮，耷拉在他的一条眼眉上，血流半面，样子十分怪异。

双马交会的时候，我们的目光相遇。他的一只眼睛睁得大大的，十分恐惧地望着我。

我感觉到他好面熟。

二马相错，我高挥刀，从上而下斜劈下去。这一刀，把他的脑袋连同一块肩膀，都劈了下来。

无头的死尸摔在地上，声音闷闷的。叛军兵士座下的战马长嘶，疯狂地跑走了。

我忽然想起来，那个刚刚被我劈死的叛军兵士，是我从前的部下。他是一个马军司曹，曾经在邙山战役中跟随我与西贼死战，立过军功。当时，他曾亲手从我手中接过百匹的赏帛。

皇帝的兵马和叛军在平地上开始混战。战马嘶鸣，刀剑咔咔，风驰电掣，喊杀阵阵。

双方兵士杀红了眼，疯了一样乱刺乱砍。高头大马，横冲直撞，它们背上的主人，好多都已经栽倒在地上死去。运气不好的，躺在地上号叫，被马蹄多次践踏，更加凄惨地死去。

一匹口吐白沫的黑马，拖着一个兵士的尸体从我身旁跑过去。那个兵士的尸体，有一只脚还挂在马镫里。叛军和皇帝的兵士都穿着黄色的、一模一样的军服，也不知道他是哪边的。

黑马拖着这个浑身血肉模糊的赤裸尸体在草地上不停奔跑。尸体的脑袋上下翻滚。

我抹了抹脸上的血，高声喊了几嗓子，感觉正常，没有受伤。我军服上斑斑的血渍，殷红多处，都是叛军兵士的血……

战斗多时。直到兵士们打扫战场的时候，我才扔掉缰绳，从马鞍上跳了下来。

我站在地上，身体晃了几晃，差点栽倒在地上。战斗了将近半天，累得人虚脱。

战场，一片寂静。如同没有人的原始荒原，仿佛连植物都已全部死去。

太阳如血，正在西方往下沉落。旋风袭来，兵士的尸体，将平地显衬得那么阴森可怕。

在光秃秃的树林后面，有兵士在焚烧死尸，烟雾腾腾，一片朦胧。

早春傍晚的严寒来临，我的盔甲上结了一层薄冰。寒风吹过，冻冰的树枝叮当乱响，如同生锈的马铠相撞击的声音。

冷酷、死亡的夜晚，让人心慌意乱。

我骑在马上，心中慨叹，不知有多少人在这场激战中死亡，永别了人生。

高思好见军败，大势已去，只得与其手下王行思一起投水而死。

其麾下两千人，最后被挤压在一块空地上，我派刘桃枝包围了他们，且杀且招，那些人没有一个投降，最后全部战死……

得胜露布[①]自晋阳送往皇帝处。我听说，皇帝接到胜利的消息，高兴至极，左右齐呼万岁。

很快，皇帝带领群臣到达了晋阳。他要在汾河上，举行赏功的仪式。

早春时节，空气尚有寒意，天色却十分明朗。下午的阳光和煦地照在人身上，让人暖洋洋的，十分惬意。

---

① "露布"大约在秦代问世。所谓露布，原指不加缄封而公开发布的官方文书。露布一般有四种作用：一、汉代皇帝制书用玺封，但赦令赎令均露布下州郡；二、汉代臣民上书君主，相别于封缄的奏书而言，不缄封的都称为露布；三、汉末也把军中檄文称为露布；四、北魏至唐代，大将在外用兵获胜，向皇帝奏捷的文书，也称为露布。兰陵王高长恭的露布，就是第四种。

　　我坐在船上，看着手下的兵士双桨击水，又稳又快地行驶于河上，朝着皇帝龙舟的方向驶去。

　　汾河上，帝国军队成群的船只皆傍岸而行。好几只大船在浅水的地方动弹不得，或者在布满淤泥的岸边搁浅。

　　我在疲乏之外，也有些兴致勃勃，毕竟，一场大战结束，终于可以休息了。我喝着美酒，观赏着汾河周边的美丽景色。划啊，划啊，划啊，我们一直划到太阳西沉，才接近皇帝的龙舟。

　　一轮红日，在河岸低低的水平线上往下落，紫色的晚霞让人流连忘返。

　　夕阳美景，很快消失，时光进入苍凉的暮色之中。孤寂而单调的夜晚，即将来临。

　　乐声嘈杂，荒寂的河上，顿时有了生气。黑夜的帷幕，很快就被四处燃起的火焰以及灯光照亮。

　　皇帝兴高采烈。在龙舟之上，他亲自走下御榻，揽着我的手，笑着说："兰陵王，我们有几年没见面了。你大名鼎鼎，乃我大齐常胜将军啊。我做皇太子的时候就知道，我们大齐，我们高家皇族，唯有你这个王爷，貌柔心壮，音容兼美。听说，你出兵为将帅，每每躬勤细事，深得将士敬爱。战场之上，虽得一瓜数果，必与将士共享，故而得其死力。如此好王爷，真是我大齐社稷之福啊！"

　　十六岁的皇帝，我的堂弟，个子长高了许多。我，大概已经有四五年没有见他了。从前的小孩子，现在变成了小伙子。帝王的服御和帝王的威仪，让他显得那么与众不同。他的言谈举止，那么优雅不俗。看见他，我就想起了我的九叔武成帝。这爷儿俩的相貌，出奇相似，都是那么俊美清雅。九叔待我甚好，为酬邙山之捷的功劳，当时他还命人买美妾二十，赏赐给我。不过，我退却了其中的十九人，只受其一。

　　"兰陵王，你身为王爷，在战场上坐镇指挥就可以了，为什么每次都亲自骑马，冲锋陷阵？入敌阵太深，如果有危险，后果不堪设想啊。"皇帝亲自执酒，递与我饮。

　　我跪地接酒，表忠心说："家事国事，于公于私，臣都应该这样做。身为皇室宗亲，臣冲锋陷阵，家事亲切，完全是臣的本分啊。"

　　皇帝微笑，点头表示赞许。

　　站在皇帝身后的韩凤附在他耳边说了几句什么。我的堂弟、当今皇帝，面色陡变。

　　他阴沉着脸，一挥袍袖，回到御榻上坐下。

心怀忐忑，我赶忙满饮了那杯御酒。

早听说韩凤一直受皇帝宠信，炙手可热。其实，高思好反叛前五旬，已经有朔州兵士跑到邺城告发他要谋反的事情。正是由于韩凤的女儿嫁给了高思好的儿子为妻，两家人是儿女亲家，韩凤就把告反的人抓入京城大牢，说他诬告贵臣。没经审讯，韩凤就让人在牢内把告反的人斩首杀害。高思好造反事发后，告反人的弟弟去京城喊冤，要求朝廷昭雪其兄，结果，此人又被韩凤抓去杀了头。

这个宵小，平时从来不讲汉语，自称鲜卑高门，和谁都以鲜卑语讲话。其实，他的祖辈不过是六镇流民汉儿。但是，由于他一直受宠于帝，妄自尊大，别人也奈何不了他。

让我感到恐惧的是，刚才他在皇帝耳边一席话，是否对我有大不利呢？

小人，陷害起人来，总是不遗余力。以琅邪王之亲，斛律光之勇，尚不能保全性命家族，我区区兰陵王，只是皇帝诸多的堂兄之一，如果得罪了皇帝，或者哪句话让皇帝生杀心，我必死无疑。

韩凤开始忙。他在水殿上指挥着众人，把已经曝尸数日的高思好的尸体屠剥成块状，投入火中，全部焚烧成灰。

腐肉经火烤灼，气味十分难闻。

接着，在烹杀了被俘的高思好手下十几个将领后，皇帝亲自下旨，派人把高思好的妻子高悬于船上的木柱上，让宫中的太监以及禁卫军兵士以她为靶子，练习射箭解气。

被裸剥后倒吊在高杆上的妇人如同一只脱毛的肥羊，嗷嗷惨叫。

众人弯弓搭箭，不一会儿，就把妇人射成个刺猬。

妇人兀自不死，在杆顶翻来覆去，一个劲辗转哀号。

皇帝身边的内侍受命，把布帛沾油往妇人身上投。而后，点起火，扔在她的身上，把她活活烧死。

船上的文臣，大多不忍熟视。

至于平素陪同皇帝玩耍的武夫和宦者，个个鼓掌掀唇，大笑大叫。

皇帝本人也挽一张小弓，连发数矢，想射向高杆上悬吊的妇人。但是，技艺不精，没有一箭射中。

恼怒之下，皇帝责怪手下宦者与宫内随臣，认为他们择弓失误。仅仅一瞬间，十六个人，被推到船头斩首。

无头的尸体，接二连三被推下船去，扑通扑通，让人心寒。

我这个皇帝堂弟年纪虽少，本性却酷似我的九叔武成帝高湛和二叔文宣帝高洋。

与会诸臣，见状心惊胆战。

杀人之后，大摆宴席。

最终，在龟兹乐声中，结束了受俘与杀叛逆的仪式。

众将星散，我本人也回到驻地定阳。

一改常态，为了不惹起皇帝的猜忌，我回定阳之后，贪污纳贿，终日喝酒吃肉，不理政事。这样做的原因，不过是想把自己弄得声名狼藉，以求自保。

我手下参军尉相愿，一眼识破我的心计。他对我说："王爷您如今性情大变，贪残自秽，肯定是怕以英武之名，遭到朝廷猜忌，才出此下策。其实，如果朝廷真的要杀王爷您，您现在所作所为，倒会成为朝廷杀您的口实。如此，求福不成，反会速祸！"

闻此言，我泪如雨下，膝跪而前，求尉参军出主意让我能躲避被杀的命运。

尉相愿："大王您邙山大捷，威震寰宇。如今，又擒贼告捷，威声太重。如果想避祸，您应该对外声称患重病，不理政事，或许能逃得劫难！"

长叹过后，我只能上表朝廷，表示自己得患重病，不能领军和参与管理州事。

此后，为能得一良死，即使真的患病，我也不唤医者来王府看病。有疾不疗，迁延岁月，我其实最终目的只有一个：保全首领，善终于家。

五月，蓝色的五月。终于，我把整个世界，局限在我周遭的王府花园内。

地上爬的和空中飞的动物，让我感到十分亲切。蜜蜂在我耳边嗡嗡作响，杏花朵朵盛开，荆棘花爬满了院墙。一种颜色奇怪的琥珀色蝴蝶，飞舞在我头顶上，它们的翅膀闪闪发亮，看上去就像有千万种光点在翻跹。还有，成群结队的翡翠绿色的蚱蜢，在我周围蹦跳，蕨草叶片下面，隐藏着许多我叫不上名称的昆虫。那么多的草花蛇——不是毒蛇，是身披草灰色外皮的草蛇，看着它们在长满蕨草的洼地中游进游出，我似乎回到了无忧无虑的少年时代。

最让人喜悦的是，花园中不知道哪里迁来的一群兔子，从它们的窝中跑了出来。大概有七八只小兔子，肥肥胖胖的，颜色各异，蹲在小丘上，懒洋洋地晒太阳。我能看到，强烈的太阳光透过小兔子薄薄的耳朵，形成一种红彤彤的透明。它们的惬意，成了我的惬意。

如此温暖的一个下午，我独自出来散步。我兰陵王府的四周，围墙高耸，外人看不到内部的景色。每日里，我沉迷在苗圃中，欣赏着鲜花的怒放和雀鸟的鸣叫。这样的日子真好啊！如果能一直这样过下去，是多么幸运啊！

隐隐约约中，我预感到，这样的好日子，不会长久……

夏天的雾霭扬起，天色变得灰暗。我站在花园中，感觉到浓雾渗进了我的躯体，使得我发出阵阵的抖颤。

"殿下，有邺城的使者到来！"我王府的兵士禀报。

我空咳着，强烈地空咳。我呼吸困难，喉头紧缩。我仰望上天，发现一道奇怪的光芒，直接照射到我的内心深处。这种感觉，异乎寻常。

刹那之间，我知道，一切都是命运！

来人是文臣徐之范。记得我在晋阳和邺城，都曾经与他一起饮过酒。我府内一座玉山酒具，还是他赠送的。当年邙山大捷，我是那么引人注目。在皇帝开摆的酒宴中，多少文人儒生作诗吟赋，歌颂我的威名和勇武。

我微微一笑。

徐之范愣了一下，眼神避免和我的眼神相遇。

这个汉人儒士的脸，充满睿智。他瘦削的脸庞和深陷的眼睛，像极了我小的时候父亲文襄帝为我们请来授书的老学究的神态。

"奉皇帝旨意，送殿下上路！"徐之范的声音异常清晰，他一字一字地说道。

他递给我一壶酒。酒壶的颜色是很刺目的绿色，里面装盛的是剧毒的鸩酒。

我跪地接旨。

我的王妃郑氏一直担惊受怕。见皇帝使臣来王府，她顿时失声痛哭。

她于一旁跪地，对徐之范说："兰陵王忠谨事上，有大功于社稷……他有什么罪，皇上为什么要杀他？"

"兰陵王功劳太大，正因为这样，皇帝才对他不放心。"对我的王妃郑氏的一番哭泣责问，徐之范丝毫不为所动。

我孤零零地跪在当地，内心中忽然涌起一种奇怪的、无助的孤独感。

面对突如其来的死亡，我感到了压抑。温暖的五月夜晚，我却感到一种从来没有过的、刺骨的严寒。

"殿下，你为什么不回邺城？你去邺城，求见皇帝陛下，诉说你自己无罪啊！"郑氏哭劝我。

往昔的生活，已经流逝。现在，是死亡即将来临。

"皇帝至尊，哪能说见就见！"徐之范冷冷的声音传来，"兰陵王殿下，还是满饮此酒吧。有诏，你死后，追赠太尉。殿下聪明人，总不能拖延迟疑，耽误皇家律法！倘若皇帝发怒，一家遭殃，老弱妇孺不免啊。"

我重重点头。"徐先生言之有理！"

"稍等片刻。昨天，我刚刚把别人从我这里借债的债券找出来，有好大一堆，待我烧之。"我向徐之范请求。

徐之范面露诧异之色。思索片刻，他点头答应。

人间地下，天壤之隔。现在，活着的我，肉身实在，模糊，离奇。

黄泉无客舍，今夜宿谁家？

烧毕债券，我向一直恸哭的王妃郑氏深施一礼以示辞别。然后，举起那杯鸩酒，我对徐之范说："此酒不能劝客，希望徐大人原谅！"

言毕，我一口饮尽！

鸩酒入口，咽喉呛痛，其实和一般的烈酒没有什么两样。

毒性发作前，我长叹一声："韩凤小人，陷害于我。地下做厉鬼，我当杀之报仇！"

第三十三章　人生如寄且行乐

盛夏时节，在我韩凤的昌黎王府，没有丝毫的暑气。

西戎匠人，穷极技巧，在我王府的殿堂上和周遭遍置管节，引水潜流。机制巧妙，让人叹为观止。

到我府第赏观的贵臣们，听到我壮丽大宅顶间泉鸣声声，又能见四檐飞珠，悬波如瀑，水雾弥漫，激气而成凉风。如此天上人间，让这些人顿生艳羡。

后花园内，苗圃长出了一片新绿。我的昌黎王府深阔，特别是后园，连山带湖，有一个树木葱茏、绿荫盖地的大山谷在其间。漩涡回转的明净溪流，蜿蜒曲折在山谷间，溪底满是黑色和红色的石子。冬天的时候，在铁灰色的天空下，冰霜封冻，雾气缭绕，溪流下面的石子，很难看见。在夏天，我花园的溪谷中，来人都能感受到莫大的愉快。

蔚蓝的天空，和煦的阳光，苗壮的草木，如此王府，几乎能比拟皇家御府。

我尽情享受着。无拘无束的人生，永远不要到达尽头才好。

不过，一个人要想长久享受这种自由与乐趣，就应该保证能在皇帝身边很受宠。

皇帝，那样一个喜欢新奇的少年人，讨好他太容易了。在让他高兴、快乐的同时，我不得不往复不断地无事生非。我一定要不停歇地鼓捣出些事情，同时替朝廷、替皇帝诛除任何潜在的、危险的敌人。这样，才能让小皇帝感觉到我的不可替代和不可缺少。

猎犬，不能打盹。我要时刻保持不同寻常的警惕，防止任何人取代我。

身处山林掩映的殿宇之中，或者坐在溪流之畔，大口痛饮美酒，这样舒适地活着，不枉为人一世。

穆提婆，是我王府的常客。我们终日以鲜卑语交谈，欢饮畅谈，确实痛快。

我们正在花园中玩握槊游戏，忽然有军卒仓促来报：

"报昌黎王、城阳王！我们大齐的寿阳失陷！陈国军队，占领了淮南大部分地区！"

我与穆提婆握槊不辍。大将风度，此时正是显摆的时机。

我摆摆手，对穆提婆说："寿阳本就取自南朝，既是彼物，任其取去！"

南朝的陈国皇帝①多事。先前，他以陈国名将吴明彻为都督，派之与都官尚书裴忌领兵十万，主动对我大齐发动攻击。吴儿有谋，进击有方。吴明彻本人率军攻秦州②，另一个都督黄法氍攻历阳③。四月间，黄法氍部将复广达于大岘④击破我大齐军。而攻打秦州的吴明彻方面，其部将程文季率敢死队，拔掉州前水障木栅，猛攻我们大齐的守军。本来，我大齐军已经派出一部援救历阳，却反为黄法氍所败。眼看情况紧急，朝廷派尉破胡、长孙洪略援救秦州。不料，吴明彻派其手下猛将萧摩诃出击，阵斩我大齐军中神射手西域胡人及大力胡人十余人，尉破胡吓破胆，掉马逃走。我军大败退的时候，长孙洪略被陈军杀死。

从前南朝梁国的大臣王琳投附我们大齐后，被朝廷封为巴陵王。他为梁国报仇心切⑤，受诏赶赴寿阳迎战。五月，陈将黄法氍攻陷我大齐的历阳，尽杀守城兵士后，直逼合肥。在合肥的我军守将怯懦，望旗请降。不久，秦州亦向陈国军队投降。六月，黄法氍攻克合州。吴明彻所部陈军马不停蹄，又攻克了仁州。

巴陵王王琳与我齐国扬州刺史王贵显，为了抵御陈国军队的紧逼，坚守寿阳外城。不料，趁王琳立足未稳之际，吴明彻实施夜袭。王琳军大溃，我们大齐原先守寿阳的军队，只得退守相国城及金城。

吴明彻自率大军进攻寿阳。这个吴儿大将有智有勇，他在肥水筑坝，引水灌城。城中苦于潮湿，我军兵士多数腹泻，手脚浮肿，死者十之六七。

朝廷得知事急，派行台右仆射皮景和等率军数十万援救寿阳。皮景和是个大草包，距离寿阳三十里即扎营，逗留不敢逼近。

吴明彻乘机猛攻，一鼓作气攻克寿阳。

大败之时，王琳、王贵显，还有扶风王可朱浑长举，皆被陈国军队生擒，押送于建康。王琳倒霉，他在半路即被吴明彻下令斩首。

皮景和仓皇退走，狼狈北还。我军驼马辎重，尽为陈军所得。

①　指陈宣帝陈顼，乃陈国后主陈叔宝之父。

②　在今江苏南京六合区。

③　在今安徽马鞍山和县。

④　在今安徽马鞍山含山县东北。

⑤　王琳是南朝梁国忠臣。陈霸先篡梁建立陈国，王琳自然要为前朝报仇。

此战，陈军先后攻克我大齐数十城。淮南之地，大多被陈国夺回。我们大齐，与南朝争战，多年来赢多败少。此次失地如此多，可谓脸面无光。

胜败，兵家常事。只是，扶风王可朱浑长举陷落于南朝，令人可惜。

可朱浑长举，字孝裕，乃纯正鲜卑贵种。他与我的关系，一直非常密切。

可朱浑孝裕家族，在燕国时代，曾经出过两位皇后[1]，是燕国慕容氏的重要姻亲家族。魏朝灭燕后，可朱浑家族一直世代为官，富贵不替。

可朱浑孝裕的父亲可朱浑元，字道元，宽仁有武略。葛荣叛乱时代，他举家加入，曾被葛荣封为梁王。后来，侦知葛荣不能成功，可朱浑道元就投奔尔朱荣，得任渭州刺史。

神武帝高欢起兵，可朱浑道元率众来赴。见这位鲜卑大族的头目率领那么多人马来附，神武帝高欢引见执手，立时赐他锦帛千匹及奴婢田宅无数，拜为车骑大将军。

文宣帝高洋建立大齐后，可朱浑道元得封扶风王。他曾经多次随帝讨伐山胡、柔然，累有战功，得迁太师。薨后，朝廷赠假黄钺、太宰、录尚书。

可朱浑道元病死后，朝廷非常照顾他的家庭，可朱浑兄弟皆为贵官。可惜的是，他的弟弟可朱浑天和在文宣帝高洋崩后站错行列，成为汉人杨愔的死党。孝昭帝高演与武成帝高湛兄弟联手，诛杀杨愔、可朱浑天和等人。自那时起，可朱浑家族一直走下坡路。

本来，朝廷当时还要诛杀可朱浑五宗，幸亏有孝昭帝文臣王晞劝谏，最终才只杀可朱浑天和一家，其余人幸免。

后来，由于可朱浑孝裕有一个美貌妹妹得入武成帝后宫为妃，可朱浑家族才稍稍恢复元气。武成帝末期，可朱浑孝裕承继了他父亲扶风王的爵封。

也该可朱浑家族倒霉，安稳没有几年，可朱浑孝裕被派去淮南与南朝陈国打仗。此次兵败被俘，应该是凶多吉少。

果不其然，没有几天的工夫，就有消息传来，可朱浑孝裕与王贵显两个人都丢掉性命，他们在扬州被陈国人斩杀。二人死后，枭首示众，人头挂在了朱雀航。

可朱浑孝裕，身材魁梧，雄姿壮气，果毅绝人。这么一个纯种鲜卑，稀里糊涂死在吴儿手中，真让人泄气。此后，我昌黎王府的座上客，又少了一位谈得来的贵客。

---

[1] 指前燕景昭帝慕容儁与前燕末帝慕容暐的皇后。

朝廷汉儿礼官呈上《齐故尚书右仆射司空公可朱浑扶风王墓志铭》，让我审阅。

汉字我不大识，随便扫一眼，大概都是溢美之词：

"……爰处禁戎，兼督骁武，英杰之气，足冠时雄。俄尔江湖不静，伧楚放命。爰命虎臣，扬旌讨扑。王披坚执锐，亲率旗鼓，其张翼舒，左婴右拂，思欲顾盼而平陇蜀，欻唾而荡荆扬。时不利兮，奄同遂古。……自天生德，爰挺英贤。风声郁起，珪绶蝉联。高门厚地，踵武光先。荆吴背诞，殁彼遐边。皇情悼惜，赠铉加焉。辒行原野，旐扬荒田。长松照月，高垅凝烟。从今一往，动历千年。"

手下的书办，用鲜卑语给我解释半天，我才知道，墓志铭对可朱浑孝裕生平大加溢美，却对他在陈国的当众被杀含糊其词。

汉人喜好斟词酌句，这些给死人脸上增光的事情，让他们做最合适。其实，可朱浑孝裕的尸身根本没有运回来。邺城二十里以外野马岗的王陵，不过是他的衣冠冢而已。

即使是空坟，朝廷也要大张旗鼓发丧。铺陈过后，还要镌刻这种巴结死人的墓志铭。

我和穆提婆饮酒玩耍间，宫内宦者来，说是皇帝有急事要召见我们两个人。

我们对视一笑。没别的，肯定是寿阳及淮南失守，那些汉官大惊小怪，致使年轻的皇帝担心。国事掌握在我辈手中，皇帝何必操心！

夏天的皇宫，上下都湿漉漉的。从殿宇到御花园，到处都是钻石般的水珠。西戎的消暑装置，由我派人安装到宫内。阳光下，百鸟鸣啭，一片花的海洋。

皇家花园更加幽深，危石环绕，青苔覆盖，到处是冲天的刺柏。树林深处，在夜里甚至会传出大雕的鸣声。

晚霞火红。透过叶丛，残阳照在穹隆尽头的一片空地上，明晦相间。依稀间，我看到年轻的皇帝正在与一群宫内的宦者饮酒戏射。

见到我和穆提婆，皇帝马上放下手中的酒杯，脸色有些凝重。他对我们说：

"昌黎王、城阳王，寿阳坚城，竟然被陈国攻破，我们大齐不仅损兵折将，还尽失淮南土地，朕甚忧之！"

未等我回言，穆提婆哈哈一笑。"即使我们大齐尽失黄河以南，犹可作一龟兹国。何况人生如寄，唯当行乐快活，这些才是陛下考虑之事。皇帝至尊，应安享太平，外事大小，有臣等效力，陛下何用愁为！"

我在一旁使劲点头。何洪珍等人以及那些平时陪同皇帝歌舞的嬖臣，也纷纷赞和。

皇帝脸色明朗了许多，想了想。显然，穆提婆之语，出乎他的意料。

未几，他眉开眼笑。"爱卿皆是忠臣！有爱卿等为国宣力，朕复何忧！"

皇帝举杯酣饮，带头鼓舞。

花园泥地上，铺满了花锦织就的地衣。歌伎舞踏，地衣卷翻，酒樽倾覆，一片狼藉。而那些用来压镇地衣的狮子香兽，好几个都倒在地上，里面烧燃的香粒掉落在地上，燃起了几处火光。奇异的香气，充满了整个花园。与平常人家的铜制鎏金香兽不同，皇宫内的香兽由整块檀木雕成，内层遍沾沉香。其中空腔，填满其他香料。如此奢靡之费，只可一用，下次就要换新的。

香雾缭绕间，宫人悄悄地到处扬洒蔷薇水，使得花园到处香气扑鼻。

皇家气派，无与伦比。

玩到半夜，众人皆酒酣耳热。皇帝欢喜，忽然命人连夜把他的哥哥、南阳王高绰从监狱中带来。

南阳王高绰，字仁通，乃武成帝长子。他五月五日辰时生，而当今皇帝，午时才出生。所以，高绰在武成帝的儿子中，才是真正的长子。但高绰的母亲李夫人不是正嫡，武成帝当时就自己做主，把高绰在儿子中排为第二。李夫人，乃魏朝最后一个皇帝孝静帝的妃子。当初孝静帝被废，后宫送别，众人恸哭，没有人敢出来与孝静帝说话告别，唯独李夫人赋诗赠帝，至今流传。魏朝末帝孝静帝被我们大齐文宣帝高洋杀死后，李夫人就被当时还是长广王的武成帝高湛收纳。

高绰这个王子，初名高融，字君明。河清三年，本来被封汉阳王，后改封为南阳王。

高绰十几岁的时候，武成皇帝和作为皇太子的当今皇帝有时候往邺城，就会让他率人留守晋阳。由于酷爱波斯狗①，高绰曾经在晋阳宫内豢养了几百条大狗。他的从官尉破胡怕狗多出事，对他劝谏。为此，当时还是小孩子的高绰动怒，亲自挥刀，入狗群，斫杀数十条狗。血肉溅身，狼藉在地。见此情状，尉破胡惊走，不敢复言谏劝。

当今皇帝继位后，因兄弟至亲，高绰被加官司徒、冀州刺史。这个孩子，执拗、残忍的本性一直不改。在外州任上，他喜欢把人打残废后脱光衣服，迫使其蹲踞做野兽状，然后纵放恶犬，把人活活咬死。贬官做定州刺史后，高绰依然不收敛，他派人汲井水，堆石山，大兴土木，在府中挖后池，自己站在楼上，整天以金弹弓弹射行人取乐。

---

① 这种狗身材高大，身上有斑点，非常凶猛残忍。

平日无聊，高绰还喜欢微服私行。游猎无度，恣情强暴。从官有所谏劝，高绰便声称："我最崇拜我二伯父文宣帝！"

不久前，高绰打猎途中，看见一个民妇怀抱小孩站在路边躲避，恶念顿生。他跳下马，从民妇怀中夺下小孩子，信手扔入波斯狗群中。那些他随身用以打猎的恶狗，常食人肉，顿时一哄而上，把小孩咬死，吞噬一尽。

民妇哀哭，高绰大怒，纵狗扑食民妇。刚刚吃完小孩，群狗不饿，没有立刻上去扑咬。高绰竟然亲自动手，用束草蘸地上剩余的被吞吃小孩子身上的血，涂在民妇身上。然后，发狂一样，他大声吆喝群狗咬食。最终，民妇也被恶犬活活咬死吃掉。

州民上告，郡府上闻。皇帝下令，把他这位同父异母的哥哥高绰逮捕入京。

当然，皇帝的至亲哥哥，其实杀几个人不算什么。高绰之所以被逮捕，还有别的原因。原来，高绰的母亲南阳王李太妃，她有个姐姐，嫁给了南安王高思好为妃。高思好谋反失败后被杀，高绰的姨母被皇帝吊在船上烧死。消息传出，高绰的母亲李太妃发疯自杀。

有这么一层关系，皇帝才对他这个哥哥放心不下。

高绰被五花大绑带入花园。皇帝身边的几个乐师笑语闹喧，歌伎们歌舞不辍。只有我这种从前禁卫军将出身的人，大有屏息之感。

昔日我从侍文宣帝、武成帝，都亲眼看见他们当众残杀弟兄子侄。

今天晚上，当今皇帝，恐怕也要做类似的事情。

高家爷们儿，总爱把这种骨肉相残的事情，当成赏心乐事来做，且从来没有倦时。

看到南阳王高绰本人，几乎所有人都会有吓一跳的感觉——这个小王爷，相貌太漂亮了。他个头高挑，面孔白皙，比当今皇帝的个子还要稍稍高一些。特别是他鲜红的嘴唇，最让人无法忘怀，比女人的还要红艳。这么一个绝色小伙子，很难让人和那个纵狗吃人的坏脾气王爷联系起来。

高氏皇族中，能和南阳王高绰相貌一比的，也只有年轻时候的兰陵王高长恭了。哦，对了，那个兰陵王，已经被皇帝下旨赐死了，他的死，有我的"功劳"。宗室人中，英武如兰陵王，得军心如兰陵王，这样的人活着，对皇帝实在是潜在的大威胁。

"南阳王，你在定州，除了赶人喂狗，何事最乐？"

出人意料，皇帝一点没有要杀人的意思。他挥手让人把南阳王高绰身上的绳索解开。

微醺之中，皇帝笑呵呵地问。

说着话，皇帝还走过去，伸手摸摸高绰的后颈，又摸摸他的头发。最后，皇帝还在他的脸颊上轻轻拍了一下。

这两个人虽然是兄弟，但天家骨肉，基本从小没有在一起玩耍过。

高绰轻轻叹口气，开颜而笑。见皇帝如此情状，他悬着的一颗心总算落了地。

夜晚庆宴，天朗气清。花园内坐满了人，歌伎们咯咯直笑，武士和乐师们不少情不自禁地在唱歌。无论是皇帝还是宦者，不管身份，都混杂在一起，一派喜气洋洋的景象。

酒香洋溢中，兴高采烈的气氛，使得南阳王高绰的神情一下子就放松下来。

"我喜欢让人弄来一大堆毒蝎子，放在木桶中，然后，把猕猴投入木桶……站在桶旁观看，毒蝎子咬猕猴，猴子辗转号叫，非常有趣！"高绰脸上稚气未脱。他原本因为被监押数日而生的那种病恹恹的表情，顿时消散。

皇帝拍手叫好。他立刻下令，派人连夜去索求蝎子一斗，以供御用。

大半夜的，哪里找人去弄那么多蝎子。不过，宦者们还是有办法，没用两个时辰，不知他们是动用市坊间少年还是野外农夫，竟然弄来几袋鲜活的、张牙舞爪的活蝎子。

从数量上看，那些蝎子足有三四斗那么多。

倒入大木盆后，包括皇帝和南阳王高绰在内，众人围观，看着那些蝎子爬上爬下，啧啧称叹。

忽然，都督何洪珍揪住一个大张着嘴、紧紧依靠在木桶边上的顶缸杂耍的艺人，恶狠狠地说："你怎么敢离皇帝这么近？来人，把他剥光，扔进桶里！"说着话，他扭脸朝皇帝笑着眨了眨眼睛。

皇帝微笑点头。一时找不到猕猴，正好拿这个活人来试观。何洪珍真是"善解人意"，难怪皇帝那么喜欢他。

不容分辩，那个身材肥大的杂耍艺人，根本没有任何挣扎，就被禁卫军兵士剥光衣服，绑起双脚和双手，扔入木桶之中。

杀头或者剐刑，也比被扔到蝎子堆里面好一些。毕竟，那些刑罚是从前见过的。

蝎子们愤怒地爬上大汉肥大的躯体，甩尾猛蜇。

那个倒霉的杂耍艺人号叫不已，辗转挣扎，呜呜喊痛。

他越挣扎，蝎子叮蜇他就越厉害。无数的毒液，蜇入他的体内。

皇帝真是孩子气十足。显然，这个蝎子蜇人的游戏，远远超出了他的想象。

他表现出来的狂喜，简直无法形容。

新奇之下，他在草地上又跳又叫。

周围的人一起欢呼。

这样一来，寿阳失陷的坏消息，完全被皇帝忘掉了。

真是个欢乐的日子！

随着皇帝的眉开眼笑，他的脸似乎变得更像一个小孩子。这种从心底漾出的快乐笑容感染了我们，也感染了皇宫花园中的所有人。无论是禁卫军兵将还是歌舞艺人，眼睛里面无不露出喜悦的光芒。

歌伎中有人胆小，用衣袖遮住了眼睛，不敢观瞧。

皇帝高兴，皆大欢喜。

皇帝拍着他哥哥南阳王高绰的肩膀，埋怨道："如此乐事，何不早早驰驿奏闻！"

南阳王高绰喜笑颜开。他心情激动，两颊通红。他意识到，今天，他自己不但保住了性命，还博得了当皇帝的弟弟的赞许。

"南阳王，你也不要回定州了。来人，给我拟旨，拜南阳王为大将军，立刻在京城为他建造大将军府邸！对了，阿哥，你先搬来与我同住宫中，陪我多多玩耍！"皇帝说着话，亲手把宦者新拿来的一升蝎子抛撒在木桶内那个杂耍艺人的身上。

看到皇帝这么轻率地把他的哥哥南阳王封为大将军，我心内一惊。

有了这个头衔，高绰就有指挥禁军和京畿军的权力了啊。他是宗室亲王，假如他慢慢懂得在军内培植自己的势力，那样一来，对我，对皇帝，都会构成巨大的威胁。

皇帝，毕竟还太年轻，太孩子气。大将军的官职，哪里能随便封给别人！

巨烛照耀下，我看到几乎所有的人都沉浸在欢欣鼓舞中，连穆提婆、何洪珍等人也手舞足蹈地挤在木桶前观赏蝎子蜇人的把戏。

这些人，真是无脑，只知道奉迎皇帝，根本没对将来有任何的预见。

看着皇帝、南阳王同欢共乐的嬉戏，以及宫内那些面孔涂满粉彩的歌伎，我，不得不再次暗下杀心！

"昌黎王，别躲在远处，来看啊！"皇帝朝我扬手，招呼着我过去。

第三十四章　小　怜

我的父亲武成帝高湛在世的时候，曾经不止一次告诫我说："只有心硬，才能当得皇帝！为人做事，一定要先下手为强，不要居于人后！"

当时，我懵懵懂懂，年纪小，没能深刻理解他的话语。如今，我自己做皇帝这几年，渐渐地，我学会了让自己拥有一颗冷酷的心。即使是我一母同胞的兄弟琅邪王高俨，我也能毫不迟疑地下旨杀掉他。即使是我的生母胡太后，我也能下诏把她幽禁在北宫。

皇帝，就是一个人君临天下。至高的威权，不容挑战。

当然，我有的时候，会去北宫探望一下我的母后。即使面对她挑起的眉毛和阴沉的面色，我也会从礼仪上去尽一下孝道。我母后的脸上，那往昔在父皇面前卖弄风情的温柔，以及在和士开面前故作天真的微笑，都消失不见了。她的面孔上，我再看不到一丝亲切和慈爱。有时候，看着她用牙齿咬住自己晶光闪烁的下唇，呆坐在殿中沉思，我能深刻感受到她悲苦容颜掩饰下的种种欲念。不过，她永葆青春的药方——男人，现在太不容易得到了。即使她有皇太后的显赫地位，我也不容许她像从前那样轻而易举地满足自己的欲望。

作为儿子，作为大齐的皇帝，我一定要阻止她，阻止她跌入情欲沉迷的深渊。

我们母子之间的关系，表面上似乎没有什么实质性的改变，仿佛过去的事都未发生过。其实，一道巨大的鸿沟，已经出现在我们中间。在北宫，我从来不敢吃她给我准备的饭食。她有时候被我接到皇德殿，也不敢饮我为她准备的酒和饮品。

我们都对对方失望极了。我们母子从前的世界，消失得无影无踪……

"陛下，南阳王谋反之事，确凿无疑！"韩凤把案卷递给我。

本来，我和高绰这个庶出哥哥，天天一起狎昵，同出同人，玩得正欢。让人气恼的是，偏偏却冒出他手下亲信密告他准备谋反的事情。

我非常为难。

"南阳王如果是杀人枉法，都可以原谅。陛下，他是准备谋反啊！您看，证据确凿，他手下招供，他们准备趁您去晋阳之时，在途中对您实施刺杀。然后，南阳王会拥太后垂帘，并以太后名义把他自己抬到皇帝的宝位上。这种大逆之举，实不可赦！"韩凤苦口婆心。

"……朕确实不应该给南阳王高绰加大将军衔位。要不，把他贬放外任，就做齐州刺史吧。"高绰不是我父亲的嫡出儿子，对我的皇位威胁不大。从内心讲，我确实不忍杀他。

韩凤再谏："陛下，南阳王高绰触犯国法，欲行大逆，不能饶恕！如果给他机会，他很可能做出琅邪王杀和士开那样的事情。高绰如此宗室近亲，倘若有奸人起意，忽然起兵支持他，对社稷，对江山，对陛下，殊为不利啊！"

看着韩凤忠心耿耿的面色，想到从前琅邪王高俨差点要了我的命，我顿生决绝之念。

南阳王，我的哥哥，只能去死了。

人一旦死亡，就无法复生。即使有千万条理由，下旨杀掉自己这些天来朝夕相处的哥哥，总会让人感到不安。如果日后，我得知杀错了他，再想挽回，万万不能。

殿外，狂风暴雨，使得宫内的一切变得更加黑暗。阵阵狂风，噼啪的雨点声，搅得人心烦。我仿佛听到在宫殿外面，有敲门声和我死去的弟弟琅邪王高俨低低的说话声。我心头顿时堆满恐惧。

杀南阳王高绰，我怕再做噩梦。在黑漆漆的夜里，我怕想象和追忆涌向心头。人遭横死后，会有邪恶的灵魂存在。听说，性格暴烈的人，能化成恶鬼来骚扰活人。

在深深的暗夜沟渠中，我多么害怕我的哥哥高绰和弟弟琅邪王高俨一起来找我算账啊。如果他们两个人一起在梦中和我扭打战斗，我绝对不是他们的对手。

不过，现实就是现实。既然知道了南阳王要谋反的消息，我心内极其不安宁。他的可怕的影子，渐渐扩大开来。

与其等他向我下手，不如我先动手。

毕竟是我的哥哥，最近我们兄弟又玩得这么好，我不忍对他实行公开的、大张旗鼓的杀戮。

好吧。我还是装作没事一样，把皇兄南阳王高绰唤来宫内。

得诏，他兴高采烈而来，以为又有什么新奇的好事情等待着他。

他有些失望。没有什么新鲜的戏法，也没有巨量的金银赏赐。

听说我要观看他与胡人何洪珍的儿子何猥萨相扑，他显得有些不情愿。

不情愿归不情愿，南阳王高绰，我的皇兄，还是脱光上身，穿上相扑用的硬布服，拉开架势跳跃着，准备与何猥萨手搏。

何猥萨是个身高近十尺的胖大粗壮的胡人，他的胳膊，比一般人的大腿都粗。他此前受我之命，准备在相扑的时候，趁机扼死南阳王高绰。

这种死法，毕竟能给予我这位皇兄一些尊严。

在宫中戏打过程中被扼死，总比于狼藉都市刑场被砍头要强好多。

南阳王与何猥萨刚刚交手的时候，我就扭过头去，望向树林的深处。

树林茂密葱茏。地上长满暗红色的苔藓，几条游蛇倏忽爬行。蛇头高高翘起，咝咝的响声不知是从它们身体哪个地方发出来的。我的头顶上方有一条灰色的云带，漫不经心地飘浮着，好像南阳王不高兴的时候额头上的皱纹。在树木郁郁苍苍的荫蔽下，几株小草在我鼻下散发着清香。亮晶晶的带条纹的叶子，多像南阳王皇兄平时穿在身上的半臂①的颜色。花园的树木，情态娇媚，无数回旋的和长有刺芒的细枝嫩叶摇晃在我眼前，那么多蕨草的叶子光鲜地向四周散开，与紫红色铃兰细嫩的花茎映衬，骄傲地昂扬着它们角锥形的穗头。

我低下身去，捡起地上飘散的一片修长的羽状叶子，仔细观察着它上面阳光沐浴的痕迹。而后我又开始看树上那些弯弯曲曲的枝花边叶遮掩下即将绽开的果实。

一阵风吹过，我不知名字的火红的花瓣纷落如雨，在我面前忽然飘起千万颗晶莹的粉粒。这些细小的粉粒反射着阳光，飘舞在空中，形成一片绚丽的彩云……

一阵折腾声过后，忽然传来一声类似树枝折断的声音。然后，就是一片寂静。

我转回头，发现周围的禁卫军兵士都默默地站立着，望向何猥萨和南阳王高绰相扑的地方。

何猥萨，这个大个子胡人，一脸忧伤地坐着。他满眼忧郁，似乎有些大梦初醒的样子。显然，他和我一样，内心深处实在不忍杀掉这些天来日日一起玩耍的南阳王。

我的皇兄，静静地躺在草丛里。我看不见他的脸，只看见他穿着紫色绸裤的两条腿。地上不远处，还有一只被他甩脱的靴子。

"……暂时把南阳王瘗于宫内的兴圣佛寺，对了，找人去告诉昌黎王韩凤，

---

① 类似坎肩的衣服。

让他不要对外公布南阳王高绰谋反的消息……可以以我的名义下诏，说南阳王在皇宫园中骑马的时候，失足落水溺死……"我说。

皇兄南阳王高绰的死，让我感到心情很沉重。玩耍的心情，全然消失。

好久没有去穆皇后那里了。如今，我迫切想得到她身上那种熟悉的香气的安慰。我很想立刻就见到她。在她，我的皇后美人身边，俯身躺下。我多么喜欢仔细舔吻她微微抬起的秀气的肩胛骨啊，看着她炫耀般展示胸前的两朵粉红色的花蕾，又那么地让人愉悦。我的第一任皇后斛律氏，家族烜赫，非常刻板，我一直不能真心喜欢她。还应该感谢陆太姬和穆提婆，他们把穆氏的身份提高了，让她最终能成为我大齐的皇后。不过，人的感觉真的非常奇怪，穆皇后生完孩子以后，我对她的兴趣，远远不如当初。身为皇后，她本人从前的万种风情，似乎也慢慢变成了矜持。人的身份，真的能改变人的行为吗？

不过，在众多的女人中，穆氏身上那种风韵，让我久久不能忘怀。当欲望腾涌上来的时候，我感到自己的嘴唇都有些干涩。想到她的身体，我禁不住心旌摇曳。我真想马上看到她，轻挠她的臂弯，揭起她裙外的罩袍，陶醉在她的长头发散发出的那股醉人的清香里面。

我父亲武成帝在世的时候，曾经花费亿万计，让人替我母后织造珍珠裙裤，以示殊宠。可惜的是，那么珍稀的好东西，在那次昭阳殿大火中被烧毁了。

作为大齐的皇帝，我也曾派人为自己的皇后织造同样精美珍奇的裙裤，夸耀四方。不过，上好的珍珠，我大齐境内并不出产。几个月前，我曾经派出一队常常四处做生意的西域商胡，携带锦彩三万匹作为采办费用，到周国去购买制作裙裤所用的珍珠。让人气恼的是，周人竟然不肯把珍珠卖给我们。这些西贼，真的可恶。

帝王无所不能。我又让人携十万匹锦彩，到陈国和西域各处搜集购买珍珠，集全了制作裙裤所需的大小完全相同的数斛珍珠，终于织就了世间罕有的、无与伦比的美丽珍珠裙裤。

很可惜，穆皇后现在身体明显比从前胖。我处心积虑为她制造的珍珠裙裤，她竟然穿不上身。她昔日那么美丽勾人的细腰，已经添上了不少赘肉。这，可能也是她不愿意让我像从前那样把她脱光临幸的原因吧。

羞羞答答的矜持，这是斛律皇后让我生厌的源头。现在，如果穆皇后也效仿那种所谓的高贵矜持，她很可能步斛律氏的后尘。我希望，这一次见面，她能使出手段让我高兴些。

我，大齐皇帝，就是不喜欢木头一样乏味的女人。

排场。盛大的皇后排场。

看到穆皇后摆皇后的排场迎接我，一种深深的不快，立刻涌到了我的心头。特别是看到她梳着高高的三股飞髻，我愈加感到泄气。这种高髻，使我联想到我母后，甚至是我祖母梳的那种老式的发髻。与魏朝的灵蛇髻、百花髻、芙蓉归云髻、涵烟髻相比，这种三股飞髻太高太高，把女人的身形显衬得不伦不类。其实，即使当下民间流行的盘桓髻，都比这种高髻要好看。她应该向南朝的女人学习一下，南朝流行的飞天髻、凌云髻、随云髻，都很好看，也没有这么离奇的、拙笨的高度。这种笨拙的高髻，真应了那两句："钗朵多而讶重，髻高鬟而畏风。"①特别是假髻②的气味，油腻腻的，类似煎炸东西的菜油的味道。

穆皇后向我施礼。她的眼睛似乎失去了从前的秀媚和神采，茫然，灰蒙蒙，甚至睫毛都显得比从前短了许多。

记得我初次结识穆皇后的时候，她还是我斛律皇后的婢女。那一个早晨，在温暖的冬天的浴室，受斛律皇后的委派，穆氏为我洗头发。我躺在褥垫上，边仰头望着露出一棵松树枝丫的一角蓝天，边看着穆氏粉嫩的脸蛋。那个时候，她的头发样式多么简单啊，只是梳着一般宫女所梳的双鬟。我记得，当时，我猛地抓住她的肩膀，把她揽在怀里，就在浴池的小屋中，临幸了她。……特别是我把嘴唇压在她急跳的眼帘上的时候，她那种颤抖和温柔，让人销魂难忘。当时，生怕斛律皇后怪罪，她在我完事后慌慌张张地跑出浴室，像只惊恐的小鸟。那个时候，每当我闭上眼睛，穆氏那种女孩子的清纯和爽朗就出现在我面前。当时她表现出来的可爱，呆板的斛律皇后无法比拟。

现在，那个可爱的穆氏小姑娘不见了。代替她的，是这个装腔作势的穆皇后。即使有陆太姬和穆提婆做她的后盾，她也不能恃宠而摆出骄矜的皇后派头。穆皇后，其实可能太不够聪慧。女人不聪慧，就没有魅力，就不善解人意。特别是当了皇后以后，她就像完全变了一个人。从前，她是多么能以她肆意卖弄的风情吸引我啊。现在，皇后的服御，让她变成了一个贞妇一样的无趣的女人。

感觉的单调，着实让人懈怠、厌倦。上次我入宫想临幸她，她竟然借口皇子在宫，让我失望而归。从前的眉目传情，变成了现在的沉默不语。

做了皇后，穆氏似乎就戴上了一副难以窥透的面具，一本正经，脸色冷峻，就连她说话的声调也十分平静。面对她，有时候我甚至怀疑起自己的支配能力。

自持力太强的、矜持的女人，让我想起我的母亲皇太后。想想斛律皇后在的

---

① 引自北周诗人庾信《春赋》。
② 魏晋南北朝时期的假发称为"假髻"。

时候，穆氏只是个宫婢，当时，我喜欢她喜欢得要死，如醉如痴。可是，一旦我心中梦幻的场景落下幕布，美好记忆也消失得无影无踪。激情消失，渴望消失，失望越来越大。

不过，再怎么说，她生出了我目前唯一的儿子高恒。就凭这个，穆氏确实有做我大齐皇后的资格。

在我皱眉观瞧殿阶上的皇后仪驾的时候，我忽然看见了一个人！

这样漂亮的一个女孩！在仪驾成百的宫女中，她一下子就映入我的眼帘！

她的唇，鲜红如山楂被雨水淋湿的红皮；她的脸，鲜嫩得如同夏天黎明初现的朝霞；她的眼睛，黑眼珠那么大，与我平素所见的北国美人完全不同。还有她玲珑的身段……想入非非的念头，千万种，瞬间在我的脑子里面左突右闪。

我马上预感到，这个小姑娘，能给予我不可名状的快乐！

穆皇后近在咫尺，我的心思却已经飞到天外。

某种幸福感，在我心中萌芽。而不远处这个女孩羞涩的笑脸，就是让我的幸福顿呈艳丽色彩的花朵。即使我有距离地打量着她，似乎我也能嗅到她身上的芳香，感受到她内心鲜艳的色彩。

青春和美貌，她的这种魅力，超出一般人的想象。这种美丽，我不知道为什么，让人顿起怜惜，甚至是怜悯。

我还能用怎样的言语来形容这种艳遇的魅力呢！

我距她越来越近！

是啊，这个女孩，身上有一种温柔如梦的孩子气。不像别的宫女，她没有低头屏息，而是抬头勇敢地看着我，看着我这个大齐的至尊皇帝。

在她脸上，没有一丝忸怩作态。她的眼睛，纯洁得如同盛开的雏菊。她就是超越我梦幻想象的天赐的礼物，很有可能，她的出现，能让我在生命的黑暗中，重新找到轻妙的美好的通天阶梯。

穆皇后还在我身边说话，实际上我什么也没有听进去。我早已经听不进去了。

艳遇！艳遇！充满魅力的艳遇！我，大齐的皇帝，竟然在皇宫内遇见自己从前没有看到过、想到过的美丽姑娘！命中注定，我要在这个女孩面前，给她展开一个新世界！她，在我身边，我们一起，肯定会让这个国家从上到下，弥漫着由我们两个人的欢愉而产生出的希望、恐惧、胜利、欢欣。

我多么想现在就把她拥于怀中，顺着她奇妙的胫骨，从头到尾，轻轻抚摸她赤裸的双腿啊。或者，我能把自己的嘴唇，贴在她的花叉芙蓉鬓上，感觉一下她头发的温热。再或，若无其事之间，让我能顺着这个少女洁腻的后背，把手缓缓移上去，仔仔细细感受她迷人的肌肤……

我陷入飘忽不定的遐想中。灵魂的狂热，抒情诗一般的灼热秘密，我的心灵，似乎受到一种不可知力量的忽然袭击。如果我是一个普通的年轻人，哪怕是一位王子，面对皇后身边的美丽宫女，我或许只能产生绝望的期冀。那样的话，自卑就会控制住向往的情绪。不过，我是皇帝，羞怯和慌乱，其实我都不应该产生。

可是，我还是有一些从来没有感觉过的不安。

我深刻感受到那种即将到来的幸福的价值，我能觉察到那种过分陶醉的快乐。

作为君临万物的帝王，没有秘密的热爱！

"陛下，这位是小怜……宫女冯小怜。"是穆皇后的声音。

"是吗？……你什么时候进宫的？新来的吧？多大了？"我目不转睛地望着这个名字叫冯小怜的宫女。

这个女孩，她的行为举止，她的美丽容貌，她骄傲的神气，她眼睛的顾盼，是那样充满魅力，让人越看越爱。

在我心中，她的俊美容貌，能使黑夜都变成白昼。

某些东西，我从前没有体验过的东西，在我心中觉醒了。

我都十八岁了。在我的生命中，从来没有夭折的爱情。因为，我是帝王！

"回禀陛下，冯小怜，十五岁了……她一年前已经在我宫中。她父亲是文宣帝时代我们大齐军队从南朝俘获过来的乐师匠户。她原本不会讲鲜卑语，只会汉语。现在，进宫后，才刚刚学讲鲜卑语……"穆皇后驯顺地回答。

在我的心灵中，冯小怜，这个十五岁的眼睛会说话的女孩子，已经主宰我的生活。

我似乎看到了未来，在她身上，我看到了我的、我们的光华四射的灿烂未来。那么栩栩如生！

我顺手从穆皇后手腕上，摘下一只镶嵌了光玉髓①的赤金手镯，然后，我深呼一口气，仰头望了望深蓝色的浩瀚天空，轻轻地把手镯戴在了冯小怜的手腕上。

恍然间，我的视线变得有些模糊，我似乎看到了她的额头上点缀着那么多星星。她的脸，也在瞬间透现在雾气蒸腾之中。不过，她狂野的乌黑双目，很快就和我的眼睛相遇了。我真真切切地看到，她的头发飘逸潇然，如同风暴飞舞的乌云。在她洁白的脖颈上，似乎有一抹宛若月色的淡淡反光。她就像幻觉一样，出现在我的生活里面。

---

① 一种色彩鲜艳的外来玛瑙石。

我为什么从前没有发现她呢？

哦，是了。女孩的青春，太像那变幻莫测的白炽火焰，云雾一般，会忽然耀闪在世人的视野里面。只有怒放的花朵和青春，才会展现如此夺目的光辉。

冯小怜，忙跪下向我行礼致谢。一种神圣的香气，类似麝香和龙脑混合的气味，飘入我鼻孔。幽幽清香，让人无比沉醉。

这是一幅十全十美的幸福图景。十足的美人，那么年轻。作为帝王，我那不乏幼稚而多情的心灵，经受不住大千世界如此的诱惑。即使筋疲力尽，我也要沉迷在这种崭新的迷惑中。

啊，小怜！

第三十五章　美妙人生那一天

我曾经听我父亲说，南朝的皇帝，他们上朝的时候，都喜欢高冕大袖，脸上还像女人一样扑着白粉。他们端坐在朝堂上，正襟危坐，会见朝臣。

而我们大齐的皇帝，十八岁的漂亮年轻人，面色那么白皙，根本就不需要搽白粉在脸上。他的高贵气派，太让人心醉啊。不知道为什么，看到皇帝的时候，我没有像别的宫女那样感到害怕，而是心旌摇荡。

入宫做婢女前，我的父亲说我稚气未脱，嘱咐我，在宫内安心侍奉穆皇后，不要耍孩子气。我的母亲也千叮咛万嘱咐，告诫我不要不知深浅惹皇后生气。如果皇后生气，她一句话，我们一家人或许都会被杀掉。

结果，我肯定还是惹穆皇后生气了。几天前，漂亮的小伙子皇帝，当着那么多人的面，亲手摘下穆皇后手腕上的金镯子给我戴在手上。这样的场面，穆皇后能不生气吗？

穆皇后是个绝色美人。特别是当她昂起高贵的前额，朝我们这些宫女指手画脚的时候，她的样子更好看。故事中的谪仙子，就是指她这样的人物吧。不过，穆皇后的头上，由衬垫勾出三个大圆圈一样高高的发髻，除了使她的脑袋显得威严，更显得她头重脚轻，确实不好看。其实，仔细打量她，可以发现，她小巧美丽的头颅，连着她美妙的、细长的、雪白的脖子，姿态极其华美。那种姿态，我们宫女都暗中努力效仿，却怎么也模仿不像。不过，自从皇帝遇见我，她脸上多出了一些微妙的审慎表情。特别是当她坐在那里暗暗观察我的时候，总是还带着一种居高临下的讽刺。无论如何，她并没有叱责喝骂我。

宫女中年纪大一些的告诉我说，我要熬出头了。因为，穆皇后本人，就是从前斛律皇后的宫婢。而我，非常有可能，在不久的以后，取代穆皇后。这样的话，差点把我吓坏了。我不想当皇后，真的不想。特别是看到穆皇后坐在镜子前生闷气的时候那张忽然满布皱纹的脸，我都能感觉到她饱含悲痛的心情是那么无奈。如果我当了皇后，日后也会遭到这样的报应啊。据说，女人，宫中的女人，总是这样的命运。受宠的时候，与君王朝夕欢娱，备受宫女和宦者的恭维。色衰爱弛的时候，只能待在大大的空屋子里面，自己面对可怕的空虚。更坏的是，失宠的女人，还可能被与世隔绝，比如那个整个家族都被杀掉的斛律皇后。在幽谷深处的荒庙中，陪伴着她的，什么都没有。

但是，皇帝，年轻的皇帝，的的确确太让人心动了。我初次看到他，看到不修边幅的他，他显得那么潇洒。他身上所穿的，是我所见过的最漂亮的猎装；他手上握持的，是我所见过的最漂亮的长刀和最漂亮的刀鞘；他所乘骑的马，也是我见过的最高大最漂亮的突厥种骏马。他的脸，是我所见过的最细腻而清秀的面孔。

皇帝，富丽堂皇，漂亮得无法挑剔。特别是他看人的时候，那笑眯眯的白净的脸，人世间哪个女人不喜欢、不沉迷呢！

百无聊赖中，我守着熏笼。皇后宫内，有好多用细竹篾条编制的熏笼。它们很大，一连串在殿檐下摆了十多个。竹熏笼罩放在大木盆的上面，盆里面盛满冒着热气的水。底下，有炭炉煨烤，水里面的香饼消融，香气氤氲，把衣服熏濡得香气扑鼻。

长时间的守候熏烘，我自己的身上和头发上也满是香气。

"小怜，你就要当夫人了。……你，不会忘记我吧？"穆皇后忽然出现在我面前。她强作欢颜，对我说。

在她身后，躬身站立着一个皇帝身边的宦者。宦者手中，捧着一份诏旨类的卷轴。

虽然穆皇后神情镇定，我依然能感受到她内心的不安与不悦。她挺了一下腰板，非常威严地把臂膀动了一动，向我伸出手来，她苍白的嘴唇上，似乎挂着微笑。任何时候，她都没有忘记皇后的尊贵。

她又对我说："小怜，这一年多来，我待你不薄，希望你在皇帝身边，能好好侍候他……"

幸福，有时候来得太快，快到我没有任何心理准备。

不知哪里来的勇气和智慧，我急忙跪在地上，叩首行礼。我仰头望着穆皇后，真心实意地对她说："皇后，无论什么时候，我都是您身边的婢女。没有您，就没有我的一切！"

穆皇后眼眶里面忽然涌满了泪水。她赶忙俯身扶起我，良久，她动情地说："好妹妹，祝福你……希望你多得帝宠，为皇帝生下儿子……"

从她的泪水中，我能发现女人虚弱的灵魂和无助的凄惶。我们不能从任何人身上汲取力量，只能靠自己的生命，靠自己的运气，靠青春的美貌去生活。最大的恐惧感，来源于怕被遗弃。在皇宫中，被遗弃，被冷落，就意味着等死。短暂的欢乐，往往换来下半世的凄凉……

作为一个女人，有时候是多么悲惨的事情啊！即使拥有如花的美貌，我们又能享受它多久呢？

想到这里，我的眼泪也流了出来。

通过我们两个人无法抑制的、真诚的泪水，我觉得，穆皇后与我，我们互相已经达成了原谅。我深知，穆皇后的养母是陆太姬，她名义上的兄长，是城阳王穆提婆。这对母子，是皇帝最信赖的人，我不能，也不敢得罪他们。

"冯夫人，皇帝在祖庙进行祭奠礼仪，请移步祖庙，等待皇帝召幸。"宦者低着头，引领我坐上马车，朝皇宫僻静的祖庙方向驶去。

大齐家，在神武帝高欢的时候迁都邺城，当时，他还以魏朝臣子自居，没有创设新的国家典乐。文宣皇帝高洋建立齐国后，依旧未改魏国旧章。当今皇帝的父皇武成帝高湛开始，才开始制定四郊、宗庙、三朝的典乐。群臣入出，宫廷乐师演奏《肆夏》。牲入出，荐毛血，演奏《昭夏》。迎送天神及皇帝初献、敬礼五方上帝，演奏《高明》之乐，为《覆焘》之舞。皇帝入坛门及升坛饮福酒，就燎位，还便殿，演奏《皇夏》。而祭拜皇室祖先的礼仪，也是非常烦琐。祭奠高祖神武皇帝神室，奏《武德》之乐，为《昭烈》之舞；祭奠文襄皇帝神室，奏《文德》之乐，为《宣政》之舞；祭奠显祖文宣皇帝神室，奏《文正》之乐，为《光大》之舞；祭奠肃宗孝昭皇帝神室，奏《文明》之乐，为《休德》之舞；……皇帝在祖庙入出的仪式，与四郊之礼相同。

我到达祖庙的时候，皇帝正在主持对大齐以前几个皇帝的祭奠礼仪。

我只能等待。身份不同了，我饶有兴趣地望着皇帝参加仪式。

皇帝身穿礼服，在高祖神武皇帝神室祭拜的时候，乐师演奏《武德》乐，为《昭烈》舞，辞曰：

天造草昧，时难纠纷。敦拯斯溺，靡救其焚。

大人利见，纬武经文。顾指惟极，吐吸风云。

开天辟地，峻岳夷海。冥工掩迹，上德不宰。

神心有应，龙化无待。义征九服，仁兵告凯。

上平下成，靡或不宁。匪王伊帝，偶极崇灵。

享亲则孝，洁祀惟诚。礼备乐序，肃赞神明。

皇帝移步，献祭文襄皇帝神室，演奏《文德》乐，为《宣政》舞，辞曰：

圣武丕基，睿文显统。眇哉神启，郁矣天纵。
道则人弘，德云迈种。昭冥咸叙，崇深毕综。
自中徂外，经朝庇野。政反沦风，威还缺雅。
帝作穆穆，格于上下。维享维宗，来鉴来假。

皇帝又开始行走，献祭显祖文宣皇帝神室，乐师们演奏《文正》乐，为《光大》舞，辞曰：

玄历已谢，苍灵告期。图玺有属，揖让惟时。
龙升兽变，弘我帝基。对扬穹昊，寔启雍熙。
钦若皇猷，永怀王度。欣赏斯穆，威刑允措。
轨物俱宣，宪章咸布。俗无邪指，下归正路。
茫茫九域，振以乾纲。混通华裔，配括天壤。
作礼视德，列乐传响。荐祀惟虔，衣冠载仰。

估计看见我已经在场，皇帝省略了祭拜他六叔孝昭帝高演和父皇武成帝高湛的仪式，很快就走还于东壁，举爵大口开饮福酒。

这个时候，宫廷乐师演唱《皇夏》乐，辞曰：

孝心翼翼，率礼兢兢。时洗时荐，或降或升。
在堂在户，载湛载凝。多品斯奠，备物修膺。
兰芬敬挹，玉俎恭承。受祭之佑，如彼冈陵。

到此，还不算结束，应该接下来是送神的仪式，乐师演唱《高明》乐，辞曰：

仰楱桷，慕衣冠。礼云鳌，祀将阑。神之驾，纷奕奕。
乘白云，无不适。穷昭域，极幽涂。归帝祉，睠皇都。

然后，皇帝入殿换衣服。两厢乐师演唱《皇夏》，辞曰：

　　我应天历，四海为家。协同内外，混一戎华。
　　鹤盖龙马，风乘云车。夏章夷服，其会如麻。
　　九宾有仪，八音有节。肃肃于位，饮和在列。
　　四序氤氲，三光昭晰。君哉大矣，轩唐比辙。

最后，陪同皇帝祭拜的文武百官献辞高唱：

　　皇天有命，归我大齐。受兹华玉，爰锡玄圭。
　　奄家环海，实子蒸黎。图开宝匣，检封芝泥。
　　无思不顺，自东徂西。教南暨朔，罔敢或携。
　　比日之明，如天之大。神化之洽，率土无外。
　　眇眇舟车，华戎毕会。祠我春秋，服我冠带。
　　仪协震象，乐均天籁。蹈武在庭，其容蔼蔼。

总算结束了。冗长的、烦琐的仪式，结束了。

我的父亲曾经就是宫廷乐师，所有这些歌辞，我自小就会吟唱。

殿门开了，又关上。皇帝来到了我的身边。

恍恍惚惚中，我自己脱下了衣服。最后，皇帝帮我解开了小袖袄和贴身的抱腹。

祖庙旁边的小殿，本来是供皇帝祭拜的时候临时休息用的，与宫内其他大殿相比，显得非常狭窄。地榻上，宦者不知从哪里搬来一些织锦，堆在上面当床褥。我，刚刚被皇帝封为夫人，如此表现，是否有点放肆和轻浮呢？皇帝会喜欢吗？不过，为了使他愉快，我什么险都愿意冒。

皇帝笑了。他朝我伸出手来，我也向他伸出手去。

我们相依在地榻上面的织锦堆中。很快，我感到我被抛掷到刺痛的颠簸中，既有烦恼的波涛，也有喜悦的巨浪。翻滚着。

昏恍中，我似乎一直浮在汹涌澎湃的水面，上上下下，最终感到了一种莫名的充满甜蜜和希望的清风……

一切都让人兴奋异常。刺痛，那种钻心的刺痛，被莫名的希望和兴奋，完全冲淡，几乎可以不计。不过，女孩子成为女人的变化，还是让我感到某种隐隐的悲哀，少女时代那些风和日丽的日子，完全过去了，永不再来。

凤钗频敲瓷枕。终于，声音停歇。我悄悄喘了口气，暗想：皇帝，为什么要在祖庙这样古怪的地方临幸我呢？

皇帝，头高高躺在织锦堆上面，心满意足。这样的地方，可能对他来说，能产生新的、更大的乐趣吧。不过，真是好蹊跷啊。带着疑问，我在黑暗中思索着，但渐渐地，我就不再想了。

我怕自己先起身会碍手碍脚，就一动不动地躺在原处，不敢动弹。

过了好久，皇帝都不说话。我感觉到焦急不安，心怦怦乱跳。一会儿，我听到皇帝发出含糊的喃喃声。

殿内黑得可怕，我悄悄睡在他身边，静听着。原来，皇帝睡着了。像个孩子一样，他睡在了我的身边。

我该怎么样表现自己呢，风骚还是端庄？多情还是冷淡？忽冷还是忽热？女人让男人高兴的东西，我还很多都不懂得。入宫前，我的母亲告诉过我，任何事情都要掌握分寸，要能从皇后一句话的声调或一瞥的眼神里，知道她在想什么。满足她，讨好她，才能在宫内混出头来。现在，我，却离开了皇后的宫殿，与皇帝睡在了一起。我的母亲，可能永远都想象不到有这样的一天。忽然，我感到了自己的永不餍足的心。我渴望新奇之感，渴望放纵，渴望轰动的宠爱！

"举烛！"

皇帝醒了，大声说。裙子的窸窣声马上传来。殿外有宫女快步趋入，在极短的时间内，她们点燃了好多大蜡烛。

我不好意思地闭上了眼睛。女孩子，应该故作姿态，保持体统。但是，我的幸福，我的喜悦，根本无法藏匿。我要向这个国家的所有人，炫耀我的幸福。我，是大齐皇帝的女人！

烛光下，皇帝舒展着眼睑，目光低垂，仔仔细细地看着我的脸。他表现出无限的深情，用手指抚爱着我。

我的心，似乎有两个部分，一边是烈火，另一边是寒冰。

无限美好的未来，或者与穆皇后所经历的一样孤寂的黑暗，摆在了我面前。

我慌忙穿上衣服，四处寻找镜子，准备描画大概已经消淡的黛眉。好在我随身携带的一个小箱笼就在手边，画眉用的石黛就在里面。

皇帝看我画眉，嘻嘻地笑起来。"你用什么东西来画眉啊？"

"南都①石黛。"我轻声说。

---

① 在今河南南阳。那里出产的画眉石当时很有名。

他拍拍手，马上过来几个宫女。这些人拿着皇后平时使用的那种大的化妆漆盒，跪在地上，把里面的东西一一拿出摆放在我面前。

"不要用那种石黛画眉。这是波斯国出产的螺子黛，名字叫'蛾绿'，非常贵重，一粒十金。"皇帝亲自用手捻起一颗，递给我，"这种螺子黛前几日刚刚由宫外入贡，皇后处尚无。"

手捧这种深青发蓝的螺子黛，我心中满怀甜蜜与感激。

未几，宫女鱼贯而入，呈上崭新的金缕衣。在宫中一年多，我先前只看见穆皇后有三件这样的衣服。朝廷一般的嫔妃，最多只能穿金泥衣①。金缕衣的织造非常复杂。特别是用黄金做捻金线的步骤，看得人眼花缭乱。我曾到宫内的匠作处观看过，匠人们要先把黄金打制成非常薄的金箔，然后把金箔裱到羊皮上面，制成皮金。然后，在皮金上下刀，割成细长的金线。而后，用很细的丝线做成芯，芯上粘胶，再用金线循环往复地缠绕在丝线上。粘牢后晾干，才能制成捻金线。使用这种捻金线，非常小心地刺绣，多人多日，才能绣成金缕衣的衣料。最让人羡慕的是，穆皇后有一件绿色的薄罗金缕裙。夏天的时候，穿在身上，金缕长裙拖曳荡动，让人感觉她就是天上下凡的仙女。

梦幻般，我冯小怜，竟然一下子就拥有了皇后才能拥有的东西。如此简单，如此快速。

"小怜，你脸上有花钿啊。"皇帝摸了摸我的脸颊，笑着说。

"啊？"我赶忙摸自己的脸。今天，我没有往脸上贴花钿啊。忽然，我羞红了脸，可能是瓷枕上刻画的阴阳线花纹，睡久了印在我的脸上，看上去像花钿一般。我忙低头，看到瓷枕上的花纹不是横隔线，而是折枝梅花，我暗自舒了一口气。这样的花纹，印在脸上，应该也好看。

"这是牛髓制的口脂，我帮你搽吧。"皇帝从宫女搬来的漆盒中拣起一个碧玉雕琢的小匣，他从中拿出一个朱红色的棒状物，帮我抹在嘴唇上。我从前用的口脂都是蜡做的，没有味道。这种口脂，奇香扑鼻。

"牛髓口脂，用苏合香、上色沉香、雀头香、苜蓿香、麝香、甘松香、茅香、丁香、白檀香，还有甲香混制，能使爱卿香唇沉醉！"皇帝说。

在我的诧异中，鱼贯的宫女们往殿内搬进香炉，不停往里面投放香煤。很快，整个殿内香气郁勃氤氲。

这样的时刻，让人觉得是在做梦。

---

① 用凸版在布料上印制金银花纹后做成的衣服。

空气沉静。

皇帝命令宫人打开殿门。秋天的风吹了进来，我裹紧了身上的衣服。外面，落日低垂，天色渐暗。放眼望去，殿陛排列着成百上千身穿黄衣的禁卫军卫士。他们站立挺拔，纹丝不动，如同雕像一样。还有急匆匆走来走去的宦者和宫女，低头俯身，影子一样掠过。今天以前，我是他们中的一员。现在，我却能受殊宠，紧挨着皇帝温暖的身子。

这样的人生，让人感觉太不可思议。

我跪直身子，想站起来，为皇帝倒一杯酒。下身一阵刺痛，使得我复又坐回原处。

皇帝搂着我，倚靠着坐榻后面的屏风，没有说什么，望着殿外的风景。

殿外有数千人，兵士、宦者、宫女，却极度幽静。微风吹来，树木发出簌簌之声，许多叶子落地，一片金黄铺在地面上，在夕阳的照射下，黄金一样着闪光。殿门近处，有一只羽毛红绿相间的、头上长着红色冠羽的小鸟，在枝头上跳来跳去，低头啄弄着树枝上没有被冷风吹落的枯叶，叽叽喳喳。

鸟的叫声，更衬显出皇宫的寂静无声。这种深沉的安宁，只有帝王之家才能够拥有。

能在万籁俱寂中，伴随至高无上、美貌温柔的至尊，我的心都流淌满幸福的眼泪。我真想好好大哭一场啊！

静静地，我能听到最遥远处的飒飒风声，在我记忆的画廊里，温暖的幸福感觉，直飞西边的天际。

我们就这样相依着，看那太阳慢慢落入树丛，直到宫廷的山间树后一片火红。

现在，朝不虑夕、苦苦挣扎的宫女生涯已经过去了。我绝对不会再回到那些下人侍女居住的阴暗的房子。我要陪伴皇帝，好好享受这美妙的人生。是啊，陛下是太阳，我就要当月亮。看吧，月亮从山后升起，庄严地大步迈向天空。不久，它就会将那些翘首仰望的山峦远远地抛在下面，直上深远莫测的天顶。所有那些闪烁着的繁星，都将匍匐在月亮的下方。

有马蹄的声音传来。一匹马。它先是一直被祖庙周边弯曲的小路遮挡，渐渐靠近。马的鼻息发出的粗重的声音，盖过了细微的潺潺水声和沙沙的风声，遥远而清晰。马蹄刺耳的嗒嗒声，逐渐掩盖了树林柔和的波涛起伏似的声响，越来越近。

院墙处的树篱下一阵骚动，一匹高头大马驰入视野之中。在马背上，坐着一位高大的骑手。高大的马匹，与骑手巨大的身躯非常相称。他的动作潇洒而有力，在祖庙的进口处飞身下马。

门口当值的侍卫躬身向来人施礼，替他牵住马，说着什么。

"陛下，来人是谁啊？"我问。

"斛律孝卿，义宁王。"

"斛律孝卿，是斛律皇后的亲戚吗？……不是斛律光大将军谋反，斛律家族都被杀光了吗？"话刚刚出口，我就后悔了。作为嫔妃，特别是根本没有摸清皇帝脾气的新夫人，多嘴朝廷之事，肯定不妥。

但皇帝显然想要满足我的好奇心，他仔细解释说："斛律光的斛律家族出身朔州敕勒部，斛律孝卿的祖上是太安①人，两个家族虽然同属敕勒种族，他们却不是同一个族源。"

"唤义宁王斛律孝卿入见。"皇帝向殿外喊话。

---

① 在今内蒙古包头固阳县。

第三十六章　国事累卵

我，斛律孝卿，籍贯太安。

总要向别人声明的是，我们这一支斛律家族，与斛律金、斛律光的斛律家族完全没有血缘关系。从远祖起，我们这一支斛律氏，世为敕勒部落酋长。我祖父斛律谨，做过魏朝的龙骧将军、武川镇将。我父亲斛律羌举，年少骁勇，胆力绝人。魏朝孝庄帝永安年间（公元528–530年），他从尔朱兆入洛阳，常获战功，深为尔朱兆所爱遇，恒从征伐。后来，神武帝高欢与尔朱氏翻脸，兴兵击亡尔朱家族。我父亲斛律羌举审时度势，归诚高王。由于我父亲忠于所事，深受神武帝高欢赞赏。

天平年间，时为魏朝大丞相的神武帝高欢授我父亲为大都督，令他率步骑三千余众西袭夏州，一战克之。后来，神武帝与长安的宇文泰各拥一帝，魏朝裂为东西两部，两个人争夺天下。东西魏第一次大战，大军渡河之时，我父亲就建议神武帝径直率军攻取咸阳，如此，可以拔夺宇文泰的根据地，使对方无所归依，西魏军会因之丧失军心和战斗力。结果，众将反对，神武帝不从，他坚持率军与宇文泰战于渭曲，东魏大军终遭败绩。

忠言虽不获纳，我父亲在神武帝眼中的分量却日增。

兴和初年，神武帝以我父亲斛律羌举为中军大都督，寻转东夏州刺史。后来，神武帝想招怀远夷，令我父亲率军西征，远至阿至罗，宣扬威德，前后招降了不少西域部族，甚受神武帝知赏。

可惜的是，我父亲斛律羌举盛壮之年，遇疾而卒，时年仅三十六。

神武帝闻之，深深悼惜，追赠我父亲为并恒二州军事、恒州刺史。

在我父亲的荫庇下，我本人自少得历显职。当今皇帝登位后，我得任侍中、开府仪同三司，并被封为义宁王，知内省事，掌典外兵、骑兵。

斛律光被他的皇帝女婿诛杀后，消息刚刚传出，我们那些在西边①的亲戚，不知情由，以为是我们这一支斛律家族横遭不幸。

其实，我们这一宗斛律家族，根本没有受到任何牵连。同为敕勒种姓，同姓斛律，此斛律，却非彼斛律。

大齐家，当今皇帝继位几年，形势岌岌可危。自武成帝开始，真是一代不如一代。想当初，我父亲当机立断，跟随高王打天下，出生入死，何其艰难！看如今，国事如此，汤沸火燎，让人心焦。

皇帝少年时代做皇太子的时候，以及他的父皇武成帝在世当太上皇的时候，还非常喜欢读书。不料想，武成帝崩后，皇帝自己掌握天下，他周围完全为一帮小人所占，皇帝再也不喜欢与士大夫、汉官见面。如果不是他东宫时的旧人或宠私昵狎之人，在他面前连话也说不上。

据我仔细观察，皇帝年轻人，本性偏懦，几乎到了不堪人视的地步。由于自幼长于深宫，他根本不喜欢见自己不熟悉的人，大臣们也不敢在他面前有所陈奏。三公、尚书令一级的官员奏事，都事先得旨，不能仰视皇帝，以至于他们匆匆入殿后，只能略陈大旨，未几即惊走而出。

上下不通，由来已久。

武成帝高湛时代，奢泰无度。当今皇帝，更甚于其父皇。整个后宫的花费，一年多过一年，连普通宫人都宝衣玉食，人数多达万余。嫔妃众多，一裙之费，价值万匹锦帛。宫人竞为新巧，朝衣夕弊，浪费无度。

皇帝年纪正轻，极其喜欢新奇的东西，盛修宫苑，穷极壮丽。但是，他性情浮动，喜好无常。宫殿苑宇，成后又毁掉，反复修造，根本没有停歇的时候。国内百工土木，日夜不停。夜则燃灯赶造，天寒就派人在工地堆烧无数大锅煮开水和泥，从来不消停。而且，帝室几代都信佛教，皇帝也如此。他下令开凿晋阳西山，凿山为巨大的佛像，每夜仅仅燃烧灯油一项，就需要万盆上好的灯油。光色炫目，把周遭照耀成白昼一样，连晋阳城内都能看得一清二楚。自恃有佛保佑，国内每有灾异寇盗，这位新皇从来不自贬损，只是宫内下诏，在晋阳、邺城以及国内万余寺庙内设斋饭僧，烧香祈祷，以此作为修德祈福的唯一途径。

自从皇帝宠幸美人冯小怜之后，理国之心更一丝也无。平时，皇帝最大的乐事，就是与冯小怜切磋胡琵琶的技艺，自弹琵琶，演奏《无愁》之曲。每次乐奏，周围百余近侍、乐师皆欢舞、演唱，嬉笑饮酒，接天连夜，没有尽极。时间

———————————

① 指周国。

久了，连民间百姓都知道皇帝宫内的大乐，谓之为"无愁天子"。

特别让人啼笑皆非的是，皇帝在华林园设立贫儿村，他本人常常身穿破衣烂衫，打扮成乞丐，手拿破碗，在村内行乞为乐。堂堂大齐皇帝，低三下四，与冯小怜手挽手，对着一群宦者、宫人阿爷阿娘地叫，乞食叩首，真正骇人听闻。

更过分的是，皇帝还派工匠按照周国的城池样式，在晋阳郊外仿制一模一样的高墙峻城，命令禁卫军兵士上千人穿上周国军队的黑色军服，装扮成敌人，手执真刀真枪，发箭射弩进攻。而皇帝本人，则率领人数相等的部队，在城墙上拒战。城上城下的兵士，互相放箭投枪，不少人在这种荒唐的战争游戏中被杀死或者掉下城墙摔死。最危险的一次，有一支巨弩正中皇帝衣袖，稍稍再近一寸，就会射中皇帝的胸膛。

如果皇帝只是喜欢玩耍，于国于民并非大害。可悲的是，他极其宠信陆令萱、穆提婆、高阿那肱、韩凤以及胡人何洪珍等人。这些人，不仅仅陪同皇帝玩乐，他们还参与朝中机权，干涉朝政，各引亲党，超居显位。这样一来，大齐家，官由财进，狱以贿成。佞臣满朝，竞为奸谄，蠹政害民。

皇帝天下豪奢，大方至极，终日赏赐无度，就连从前神武帝高欢手下的苍头刘桃枝等人，皆开府封王。而其他宦官、胡儿、歌舞人、见鬼人、官奴宫婢，只要能讨皇帝一乐之欢心，就立得富贵。庶姓封王者，共以百数，有开府官称的千余人，仪同一职无数，领军这样本来重掌军权的官职，也多达二十人。而由宦者担任的掌管宫内事务的侍中、中常侍，多达数十人，乃至于连狗、马、鹰之类的动物，公的有仪同之号，母的有郡君之称。特别是皇帝喜欢的一只斗鸡，赐号"开府"，朝廷部门要按月给这只斗鸡按照开府一职应得的帛米支付俸禄。

成千上万的佞臣弄臣，朝夕娱侍皇帝左右，一戏之赏，动逾巨万。所以，三四年下来，晋阳、邺城二京的府藏，基本空竭，徒然四壁。于是，皇帝的左右出主意，再有赏赐，就赏赐二三郡或六七县，让受赐人去当地做官，让他们到当地去卖官取值。自此以后，我们大齐的郡守县令，大部分都是从前在京城陪同皇帝玩乐过的富商大贾，这些人竞为贪纵，赋繁役重，民不聊生。

国事如此，不能不让人忧心忡忡。

特别是西边的周国，虎视眈眈。周国皇帝宇文邕，深沉干练，实为大齐劲敌。

讲起我们大齐的强邻周国，来历不比寻常。

魏朝的孝武帝当时为我们做大丞相的神武帝高欢所逼，逃至长安宇文泰处后，魏国就分裂为东、西两魏。宇文泰所掌握的魏，一般称西魏。我们这边，称东魏。

魏朝的孝武帝至长安后不久，即与权臣宇文泰发生龃龉，很快被毒酒毒死，时年二十五。

宇文泰毒死孝武帝后，立孝文帝的孙子元宝炬为皇帝，是为魏文帝。文帝在位十七年，安死于宫，时年四十五。元宝炬虽身为皇帝，其实他完全是个幌子，大权尽在宇文泰之手。正因为他听话，所以宇文泰一直让他在帝座上待着。

文帝死后，宇文泰立文帝太子元钦为帝，是为魏废帝。元钦只当了三年皇帝，就被宇文泰废掉。随即，宇文泰转立文帝第四子元廓为帝，是为魏恭帝。这位恭帝，也只当了三年摆设。

宇文泰病死后，其堂侄宇文护拥立宇文泰第三子宇文觉篡夺西魏帝位，改魏为周，建立周国。西魏恭帝"禅位"后不久，就被宇文氏杀掉。

三十余年中，西魏的皇帝虽姓元，其实，真正的皇帝是以宇文泰为首的宇文家族。

宇文泰诚乃一代人杰，为人强悍。他在世的时候，西魏国土日广。尤其值得称道的是，宇文泰建立府兵制，仿鲜卑旧制，将所统兵马分为八部，各设柱国大将军，称为八柱国。西魏的府兵，都是职业军人，他们专门编为军籍，只作军事用途，不从事屯垦生产。当今的周国皇帝宇文邕，对府兵制加以修正，西魏走向"兵农合一"，战斗力、生产力进一步增强。反观我们大齐，士气、战斗力，每况愈下。

宇文护踢开魏朝元姓皇族后，拥立宇文泰第三子宇文觉为帝。不过，这对堂兄弟的君臣关系，非常不睦。宇文觉虽然只有十五六岁年纪，本性刚果，想干掉他飞扬跋扈的堂兄宇文护。不料，宇文护先下手为强，及时废掉宇文觉，很快就派人把这个不听话的孩子毒死。其后。他拥立宇文泰长子宇文毓为帝，是为周明帝。人，坏事一干起来就收不住手，不久，宇文护嫌这位"宽明仁厚"的堂弟太"聪明"，他派人在宇文毓的食物中下毒，又把这位做皇帝的堂弟也送上西天。

挑来挑去，宇文护把宇文泰的第四子宇文邕推上帝位。

宇文邕这个人，继位的时候，年甫十七，却神武过人，沉毅有智，莫测高深。即位之初，他的帝位极为不稳，国内大权全为其堂兄宇文护所掌握。对此，宇文邕只有忍耐，面对二兄被杀之仇，也装作毫无所谓的样子，在表面上对宇文护不做任何提防，处处依从宇文护的意思。一个十七岁的年轻人能懂如此韬光养晦，显然不同凡响。

苦苦等待十三年，羽翼已丰的宇文邕终于找到机会。一日，他诱召宇文护入朝，在朝堂之上，亲手给了这位权臣当头一锤，击之于当地，砸得宇文护脑浆迸裂，然后下诏诛杀了宇文护全家，真正掌握了周国的帝权。

为了达到富国强兵的目的，宇文邕不惜采取毁佛措施，武平五年，即周国建德三年，五月十五日，宇文邕在周国下诏，禁断佛、道二教，严命沙门、道士还俗，融佛焚经，驱僧破塔。

从此事可以见出，宇文邕这个周国君王，雄才大略，目的性极强，只要自己所想，他可以不顾一切地去达到。

魏朝分裂，我们神武帝控制的东魏与宇文泰控制的西魏，日后变成文宣帝高洋建立的齐国和宇文氏建立的周国。

对峙日久，两国大体以弘农为界。我们大齐占有弘农以东，周国占有弘农以西。从根本的实力上讲，我们大齐一直占有素称富庶的东部地区，国内人口也多出齐国一倍以上。在武成帝高湛之前，我们这一方一直处于优势地位。但自武成帝以来，我们大齐军队的战斗力逐渐下降，国力日衰。周国方面，却蒸蒸日上，特别是宇文邕自掌大权之后，国势日强。

宇文邕憋足劲要消灭我们齐国。在战略上，他北连突厥，南和陈国，想形成对我们大齐的夹攻之势。为了更好诱使突厥上钩，他与突厥和亲，自娶突厥可汗之女为皇后。而在与陈国的关系方面，他一改前政，不再攻打，反而怂恿陈国攻击我们的淮南地区，一方面消耗陈国和我们大齐，另一方面利用陈国来牵制我们。

这样，我们大齐基本上处于被人三面夹击的尴尬境地。

突厥，一直是个绝对不能忽视的、强悍的劲敌。我大齐立国，只有文宣帝高洋立国不久能御驾亲征，在四处击灭柔然的同时，打得当时的突厥人远遁称臣。而后，由于我们齐国和周国长期互相为敌，双方怕另添新敌，谁也不敢得罪突厥。

齐国与突厥和亲后，相比我们大齐，他们双方之间的关系更近。突厥佗钵可汗如今在位，周国每年都要给突厥送去缯絮锦彩十万段，以为常例。我们大齐，对于狼性突厥，自然也要送物送金银买取支持。所以，佗钵可汗总是狂妄骄傲地对各国使臣说："在我大突厥南方，我有两儿，常常孝敬我金银财宝，何患没钱！"

他口中的"两儿"，就是指我们大齐和西边的周国。

为了笼络突厥，还是我，斛律孝卿，给皇帝出主意，以佛教为纽带，联系我们大齐与突厥汗国的关系。魏朝时期，佛教在漠北地区即已经有所传播，当时的柔然丑奴可汗就曾经派遣沙门洪宣向魏朝皇帝奉献珠像。那时候，突厥是被柔然汗国统治的锻奴部落，已经有一些部众信奉佛教。后来，我们大齐有一个名叫惠琳的和尚，在边境地区云游时被掠入突厥，得见可汗佗钵，就对他说："齐之所以富强，正是因为他们笃信佛法啊。"惠琳趁机向佗钵讲述佛法大意以及因缘果报之事。出人意料，性情暴悍的佗钵可汗闻而信之，立刻派人修建庙宇专门供惠琳居住，并派遣使节来我们大齐，求取《净名经》《涅槃经》《华严经》等经。

我们斛律家族，世代敕勒，语言族源与突厥相近，所以，一直是我负责接待来使。我的属下刘世清，周慎谨密，能通四夷语，在我的推荐下，受命于皇帝，为突厥佗钵可汗把华言的《涅槃经》翻译成突厥文字。

当今皇帝很想能借助佛经来驯服、软化突厥这一强敌，非常重视此事，下敕大名鼎鼎的汉儒、中书侍郎李德林为译成的《涅槃经》作序。

为隆重其事，我们大齐派遣僧人宝暹、道邃等人携带经卷文书等物，出使突厥，为佗钵可汗讲解"离欲寂灭"，想让这个残暴的可汗放弃贪、嗔、痴三毒，皈依净业空法。

前数日，僧使团派人归国，讲述他们在突厥得到佗钵可汗的隆重接待。宣讲经文过后，佗钵可汗躬自斋戒，绕塔拜祭，声称："恨不生于内地，能敬礼佛道。"

对于这个消息，皇帝大喜过望，马上派人携带无数珍宝再入突厥，目的无非是阻止突厥人对我们边境地带的杀掠。

不过，我本人，对僧使团带回的消息将信将疑。突厥人食肉饮酪，杀鹿宰羊，不可能遵从佛教"食肉者断大慈种"的戒律。深居草原，这些人一直以来敬鬼神，信巫术。奉佛礼佛，在突厥之地恐怕不能长久。

无论如何，我们大齐暂时与突厥通好，对方使团来访，带来了吒拔马①、金叵罗②、突厥白③、突厥酒④，以及鸣镝、宽镫、三叶镞等物品。如此新奇之物，使得皇帝每日赏玩，赞不绝口。

觐见皇帝的时候，我发现，宫内热闹无比。皇帝与那个汉人昭仪冯小怜，距离很近，坐在两个胡床上，在殿庭观看斗鸡。皇帝的头上，戴着一顶鲜卑帽⑤，帽裙被风吹得飘飘荡荡。

总算有机会看到那只被授予"开府"官职的大型斗鸡。这只斗鸡，名为乌云盖雪，体呈半梭形，身躯长健，羽毛紧凑。细细看，斗鸡与常鸡截然不同，鹰嘴

---

① 汗血马。
② 金银制的大型酒具。
③ 治疗刀伤的药物。
④ 马奶酒。
⑤ 又称"突骑帽""长帽""大头垂裙帽"，在东西魏以及北齐、周国流行。

鹍眼，鹅颈鹤腿。大如鹅般的斗鸡，脑袋却非常小，鸡脸狭长，眼大而深，耳叶短小。而斗鸡的全身羽毛，纯青碧绿，在阳光下光泽如青黑锦缎。最特别的，是它金黄色的嘴壳与两只巨大的趾爪，威风赫赫。

如此巨大的斗鸡，被皇帝抱在怀中。左右宦者不停递上白酒，皇帝用白绢蘸着酒，不停地擦抹斗鸡的身体，为它按摩通络，以使斗鸡的身体保持润畅。

斗鸡比演正式开始前，有宦者高声朗诵诗歌助兴：

> 游目极妙伎，清听厌宫商。主人寂无为，众宾进乐方。
> 长筵坐戏客，斗鸡间观房。群雄正翕赫，双翅自飞扬。
> 挥羽邀清风，悍目发朱光。觜落轻毛散，严距往往伤。
> 长鸣入青云，扇翼独翱翔。愿蒙狸膏助，常得擅此场。[①]

金鸡，确有"五德"，因其头冠、足距、斗勇、时呼、唱晓。引申开来，恰恰符合"文、武、勇、仁、信"。可是，我觉得，我们大齐皇室的斗鸡，除了作玩耍之用，没有任何别的意义。

风势越来越大，皇帝没有立刻下令斗鸡比演开始。

忽然，他瞧见了我，派人唤我近前问话。

"义宁王，斛律爱卿，有何事见朕？"皇帝用汉语问我。从前，皇室一直在朝堂或者后宫用鲜卑语。冯小怜受宠后，皇帝改用汉语，其周围群臣近侍，也投其所好，纷纷改说汉语。

"突厥使臣欲回行，再提新要求，向我们大齐索要每年五万匹绢帛。"我赶忙施礼而答。

"答应他们就是了。"皇帝漫不经心，"对了，西贼那边，每年给他们多少东西啊？"

"锦彩十万匹。"

"既然如此，我们也给突厥每年十万匹嘛，不能让西贼把我们比下去！"皇帝慨然道。

从来只听说过一国之君与别国交往中为己方争权益，岂料皇帝自己倒大吐绢帛给别人。本来，突厥使者开口就要七万匹，是我苦苦力争，最终讲成五万匹。

"陛下，突厥胡人，狼子野心，我们不能主动示弱，更不能随便赏赐他们更

---

① 三国魏曹植《斗鸡诗》。

多的锦帛，否则，他们的胃口会越来越大啊！"我苦劝。

"……好了，就依爱卿所奏。……突厥人，还是喂饱他们，免得他们与西贼合击我们齐国。至于财物，多少随便，爱卿去办就是。对了，你对突厥使者说，下次来国，多带些突厥酒过来，酸酸甜甜，冯昭仪很爱饮用。"皇帝紧紧抱住怀里的斗鸡。

接着，他忽然问："义宁王，听说你会根据风角占卜吉凶，你为朕说说，今天这么大风，怎么回事呢？"

我低头想了想，觉得这是一个劝谏皇帝的好时机。于是，我扶了扶左肩的紫荷①，回答道：

"列宿不守，众神乱行，八风横起，怒气电飞。山崩石裂，树木摧倾，扬尘万里。仰不见天，鸟兽藏窜。兆民骇惊，灵风可惧！"

皇帝聚精会神地听。

"爱卿与朕言之，何以解之？"

"臣闻，近有歌谣：'大风蓬勃扬尘埃，八井三刀卒起来。四海鼎沸中山颓，惟有德人据三台。'谣谶表明，天下将有大事发生。希望陛下能修德克己，畏天顺人！"

皇帝沉吟。"朕与母后，多日不相见。孝道之情，庶几可表！"言语间，他望向北宫。

在那里，软禁着皇帝的生母胡太后。

---

① 也称"契囊"，魏晋南北朝的时候，大臣们上朝都在朝服左肩部缀紫荷以为装饰。源起于汉代。北齐时，只有仆射、侍中等高官才能服紫荷。

第三十七章　独楼幽梦凄

夜，已经深了。北宫隔壁，我的儿子，大齐皇帝所在的仙都苑附近，灯火通明。

音乐声，歌唱声，经久不息。多么热闹的夜晚啊！

我枯坐在殿内的楼梯上，倾听着。胡琵琶的声音那么独特、悦耳，欢舞交融，让人想起我夫君在世的时候我们分享的欢乐。

久久地，怀着渴望，我听着，谛听着。突然，我发现自己的耳朵被回忆的聚精会神混淆，我竭力想从混沌交融的音调中，分辨出我的儿子皇帝高纬的嗓音。

由于距离太远，我无法捕捉儿子的声音。在被风声逐渐变得模糊不清的音调中，歌词的碎屑倾泻在黑黑的夜里。

忽然，我的胸中充满了恶意，无端发泄之余，我只能诅咒这个国家！诅咒我不孝的儿子！我的两个儿子，一死一不孝，引发了我永无休止的痛苦。

听宫人说，穆皇后已经失宠，我的儿子皇帝正在享受一个汉女冯小怜的美貌。

年轻的女人，其实用不着使用美貌作为武器。她们天真纯洁的容颜，就能在无意识中让男人堕入梦幻般的深谷。只是，等到她年长色衰的时候，才会徒劳地幻想往日重来，才会希望每一支射出的箭都击中目标。一切都是命运啊！

仙都苑，还是文宣帝高洋时代所修造。苑中，凿地为池，堆土成山，规模宏大，号称"五岳""四渎"。在我的记忆中，那里遍布殿宇，轻云楼、鸳鸯楼、鹦鹉楼、凌云城、御宿堂、紫薇殿、游龙观，那么多的殿观楼宇，皆流苏帐帷，满壁悬挂玉石、方镜，锦褥作地衣，香囊遍堂梁，奢华壮丽。

那么美丽神奇的地方，如今，我这个皇太后，再无机会当那里的主人。别说去享受，我连出北宫大门的机会都罕有。

生出这样的一个儿子，皇帝儿子，真让人悔恨。

每一个清晨，太阳呼啸着升起。我的梦想，却越来越黯淡，越来越荒凉。

夫君、和士开、我的二儿子琅邪王，他们都好像没有真实地存在过，都烟消云散。即使给我变出人世间最绚丽多彩的春天，即使邺城郊外的草地上遍开鲜花，我的心也回复不到春天的季节。

悲伤、悔恨、屈辱、自责……似乎要把我吞噬掉。

"母后，您一向安好？"

不是梦境，我的宝贝皇帝儿子，终于来看望我了。

其实，做母后的，做母亲的，大可不必对自己的儿子慷慨卖笑，也不必装腔作势。

我安安静静地坐在眠床上，看着我的儿子，好久说不出话来。

我的儿子，皇帝，他已经长大了，真的长大了。他个子更高，身材更挺拔，脸上生出了黑黑的髭须。不过，我觉得，他的脸上有一种令人难以捉摸的表情——看不到到底是阴险还是忧伤，他的这种表情，不时从他多疑的目光中流露出来，未等别人窥视，就再次被浮起的笑容掩盖。我的儿子，在我面前流露这种神态，使我内心感到畏惧和退缩。

他的一双眼睛，和深渊一样，即使佯装出来温和的表情，都不能把我的心温暖过来。

我注意到，在我的儿子皇帝身后，跟着穆皇后和另外一个年轻的女人。这个女人，其实还是个女孩子，身材非常纤细。这个头发乌黑的汉女，有着奇白整齐的牙齿，还有高挺的胸部、倾斜的肩膀、美丽的颈项，而她乌黑的眸子，显示出她南朝人的血统。这，大概就是皇帝的新宠冯小怜吧。

与冯小怜相比，穆皇后的五官更为鲜明，不过，她的皮肤不如前者白皙，眼神缺乏活力，面部少有表情，很像壁龛里的佛像。虽然也年轻，她的心，肯定和我一样，长满了皱纹。这么一个有着高傲五官的皇后，却没有一丝盛气凌人的气派，也没有皇后应该有的傲慢，更无装腔作势——总之，那种真正的皇家气派，穆皇后身上一丝也无。

宫婢的女儿，真是缺少像我这样的豪族女人内在的强大啊！

穆皇后和冯小怜依次向我施礼。

我朝她们笑了笑。这种笑里，半含着嘲弄。

我的皇帝儿子，从来不喜欢模样端庄的大家闺秀，他只喜欢多才多艺、充满活力的女人。和他父皇一样，我的皇帝儿子，他的外表，看上去似乎焕发着无穷的精力；他的眼睛，看上去似乎拥有真正的力量。其实，这种鲜卑种群的英俊迷人、气度不凡、风流倜傥，都是骗人的。

我的皇帝儿子，本性懦弱，他根本不是当皇帝的材料。他的血液里，流淌着他父皇武成帝的因子，缺少真正迷人的魅力，缺少勇气，缺少对别人的推心置腹，缺少能赢取臣下尊敬的人格。不过，他和他的父皇一样，有着一颗睚眦必报的心。

我的女侍为皇帝端上酪浆。他看了看，满脸狐疑，没有去接。他怕酪浆中有毒。也别说，前朝魏国的母后，倒是常常对她们的儿子下毒。

他挥挥手，宦者们忙前忙后，在殿中摆开炊具。煮开水以后，那些人忙不迭地往里面掰放茗饼，然后投入葱、姜煎煮。

忙了一阵，皇帝拿起他自己人携带来的饮器，开始饮茗。

穆皇后和冯小怜站在他的身后。

"母后，这是南朝来的贡品，香茗。请您试一试。"

我轻蔑地回绝了。手把豆蔻，口嚼槟榔，畅饮茶茗，正是吴儿作态，我堂堂大齐皇太后，怎么能饮用这种东西。

说华言，喝茶饮，我的皇帝儿子，显然对汉女冯小怜陷溺不浅。

我儿怕被我毒死，我难道不怕被他毒死吗？

穆皇后和冯小怜垂着眼帘，可能是被我皇太后的威仪震慑住了。她们的脸上，有惊愕、迷惑、恐惧。

随着我们母子的冷淡谈话的发展，一种可以觉察到的沉闷情绪悄悄弥漫开来。

我傲气十足、无精打采的皇帝儿子，最终也一言不发。整个大殿内，整个北宫内，寂静无声。

黄昏。从北宫的高台上望出去，草木葱茏，种种景色无不具备——草原、河流、洞窟、巉岩、沼泽。越过高耸的乔木，就是仙都苑的槐树路。想起从前与我的夫君武成帝走在清香四溢的槐花下，我记忆的眼眶就湿润了。

是啊，回忆越走越近，我看到了树顶轻盈娇柔的白色花朵，优雅，轻佻，如同千百群振翅攒动的蜜蜂。万千细节，无尽情愫，转瞬即逝。

布满云彩的天空，依然阴沉。垂死的斜阳，万道微光，映照在微风吹拂的树叶上，把这条条光照吹散，殿内遍布灿烂金色，所有的器具轮廓，显得那样纤细入微。

如此柔软平滑的空气，如此沉静的殿宇，却没有能满足人内心的幸福。那些栖息在湖面上的宽阔而茂盛的枝叶倒影最幸福，它们一动不动，仿佛是死去的宁静和幸福的象征。

短暂易逝的幸福，如同宫墙上的爬墙草！看上去充满生机，仿佛一道光线就可以催它们出世绽放，其实寒露一夜就凋零殆尽。

阳光在空中胡乱涂抹，斑斓苍翠，看上去那么厚实，又那么单调。

"母后，我派人在晋阳新建的十二院宫落成了。皆以麝香涂壁，锦幔珠帘，饰以金玉，精彩极了。殿宇的窗牖、栏杆，都是用沉香木、檀木制作，雕镂图画，恢宏壮丽。而且，十二院宫带丘荒，周旋百里，到处是深林绝涧，遍放珍禽异兽……母后，您与我一起去晋阳吧。"我的皇帝儿子说这话的时候，神采奕奕，眼睛放光，似乎又变成了一个孩子。

我没有吱声。

最后的一道纯金色阳光，把北宫最高的树枝涂抹成金黄色。一层闪闪发光的湿气，形成了翠绿色的气圈。这种景色，这种美好的氛围，让我忽然意识到自己囚徒的身份。

"晋阳宫，好大的宫殿群啊！孩子，你把我带到那里，准备把我软禁在什么地方啊？十二院，我不喜欢，新的宫殿味道太大，我住不习惯。"我用冷淡的语气对皇帝儿子说。

在皇帝身后，穆皇后木偶一样，呆坐不动。冯小怜冯昭仪，不停地扭动脖子，非常不耐烦。显然，被软禁中的太后，对于她这样一个皇帝的新宠来说，没有什么威慑力。

我的皇帝儿子面露愠色。过了一会儿，他挥挥手，宦者捧上一个锦匣。

"母后，陈国商人新进贡物，请您使用。我知道，北宫狭窄，您终日寂寞，此物能聊慰心怀。"

我稍稍扭头，准备让身边的宫女把锦匣拿下去。我根本没有心情去观看赏玩这个下令把我软禁起来的皇帝儿子送来的礼物。

"慢！请皇太后过目。"皇帝阻止了宫女。

宦者当着我的面，打开了锦匣，揭开了上面的罩布。

赫然间，里面露出一个双头淫具。

一股怒气直达心头。不过，怨毒使我按抑住怒火。我平静地说："哦，此物确实可以代替男人，以消漫漫深宫长夜……"

我仔细打量着坐在面前的儿子。他确实长大了，阴险、淫暴，清秀的外表下面暗藏着高氏家族遮掩不住的粗俗和鄙亵。

我的皇帝儿子观察着我的表情，轮到他变得十分惘惑。

他身后的冯小怜脸色绯红，穆皇后依旧低头俯首，没有任何表情。

僵持尴尬间，皇帝的亲卫都督刘桃枝大踏步走入殿中。这个苍头王爷，侍奉过文襄帝、文宣帝、孝昭帝，以及我的夫君武成帝，现在，仍然在我儿子身边当差。多年以来，他委实不易。

不过，我儿琅邪王高俨，却死于他手，被他活活拖在背后扼杀。

鹰犬噬人，全在主人，我内心倒不是特别恨他。

他向我施礼，然后站立于皇帝身后不远处。从他的神色上看，显然有要紧的事情。

记得我夫君武成帝在世的时候，曾向我讲过一事：文襄帝高澄做魏朝大丞相的时候，晋阳有一个盲人术士，原本是吴地南人。他双目虽盲，妙于以声相人。文襄帝听说后，非常感兴趣，把他召入丞相府。然后，他遍召当时左右以及他的二弟高洋以及九弟、我的夫君高湛，让他们在盲人前说话，以占卜运命。盲人闻刘桃枝之声后，说："此人受人驱使，然当大富贵，王侯将相，多死其手，譬如鹰犬，为人所使！"接着，盲人听大臣赵道德之声而算命，说："也是人臣之位，富贵显赫，但官位不及前一个人。"时为太原公的高洋发声，以及我的夫君发声，盲人闻之色动，立刻说："这二位，当为人间至尊之主！"岂料，文襄帝本人说话后，盲人没有任何反应。随行官员和站在盲人近前的我夫君，赶忙用脚轻轻踢他，盲人才谬言道："这位也是九五至尊的命相。"当时，文襄帝高澄根本没有在意，他笑着对人说："我手下奴才苍头，都能大富极贵；我两个弟弟，都能当人主。如此推算，我之命数，贵不可言！"后来，盲人之预测果然不差。文襄帝高澄只是因为他弟弟高洋当皇帝后才被追谥为皇帝，他二弟高洋、九弟（我的夫君）高湛皆为皇帝，而高澄本人活着的时候，并没福气当帝王。

刘桃枝虽有王封，入殿依旧一身武将装束。他身上的鱼鳞两当铠甲，烁烁发光，沉重无比，走起路来叮叮当当，让人感觉非常荒谬可笑。特别是他腿上的皮裤，包得紧紧的，让人看着都替他热。刘桃枝的两个从行武官，各自穿着一副扎眼的明光铠甲，胸前胸后两个巨大的圆形金属护片，比镜子还要亮。

这三个人都佩带着真剑①，确实是鹰犬之材。

"你有何事奏报？"看出刘桃枝心事重重，我问。

"回禀太后，敬禀陛下，河阴守将尉相愿派人来报，周师入寇！"

"尉相愿？怎么听着这么耳熟呢。"我的皇帝儿子似乎对"尉相愿"这个名字的兴趣，远远超过对周国入侵的消息的兴趣。

"尉相愿乃被赐死的兰陵王高长恭从前的参军。现在任河阴主将。"

---

① 依照宫廷制度，在皇帝身边或者皇宫内，武官都只能佩带装饰用的木剑。

　　闻刘桃枝此言，我才知道，大齐威震敌国的宗室近亲、美男子兰陵王，也已经被我的皇帝儿子弄死了。

　　"兰陵王高长恭何罪，你为什么赐死他？"我追问皇帝儿子。

　　皇帝甩袖而起，并不理会我的问话，怒冲冲对刘桃枝说：

　　"把尉相愿的奏报拿给朕看！"

第三十八章　江山倾斜风雨

我，尉相愿，大齐功臣、海昌王尉摽之子。两代为国，忠心耿耿。

出仕以来，我在兰陵王高长恭手下效力多年，得任其帐下参军。可惜的是，当今皇帝听从佞臣之言，毒酒一坛，把兰陵王鸩杀。

如此自毁长城，让人痛心疾首。

我永远忘不了那一幕：毒酒入口后，兰陵王摔倒在地上，挣扎中，眼中流出血泪……

当时，我在场，与朝廷来的使臣徐之范，一起站在兰陵王高长恭的尸体前。王府的歌伎乐师，齐齐泪下，演奏起《兰陵王破阵曲》。在我耳中，本来豪壮的乐声，显得那么哀伤！深沉的音色，在颤抖的琴弦间倾泻……我凝视着定阳黄昏的阴云，忍不住热泪盈眶——如此英俊潇洒、能征善战的大齐王爷，如同一只被自己人射落的苍鹰，再也没有机会在战场上翱翔……

我为大齐感到恐怖，感到悲哀。

兰陵王乖乖接受皇帝的鸩酒，受赐而死。所以，他的部下和家属没有受到牵连。身为兰陵王参军，我被朝廷派往河阴做守将。

来得早不如来得巧。我抵达河阴不到六个月，周人就发动了攻击。

七月，周国皇帝宇文邕出动十八万大军，浩浩荡荡杀向我们大齐。此次周国进攻的主要目标，是我们大齐的洛阳大城。

身穿黑色衣甲的周军，密密麻麻，沿黄河两岸，水陆数道，一时并进。

而我本人据守的河阴城，正当周帝宇文邕本人所统六万大军直接的进攻。

周人为此次军事行动，准备充分。在宇文邕攻击我河阴的同时，周国大将杨坚、薛迥率舟师三万，自渭水入黄河，顺流而下；周国的齐王宇文宪，率兵三万直取黎阳①。上述三支大军，组成了周国的主攻部队。此外，为了牵制我们大齐的军力，周国大将李穆率兵三万镇守于河阳，大将侯莫陈芮率兵两万镇守太行道②；周国大将于冀率兵两万，逡巡于陈③、汝④一带。

不同往常，周人此次来势汹汹，攻势强大。他们的样子，看上去不像是以往简单的略地掠民。

兰陵王高长恭被毒死，大将军斛律光被族诛，太尉段韶病死，所以，我们齐国再不像河清三年那样兵精将能了。

现在，武平六年，我们不仅国势衰减，且缺少良将统帅。

八月，周国各路大军，一时间杀入我们齐国国境。

周国皇帝宇文邕本人，统率六万精兵，开始对河阴攻城。

无数周军，除了将登城用的云梯密密麻麻地拖在地上，准备接近城墙的时候使用，他们还利用壕桥、折叠桥等攻具，反反复复地跨越壕沟，蚁附般登城。

周军将领们站在距离城墙稍远处竖立的巢车和望楼车上，挥舞旗帜，指挥兵士攻城。

周国步行攻城的汉人军人，大多数身上没有什么特殊的护甲，只有少数军官身穿明光铠。所以，只要他们跑近，就纷纷被我们城上守军的檑木砸死，或者被床弩射穿。侥幸攻到城墙下面的人，也被猛火油柜和飞炬烧成火人。哀号四窜的周军，马上被我们城上的齐军当靶子射死。

即便如此，周军凭借人数上的优势以及舍生忘死的拼命冲锋，最终用冲城车把河阴外城撞出一个大窟窿。我们齐军拼命用塞门刀车、木女头等防御器具填堵，无济于事。

外城，马上要陷落了。

我站在城楼上，有些茫然地往下观看。城上城下，遍布尸体。有些是我们大齐军队身穿黄衣的兵士，有些是穿黑衣的周军。他们混乱地躺在地上，横七竖八，有的挨着肩，姿势各异，鲜血满地，都变成了黑色。

由于死人太多，城下潮湿的土地被血水浸泡，然后人踩马踏，变成了浓稠的红泥浆。

到处是铠甲、兵器、箭矢、兜鍪，器械攻具遍地。

---

① 在今河南鹤壁浚县。
② 在河阳北。
③ 在今河南周口淮阳区。
④ 今河南境汝河流域。

周国军士的后备队在战场上抢拖尸体，堆成几大堆，小山一样。

在我眼前的墙垛上，也有一具周军兵士的尸体，由于撂放了大半天，发出阵阵刺鼻的尸臭。我扫了他一眼，大概三十岁的年纪，浓密的黑胡子沾满血迹，嘴微微张开，似乎在向苍天发出最后的呐喊。他的左手握着一把曲柄长刀，死死地抓住刀柄，临死也没有松开武器。看他苍白的、轮廓清晰的脸孔，这个人应该是鲜卑或者敕勒，他那两道漆黑浓粗的眉毛，紧紧交锁，似乎心中装满了无尽的心事。

紧邻着这具尸体，另外一个墙垛上，堆着四五个周军的尸体，被我们守城的兵士用来当土袋用。最上面的一个人，脑袋被劈去了大半，但他完好的另半边脸趴在下面一具尸体上，像是在亲吻着下面尸体的脸颊。最底下的一具尸体，身体壮大横肥，作为承重。他的脸朝外，侧转过来，似乎要躲避上面尸体的重量，想看看活人的世界。他一只手耷拉下来，横在那里，眼睛微合，死不瞑目的样子，无神地仰望着北国的天空。他的腿上，还插着一支短戟。

无论长戟还是短戟，随着近年来重甲骑兵的使用，战斗各方在盔甲的制作方面日益精良，戟的钩斫杀伤效力基本丧失，军队中已经很少有人使用戟。所以，看到这支戟，我感到很奇怪，不知它属于周军还是我们齐军哪个兵士，它的主人很可能把这支作为武器收藏品的短戟带到了战场上。短戟的主人，可能今天早些时候已经战死。

我还看见一个被砍去上半身的兵士，切口整整齐齐，只留下露出两条黄裤的、健壮的腿。仔细看他的军靴，应该是我们齐国的兵士。他是被威力巨大的砍马刀整齐地砍杀，上半身可能已经掉落到墙下去了。

在我脚下，还有一摊紫红色的稀汤，其中泡着一个没有天灵盖的人头，那是一张稚气未脱的少年的脸。他应该是我们齐国兵士，可能被暂时攻上城墙的周军杀掉，杀人者想割取首级报功未成，自己也在城墙上被杀后，弃掉落在地上的。

在血浆、泥土的混稠中，这张少年的脸，嘴角上翘，似乎在欢笑。

放眼望去，城下的周军黑压压的，不停地往上攻杀。阵阵微风吹过，他们的黑衣如同一片巨大的乌云翅膀，凭空压来。

熠熠发光的铠甲和槊尖，呼啸着，前进着，逼上河阴的外城。

不得已，我率领守军退入河阴子城①。

周军各部，势如破竹。周国的齐王宇文宪军攻克武济②，进围洛口③，并攻下

---

① 即内城。

② 在今河南洛阳孟津区。

③ 洛水入黄河之口，在今河南巩义。

洛口东西二城，烧毁浮桥。另外，周国大将李穆、于翼等人也进展顺利，先后攻克我们大齐三十余城。

别无他法，我们齐军只能死守城池，被动防御。

由于河阴子城坚厚，周国皇帝宇文邕猛攻不下，他就指挥军队，掉头猛攻河阳三城[①]。

周军顺利攻克河阳南城后，进围河阳中潬城。

猛攻二旬，由于我们齐国援军陆续来到，城坚壕深，中潬城终未被周军攻克。

最后，宇文邕亲率将士，对他们此次战略行动的目标洛阳城展开强攻。

由于防御有方，我被朝廷委派为洛阳城负责防御的主将。

人上十万，彻地连天。周军一波一波，在洛阳城下发动了多次进攻。

周军的临战队形保持严密，一万多辆战车，分列两翼，车上高扬抵挡箭矢的幔布，驾御者皆手执长槊，步兵躬身，手执短兵，夹在车兵间整齐有序地行进。身穿两当铠甲的骑兵，列队在车队两边和部队的最后端，保持高度警戒。陆进的同时，周军安排得当，一直保持着水路的畅通。他们在黄河水道关隘处设置多层防御，以保证大军及其辎重能顺利沿水路行进。

观察着这个由步、骑、水、车四个兵种密集合成的作战集团，看他们有条不紊地携带所有的武器装备和攻城、筑垒所用器材，不停地展开进攻，我心中就不得不暗暗佩服周人的组织和指挥能力。

周帝宇文邕，确实是一代英武帝王。

最早，我们东边军队的战斗力大大高于西边的周国。神武帝高欢之所以成就霸业，起事之初，在军事上依靠的都是鲜卑或鲜卑化了的敕勒等族种以及鲜卑化的汉人。后来，魏孝帝西奔到长安，随他入关的洛阳六坊鲜卑军士，人数不过万人，其余十多万六坊鲜卑兵，最后大都归依了神武帝。

魏朝分裂为东西两部后，当时我们东魏军队主力都是鲜卑军人，总数达二十万以上。神武帝以鲜卑人打仗，以汉人务农纳粮。当时军中也有汉兵，但与鲜卑兵分开，单立一军，由汉人豪族首领统率。其中最有名的，是高敖曹率领的汉人军。文宣帝高洋建立齐国后，挑选鲜卑兵中勇力绝众者，组成作战能力绝强的精兵，号称"百保鲜卑"。同时，他拣选汉人当中勇力绝伦者，谓之为"勇士"，派他们坚守边境地区。日后，我大齐正式以大量汉人服兵役，但仍采取神武帝高欢时的做法，以汉人兵单为一军，不与鲜卑军人杂处。

[①] 当时，北齐在河桥南、北及黄河河中洲上各筑一城，称河阳三城，为洛阳外围戍守要地。

想当初，神武帝高欢在东魏任大丞相时，于丞相府内设内、外二曹主管兵事。内曹是骑兵曹，掌中兵鲜卑兵事；外曹是步兵曹，掌外兵汉人兵事。齐国代魏后，相府诸司，皆并于尚书省，唯内、外二曹一度不废，改称外兵省、骑兵省，仍掌管兵事。内、外二曹的设立，标志着我们大齐鲜明的夷汉分兵制。武成帝高湛时代，尚书省中的五兵尚书所辖尚书郎，还分为掌中兵鲜卑兵事及外兵汉人兵事两部分。

新帝继位后，佞臣当道。掌管兵权的各级军官，多是朝中宠臣的亲戚故旧以及行贿得官的商贾，军中鲜卑军人和汉族军人摩擦加剧，战斗力急剧降低。

与神武帝高欢为敌的宇文泰的西魏，当时他的手下将士，大多是关陇各族群贼出身，后来，加上随魏朝孝武帝入关的六坊鲜卑兵万余人，主力军总共也才七八万人。随着东西两魏之间的不断战争，由于居住在关陇地区的鲜卑人很少，西魏军作战兵士的补充日渐困难。为此，宇文泰不得不征召汉人为兵来扩充军力。

为了协调治下的胡汉关系，宇文泰让当地的汉人豪族大姓统领这些汉兵，提高兵士的身份，加强军队战斗力。他杂糅周官六军制和鲜卑早期的部落兵制，创建所谓的府兵制。大齐天保元年，宇文泰仿拓跋部早期的八部之制，设立八柱国大将军，正式建立府兵制。天保五年，宇文泰又仿拓跋部早期"统国三十六，大姓九十九"的旧制，以其手下诸将功高者，为三十六国之后；次要战功者，为九十九姓后。而府兵中统兵官，不论鲜卑、匈奴、汉人还是其他族，一律赐以鲜卑部落的旧姓，其所统将士亦从主帅改姓。

府兵制下，共设八柱国大将军。宇文泰自任其一，又兼任都督中外诸军事，实际上，他自己就成为府兵的最高统帅，而另外一个柱国大将军、魏朝宗室元欣，仅挂一虚名。所以，西魏的实际领兵官，刨除宇文泰和元欣，实际上是六个柱国大将军。他们各领一军，是为六军。六柱国下，各设两大将军，共十二大将军；每大将军，各设两开府，共二十四开府；每开府下，各设两仪同，共四十八仪同。

府兵的兵力配备，每仪同领兵千人，开府领兵两千，大将军领兵四千，柱国大将军领兵八千，总兵力大概是五万人。

早期，西魏府兵，包括鲜卑兵、关陇军户，以及关陇豪右所领乡兵，没有一般民户。府兵另附军籍，不被编入民籍，也不负担赋税。他们平时半月训练，半月宿卫，战时出征。宇文邕继位为帝执掌实权后，他将府兵征召对象扩大至上等民户。后来，为了与我们齐国作战和灭掉南朝，他把府兵的征召又扩大至一般民户。由于当府兵可以免除赋税，参军之人益众。西魏境内汉人，大概有一半在军队之中。所以，如今陆续赶来与我们大齐作战的军队，仅宇文邕手下的府兵就有近二十万人。除府兵之外，周国还有另成系统的宫廷宿卫军、镇戍兵、州郡兵等诸军。

宇文氏在西魏国内、军队中实行鲜卑化，只是形式上的鲜卑化，为兵将们改姓改名而已。不像我们齐国，鲜卑人高高在上，汉人广受欺凌。

值得庆幸的是，现在我们齐国军队有坚城可守，如果是与周军野战，必败无疑！

洛阳，四战之地，自从神武帝高欢时代开始，防守严密。特别是城墙四周，除了正常的防御器械，城头遍布"万钧神弩"，一次可同时发射七支铁羽箭的车弩，以及用数头牛才能绞轴张弦的床弩。所有这些弩机，射程都高达七八百步，能够有效地把周军压制在城墙外稍远处。

很多次，弩机发射后，看着一支弩箭同时射穿跑步行进中的几个身穿甲胄的周军，在城墙上，我们的守军总是发出兴奋的呼喊声。

胶着到九月，周军依旧没能在洛阳城下取得进展。而我们大齐皇帝的援军，已经从晋阳出发，距离洛阳越来越近。

仅仅两个月的时间，我瘦了二十斤。昼夜不停，我巡视着，在城墙四周的每一个角落巡视着，不敢有丝毫怠慢和懈怠。

特别在城西，往下看，可以看到这些天来倒在城墙附近周人没有来得及拖走的尸体。我仔细看了看，发现仅仅在西城的下面，尸体堆中就有周军的一个军主、五六个幢长。周军的基本编制是军、幢、队、什、伍，军主手下掌管千名兵士，幢长手下百名到几百名不等。

一个被长槊钉死在城墙凸台上的周军幢长，再往上爬两丈，他就能登上城头。那是一个不戴兜鍪的汉人幢长，他双手紧紧握住扎入身体的槊把，全身的姿态还保持着临死时的紧张状态。他那惨白、湿漉漉的脸上，已经长满了霉斑，看上去好像长了许许多多奇怪的白色胡须。

嗖的一声，我刚刚抬头，一支从周军游兵马弓射出的黑羽箭正好扎进了我肚子。我胸部向后一弯，起先没有什么感觉，很快，肚腹就好像被什么东西咬了一口似的，随即，嘴里涌上一股热辣辣的咸味，血的咸味。

本来，我身上的两当铠甲能够挡住这样的六石的马弓射出的箭矢，但是，这支箭从稍斜的一个角度射入，正好从甲片中钻了进去。

站了片刻，我的眼前发黑，我知道自己要倒下去了……再睁眼，我看到悬挂在城墙上的那个周人幢长张开眼睛望着我，他发霉的脸上露出诡异的奇特的笑意……天地旋转着，我头上的兜鍪沉重得要命，迫使我头朝下要往城下栽去。

几只手从身后把我抓住，我没能掉下城去……我勉强挣扎着睁开眼，看见卫兵们仓皇奔来的兵靴……

夜，星星耀眼。我苏醒过来，四下摸了摸，发现自己躺在城内的府衙内。我渴极了，腹部的痛楚一波一波，使得我不断地呻吟，似乎有一块烧红的煤炭，一直在往我的肚子上面烙，疼得我牙齿咬得咯吱咯吱响。深切感受到这种疼痛，我心情反而轻松，我知道，我死不了。

流血过多，恶心想吐，疼痛难挨。我的睫毛下涌出冰冷的泪花，如同秋天的霜露。

静静地躺在黑夜中，不知道为什么，我忽然想起了与兰陵王高长恭一起的时光。而且，这种思念，让人感到一种比我的伤口还疼痛的刀绞似的心的剧痛。我的记忆，描绘出了兰陵王那张被时间模糊了的、亲切的而又陌生的脸。

多么英俊的王爷，多么勇敢的王爷，他没能死在战场上，却像一只狗一样被毒死在王宫里！

我的心，突然跳得异常厉害。记忆，生硬地把兰陵王骑着高头骏马、手持长槊的形象推移出来。他是那么年轻，那么英武，那么与众不同，如同梦幻中的战神一样，迎着朔方的罡风，他两只火焰般的黑眼睛，炯炯地注视着前方，红艳的嘴唇发出前进的呐喊，在金色阳光的照耀下，手挥黄帜，指挥兵士发动攻击……我全身哆嗦起来。有一瞬间，我仿佛觉得，兰陵王站在了我的身边。他蔑视地看着我全身蜷缩躺着，痛斥我是个败阵的胆小鬼。随即，他的脸变得暗淡，模糊，飘散开去。

我努力睁开眼睛，使劲把手掌撑在床榻上，用力一跳，光脚站在了粗糙的地上。我要回到城墙上，再回到前线！

"大齐是无法挽救的……"黑暗中，兰陵王的声音响起。一种不可抗拒的恐怖，随即袭上我的心头。

我知道，这很可能是我的幻觉。我咬紧牙关，手脚并用，不顾腹部烧灼的疼痛，憋足了劲儿，摇摇晃晃地走出了府衙。

黎明时分，当我重新站在洛阳城墙上的时候，再往下望，从前密密麻麻扎营的周军，一个也无。剩下的，是遍弃残破军械和帐篷的茫茫大地。

原来，眼见师老城下，我们齐国援军日近，周帝宇文邕又患病，于是他下令周军尽弃所下诸城，撤军西还。

临行，宇文邕给我这位洛阳主帅留书一封。在洋洋洒洒赞誉了我守城有方之后，他笔头一转，指斥我们大齐："朝政昏乱，政由群小，百姓嗷然，朝不谋夕。"他表示，明年秋熟，他一定率军再来！

在我怔忡之中，晋阳来的诏使上城，宣布皇帝诏书：

"尉相愿忠心耿耿，坚守洛阳，晋封领军大将军，速至晋阳陪驾！"

诏使不是别人，正是从前携带鸩酒到定阳毒杀兰陵王的徐之范。

"尉大将军，别来无恙！"徐之范没事人一样，对我笑语寒暄。

"徐大人，周军此次是暂时退兵了，但他们的战斗能力确实远远超出我们大齐军队。洛阳四战之地，应该立刻增兵防守，同时，还要修补洛阳大城、河阴大城、河阳三城，不能有半点疏忽啊！"

徐之范丝毫不理会我的焦灼。"尉大将军，仰仗上天洪福，依靠陛下威名，我军大得全胜，周贼已退，何必焦急。再说，你瞎操心，又有何用！皇帝找你伴驾随行，多大的恩旨啊！"

皇帝，年轻的皇帝。

第三十九章　欢乐一日敌千年

腊日①到了。这是大祭先祖和百神的日子。我小的时候，最喜欢到祖母娄太后那里去过腊日。我们大齐的才子魏收，曾作《腊节》，诗曰：

> 凝寒迫清祀，有酒宴嘉平。
> 宿心保所道，藉此慰中情。

寒凝大地的隆冬时节，观看宫内的宦者、宫女四处在桌上摆肉上酒点燃蜡烛，祭祀百神，那种气味和气氛，让我的童年充满了迷醉的欢乐。

祭庙的间歇，我的爱妃小怜善解人意，与我对弹胡琵琶之余，她唤乐师入宫，玉腕悠转，当着我的面，把汉朝宫廷的鼓吹二十曲，尽数改易古名，以叙我大齐的赫赫功德。

第一，改《朱鹭》为《水德谢》，比喻魏朝凋谢、大齐勃兴；第二，改《思悲翁》为《出山东》，歌颂神武帝战广阿，创大业，破尔朱兆的战绩；第三，改《艾如张》为《战韩陵》，歌颂神武帝击灭四胡，定京洛，远近宾服；第四，改《上之回》为《珍关陇》，歌颂神武帝遣侯莫陈悦诛杀贺拔岳，定关、陇，平河外，漠北款附，秦中附服；第五，改《拥离》为《灭山胡》，歌颂神武帝屠灭刘蠡升，以及当时高车、蠕蠕遣使向化的功绩；第六，改《战城南》为《立武定》，歌颂神武帝拥立孝静帝、迁都邺城的事迹；第七，改《巫山高》为《战芒山》，歌颂神武帝在邙山大败西魏十万众的功劳；第八，改《上陵》为《擒萧明》，歌颂南朝梁国入寇，文襄帝派遣清河王高岳一战大胜；第九，改《将进酒》为《破侯景》，讲述文襄帝派遣清河王高岳摧殄侯景、克复河南的武功；第

---

① 中国民间传统节日，在每年的十二月，但是日期不固定，根据每个王朝的五行转换。

十，改《君马黄》为《定汝颍》，歌颂文襄帝派大将生擒西魏大将军王思政于长葛的事迹；第十一，改《芳树》为《克淮南》，歌颂文襄帝派遣清河王高岳克寿春、合肥、钟离、淮阴，尽取江北之地；第十二，改《有所思》为《嗣丕基》，歌颂文宣帝统缵大业、建立大齐；第十三，改《稚子班》为《圣道洽》，讲述文宣帝克隆堂构，宣扬弘文；第十四，改《圣人出》为《受魏禅》，歌颂文宣帝应天顺人、建立大齐的事迹；第十五，改《上邪》为《平瀚海》，歌颂文宣帝命将出征，平殄北荒，击灭蠕蠕残部；第十六，改《临高台》为《服江南》，歌颂文宣帝武功赫赫，梁主萧绎向我大齐称臣；第十七，改《远如期》为《刑罚中》，讲述孝昭帝举直措枉，狱讼无怨的事迹；第十八，改《石留行》为《远夷至》，歌颂我父皇武成帝化沾海外的文治武功；第十九，改《务成》为《嘉瑞臻》，颂扬我父皇时代河清龙见，符瑞总至；第二十，改《玄云》为《成礼乐》，歌颂我父皇功成化洽的功劳。

最后，小怜还勇作主张，摒弃汉朝的《黄雀》《钓竿》二曲，因其音声低回，烦冗粗疏，故略而不用。

如此改易古乐，朕心大慰。当然，自我大伯父文襄帝高澄时代起，我们高家皇族，都喜欢观赏西域杂乐，其中，包括西凉鼙舞、清乐舞、龟兹舞等。而吹笛、弹琵琶、五弦及歌舞之伎，在皇宫中更是须臾不能缺少。特别是我父皇武成帝时代，他本人对此专心致志，宫内乐师传习尤盛。

我本人最喜欢胡戎音乐，耽爱无倦。不知是什么原因，身为帝王，我特爱听哀怨悠扬之曲。每每宴集，乐往哀来，曲终乐阕。在场之人，莫不殒涕。

宫廷乐师中，曹妙达、安未弱、安马驹等人，争献新曲，这三个人，皆因妙解朕意，得获赏赐无数，封王开府。平时，他们身穿簪缨之服，坐弹优伶妙曲，别有一番风味。

小怜入宫后，与我一起，常常对弹琵琶，切磋度曲。昼短夜长，悦玩无倦。人间大乐，一日可敌千年。

自从有了小怜，我的生命就像被某种东西燃烧一样，越来越明亮！

平静的夜。激情的夜。即使在半梦半醒间，我生命的触角也会感觉到那种前所未有的欢欣。小怜，睡觉是如此之轻，连她呼吸的声音我都几乎听不到。夜里，我总是忽然睁开眼睛，在昏暗中仔细看着她，怕她凭空消失……我并非只是对她的肉体这般贪婪，她身上有一种我无法言表的魅力，让我神魂颠倒，不能自已。黑暗中，我能感觉，小怜裸露的背部，那股温暖的气息，如同香熏一样，涌上我的脸颊。那股幽香，别的女人身上，根本无法寻觅。多么想进入她富盈流动的美梦中啊！当我的手指轻抚着小怜蜷曲的修长的腿，余温在手，欲望火烧火燎。闭眼思虑人世间，如果没有小怜，这就是一个奇异的、惨淡的、光线斑驳的牢笼。她的出现，真是上天赐予我的一个无法解释的魔法，让我温柔无限，无法自拔。

我要向她展现一切生命的神奇，让她享受一切生命的快乐！

即使她在睡梦中，那种漫不经心的慵懒，也让我怦然心动。女孩芬芳的气味，她头发的气味，她晶莹的胴体的气味，她爱液的气味，仿佛天上奇境，传来一阵微风，把我的灵魂都吹皱了。有了小怜，我才更真实地感觉到自我，我才能从叠错的迷雾中，从虚浮的玩乐中，找到生存的意义。

在小怜的微笑中，我发掘出我内心中从来没有过的，但确实存在的温柔雾霭，它们漂移着，缓缓漂移着，最终汇入面前这个朦胧、美艳的肉体之中。

每个夜晚的黑暗中，我能够放弃白昼时候那种帝王的威仪，以长久的合目，仔细品味着自己身体里滞留不去的、兴奋的战栗。每一个遥远夜晚，肉身的狂热，都全部化作柔情的内心燃烧。每一次喷射后的惬意，都能让我陷入一种彻底的迷醉。

在昏暗的夜色中，由于不能看清小怜的面容，我反而能体味更多的晶莹之美。混乱的感觉，有的时候被月光照亮。当她娇喘细细，我才重获知觉，欣喜地转向一个新的期待中。

子夜，晋阳宫中没有任何嘈杂的声响。只有风铃，殿檐的风铃，穿过寒冷的夜色，飘过梦幻般的回声。

当黎明的淡紫灰色充溢了房间的时候，另一个美好的日子，就开始了。

清晨，小怜，我的小怜，她优美地侧转身，喃喃地说了几句梦话。她的眼睛睁开，笑了。她轻轻搂住我的臂膀，温热的头发拂到我的脸颊上，丝丝发痒。她的眼睛明亮，脸颊通红，就连嘴唇也闪烁光泽。一夜的休眠似乎让她焕然一新。她轻声笑着，甩开脸上的头发，扎入我的怀中，将嘴凑到我的耳边，用汉语向我诉说着情话。

相比鼻音多多的兀然的鲜卑语，汉语，尤其是小怜这种略带吴地腔调的汉言，音质那么纯净，那么典雅！汉语，真是多么美丽的语言啊！

这个说汉语的吴地女孩子，在每个清晨的一瞬间，用她欢快的笑声，开启我崭新的一天。她的魅力，完美的青春体态，略显娇弱，更加让人心醉神迷。在枕边，她依恋的眼神，头发发出的那种光滑丝质的光芒，西域滴酥一样粉白的、精美的面容，嫣红的嘴唇、扑闪的黑色睫毛，以及她小腹上面两颗细小的血红色美痣，都镌刻在我的记忆中。

模模糊糊，我记得，童年时代做过的一个梦——大概七岁的时候，我梦见宫殿中所有的人都安息了，静得可怕，我穿着一件红色的衣裳，在宫内四处兜转，寻找我母亲的房门。忽然，我发现有烛光在闪耀，地上有一个格子大小的窗子，菱形套着圆形，被青藤或者别的爬藤类植物遮掩，留下微小的空隙。我弯下腰，撩开浓密的遮掩窗户的爬藤枝条，偷偷望去，发现一个燃烧着的神奇房屋。在那里面，一切都是粉红色的。粗糙的背景中，坐着一个一尘不染的小女孩，侧面对着我，正在聚精会神忧郁地弹着胡琵琶……那个小女孩，我梦到过许多次。她的脸，随着我的长大，却越来越模糊。就在某一瞬间，我忽然想起来，梦中的女孩，她是多么酷似小怜啊！

记忆的闸门，忽然被打开，我自己都感到一种战栗的惊奇。原来，她已经生活在我的回忆里，她是一道曾经照耀过我童年寂寞生活的、自然的、灿烂的阳光。

隐隐约约中，我也感到某种危险的魔力。

黎明，玫瑰色的宁静荡漫着。我们静静地躺着，享受着令人眩晕的惬意。

我轻轻抚弄她的头发，扭过头去，与小怜轻轻地亲吻。她的唇颤动着，探寻着，甜腻的气息荡漾在我的鼻孔中。我抚摸着她白皙的脖子，沉浸在亲吻中……我仿佛能灵魂出窍，自上而下，看到我和小怜欢爱的这一幕——寝殿内安静得出奇，仿佛一切的一切都成为我们两个人的背景。燃烧着香炭的房间，暖意洋洋，很像是一幅美好的画。人生如此静谧，我几乎能听到炭渣从熏炉中轻轻掉落的声音，还有，殿角沙漏的微弱滴答声，也清晰地传入我的耳中……

忽然，我向帐幔外面窥视了一下。我小的时候，每次早晨醒来，都习惯性地胆战心惊地缩头缩脑地看一看，我的保母、太姬陆令萱给我讲了那么多鬼怪故事，使得我总是害怕有魔鬼潜伏在床榻的外面，我害怕会蹿出一个浑身青毛的怪物，用它颤抖的手掌抓住我后缩的脖子……我笑了，时光飞逝，我都长大了，那种童年的恐惧还没有完全消失。而小怜带给我的抚慰，一个吻，一次温柔的隔着被子的握手，玩笑般地轻轻拧一下胳膊，或者调皮地拉拉我的耳朵，所有这些温柔，让我的生命进入到一种全新的境界。

蜀锦流苏斗帐，四角的纯金龙头，即使昏暗中，也发出烁烁幽光。龙头衔叼的五色流苏，低垂飘逸，让人神闲气定。我仰望帐顶，巨大的金莲花中，挂悬着金箔织成的纨囊，其囊可受三升物，全部盛满奇彩异香。这样的夜晚，这样的早晨，这样香气氤氲中，小怜，更加像睡梦中才得见的仙子。

有时候，躺着，无聊发呆，我也会想到我母后那张熟悉而陌生的面孔。她依旧那样严厉和无情。她那略带嘲讽的眼睛，微微扬起的眉毛，专横独断的往下垂奔的嘴角，那张脸，许多次在梦中俯视我，朝我射来恫吓的、仇视的、冷冰冰的目光！与之相反的，当她看着我弟弟琅邪王的时候，却是那种温暖、慈爱的目光……只要想起我母后，想起她的脸，许多不快甚至悲伤的记忆，就统统复活了！

不过，虽然我曾暗中发誓要报复我的母后，但是，在每个阴暗的黄昏或者酒醒的早晨，我还是朦朦胧胧地有一种希望，希望她能像我很小的时候那样，和气地握一握我搁在被头外面的手。如果这样的情形出现，我肯定也会紧握住她的手，我肯定也会像儿时一样，涌上欢快的眼泪来……只是想想而已，我现在很怕被她毒死。其实，她现在毒死我，也没有用，我的弟弟琅邪王死了，她再无亲生儿子继承皇位……一种发自内心的反感，我对母后的反感，不能轻易消除。

当晋阳早晨的太阳升起的时候，当小怜像一朵鲜花盛开在我面前的时候，所有的不快，都像雾气一样消失了。这个时候，我明明白白地知道，我是大地的主人，我是人间的帝王，我可以为所欲为，我可以让欢乐永远延续下去！

殿前，银质的百五十支灯，如同火树，蜡泪凝结，看上去好似火红的花朵。透过云母幌帘，秋天的晨光更加透明。

宫人们忙忙碌碌，开始在殿外搬运各种绝色的锦绣，我能叫上名字的，有大明光锦、蒲桃文锦、大茱萸锦、凤凰朱雀锦、韬文锦，以及蜀绨、紫绨，还有青绨明光锦、绯绨登高文锦，等等，堆在排架上，在阳光下熠熠闪光。所有这些东西，都是白日里我和小怜观赏乐舞或者杂耍后，用作赏赐的物品。

宫女鱼贯而出，她们列成长长的两队，分打着五明金箔莫难扇。这种宫扇，据说是十六国时代赵国①的石虎所制。匠人们薄打纯金如蝉翼，两面涂饰以彩漆，描画奇鸟异兽和仙人于上，在五明方中隔出三五寸大小的格子，以云母贴之，细镂精镌，明彻通灵，它们以此得名。

在这样的仪仗中，我与小怜坐乘肩舆，来到大明殿。

御食游盘②四重，紫金打造，金银参带，共二百四十盏，雕饰精美。参带刻镂之间，茱萸画微细如破发，近观方能得见。

我喜爱的一个绿睛黄发的胡儿，跪在不远处，横竹在手，呜咽而吹。三个石国男童，跳起飞旋的健舞。

笛音缥缈，长带飘摇，开始了梦幻般的一天。

小怜头上的步摇晃动着。随着她的进食，热气把她粉嫩的脸熏蒸得更加神采

---

① 指后赵。

② 类似现在饭店内能转动的大小桌面。

焕发。天蓝色的琉璃耳珰，显衬得她脖颈更加白皙。她手上戴着天竺迦毗黎国进贡的金刚指环，指如葱根，修长洁白，让人联想到她的玉足与玉趾。酥胸之上，一个双螭鸡心玉佩白腻可人，但相比小怜的滑腻肌肤，就连这美玉的温润也逊色不少。

当我还是个孩子的时候，我那么贪婪地望着挂在我父皇墙上的大齐地图。神思恍惚中，我梦游了整个国家。旅行，对于一个孩子来说，太吸引人了。但是，我当皇太子的时候，当儿皇帝的时候，我的弟弟、琅邪王高俨，他出门却要比我多得多。父皇往返晋阳，一般都留我在邺城，而是带着他四处旅行游玩。我总觉得，旅行能让人产生敏感的灵性，喷发一种放松的活力。即使原野上恐怖的闪电暴雨，也能让人振奋莫名。如果只是待在宫殿中，生活，就会像无色的风一样，淡然飘去了。一切，都会索然无味。

我的小怜，和我的想法一模一样，她喜欢远行，喜欢陌生地方的新奇与风景。

对于一个帝王来讲，巡游，当然不是什么过度的欲望。好奇，是我与生俱来的奇癖。当我骑马行走在山间、草原、平原，以及蜿蜒的河边的时候，我心中就会有一种发狂的复杂的巨大期望。在我的脑海中，每一条想象的道路都会分出无穷的岔路；然后，再分岔；岔路再分岔，以至于没有穷尽。

如果让我无聊地待在某个地方的宫殿，那真是如同梦魇一般。我整个冰冷的童年岁月，就是一直待着，待着。枯坐着，读书，读书，枯坐。我又不是僧人，怎能忍受那种别人无法理喻的寂寞呢？小怜，那么善解人意，她的想法，似乎一直与我的灵魂相契合，似乎我们很久以前就是老相识，似乎前世我们就是伉俪，似乎我们从前都曾做过相同的梦。

两个人，有那么多奇异的相似处，确实不同寻常！

宫阙的高墙长垣上，太阳已经升起老高。一夜之间，小怜好像又青春了许多。只要我的眼光停留在她身上片刻，一种荡人心魄的狂念就会勃然升起。她光润灵透的眼睛和温柔娴雅的姿态，使得她整个人在我面前一直晶莹闪光。当着那么多的宫女、宫廷乐师、禁卫军将士、弄臣、杂耍艺人，我常常会陷入对小怜面对面的思念幻想中。我拉着她的手，听着她咯咯的笑声，却想象着她夜晚的颤抖、身体因为愉悦而发出的轻微痉挛。她张开的唇角，火烫的耳垂，被我干渴的嘴唇亲吻着。阳光下，群星在我们头顶闪着清幽的光辉。而小怜那张孩子气的美丽的脸，是那样充满生命力，总是清晰异常，闪烁着莫名的光焰……在我的白日梦中，她总是把她美妙的头颅向我轻柔地投转过来，哀怨地微合双眼，战栗的嘴呼出甜美的薄荷般的气息，用她搽着唇膏的嘴唇摩挲我的脸颊，幽幽地靠近我，从我胸中吸走我的灵魂，我的生命，我的渴望，我的梦想。

"陛下，广宁王高孝珩求见。"宦者来报，一下子打断了我欢快的幽幽思绪。

广宁王高孝珩，是我大伯父文襄帝高澄的第二子。这个堂兄，风神俊爽，多才多艺。在我们大齐，他历位司州牧、尚书令、司空、司徒、录尚书。我做皇帝后，委任我的这位堂兄为大将军、大司马。究其然也，宗室名王，领衔而已。果真让他带兵，猜忌顿起，反而是害他。他的四弟兰陵王高长恭勇武绝伦，但说话太不谨慎，已经被我赐酒毒死。我之所以给这位广宁王堂兄以大将军、大司马的职衔，其实正因为他从来没有真正指挥过战事，而且，他看上去弱不禁风，近年来又病肺，根本没有能力造反。

广宁王高孝珩爱赏人物，学涉经史，文章写得极好，广有技艺。他擅画苍鹰，为我大齐第一，见者皆叹以为真。此外，他在我父皇武成帝在位的时候所画《朝士图》，一时被引为妙绝。

广宁王向我施礼后，开门见山，说："启禀陛下，周军虽然撤退，大战劳民伤财，各州郡捉襟见肘，加上各地天灾人祸，如果不开源节流，军国资用不足。周军如果再来，不知道我们如何凑集军费去抵御！"

我本以为广宁王入宫，是与我谈论吹笛技艺和丹青画法。见他表情如此严肃，顿觉清兴被搅，我颇感不悦。不过，近为宗室，他直言如此，应该是出于忠心。

"……好吧，以朕名义拟旨，对国内关市、舟车、山泽、盐铁、店肆等等，开始重新征税，轻重有差，不要马虎……对了，可以在国内开酒禁，允许民间酿酒。或许，这样一来，酒税可以抽取多些……"想起前日韩凤、穆提婆与我饮酒时候的建议，此时正当其用。

广宁王面露难色。他犹豫片刻，想要再说什么，话到嘴边，没有讲出。

这位堂兄还算是很聪明，他的大哥河南王高孝瑜和他的三弟河间王高孝琬，当年也是因为多嘴多事，贸然出语不逊，皆被我父皇杀掉。

"陛下，司徒赵彦深薨逝，不知皇上是否已经命礼官给他赐谥？"

赵彦深此人，乃我高家旧人，自我二伯父文宣帝高洋时代，他就得任要职。我继位后的武平二年，得拜司空。不久，瞎子祖珽在我面前讲他坏话，赵彦深就被我下诏出为西兖州刺史。武平四年，祖珽失势，他复被朝廷征还，从司空公迁转司徒公。不久，由于丁母忧，这老头子回家守丧。

对于这个官场老滑头，我基本谈不上有什么好感，不过，也没有什么恶感。

"七十老翁，暴疾而薨……至于谥号，容礼官详议。"我敷衍着广宁王。

"我们大齐宰相，自文宣帝至今，善始令终者，唯赵彦深一人而已……"广宁王似乎还有话说。

我打住了他的话头："昨日与昌黎王韩凤商议，近日朕出游各宫，晋阳十二院宫落成，急需宫人充入其中。拟旨，在国内括杂户女，年二十以下、十四以上未嫁者，名单悉集于省，隐匿者，家长处死刑！"

广宁王高孝珩闻言，若有所思。他没有再进言，默默点头，拜舞而退。

第四十章　惊涛舟已漏

除夕。凛冽的寒风，透明的、让人睁不开眼的灿烂阳光，鼓声阵阵、脚步声声的大傩舞，每块重达五十七斤的皇宫厚砖地面……晋阳的早晨，充满了旺盛的生气勃勃的假象。

除夕大傩，始于魏朝和平三年（公元462年）的军傩。当时，魏朝借岁除大傩之礼，耀兵示武，日后成为制度，一直流传下来。魏朝的傩舞盛况空前，他们在都城皇宫摆步兵大阵于南，陈列骑兵大阵于北，各击钟鼓，以为节度。步兵各队，分别穿青赤黄黑，共为四队。盾槊矛戟，各队执兵不同，排列有序，周回转易，作进攻势态。阵法方面，有飞龙腾蛇之变，函箱鱼鳞，四门之阵，变化多端，共十余种阵法。那些参加演习傩舞的兵士，都经过专门训练，喝呼呐喊，跐起前却，莫不应节。演阵结束后，南北二军皆鸣鼓角，作吼声。作为观众的皇帝、王公大臣们，也都在一旁大声叫喊示威。最后，南北二军，各令骑将六人去来挑战，马军、步军，更相进退，做相互进击状。当时规定，军傩演习，南军败，北军捷，以此结果来表达魏朝征服南土、扩展疆域的意愿。

如此盛大的军傩，到我们大齐的时候，演变成岁终演武祭祀仪式中戴面具的群体傩舞，兼备祭祀、实战、训练、娱乐之功能。但从规模上讲，我们大齐的岁末大傩要小得多，演示者也从军人变为乐师子弟。

按照我们大齐规制，季冬晦日，选乐人子弟十岁以上、十二岁以下为"侲子"，共二百四十人，集体表演傩舞。其中，一百二十人头戴赤帻，身穿皂襦衣，手执长簧；另外一百二十人，身着赤布裤褶，高执鞞角。为首指挥的傩舞领队，头上高戴着黄金四目面具，熊皮蒙首，玄衣朱裳，执戈扬盾，边跳边唱；还有一百二十艺人，身穿彩色兽衣，模仿传说中的穷奇、祖明之类的瑞兽，共十二种，毛茸角立，蹦跳雀跃。

所有这些傩人，依照鼓吹乐声的节奏，总归中黄门负责引导，军中仆射骑马指挥，在皇宫内舞跳呐喊，以逐恶鬼。

这一天，戊夜三唱，城内诸里门开，傩者从四面八方聚集，被服器仗，排列队伍，严阵以待；戊夜四唱，开诸城门，二卫皆严。上水一刻，皇帝常服，即御座临观。王公大臣和执事官，从一品以下、六品以上，都要陪列预观。

一切准备就绪后，舞傩者鼓噪，入殿西门，在皇宫禁内四处游走舞蹈。而后，他们分成两队，分出二上阁，在庭院内作十二兽傩戏，喧呼周遍，前后鼓噪。

最后，他们出殿南门，分为六道，出于郭外，四处旋舞。

相比魏朝原先的军傩，我们大齐的傩舞，更像是演戏。

让我心中暗悲的是，傩舞中还有人戴大假面，演舞《兰陵王破阵曲》。此情此景，让我陡然追忆起被毒死的四弟兰陵王高长恭。

我紧闭眼睛，把泪水吞入肚里。阳光，在我紧闭的眼皮上化成了粉红。

晋阳的岁末变得毫无生气，没有任何蓬勃的生机。瞬间，在光怪陆离色彩的后面，我感觉光线一点点蓄积起来，甚至堆积起来。这色彩越来越深，天空逐渐变成一片深色的肉红。玫瑰色的天空，真让人惋惜。

在王公席上，与皇帝距离很近，我真切地看见了冯小怜。这个吴女，那么年轻美丽，超出常人的想象。她的仪态，自始至终，显得异常放肆，又特别优美。我知道，在大齐，连皇后都没有这样的做派。

天生尤物，祸我国家！

她把胳膊支在桌上，琉璃酒觞举到前臂之上，表情中有一丝倦慵的懒散，看似无精打采，实际上是一种让我们大齐年轻皇帝心醉的纯洁傲慢。我发现，她的目光，时时在傩舞的队伍中瞬息闪过，再转向她身边的皇帝。从她目光中，可以感到谦恭的、真诚的、谄媚的温柔。

可以看出，这个女子，对于皇帝来讲，不仅仅是感官享乐那么简单。举手投足间，我在她身上发现一种魅力的威望，那是一种可以让男人迷醉不能自拔的诱惑！

看着她鲜艳犹如玫瑰的脸，看着她双颊上盛开的笑容，看着她言笑间如白色睡莲花蕊的嫩舌，我可以想见，她的魅力，并非源于意志力，而是源于致命的能迷惑男人灵魂的娇媚。她不是那种自命不凡的、美貌的女子，她的魅力，正在于她的不自知……

记得我九叔武成帝末年，他曾梦见有一只巨大的刺猬，连天接地，冲撞而来，最终攻破邺城。梦醒后，他四处祷解，广求巫师，最终想出一个办法——在大齐境内大肆索求刺猬油膏，想以此杀尽刺猬，破除噩梦。不过，我王府中有解梦的道士，曾经悄悄对我讲，当今皇帝，名字叫高纬。刺猬，猬者，纬也！二音相谐，乃我大齐灭亡之兆！

自从冯小怜受宠后，我们大齐的宫内宫外兴起一种"腾鸟"发型，妇人女子，皆剪剔青丝，以着假髻，发型危斜，状如飞鸟，髻心正西，高翘危耸。有识者断言，这种发型，喻示元首剪落、穷迫西奔。

此外，邺城、晋阳二城，儿童游戏，喜欢以两手持绳，拂地而却上跳，边跳边口唱"高末"。至于原因，人皆不知。"高末""高末"，莫非暗喻我们大齐高氏运祚之末？

国家乱亡，皆有预兆。当今皇帝继位以来，灾异屡兴，人心危恐。

大齐皇帝，我的这位堂弟，本性怪异，特爱非时之物，常常取求火急。诏旨一下，佞臣、群小，趁机巧取豪夺，损公肥私，中饱私囊。加之赋敛日重，徭役日繁，人力既殚，币藏空竭。

皇帝的另外一个爱好，就是增益宫苑。晋阳十二院宫刚刚修建完成，他又下令在邺城建造规模宏大的"偃武修文台"，营制之广，甚于三台。冯小怜受宠以来，皇帝更是专门为她一个人，在皇宫内建造镜殿、宝殿、瑇瑁殿等殿宇，丹青雕刻，妙极当时。损财耗力，以至于达以万亿。

皇帝，有着纯粹是鲜卑子弟类型的俊脸：白皙的皮肤，栗色的头发，眼睛秀美，风度翩翩。他幼年在宫中接受的儒家教育，让他坐有坐相，站有站姿。高雅，似乎已经成为他的习惯。由于他的父皇武成帝死后，皇帝无人管束，他特别喜爱骑马射箭。运动多了后，他的肩头变得很宽，胸部很发达，手臂肌肉暴突，非常有力。仔细观察他的脸部，还是能从中找寻到他父皇武成帝身上那种性格冷酷的标记。平时，对待我们这些宗室兄弟，他表面上保持温和亲热的态度，嘻嘻哈哈，笑脸殷殷，这是他一直给人的印象。其实，这位年轻的皇帝，我的堂弟，只是外表随和而已。他杀起人来，一点也不含糊。他的弟弟琅邪王高俨、哥哥南阳王高绰，还有，我的四弟、他的堂兄兰陵王高长恭，都被他先后下令杀掉。

作为帝王，他俊秀的脸上，总会闪烁出深沉而坚决的目光。那是杀人的目光，嗜血的目光，真的叫人内心震恐。当然，他头脑冷静的程度，到底有多深，我们宗室王公，都不敢妄下判断。

皇帝的极端权力，使人的性格变得失去本来的面目，也使得旁人没有足够的胆量和机会对他产生真正的判断。

曾经短暂的时间内，皇帝迷恋丹青绘画。大概仅仅一个月的时间吧，我总是被召入宫，教他笔墨、勾勒、设色的技巧。我发现，他其实非常不擅长与陌生人交往，一般人，也鲜有契机能深入探究他到底在想些什么。平时，他表达什么事情的时候，音调平缓，似乎不含情感。安静状态下，我甚至能发现，他隐含的忧郁多过愉快。从本质上讲，他不能从精神的层次领会那种描画丹青的平静乐趣。有时候，他对技巧性的东西无能为力，非常焦躁。没有多久，皇帝就沉浸在骑马、射箭、游玩当中，完全失去了学习绘画的兴趣……

满怀怅然和忧虑，带着皇帝赐予王公大臣的椒酒、桃汤、五辛盘、却鬼丸①等东西，我回到自己的广宁王府。

午后时分，人倦意乏。我展开卷轴，书写南朝徐君倩的《共内人夜坐守岁》诗：

> 欢多情未极，赏至莫停杯。酒中喜桃子，粽里觅杨梅。
> 帘开风入帐，烛尽炭成灰。勿疑鬓钗重，为待晓光催。

写毕，心情稍感愉快，又书庾肩吾的《岁尽应令诗》：

> 岁序已云殚，春心不自安。聊开柏叶酒，试奠五辛盘。
> 金箔图神燕，朱泥却鬼丸。梅花应可折，倩为雪中看。

这两个梁国文人的诗文都是我平素所喜。

除夕落寞，只能饮酒书诗，以遣愁怀。

醺醺然间，门人来报，通直散骑常侍卢宗道来访。

卢宗道的父亲卢文伟，字休族，范阳涿郡人，世为北州冠族。魏朝孝庄帝被尔朱兆杀害后，卢文伟与河北的高乾兄弟共同起兵反对尔朱氏。神武帝率兵至信都，卢文伟遣子卢怀道奉启陈诚，获封为安东将军、安州刺史。所以，卢氏家族，算是我们大齐的勋臣之一。最早，我和卢宗道的侄子，即他哥哥卢恭道的儿子卢询祖关系亲密。卢询祖袭祖爵“大夏男”。此人翩翩美男子，富于术学，文章华靡，在文宣帝时代，他常常当庭书写表文，文不加点，辞理可观。当时，他为赵郡王妃郑氏制挽歌词，其中有一篇非常动人：“君王盛海内，伉俪尽寰中。女仪掩郑国，嫔容映赵宫。春艳桃花林，秋度桂枝风。遂使丛台夜，明月满床空。”一时间，洛阳纸贵，流传甚广，达于南朝。可惜，天妒英才，卢询祖年纪轻轻，忽染重病，撒手西归。

---

① 都是岁末除夕的宫廷御用以及民间常用的保健饮品和食物。

这位卢宗道，本性粗率，自称任侠尚义。我参加他侄子葬礼的时候，得机与他倾谈，才得与他相识定交。当然，卢宗道在我们大齐，也是非常有名的人物，他不仅出身名族，勋臣袭爵，而且在朝中历任尚书郎、通直散骑常侍。此人精通古音义，曾著《魏志音》一卷。音义体，起于汉魏之际，以注《汉书》开始。魏晋以来，文人墨客都特别重视《汉书》音义。音义体，有释音为主，也有人兼及释义，还有人以发义为主，一般都是音义兼释。魏晋时期，嵇康就写过《春秋左氏传音》，稍后，诸葛亮也曾著《汉书音》一卷。到了南朝，梁国的包恺著有《汉书音》十二卷。而我们大齐，就数卢宗道《魏志音》一卷最为有名。

不过，近来，我与这位卢宗道的关系日渐疏远。他与朝中韩凤、穆提婆等人交游过密，赠送金宝，大行贿赂，并得授行南营州刺史一个实职。自以为得任州官，他大集乡人，杀牛聚会。其间，有一旧门生酒醉，言辞之间，微有疏失，竟然被他当场派人扔入水中淹死，时论大哗。

此次来府，卢宗道号称前来拜别辞行，我也不好找借口把他拒于门外。

"广宁王殿下，数日不见，你清减许多啊。"卢宗道打着哈哈，向我行礼。

我赶忙还礼。

卢宗道有一种讨人喜欢的华丽面孔，他的眼睛，似乎总能穿心透肺般地看穿别人。寒暄之间，他打量了一下我，可能从我对他的过分客气，发现了我对他隐隐的疏远。

我这个人，作为宗室，虽然个性平庸，但还是很难强行改变自己心中固有的准则，不愿意强迫自己去和不喜欢的人周旋。

堂下，卢宗道带着的几十个从人，携带着食盒、乐器一类的东西，看这架势，他显然是要与我置酒高会。无奈何，我只得派人唤来几个门生、王府清客以及岁末前来祝贺节庆的尉相愿等人，齐集堂上，与卢宗道应酬。毕竟，他要远去外地当州官。而尉相愿，乃我王府旧友，他因为守卫洛阳有功，刚刚被朝廷委任为领军大将军。

饮酒开始的时候，大家都很平静。卢宗道侃侃而谈，他以讲演的风格和语调，谈笑风生，纵横捭阖。

这种北州豪杰出身的人，总能焕发一种发自肺腑的超强热情，加之他清晰的语调，生动的语言，一座皆为其倾倒。他本人有一种力量，能使听客的内心为之震颤，言谈久之，有时候，即使内心极有主见的人，也会被他蛊惑和感化。

他的侃侃而谈，自始至终都洋溢着一种奇怪的痛苦感、高尚感。他不断严厉地抨击时文，臧否人物。其实，他的滔滔雄辩，都是充满混浊的、没有任何实际意义的失望之渣。正是他内心躁动着的无法满足的求官欲望，使得他愤世嫉俗。

可叹的是，这样弄嘴舞文的人，就算是我大齐的精英了。

知道我精通投壶之戏，卢宗道非要与我比试。春秋时期，投壶内都加入豆子，防止投入壶中的箭跃出。汉武帝的时候，投壶之戏得以改进，柘木箭也改成了更加有弹性的竹箭，游戏者故意让箭投入后弹出，技高者可以使箭每次击中壶以后都能准确跃回手中，称为"骁"。这些年来，我们大齐国内玩这种游戏最好的，要数我和我四弟兰陵王高长恭。我们有新发明，每次投壶，都在壶前加一个称为校具的小樟木屏障，使得投壶难度更高。

勉强之间，加之身体不适，我投壶很不准，十有九失。卢宗道反而特别兴奋，一箭竟然能中五十余骁。投得兴起，他最后竟然闭目投壶，也能中二十多骁。

我笑笑，表示自甘下风。其实，卢宗道却也无聊，班门弄斧。大齐，只有我广宁王能投出"莲花骁"，也就是说，我能让投入壶中的箭反弹出来，正挂悬于壶耳之上，形如莲花。

我坐在堂上，无聊地望着王府中古杉夹道的路径，看着强劲的寒风把秃枝吹得左摇右晃，希望这位州官马上离开我的府邸。

恍惚间，堂前鹅卵石筑成的马道上，又有一行人前来。大概十余人，为首的是一个妙龄女子。越走越近，才发现她手持箜篌。

"广宁王殿下，这是我去年从南地买来的一个歌伎，演奏箜篌，已臻妙绝之境！"卢宗道大着嗓门说。

显然，他兴致正高。

见宾游满座，大家都兴致勃勃，我只能强装笑脸，颔首示意。

这个南地歌伎模样十分俊秀，伶俐聪颖。她非常知礼，临坐前，向我和在场的客人行礼致意。

她所弹奏的，是二十五弦的竖箜篌。清纯、柔和、稳定的乐声，水银泻地般，又似从透明的宇宙中发出的天籁，清亮、浮泛、飘忽，有如泠泠的雪山清泉，飘荡在玉石路上。

由于歌伎的揉弦、滑弦等压颤技法非常独到，琴声韵味奇特。她的拨弄，转换频繁，使得箜篌发出特别丰厚的和声。尤为可叹的是，她能用两只手不同的手指，同时迅捷地拨动不同音高的弦，再用对应手指相互施展揉弦手法，使得箜篌的音域更为宽广，音色更为柔美清澈。

包括我，在场所有人，都沉浸在这美妙的乐声之中。像阳光驱散雾气，风暴吹没沙尘，汩汩乐泉，让人心大净！

乐毕，凝望着歌伎雪白的手，我不禁赞叹道："多么纤素的一双玉手啊！"

"殿下，既然您如此喜欢，我就把这个箜篌歌伎，作为岁末礼物，送与王爷您了！"卢宗道哈哈大笑着说。

"使不得！使不得！"我连忙摇手。

忧心的恶魔，天天困扰我。国事江河日下，谁还有心思在府中赏乐听歌。

酒意已经有七八分的卢宗道把脸一沉，忽然不乐。他拔出佩刀，三两步走近歌伎，挥刀就把那个价值连城的竖箜篌从中砍为两段。然后，他恶狠狠地说：

"王爷如果不赏脸收下这个歌伎，那么，既然您喜欢她的素手，我就把她一双手砍下，送与王爷！"

这个自称任侠尚义的文士，翻脸后，完全像个十恶不赦的恶魔。

歌伎面如死灰，兀自跪在当地战抖。

"卢使君，您不是燕太子丹，我不是荆轲，何必做如此之举！"我冷冷回话。

如此小人，倚恃朝中韩凤、穆提婆在后撑腰，竟然敢对我这个宗室王爷如此无礼。

卢宗道身子摇了摇。他嘿嘿一笑："广宁王，您好忍心，莫非想仿效东晋的大将军王敦[①]？既然如此，我就把歌伎的手卸给您看！"说着话，他举刀砍下。

我心惊肉跳！

当啷一声，白光一闪。座上忽然有人跃起，以刀挡击，弹开了卢宗道的手中刀。

原来，出手之人，乃席上坐着的领军大将军尉相愿。

他哈哈大笑。"王爷，卢使君如此盛情，奈何不受！"

……我累了，感觉自己全身的骨头都碎了一样。我的胸部发闷，头上发烧。

送走了卢宗道这个瘟神，我怏怏地半躺在坐床上，恨气满胸。

如今的这种生活，说穿了，更多的就是恐惧。如果延搁下去，肯定就是真正的死亡。我们大齐羸弱的躯体，其实不值得我去眷恋。但是，作为宗室，抵抗社稷、国家的死亡，是我长期的、绝望的职责。

焦虑的恐惧，噬咬着我的心。

恨恨之余，我有气无力地问那个抖成一团的歌伎："你叫什么名字？籍贯哪里？"

---

① 《世说新语·汰侈》："石崇每要（邀）客燕集，常令美人行酒；客饮酒不尽者，使黄门交斩美人。王（导）丞相与大将军（王敦）尝共诣（石）崇。丞相素不能饮，辄自勉疆（强），至于沈（沉）醉。每至大将军（王敦），固不饮，以观其变，已斩三人。（王敦）颜色如故，尚不肯饮。丞相（王导）让之，大将军（王敦）曰：'（石崇）自杀伊家人，何预卿事！'"

　　"……冯妙怜，我是南朝人，我父亲十多年前被掳至大齐……我一直跟随我姨母长大，在建康过活。最近，姨母病死，我为亲戚所卖……"

　　电光石火间，我悚然一惊！

　　这个冯妙怜，不会和皇帝的宠妃冯小怜有什么干系吧！

第四十一章　今天，永不褪色

"小怜，小怜。"皇帝每次叫我的名字的时候，我都能深刻感受到，他对我怀有深深的怜爱之情。

人的一辈子，有短有长。而我，大受君王宠爱的这一年多里，美妙回忆多得几乎满溢而出。从一个刚开始的时候见到皇帝就快乐、激动得浑身哆嗦的宫女，几经沧桑，到现在成为皇帝须臾不可离开的女人，这种油然而起的美妙，有时候，我闭起眼睛回想，都感到窒息般的不可思议。

时间虽然不久，皇宫的生活，却已经留给我长久的缅怀和无尽的梦幻般的回忆。如果给我一个和我母亲一样的寿数，我肯定在日后的几十个春秋，只凭这短暂的幸福，就能心安地过着普通的生活。

因为，天堂般的极乐，都被我过早地挥霍。

帝王的爱，那样辉煌，简直就是一场铺天盖地的华丽风暴。我，活泼、轻快、年轻、幸福……豪华、青春和美貌，这是改变我生活的一切吗？快乐，能通过我的五情七窍以及所有的毛孔对外展现吗？与皇帝同坐在华丽的辇车上，即使是个普通的女人，也会光彩照人。

我的美貌，从镜子里面，我自己都能发现。我的脸，现在平添了一种高贵和妩媚的气质，那是画者的笔尖无法表达出来的。特别是当我灵巧地摇晃着头上的翠饰，掀弄着我的长裙、丝带，闪耀着我全身的五彩缤纷的时候，在皇帝的眼中，我总能看到由衷的柔情喜悦。

由于皇帝在我身边，我可以在任何地方引起震颤。所以，打扮得漂亮，是我唯一的乐趣，也是皇帝的唯一乐趣。我如此年轻，用不着浓妆艳抹。

我的美貌给自己所带来的愉快，应该也会让后宫别的女人产生嫉妒。

即使晋阳的冬天有时候阴霾满天，冷风呼呼，只要我和皇帝在场，皇宫内外，都暖意融融，似乎就是永无尽头的春天。

西域进贡的一种金黄色的脂粉，我试搽了一次。我觉得，自己的脸孔，经过奇异脂粉的覆盖，变得更加柔和，就连眼睛也增添了奇异的光彩。

皇帝，完全醉心于我的柔媚。他多么像个孩子啊，天天赞赏我首饰的繁多和梳妆打扮方面的花样翻新，无时无刻不围着我转。

快乐，有时候复杂，有时又简单。

四处游乐，不仅是皇帝的天性，也是我的天性。即使在寒冷的冬天，我也喜欢与皇帝一起骑马。

我们常常并骑入荒郊，进入晦暗的密林，沿着杂草丛生的野径，在荒芜中尽情地驰骋。灰白多节的树干，闪电一样从我们面前闪过。有的时候，马跑得太快，我们搞错了方向，甚至会在短时间内迷路。

立在高岗，看着卫士们发狂一样四处狂奔寻找我们，我和皇帝都会纵声大笑。

当夜色和密林的灰暗，同时笼罩着皇帝与我，环顾四周，静无一人。那种时候，我都会感到自己被一种忽然而又绝望的幸福感哽咽住。我会屏住呼吸，扭头仔细看着他，仔细打量他，巨大的喜悦总是会压住我的嗓音，使得我在我们独处的时候反而沉默了。

皇帝的外形，似乎比我初次见到他的时候更加健壮。他的腰背笔直，浑脱帽①下的头发，光泽十足。他白皙的面容，即使阳光和罡风，也无法使其粗糙或者变色。还有，他又大又黑的眼睛，眼睫毛长且浓，有一种柔和的魅力，圈围着他那一对美丽的眼睛。皇帝的眉毛，画过一样，异常清晰。他白皙光滑的额头，因为纵马驰骋，泛起更加活泼的色泽与光彩。他的脸颊呈椭圆形，鲜嫩滑润。嘴唇红彤彤的，外形非常可爱。特别是他那整齐而闪光的牙齿，笑起来说话，漂亮得让人不胜惊讶。

只有我，冯小怜，才敢于这样仔细、无忌地打量皇帝。我总觉得，皇帝，任何哀伤，都不可能也不会销蚀他玩乐的冲动和强劲的活力。而我蓬勃的美丽青春，更使得他精力十足。

有的时候，特别是朝臣递上边境情况的奏章的时候，皇帝的嘴就紧抿着，他的脸也会异乎寻常地严肃起来，很长时间默不作声。不过，当我的手放在他的手上的时候，他就会抬起眼来，凝视我。笑容，渐渐洋溢在他的脸上。一种搜索探寻、意味深长的目光，就随着那浓浓的笑意，驱散了短暂的忧虑。皇帝，他那晶莹的眸子，确比女人还要漂亮啊。

---

① 一种鲜卑式样的有护颈的帽子。

　　皇帝的眼睛里，即使在白天，也闪烁着一种难以克制的激情。酒醉的时候，他的脸会烧得通红。我喜欢躺在他的身边，看着他的胸部起伏，感觉着他那颗温柔的复杂的心。我知道，皇帝对于一切约束都感到厌倦，他不喜欢任何违背他意愿的事情，也不希望那些坏消息扩散开来。他在骑马射箭的玩乐中，感受着他自己和国家的强劲有力，享受着帝王的至尊自由。当他坐在御榻上，与朝臣说话的时候，他总是显得非常不耐烦。他握紧拳头，看得出，他是在竭力控制他自己的暴躁。

　　皇帝喜欢狗，波斯狗。狗，确实让人体会到一种竭诚的渴望。这些喜欢晒太阳的高大雄壮的动物，听见走近的人声，常常会警戒地回过头来。只要见到皇帝，它们就会把毛茸茸的长尾巴甩摇，尖耳朵耷拉下来。吊梢眼角的，银灰色的，黄色的，数条大狗，凝神看着我们，尖鼻子嗞嗞着，挨近皇帝，驯顺地趴下身去。

　　我特别喜欢一只叫银雪的波斯狗，它的毛发，一根根仔细看去，尖上黑色，中间纯白，而贴着皮肤的根上，又是灰的。用手抚摸，它的皮毛上就像下了一层霜。据说，这种狗，莹洁的银色纹路越多，就越金贵。

　　相比于人，狗，让人更加放心。

　　多么希望这个世界，只有我、皇帝和狗。这样，我们就不会有孤独的生活，也不会有未知的危险。我和皇帝的心灵，都是不受人情世故支配的心灵。我们的心，肯定都是最明净的。佛说，现世瞬息即逝，我见，大千世界如缕不绝。听僧尼们说，只要我们，我和皇帝，能一直厮守着宫廷的绿荫，互相倾听着我们心中的秘密的、来自前世的语言，肯定就会摆脱这浊世的枷锁。最终，我们一定会一道超升，永远活在不灭的极乐中。

　　在许多个晚上，我睁大眼睛，会觉得自己只是一个声音或者幻象。幸福，我多么害怕它忽然销声匿迹啊。只有皇帝对我的夜半耳语与低声呢喃，才会让我感到安全，才会让我在恐惧中迷途知返。

　　我暗暗祈求上天开恩。我和皇帝一样，开始虔诚信佛。当然，我祈祷的时候，对自己的真诚也心存疑惑。佛的力量，真的能起作用，真的能发挥威力吗？是啊，我从一个普通的宫女，成为皇帝的身边人。我的灵魂，应该感激地冲出去，冲到佛的脚边，向他表达我真挚的感恩。每当这种时候，我都渴切地盼着白昼来临。当阳光升起，一切夜晚的恐惧和郁闷，就会烟消云散。晋阳郊外的大佛，就会成为我和皇帝游赏的乐处。

　　郊外山林的空气，凉爽清新。朝我额头吹来的微风，会使我下一个夜晚睡得很熟。说不定，我的灵魂，脱离了它的躯壳，经过佛的洗礼，抚慰了我的灵魂。曾经笼罩在我睡梦之上的深沉阴影，都飘散了。

与对待胡太后的冷淡相比，皇帝对待陆令萱陆太姬和她的儿子穆提婆，殷勤超常。如果看到皇帝与陆太姬两个人的亲切，就会明白那是一种真正的母子感情。

"皇上，为什么你待陆太姬这样好？"我曾经贸然地问过皇帝。那一次，南朝陈国入贡紫绀米，数量只有百斛，皇帝赏赐给陆太姬一个人的，就有八十斛。

"从我七个月大的时候起，陆太姬就像母亲一样照顾我……那时候，我父皇只是个王爷，我母后，作为长广王妃，她好像常常要去我二伯父文宣帝高洋的宫中陪伴皇后，我根本没有多少机会看到她。只有陆太姬和她的儿子穆提婆，天天与我在一起……他们才是我最亲的人。我当皇太子后，也是陆太姬照顾我，那个时候，我的弟弟琅邪王高俨特别受我父母的宠爱，他几乎替代了我……我最害怕的时候，也是他们母子安慰我。"皇帝的脸色严肃起来，似乎在回忆很遥远的事情。

"小怜，你知道吗？我在东宫的时候，还有后来做儿皇帝的时候，几乎闷得发疯，天天要坐在书房里面，听几个老儒为我授课讲习经书，学习写文章。我不敢出去玩耍，因为那些儒生说，当皇帝就要这样端庄无私，就要以天下苍生为念……他们还暗示我，如果我不用功，皇帝的位子，很可能会被我当太上皇的父亲转给我弟弟琅邪王。"

"哦，陛下如此厚待陆太姬和城阳王，就是报答他们的恩情吧？"

"皇太子、儿皇帝，如果你知道那个时候的我心情有多糟糕，就能理解我为什么这样依恋陆太姬。我觉得，任何人都会背叛我。但是，陆太姬母子，永远不会！"

我使劲点点头，表示理解。陆太姬，在我们大齐皇宫，连皇太后、皇后都不敢得罪她。在我当宫女的时候，我也曾经希望她能注意到我。但她从来没有看见我似的。她那比一般女人都要高大的身躯，总是显得那样精力充沛。虽然她的腰身有些臃肿，她的面庞却是那样红润，闪着油光，而且，好像她的脸，变得越来越宽阔。她对皇帝那种真正的慈怜，任何人都看得出来。

不过，相比胡太后，陆太姬过于做作。在宫中，她总是一副鄙视轻慢的样子，看到皇帝，却立刻媚态可掬，总是"老婢""老婢"地自称，显然没有真正的富贵涵养。这个罪妇出身的保母，今天能走到这个地步，真是天上地下啊！当然，皇帝就是喜欢她，可能在皇帝小的时候，她就练就了一套过硬的本领，她知道皇帝爱吃什么，知道皇帝爱穿什么，知道皇帝爱听什么话。他们在一起坐着的时候，往往陆太姬说一句我们旁人听不太明白的含蓄的话，甚至做个我们不理解的手势，都能令皇帝开心至极地哈哈大笑，心花怒放。

已经是四十多岁的妇人了，陆太姬还有着一头黝黑的美发，她那两道浓浓的弯眉和极其高大的发髻，让人感到了她做作的高傲。穆皇后在她面前，也总是一副受气的婢女一样的神态。每次我趋前朝她行礼，她的两个嘴角木然不动，乜斜地看我一眼，然后她的嘴微微下弯，冷淡一撇，根本没有把我放在眼里。如果别人对我这样，只要我一句话，就会让皇帝要他的脑袋。但是，陆太姬，任谁也不可能让皇帝丧失对她的信任和依赖。

我常常发觉，从她的讪笑中，有时候能感觉出一种忧凄的情调。显然，陆太姬也有一颗让人无法解释的心。她只是在皇帝面前显露出柔顺和慈爱，对别人却异常暴躁，喜怒无常，真的叫人无法容忍。

一个如此让人望而生畏的宫中妇人，不能不令我心中感到有些隐忧。许多个傍晚，陆太姬清越的大嗓门总是响彻皇宫。这种声音，于皇帝而言，可能非常悦耳。对于她的儿子穆提婆，她总有回护的办法，无论他在外面干了什么非法贪墨的事情，无论朝官怎么弹奏他，只要陆太姬在皇帝面前稍弄太姬的风情，皇帝就会在饮一杯酒的时间内完全释然。在宫中，任何人，包括皇太后和皇后，陆太姬都不放在眼里。她也有意无意间贬低前帝的那些太妃、太姬。与她类似身份的人相见，她更加简慢无礼。每到一处，陆太姬的脑袋都是高高上扬，仿佛不是接受人家问好，而是享受般地在接受人家致敬。她的举止神态，俨然她就是大齐的皇太后。

皇帝，已经成年的皇帝，只要看到陆太姬，还会像一个小孩子一样，面露撒娇的神情。

可能，不像一般人想象的那样，陆太姬是个唯利是图的、实用的、懒惰的宫廷妇人。皇帝的愉快，特别是他童年的愉快，大部分来自这位太姬。每次对旧事的重温，都会使得皇帝加倍报答陆太姬母子。所以，他们往日的辛苦与担惊受怕，一点也没白费。

"陛下，茯苓、卷柏、甘松、苏合①，这些药补之物，您应该每天都用，不能时吃时忘。"每次临告别，陆太姬唠唠叨叨，都不忘叮嘱皇帝。而后，她就会留下许多种千奇百怪的药物——人参、菌桂、莲根、贝母、麝香、龙石②、甘草、牛

---

① 后两种药物出自西域。

② 即白色的恐龙化石，据说可以治疗梦魇和驱邪。

黄、犀角、蟒蛇胆、葛粉、香蒲、延胡索①等等。

当皇帝和我讲述他忧伤的童年的时候，我的全部官能都在倾听，有时候甚至陷入一种痴呆状态中。我的双手会在膝头痉挛，有时候下巴搁在皇帝的手臂上，因为他的讲述而眼角淌满泪珠。屏息敛气间，我的眼睛紧紧盯住他的手势和他的嘴唇。

我多么想进入他从前的生活啊，我想抓住他的内心每一个细小的起伏，抹平他额角每一道细小的皱褶。在我心坎里，皇帝的每一次讲述，都能让我身临其境。就这样，我憎恨他童年的敌人，无论是真实的还是他假想中的。我为他的危险而战栗，为他的痛苦而抛洒热泪。有时候，我几乎精疲力竭地靠在他的身上，为他从前受到的委屈而抽泣不止……

当皇帝讲过那些事情后，他的精神会振作起来，显得热烈和精力充沛。而我的感受、我的流泪，可能使得他的铁石心肠有所温暖。

我多么希望变成他的眼睛，变成他的心，他的手。我会永不厌倦地伴随他，即使心累一些，我也会乐此不疲。

他的愉快，就是我的愉快。他的不快，也是我的不快。

无论是晋阳还是邺城，我都喜欢。相对来讲，我更喜欢晋阳。它的气息，它的时令色彩，它的野趣，都让我感到莫名的亲切。宫中并不是一个人情味十足的地方，对于任何一个不受宠的嫔妃来讲，都过于凝滞闭塞。不过，我的岁月，香甜而透明，只有温馨，没有任何一丝冰霜的凛冽。在漫不经心中，大齐的一切，都在我面前美妙地展开。

我非常喜欢我和皇帝两个人独处时的宁静。这种宁静，只有身临其境的人才能体会。我们两个人在一起，常常会忘记时辰的消逝。空气停滞幽闭，肉体就像纤细娇美的花，在沉寂中吸吮着养料。我知道，我的身体，日益香甜诱人。即使是严寒的晚冬，畅饮美酒，面对熊熊的炭火，我们整个人都散发出芳香，似乎宫内的空气也令人垂涎。而后，湿润而明媚的鲜花，不知道从哪里弄来的，在暗处散发着幽香。

西域香料，总是能出人意料地散发出更细腻、更令人难忘的异香。在每个销魂的夜晚，我都喜欢沉溺在床榻上的被褥里面，闭眼呼吸着那股甜腻腻的气味。最暗的夜时分，皇帝侧向右边睡，爱把头枕在手上，蜷曲着身体，像个无辜的孩童……我的爱，在那一刻升腾到无法自抑的地步。

----

① 一种据说可以治疗肾病的药，出产于西亚，由奚国传入。

晋阳新近落成的十二院宫中，有一面巨大的琉璃屏风。正午稍后时分，我总喜欢和皇帝在屏风前站着。

我们顶天立地般站着，琉璃的反光，耀眼夺目，似乎变成了我们两个人的华盖。

阳光透过屏风斜射下来，我和皇帝，顿时成为堂皇瑰丽的仙人。

对面，那些云母贴合的窗牖，熠熠闪光，好像冬天久经冻结的残留的雪花。这片片"雪花"，透过琉璃屏风的阳光给它们涂抹上一层红晕后，再反射回来。于是，我的脸颊和皇帝的脸颊，都会格外绚丽。

无法想象，岁月，能把我们这样的一对天上情侣磨蚀得沧桑。

皇帝和我对视的目光，恰似天上的一道光芒，在人间倏然闪过。我们胸中，燃烧起瑰丽无比的爱的烈火。我相信，这种爱火，在今生都会一直迸射奇幻的荣耀。

天上的艳阳，就是上天对我们的微笑。在宝石一般湛蓝而柔和的光波中，我们的欢愉，是这样无法遮掩。

"小怜，朕要为你营造新的邯郸宫。"

当着一大群宫廷侍者、禁卫军兵士，以及宫女、宦者的面，皇帝对我说。

说话的时候，他昂着头，表情喜悦而又自豪。他脸上温柔的样子，让每一个今天都成为我难以忘怀的永远。

最近，我感觉到，在他抑扬顿挫的声音中，也有一种微不足道的、无法捉摸的东西。特别是入夏以来，随着朝廷中汉臣的屡次进谏和加急奏章的增多，我发现皇帝心中似乎有越来越多我无法看见的忧愁。

这个国家，如同人们光滑腹部下面隐藏着的无法知晓的病痛一样，也许有某种阴暗的东西在折磨着皇帝。他眼中那种鲜卑皇族特有的深邃，不经意间，会流露出茫然和无助。

战争、死亡、病痛、穷困、遗弃、威胁、恐惧，距离我们太远，太远。只要有我在，只要皇帝在，我就希望，在大齐，永远都是阳光灿烂的白昼。

当然，隐隐约约，我还是能感到弥漫的绵绵愁思在整个宫廷内部越来越浓。就连皇帝身边的宠臣，比如穆提婆、韩凤、何洪珍等人，也常常会心不在焉。他们甚至会悄悄聚集在一起，背着皇帝商议着什么。

从前那种无忧无虑的欢乐气氛，被一种微妙的东西侵蚀。

对于这些出现在我周围的最细微的迹象，我不想去寻根刨底。男人们的世界，国事的操劳，与我一个女人完全无关。别人说我们之间是肤浅的欢悦，是误事的慵懒，是虚假的柔情，我都不在乎。不过，我也担心过，害怕我们现在的快乐，都是炫目而朦胧的幻象。

即使是幻象，我也要拼命把它们抓住。我人生幸福的谜底，都在现在这幻象般的欢乐中。除此以外，我对任何事情，都应该无动于衷。

除了皇帝，所有人，所有事，都无关痛痒。我只要能沉醉在每一个深沉的夜晚两个人的玫瑰颜色中，体会一个男人和一个女人的欲望，享受那奢华的乐趣，与皇帝依偎着，看群山升起的蓝色烟波，感受着短暂而又漫长的年年岁岁，呼吸着沁人心脾的空气，即使日后失去了这种天堂，我也不会后悔。

生命，我们年轻的生命，就是去体味那种能逃脱时间制约的欢愉。转瞬即逝的美景让我特别深刻地感觉到，只有人间的欢乐，才是唯一丰富和真实的。我知道，皇帝也知道。

即使达到疯狂的地步，即使知道明天不再来，为了那种更深刻的欢乐，为了那种能超越时间的欢乐，为了那种超脱尘世的幸福，我们也要努力享受这永不褪色的今天！

这一天，很早的时候，当皇帝在省内与大臣见面的时候，我自己信步踱到晋阳宫。

忽然，我看到御座上，有七八只色彩斑斓的长尾雉悠然地站在那里。它们的羽毛极其华丽。那么鲜活的美丽雉鸟，我第一次这么近距离地看到。

几个年长的宦者站在御座不远处，面色慌乱。他们看到我，更显慌张。不像往常，他们没人过来向我献殷勤行礼，而是躲避什么似的，匆匆离去。[1]

真是好奇怪。

"晋州[2]有急报，永昌王高道豁据州造反，迎接周军入城……"

穆提婆和韩凤大声说着话，急匆匆向台省走去。

高道豁，又是什么样的人呢？

---

[1]　在古代，有野雉出现在宫廷中，喻示女色亡国。

[2]　在今山西临汾。

第四十二章　誓将黄旗换黑帜

我，高道豁，永昌王，乃大齐开国功臣高敖曹的儿子。我们高家，是真正渤海蓨地的豪族。而高家皇族，自神武帝高欢起，自称渤海蓨人，纯粹是借用我们这一支冀州名族的名号，自抬门第而已。高家皇族，起身于怀朔镇卒，不过是北地的汉人流民。他们的真实籍贯，众莫能知。

我父亲高敖曹那一辈，兄弟四人，他排行第三——大伯父高乾，二伯父高慎，还有四叔高季式。

魏朝末年，契胡族酋长出身的魏朝权臣尔朱荣权力达到巅峰，开始对他当时的手下大将高欢产生猜忌，把高欢从国都洛阳外调到晋州当刺史。不久后，尔朱荣被他的女婿、魏朝的孝庄帝杀掉。

尔朱荣的堂侄尔朱兆统领余众，从晋阳起兵赴洛阳，为他叔父"报仇"。临行前，尔朱兆要高欢与他同行。高欢以汾晋地区的降附山蜀作乱为借口，滞留晋州不动，观察形势。

尔朱兆攻陷洛阳以后，俘虏了孝庄帝。高欢写信，劝说不要对皇帝下手。尔朱兆不听，将孝庄帝带到晋阳缢死。

当年十月，河西的费也头部纥豆陵步藩率众南下，在秀容川大破尔朱兆军队，向晋阳进逼。尔朱兆告急于高欢。高欢一面答应救援，一面借口无桥渡河，迟缓不行。

经过再三的犹豫，他才在尔朱兆反复求援后，与之联兵合击，将费也头部打败。

在打败费也头部的当天夜里，尔朱兆兴致勃勃地来到高欢的营寨与他通夜宴饮。席间，尔朱兆傻傻地向高欢请教如何治理他辖下的二十多万六镇降户。这些降户，原本是葛荣手下造反的六镇兵民残余。葛荣被杀后，尔朱荣把他们强徙到山西的并州、肆州一带。由于经常受尔朱氏契胡军人的奴役欺凌，六镇降户经常起来造反，前后达二十六次之多。尔朱荣、尔朱兆陆续杀掉数万人，但六镇骚乱仍然不断发生。

高欢闻言，正中下怀。他当时正想另立门户，苦于兵力不足。而六镇降户，正是他所需要的力量。而且，高欢本人，就是六镇出身。由此，他凭借自己同六镇的特殊关系，对尔朱兆说："二十多万人，怎么能都把他们杀死呢？你应该选个可靠的人，把他们加以严格编制。如果再有人闹事，你就惩罚作为统率的将领。如此下去，闹事的人，自然越来越少。"

尔朱兆大喜："好主意！让谁来管他们呢？"高欢还没有说话，同座饮酒的鲜卑将领贺拔允不知情，傻乎乎、醉醺醺就提名高欢去管理六镇兵民。

高欢佯装大怒，一拳打掉贺拔允的牙齿，要求尔朱兆处死他。

如此苦肉计，居然骗倒尔朱兆，对高欢的举动，他信以为忠，立刻把统率六镇降户的权力移交给高欢。

害怕尔朱兆酒醒后反悔，高欢立即出营，向六镇降户宣布尔朱兆对自己的任命，并命令他们即刻到汾水以东的阳曲川集合。

六镇降户欢呼雀跃，他们自然对同为老乡的高欢有好感，马上听调。

这样一来，高欢终于有了日后争雄逐鹿的大本钱。

为彻底摆脱尔朱兆的控制，高欢借口并、肆地区频岁霜旱，缺少粮食，自己要求带领六镇降户到太行山以东的河北就食。

由于事先买通了尔朱兆的左右，他的要求很快得到了批准。高欢经上党①，穿大王山，到达河北的滏口②后，就驻扎下来。这个时候，是魏朝建明二年③（公元531年）。

当时，河北大部分地区都在尔朱氏嫡系部队控制之下，那些人手握重兵，各据重镇，拒绝向高欢提供粮食。

关键时刻，只有我的大伯父高乾和河北当地豪族封隆之出头，即刻对高欢表示拥护。

高欢刚到滏口，我大伯父高乾就与封隆之的儿子封子绘赶去迎接。由此，高欢得以进驻信都。

---

① 在今山西长治北。

② 古隘道，在今河北邯郸西南石鼓山。

③ "建明"是尔朱兆所立北魏长广王元晔的年号。元晔只当了一年皇帝就随尔朱氏的倒台而下台，转年被高欢拥立的孝武帝元脩赐死。这一年，同时存在的还有尔朱度律拥立的北魏宗室元恭，年号"普泰"。元恭当了一年皇帝，就为高欢所废，不久即被毒死，谥号"节闵帝"，也称前废帝或者广陵王。

　　尔朱家族的尔朱度律废掉长广王元晔，立节闵帝元恭。为寻求高欢的支持，他说服节闵帝封高欢为渤海王、东道大行台、冀州刺史。这样一来，高欢终于名实双归，在河北、山东稳稳立住脚。

　　不久，他就假造书信，对部下的六镇降卒说，尔朱兆要把六镇人分配给契胡族做部曲奴隶，并伪造尔朱兆的兵符，强征六镇人到洛阳一带去打仗。

　　妙计横出，他最终激使六镇兵士与尔朱氏决裂，拥戴他自己为主。这样一来，六镇二十多万兵民，完全控制在高欢手中。

　　普泰元年，我大伯父高乾与高欢部将李元忠合力平定殷州，斩杀尔朱羽生。由此，高欢才敢于公开反对尔朱氏。然后，他以朝廷被权臣把持、表奏不得上达为由，拥立魏朝宗室、章武王元融的儿子、渤海太守元朗①为帝，年号"中兴"。至于高欢本人，自任丞相、都督中外诸军事、大将军、大行台，开始大张旗鼓地与尔朱氏操纵下的洛阳政府相对抗。

　　高欢在广阿大破尔朱兆后，连克殷州、相州，把都城迁于邺城。

　　尔朱家族大举反扑。尔朱兆、尔朱天光、尔朱仲远等人分别从晋阳、关中、徐兖等地调集大军，气势汹汹地扑向邺城，准备合兵共进，一举消灭高欢。

　　普泰二年闰三月，尔朱氏军队二十多万人集结在洹河南岸。他们这一方，军队人数众多，主要以剽悍雄健的契胡族骑兵为主。高欢手下军队，步骑交杂，全军战马连两千匹也不足。而且，高欢四处派兵后，能参加战斗的步卒不满三万人。双方实力悬殊。

　　力量对比如此，高欢只能集中兵力，破釜沉舟。

　　高欢留下少量军队守护邺城，把主力都调到邺城东南方的韩陵山下，摆成一个圆阵。然后，他命令将士用绳索把许多牛、驴牲畜系好，连接在一起，将去往邺城的归路堵死。

　　这样一来，兵士们清楚：背靠大山，没有退路，只有决一死战！

　　韩陵大战，如果没有我的父亲高敖曹，高欢必败无疑！

　　战斗开始前，我父亲高敖曹自领乡人部曲王桃汤、东方老、呼延族等三千人参战。

　　高欢不放心，对我父亲说："高都督，你手下纯是汉儿，恐不济事。我想派给你鲜卑骑兵千余人，加入你的队伍，你意下如何？"

　　我父亲当时加以拒绝："我高敖曹所将部曲，练习已久，前后战斗，勇武不

---

　　① 此人也只当了一年皇帝，就因为他是帝室疏宗，为高欢所废，然后被秘密杀害，谥号"安定王"，也称后废帝。

减鲜卑。如果派鲜卑将士掺杂在我队伍里面，情不相合，胜则争功，退则推罪。我希望能自领汉军，不烦更配！"

战斗开始，杀气凝重。高欢自率领主力部队从中路冲向尔朱军队。他的堂弟高岳指挥右翼部队。尔朱军仗着兵多将众，四面包抄。他们主要的进攻目标就是高欢。好在有高岳率领五百骑兵死冲其前，另外一名军将斛律敦收散卒蹑随其后，双方厮杀在一起，暂时不分胜负。

由于尔朱军队的数量超过高欢军队七倍，很快，高欢手下的六镇兵士就不支，阵脚大动。

兵败如山倒之际，我父亲高敖曹风飙电举，率领一千精骑从栗园冲出，横击尔朱兆的中军。

出乎意料之际，尔朱军队晕头转向，一时不知所措，纷纷掉马溃败，终遭大败。二十多万尔朱大军，竟然被高欢和我父亲高敖曹三万不到的军队击溃！

韩陵之战，如果没有我父亲高敖曹，高欢本人，命都难保。

此次战役后，高欢给我父亲高敖曹加官侍中、开府，晋爵为侯，食邑七百户。

韩陵大战后，尔朱氏各派势力，烟消云散。除了晋阳的尔朱兆尚能苟延残喘，其余的人不是被杀，就是逃到南朝。

四月，高欢进入洛阳，废杀尔朱氏拥立的皇帝元恭，又因为帝室疏宗的关系，他把元朗也废掉毒死，另立孝文帝的孙子元脩为皇帝，是为魏朝孝武帝。高欢自己，一步登天，成为魏朝的大丞相、柱国大将军、太师。

七月，高欢兵发三路，自率十万大军杀向晋阳。尔朱兆连像样的抵抗都没有，退到老家北秀容。转年正月，尔朱兆兵败自缢而死。

我伯父、父亲、叔父，均是北州英雄。他们之所以死心塌地跟随高欢，也有深刻缘由。魏朝建义元年（公元528年）六月，趁魏末大乱之际，他们就聚集流民，在河北起事。审时度势，他们先是响应葛荣，受其官爵，屡破魏军。不久，我伯父高乾与魏帝有旧交，奉旨归降。当时，我父亲高敖曹被任命为通直散骑侍郎，封武城县伯，邑五百户。执掌朝政的尔朱荣心内疑惧，认为我伯父、父亲乃北方豪族，叛而后降，不能羁绊，便对他们大加猜忌。二人怕被害，主动解官而归。

不久，尔朱密令刺史元仲宗出面，将我父亲高敖曹诱俘，囚于晋阳。

永安三年九月，时为太原王的尔朱荣入洛阳，掌握了军政大权。我父亲高敖曹，也随军到洛阳，被关押在驼牛署。很快，孝庄帝元子攸不满自己做尔朱荣的傀儡，将其诱杀。随即，我父亲高敖曹被孝庄帝亲自下旨释放。

尔朱家族闻讯后，四处起兵，围攻洛阳。面对强敌临城，孝庄帝曾经亲至大夏门进行指挥。当时，我父亲高敖曹刚被释放，深感孝庄帝之恩，他披甲横戈，志凌劲敌，与我的堂兄高长命等人，率军杀敌，所向披靡。

眼见我父亲人如金刚马如龙，孝庄帝大壮之。他当即下令，以我伯父高乾为河北大使，以我父亲高敖曹为直阁将军，赐帛千匹，让他们兄弟一起，回河北招兵买马，作为日后抵御尔朱氏进攻的支援力量。

孝庄帝亲送我伯父、父亲到黄河岸边，举酒指着黄河水说："卿兄弟冀部豪杰，能令士卒致死。京城倘有变，可为朕河上一扬尘！"

我伯父高乾垂泪受诏；我父亲高敖曹持剑起舞，誓以必死。

我伯父、父亲离开洛阳后不久，都城陷落，孝庄帝被尔朱兆抓到晋阳加以杀害。不久，尔朱兆派监军孙白鹞前往冀州，借口征收民间马匹，欲待我伯父、父亲送马时，将他们逮捕处死。

豪杰做事不甘人后。我伯父马上与前河内太守封隆之等商议，秘密派部众袭击信都，将孙白鹞斩杀，随之，他推举封隆之主持州事，共同讨伐尔朱氏。

闻讯后，尔朱氏大惊，派殷州刺史尔朱羽生率精骑五千袭击信都，忽然出现在城下。当时，我父亲高敖曹不及穿甲，立刻上马执槊，率十余骑迎战。

人众对比如此悬殊，他竟然以十余骑，大败尔朱羽生五千精骑。经此一战，世人皆知晓我父亲高敖曹马槊绝世，口口相传，把他比作"活项羽"。

不久，封隆之与我大伯父高乾秘密联络高欢，表示归附，准备一起反对尔朱家族。当时，我父亲高敖曹在外略地，闻知此事，心中极为不满，认为伯父高乾软弱，他亲笔写信，将其讥笑为妇人，并附送布裙相辱。

高欢很会收买人心。他听说消息后，马上派其长子高澄以子孙之礼与我父亲相见。

乱世寻明主。这样一来，我父亲才随高澄归于高欢，正式加入他反对尔朱氏的阵容。

魏朝的孝武帝当成皇帝后，逐渐与拥立他的权臣高欢面和心反。当时，高欢在晋阳遥控朝政，派我伯父高乾在洛阳当眼线，任职司空。结果，孝武帝自己不断加强禁卫军力量，为他的手下人增设都督部曲，大量选拔骁勇，在宫内增派武装卫队。同时，一步一步地，孝武帝还把一部分军国大权转授给高欢的反对派。私下，他还秘密与拥兵关陇的大将贺拔岳建立联系，任用贺拔岳的哥哥贺拔胜为大都督，统领荆州等七州的军事。

夹在孝武帝和高欢中间，我大伯父高乾里外不是人，竟然同时被他们两个人出卖。最终，大伯父为孝武帝所杀，时年三十七。

我大伯父高乾临死，神色不变，见者莫不叹惜。

孝武帝元脩杀掉我伯父后，暗中派东徐州刺史潘绍业杀我父高敖曹。

我父亲先发制人，把潘绍业抓俘，在袍领中搜得敕书，遂率十余骑至晋阳，投奔高欢。

我父亲高敖曹一腔忠勇，耿耿忠心，立刻被高欢一句"天子枉杀高司空"和他满脸的泪水骗到，全然不深究我大伯父高乾被高欢所卖的事情，认定高欢为主。

永熙三年五月，魏朝的孝武帝下诏调发河南诸州兵，声言要亲自进攻南朝的梁国。同时，他下诏委任人在长安的宇文泰为侍中、骠骑大将军、关西大都督。

实际上，孝武帝是想自率大兵，突袭晋阳，灭掉高欢。

高欢识破孝武帝的用心，以清君侧、诛杀斛斯椿为名，调集二十四万大军南下，以其弟、定州刺史高琛镇守晋阳，以我父亲高敖曹领兵为前锋，浩浩荡荡，向洛阳开进。

孝武帝无法抵抗，丢弃洛阳，亡命长安，投奔到贺拔岳的继任者宇文泰那里。

七月二十九日，高欢军进入洛阳。

我父亲高敖曹率五百劲骑追魏帝至陕西，不及而还。

九月，高欢任命我父亲高敖曹为豫州刺史，讨伐三荆诸州不归附者，数场苦战，皆一举平之。

高欢占据洛阳后，大肆屠杀孝武帝旧人。但是，孝武帝的西走，使高欢失去了拉来做幌子的"皇帝"。他前后写过四十多封信件，请求孝武帝东还，均遭拒绝。十月，高欢改立年仅十一岁的元善见为帝，是为魏朝孝静帝。

不久，高欢就以洛阳处以四战之地为名，下令都城北迁邺城。他命令下达后三天，洛阳城民四十万户被驱出家园狼狈就道。

此后，高欢本人留在洛阳处理后事，事毕还晋阳。军国大权，一概归入相府。魏朝从此被一分为二。

宇文泰于十月领军攻潼关，斩东魏守将薛瑜。他领军还长安，晋为大丞相。十二月，宇文泰派人毒死逃入长安的孝武帝元脩。次年正月，宇文泰等拥立元宝炬为帝，是为西魏文帝，改年号为"大统"。

高欢委任我父亲高敖曹为侍中、司空。我父亲因为我伯父高乾死于此位，不拜，于次年二月转任司徒。

以后，就是东西魏两边连年不断的争战。

天平三年十二月，时为大丞相的高欢，督三路军进攻西魏。我父亲高敖曹率军进攻上洛①，大都督窦泰攻潼关，高欢自己率军进攻蒲坂。

转年正月，我父亲渡黄河后，大祭河伯，慨言道："河伯，水中之神；高敖曹，地上之虎。行经君所，故相决醉！"

当时，山道峻隘，我父亲率军自商山转斗而进，所向无前，遂攻克上洛，生俘西魏洛州刺史泉企及将帅数十人。

攻城恶战中，我父亲为流矢所中，身受重伤，他对部下说："吾以身许国，死无恨矣。所可叹息者，不见我四弟高季式做刺史耳！"

高欢听说后，立刻下命，以我四叔高季式为济州刺史。创不致命，很快伤愈，我父亲重新披甲上阵。

正当我父亲整军拟向蓝田进攻的时候，窦泰一军兵败，高欢下令还军。

不得已，我父亲只好从上洛撤军。撤退途中，他不忍弃众，率军力战，得以全军而还。

回军后，我父亲得为军司、大都督，统七十六都督，与司空、西道大行台侯景在虎牢治兵。

我父亲高敖曹，是当时汉人中唯一能使鲜卑权贵忌惮的人。他相貌堂堂，龙眉豹须，姿体雄异。自少年时代起，他就桀骜不驯，常常招聚剑客四出劫掠。他的一个老部下，曾经给我看过他年轻时代亲手书写的一首《征行诗》："垄种千口牛，泉连百壶酒。朝朝围山猎，夜夜迎新妇。"可以想见，他年轻时一定过着放荡不羁的生活。

大丞相高欢拥立孝静帝后，他属下以六镇鲜卑将领为主。这些鲜卑人，一直轻蔑汉人，唯独惧怕我父亲高敖曹。高欢本人，在号令手下大将时，常常用鲜卑语发号施令，但只要有我父亲在场，他一定改用华言讲话。

鲜卑将领中，时任御史中尉的刘贵，特别轻蔑汉人。一次，他与我父亲和几个人一起议事，下面有人家报告，说治河役夫好多人淹死，刘贵故意扬言："性命只值一文钱的汉人，随他们死！"我父亲闻言大怒，拔刀就砍刘贵。刘贵奔逃还营，我父亲立刻鸣鼓召集属下，勒兵欲攻。最后经别人劝了好久，他才肯罢手。又有一次，我父亲与北豫州刺史郑俨祖玩握槊游戏，刘贵派手下一个军将召郑俨祖前去商议军事。我父亲不让郑俨祖走，派人把刘贵的使者用木枷枷住站在一旁待着。刘贵手下的那个鲜卑偏将平素恃势骄横惯了，在旁跳脚高喊："枷我则易，脱我则难！"我父亲闻言，从随从手中抽出一把刀，往此人脖子上信手猛

---

① 在今陕西商洛。

劲一抹，笑言道："又有何难！"话落，鲜卑偏将的人头落地。刘贵闻知后，根本不敢过来理论。还有一次，我父亲去大丞相府拜见高欢，门口护卫不让他进去，他兜转马头，弯弓搭箭，回手一箭，射杀了门卒。高欢闻知后，也不怪罪……

由此种种可见，我父亲在高欢心目中的位置何其重要！

天平四年，大丞相高欢再次发军进攻西魏，与宇文泰争夺关中①、河南②地区。八月，西魏的丞相宇文泰率李弼等十多名将领抵拒，以北雍州刺史于谨为前锋，连克盘豆③、恒农④，活捉我们东魏军八千多人。闰九月，大丞相高欢亲率兵二十万还击西魏军，直攻蒲津⑤，进于许原⑥。

我父亲高敖曹得令，率军三万进攻河南地。当时，关中大饥，宇文泰所部，其实不满万人，战斗力不是很强。

这些肚子少食的西魏军在恒农驻军五十余日后，听闻高欢将渡过黄河，就引兵入关。我父亲高敖曹连战连捷，遂围恒农。

十月初，宇文泰率领西魏军在沙苑⑦设伏，大败大丞相高欢。高欢携残兵渡河北逃，亡失士卒八万余人。

不久，西魏军休整喘定后，向洛阳挺进。

我父亲高敖曹得知高欢败讯后，不得不从恒农撤围，退保洛阳。接着，西魏大将独孤信进至新安，我父亲只得率军退至黄河以北。

元象元年（公元538年）七月，高欢兴兵，又攻西魏。我父亲高敖曹与侯景等人，受命领兵围攻金墉城，丞相高欢率军殿后。

西魏金墉守将独孤信闭城固守。侯景下令纵火，把金墉城内外官房民宅烧得仅剩十之二三。当时，宇文泰正带着西魏文帝元宝炬回洛阳祭扫魏朝先帝陵庙，闻讯后，他即刻率军驰援，临阵斩杀高欢手下大将莫多娄贷文。侯景连夜突围，宇文泰追击。侯景摆大阵，北据河桥，南依邙山，与宇文泰大军交战。混战之中，宇文泰战马中流矢惊逸，把宇文泰甩在地上。东魏大军追围上来，左右皆散走。都督李穆下马，用马鞭击打狼狈趴在地上的宇文泰，假装叫骂："你这个糊

---

① 今河南灵宝及其以西陕西关中盆地及丹江流域。

② 今黄河以南附近地区。

③ 在今河南灵宝西北。

④ 在今河南灵宝北。

⑤ 即蒲坂津。在今山西永济蒲州镇与陕西渭南朝邑镇之间黄河上。

⑥ 在今陕西渭南大荔镇南。

⑦ 在今陕西渭南大荔镇南。

涂兵，你们王爷跑到哪里去了，怎么自己留在这里？"追围的东魏兵翻蹄亮掌赶近前，听李穆的口气，认定宇文泰不是什么贵人大官，都扭头回撤去追杀更值钱的目标。李穆扶宇文泰上马，双双逃去。

国家的运数，总是在瞬间被偶然改变。

逃出后，宇文泰看到西魏后军大至，军势复振，就掉头迎击侯景军。侯景措手不及，败北而去。

随即，宇文泰集中精兵，猛攻我父亲高敖曹。

我父亲心气高傲，一直看不起宇文泰。他命左右大张写有他官名将名的旌旗和显示贵重的伞盖，跨马临阵，扬槊大呼。

见此，宇文泰赶忙调动最精锐的军队来围攻。由于众寡悬殊，最终我父亲全军尽没。

我父亲，如此大英雄，也有气短之时，他单人独骑，跑往河阳南城。

恰巧，那里的守将是高欢的一个堂叔高永乐，此人素与我父亲有嫌隙。他不仅不开门出兵营救，反而命令城内士卒关闭城门，不让我父亲进城。

龙卧浅滩，我父亲面临绝境。他仰呼城上求绳，没人应答；他又拔刀猛砍城门，想劈出个洞来逃入城中。城门坚厚，砍了许久也砍不开。

西魏大队追兵赶到。我父亲高敖曹知道性命不保，他转过身去，昂头迎前，奋声对最前的一个高举砍马大刀的敌兵大叫：

"来！与汝开国公！"

听说，斩去我父亲头颅的兵士回到西魏后，获宇文泰赏绢万段，每年按量发给。

我父亲，堂堂大英雄高敖曹，就这样被高家宵小害死。

高欢听见我父亲高敖曹死讯，如丧肝胆，但又不舍得杀他的亲戚高永乐，只是当众打了高永乐二百军棍而已。然后，高欢以魏帝名义下诏，追赠我父亲为太师、大司马、太尉、录尚书事、冀州刺史，谥号"忠武"。

我父亲死的时候，四十八岁，正当盛年。当时，我大哥高突骑嗣爵，未几，大哥病死。高澄掌权的时候，亲自挑选我，把我召至晋阳，让我继承我父亲的爵位。日后，孝昭帝高演在位，追封我父亲为永昌王。由此，我头上就有了王封。

我二伯父高慎，日后在朝中担任御史中尉，与高家私人、吏部郎中崔暹不和，惹起高欢猜忌，出为北豫州刺史。高欢世子高澄，竟然趁我二伯父不在京城的机会，企图奸污我二伯母李氏。二伯父惊怒，遂据虎牢叛入西魏。依理，叛逆大罪，应该诛杀九族。高欢好歹有点良心，加上我四叔高季式得二伯父书信后，惊惧异常，即刻狼狈奔告高欢，因此，高欢只是杀掉我二伯父的三个儿子，没有牵扯到我们高家别的人。而我那被抓入狱的二伯母李氏，最终为高澄所霸占。

我四叔高季式这个人，青年时代也以胆气著名。但是，即使我大伯父被高欢出卖，我父亲死于高氏亲族宵小，二伯父被高家逼叛，四叔高季式却对高氏家族一直忠心耿耿。高欢嘉其至诚，待之如旧。武定年间（公元543–550年），他得任冀州大中正，为军中都督，跟随清河公高岳破萧明于寒山，又败侯景于涡阳。

多年以来，我四叔豪率好酒，不拘检节。他不仅与高欢关系好，与高欢的儿子高澄也非常亲密。我二伯父高慎叛逃西魏后，有一段时间，我四叔被解职闲居。黄门郎司马消难，乃左仆射司马子如之子，又是高欢的女婿，势盛当时。我四叔高季式无聊之际，召他入府，与之酣饮。酒鬼酣饮，留宿旦日，重门并闭，关籥不通。一天一宿后，司马消难怕耽误上朝，苦苦请辞："我是黄门郎，天子侍臣，岂有不参朝之理？且已一宿不归，我父亲必定惊惶。如果您再留我狂饮，我得罪也就罢了，恐怕您也要遭受朝廷谴责。"四叔闻言大怒："君自称黄门郎，又言你恐怕你父亲怪罪，你这是以地位身份来吓唬我吗？我高季式死自有处，实不畏此！"司马消难拜谢请出，终不见许。大酒坛送到后，司马消难再不肯饮。我四叔又怒："我留你尽兴，你敢不识抬举！你是什么东西，敢不为我痛饮？"即刻命左右找来一个大车轮子，套在司马消难的脖子上，随后，他自索一轮，放在自己的脖子上，仍命酒引满，苦苦相劝。司马消难不得已，只得佯装欢笑，接着与我四叔大喝。当时，司马消难不见两宿，生不见人，死不见尸，莫知所在，京城内外惊异。司马消难终于得出，以实情上告。时为大丞相的高澄知道此事，也不怪罪我四叔，他还禀报魏朝的孝静帝，以皇帝名义赏赐给司马消难美酒数石，珍馐美味十舆，让他带着朝臣几十人，齐集我四叔高季式府邸宴集。

高澄为家奴所杀后，其弟高洋篡取魏朝帝位，建立齐国。不久，我四叔就在邺城被毒死，有司对外号称他发疽而卒，时年三十八。

高澄与高洋兄弟俩，一直关系不睦。我四叔之死，实与此有关。

就这样，我父辈四人，大伯父、我父亲、我四叔，其实有三个人都死在高氏皇族手中。仅仅一个二伯父活着，还被高澄逼叛到西魏。

我父亲死的时候，我十六岁。这么多年以来，虽然高氏家族待我不差，我却一直战战兢兢，终日生活在恐惧之中。

高欢病死，高澄被刺死，高洋篡位当上了齐国的皇帝。而后，高家骨肉相残，高演杀了他的侄子废帝高殷，高湛继位后又杀了高演的儿子高百年。高湛的儿子高纬登基，不久就杀了他的同母弟弟琅邪王高俨……高家爷们儿，对自己的骨肉也是如此情同禽兽。

当今皇帝高纬继位后，待我无疑，委任我为晋州道行台尚书仆射、晋州刺史。

我高道豁最大的心愿，就是有朝一日，能为我的父辈报仇雪恨！

机会，终于来了。

继武平六年的进攻后，武平七年十月，周帝宇文邕再起大军，以必胜之心，向齐国挺进。

这次进军，宇文邕不再以洛阳为主攻目标，他采纳大臣们的建议，改以我所在的晋州为攻击目标。

晋州，乃高欢的“龙兴”之地，大齐重镇。得知周军主攻方向后，我深感周帝英明：晋州一下，扼齐咽喉，大齐朝廷必然会派各路重兵来救。那时，以逸待劳，各个击破，齐必败无疑。

当然，这只是一个假设。如果我在晋州极力抵御，周军师老城下，周齐两国的胜败结果，也未易可知。

十月初四日，周国的越王宇文盛、杞国公宇文亮、隋国公杨坚[1]为右三军；谯王宇文俭、大将军窦恭、广化公宇文崇为左三军；周国的齐王宇文宪、陈王宇文纯为前军。周帝居中，他自统全军，东进来伐。

十月十八日，周军进至晋州的汾曲[2]。周帝分派诸将，各据要地，竭力阻击大齐各地的援军。同时，他下令凉城公辛韶率步骑五千，镇守咽喉险隘蒲津关[3]，全力保障后方安全，以求万无一失。然后，他命令内史王谊，督诸军而前，准备进攻我所在的晋州州治平阳。

站在城头，四下望去，周国大军，无边无际。在我身上，流淌着北州英雄的鲜血，千军万马，我其实丝毫不感畏惧。

深秋，白云似粼粼微波，把蔚蓝色的天空弄皱，太阳不停地飘移。万里高空，罡风吹舞着云片，把它们波涛汹涌地赶向西方。光秃秃的树梢上，兵气翻卷，树冠此起彼伏，犹如相互追逐的波涛。咆哮肆虐的狂风，把城外的田野刮得尤显空旷。如果不是战争，这是一个多么美妙的登高赏秋的季节啊！

光秃的土地，飘散出一种说不出的成熟的气息。放眼望去，地上混乱的车辙如同山间乱舞的溪流一样，潺潺流去。地平线上，在秋阳的烘照下，升起淡蓝色的、让人心醉的阴影。

---

① 即日后的隋文帝。

② 在今山西临汾南。

③ 在今陕西渭南朝邑镇东。

护城河的边上，小草以及长满苔藓的石砖，都泛着黄色。护城河水冒着泡沫，漂过一个不知在哪里被杀掉的周军前哨兵的腐烂的尸体。他的脸已经变成深蓝色，膨胀得像一个巨大的牛头。

"永昌王殿下，您为什么大开城门？难道是诱兵之计吗？为什么不与下官等商议！"我手下的晋州行台左丞尉相贵脸色发白，气喘吁吁地小步往城楼上跑，边跑边喊。自他父亲尉摽起，父子两代都为大齐卖命。他的弟弟尉相愿，去年坚守洛阳有功，刚刚被提升为领军大将军，如今在晋阳皇帝身边护驾。

"无他，我昨日已经向大周皇帝交递降表。"我平静地对尉相贵说。

尉相贵一脸惶急。"……永昌王，你，你这个卖国贼。国家待你高氏一门，恩大过天！奈何一矢不发，便把坚城交付与人！"

城下，周军排列整齐，列队执兵，向城内行进。

我手下卫兵立刻上前，把尉相贵牢牢捆起，推到了城头之上。

"大齐，待我高氏一家到底如何，尉相贵，你最清楚！"我低声说。

我探身城外，以鲜卑语大声高呼："齐国晋州道行台尚书仆射、晋州刺史、永昌王高道豁，今以甲士八千，正式向大周投附！齐国行台左丞尉相贵不降，现斩之以献！"

我一摆手，卫士刀落，尉相贵的人头，随即掉落城下。

城下周军愕然。大概周国军队中，汉兵已经有十之七八，他们中的绝大部分人，反而听不懂鲜卑语。

我又用华言把刚才的话高声重复了一遍。

四城周军，齐呼万岁。

不久，一个长相古怪、脑门子上有多条肉棱的周国汉子，身穿甲胄，在几百个兵士簇拥下，神色庄严地走上城头。

"我，大周隋国公杨坚，代表皇帝陛下，前来接受投降。皇帝有旨，敕封高道豁为大周仪同大将军，永昌王！赐高道豁明光犀牛皮人马铠一具，金银锁子甲一具，狮子皮锦绣裤褶一具，露丝银缠槊两张，黑漆槊十张并幡，赤漆盾六幡并刀，黑漆弓十张并箭。"

跪受诏旨后，我一挥手，城垛上所有的大齐黄旗，全部被抛下，插上周国的黑帜。

黑帜飘飘。在我的帮助下，大周兵不血刃，全取大齐重镇晋州。

齐国的大门，已经被我高道豁打开。

我正与周国的隋国公杨坚寒暄，忽然上来周兵数人，推过一个齐国马兵打扮的人。"启禀永昌王、隋国公，此人在城郊为我军伏兵所获，他自称是齐国安德王高延宗的使者，从晋阳出发，前来送信。"

我点点头，对隋国公杨坚说：

"请转告皇帝陛下，齐国有安德王高延宗在晋阳，殊不易攻取。望陛下留意此人！"

第四十三章　血光照晋阳

当永昌王高道豁投降周军、晋州失守的消息传来，汗水，即刻从我的额头冒了出来。

周军获取晋州后，周帝委派开府仪同大将军梁士彦为晋州刺史，增益精兵一万入驻。

周帝宇文邕深沉老到，他自己率全军撤退至玉壁一带，伺机而动。周国的齐王宇文宪率军六万，屯于涑水①，遥为平阳声援。

一切安排就绪后，周帝本人返回长安。

身为大齐宗室，我，安德王高延宗，不能不惊，不能不怕。

而我们大齐的皇帝高纬，竟然携宠妃冯小怜，在平阳陷落的紧要关头，率领十万大军，到晋阳附近的祁连池②打猎游玩。

晋州告急军使，自旦至午，驿马三至。皇帝身边佞臣、右丞相高阿那肱很不高兴：

"皇帝正在打猎为乐，边鄙小小交兵，乃是常事，何急奏闻！"

到了傍晚时分，军使匆忙又到，报告平阳陷落的消息。这个时候，皇帝左右才把文书入奏。

皇帝得知消息，想率军回晋阳。不料，冯小怜玩得高兴，请更杀一围。

出人意料的是，皇帝置军国大事于不顾，竟然马上同意美妃所请，让数万军士夜黑举火，与冯小怜在山上玩了一个通宵。

所以，晋州陷落三天后，我们大齐的皇帝才兴致勃勃地率十万军队，自晋阳南下，准备收复平阳。

在他的脑子里面，可能把战争想象得和打猎一样容易。

---

① 今涑水河，在今山西省西南部。
② 在今山西忻州宁武县管涔山上。

担任我们大齐先锋军主将的，不是别人，又是那个高阿那肱。他不仅仅为前锋大将，还受命节度诸军。

别说，我们大齐皇帝自率十万锐兵来攻，声势甚盛。周帝宇文邕听说后，很想先暂时退兵以避锋芒。周国的开府仪同大将军宇文忻劝谏："以陛下之圣武，乘敌人之荒纵，何患不克！如果齐内部有变，重新推举一位新皇帝，君臣协力，虽有商汤、周武之势，未易平也。如今，齐国主暗臣愚，士无斗志，他们虽有百万之众，实为陛下练兵之用！"

周国的汉人大臣王纮也劝："齐国失纪乱纲，已经接连几帝如此。天降我们大周皇室，晋州落入我们掌握，一战而扼其喉。取乱侮亡，正在今日。如果释之而去，诚为下策。"

众人劝说下，周帝终于下定决心，他下旨，要求各路周军各安于位，与我们齐军对决。

我们大齐方面，皇帝率领十万精兵，最后进抵平阳城下。

旌旗漫卷，刀槊如林。锐气正盛之际，我们齐国大军，死死包围平阳，昼夜攻之。

主将高阿那肱虽然庸懦，但我们大齐的兵将却很勇猛。平阳城坚厚，我祖父神武帝高欢时代多年经营，称为坚城。在我军久攻之下，楼堞皆尽。

三天过后，平阳所存城墙，仅仅残垣断壁而已。如果我们齐军再稍加一把劲，马上就可以收复这个战略重镇。

平阳城下，军士们冒死冲杀，或短兵相接，或交马出入。周军外援不及，守城周国兵士以及先前降附的齐军，皆震惧惶惑。平阳，摇摇欲坠。

不过，周国守将梁士彦丝毫不惧，慷慨自若，他亲临城上，大声对将士说："死在今日，吾为尔先！"

在他的感召下，周军勇烈齐奋，呼声动地，无不以一当百。

趁我们军队稍稍缓攻的机会，平阳城内军民、妇女，昼夜修城，三日而就。平阳百姓，本来为我大齐赤子，多年苦于苛政，如今都死心塌地归随周人。

大战之中，在皇帝身边的我们高姓宗室王爷，每人身边都"配备"了六个甲士，名为卫士，实际上是佞臣们劝说皇帝派来监视我们动静的耳目。

最终，我跪地泣陈，皇帝才放我出来，让我带领一队兵马，帮助指挥攻城。

观察形势后，我派遣精兵，连夜深挖地道，直达平阳城下。攻城尖锥轰然猛撞，大军续进，城陷十余步。守城的周军，纷纷被先登的将士砍翻在地。我们齐国大军，乘势欲入！

　　千钧一发之时，忽然，皇帝发敕，下令暂停攻城。原来，他突发奇想，要让冯淑妃亲自观看平阳城被大军攻克的景象。

　　不料，冯小怜正在营帐中梳妆打扮，施涂粉黛，磨磨蹭蹭，没有及时赶到近处观看。

　　趁此机会，守城的周军得到难得的喘息，他们在城崩处抛扔了几百具尸体和数十根巨木，终于堵塞住缺口，城遂不下。

　　大军气馁之余，冯小怜兴趣十足，提出想欣赏晋州城西石上传说中的圣人脚印。

　　为了提防周军的弩矢伤及冯小怜，皇帝命令从制造攻城器械的大木中抽取数千根，为冯小怜专门修造一座长长的、四围都包裹木板的浮桥。而后，他自己执兵披甲，率领数千禁卫军兵士，亲自护送冯小怜过桥观赏。

　　行至半道，木桥塌坏。闻讯后，我们齐军不得不从平阳城下抽取数万精兵劲卒，慌忙赶去护驾。

　　仓皇之中，皇帝与冯小怜踉踉跄跄，至夜乃还。

　　就这样，战机终被耽搁，平阳城未能如期攻克。

　　坏消息传来。周帝宇文邕再发长安。他自率劲旅，浩浩荡荡，重新渡过黄河，与周国诸军相合。

　　十二月初四，宇文邕抵达平阳。

　　周军诸军总集，人数总共有八万人。

　　周军逼城置阵，东西二十余里，漫无边际。

　　至此，形势大变。

　　我们齐国大军刚开始进围平阳的时候，为了防止周军主力退而复来，在平阳城南挖掘了一条深长的堑壕，东起乔山[①]，西抵汾水。

　　所以，周帝率主力援军再来，只能在堑壕南侧列阵。我们大齐军队，严阵以待，列阵于堑壕以北。

　　与我们的皇帝的轻佻、轻率不同，周帝宇文邕，常常自乘御马，身边只率数名从人，亲自巡阵。每到一处，他都亲呼主帅姓名，躬自慰勉。周军将士，喜于见知，咸思自奋。大战开始之前，侍臣敦请周帝换乘上佳良马，他推辞说："朕独乘良马，难道想逃跑吗！"周人闻之，感奋不已。

　　宇文邕本人英武，多次欲自率精兵进薄我军，均碍堑而止。自旦时到申时，

———————————

① 在今山西临汾曲沃县北，接襄汾县境。

双方相持不决。两国兵士，隔着巨堑喝骂挑战。

看到周军如此势盛，我们的皇帝开始生出怯意。他焦躁不安，问一直做军中最高指挥的高阿那肱：

"我们是开战呢，还是不战？"

高阿那肱毕竟是从前跟随我二叔文宣帝高洋作战多次的老将，半出胆怯，半出谨慎，说："我们大齐兵数虽多，能战者不过十万，病伤及绕城砍柴汲水者，又三分居一。昔日神武帝大军攻玉壁，敌人援军一来即退。今日将士，岂胜神武帝之时！不如勿战，退守高梁桥。"

不料，花白头发的胖子胡人安吐根却在一旁大言："如此一撮许贼，看我马上刺取，掷向汾水中！皇帝御驾亲征，如何不战！"

皇帝犹豫未决。

他身边那些平时舞刀弄剑、吹拉弹唱的内侍、佞臣们纷纷表示："周国天子在，我们大齐天子也在。周国天子尚能从长安远来，我们大齐天子怎能挖壕守堑示弱！"

更要命的是，冯小怜身骑一匹桃红马，也在一旁牵皇帝衣袖，要他主动出战，击败周军。

皇帝跃跃欲试。他大呼定议："决此一战！"

于是，他下令军队填堑南引，与周军对决。

如此安排，正落周帝算内。他一直找不到机会逾堑对战。如今，我们齐军自己填壕，正好给了周军极好的进攻机会。

皇帝兴高采烈，似乎忘记了这是真刀真枪的实战，与冯淑妃并骑观战。

暴土扬尘过后，巨大而长绕的壕堑终于被我军填平。双方兵马才合，在周军重甲骑兵的冲击下，我们齐军东侧步兵军阵摇动，偏军小却。

见此情景，冯小怜大怖，惶然失声："军败矣！"

皇帝愣怔之余，时任录尚书事的城阳王穆提婆高声大呼："皇帝快跑！皇帝快跑！"

不由自主，皇帝就和冯小怜一起，不顾一切地纵马狂奔，逃往高梁桥方向。

我见状大惊，赶忙策马，与手下、开府仪同三司奚长拼命赶上，劝谏说："陛下，半进半退，战之常体。我军如今兵众全整，未有亏伤。陛下抛弃大军，又能跑到哪里！陛下乃军中之胆，您马足一动，人情骇乱，不可复振。愿陛下速还，安慰军心！"

正说话间，皇帝的几个禁卫军将领也陆续拍马扬鞭赶来，都劝说道："我们刚才已经收军，甚为完整。不仅如此，我们大齐的围城兵马，都在原地坚守不动。皇帝应该回去，安慰军心。如果不信，陛下可以先派内侍去观察一下，再动身不迟，万望陛下不要再跑！"

皇帝将信将疑，返辔掉头，准备回到阵前军中。

这个时候，穆提婆挡在皇帝面前。他慌忙抓住皇帝的臂肘，低声说："此言难信。如果陛下回返，正好赶上兵溃，哪里还来得及逃出！"

冯小怜在侧，失声痛哭，梨花带雨。

见此，皇帝不顾众人劝阻，带着冯小怜，拍马就走。

皇帝忽然不见，军中丧胆。没过多久，我们齐军一时大溃，仅仅摔死、被自己人践踏而死的，就有一万多人。周军打猎一样追杀，我军被杀又有万余人。

战场之上，我们大齐的军资器械，数百里间，委弃山积。

好在我还能掌控一部分兵马，边打边撤，最终挽回几万人的性命。

平阳大败，我们齐国元气大伤。而皇帝的昏庸和怯懦，更导致离心离德。军将士卒，顿失为国捐躯之心。

皇帝逃到洪洞的时候，感觉即刻的危险消失，他就没事人一样，与冯小怜在一起，在营帐中以粉镜自玩，互相欣赏，饮酒笑言。

不久，我们齐国从战场上溃逃的后军赶到。皇帝身边的禁卫军遥闻马蹄声声，以为是周军追至，齐声呐喊，各自持械上马。

闻乱，皇帝与冯小怜匆忙出帐，飞身上马，拍马狂逃。

此前，皇帝突发奇想，认为冯小怜有大功于社稷，要封她为左皇后，已经派遣内侍到晋阳取皇后服御袆翟等物。败逃途中，他们恰好遇到取物之人。

望见惶然不知所措的来人，皇帝这才按辔不逃。他骑在马上，喝令来人拿出服饰，让冯小怜穿上崭新的皇后装束。

对着马上搔首弄姿的绝世美人，他叹息欣赏久之，然后才回奔晋阳。

周国方面，周帝宇文邕因为大战后将士疲倦，本想引兵回还修整。坚守平阳立下大功的周臣梁士彦叩马谏劝：

"今齐师遁散，众心皆动。趁着齐军畏惧，我们应该不舍猛攻，其势必胜！"

周帝闻言，意决。

周军不少将领以兵疲为由，固请周帝西还修整。

宇文邕发怒："纵敌患生。卿等若疑，朕将独往！"

由此，周军诸将乃不敢再言。

周国君臣如此，直让我大齐王公大臣汗颜。

我们的皇帝回奔晋阳后，忧惧不知所之。没办法，只能先做个姿态，他宣布在国内大赦，想以此安抚民心。

周军马不停蹄，乘胜直杀高壁①、介休二地，逼近晋阳。

事已至此，皇帝不得不召集宗室大臣，询问安国却敌之计。

"陛下应该在国内下诏，省赋息役，以慰民心；收遗兵，背城死战，以安社稷。"

大家虽然说的都是套话，却极有道理。

皇帝无主见。思前想后，在内侍、佞臣的劝说下，他想留下我高延宗和广宁王高孝珩合力守晋阳。而他自己，准备避往北朔州②。

皇帝谕示，如果晋阳被周军攻下，他就逃入突厥避难。

突厥人狼子野心，群臣皆以为不可，苦苦谏劝。

皇帝不从。

结果，当天深夜，平时担任皇帝侍卫的开府仪同三司贺拔伏恩等宿卫近臣三十余人，西奔周军投降。对于这些人，周帝皆大加奖赏，以招徕更多我们齐国的逃人。

即便如此，高阿那肱手下，还有精兵一万多，驻守在高壁。我们齐国的其余残军，退保洛女砦。

周帝宇文邕引军向高壁。令谁都想不到的是，高阿那肱连战也不战，一矢不发，望风退走。

周国的齐王宇文宪率军攻打洛女砦，一战拔之。

皇帝肝胆欲碎，唤我入宫，说他要去北朔州躲避兵锋。

我跪地泣谏劝阻。皇帝不从。

不与任何人再商量，皇帝密遣左右，先送一直被幽禁的皇太后胡氏和皇太子高恒于北朔州。

此时，周帝与周国的齐王宇文宪，已经在介休城下会师。而守城的我们齐国开府仪同三司韩建业，一天不到，乖乖举城投降。

至此，晋阳又失一座屏障。

消息传来的当夜，皇帝又想遁逃，诸将不从。

无奈何，听从巫师之言，皇帝再次下诏大赦，改元"隆化"。

---

① 在今山西晋中灵石县东南。
② 在今山西朔州。

如今，他倒是非常信任我们几个宗室王爷，赏赐珍宝，下令以我安德王高延宗为相国、并州刺史，总领山西兵马。

临了，他还对我说："并州，兄自取之，儿今去矣！"

我声泪俱下，苦劝说："为国家社稷，臣万望陛下不要离开晋阳。臣为陛下出死力战，必能破之！"

穆提婆在一旁叱责我："皇帝计已成，安德王不得阻挡！"

当夜，身为一国之君，皇帝竟然夜斩晋阳的五龙门而出，欲奔突厥。

行至半路，从官多散。领军梅胜郎叩马死谏。

皇帝不得已，只得改变逃跑方向，回返邺城。当时，他左右只有高阿那肱等十余骑相从。

不久，广宁王高孝珩、襄城王高彦道相继追及，堂堂大齐帝王，身边只有数十个人保护。

皇帝失魂落魄，回到邺城。

更令军心惶骇的是，皇帝言听计从的宠臣、城阳王穆提婆，竟然连夜西奔周军，自己一个人先投降了。

周帝大喜，马上封穆提婆为柱国、宜州刺史。他派人下诏，遍谕我们大齐全境：

"凡来投归大周者，即妙尽人谋，深达天命。官荣爵赏，各有加隆！"

有了穆提婆这个样板，我们齐国将士更加解体，相继投附周军。

人在邺城的陆令萱陆太姬听说她儿子投降周国，知道自己难逃一死，彷徨久之，吞毒自杀。

皇帝得知此讯，怒不可遏。他立刻下令，派人把邺城内的穆提婆亲属，杀得一个不剩。亲如兄弟的情分，顿成漫天仇怨。

面对一堆烂摊子，我一筹莫展。

我所守卫的晋阳，四面周军密布。

与我一起留守晋阳的录尚书事唐邕，一直与皇帝宠臣高阿那肱有隙，意甚郁郁。至此，他纠结并州将帅，各披铠甲，忽然齐集于堂，对我高言：

"安德王殿下，如果您不自己做天子，诸人实不能为王爷您出力死战！"

情势如此，容不得我过多考虑。不得已，我在众将拥推下即皇帝位。

接着，我对国内下诏：

"皇帝孱弱，政由宦竖。斩关夜遁，莫知所之。王公卿士，猥见推逼，今祗承宝位。"

于是大赦，改元"德昌"。

我以首先推举我的唐邕为宰相，然后下诏，重用勋贵莫多娄敬显、和阿干子以及右卫大将军段畅、开府仪同三司韩骨胡等人，他们皆为将为帅，以求新的振作。

国众闻之，不召而至者，前后相属。

为了鼓励士气，我大发晋阳府藏，连同后宫美女一起，大张旗鼓地赏赐给将士。为了争取民心，我还下令在城内籍没皇帝的佞臣、内侍十余家，把他们的财产全部充公，以作军用。

虽然做了"皇帝"，我根本不住在宫内。我身披甲胄，天天在城周巡视。每见士卒，我皆执手称名，流涕呜咽。

感奋之下，士众踊跃效死。晋阳城内，连童儿女子，也乘屋攘袂，投砖抛石，挺身御敌。

在邺城的皇帝听说我做了"皇帝"，大怒。他对近臣讲："我宁可使周国得并州，也不想让不仁不义的安德王得之！"

周军围晋阳，四合如黑云。

在我的安排下，莫多娄敬显、韩骨胡率军于城南防御；和阿干子、段畅拒敌于城东；我本人，自率军士，在城北严防周国的齐王宇文宪所率部队。

由于肚量洪大，我一直是个身材魁梧的大胖子，前如偃，后如伏，平时人常笑我。如今，身为皇帝，我骑马奋大槊，往来督战，劲捷若飞，所向无前。

为此，士众皆惊叹不已。

不料，周军开始攻城没多久，守城大将和阿干子、段畅就率千骑奔降周军。勋贵重臣，平素广受国恩，临危却带头投降。

城上大噪。守城军将，为之寒心。

黄昏时分，周帝宇文邕骑马挥军，自己冒阵，猛攻东门。

现在，周军在人数上，已经大占上风。他们在紧挨城墙的地方，用土垒起数条长长的、宽大的进攻斜坡。无数个攻城槌和移动塔架，忽然出现在城墙上方。

周军的攻城槌，非常巨大，都是由几根装有铁头的完整大树干制成。特别骇人的是，周军的攻城槌，有的装在轮子上，有的放在巨大的木塔架上，足有上百个，从上而下，拼命撞击城门和城墙。

攻城突击的时候，周军兵士组成进攻方阵，每个方阵大概四千人，皆细步蹲行，高举手中盾牌，连成一片，遮蔽于头顶，组成了一个又一个巨大的、骇人的龟甲形的移动防护面。

最终，几个周军方阵，全部近到城墙下面。

由于乘风纵火，烟焰缭天，守城军士寡不敌众，死斗不胜，纷纷退却。周帝宇文邕本人，竟然率领近万人跨城而入。

他们攻入东门后，尽焚佛寺。

情急之下，我自己率领数千兵士，与莫多娄敬显互相配合，尽全力夹击入城的这部周军。

周师大乱。由于天黑，他们互相争门，自相填压，塞路不得回旋。

我率领兵士，从后斫刺，杀掉周军两千余人。

混乱中，周帝宇文邕左右略尽，自拔无路。

我们齐军兵士投槊发箭，几次都差点杀掉他。最后，在大将贺拔伏恩的保卫下，由我们一个齐国降人引路，周帝宇文邕终于崎岖得出，仅以身免。当时，已经是四更天。

乱夜昏黑，我只知道周帝的伞盖与宝刀尽为我军所获，当时认定他已经为乱兵所杀。

我派人四处在尸堆中找寻长鬣黑衣绣龙者，遍寻不得。

暂时的大胜之后，众军失去警惕，再也不听号令。

守军城民以为城外敌军已经溃逃，皆入坊饮酒，尽醉而卧。

至此，我再不能整军布防。

福兮祸兮。

冬夜绵长。到处是拴马索摇动发出的哗啦声。被寒霜浸湿的土地，混合着马粪和血腥气味，阵阵呛鼻。坊市内，不少浑身血水的军马打着响鼻，发出沉重的喘气声，四处窜荡。

嘈杂过后，众人皆醉。

城内城外，都是长久的朦胧的寂静，从近到远，隐约可闻失群之马叫声沙哑。

昏黑中，似乎有看不见的翅膀在猛烈地震动。寂静朦胧的暗夜……

东方天际，逐渐升起一片暗紫色的彩霞。而在空中，我们大齐霸府的土地正上方，横亘着一条令人难忘的闪耀的银河。

我们的神武帝上天有灵，看到国势如斯，他会哭泣吗？他会保佑吗？

周帝逃出城后，饥渴已甚，失魂落魄。当时，他就要率军遁离晋阳。周国诸将丧气，也多劝回军。

倘若周军回撤，日后胜败之事，很难测料。结果，又是周国大臣宇文忻出面，向周帝勃然进谏："陛下自克晋州，乘胜至此。今齐帝奔波，关东响震。自古行兵，未有若斯之盛。昨日破城，将士轻敌，微有不利，何足为怀！丈夫当死中求生，败中取胜。今破竹之势已成，奈何弃之而去？"

无独有偶，周国的齐王宇文宪以及首先招降晋州的汉臣王谊都上前苦劝，表示如果周帝从晋阳临阵退兵，在慌忙回撤的途中，周军一定会被我们齐军追杀殆尽。

最可恶的是，我们大齐刚刚投降周军的大将段畅等人，盛言晋阳城内空虚，把兵力虚实尽告于周帝。

于是，周帝宇文邕驻马，鸣角收兵。俄顷，军容复振。清点人数军马，周军只是局部损失，元气根本未伤。

周帝大喜。清晨未明，他指挥周军还攻我们的晋阳东门，一举克之。

我大齐守城兵士，大多醉卧市中，竟然没能组成一个成百人的建制奋起抵抗周军攻城。

在浸透了我们鲜血的晋阳土地上，斑驳的天空中，残星悲哀地眨着泪眼。

烽烟飘忽。腐烂的落叶，随寒风飞舞。充满着人血、马血以及燃烧军械的混杂气息，汇成一股苦味，撒满大地……

城内，先前拥我为帝的唐邕等人，闻风而动。他们各自率领家丁从人，高举白旗，手捧印信，向周军投降。只有勋臣莫多娄敬显一个人，率数名左右，与周军血战，得以冲出重围，奔返邺城。

我奋战不屈，跨上一匹战马，边杀边逃。

大概有几十个周军追兵，呐喊着尾随我追来。飞也似的，这些人如影随形，跟在我后面。

狂逃。我不时发出低沉绝望的喊叫声，奋力砍杀近前的周兵。策马狂奔中，迎面冲来三个周军骑兵，他们高扬战刀，直杀而来。一个骑白马的周兵，越来越近。刹那之间，他座下那匹被累得浑身团团汗珠的马已经冲到我的跟前。我看到了一张长着浓眉的大脸，红扑扑的，闪着兴奋的光芒。看着这个骑士狂奔而来，我在马背上扭身，迅速避开他劈来的刀刃。而后，瞬间，我稍稍在鞍上挺了一下身子，用自己手中的刀尖，朝他的脖子轻轻一挥。回头一看，那个骑兵的脑袋已经耷拉下来，半边脖子被我切掉。身子一斜，他从马鞍上滚栽下来。他穿着黑色军衣的脊背，立刻喷满了浓稠的鲜血……

追赶的周军见势不妙，纷纷掉转马头跑掉。

我紧紧抱着马颈，纵马狂奔，风声在我耳边飞啸。由于疲累，马耳朵一个劲地哆嗦，马耳尖上渗出粒粒豆大的汗珠。

东拐西绕，我最终拍马逃至城北。

追兵的马蹄声减弱了，时有时无。

不顾身躯肥大，我还是爬上了北面的城楼。

如果能在这里藏一天，我就有机会跑出去。

残剩在树枝上的镂花一样的叶子，哆哆嗦嗦地沙沙作响。一只野鸡在城头飞落。不远处，还有一只黄红相间的小鸟，啄食着一个守城兵士尸体头发里面的跳蚤。它仰着机灵的小脑袋，眯缝着眼睛，非常轻松。

城门的横梁上，发出阵阵腐烂的气味。我小心翼翼地躲在上面，拨弄着一些燕巢里面不知名的花草的枝茎。一支黄色的花梗上，残留着枯萎的花萼。我手中这个沾满粪迹的花萼，已经死去，正在死去，多像我们大齐的命运啊！

梁下，枯萎的艾蒿被战火烧焦，满目疮痍。

我翻转身，侧过头，久久凝视着城楼上方那一片庄严的蔚蓝的天空。我惶惶不安，内心有一种不祥的模糊预感。记得前日我被推为"皇帝"，改年号为"德昌"。当日回宅，我府邸内的术士就沉吟："德昌，拆字来看，即'安德王、二日'，得非大王为二日天子乎？"果然，我这"皇帝"只做了两天。命也乎！

忽然，我听到了混乱的脚步声，赫然看到梁下被风吹得翻滚飘动的黑色旗幡。

一个瘦骨嶙峋的面孔出现了。他露出奇怪的笑意，大声叫着，仰头望着我。看服色，他是我们大齐的兵士。

他一脸狂喜之色。我感觉这个人的面孔非常眼熟。

"安德王！上面就是安德王高延宗。我一直暗中跟着他！"

他兴奋地叫嚷着。他的眼睛，闪烁着疯狂的快乐目光，喉咙里面不停滚动着笑声。由于兴奋过度，他的身子几乎摇摇晃晃。

梁下的周军越来越多。

我纵身跃下。落到地上的时候，我听到自己身上发出的咔嚓一声响。

我的左脚踝骨摔碎了。

"安德王，狗才！还记得我吗？你当年在定州做刺史，有一年多的时间，天天迫使我在楼下张嘴，接吃你拉下的大便！你这个死胖子，当年年纪那么小，屎拉得那么多！"

难怪看这个人面熟，原来他是我少年时代在定州时的仆从。过去了这么多年，这个家伙还是那么瘦弱，只是脸上留起了浓密的胡须。那时候，我年少轻狂，无法无天，确实干了不少坏事。

"想不到吧，十多年过去，我还记得你！安德王，我一直在步军军中，多少次我都归属你的统领，你记不得我了吧？"说着话，这个从前吃过我屎的兵士扑身近前，高举手中马鞭当头抽向我。顿时间，我的一只眼睛就被打得看不见东西，目睛几出。

"如此狂奴，卖主求荣，还敢击打大齐王爷！"

一个长髯大汉在旁怒喝。我眯着能视物的那只眼睛，打量他。看他身上披风上的绣龙，我才知道，面前站着的，正是周国皇帝宇文邕。

宇文邕猛一挥手。

他身边侍卫抽出刀，一刀就把那个带周人追寻我的兵士砍翻在地。

吭都未及吭一声，变节兵士本来就瘦削的脑袋，即刻被削去一半。白红脑浆鲜血，喷溅一地。未及领取周国的赏金，他就一命呜呼。

想不到，庶人布衣的仇恨，也能这么鲜活和长久。

宇文邕上前，派从人用黄龙齿状的密陀僧①为我疗伤，并亲执我手，一脸虔信地说：

"两国天子，非有怨恶。朕此次兴兵，只为一统江山，为百姓安宁而来。安德王，朕发誓，对你终不相害，勿怖勿忧！"

面对这个和我年纪相当的周帝，我输得心服口服。

"我死人手，何敢迫至尊！在下何德，敢劳陛下握手慰问！"

周帝命人摆放两个胡床，与我宾主对坐。

他仔细打量了我许久，问："安德王，朕欲取邺城，不知你能否给朕出谋划策？"

"此非亡国之臣所及。"我立刻回绝。

周帝宇文邕沉吟。

接着，他说："齐神武帝高欢，沐雨栉风，信必赏，过必罚，辛劳多年，以成国家。当今齐主，雕墙峻宇，甘酒嗜音。视人如草芥，从恶如顺流。佞阉处当轴之权，婢媪擅回天之力。卖官鬻爵，乱政淫刑。如此穷极荒淫，朕自可一举而灭！齐天数既穷，安德王何可不言？"

知道无法直接回拒，我只能回答道：

"如果我十叔任城王高湝率领兵马守卫邺城，陛下大军攻城结果，臣不能知；如果我们大齐皇帝自守，陛下可兵不血刃。"

周帝颔首。"邺城之中，军将大臣，何人能战？"

我想了想，说："佞臣居多，只有尉相愿、斛律孝卿二人，勉强可使……"

---

① 出于波斯，一种氧化铅，可用于治疗创伤，也可以治疗痔疮。

第四十四章　颤抖的大地

太阳高悬在空中，没有任何热度。冬末的天空，总是澄澈如镜。

晋阳失陷。安德王高延宗被周人生俘。大齐，当真是国祚到头了。

身在邺城，我，斛律孝卿，只能勉为其难担当起保卫国都的重任。但是，我并非皇帝信任的亲旧，只能默默观察情势，尽力而已。

国家沦亡在即，我不想再不明不白地死于皇帝身边的佞臣宵小之手。

含光殿的大殿中，王公群臣，谁也不说话，大家面面相觑。

一片乌云的影子遮住了殿庭，长久的静默。众人噤口，只传来阵阵令人心烦的鹧鸪啼叫。

风铃叮当，太阳耀眼地把黑云穿透，重新把让人惊叹的金光泻向大地。云起一天山。漂流的滚风，吹推着这些云朵，它们飘荡、消失。

直至正午，大臣们依旧一筹莫展，愁眉苦脸。

硕大的殿庭之外，蜃气漂流着，翻滚着，显得阳光下的世界那样不真实。

隐隐约约，我似乎能听到战鼓声声。我能想象，在看不见的地平线上，周人的黑旗，已经越来越近。周军点燃的紫色的烟柱，很可能就在近处的天空中扶摇直上。

最后，还是皇帝的堂兄、广宁王高孝珩发言：

"大敌既深，进逼邺城。事已至此，我们应该随机应变。陛下应该下诏，委派任城王高湝领幽州道兵入土门，对外声称向并州进发；派独孤永业领洛州兵赶赴潼关，扬言攻打长安；臣请领京畿兵出滏口，大作声威，鼓行逆战。如此一来，周军听闻南北有兵，自然溃散……此外，大敌当前，请陛下收集宫中珍宝、宫女，赏赐将士，鼓舞士气！"

未等皇帝答言，韩凤在一旁以脚蹑之，以目示意。

皇帝会意。他对广宁王摇了摇头。"哪能尽遣宗室出城抗敌。容朕细思。"

事已至此，我只能出头："陛下，大敌当前，为收取人心，您一定要亲力亲为，可召集兵将，举行登坛拜将仪式。大军齐集之时，陛下应该当众发玉音，慷慨流涕，以此感激人心！"

皇帝低头想了想，说："这倒不难。朕现在就可以做。既然如此，朕就委任爱卿你为大将军吧。登坛命将的仪式，我父皇武成帝在世的时候曾经演示过，大概过程，朕都记得。斛律爱卿，你先为朕拟辞，朕先背诵一下，省得当着大军的面，我不知道讲些什么。"

我们大齐命将出征的仪式，先由太卜官诣太庙，灼烧灵龟，察看吉凶，然后授鼓旗于太庙。皇帝陈法驾，服衮冕，亲自步行至太庙，祭拜祖先诸帝。祭祀完毕，皇帝降就中阶，亲手挽住大将军的手，操钺授之，口中说："从此，上至天，将军制之！"又操斧授之，讲："从此下至泉，将军制之！"大将军既受斧钺，跪禀："国不可从外理，军不可从中制。臣既受命，有鼓旗斧钺之威，愿陛下授威权于臣！"皇帝说："苟利社稷，将军裁之！"而后，大将军上车，金鼓大作，载斧钺而出。行进过程中，为表隆重其事，皇帝还会推毂度阃，指着大门对外高声宣布："从此以外，将军制之！"

皇帝骑马率众抵达太庙后，仪式举行。

命将出征仪式开始的时候，一切都有条不紊。

最后关头，皇帝要对众宣讲，慷慨言辞，鼓舞士气。

不料想，忽然之间，我先前为他撰写的言辞，都被他忘得一干二净。俯首再三，他也想不起来要说什么。

左思右想好久，他抬头望向冯小怜。冯淑妃嫣然一笑。这个时候，可能皇帝想起了他们之间的什么秘事，忽然哈哈大笑起来。

他这一笑，左右群小、佞臣，也跟着大笑。

如此庄严隆重的场面，被皇帝这浑无心肝的一笑，弄得一发不可收拾。

在场将士，心中莫不解体。

这时候，有人来报："皇太后、皇太子到达邺城！"原来，在晋阳时被送往北朔州的胡太后和皇太子高恒，已经被接回邺城。

皇帝不知从哪个随从手里拿出一沓告身①，对韩凤讲："韩爱卿，你与义宁王斛律爱卿，自可封授官职。自大丞相以下，任爱卿等定夺！"言毕，皇帝带着冯小怜离开太庙，去看望皇太后和皇太子了。

---

① 委任状之类的东西。

韩凤大手笔，他抓起那一把告身，悉数带回家中。而后，太宰、三师、大司马、大将军、三公等官，他全部增员而授，或三或四，不可胜数。只要有人给他送钱送物，官职任选。

没过两天，军探急报：周国大军已经向邺城火速进发，能征惯战的周国齐王宇文宪为先驱。

至此，周军主力，距离邺城仅仅不到百里。

京城大惧。皇帝赶忙召集官员，引文武一品以上入朱华门，赐酒食，给以纸笔，咨询抗御周兵之策。

群臣异议，有的表示死守，有的劝说逃跑，议论纷纷。

皇帝莫知所从。

冯小怜推举的占卦望气者说："夜观天象，当有革易。"

于是，在大臣高元海、卢思道、李德林等人怂恿下，皇帝就效仿他父皇武成帝故事，禅位给皇太子。

皇太子高恒，乃穆皇后所生，于武平元年六月生于邺城。由此，隆化二年春正月乙亥，皇太子即皇帝位，时年八岁，改元"承光"。

大赦。尊皇太后胡氏为太皇太后，尊皇帝为太上皇帝，尊皇后穆氏为太上皇后，尊冯小怜为太妃。

小皇帝即位后，国事根本没有任何起色。

被武成帝毒死的清河王高岳的儿子高劢，一腔忠勇，他给皇帝出主意：

"今之叛者，多是贵臣。至于普通士卒，犹未离心生叛。希望皇帝能下诏，请追五品以上官员家属，置之于三台宫殿之中。然后，号令城内军将官员，战若不捷，则焚烧三台。如此，那些人顾惜妻子家属，必当死战！近来，我们齐军屡败，周贼深有轻我之心。如果背城一决，理必破之！"

太上皇对这个建议模棱两可，不做明白表示。

改元后，广宁王高孝珩被升任为太宰。呼延族、莫多娄敬显、尉相愿等人暗中与他同谋，约定在正月五日发动政变。

他们原本计划如此行事：广宁王在千秋门斩高阿那肱，尉相愿在宫内以禁兵应之，呼延族与莫多娄敬显自游豫园勒兵而出。事成后，拥举广宁王为帝。事成，国事可能还有可为。

结果，高阿那肱当天从别宅骑马顺小路入宫，大事不果。

而后，这事情颇为人知。但大敌在近，宫内宫外，没有人敢对此深加追究。

恐怕事发被杀，广宁王高孝珩上朝时就自告奋勇，要求太上皇派他出拒西军。

皇帝与左右近臣犹像。

广宁王痛心疾首，当着皇帝的面，在廷上对我、高阿那肱、韩凤等人声泪俱下地表示：

"朝廷不下诏派遣我外出击贼，不就是害怕我高孝珩造反吗？……如果我高孝珩领兵出城，击破宇文邕，我肯定会率兵长驱直杀长安。彼时造反，又与国家何害！以今日之急，为什么还对我如此猜疑！"

时日迁延，广宁王待在邺城，说不定众人可能拥他生变。我赶忙与高阿那肱、韩凤商议，决定委任广宁王高孝珩为沧州刺史，派他率领少量人马外出至州赴任。

他出城后，很快就赶往信都，与任城王高湝合军，共商匡复大计。

领军大将军尉相愿守城来迟。他听说广宁王已经被朝廷派出城后，当众拔出身上佩刀，愤怒斫柱，长叹道："大势去矣，知复何言！"

心惊胆战之余，太上皇派出军将，率领千余骑侦察周师动静。

这些人刚出滏口，登高阜西望，遥见群乌飞起，就即刻认为是周军旗帜。肝胆俱裂之下，他们马上驰逃回邺城。

这些胆小鬼，一直跑至紫陌桥，连头也不敢回。

情势如此，力难回天。

一筹莫展之际，朝中文臣来了精神。黄门侍郎颜之推、中书侍郎薛道衡等人，劝太上皇以外出募兵为由，先逃出邺城这个是非之地。他们还说，国事如若不济，可北投突厥，南投陈国。

冯小怜哀啼连连，她表示，她不喜欢苦寒的北地。

由此，太上皇决定南奔陈国。

于是，众人手忙脚乱，先安排太皇太后、太上皇后从邺城出发，赶往济州。然后，小皇帝高恒也自邺城东行。

此时，周军陆续赶来，前锋已抵邺城郊外的紫陌桥。

太上皇带着小怜以及我们几个朝臣，齐齐跪在邺宫内的佛龛前祈祷。

大佛，释迦牟尼本尊，身穿袈裟，内着僧祇支，庄严肃穆。大背光上，装饰火焰纹，头光圆形，饰有九瓣莲花。左为文殊菩萨，右为普贤菩萨，都是头盘发髻，脸微微侧向本尊。

我发现，本尊的脸，是模仿太上皇本人雕刻的；文殊菩萨，仿穆皇后；普贤菩萨，竟然是仿冯小怜。让人感到荒谬的是，普贤菩萨的脸，与冯小怜几乎一模一样，在雕像的鬓眉之间，还刻有"斜红"妆饰，月牙形，色泽鲜红，犹如两道细疤。此种妆饰，出于魏文帝曹丕。他宫中女官薛夜来，误撞水晶屏风，脸上伤口痊愈后，留下两道伤痕，结果魏文帝对她更加宠爱。当时的宫女们纷纷效仿她的妆饰，用胭脂在脸上画血痕，名为"晓夏妆"。

莲花，缠枝忍冬，佛国的光辉。

其实，事到如今，无论是拜佛还是拜自己，都无济于事。

周军开始在城西门纵火烧门。

望见火起，太上皇大惊失色，他赶忙带着冯小怜，率百余骑东逃。

我、韩凤等人，只得随行。

一行匆匆，终于渡河逃入济州。

当天，太上皇知道自己复国无望，就以小皇帝的名义下诏，禅位于任城王高湝，派人送禅文及玺绂于瀛州[①]。

结果，使者没有把玺绂送给人在瀛州的任城王，反而携之投降了周军。

任城王高湝得到消息后，赶忙下诏，在自己称帝的同时，尊太上皇为无上皇，尊幼主为守国天王。

我们守卫邺城的军队勉强出战，立刻遭到周军迎头痛击，大败而归。

未几，周军乘胜，一鼓攻下邺城。城内王公大臣，尽皆迎降。

城内武将中，只有莫多娄敬显拒战，最终他马蹶被俘。此时，周帝宇文邕用不着再以加官晋爵的招数来召谕降人，他当面斥责莫多娄敬显说："汝有死罪三！前自晋阳逃往邺城，携妾弃母，不孝也；外为伪朝戮力，内实通启于朕，不忠也；送款之后，犹持两端，不信也。用心如此，不死何待！"斥责之后，即刻下令把莫多娄敬显推出处斩。

周帝之辞，皆妄加之罪。莫多娄敬显虽属皇帝佞臣，大节不失，始终不肯投降周人。

听说周帝已经派大将尉迟勤率领三万人来追，太上皇不敢在济州停留，就留太皇太后于济州，派高阿那肱留守。

太上皇本人、太上皇后、冯小怜等人，携幼主逃往青州[②]方向。

这个时候，他身边，只剩下我、韩凤等数十随从。

已经是春天了。极目荒野，能看到到处有春水泛溢。河边的草地，几乎全被淹没。

路径蜿蜒，我们只能顺着那些剩下未被淹没的高地行走。

---

① 在今河北河间。
② 在今山东青州。

骑行在沿岸的高岗上，很远就可以看到有无数由河水泛滥形成的小岛。那些新出现的岛上，小柳树、小杨树，茂密丛生。地上，长满了使人难以通行的带刺的荆棘。

乱蓬蓬的粉红色、深蓝色的野花，沾满了马蹄。肥壮的茂草，欣欣向荣。

太阳，越来越暖和。可以发现，向阳的低坡上，积雪完全融化，去岁的深秋衰草，已经变成了红色。在土坡上和裸露出来的怪石下，都能发现刚刚萌发出的、浅绿色的尖芽。

低洼地和沟壑里面的残雪，泛着幽幽蓝光。我们经过的时候，还是能感到阵阵寒气。

细流潺潺，轻柔地歌唱。最能表现春天的杨树枝，温柔地闪耀着。仔细观察，能看到树枝上面的绿色浮茸。

太上皇既至青州，他慌慌张张，马上召集我们察看地图，想立刻逃入南朝的陈国避难。

可恶的是，高阿那肱早已经暗通周军，与对方相约，要生俘太上皇，准备献给周军当见面礼。为此，他一面不断派人来报，骗说周国的追兵距离还很远，一面派人烧断通往陈国的桥路。

对此，我们全然不知。

太上皇想喘息一下。他连日疾跑，患上腹胀，让我们在青州城内四处寻找药物。

韩凤随从中有个姓徐的南人，他建议说："皇上之病，乃滞冷所致，无须药物，可以取死人枕头一件，烧煮后，饮取汁水，即可痊愈。"

为了打消众人的疑虑，他接着解释道："皇上腹胀，乃尸注所引发。所谓尸注，就是指鬼气在体内伏而未起，所以令人沉滞。如果得死人枕头，能使魂气飞腾，不再附注于体内，可消尸注。"

半信半疑间，众人四处寻觅古冢，挖取死人枕头。寻摸大半日，终于在一个破墓中觅得一个古枕。

从人掩鼻烧煮，正要捞取死人枕头后沥汤，忽然有报，周军已经有前哨兵数百人冲到青州城下。

闻讯，太上皇惊怖失色。窘急之间，他自跳起于地，在鞍后拴系一个大金囊，置穆后和幼主于不顾，拣选一匹好马给冯小怜骑上，命令韩凤和我跟从，立刻上马往城外逃。

事急狼狈，皇帝身边，只有不到十名护卫。

连夜骑行，跑得气喘吁吁。黎明时分，一行人到达了距离青州不远的南邓村。

春寒料峭。战马缺食少水，实在跑不动了。我们只得停下来，准备让马休息一下，然后再跑。

细雪地变得很硬，我跳下马，硬地震得脚生疼。

草地的水洼，夜间又凝结了一层浅灰色的薄冰。周围的马蹄印不多，显印在覆满衰草的荒地上，靴子踏过，草地稍稍下陷，发出一种轻微的低沉的响声。土地，焦黑而僵死。半昏半暗的黎明时分，闪耀着不祥的青光。

疾风匆匆。冷风掠过，彻骨生寒。仔细察看，可以发现，最近的几天，草原上曾经烧燃过春天的野火，许多艾蒿都被野火烧焦，至今还隐隐约约散发着焦臭。

东方，天光渐亮，笼罩上一层紫色的雾气。

太上皇蜷缩着，倚靠着一个土堆，怀里紧紧搂着冯小怜，两人拥在一起取暖。现在看上去，他们完全就是两个普普通通的年轻人。冯小怜的脸，虽然冻得发紫，但是，只要看到她的那张奇美绝伦的脸，人们就会明白，为什么年轻的太上皇会如此陷溺其中。

我走过去，把一匹马轻轻按倒，让太上皇和冯小怜靠在马腹上面。然后，我脱下身上的皮制披风，为他们两个人盖上。"陛下，你们稍稍歇息一下，时辰还早……"

虽然天越来越亮，我的内心，却漆黑一片。我知道，一切都毁灭了！

我再次醒来的时候，忽然发现，四周已经是春天的景色。欣欣向荣的嫩草，遥看青青。蔚蓝晴空中，云雀歌唱，一群群地飞舞。四周野地上，到处是野鸟的巢穴。积雪在阳光的照耀下迅速融化，不远处的溪流在流淌，反射、闪耀着蔚蓝的春晖。

青州的晴空，那么深邃、碧蓝。我发现，天上有一只巨大的老鹰在飞翔盘旋，我甚至能够听见它巨大翅膀沉重的扇动声。一群大雁惊叫着，它们在阳光中闪闪发光，灰色翅膀急速地扇扑，落荒四散。

朝前望，一个早已经荒弃的古垒，静静地矗立在那里。而太阳照耀的洼地与深蓝色的远景，把这一切融构成一种让人伤感的岑寂美丽。

一种奇怪的、深幽的寂静，让人心慌。

风势加大，沙沙地从衰草上滚过。

马蹄声，由远而近，杂杂沓沓。

我们还没有来得及上马，已经有大概数百人忽然冒出低岗。很快，就有数名骑兵冲到了我们的面前。

看到不断冒出的骑士们身上的周军黑衣，我知道，我们已经是俘虏了。

这些军士乍然看到我们，都愣住了。可能我们人数太少，他们皆揽辔驻马，没有一个人举起弓箭等武器。

韩凤保持着大将的风度，用鲜卑语喝问来将："来者何人？此乃大齐太上皇帝，不得唐突！"

跨骑一匹紫骝马的黑脸汉子闻言立刻跳下马，深施军礼：

"在下尉迟纲，参见齐国皇帝陛下！"

说话间，山岗后的周军骑兵越来越多，大概人数有数千之众。

几乎所有兵将的目光，都集中在冯小怜身上。

这些人中间有一个人，是我们齐国军将打扮，特别引人注目。仔细看，原来正是为周军带路的高阿那肱。

"文宣帝时代，有个疯和尚就曾向皇帝喊话，做出阿那瓌破亡大齐的预言。原来，真是应验到这个高阿那肱身上了！"韩凤低声对我说。

终于不用再逃跑了……

很快，我们一行人就被周军带回了邺城。

周帝宇文邕正在太极殿与从官将士宴饮。

见太上皇被带到，他亲自降阶相迎，以宾礼见之。

太上皇失魂落魄，惶然施礼，没怎么说话。

周帝似乎有太多要事处理，没有多与我们寒暄。他当时下旨，封太上皇为温公，与太后、幼主、诸王一起，立刻遣送长安安置。

自武成帝崩后，太上皇还从来没有向人下跪过。

他怔忡半晌，周国礼官从旁提醒。至此，他才愣愣地跪下，向周帝叩首谢恩。

周帝心情不错，对于我们这些随从人等，均当庭宣布释放，安排官爵。

我，得封纳言上士；高阿那肱得授大将军，封郡公，隆州刺史；韩凤，封陇州刺史；最后，在晋州首先投降周军的高道豁也被带入，重新封爵，为黄州刺史，但被削去永昌王的爵封。跪听封爵时，高道豁的脸色非常难看。

"齐国不是没有直言敢谏的忠臣，斛律光、崔季舒等人，朕都会追加赠谥，加礼改葬。他们的子孙存者，随荫叙录为官。他们的家口田宅没入官府者，一并还之。"接着，周帝叹息道，"如果斛律光活着，朕安得攻取邺城！传我诏旨，伪齐的东山、南园、三台，一并毁撤。瓦木诸物，让百姓自取。所得山园之田，各还其主。"

我等诸人谢恩。

周帝指着韩凤，没好气地说："早听说你是齐主佞臣，嫉贤妒能，害人无数。不过，朕看你最后能不离不弃，效忠于故主，特饶你不死！"

"臣为鹰犬，任主所使。昔日我跟从文宣帝，北战突厥，南敌梁国，西挡大周。臣冲锋陷阵，所向无前！非臣等无能，实是天意护佑大周！"韩凤并不畏惧，言语之间，气概勃勃。

"汝所言有理！"周帝捻髯，微微颔首。

日后不久，出卖太上皇的穆提婆、高阿那肱皆被加以谋反之罪处决，唯独韩凤没有被杀，依旧担任陇州刺史。

太上皇被生俘后，大齐国祚顿消。

广宁王高孝珩至沧州后，以五千人会任城王高湝于信都，共谋匡复，二王总共募得四万多人。周帝闻报，立刻派齐王宇文宪、柱国隋国公杨坚率领十万大军前往。同时，让温公高纬①写亲笔信招降。

高湝、高孝珩不从，拒绝投降。

周国的齐王宇文宪率领大军到达信都。

齐国的任城王高湝于城南列大阵，准备与周军决一死战。

不料想，高湝所署领军、昔日死守洛阳的大将尉相愿，佯装率人出兵略阵，甫一出去，他就立刻投降了周军。

尉相愿，乃齐国两代功臣，先前守卫洛阳有大功。看见他临阵投降，齐军上下，皆骇惧离心。

任城王高湝大怒，让人把城内尉相愿的一妻四子，皆推上城头斩首。

转日，两军决战。宇文宪指挥周军，大破已经丧胆的齐国二王部队，俘斩三万多人，生擒二王。

对任城王，宇文宪惺惺相惜，握其手说："任城王，何苦至此！"

高湝洒泪："下官乃神武皇帝之子，兄弟十五人，幸而独存。逢宗社颠覆，今日得死，无愧坟陵！"

宇文宪闻言壮之，命令军士归其妻子。而且，他还亲自为广宁王高孝珩洗疮敷药，礼遇甚厚。

高孝珩叹言："自神武皇帝以外，吾诸叔父兄弟，无一人能活到四十岁，命也！嗣君无独见之明，宰相非柱石之寄。日复一日，国家日益沦亡。恨不得握兵符，受斧钺，展我心力，振兴大齐！"

---

① 高纬已经被俘，帝号已失，故这里用周国的封号称呼他。

任城王、广宁王被擒后，齐国基本平定。

不料想，没过多久，齐国重镇北朔州的前长史赵穆等人反正，迎拥文宣帝高洋第三子、时任定州刺史的范阳王高绍义。

高绍义率军至马邑，号召复国。自肆州以北，共有二百八十余城奋起响应。

高绍义引兵南出，欲取并州为复兴之地。结果，兵至新兴①，周军已经在肆州严阵以待。

在齐国降将尉相愿招降下，范阳王高绍义的前队二将以所部投降周军。周军势盛，陆续攻拔诸城。无奈之余，高绍义还保北朔州。

降将尉相愿继续带路，周国东平公宇文举率军数万，进逼马邑，不给高绍义喘息机会。

双方交战，高绍义战败，不得不北奔突厥。

当时，他手下只剩三千人。到达边境后，高绍义对从人讲："北土殊俗，欲还者任意！"于是，辞去者又大半。

到达突厥后，佗钵可汗一直非常钦服文宣帝高洋，认为他是英雄天子。而高绍义脚有重踝，长相与文宣帝特别相类，所以甚受佗钵可汗爱重。凡齐人北逃者，佗钵可汗均划归高绍义手下。

至此，齐境土基本全部入于周国。周国总共得州五十，郡一百六十二，县三百八十，户三百零三万二千五百。

大齐，灭亡了。

昔日的大齐皇帝，今日长安的温公高纬，他又怎么样呢？

---

① 在今山西忻州。

第四十五章　玉　碎

　　独自一人，我躺在黑暗中。锦衣玉食的囚徒生活，已经持续了几个月。

　　似乎有人，脚步轻轻，朝我走来。呼吸中，有一种类似阳光下花蕊浮尘的东西。这种味道，给我以人生的可靠感，让我感受到这个世界金子般可贵的静谧。由此，每一天，就变成了新的一天。

　　那是我梦中的小怜！

　　皇帝，太上皇，无上皇。我高纬这一生，迄今为止，二十二个年头，比别人的十世还要长久，还要丰盈。

　　失去自由，真真切切让我产生了一种从来未曾感受过的痛苦，这种内心的创伤，时间也不能使之愈合。我也不必准确地记忆我被俘的时刻，那并不会增加痛苦。在越来越炎热的日子里，我只是思念小怜。

　　小怜，她怎么样了呢？

　　往事，无从分割。这是一种最深刻的凄凉。在我记忆的眼中，小怜的脸庞，逐渐变化。不是越来越模糊，而是越来越清晰。

　　总是在暗夜中，我感觉到她忽然扑入我怀中的温柔。变化着的，只有时间。而我对她的记忆，没有任何销蚀。千差万别的日子，只把对小怜的思念留给了我。

　　在撕心裂肺的思念中，我好像变成了另外一个人。这个另外的我，有着新奇、焦渴的企盼，幻想着梦中的春天的阳光。小怜的玉体芬芳，反射到我沉沉的睡眠中，在她迟迟未归后，给我以悲伤的快乐。

　　越是沉浸于思念，越是痛苦不堪。在缤纷色彩的梦境中，小怜留下的痕迹，黯淡得可怜。我脑海里，似乎每时每刻都出现她的容貌，间隔，引起我一日强过一日的焦虑。

　　小怜，她身上所具有的魅力，因时间和分别，越来越强烈。希望，失望。失望，希望。

生活的回顾，让人无限伤感。当喜悦停止的时候，生活还在继续。

黎明的曙光，那么刺目，让人恶心。如果没有一种隐隐约约的信念支撑，我就不能活下去——这信念就是，我会再见小怜！

热爱，让人对生命都产生厌倦。悲哀，会使内心的痛苦变得无比尖锐。

当太阳升起的时候，我总是盼望白昼真的结束。当虚无的一天完结，傍晚的暗影升腾起来的时候，在西沉太阳的背后，有着深远的梦境，在那里，我肯定能与小怜相见！

昨天晚上，我做了一个梦，早晨起来，我清晰地记得——小怜，与我携手，走在一条两边都是草原的长长的路上。那条路的尽头，似乎可以远远瞥见，它是闪烁微光的、跳跃着鲜红色彩的、黑黑的圆形穹庐。多么像突厥人的穹顶啊。我的记忆的眼睛，在那条路上，还见到过纯黄色的太阳。似乎，隐隐约约的鸟儿啁啾，曾经打湿我们无法忘却的柔情。在梦里，有一种奇特的感觉拉住过我，我的身体，潮落潮涌。我多想永远沉浸在那种永恒中啊！

多少次，为了在梦中寻找小怜，我穿越时间的深谷，取道混乱的回忆，在溟蒙的雾霭中，追寻着，赶着路，不辞辛苦，躲避浩瀚的幻觉，踏着虚无缥缈的幻境大地，苦苦追赶着小怜遥远的身影……咫尺之间，她却消融在苍穹下无垠的田野中，融化在纯净透明的梦里……

长路迢迢。从邺城到长安，我们这群俘虏，走了近三个月。

我木偶一样，只能听任周人摆布。献俘仪式上，周人让我步行在长安到周国太庙的路上。

我走在最前面，高氏皇族被俘的王公跟在我身后。车舆、旗帜、器物，凡是从我们邺城、晋阳宫中选取的珍宝，都摆在车上陈列。

周国的重甲武士骑着骏马，排成一堵坚墙，押送着我们。

周帝本人，备大驾，布六军，奏凯乐，喜气洋洋地在太庙献俘。

周人观者如堵，伫立路旁，高呼万岁。

而后，便是长安的宫内大宴。周人，放肆地炫耀着胜利。

大殿中，人满为患。

南朝的梁国国主，一个样子白皙、阴柔的男子，妇人一样，躬身致敬，手捧酒觞，嘴里叨叨不停，大声歌颂周帝的功德。这个人，不过是一个城主。梁国被当时的西魏灭掉后，宇文氏扶立了一个梁朝皇室的后人，继承梁朝的祭祀，对外，他号称梁国"皇帝"，其实，他不过是个江陵城的城主而已。

酒酣，周帝兴高采烈。他欢快地手把长髯，痛饮数觞后，坐在御榻上，开始自弹琵琶。

见此，梁国国主立刻起身，作吴地之舞，边舞边大声说：

"陛下既亲抚五弦，臣何敢不同百兽！"

周帝大悦，立时赐赉，把从我大齐取来的十床珍奇异宝，赐予了这个阿谀奉承的梁国国主。

梁国国主告退后，周帝命人传旨，让我们这些被俘的齐国皇室都上殿。饮酒，赐官，共赏歌舞。

我现在的身份，是周国的温公。

周帝头戴高九寸的通天冠，黑介帻，金博山。在他坐榻上方，高施流苏帐。他身后，龙凤朱漆画屏风，女侍打伞盖。

一溜的金香炉、琉璃钵，陈摆在周帝案前。食案上，共有几十个金碗，熠熠闪光。

我们一行人坐于殿西，周国皇室坐于殿东。

对坐之时，忽然，我发现了对面的小怜。我的心，一下子抽紧。

自从在青州的南邓村被俘后，小怜就与我分开，被周人以驿传快速送往长安。据说，她被周帝赏赐给了宗室、代王宇文达。

小怜似乎过得不错，她的气色不是很差。她一身周国王妃的打扮，两博鬓，花九树，服褕翟，着鞠衣。特别让我感到奇怪的是，她脚上穿的不是她从前爱穿的丝履，而是紫皮靴。

她的脸，依然那样闪耀。整个殿堂，似乎都被她的美貌照亮。

在她身边近处，坐着一个身材臃肿的黑肥男人，短髯，细眉，一直含笑望着小怜。这个人，可能就是代王宇文达了。

周帝满饮一杯后，自弹胡琵琶，大声命令，让坐于我不远处的堂兄广宁王高孝珩吹笛。

高孝珩起立，推辞道："亡国之音，不足听也。"

周帝愠怒，一定要高孝珩吹笛。

不得已，高孝珩举笛。笛才至口，泪下呜咽。

见此状，周帝可能恻隐之心顿生，乃不强求。

"梁主南舞，精彩动人。温公，你是否也给朕跳一跳啊？"

周帝一开口，殿内鸦雀无声。

开始我没有反应过来，直到对面的周国皇室的人都盯着我看，我才意识到，周帝是在对我讲话。

是啊，我现在是温公。周帝为什么封我为"温公"呢？温国的封地，又是在哪里呢？我脑子里奇怪地闪过这样一个荒谬的念头。

忽然，不知哪里来的勇气，我跪起，高声请求周帝：

"陛下，我与小怜久别，陛下能否开恩，把小怜赐还于我。我们两人，得为长安太平小民，平生足矣！如能遂愿，我们来世做牛做马，报答陛下厚恩！"

周帝愣了一下，似乎我的请求，超出了他的想象。

"……朕视天下如脱屣，区区一妇人，何能惜之！不过，要看代王是否愿意了……使温公伉俪团圆，我想，代王应能成人之美！"

听周帝如此说，似乎所有的血液重新得以燃烧一样，我整个身体充满了力量。

作为亡国之君，区区舞蹈，成何侮辱！

小怜泪眼蒙眬，望着我。她抱起胸前的胡琵琶，开始弹奏。

在我身旁，安德王高延宗涕泪横流，大声哭了出来，似乎是他在替我为亡国的大齐承受侮辱。

我步入殿中。屏息过后，我双手合十，过顶，上身挺直。接着，我腿内弯，随着小怜的琵琶声，蹬地起舞。

我小臂略向内倾斜，挺直上身，忽然，转开马步，以我全身的力量，平抬上肢，弯曲至肋。我左腿稍弯，右腿后蹬，以媚神的全神贯注，面露真挚笑容，以取悦周帝。

飞速回旋中，我上肢平伸，左右倾斜晃舞。我的两条腿，忽而大幅度叉开，忽而收回。我的脚尖内外换转，不停摇动上身。我的腰部左右扭动着，腿部曲弓，挺胸收腹。与此同时，我的双臂摆动飞快，手掌开合和节，手腕抖动，舞姿婀娜。我的头部、颈部，左摇右摆；我的腰部、臀部，侧转旁旋。

忽然，我把双手合并于胸前，两眼平视着周帝，上身和大腿，圈勾成角。接着，我把两腿下蹲成环状，大腿外撇。紧接着，我双脚跳起，脚跟互触。我上抬颈部，双手叉腰，然后横举双臂，作弓步，摇头晃腰。我使出浑身解数，踏蹬蜷伸，变化曲折。

我跳跃，我弹跳，我抬腿，我屈膝，我勾，我踢，我有时刚健有力，我有时妩媚动人，姿势变换，无穷无尽。

在大汗淋漓的舞蹈中，我的臂、掌、腕、指，我身体所有的部分，都在胡琵琶声中摇荡。

最后，我右脚跟提起，以脚尖着地，嘴唱鲜卑歌，以惊人的速度，在殿中央欢舞盘旋……

当我气息不喘，稳稳站在当地的时候，就连周帝本人，都由衷地跷起大拇指赞叹："好舞步！好舞步！"

此刻，小怜，脸上露出恍惚的、欢乐的笑容。她，肯定沉浸在了回忆里。我们美好的时光里，也有无数次这样，她弹胡琵琶，我起舞。

小怜，她像一幅画一样，让人百看不厌。特别是短暂而又长久的分别后，她比起从前更加动人千万倍！

记忆之流，忽然被周帝的话切断。

"代王，你是否能割舍啊？把冯小怜还给温公？"

代王宇文达默然久之。

然后，他朝周帝行礼："全凭陛下裁之！"

周帝注满一觞，仰头饮尽。"冯小怜，我们大周国的代王非常怜宠你……归属温公，还是归属代王，你自己选择！你的胡琵琶，弹得比朕精妙，再给朕弹奏一曲吧。"

小怜，面色白如绵纸。平素鲜若樱桃的嘴唇，完全不见了血色。

她迟疑片刻，咬了咬嘴唇。

一切都凝固住。

良久，她再次抱起琵琶，边弹，边清晰地唱道：

"虽蒙今日宠，犹忆旧时怜。欲知心断绝，看取琴上弦！"

音声刚落，琵琶弦断，崩然一声！

寂然之间，小怜抛扔掉手中的胡琵琶。而后，她忽然从紧挨着她坐的代王宇文达的腰间抽出了腰刀。

在众人的惊愕中，她把刀尖刺向自己的前胸……

这是我梦魇中都不能想到的、生命中最可怕的一幕。

我扑上去，慌忙把浑身是血的冯小怜抱在怀里。

她睁开眼睛，没有一声呻吟。她搂着我的脖子，手轻轻抚摸着我的头，在我耳边嗫嚅道："陛下，臣妾先走一步。我去了，周人就不会为难你……"

她说话的时候，嘴里不断地流出鲜血，喉咙里发出哽咽的声音。

我完全吓坏了。我颤抖的手，沾满了她的血。很快，那些不断外涌的血，把她的上衣全浸湿了，湿透了。

她的头，无力地耷拉下来，依靠在我的肩膀上面。她的呼吸，越来越急促。

我闭上眼睛，亲吻着她的嘴唇。冰冷，带有淡淡的血腥咸味。

她最后看了看我，然后，她望向殿外的天空，一动不动。

她的眼睛，完全黯淡了……

阳光，在这漫长的初夏，消逝得那样缓慢。残酷的利刃，捅穿了如此娇嫩的心脏。那是怎样的勇气，才能有如此的气力！

生命的最后一刺，用自己的手！小怜，出乎我意料！

过去，一幕一幕，浮现在我眼前。她风驰电掣的、与我骑马狂奔的倩影，我们在雨天赤脚狂欢般的飞跑，月光下她眼睛里面纯洁的挑逗，欢爱后她两颊上那层奇异的红晕，她观看歌舞时候手舞足蹈的充沛的情感，晋阳凛冽的北风中我们在山上那些甜蜜的晚上，雾霭里她亲手递过的一杯茶的温热，我第一次亲吻她的时候她那莽撞无知的牙齿，青州帐庐中幽暗的烛光，骑马共坐时候她搂紧我腰部的双手，飞霜冻天的逃亡路上她温柔的泪水……无数的冯小怜！

我永永远远，再也无法重新置身于那些日子了。记忆，会以残忍的方式朝过去的方向运动，却改变不了未来！一旦纯洁的情感剔除了肉欲，男人的心，就永远地碎裂了。这，比恐惧更令人心碎！

我簌簌地颤抖起来。我哭了。

我再也尝不到她柔嫩的双唇，我的胸腹再也不会滚过她舌头上神秘的火焰，我的怀抱，再无沁人心脾的神秘的温馨。以后，我们一起仰望过的天空，会因为她的飞升，越来越遥远。邺城宫内的树梢上，闪烁过许多星星，天然的清辉，永远不会照耀到长安！

她死了。这个确确实实的现在，把我痛苦的人生冲撞成一片又一片的碎片。

我几乎喘不过气来。看着她脸上残留的一抹微笑，我的脑海中刮起了漫天的风暴。

在我一生中，我开始了第一次真切的、撕心裂肺的哭泣。

我从来没有真正操心过，对人，对事，对国家。在冯小怜出现之前，一切的一切，都无关痛痒。我从童年开始，就生活在厌倦中。在已经安排好的命运里，没有什么东西是不清晰的，也没有什么东西是十分清晰的。只有小怜进入我的生活后，我才明悟到，所有的一切，并非只是真实生活的幻觉。

小怜死去，我的生命和生活，就失去了全部的重要性。

死亡的概念。我怀中的小怜。

小怜死了，我生命中漆黑的夜幕，终于降下来了。

现在，只要我抽出插在小怜胸中的短刀，在短短的瞬间，我就能在黄泉路上追赶上小怜。

我擦了擦泪眼，抬头看了看：近处，代王宇文达茫然的神情；稍远处，周帝宇文邕冷静的、残酷的眼睛。

死亡是冰冷的。我不能马上下定决心。

"女色，是能够亡国的！"

周帝冷冷的声音传来。

"皇太子，你一定要引以为戒！"他望着坐在宇文达左面的一个年轻人，严厉地说。

"谨遵父皇教诲！"

这个人，看上去，比我年轻几岁。他着衮冕，青珠九旒，身穿绀色深衣。

他，就是周国的太子，宇文赟。

第四十六章　有家有国皆是梦

秋色肃穆。白杨树，干枯的叶子，萧萧落下。

这个季节，真是个适合杀人的时候。身为大周储君，我宇文赟，也要做监斩的活计。

我暗自思忖，这大概是父皇要试探我的定力吧。杀人，又是什么难事！如果父皇以此考验我是否有治国为君之力，那也太小看我了。

昨夜，父皇召集我、隋国公杨坚（我的丈人）、东宫左宫王宇文孝伯、郯国公王轨以及宫尹郑译等人，商讨最终消灭陈国、统一天下的大事。

其间，隋国公杨坚建议："击灭陈国，从大局考虑，皇帝陛下肯定会先总戎北伐，击走突厥。现在，高纬等人，宗族繁盛，遍于京师。如果大军外出，原来的齐国之地借其名而造反，实为心腹大患。依臣愚见，不如诛之！"

宇文孝伯、王轨二人认为不可。"温公高纬，亡国伪君，全无雄才大略；而宗室王公，尽被软禁于宅邸，专人严加看管。陛下应该养之于长安，正可昭示我大周仁德信义。如果无罪诛之，恐遭物议。"

郑译坚决站在隋国公杨坚一边，他力劝我父皇对长安的原齐国皇族斩草除根。

父皇用眼睛瞅我。我赶忙低下头，没敢吭声。前一阵子，我与宇文孝伯、王轨等人出征吐谷浑，半路上滥杀了一些蛮夷。父皇得知后，勃然大怒，差点废掉我"皇太子"的位号。他当庭对我大加捶楚，痛加斥责，至今，我脚伤未愈。

"为天下君王，岂可有妇人之仁！隋国公所言甚是！朕意已决。来人，替朕拟旨，就讲温公高纬、高氏宗室，与穆提婆、高阿那肱等人密谋反逆，全部予以处决！……对了，为表示我大周仁德，可免除高纬两个弟弟高仁英、高仁雅死刑，流放蜀地。"

高仁英是个有狂病的废人，高仁雅自小浑身无骨，不能站立。父皇留下齐国皇室这两个人，真是好手腕。我暗自思忖。

亡国孽种，活着，其实就是一种恐惧的延伸。

刑场，很快就选好了，在长安宫的西苑。坟坑也派人挖好了，选在长安北原地势低洼的洪渎川。

杀人，不是什么干净的乐事。不过，处决齐国的皇帝和百多个皇族成员，倒很让人感兴趣。

西苑，野蔷薇一丛又一丛，红艳如火。不知名的、色彩斑斓的浆果点缀在灌木丛中，小火舌一样闪耀着红光。不知名树木的辛辣气味，充满了我的鼻腔。浓密有刺的荆棘，丛生遍处。阴影处的枯黄衰草上，有些露珠还没有被太阳蒸发。树木高处的蜘蛛网，挂满了露水，闪烁着晶莹的光。只有鸟叫声，时而划破树林的宁静。

地上，铺着厚厚的落叶。由于潮湿，我走了一会儿，靴子都被打湿了。

我心里想："高氏皇族，日子到头了。现在还活蹦乱跳的他们，马上就要变成无头的尸体。所谓上天保佑的凤子龙孙，也就这么回事……"

一只黑灰色的老鹰，突然从灌木丛里飞了出来，把我吓得一哆嗦。

我竭力使自己完全平静下来。我站在地上，边看兵士们把高氏皇族的人依次带下车捆绑，边望着蓝色烟雾缭绕的远山发呆。

秋天真的很美，树林被秋阳和秋风镶上一片金黄。那些摇晃的、残留的叶子，回射着秋天太阳的冷光，让人顿起惆怅。

高氏皇族的男人即将赶赴黄泉，而齐国的宗室妇女和后妃倒能活下来。女人，特别是亡国后无依无靠的女人，永远不能构成威胁。我父皇早就下令将她们全部释放，放她们自谋生路。成十上百的齐国后妃、太妃，不少沦落街头。她们中间，命运好的能入庵为尼；运数差的，卖烛为业；更有甚者，沦为娼妓。

最让人感到惊异的，是高纬的母亲、从前大齐国的皇太后胡氏，她竟然自己主动提出去娼院。结果，她所居的长安坊肆的娼院，生意好得不行。无论是谁，只要能出一匹绢帛，就可以睡齐国的这位胡太后两个时辰。据说，那个半老徐娘，乐在其中，丝毫不感到侮辱。

在我的命令下，宫内的宦者们，手忙脚乱地给亡国君高纬穿戴上了从前他在齐国当皇帝时候的服装冠冕。

亲手杀掉一个真皇帝，不是哪个人一辈子都能有这种稀罕的机会。所以，我要切切实实感受手刃帝王的快乐。

高纬，这个比我大四岁的齐国皇帝，是我见到的最漂亮的男人之一。即使他一副失魂落魄的样子，依旧不失帝王的尊贵气派。

好了。就这样吧。

行刑开始!

对别的那些挨宰的皇族成员,我根本没有什么兴趣。我径直走到这个待宰羔羊般的齐国皇帝面前,用鲜卑语对他说:

"是我啊,我是周国皇太子,宇文赟。听说,你们高家人善于卜测吉凶,你猜猜看,我能活多久?"

我上下打量着高纬一身华丽的帝王行头,啧啧生叹。

华丽的簪饰,华丽的衣裳,华丽的容貌,还有,他身边华丽的刽子手,我本人。

"你和我,死期相同。"高纬略微瞥了我一眼,不假思索地回答。他扭头仔细地看了看我的脸,若有所思,用鲜卑语嘟囔了一句,"没想到,你们匈奴人的鲜卑语也说得这么好啊。"

一股怒火轰然而上。我飞快拔出腰间的剑,使劲捅进高纬的胸膛。

我们大周国的宇文氏皇族,自夸出自鲜卑,还声称祖上出于匈奴南单于远支,其实,这些都是冒充。我们匈奴祖辈的语言,都与鲜卑大异。十六国时代,赵国①刘氏、凉国②沮渠氏、大夏赫连氏等,皆为匈奴族。而赵国刘氏灭于拓跋鲜卑兴起之前,沮渠氏、赫连氏,均被拓跋鲜卑击灭。所以,在魏朝最盛时期,匈奴诸族,包括我们宇文氏,皆沦为鲜卑人的皂隶,世代被鲜卑人驱服兵役。几百年来,我的祖辈冒锋镝,做奴兵,受尽凌辱。所以,在魏国时代、西魏时代,直到我们宇文氏建立周国之后,我们都一直讳言自己的匈奴族属。

高纬出言不逊,让我杀心顿起!

利剑捅进高纬的身体后,我微笑着用鲜卑语问他:

"陛下,现在,你在想什么呢?对了,我要告诉你,你的生母胡太后,就在长安市坊卖淫。我们周国人,无论贩夫走卒,只要出得起一匹绢帛,就可以睡她一次!"

高纬依旧端坐着,突如其来的剑捅,可能并没有给他带来即刻的疼痛。我还很想告诉高纬,让他最终死心——我们大周国只花了五千匹锦缎和三十个齐国宫女的代价,就让突厥的佗钵可汗把齐国的范阳王高绍义交给了我们。如今,他已经在蜀地被处决,齐国再无复国的可能。

不过,看高纬的样子,他没有时间听我说这些了。

---

① 指前赵。

② 指北凉。

片刻后，他竟然清晰地对我说："你，可以直刺我心！"

很快，高纬的眼睛黯淡下来。他望向远方，嗫嚅着什么。最后，他叹息一声，用汉语，半是自言自语，半是询问我：

"小怜，我的小怜呢……"

冯小怜，这个让他亡国的女人。这个祸水，值得他在临死的瞬间还想念她吗？

秋阳灿烂。

蓝色的天空中，有一群黑翅膀的大雁在自由地飞翔。被晒热的土地上，枯草散发出混浊的气息。

空气变得不是很新鲜了，特别是百多个活人被宰杀后喷涌的鲜血，使得西苑弥漫着甜腥腥的让人作呕的味道。

但是，当被处决的人都完全安静下来的时候，在临死的呻吟声全消失后，行刑的军士们也沉默了。

看着西面天空燃起艳红霞光，眺望缓缓飞翔的大雁身上耀眼的羽毛，我的心情似乎好了许多。

我的父皇还健在，我本人现在还不是皇帝……

我忽然想到高纬临死的预言。他说，我只能活到和他一样大的年纪。仔细想想，让人发冷。而后，我又想到他说话时候的冷漠的定定的表情。

蓦然之间，我的心情一下子沉重起来。

北齐高氏皇族男性谱系

北齐高祖神武皇帝高欢，字贺六浑，渤海蓨县人。他本人死的时候，身份依然是东魏的大丞相、渤海王。其子高洋建立北齐后，他被追谥为"神武帝"。高欢死时五十二岁。

高欢有十五个儿子，除了长子文襄帝高澄、次子文宣帝高洋、六子孝昭帝高演以及九子武成帝高湛，还有永安王高浚、平阳王高淹、彭城王高浟、上党王高涣、襄城王高淯、任城王高湝、高阳王高湜、博陵王高济、华山王高凝、冯翊王高润、汉阳王高洽，共四帝十一王。

其中，高浚、高涣为他们的二哥文宣帝高洋所杀，高浟为强盗劫杀，高湜为其嫡母娄氏杖杀，高济被他的侄子后主高纬杀死，高洽十三岁病死，高淯、高湝被北周俘虏后杀死，只有高淹、高凝、高润病死善终，均年纪不到三十岁。

北齐世宗文襄皇帝高澄，字子惠，神武帝高欢长子，生母娄氏。他生前也未及称帝，在担任东魏大丞相的时候为人刺杀。其二弟高洋建立北齐后，追谥他为"文襄帝"。高澄死时二十九岁。

高澄有六个儿子，河南王高孝瑜，广宁王高孝珩，河间王高孝琬，兰陵王高孝瓘（高长恭），安德王高延宗，渔阳王高绍信。

其中，高孝瑜、高孝琬被他们的二叔文宣帝高洋杀死，高长恭被他侄子后主高纬毒死，高孝珩、高延宗、高绍信被北周俘虏后，均被杀。

北齐显祖文宣皇帝高洋，字子进，神武帝高欢第二子，生母娄氏。他大哥高澄被刺身死的时候，他年仅二十四岁。很快，高洋就推翻东魏的孝静帝，建立北齐，死后谥为"文宣帝"。高洋死时三十四岁。

高洋有五个儿子，废帝高殷，太原王高绍德，范阳王高绍义，西河王高绍仁，陇西王高绍廉。

其中，废帝高殷被他六叔孝昭帝高演派人掐死，高绍德被他九叔武成帝高湛用刀柄打死，高绍义被北周俘杀。只有高绍仁、高绍廉善终，死时均年轻，三十岁不到。

北齐孝昭皇帝高演，字延安，神武帝高欢第六子，生母娄氏。他打猎的时候，遇兔惊马坠地，受伤而死，时年二十七。

孝昭帝高演有六个儿子，乐陵王高百年，汝南王高彦理，始平王高彦德，城阳王高彦基，定阳王高彦康，汝阳王高彦忠。

其中，曾经做过皇太子的高百年被其九叔武成帝高湛亲手打死，年仅九岁。其余诸子，除了汝南王高彦理活到隋朝，其余均下落不明，可能被北周俘虏后处决。

北齐世祖武成皇帝高湛，字步落稽，神武帝高欢第九子，生母娄氏。荒淫病死，时年三十二。

武成帝高湛有十三个儿子，除嫡长子高纬（后主）外，还有嫡次子琅邪王高俨，南阳王高绰，齐安王高廓，北平王高贞，高平王高仁英，淮南王高仁光，西河王高仁几，乐平王高仁邕，颍川王高仁俭，安乐王高仁雅，丹阳王高仁直，东海王高仁谦。

其中，高俨、高绰被后主高纬杀死，其余诸子，均在北周灭北齐的战争中被俘虏，除了高仁英有神经病、高仁雅是个傻子得活而被周国遣送蜀地安置，其他所有人，均被北周杀掉。

北齐后主高纬，字仁纲，武成帝嫡长子，生母胡氏。高纬由于荒淫无道，导致北齐被北周灭掉。后主被俘后，被周国封为温公，不久，他就被北周诬以谋反之罪，与其宗族百数十口一起被杀，时年二十二。

后主高纬有五个儿子，穆皇后生幼主高恒，诸姬生东平王高恪、第三子高善德、第四子高买德、第五子高质钱。

高恪夭折早死。幼主高恒仅当了几天皇帝即被北周俘虏，而后，他与其父高纬以及三个弟弟均被周人杀掉。

北齐世系

年号	庙号	名字	即位时间	即位年龄	在位年数	死时年龄	世系	备注
天保	显祖文宣皇帝	高洋	550	25	10	34	神武帝高欢次子。北齐初代皇帝。	其父高欢、其兄高澄，已专擅东魏朝政。公元550年五月，高洋代魏称帝，国号"齐"。
乾明	废帝济南王	高殷	559	15	2	17	文宣帝高洋长子。	以皇太子嗣位。公元560年被大丞相常山王高演废为济南王，次年被杀。
皇建	肃宗孝昭皇帝	高演	560	26	2	27	神武帝高欢第六子，文宣帝高洋同母弟。	公元560年废高殷，八月即皇帝位于晋阳。次年九月出猎，马惊坠地，重伤而死。
太宁河清	世祖武成皇帝	高湛	561	25	5	32	神武帝高欢第九子，文宣帝高洋、孝昭帝高演同母弟。	遵孝昭帝遗诏，于公元561年十一月即皇帝位于晋阳。公元565年禅位于其子高纬，自称太上皇。
天统武平隆化	后主平温公	高纬	565	9	12	22	武成帝高湛长子。	公元565年四月，以皇太子受禅即皇帝位。公元576年传位于太子高恒，自称太上皇。公元577年北周陷邺，高纬奔青州，为周师所俘，封温公。十月被赐死。
承光	幼主	高恒	577	8	1	8	后主高纬长子。	公元577年正月以皇太子即皇帝位。是月，北周攻陷邺城，帝出奔被俘。十月，被赐死，在位仅一个月。